ÉTUDES

LITTÉRAIRES

IMPRIMERIE DE CLAYE ET C⁰
RUE SAINT-BÉNOIT, 7

ÉTUDES
LITTÉRAIRES

PAR

CHARLES LABITTE

AVEC UNE NOTICE

DE M. SAINTE-BEUVE

TOME PREMIER

PARIS

JOUBERT. ÉDITEUR
LIBRAIRE DE LA COUR DE CASSATION
Rue des Grès, 14

COMPTOIR DES IMPRIMEURS-UNIS
COMON ET Cᵉ
15, quai Malaquais

1846

CHARLES LABITTE.[1]

> « La mort a dépouillé ma jeunesse en pleine récolte...
> J'étais au comble de la muse et de l'âge en fleur, —
> hélas! et voilà que je suis entré tout savant dans la
> tombe, tout jeune dans l'Érèbe! »
> (Épigramme de l'*Anthologie*, édit. Palat., VII, 558.)

Le moment est venu de rendre ce que nous devons à la mémoire du plus regretté de nos amis littéraires et du plus sensi-
blement absent de nos collaborateurs. Sa perte cruelle a été si
imprévue et si soudaine, qu'elle a porté, avant tout, de l'étonnement jusque dans notre douleur, bien loin de nous laisser la
liberté d'un jugement. Et aujourd'hui même que le premier
trouble a eu le temps de s'éclaircir et que rien ne voile plus l'é-
tendue du vide, ce n'est pas un jugement régulier que nous
viendrons essayer de porter sur celui qui nous manque tellement
chaque jour et dont le nom revient en toute occasion à notre
pensée. Le public lui-même a perdu en M. Charles Labitte plus
que ceux qui en sont le mieux assurés ne sauraient le lui dire.

(1) Ce morceau a paru d'abord dans la *Revue des Deux Mondes* du
1er mai 1846; on le reproduit ici sans y rien changer de ce qui se rapportait à cette destination première.

Les personnes qui, sans connaître notre ami, l'ont lu pendant dix années et l'ont suivi dans ses productions fréquentes et diverses, qui l'ont trouvé si facile et souvent si gracieux de plume, si riche de textes, si abondant et presque surabondant d'érudition, qui ont goûté son aisance heureuse à travers cette variété de sujets, ceux même auxquels il est arrivé d'avoir à le contredire et à le combattre, peuvent-ils apprendre sans surprise et sans un vrai mouvement de sympathie que cet écrivain si fécond, si activement présent, si ancien déjà, ce semble, dans leur esprit et dans leur souvenir, est mort avant d'avoir ses vingt-neuf ans accomplis ? Il était à peine mûr de la veille; il était à cette plénitude de la jeunesse où la saison des fruits commence à peine d'hier et où quelques tours de soleil achèveront, où l'on n'a plus enfin qu'à produire pour tous ce qu'on a mis tant de labeur et de veilles à acquérir pour soi. Il s'était perfectionné, depuis les trois dernières années, de la manière la plus sensible pour qui le suivait de près. Le jugement qu'il avait toujours eu net et prompt s'affermissait de jour en jour; il avait acquis la solidité sous l'abondance, et cette solidité même, qui eût amené la sobriété, tournait à l'agrément. Il n'y aurait qu'à retrancher et à resserrer un peu pour que l'étude sur *Marie-Joseph Chénier* devînt un morceau de critique biographique achevé de forme autant qu'il est complet de fond. L'article sur *Varron* est un modèle parfait de ce genre d'érudition et de doctrine encore grave, et déjà ménagé à l'usage des lecteurs du monde et des gens de goût; l'étude sur *Lucile* également; et nous pourrions citer vingt autres articles gracieux et sensés, et finement railleurs, qui attestaient une plume faite, et si nombreux que de sa part, sur la fin, on ne les comptait plus. Mais, encore un coup, il n'avait pas vingt-neuf ans, et, si mourir jeune est beau pour un poëte, s'il y a dans les premiers chants nés du cœur quelque chose d'une fois trouvé et comme d'irrésistible qui suffit par aventure à forcer les temps et à perpétuer la mémoire, il n'en est pas de même du prosateur et de l'érudit. La poésie est proprement le génie de la jeunesse; la critique est le produit de

l'âge mûr. Poëte ou penseur, on peut être rayé bien avant l'heure
et ne pas disparaître tout entier. Cependant, parmi les noms les
plus habituellement cités de ces victimes triomphantes, n'oublions pas que Vauvenargues avait trente-deux ans, qu'Étienne
de La Boétie en avait trente-trois : ces deux ou trois années de
grace accordées par la nature sont tout à cet âge. Mais un critique, un érudit, mourir à vingt-neuf ans! Qu'on cherche dans
l'histoire des lettres à appliquer cette loi sévère aux hommes les
plus honorés et qui, en avançant, ont conquis l'autorité la plus
considérable comme organes du goût ou comme truchemans
spirituels de l'érudition, aux La Harpe, aux Daunou, aux Fontenelle, à Bayle lui-même! Que ceci du moins demeure présent, non pour commander l'indulgence, mais pour maintenir
la simple équité, quand il s'agit d'un écrivain si précoce, si laborieux, si continuellement en progrès, et qui, au milieu de tant
de fruits, tous de bonne nature, en a produit quelques-uns d'excellents.

Charles Labitte était né le 2 décembre 1816 à Château-
Thierry. Son père, qui y remplissait les fonctions de procureur
du roi, passa peu après en cette même qualité au tribunal d'Abbeville, où il s'est vu depuis fixé comme juge. Le jeune enfant
fut ainsi ramené dès son bas âge dans le Ponthieu, patrie de sa
mère, et c'est là qu'il fut élevé sous l'aile des plus tendres parents et dans une éducation à demi domestique. Il suivait ses
classes au collége d'Abbeville; il passait une partie des étés à la
campagne de Blangermont près Saint-Pol, et, durant cette ado-
lescence si peu assujettie, il apprenait beaucoup, il apprenait
surtout de lui-même. Je ne puis m'empêcher de remarquer que
cette libre éducation, si peu semblable à la discipline de plus en
plus stricte d'aujourd'hui, sous laquelle on surcharge unifor-
mément de jeunes intelligences, est peut-être celle qui a fourni
de tout temps aux lettres le plus d'hommes distingués : l'esprit, à qui la bride est laissée un peu flottante, a le temps de
relever la tête et de s'échapper çà et là à ses vocations naturelles. L'érudition de Charles Labitte y gagna un air d'agré-

ment et presque de gaieté qui manque trop souvent à d'autres
jeunes éruditions très-estimables, mais de bonne heure con-
traintes et comme attristées. Au reste, s'il lisait déjà beaucoup
et toutes sortes de livres, il ne se croyait pas encore voué à un
rôle de critique; il eut là de premiers printemps qui sentaient
plutôt la poésie, et j'ai sous les yeux une suite de lettres écrites
par lui dans l'intimité durant les années 1832-1836, c'est-à-dire
depuis l'âge de seize ans jusqu'à celui de vingt, dans lesquelles
les rêveries aimables et les vers tiennent la plus grande place.
Ces lettres sont adressées à l'un de ses plus tendres amis,
M. Jules Macqueron, qui faisait lui-même d'agréables vers;
Labitte lui rend confidences pour confidences, et il y mêle
d'utiles conseils littéraires : l'instinct du futur critique se re-
trouverait par ce coin-là. Nous ne citerons rien des vers
mêmes : ils sont faciles et sensibles, de l'école de Lamartine;
mais c'est plutôt l'ensemble de cette fraîche floraison qui m'a
frappé, comme d'une de ces prairies émaillées au printemps où
aucune fleur en particulier ne se détache au regard, et où
toutes font un riant accord. Il y a aussi des surabondances de
larmes que je ne saurais comparer qu'à celles des sources en
avril. Les journées n'étaient pas rares pour lui où il pouvait
écrire à son ami, après des pages toutes remplies d'effusions :
« Je suis dans un jour où je vois tout idéalement et douloureu-
sement, et enfin, s'il m'est possible de m'exprimer ainsi, *la-
martinement.* » Faisant allusion à quelque projet de poëme ou
d'élégie, où il s'agissait de peindre un souvenir qui datait de
l'âge de douze ans (ils en avaient seize), il écrivait à la date de
juin 1832 :

« Mais revenons au souvenir. Cette idée seule d'une tendresse
« enfantine (dont tu ris maintenant avec raison, et qui cepen-
« dant pourrait servir de matière à de jolis vers) est gracieuse
« et vraie. Les souvenirs les plus doux de la vie sont en effet les
« souvenirs du cœur. Quand on ramène sa pensée à ses pre-
« mières années et qu'on veut revenir sur les traces que l'on a
« déjà parcourues, il n'y a rien qui éclaire davantage ces épo-

« ques flottantes et vagues qu'un amour d'enfant venu avant
« l'âge des sens. C'est un point lumineux dans ce demi-jour des
« premières années où tout est confondu, plaisirs, espérances,
« regrets, et où les souvenirs sont brouillés et incertains, parce
« qu'aucune pensée ne les a gravés dans la mémoire; amour
« charmant qui ne sait pas ce qu'il veut, qui se prend aux yeux
« bleus d'une fille comme le papillon aux roses du jardin par
« un instinct de nature, par une attraction dont il ne sait point
« les causes et dont il n'entrevoit pas la portée; innocent besoin
« d'aimer, qui plus tard se changera en un désir intéressé de
« plaire et de se voir aimé; passion douce et sans violence, rêve
« en l'air; première épreuve d'une sensibilité qui se dévelop-
« pera plus tard ou qui plutôt s'éteindra dans des passions
« plus sérieuses; petite inquiétude de cœur qui tourmente sou-
« vent un jeune écolier, un de ces enfants aux joues roses que
« vous croyez si insouciant, mais qui déjà éprouve des agita-
« tions inconnues, qui étouffe, qui languit, qui se sent monter
« au front des rougeurs auxquelles la conscience n'a point part. »
— La grâce facile où se jouera si souvent la plume de Charles
Labitte se dessine déjà dans cette page délicate où je n'ai pas
changé un mot.

Un caractère digne d'être noté honore en mille endroits ces
premiers épanchements d'une vie naturelle et pure : ce sont les
sentiments de croyance et de moralité, si familiers, ce semble, à
toute jeunesse qu'on ne devrait point avoir à les relever, mais
si rares (nous assure-t-on) chez les générations venues depuis
Juillet qu'elles sont vraiment ici un trait distinctif. Charles Labitte, à cet âge heureux, les possédait dans toute leur sève.
Lui, dont plus tard les convictions politiques ou philosophiques
n'eurent guère d'occasion bien directe de se produire et semblaient plutôt ondoyer parfois d'un air de scepticisme sous le
couvert de l'érudition, il croyait vivement à l'amour, surtout à
l'amitié, à l'immortalité volontiers, à la liberté toujours, à la
patrie, à la grandeur de la France, à toutes ces choses idéales
qu'il est trop ordinaire de voir par degrés pâlir autour de soi et

dans son cœur, mais qu'il est impossible de sauver, même en débris, après trente ans, lorsqu'on ne les a pas aimées passionnément à vingt.

Il achevait sa philosophie à Abbeville en 1834, et faisait un premier voyage à Paris dans l'été de cette même année, pour y prendre son grade de bachelier-ès-lettres. Après un court séjour, il y revenait à l'entrée de l'hiver, sous prétexte d'y faire son droit, mais en réalité pour y tenter la fortune littéraire. Il arrivait cette fois pourvu de vers et de prose, de canevas de romans et de poëmes, de comédies, d'odes, que sais-je? de toute cette superfluité première dont il s'échappait de temps en temps quelque chose dans *le Mémorial d'Abbeville*, mais de plus muni d'articles de *haute* critique comme il disait en plaisantant, et surtout du fonds qui était capable de les produire. C'est dèslors que je le connus. Ce jeune homme de dix-huit ans, élancé de taille, et dont la tête penchait volontiers comme légèrement lassée, blond, rougissant, se montrait d'une timidité extrême; après une visite où il avait écouté longtemps, parlé peu, il vous écrivait des lettres pleines de naturel et d'abandon : plume en main, il triomphait de sa rougeur. Il vit beaucoup dans ces premiers temps Mme Tastu, à laquelle il adressa des vers. Il voyait aussi plus que tout autre son excellent parent et son patron naturel, M. de Pongerville, dont il était neveu à la mode de Bretagne, et qu'il se plaisait à nommer son *oncle*. Dans une visite qu'il fit à Londres dans l'automne de 1835, il lui adressait, comme au prochain traducteur du *Paradis Perdu*, une pièce de vers datée de Westminster et intitulée *le Tombeau de Milton*.

Mais c'était la critique qui le partageait déjà et qui allait l'enlever tout entier. Il s'était fort lié avec son compatriote M. Charles Louandre, fils du savant bibliothécaire d'Abbeville, et les deux amis avaient projeté de concert une *Histoire des Prédicateurs du Moyen-Age*. Cette seule idée était déjà d'une vue pénétrante : c'était comprendre qu'une telle histoire présenterait beaucoup plus d'intérêt qu'on ne pouvait se le figurer au premier abord. La prédication, en ces âges fervents, représentait et résumait à certains égards le genre d'influence qu'on a vue en d'autres temps se diviser entre la presse et la tribune. Les deux amis poussèrent vivement les préparatifs de leur commune entreprise; ils lurent tout ce qui était imprimé en fait de vieux sermonnaires, ils abordèrent les manuscrits, et, même lorsque l'idée d'une rédaction définitive eut été abandonnée, ils durent à cette courageuse invasion au cœur d'une rude et forte époque de connaître les sources et les accès de l'érudition, d'en manier les appareils comme en se jouant, et d'avoir un grand fonds par devers eux, un vaste réservoir où ils purent ensuite puiser pour maint usage. Vers le même moment, Charles Labitte concevait, seul, un autre projet plus riant et qui eût été pour lui comme le délassement de l'autre, un livre sur le règne de Louis XIII et où devaient figurer Voiture, Balzac, Chapelain, l'hôtel Rambouillet, etc.; une grande partie des matériaux amassés ont paru depuis en articles dans la *Revue de Paris* et ailleurs. Tout ce confluent d'études se pressait dans les premiers mois de 1836 et avant que notre ami eût accompli ses vingt ans. Il avait à cette heure renoncé définitivement aux vers, et sa voie de curiosité critique était trouvée. En échangeant une veine pour l'autre, il porta aussitôt dans cette dernière une ardeur, un sentiment passionné et presque douloureux, qu'on n'est pas accoutumé à y introduire à ce degré. Il semblait étudier non pas pour connaître seulement et pour apprendre, mais pour échapper à un dégoût de la vie. Ce dégoût n'était-il que l'effet même et le contre-coup d'une excessive étude, n'était-il que cette satiété, cette lassitude incurable qui sort de toute chose humaine où l'on a touché le fond, quelque chose de pareil au *medio de fonte leporum*, admirable cri de ce Lucrèce tant aimé de notre ami? Quelle qu'en fût la cause, l'étude passionnée à laquelle se livrait Charles Labitte, et d'où il tirait pour nous tant d'agréables productions, lui était à la fois un plaisir et une source de mort. Il étudiait sans trêve, à perte d'haleine, jusqu'à extinction de force vitale et jusqu'à évanouissement. Ses yeux, qui lui refusaient souvent le service, ne faisaient qu'accuser alors l'épuisement des centres intérieurs et crier grace, en quelque sorte, pour le dedans. Il en résulta de bonne heure des crises fréquentes, passagères, que recouvraient vite les apparences de la santé et les couleurs de la jeunesse; mais lui ne s'y trompait pas : « Je n'ai pas deux jours de bons sur dix (écrivait-il de Paris à M. Jules Macqueron, le 30 décembre 1835); mon pauvre ami, ma santé est à peu près perdue, et il est fort probable, du moins d'après les données de l'art, que mon pèlerinage sera court. Je dirais tant mieux, si je n'avais ni amis ni parents. Ne crois pas que je me drape ici en *poitrinaire* ou en *malade languissant*. J'ai ma conviction là-dessus, et il est bien rare que ces sortes de convictions trompent. Il y a ici pendant que je t'écris, vis-à-vis de moi, un jeune homme de Savoie, docteur en médecine, qui me donne tous ses soins. Si nous nous trouvons un jour réunis tous à Paris, j'espère te le faire connaître. » — Une telle tristesse était certainement disproportionnée aux causes appréciables; la science elle-même n'aurait pu trouver de quoi justifier ces pressentimens ; c'était la lassitude de la vie qui parlait en lui.

Le premier article de quelque étendue par lequel il débuta véritablement dans les lettres est celui de *Gabriel Naudé*, qui parut dans la *Revue des Deux Mondes* le 15 août 1836. Il ne faisait là dès l'abord que se placer sous l'invocation de son véritable patron. Gabriel Naudé est bien le patron, en effet, de ceux qui avant tout lisent et dévorent, qui parlent de tout ce qu'ils ont lu, et chez qui l'idée ne se présente que de biais en quelque sorte, ne se faufile qu'à la faveur et sous le couvert des citations. L'article que Charles Labitte lui consacrait, et qui n'offrait encore ni l'ordre ni même toute l'exactitude auxquels il atteindra plus tard, ressaisissait du moins et rendait vivement la physionomie du modèle ; le vieil esprit gaulois y débordait en jeune sève. On sentait que ce débutant d'hier s'était abouché de longue main avec ces hommes d'autrefois dont il parlait : il avait reçu d'eux le souffle, il avait la tradition.

La tradition! chose essentielle et vraiment sacrée en littérature, et qui serait en danger de se perdre chez nous, si quelques-uns, comme élus et fidèles, n'y veillaient sans cesse et ne s'appliquaient à la maintenir! Qu'arrive-t-il en effet, et que voyons-nous de plus en plus dans la foule *écriveuse* qui nous entoure? On aborde inconsidérément les époques, on brouille les personnages, on confond les nuances en les bigarrant. A quoi bon tant de soins? Pourquoi ceux qui ne se font de la littérature qu'un instrument, et qui ne l'aiment pas en elle-même, y regarderaient-ils de si près? Et quant à ceux qui sont dignes de l'aimer et qui lui feraient honneur par de vrais talents, l'orgueil trop souvent les entête du premier jour; sauf deux ou trois grands noms qu'ils mettent en avant par forme et où ils se mirent, les voilà qui se comportent comme si tout était né avec eux et comme s'ils allaient inaugurer les âges futurs. Il y aurait profit à se le rappeler toutefois; penser beaucoup et sérieusement au passé en telle matière et le bien comprendre, c'est véritablement penser à l'avenir : ces deux termes se lient étroitement et correspondent entre eux comme deux phares. Pour moi, ce me semble, il n'est qu'une manière un peu précise de songer à la postérité quand on est homme de lettres, c'est de se reporter en idée aux anciens illustres, à ceux qu'on préfère, qu'on admire avec prédilection, et de se demander : « Que diraient-ils de moi? à quel degré daigneraient-ils m'admettre? s'ils me connaissaient, m'ouvriraient-ils leur cercle, me reconnaîtraient-ils comme un des leurs, comme le dernier des leurs, le plus humble? » Voilà ma vue *rétrospective* de postérité, et celle-là en vaut bien une autre (1). C'est une manière de se représenter

---

(1) Il faut voir la même idée rendue comme les anciens savaient faire, c'est-à-dire en des termes magnifiques, au XIIᵉ chapitre du *Traité du Sublime* qui a pour titre : « Suppose-toi en présence des plus éminents écrivains. » Longin (ou l'auteur, quel qu'il soit) y fait admirablement sentir, et par une gradation majestueuse, le rapport qui unit le tribunal de la postérité à celui des grands prédécesseurs. — Ne pas s'en tenir à la traduction de Boileau.

cette postérité vague et fuyante sous des traits connus et au-
gustes, de se la figurer dans la majesté reconnaissable des ancêtres. On a l'air de tourner le dos à la postérité, et on agit plus
sûrement en vue d'elle que si on la voulait anticiper directement et en saisir le fantôme. Celui de tous les peuples qui a le
plus songé à la gloire et qu'elle a le moins trompé, celui de
tous les poëtes qu'elle a couronné comme le plus divin, les
Grecs et Homère, appelaient la postérité et les *générations* de
l'avenir ce qui est *derrière* (οἱ ὀπίσω), comme s'ils avaient réellement tourné le dos à l'avenir, et du passé ils disaient ce qui est
devant.

Notre ami avait toujours ce grand passé littéraire devant les
yeux; il aimait ces choses désintéressées en elles-mêmes et s'y
absorbait avec oubli. Nous ne le suivrons point ici pas à pas
dans la série d'articles qu'il laissa échapper durant les premières
années, et qui n'étaient que le trop plein de ses études con-
stantes. Son fonds acquis sur les sermonnaires du moyen
âge lui fournit matière à de piquantes appréciations de Michel Menot et des autres prédicateurs dits *macaroniques.* Il
donna nombre de morceaux sur l'époque Louis XIII. En même
temps, par ses portraits de M. Raynouard et de Népomucène
Lemercier, il abordait avec bonheur ce genre délicat de la
biographie contemporaine, et contribuait pour sa part à l'é-
largir.

Autrefois il existait deux sortes de notices littéraires : l'une
toute sèche et positive, sans aucun effort de rhétorique et sans
étincelle de talent, la notice à la façon de Goujet et de Niceron,
aussi peu agréable que possible et purement utile; elle gisait re-
léguée dans les répertoires tout au fond des bibliothèques : et
puis il y avait sur le devant de la scène et à l'usage du beau
monde la notice élégante, académique et fleurie, l'*éloge;* ici les
renseignements positifs étaient rares et discrets, les détails matériels se faisaient vagues et s'ennoblissaient à qui mieux mieux,
les dates surtout osaient se montrer à peine : on aurait cru dé-
roger. J'indique seulement les deux extrémités, et je n'oublie

pas que dans l'intervalle, entre le Niceron et le Thomas, il y avait place pour l'exquis mélange à la Fontenelle. Pourtant, chez celui-ci même, l'extrême sobriété faisait loi. On a tâché de nos jours (et M. Villemain le premier) de fondre et de combiner les deux genres, d'animer la sécheresse du fait et du document, de préciser et de ramener au réel le panégyrique. Ce genre, ainsi développé et déterminé, a parcouru en peu d'années ses divers degrés de croissance, et Charles Labitte, on peut le dire, l'a poussé au dernier terme du complet dans une ou deux de ses biographies, dans celle de *Marie-Joseph Chénier* particu-lièrement. Il était infatigable à féconder un champ qui, en soi, a l'air si peu étendu, et à en tirer jusqu'à la dernière moisson. Il ne se bornait pas aux simples faits principaux ni à l'analyse des ouvrages, ni même à la peinture de la physionomie et du caractère; il voulait tout savoir, renouer tous les rapports du personnage avec ses contemporains, le montrer en action, dans ses amitiés, dans ses rivalités, dans ses querelles; il visait sur-tout à ajouter par quelque page inédite de l'auteur à ce qu'on en possédait auparavant. Qu'il n'ait pas été quelquefois en-traîné ainsi au-delà du but et n'ait pas un peu trop disséminé ses recherches, au point d'avoir peine ensuite à les resserrer et à les ressaisir dans son récit, je n'essaierai nullement de le nier; mais il n'a pas moins poussé sa trace originale et vive, il n'a laissé à la paresse de ses successeurs aucune excuse, et il ne sera plus permis après lui de faire les notices écourtées et sè-ches que quand on le voudra bien. Pour montrer cependant à quel point dans son esprit tout cela se rapportait à des cadres élevés, et quel ensemble il en serait résulté avec le temps, je veux donner ici, tel qu'on le trouve dans ses papiers, le plan d'un ouvrage en deux volumes, où seraient entrés, moyennant corrections, plusieurs des morceaux déjà publiés. Le critique supérieur se fait sentir dans ce simple tracé où les détails ne masquent rien. Nous livrons le brillant programme à remplir à quelques-uns de nos jeunes vivants; mais nul, on peut l'affir-

mer, ne saura exploiter dans toute leur abondance les ressources que Charles Labitte y embrassait déjà.

LES POÈTES DE LA RÉVOLUTION ET DE L'EMPIRE.

PREMIER VOLUME.

I. — Introduction. — Situation des Lettres sous Louis XVI. — De la
Poésie léguée à la génération de 89 par le xviiie siècle, ou
les Jardins de Delille, les *Odes* de Le Brun et les *Élégies* de
Parny. — Vue générale des Lettres pendant la Révolution
et sous Bonaparte. — Influence réciproque des événements
et des écrits.

II. — BEAUMARCHAIS, ou la transition de Voltaire à la Révolution.
(Fragments inédits de *Figaro*. — Lettres autographes de
Beaumarchais, etc.)

III. — MARIE-JOSEPH CHÉNIER, ou l'école de Voltaire en présence
de la Révolution et de l'Empereur. (Lettres inédites, etc.)

IV. — MICHAUD, ou l'influence de Delille et le royalisme dans la
presse. (Berchoux et *la Quotidienne*.)

V. — ANDRIEUX, ou la Comédie et le Conte pendant la Révolution.
(Lettres inédites.) — Il y faudrait faire entrer Picard, Colin
d'Harleville, dont Andrieux est l'aristarque.

VI. — ÉTIENNE, ou la Comédie sous l'Empire. — Origine du Libé-
ralisme de la Restauration. (Lettres inédites.)

SECOND VOLUME.

VII. — RAYNOUARD, ou la tragédie nationale aboutissant à l'érudition,
— *les Templiers* et les Troubadours. (Documents inédits. —
Extraits de ses Mémoires autographes. — Vers manuscrits.)

VIII. — DUCIS, ou l'initiation au théâtre étranger. (Ducis grand épis-
tolaire. — Ses poésies annoncent Lamartine.) Originalité
d'*Abufar*. — Shakspeare et les romantiques. (Lettres inédites.)

IX. — LEMERCIER, ou le précurseur des innovations. — Il est le pré-
décesseur de Victor Hugo, son successeur à l'Académie.
(Pièces de théâtre inédites de sa jeunesse et du temps de la
Révolution; lettres autographes.)

X. — ANDRÉ CHÉNIER, ou retour à l'antiquité. — Influence sur
l'école nouvelle par l'édition de 1819. (Vers inédits. — Documents nouveaux.)

Après avoir été chargé quelque temps d'un cours d'histoire au collége de Charlemagne et à celui d'Henri IV, Charles Labitte avait été envoyé à la faculté de Rennes par M. Cousin (avril 1840), pour y remplir, provisoirement d'abord, la chaire de littérature étrangère, dont il devint plus tard titulaire. Ses études, déjà si étendues, durent à l'instant s'élargir encore ; il fallut suffire en peu de semaines à ces nouvelles fonctions, et faire face à un enseignement imprévu. Ces brusques et vigoureuses expéditions, où l'on pousse à toute bride la pensée, sont comme la guerre, et elles dévorent aussi bien des esprits. Le jeune professeur partit pour Rennes, non sans s'être auparavant muni des conseils et des bons secours de M. Fauriel, le maître et le guide par excellence en ces domaines étrangers. Du premier jour, il aborda résolument son sujet par les hauteurs et par les sources, c'est-à-dire par Dante et par les origines de la *Divine Comédie*. On a le résultat de ces leçons dans un curieux travail (*la Divine Comédie avant Dante* (1)), où il expose toutes les visions mystiques analogues, tirées des légendaires et agiographes les plus obscurs. M. Ozanam et lui semblaient s'être piqués d'émulation pour creuser et épuiser la veine étrange. On a dit de cette spirituelle dissertation, devenue l'une des préfaces naturelles du pèlerinage dantesque, que c'était *une histoire complète de l'infini* tel qu'on se le figurait en ces âges crépusculaires : « Hélas ! (2) trois ans à peine s'étaient écoulés, et lui-

(1) *Revue des Deux Mondes*, livraison du 1er septembre 1842.

(2) J'emprunte ici les paroles de M. Charles Louandre, dans son article du *Journal d'Abbeville* (30 septembre 1845).

même allait être initié à ces secrets de la mort, où il semble que, par un triste pressentiment, il s'était plu à s'arrêter avec une curiosité mélancolique. » Il allait savoir le dernier mot (s'il est permis !) de la vie terrestre, de cette sorte de vision aussi qu'on a non moins justement appelée *le songe incompréhensible*.

Obligé, d'après les conditions universitaires, d'obtenir le grade de docteur ès-lettres, Charles Labitte prit pour sujet de thèse une période fameuse de notre histoire politique, qui s'étendit aussitôt sous sa plume jusqu'à former le volume intitulé : *De la Démocratie chez les Prédicateurs de la Ligue* (1841). En s'arrêtant à ce choix ingénieux et qui n'était pas sans à-propos dans le voisinage de la Sorbonne, l'auteur ne faisait qu'isoler et développer une des branches de cet ancien premier travail, resté inachevé, sur les sermonnaires. C'en était peut-être le plus piquant épisode, et notre ami l'a élevé aux proportions d'un ouvrage dont il sera tenu compte dorénavant par les historiens. L'esprit de la ligue, pour être parfaitement saisi dans toute sa complication, et démêlé dans ses directions diverses, avait besoin de s'éclairer du jour rétrospectif qu'y jette la révolution de 89 ; il ne s'agit que de ne pas abuser des rapprochements. Si jamais la chaire s'est vue réellement l'unique ou du moins le principal foyer de ce qui a depuis alimenté la presse et la tribune aux époques révolutionnaires, ce fut bien alors en effet ; c'est de la chaire que partait le mot d'ordre, que se prônait et se commentait, au gré de la politique, le bulletin des victoires ou des défaites ; quand il fallut faire accepter aux Parisiens la désastreuse nouvelle d'Ivry, le moine Christin, prêchant à deux jours de là, en fut chargé, et il joua sa farce mieux que n'aurait pu le plus habile et le plus effronté des *Moniteurs*. Il réussit bien mieux qu'aucun article du *Moniteur* n'a jamais fait, il laissa son public tout enflammé et résolu à mourir. Suivre les phases diverses de la chaire à travers la ligue, c'est comme qui dirait écrire l'histoire des clubs ou des journaux pendant la révolution française, c'est à chaque moment tâter le pouls à cette révolution le long de sa plus brûlante artère. Charles Labitte comprit dans toute leur étendue les ressources de son sujet, et, s'il y avait une critique à lui adresser à cet endroit, ce serait de les avoir épuisées. Que de lectures ingrates, fastidieuses, monotones, il lui fallut dévorer pour nous en rapporter quelque parcelle! De tous les genres littéraires qui sont tous capables d'un si énorme ennui, le plus ennuyeux assurément est le genre *parénétique*, autrement dit le *sermon;* il trouve moyen d'ennuyer même lorsqu'il est bon; ici il était relevé par les passions politiques, mais elles n'y ajoutaient le plus souvent qu'un surcroît de dégoût et des vomissements de grossièretés. Combien de fois, à propos de ce déluge d'oraisons, d'homélies, de controverses, sur lesquelles il opérait, et qui remontaient de toutes parts sous sa plume, l'auteur dut ressentir et étouffer en lui ce sentiment de trop plein qu'il ne peut contenir à l'occasion des cent cinquante-neuf ouvrages du curé Benoît (de Saint-Eustache) : *C'est l'ennui même!* Ce sont là de ces cris du cœur qui échappent parfois à l'érudit. Eh bien! l'esprit vif et léger de notre ami triompha le plus habituellement de l'épaisseur du milieu. Les vues neuves et perspicaces, les choses bien saisies et bien dites, abondent et viennent égayer le courant du détail à travers la juste direction de l'ensemble. Quelques assertions trop rapides et par-ci par-là contestables (1) n'affectent point cette justesse générale du sens. On a, de nos jours, fort raisonné théoriquement de la ligue, et ç'a été une mode, chez plus d'un historien paradoxal comme chez nos jeunes catholiques cavaliers, ou chez nos jacobins néo-catholiques, de se déclarer subitement ligueurs. Que vous dirai-je? on est ligueur en théorie, et on trouve les idylles de Fontenelle très poétiques, comme on a la barbe en pointe;

---

(1) Celle-ci par exemple : « Il avait fallu répondre à la ligue par de gros livres, comme le *de Regno* de Barclay; il suffit au contraire, pour désarçonner la fronde, des plaisanteries érudites de Naudé dans le *Mascurat.* » Le gros pamphlet de Naudé put être utile à Mazarin auprès de quelques hommes de cabinet et de quelques esprits réfléchis; mais, si la fronde n'avait jamais reçu d'autre coup de lance, elle aurait tenu longtemps la campagne. — La plume de l'auteur, en ce passage et dans quelques autres, a couru plus vite que la pensée.

il ne faut pas disputer des goûts ni des dilettantismes. Charles
Labitte, qui était un esprit resté naturel parmi les jeunes (qualité des plus rares aujourd'hui), dans le livre utile où il apporte
toutes sortes de preuves nouvelles en aide à la saine tradition,
fait justice de ces travers en sens opposé. Il ressort clairement
de ce renfort de pièces à l'appui que, si la ligue recélait à certains égards quelques idées d'avenir, elle en représentait encore
plus de fixement stupides et d'irrévocablement passées; que, si,
dans ses hardiesses de doctrine, elle anticipait quelques articles
du catéchisme de 1793, elle en reproduisait encore plus de la
théocratie du XIIᵉ siècle; qu'enfin elle était fanatique en religion autant qu'anti-nationale en politique. La conclusion de
Charles Labitte ne diffère donc en rien de la solution pratique
qui a prévalu, de celle de la *Satyre Ménippée* et des honnêtes
gens d'alors, parlementaires et bourgeois; il donne franchement
dans cette religion *politique* des L'Hôpital et des Pithou, qu'on
peut bien se lasser à la longue de trouver toujours juste comme
Aristide, mais qui n'en reste pas moins juste pour cela. Je veux
citer le passage excellent où il la définit le mieux :

« Cette sage honnêteté, dit-il (1), cette modération, dont les politiques se piquaient, remontait jusqu'à Érasme, mais à *Érasme modifié
par L'Hôpital*. L'illustre chancelier fut, en effet, par conscience et
par supériorité, on l'a très-bien dit, ce que l'auteur des *Colloques* avait
été par circonspection et par finesse d'esprit. Le bon sens d'Érasme,
la probité de L'Hôpital, ce fut là le double programme de ces politiques d'abord raillés par tout le monde, de ce *tiers-parti* « auquel, dit
« d'Aubigné, les réformés croyaient aussi peu qu'au troisième lieu qui
« est le purgatoire. » Mais laissez faire le temps, laissez les passions
s'amortir, laissez l'esprit français, avec sa logique droite, se retrouver dans ce pêle-mêle, et ce parti grandira, et on saura les noms des
magistrats intègres qui l'appuient : Tronson, Édouard Molé, De Thou,
Pasquier, Le Maistre, Guy Coquille, Pithou, Loisel, Montholon, Lestoile, De La Guesle, Harlay, Séguier, Du Vair, Nicolaï; on devinera
les auteurs de la *Ménippée*, Pierre Le Roy, Passerat, Gillot, Rapin,

(1) Page 105.

Florent Chrestien, Gilles Durant, honnêtes représentants de la bourgeoisie parisienne. Les ligueurs modérés, comme Villeroy et Jeannin,
se rangeront même un jour sous ce drapeau qui deviendra celui de
Henri IV et de Sully. »

Voilà le vrai, le sens commun en pareille matière, et Charles
Labitte l'a su rafraîchir de toutes sortes de raisons neuves et
revêtir de textes peu connus. Cet honorable ouvrage, et la préface qu'il mit depuis à la publication de la *Satyre Ménippée* (1),
lui valurent des attaques, parmi lesquelles je ne m'arrêterai
qu'à la plus sérieuse, à celle qui touche un point d'histoire
saillant et délicat.

Pendant que Charles Labitte écrivait son volume sur la ligue,
le gouvernement faisait imprimer pour la première fois (dans
la collection des Documens historiques) les *Procès-verbaux
des États-généraux*, réputés séditieux, *de* 1593; cette publication, confiée à M. Auguste Bernard, déjà connu par ses recherches sur les *D'Urfé*, fut exécutée avec beaucoup de soin,
d'exactitude et de conscience, qualités qui distinguent cet in-
vestigateur laborieux. Notre ami, toujours bienveillant et en
éveil, s'était empressé à l'avance, dans une note de son volume,
de signaler la prochaine publication de M. Bernard : « Elle
comblera, avait-il dit (2), une lacune fâcheuse dans les annales
de nos grandes assemblées. L'histoire politique n'aurait pas
seule à profiter de cette publication ; ce serait la meilleure pièce
justificative de la *Satyre Ménippée*. » Mais le recueil des *Procès-
verbaux* ne répondit pas, du moins dans la pensée de l'éditeur,
à cette dernière promesse. Selon M. Auguste Bernard, en effet,
ces registres, qui paraissaient si tardivement au jour et qui encore ne paraissaient que mutilés, loin de venir comme pièce à
l'appui de la *Ménippée*, en étaient bien plutôt une sorte de ré-
futation et de démenti perpétuel. M. Bernard accordait à ces
pauvres États tant conspués beaucoup plus de crédit qu'on

(1) Dans l'édition de la Bibliothèque-Charpentier, 1841.
(2) Page 158.

I. 2

n'avait fait jusqu'alors, et il y avait dans ce penchant de sa part autre chose que de la prévention d'éditeur : il s'y mêlait des vues plus réfléchies. Une note de sa préface (1) recommandait expressément le pamphlet du *Maheustre* et du *Manant*, testament de la ligue à l'agonie et dernier mot du parti des *Seize*. Ce pesant écrit était bien en tout le contre-pied de la *Satyre Ménippée;* des deux pamphlets, c'était le rival et le vaincu dans ce combat du frelon et de l'abeille. Mais M. Bernard y voyait, non sans raison, un précis historique très-net de la naissance, des progrès et des différentes péripéties de la ligue; il y voyait, d'un coup d'œil moins juste à mon sens, la ligne principale et comme la grande route de l'histoire à ce moment; ce n'en était plus au contraire qu'un sentier escarpé et perdu, qui menait au précipice. En général, l'éditeur des *Procès-verbaux de* 1593 accordait à l'assemblée des États de la ligue un caractère *national* et *incontesté* fait pour surprendre ceux qui avaient été nourris de la vieille tradition française. Les accusations de vénalité, qui sont restées attachées aux noms des principaux meneurs, lui paraissaient *sans base,* faute apparemment d'être consignées aux procès-verbaux. Ces opinions de l'éditeur, qui se décelaient déjà dans l'introduction mise en tête du Recueil, éclatèrent surtout dans un article critique fort rude qu'il lança peu après (2) contre la *Satyre Ménippée* et contre la *Notice* qu'y avait jointe Charles Labitte.

Ce dernier, sans répondre à ce qui lui était personnel, reprit en main la discussion et la mena vigoureusement dans un article de cette *Revue,* intitulé : *Une Assemblée parlementaire en* 1593 (3). Moi-même, longtemps préoccupé de cette question de la *Ménippée,* j'ai besoin d'ajouter ici, dans l'intérêt de notre ami, quelques raisons subsidiaires qu'il eût pu donner pour se défendre. Le cas que je fais de M. Auguste Bernard et l'auto-

(1) Page xxxiv.
(2) Dans la *Revue de la Province et de Paris,* 30 septembre 1842.
(3) Livraison du 15 octobre 1842.

rité qu'il s'est acquise sur le sujet me serviront d'excuse, si je
me prends directement à son opinion, qui rallierait au besoin
plus d'un partisan. Et puis il s'agit de la *Ménippée*, du *roi des
pamphlets*, comme on l'a nommée, il s'agit de savoir si ce brillant exploit de l'esprit français a usurpé son renom et sa victoire.

Je ne puis m'empêcher d'abord de remarquer l'espèce de superstition ou de pédanterie (on l'appellera comme on voudra)
qui devient une des manies de ce temps-ci : c'est de vouloir
tout traiter et tout remettre en question à l'aide de pièces dites
positives, de documents et de procès-verbaux. En réalité pourtant, on a beau chercher à se le dissimuler, plus on s'éloigne
des choses, et moins on en a connaissance, j'entends la connaissance intime et vive; tous ces *je ne sais quoi* que les contemporains possédaient et qui composaient la vraie physionomie
s'évanouissent; on perd la tradition pour la lettre écrite. On se
met alors à attacher une importance extrême, disproportionnée,
à certaines pièces matérielles que le hasard fait retrouver, à y
croire d'une foi robuste, à en tirer parti et à les étaler avec une
sorte de pédanterie (c'est bien le mot); moins on en sait désormais, et plus on a la prétention d'y mieux voir. Je prie qu'on
veuille bien ne pas se méprendre sur ma pensée et n'y rien lire
de plus que je ne dis : ce ne sont pas le moins du monde les
estimables recherches en elles-mêmes que je viens blâmer;
personne au contraire ne les prise plus que moi quand l'esprit
s'y contient à son objet; je parle simplement des conclusions
exagérées qu'on y rattache. Or, il n'y a qu'une manière de se
tenir en garde contre l'abus, c'est de faire toujours entrer la
tradition pour une grande part dans ses considérations, et de
ne pas la supprimer d'un trait sous prétexte qu'on n'a plus de
moyen direct et matériel d'en vérifier tous les éléments. L'éditeur des *Procès-verbaux de* 1593 s'étonne de ne pas les trouver
d'accord avec la parodie de la *Satyre Ménippée :* s'il s'attendait
à cette conformité dans le sens réel et *légal*, il avait là une
prévention par trop naïve. La *Satyre Ménippée* nous rend l'es-

prit même des États, leur rôle turbulent et burlesque; elle si-
mule une sorte de séance *idéale* qui les résume tout entiers.
Certainement cette séance-là, qu'Aristophane aurait volontiers
signée comme greffier, n'a pu être relatée au procès-verbal; il
n'y a donc rien de surprenant qu'on ne l'y trouve pas. Pour
des séances plus précises et définies, ne sait-on pas d'ailleurs
combien les procès-verbaux, en leur enregistrement authentique et sous leur sérieux impassible, ont une manière d'être
inexacts et, dans un certain sens, de mentir? Assistez à telle
séance de la Chambre des députés, ou écoutez celui qui en sort
tout animé de l'esprit des orateurs et vous en exprimant l'émotion, les péripéties, les jeux de scène, et puis lisez le lendemain
le procès-verbal de cette séance : cela fait-il l'effet d'être la même
chose? lequel des deux a menti?

Mais la *Satyre Ménippée* ne vint qu'après les États; elle ne
parut (sauf la petite brochure du *Catholicon* qu'on met en tête
et qui a précédé en date), elle ne parut, objecte-t-on, qu'aussitôt après l'entrée de Henri IV à Paris, après le 22 mars 1594;
on achevait de l'imprimer à Tours quand cette entrée eut lieu,
elle partit sur le temps; ce fut une pièce du *lendemain*, les
hommes de la *Ménippée* sont des hommes du lendemain. Que
dirait-on de quelqu'un qui viendrait confondre *la Parisienne*
avec *la Marseillaise?* Et voilà ce qu'on a fait pourtant au profit
du trop célèbre pamphlet, lorsqu'on a complaisamment répété
la phrase du président Hénault : « Peut-être la *Satyre Ménippée*
ne fut guère moins utile à Henri IV que la bataille d'Ivry; le
ridicule a plus de force qu'on ne croit. »

Je résume les objections que M. Auguste Bernard opposait à
Charles Labitte. Sans entrer ici dans une discussion de dates
qui avait déjà été très-bien éclaircie par Vigneul-Marville, et
que semblent avoir réglée définitivement MM. Leber et Brunet,
on peut répondre sans hésiter : Non, les hommes de la *Satyre
Ménippée* n'étaient point des hommes du lendemain, et cette
œuvre de leur part ne fut point une attaque tardive, ni le coup
de pied à ce qui était à terre. Et d'abord il paraît constant, non-

obstant chicanes, que le premier petit écrit dont se compose cette satyre farcie (l'écrit intitulé : *la Vertu du Catholicon*) fut imprimé réellement en 1593, avant la chute de la ligue ; il n'est pas moins certain, pour peu qu'on veuille réfléchir, que tous ces quatrains railleurs, ces *plaisantes rimes*, épîtres et complaintes, que la *Ménippée* porte avec elle, coururent imprimées ou manuscrites, et durent être placardées, colportées au temps même des événements qui y sont tournés en ridicule. La *Satyre Ménippée* ne fit que ramasser et enchâsser ces petites pièces qui étaient en circulation ; elle rallia en un gros ces troupes légères qui avaient donné séparément.

Il y a plus : je me suis amusé à parcourir les historiens contemporains et auteurs de mémoires, de Thou, d'Aubigné, Cheverny, Le Grain (1) ; tous, au moment où ils parlent de la tenue des États de 1593 et durant cette tenue même, mentionnent la *gaie satyre* et *farce piquante* qu'en firent ces *bons et gentils esprits* et ces *plumes gaillardes*, l'honneur de la France. Je n'irai pas jusqu'à conjecturer d'après cette entière concordance qu'il y eut dès-lors, et dans les derniers mois de 1593, des copies manuscrites qui coururent (ce qui n'aurait rien d'ailleurs que d'assez vraisemblable) ; j'admets tout-à-fait que de la part de ces historiens si bien informés, c'est là un léger anachronisme résultant d'une association d'idées involontaire. Qu'en conclure ? Si, quand l'imprimé parut, tout le monde se récria de la sorte avec transport et adopta par acclamation l'amusante parodie comme vérité, en l'antidatant légèrement et lui attribuant un effet rétroactif, c'est que les honnêtes gens étaient si las de ces horreurs et de ces calamités prolongées, étaient si heureux de retrouver exprimé avec éclat et vigueur ce qu'ils pensaient et se disaient à l'oreille depuis longtemps, qu'ils se prirent à n'en faire qu'un seul écho, en le reportant tant soit

---

(1) Voir De Thou, *Histoire*, livre cv, année 1593 ; — D'Aubigné, *Histoire universelle*, tome III, livre III, chapitre 13 ; — Cheverny, *Mémoires d'État*, à l'année 1593 ; — Le Grain, *Décade*, même année.

peu en arrière par une confusion irrésistible : glorieux et légitime anachronisme, qui prouve d'autant plus pour l'effet moral
de la *Ménippée*. Les contemporains eux-mêmes antidatent et
font la faute : quel plus bel hommage ! Tout atteste que l'action de l'heureux pamphlet fut immense sur l'opinion à travers
la France encore soulevée. Si, de nos jours, à propos d'un autre
pamphlet royaliste bien différent, qui n'exprimait que l'étin-
celante colère et les représailles d'un écrivain de génie, un moment homme de parti, avant d'être l'homme de la France, —
si Louis XVIII pourtant a pu dire de la brochure intitulée : *De
Buonaparte et des Bourbons*, apparue sur la fin de mars 1814,
qu'elle lui avait valu une armée, Henri IV n'aurait-il pas pu
dire plus justement la même chose de sa bonne satire nationale? La phrase du président Hénault ne signifie que cela ; c'est
un de ces mots spirituels qui rendent avec vivacité un résultat
et qui font aisément fortune en France. On ne prend de tels
mots au pied de la lettre que quand on y met peu de bonne
volonté. En résumé, tous les procès-verbaux du monde publiés
ou inédits ne prouveront jamais : 1° que les États de 1593
n'aient pas été la *cour du roi Petaud*; 2° que la *Satyre Ménippée* n'ait pas été bien et dûment comparée (toute proportion
gardée) à la bataille d'Ivry, non pas si vous voulez à la troupe
d'avant-garde, mais à cette cavalerie qui, survenant toute fraîche le soir d'une victoire, achève l'ennemi qui fuyait.

Au moment où Henri IV fit son entrée en ce Paris longtemps
rebelle, à ce beau jour du printemps de 1594, il y eut un essaim
de grosses abeilles qui sortit on ne sait pas bien d'où, et peut-
être, comme on croit, d'un coin de la Cité, d'auprès le jardin
de M. le premier président; elles marchaient et voletaient devant les lis (1), donnant au visage et dans les yeux des ligueurs

---

(1) Et si l'on trouvait que je vais bien loin, en appliquant cette gracieuse
image à une production quelque peu rabelaisienne, qu'on se rappelle,
entre autres, ce riant et beau passage : « Le Roi que nous demandons est
déjà fait par la nature, né au vrai parterre des fleurs de lis de France, re-
jeton droit et verdoyant du tige de saint Louis. Ceux qui parlent d'en faire

fuyards : ce fut la *Ménippée* même. Les lis alors étaient d'accord avec l'honneur et avec l'espoir de la France. Depuis, quand ils méritèrent d'être rejetés, un autre gros d'abeilles se vit, qui piqua en sens inverse et les harcela longtemps avec gloire : à deux siècles de distance, le rôle national est le même; la *Ménippée* et la chanson de Béranger sont deux sœurs.

Viendra-t-on maintenant nous préconiser le *Dialogue du Maheustre et du Manant*, l'opposer *rationnellement*, comme on dit, à la *Ménippée*, lui subordonner celle-ci, en insinuant qu'elle ne devrait reparaître qu'à la suite et dans le cortége de l'autre? En France, tant qu'il y aura du bon sens, de telles énormités ne se sauraient souffrir. Ce pamphlet du *Maheustre* et du *Manant* (1), très-curieux à titre de renseignement historique, est lourd, assommant, sans aucun sel. Le *Manant* est un ergoteur, un procureur fanatique comme Crucé; ce *Manant* n'a rien du véritable esprit français, rien de notre paysan, de notre *Jacques Bonhomme*, ni de notre *badaud* de Paris malin et mobile. Il raisonne avec une idée fixe, avec cette logique opiniâtre qui mène à l'absurde, qui aboutirait en deux temps à l'inquisition et à 93. Il n'est, après tout, que l'organe des Seize; ce pamphlet a tout l'air d'une vengeance sournoise décochée par les Seize *in extremis* contre les faux frères du parti et contre Mayenne. C'est comme qui dirait une apologie de la portion la plus exagérée et la plus *pure* de la Commune de Paris, qui aurait paru à la veille du 9 thermidor. En ce qui est du sentiment démocratique avancé dont on serait tenté par momens de faire honneur à l'auteur et à sa faction, prenez bien garde toutefois

un autre se trompent et ne sauroient en venir à bout : on peut faire des sceptres et des couronnes, mais non pas des rois pour les porter; on peut faire une maison, non pas un arbre ou un rameau verd... »

(1) Le *maheustre*, ainsi nommé par une sorte de sobriquet, représente l'homme d'armes ou le noble sans conviction bien profonde et passé sous les drapeaux du roi de Navarre; le *manant* représente le franc paroissien de Paris, le ligueur-*ultrà*, et qui serait, au besoin, plus catholique que le pape.

et ne vous y fiez guère : il y a quelque chose qui falsifie à tout instant cette inspiration de bon sens démocratique, qui le renfonce dans le passé et qui l'opprime, c'est l'idée catholique fanatique, l'idée romaine–espagnole (1). Non, dans l'ordre naturel, la *Satyre Ménippée* ne saurait venir (comme paraît le désirer M. Bernard) à la queue du *Maheustre* et du *Manant;* ce *Manant* reste une excentricité par rapport à l'esprit de la France, tandis que la *Ménippée* est bien au cœur de cet esprit : c'est elle qui mène le triomphe.

Quant aux noms des auteurs anonymes du généreux pamphlet, M. Bernard ne chercha pas moins querelle à notre ami, qui n'était coupable que d'avoir suivi, dans le partage des rôles, les données constamment transmises, et de s'y être joué, comme on fait en lieu sûr, avec quelque complaisance.— Mais qui nous prouve que Pithou a réellement écrit la harangue de D'Aubray, que Passerat et Nicolas Rapin ont fait les vers, que Florent Chrestien...? Oh! pour le coup, il y a le témoignage universel, la tradition consacrée. Que si M. Auguste Bernard exige absolument qu'on lui produise, après plus de deux siècles, un acte notarié et un procès-verbal authentique en faveur de ces noms, il peut se flatter d'avoir gain de cause; mais, faute de ce certificat, auprès de tous ceux qui entendent le mot pour rire, et qui savent encore saisir au vol la voix de la Renommée, cette chose jadis réputée divine et légère, la gloire de Pithou, de Rapin et de Passerat, n'y perdra rien.

C'est assez insister sur ce principal épisode de la vie littéraire de notre ami. Ainsi Charles Labitte trouvait moyen vers le même temps de faire excursion jusque par-delà les sources mystiques de Dante, et de se rabattre en pleine Beauce, au cœur de nos glèbes gauloises. Pourtant cette vie de Rennes, loin de Paris, et malgré tous les dédommagements des amitiés qu'il s'était

---

(1) Voir notamment les pages 556, 557 (au tome III, édition de la *Ménippée* de Le Duchat, 1709), dans lesquelles quelques bonnes vérités sur la noblesse sont contre-pesées tout à côté par les plus serviles soumissions au clergé; les unes ne s'y peuvent séparer des autres.

formées, coûtait à ses goûts; il ne tarda pas à désirer de nous revenir. Je trouve dans une lettre de lui, datée des derniers temps de son séjour à Rennes (fin de février 1842) et adressée à ce même ami d'enfance, M. Jules Macqueron, un touchant tableau de sa disposition intérieure. On en aimera la sincérité parfaite du ton, rien d'exagéré, une tristesse tempérée, si j'ose dire, de bonne humeur et de résignation : à vingt-six ans, cette tristesse-là compte plus que bien des violents désespoirs à vingt. On n'y sera pas moins frappé des nobles croyances qui subsistaient debout en lui, même en ses jours d'abattement :

« Quelques indulgentes et illustres amitiés qui me restent fidèles, écrivait-il à son ami en songeant sans doute à MM. Villemain et Cousin qui lui témoignaient un attachement véritable, — un peu de persévérance et d'amour des lettres, voilà les éléments de mon mince avenir. Quoi qu'il arrive d'ailleurs, mon cher Jules, mon ambition ne sera jamais déçue. Ce que j'en ai n'est pour moi qu'un moyen factice d'occuper les heures et de distraire le dégoût de toutes choses par l'activité. Il y a un mot de Bossuet qui dit : « L'homme *s'agite,* et Dieu le mène. » Tout le secret de la vie est là; il faut s'étourdir par l'action. De jour en jour, d'ailleurs, j'ai moins la peur d'être détrompé, et ma philosophie se fait toute seule. Je me suis aperçu que le bonheur, comme il faut l'entendre, n'est autre chose, quand on n'en est plus aux idylles, que le parti pris de s'attendre à tout et de croire tout possible. La vie n'est qu'une auberge où il faut toujours avoir sa malle prête. Cette théorie, qui est triste au fond, n'altère en rien ma bonne humeur. Elle me donne le droit de ne plus croire qu'à très-peu de choses, de me fier aux idées plutôt qu'aux hommes, de rire des sots, de mépriser les fripons de toute nuance, de me réfugier plus que jamais dans l'idéale sphère du vrai, du beau, du bien, et d'avoir à cœur encore les bonnes, les vieilles, les excellentes amitiés de quelques fidèles. La beauté dans l'art, la moralité en politique, l'idéalisme en philosophie, l'affection au foyer... il n'y a rien après. Je ne donnerais pas une panse d'*a* de tout le reste. »

On voit qu'en faisant bon marché de bien des choses et en jetant à la mer une partie de son bagage, au moment où il entrait dans ce détroit de la seconde jeunesse, la noble nature de notre ami ne se dépouillait pourtant qu'autant qu'il le fallait : il savait garder au moral le plus essentiel du viatique.

M. Tissot, qui avait connu Charles Labitte chez M. de Pongerville et qui, sans préjugé d'école, sachant aimer le talent et la jeunesse, avait été gagné à cette vivacité gracieuse, lui ménagea un honorable motif de retour et de séjour à Paris, en l'adoptant pour son suppléant au Collége de France. C'est dans cette position que Charles Labitte a passé les deux ou trois dernières années. Des fonctions si nouvelles le rejetèrent à l'instant dans l'étude de l'antiquité, et comme il ne faisait rien à demi, comme il portait en toute veine son insatiable besoin de recherches et de lectures complètes, il devint en très-peu de temps un érudit classique des plus distingués; mais s'étonnera-t-on que la vie se consume à cette succession rapide de coups de collier imprévus, à ces entrées en campagne avant l'heure et à ces marches forcées de l'intelligence?

Que sera-ce si l'on ajoute qu'une fois présent à Paris, il redevint le plus utile et le plus fréquent à cette *Revue*, la ressource habituelle en toute rencontre, d'une plume toujours prête à chaque à-propos, innocemment malicieuse, et tout égayée et légère au sortir des doctes élucubrations ?

Son ardeur d'application à l'antiquité et à la poésie latine marque l'heure de la maturité de son talent, et elle contribua sans nul doute à la déterminer. Le génie romain en particulier, grave et sobre, était bien propre, par son commerce, à perfectionner cette heureuse nature, à l'affermir et à la contenir, à lui communiquer quelque chose de sa trempe, et à lui imprimer de sa discipline. Dans les derniers temps de son enseignement, Charles Labitte avait fini par triompher d'une certaine timidité qui lui restait en présence du public, et le succès, de plus en plus sensible, qu'il recueillait autour de lui, l'excitait dans cette voie où le conviaient d'ailleurs tant de sérieux attraits. On a imprimé plusieurs des discours d'ouverture prononcés par lui, et dans lesquels, pour le tour des idées et la forme de l'érudition, il semblait d'abord marcher sur la trace de cet autre agréable maître M. Patin; puis, bientôt, par des articles approfondis sur des auteurs de son choix, il dégagea sa propre originalité, il la porta dans ces sujets anciens, en combinant, autant qu'il était possible à cette distance, la biographie et la critique, en poussant l'une en mille sens à travers l'autre. Les érudits, en définitive, étaient satisfaits, les gens instruits trouvaient à y apprendre, et tout esprit sérieux avait de quoi s'y plaire; la conciliation était à point. Les deux articles sur *Varron* et sur *Lucile* (1) résolvaient entièrement la question du genre; l'auteur n'avait plus qu'à poursuivre et à en varier les applications. Et que n'eût-il pas fait en peu d'années à travers ce fonds toujours renaissant, que n'en eût-il pas tiré avec son talent dispos, sa facilité d'excursion et son abondance d'aperçus! Ses papiers nous révèlent l'étendue de ses plans; les titres seuls en sont ingénieux, et attestent l'invention critique : il avait préparé un article sur *les Femmes de la Comédie latine*, particulièrement sur celles de *Térence*, et un autre intitulé *la Tristesse de Lucrèce*. Ce dernier projet nous touche surtout, en ce que notre ami s'y montre à nous comme ayant sondé plus avant qu'il ne lui semblait habituel les dégoûts amers de la vie et le problème de la mort. Il voyait dans le poëte romain, non pas un aride représentant de l'épicuréisme, mais une victime superbe de l'anxiété : « Fièvre du génie, disait-il, désordonnée, mais géométrique; ne vous y fiez pas : sous ces lignes sévères, il y a du trouble. » Il disait encore : « C'est le dernier cri de la poésie du passé. A la veille du Calvaire, elle prophétise le *oui* par le *non;* elle prouve le trouble, l'attente, le désir d'une solution. C'est un Colomb qui se noie avant d'arriver, ou plutôt qui s'en retourne. — Ajax en révolte s'écriait : *Je me sauverai malgré les Dieux;* et Lucrèce : *Je m'abîmerai à l'insu des Dieux.* » Il s'attachait, dans la lecture du livre, à dessiner l'âme du poëte, à ressaisir les plaintes émues que le philosophe mettait dans la bouche des adversaires, et qui trahissaient peut-être ses sen-

(1) Livraisons de la *Revue* du 1er août et du 1er octobre 1845.

timents propres; il relevait avec soin les affections et les expressions modernes, cet ennui qui revient souvent, ce *veternus*, qui sera plus tard l'*acedia* des solitaires chrétiens, le même qui engendrera, à certain jour, l'*être invisible* après lequel courra Hamlet, et qui deviendra enfin la *mélancolie* de René. Ce suicide final qu'on raconte de Lucrèce ne lui semblait peut-être qu'un retour d'accès d'un mal ancien : « L'air d'autorité, écrivait-il, ne suffit pas à déguiser ses terreurs; voyez, il s'en revient pâle comme Dante; l'armure déguise mal l'émotion du guerrier. » Il croyait discerner, sous cet athéisme dogmatique, comme sous la foi de Pascal, le démon de la *peur*. Je n'oserais affirmer que toutes ces vues soient parfaitement exactes et conformes à la réalité; en général, on est tenté de s'exagérer les angoisses des philosophes qui se passent des croyances que nous avons; on les plaint souvent bien plus qu'ils ne sont malheureux. Quiconque a traversé, dans son existence intellectuelle, l'une de ces phases d'incrédulité stoïque et d'épicuréisme élevé, sait à quoi s'en tenir sur ces monstres que de loin on s'en figure. Si Lucrèce nous rend avec une saveur amère les angoisses des mortels, nul aussi n'a peint plus fermement et plus fièrement que lui la majesté sacrée de la nature, le calme et la sérénité du sage; à ce titre auguste, le pieux Virgile lui-même, en un passage célèbre, le proclame heureux : *Felix qui potuit rerum*, etc... Quoi qu'il en soit cependant de l'énigme que le poëte nous propose, et si tant est qu'il y ait vraiment énigme dans son œuvre, c'était aux expressions de trouble et de douleur que s'attachait surtout notre ami; le livre III, où il est traité à fond de l'âme humaine et de la mort, avait attiré particulièrement son attention; dans son exemplaire, chaque trait saillant des admirables peintures de la fin est surchargé de coups de crayon et de notes marginales, et il s'arrêtait avec réflexion sur cette dernière et fatale pensée, comme devant l'inévitable perspective : « Que nous ayons vécu peu de jours, ou que nous ayons poussé au-delà d'un siècle, une fois morts, nous n'en sommes pas moins morts pour une éternité, et celui-là ne

sera pas couché moins longtemps désormais, qui a terminé sa
vie aujourd'hui même, et celui qui est tombé depuis bien des
mois et bien des ans :

> Mors æterna tamen nihilominus illa manebit;
> Nec minus ille diu jam non erit, ex hodierno
> Lumine qui finem vitaï fecit, et ille
> Mensibus atque annis qui multis occidit ante. »

Notre ami était donc en train d'attacher ses travaux à des sujets et à des noms déjà éprouvés, et les moins périssables de
tous sur cette terre fragile; il voguait à plein courant dans la
vie de l'intelligence; des pensées plus douces de cœur et d'avenir s'y ajoutaient tout bas, lorsque tout d'un coup il fut saisi
d'une indisposition violente, sans siége local bien déterminé,
et c'est alors, durant une fièvre orageuse, qu'en deux jours,
sans que la science et l'amitié consternées pussent se rendre
compte ni avoir prévu, sans aucune cause appréciable suffisante, la vie subitement lui fit faute, et le vendredi, 19 septembre 1845, vers six heures du soir, il était mort quand il ne
semblait qu'endormi.

« Il est mort, s'écriait Pline en pleurant un de ses jeunes
« amis (1), et ce qui n'est pas seulement triste, mais lamenta-
« ble, il est mort loin d'un frère bien-aimé, loin d'une mère,
« loin des siens... *procul a fratre amantissimo, procul a matre...*
« Que n'eût-il pas atteint si ses qualités heureuses eussent
« achevé de mûrir! De quel amour ne brûlait-il pas pour les
« lettres! que n'avait-il pas lu! combien n'a-t-il pas écrit! *Quo*
« *ille studiorum amore flagrabat! quantum legit! quantum*
« *etiam scripsit!* » Toutes ces paroles ne sont que rigoureusement justes appliquées à Charles Labitte, et celles-ci le sont
encore (2), que je détourne à peine : « Fidèle à la tradition, re-
« connaissant des aînés et même des maîtres (pour mieux le

(1) Lettre ix du livre V.
(2) Lettre xxiii du livre VIII.

« devenir à son tour), qu'il ressemblait peu à nos autres jeunes
« gens! Ceux-ci savent tout du premier jour, ils ne reconnais-
« sent personne, ils sont à eux-mêmes leur propre autorité :
« *statim sapiunt, statim sciunt omnia,... ipsi sibi exempla sunt;*
« tel n'était point Avitus... » Nous pourrions continuer ainsi avec
les paroles du plus ingénieux des anciens bien mieux qu'avec
les nôtres, montrer cette ambition honorable que poursuivait
notre ami, non point l'*édilité* comme Julius Avitus, mais la pure
gloire littéraire qu'il avait tout fait pour mériter, et dont il était
sur le point d'être investi... *et honor quem meruit tantum.* Pourtant nous nous garderions d'ajouter que tous ces fruits de tant
d'espérance s'en sont allés avec lui, *quæ nunc omnia cum ipso
sine fructu posteritatis aruerunt.* Non, tout de lui ne périra
point; quelques-uns de ses écrits laisseront trace et marqueront
son passage. Oh! que du moins les lettres qu'il a tant aimées
le sauvent! Et tâchons nous-mêmes, nous qui l'avons si bien
connu, de les cultiver assez pour mériter d'arriver jusqu'au rivage, et pour y déposer en lieu sûr ce que nous portons de plus
cher avec nous, la mémoire de l'ami mort dans la traversée et
enseveli à bord du navire!

SAINTE-BEUVE.

1er mai 1846.

On lit dans le *Journal des Débats,* du mercredi 24 septembre 1845 :
« Les obsèques de M. Charles Labitte, professeur suppléant au Collége de France, ont été célébrées aujourd'hui mardi, 23 septembre, en
l'église Saint-Germain-des-Prés.

« Le deuil était conduit par M. de Pongerville, de l'Académie française, oncle du défunt; les cordons du poêle étaient tenus par MM. Tissot
et Lerminier, professeurs au Collége de France, Buloz, directeur de
la *Revue des Deux Mondes,* et le docteur Magne.

« Parmi les nombreux assistants qu'avait réunis cette cérémonie
douloureuse, malgré une pluie incessante, on remarquait des membres de l'Académie française, MM. Cousin, Villemain, Sainte-Beuve,
Patin, Mérimée; des professeurs du Collége de France et de la Sor-

bonne, MM. Le Clerc, doyen de la Faculté des lettres, Libri, Philarète
Chasles, Jules Simon, Émile Saisset, enfin la plupart des écrivains de
la *Revue des Deux Mondes*, qui perd en M. Charles Labitte un de
ses collaborateurs les plus distingués (1).

« De l'église Saint-Germain-des-Prés, le cortége funèbre s'est rendu
au cimetière de l'Est. Deux discours y ont été prononcés par MM. Tissot
et Sainte-Beuve, éloquents interprètes des regrets unanimes qui en-
touraient cette tombe si prématurément ouverte. »

—

DISCOURS DE M. TISSOT,

Membre de l'Académie française.

MESSIEURS,

L'ordre naturel des choses se trouve interverti dans ce moment : c'était le jeune homme qui aurait dû rendre ici au vieillard les derniers devoirs, c'est le vieillard qui vient dire l'adieu
suprême au jeune homme. Charles Labitte, dont nous ressentons
tous si vivement la perte, n'avait pas trente ans. Sa constitution,
les forces vitales qu'elle annonçait, la fraîcheur juvénile de son
teint, semblaient promettre une longue existence; mais, comme
ces beaux fruits qui, étant attaqués au cœur, conservent cependant leurs ·brillantes apparences, il portait au dedans une
blessure profonde et cachée. De là, des accès de mélancolie, de
tristes pressentiments; on les voyait passer comme de légers
nuages sur son front serein; philosophe par caractère, notre
jeune ami se laissait peu troubler par la prévoyance de sa fin
prématurée.

Élève de cette Université méconnue par des ingrats qui lui
doivent toute leur instruction, Labitte ne reniait point sa mère;

(1) Nous ne devons pas oublier, parmi les personnes qui lui rendaient les
derniers devoirs et qui lui avaient rendu les derniers soins, un de ses plus
tendres amis, M. Auguste Veyne, ancien interne des hôpitaux.

il avait reçu d'elle le culte de l'antiquité, mais ce culte n'avait rien d'exclusif; sa bibliothèque réunissait, ainsi que dans un modeste Panthéon, toutes les divinités littéraires du monde; chaque jour le voyait leur offrir de nouveaux sacrifices. Admis de bonne heure aux nobles fonctions de l'instruction publique, il s'y distingua par un enseignement agréable et solide qui le fit chérir de ses disciples. Il était déjà professeur de littérature étrangère à la Faculté des lettres de Rennes, quand je le choisis pour me remplacer dans ma chaire de poésie latine, au Collége de France. Une timidité de modestie l'empêcha d'abord d'obtenir tout le succès que promettaient son érudition réelle, son ingénieuse critique et le piquant de son esprit; mais il avait fini par triompher de cet obstacle : les connaisseurs prenaient plaisir à l'entendre. Labitte avait débuté par une dissertation sur la poésie satirique des Latins, qui est un morceau très-remarquable.

La critique littéraire était la vocation et le penchant de Charles Labitte; plusieurs recueils, notamment la *Revue des Deux Mondes*, lui doivent un grand nombre d'articles, tous marqués au coin de la conscience et de la raison. S'il inclinait parfois, comme les jeunes gens, à un excès de sévérité, si sa mordante ironie fit plus d'une blessure à des amours-propres qui vont pardonner devant cette tombe, ses plus grandes malices venaient de l'esprit, le cœur n'y avait aucune part. Il recherchait, il éprouvait du plaisir à glorifier les jeunes renommées qui venaient à surgir sur l'horizon. Labitte était aimant et d'un commerce agréable et facile; aussi comptait-il beaucoup d'amis dans tous les rangs de la société, parmi des personnes entièrement divisées d'opinions politiques et littéraires. Les célébrités de son âge formaient cortége autour de lui. Après Dieu, la patrie et la liberté, les lettres étaient la plus ardente passion de Labitte; peut-être même l'emportaient-elles sur la passion souveraine de son âge.

Voilà, messieurs, quel fut le jeune écrivain que nous ne reverrons plus, et qui, naguère encore, était assis chez moi à la table de l'amitié; il meurt à la fleur de l'âge, en laissant après lui le meilleur et le plus affligé des pères, une mère tendre et désespérée, un jeune frère qu'il aimait comme il en était aimé, cette foule de parents et d'amis qui pleurent sur sa tombe,... et, si j'ose parler ici de moi, un maître et un ami désolé.

Au milieu de tout ce deuil une seule chose peut nous apporter quelque allégement : la mort a été douce envers sa victime; Labitte a expiré le sourire sur les lèvres, et comme s'il tendait la main à quelque personne chérie.

—

DISCOURS DE M. SAINTE-BEUVE.

Ne quittons point cette tombe où disparaissent les restes mortels d'un ami si cher, sans dire au moins quelque chose de ce que tous nous ressentons, sans faire entendre surtout l'expression bien faible de ce que perdent en lui les Lettres auxquelles fut tout entière dévouée cette vie si pure, si aimable, si désintéressée, cette vie moissonnée tout d'un coup avant trente ans. Ce qu'il était dès l'enfance et dès sa plus tendre jeunesse, nous le savons tous, car ses jours, de bonne heure remplis par le travail, se ressemblaient : lorsqu'il arriva à Paris au sortir des premières études et comme tout frais encore des soins maternels, ce jeune homme de dix-huit ans, doux, modeste, rougissant, était déjà plus instruit que ne le sont la plupart après de longues années; il avait tout lu, tout dévoré, il aurait pu s'appeler déjà érudit; et il n'a cessé, durant les douze années qui suivirent, d'accroître, d'enrichir ce premier fonds, de le fertiliser et de le mûrir dans tous les sens. Et tout cela il le faisait avec une aisance, une facilité, j'oserai dire une gaieté pleine de fraîcheur, qui est le plus heureux signe des vocations naturelles. L'amitié, qui fut avec l'étude son plus cher partage, profitait de tout ce que l'autre acquérait : ce qu'il était encore

à cet égard, est-il besoin de le redire? quel ami plus prompt,
plus ouvert aux études de ses amis, plus disposé à y entrer à
chaque instant et à y verser, sans compter, le résultat des
siennes propres ! Il était aussi heureux, plus heureux de ce qui
se faisait autour de lui, que de ce qu'il faisait lui-même; il aimait les Lettres, les Études, pour ce qu'elles produisent de bon,
pour cette vive et intime satisfaction qu'elles procurent au
cœur qu'une autre ambition n'envahit pas. Et c'est une consolation du moins qu'il faut se redire dans ce malheur : assurément, dans sa courte vie, il leur a dû de longues et abondantes
jouissances. Ainsi heureux d'un bonheur qu'il tenait, ce semble, entre ses mains; au moment d'asseoir plus complétement
sa destinée et de la couronner d'une pleine félicité domestique;
désigné par la confiance et l'amitié de ses maîtres pour les représenter et les continuer avec honneur; marchant au premier
rang de cette génération qui a le droit de se dire jeune encore;
connu du public par des œuvres sérieuses qui n'étaient pour
lui que des essais, par les productions faciles, redoublées, spirituelles, à la fois solides et gracieuses, d'une plume faite pour
rendre la science accessible et aimable; chéri de ses nombreux
amis entre lesquels il était un lien actif, incessant, et comme un
messager perpétuel d'union littéraire (car beaucoup d'entre
nous qui sommes ici, nous nous connaissions, nous nous ai-
mions par lui et en lui), le voilà enlevé à tant d'espérances, à
tant d'avenir, et d'un coup si soudain que, dans ce premier éclat
de la douleur, c'est peut-être encore l'étonnement qui domine.
Accablants mystères, devant lesquels notre faiblesse n'a qu'à
s'incliner !... Sa pensée du moins ne mourra pas; l'amitié emporte de lui une vivante image, et les Lettres, qui sont encore
ce qu'il y a de plus durable parmi les choses mortelles, sauve-
ront et multiplieront le souvenir de celui qui les a tant aimées,
qui ne vivait que pour elles, et que leur pure ardeur a dévoré !

Nous donnons ci-après la liste, aussi complète que nous l'avons pu dresser, des articles que M. Charles Labitte a insérés dans les divers journaux et recueils à la rédaction desquels il participa, et des ouvrages et opuscules qu'il publia séparément.

REVUE DES DEUX MONDES.

1836. 15 août. — Écrivains précurseurs du siècle de Louis XIV : Gabriel Naudé.

1837. — 1er févr. — Raynouard, sa vie et ses ouvrages.

1838.
15 mai. — De la Collection de Documents inédits sur l'histoire de France.
1er nov. — Revue littéraire : Littérature du moyen âge, philosophie et sciences, ouvrages de MM. Chabaille, F. Michel, Jubinal, Huet, Dussieux, Poncelet, Lapérouse, Libri.

1839.
15 févr. — Revue littéraire : *Dante*, par M. Ozanam; *De l'Habitude* et *Speusippi placita*, par M. Ravaisson.
1er juin. — Revue littéraire : Romans, poésies et prières, par MM. Karr, Paul de Musset, Émile Souvestre, L. de Ronchaud, Mme Aug. Thierry, Mme Colet, Mme la duchesse de Duras.
1er juillet — *La Jeunesse de Goethe*, par Mme Colet.
15 juillet. — Revue littéraire : Situation de la presse; *Portraits littéraires*, de M. Sainte-Beuve; *Allemagne et Italie*, de M. Quinet; *les Catacombes*, de M. J. Janin.
1er août. — *Léonore de Biran*, par Mme de Cubières.
15 août. — Revue littéraire : Romans, poésie, histoire.
1er oct. — *Hugues Capet*, de M. Capefigue.
15 nov. — Revue littéraire : *Annales des Estienne*, par Renouard; *les Hongrois*, par Dussieux; *Histoire des Lettres latines au quatrième siècle*, par Collombet.

1840.
1er févr. — Revue littéraire : *Confession générale*, par F. Soulié; *le Marquis de Létorière*, par E. Sue.
15 févr. — Népomucène Lemercier.
Id. — *Le Bracelet*, par Paul de Musset.
1er mars. — *La Religion des Druses*, par M. de Sacy.
1er oct. — Revue littéraire : Littérature du Nord.
15 oct. — Revue littéraire : *la Chambrière*, *Onyx*, *les Deux Mina*, *l'Homme animal*.
1er nov. — Revue littéraire : *Histoire de la Littérature slave*, par M. Eichoff; *Dante*, traduction de M. Fiorentino.
15 déc. — Revue littéraire : Cours de la Sorbonne.

1841.
15 juin. — *Nouveaux portraits*, par Ch. Nodier.
1er oct. — Biographes et traducteurs de Dante.

1842. { 1ᵉʳ sept. — La Divine Comédie avant Dante.
       { 1ᵉʳ oct. — Une Assemblée parlementaire en 1593.

       { 15 févr. — *Mélanges*, par Mˡˡᵉ Louise Ozenne.
       { 1ᵉʳ mars. — *Histoire militaire des Éléphants*, par le colonel
       {   Armandi.
       { 15 avril. — *La Femme accomplie*, roman chinois, traduit
       {   par M. Gaillard d'Arcy.
       { 1ᵉʳ mai. — *Causeries et Méditations*, par M. Magnin.
       { 15 mai. — Le Roman dans le Monde, signé *F. de Lagene-*
       {   *vais*.
       { 1ᵉʳ juillet — Poetæ minores : MM. Guiraud, Barbier, Al. Le
       {   Flaguais, Cournier, Chambure, V. de la Bou-
       {   laye, Th. de Banville, Er. Prarond, Belmon-
1843. {   tet, Mˡˡᵉ M. de Grandmaison, Mˡˡᵉ A. Quarré,
       {   Mᵐᵉ F. Bayle–Mouillard, M. F. Tourte.
       { 1ᵉʳ sept. — Revue littéraire : *Tableau de la Poésie au sei-*
       {   *zième siècle*, par M. Sainte-Beuve; les Bio-
       {   graphes de Mᵐᵉ de Sévigné.
       { 1ᵉʳ oct. — *Lettres parisiennes*, de Mᵐᵉ de Girardin, signé
       {   *F. de Lagenevais.*
       { 1ᵉʳ nov. — Goethe et Mᵐᵉ d'Arnim.
       { 1ᵉʳ déc. — Les derniers Romans de MM. Balzac et Soulié :
       {   *Rosalie, David Séchard, les Deux Frères,*
       {   *Maison de campagne à vendre, Huit jours*
       {   *au château.*

       { 15 janv. — Marie–Joseph Chénier.
1844. { 1ᵉʳ mai. — La Satire et la Comédie à Rome.
       { 1ᵉʳ nov. — Le Grotesque en littérature à propos du livre
       {   de M. Théophile Gautier.

       { 1ᵉʳ févr. — Saint-Marc Girardin.
       { 15 févr. — Réception de M. Mérimée à l'Académie française.
       { 1ᵉʳ mars. — Réception de M. Sainte–Beuve à l'Académie
       {   française.
1845. { 15 mars. — La Jeunesse de Fléchier.
       { 15 avril. — *Marthe la Folle*, de Jasmin.
       { 15 juin. — Revue littéraire : Poésies nouvelles.
       { 1ᵉʳ août. — Varron et ses Ménippées.
       { 1ᵉʳ oct. — Les Satires de Lucile.

REVUE DE PARIS.

1837. — 9 juillet. — Voiture.

       { 13 mai. — *De la Métaphysique d'Aristote*, par M. Ra-
       {   vaisson.
1838. { 24 juin. — *Tableau du dix–huitième siècle*, par M. Ville-
       {   main.
       { 12 août. — Michel Menot.
       { 30 sept. — *Origines du Théâtre*, de M. Magnin.

       { 6 janv. — *Les Journaux chez les Romains*, par M. Victor
1839. {   Le Clerc.
       { 3 févr. — Robert Meissier et le Dormi-Secure.

31 mars.— Scudéry.

12 mai. — Revue littéraire : Poésies nouvelles de MM. Cistac, J. Michel, F. Dugué, Maricourt, Jouannos, Boyer.

1839. 1ᵉʳ juin. — *Le Musée de Versailles*, de Mᵐᵉ Colet.

30 juin. — *Une Voix de plus*, de M. Aug. Desplaces.

18 août. — *Histoire littéraire de la France avant le douzième siècle*, par M. Ampère.

1ᵉʳ sept. — Boisrobert.

1840. 26 juillet— Olivier Maillard.

5 déc. — Michaud : Réception de M. Flourens à l'Académie française.

1842. —11 sept. — *Essais de Philosophie*, de M. de Rémusat.

1843. 26 févr. — *Des Pensées de Pascal*, de M. V. Cousin.

18 juin. — Louis de Léon.

4 mai. — *Modeste Mignon*, par M. de Balzac.

16 » — *Lettres sur le Clergé et la Liberté de l'Enseignement*, par M. Libri.

18 » — Une Lettre inédite de Ducis.

25 » — *Nouveaux Mélanges tirés d'une petite bibliothèque*, par M. Nodier.

1844. 28 » — Séance publique de l'Académie des Sciences morales.

13 juin. — *Histoire de la Chute des Jésuites au dix-huitième siècle*, par M. le comte A. de Saint-Priest.

22 » — *Le prétendu Cœur de saint Louis*, par M. Letronne.

JOURNAL DE L'INSTRUCTION PUBLIQUE.

1838. 5 sept. — Lettre sur la langue usuelle des Prédicateurs du XVIᵉ siècle.

3 août. — *Essai sur les Fables indiennes*, de M. de Longchamps ; *le Roman des Sept Sages*, publication de M. Leroux de Lincy.

28 août. — Jean Raulin.

11 sept. — *Notice sur Shakespeare*, par M. Villemain.

1839. 12 oct. — *Instruction intermédiaire en Allemagne*, par M. Saint-Marc Girardin.

19 oct. — *Histoire de la Littérature en Suède*, par M. Marmier.

31 oct. — *OEuvres d'Hippocrate*, traduction de M. Littré.

11 déc. — *Introduction à la Littérature de l'Europe*, d'Hallam.

avril. — De l'État des Littératures modernes en Europe avant Dante.

1840. 15 août. — Vue générale de la Littérature italienne au XIVᵉ siècle.

1841. —27 nov. — Tableau du XVIᵉ siècle.

FRANCE LITTÉRAIRE.

1835 (juillet). — Étude sur Ramus.

1835 (février). — Étude sur Gerson.

REVUE ANGLO-FRANÇAISE.

1835 (août). — Bataille d'Azincourt.

ENCYCLOPÉDIE DU XIX° SIÈCLE.

1837. — Voiture.

LE PUITS ARTÉSIEN, REVUE DU PAS-DE-CALAIS.

1840. — Les Aventures de Dassoucy.

REVUE DU MIDI.

1843. — De la Poésie latine.

AUXILIAIRE BRETON.

1841 (18 août). — Revue littéraire : F. Soulié, Ch. de Bernard, Ké-
ratry, Rabou, Éd. Corbière. — Une Distribu-
tion de prix.

1842 (31 janvier). — Les Pamphlets et les Révolutions.

DICTIONNAIRE DE LA CONVERSATION.

1835. — Daru.

1836. {
Érasme.
Froben.
Gerson.
Guerres puniques.
Heinsius.

1837. {
Lebœuf (l'abbé).
Lemierre.

ENCYCLOPÉDIE CATHOLIQUE.

1836. {
Achards (Éléazar).
Acton.
Adam (Jean).
Adrianson.

1839. — Ailly (Pierre d').

Essai sur l'Affranchissement communal dans le comté de Ponthieu,
par Ch. Labitte et Ch. Louandre; Abbeville, 1836, in-8°. Tiré à
69 exemplaires.

De la Démocratie chez les Prédicateurs de la Ligue; Paris, 1841,
in-8°.

De Jure politico quid censerit Mariana, Dissertatio academica;
Paris, 1841, in-8°.

La Satyre Ménippée, avec des Commentaires et une Notice sur les
auteurs; Paris, 1841, in-18. Chez Charpentier.

LES

SATIRES DE LUCILE.[1]

L'ami bien cher, le collaborateur à jamais regrettable qui vient de nous être enlevé par un coup si soudain à la fleur de l'âge et dans l'ardeur des études, M. Charles Labitte, avait terminé l'article qu'on va lire, peu de jours avant sa mort. Une quinzaine de retard a suffi pour en faire une œuvre posthume. Et ce ne sera pas son dernier legs, son dernier mot à ce public qui le suivait avec un intérêt affectueux. M. Labitte, dans l'activité et la variété de ses projets, avait préparé plusieurs autres articles dont nous espérons que l'examen de ses papiers permettra de faire profiter à quelque degré nos lecteurs [2]. Ce qui distinguait ce jeune et docte esprit, c'était la facilité et la fertilité du travail, l'expansion en bien des sens, et cette souplesse heureuse d'application qui est un don du critique. Lorsqu'il y a dix années environ, c'est-à-dire âgé de vingt ans au plus, il entra dans la rédaction de cette *Revue*, il y arrivait tout rempli de saines et solides lectures; ce qu'il avait lu, à cet âge, de vieux livres, de ces antiques auteurs qui semblent si peu flatteurs pour la jeunesse, était prodigieux.

(1) *Revue des Deux Mondes,* 1er octobre 1845.

(2) Une portion des notes, en effet, qu'il avait amassées sur toutes sortes de sujets, sur Mlle Aïssé, sur Fréron, Beaumarchais, les Femmes de la Comédie latine, etc., etc., sont passées ou passeront dans des mains capables d'en bien user.

Son premier article, sur *Gabriel Naudé* (du 15 août 1836), peut donner idée de cette surabondance de nourriture gauloise excellente.
M. Charles Labitte était né avec une vocation marquée pour la critique et pour l'histoire littéraire; on aurait dit qu'il avait appris à
épeler dans Niceron, et qu'il avait lu couramment, pour la première
fois, dans Bayle. Jeune homme, ou plutôt encore adolescent, ses idées
se tournèrent aussitôt vers des portions mal connues du vaste champ
du moyen âge; avant de quitter Abbeville, son pays d'enfance, il avait
entrepris, avec un de es amis, d'écrire l'histoire des *Sermonnaires*
de ces vieux siècles : son premier rêve, on le voit, avait été celui d'un
jeune bénédictin. Mais ce n'est pas en ce moment que nous pouvons
suivre toutes ces traces de sa pensée et en relever les divers essors;
nous lui paierons prochainement en détail un particulier hommage,
et nous le mettrons à son rang, trop tôt conquis, dans cette série des
Critiques et Historiens littéraires qu'il semblait destiné à enrichir
longtemps. Ses intéressants, ses riches et copieux articles sur *Lemercier,* sur *Raynouard,* sur *Michaud,* sur *Marie-Joseph Chénier,* dans
lesquels se remarque une continuité sensible de progrès, ont laissé
souvenir et profit chez tous ceux qui les ont lus. La biographie littéraire a fait bien des progrès de nos jours en France, et le genre s'est
de toutes parts agrandi : nous pouvons dire sans exagération que
M. Charles Labitte lui a fait faire un pas de plus. Par l'extrême richesse de détails et par la curieuse profusion de documents qu'il y
versait, il a obligé ceux de ses collaborateurs et amis, qui étaient à
quelques égards ses devanciers, à devenir plus curieux et plus complets à leur tour. Nous redirons tout cela un autre jour avec développement; on le verra aussi, dans sa vivacité aimable, se multiplier
souvent, et porter de l'un à l'autre un liant et un stimulant qui sont
le charme et la vie des lettres. Dans ces dernières années, appelé par
M. Tissot à le suppléer au Collège de France, ses études, sans devenir
jamais exclusives, avaient dû se diriger plus habituellement vers l'antiquité latine, et déjà nos lecteurs en avaient goûté les fruits. Ce bel
et sévère article sur *Varron,* inséré il y a un mois (1), n'était qu'un
prélude, une grave ouverture qui promettait une série de travaux analogues. *Lucile* succède aujourd'hui, et par la nature du sujet, par la
gaieté de la plume qui s'y joue, ce morceau contraste en plus d'un

(1) On va le trouver dans ce volume après l'article *Lucile,* p. 80.

endroit avec les idées funèbres qu'il réveille. Pourtant, en avançant,
la pensée s'y fait sérieuse, et, quand le critique a rencontré le fragment sur la *vertu*, qu'il qualifie d'admirable, il s'arrête et il aime à
clore par ce haut enseignement. La dernière page aussi, sur cette
vieille gloire latine, dès longtemps éclipsée, respire une véritable mélancolie qui se redouble dans la pensée de cette jeunesse d'hier déjà
moissonnée. L'antique satirique latin et le jeune critique qui l'aurait
voulu faire revivre sont à jamais réunis....

> Quo pius Æneas, quo Tullus dives et Ancus!

Entre tous les poëtes anciens dont les œuvres ont disparu au
milieu de la barbarie du moyen âge, les plus dignes de regret
sont peut-être Ménandre et Lucile, la comédie attique dans la
fleur de son urbanité et de son enchanteresse perfection, la satire latine dans toute la vigueur de son originalité native. L'é-
poque où parut Lucile est assurément l'une des plus solennelles,
l'une des plus curieuses de la vie romaine; deux éléments sont
en présence : l'austérité antique et l'infamie des mœurs nouvelles. Telle est la lutte que le poëte avait décrite avec toute la
vivacité de ses pinceaux : une société corrompue qui retenait
pourtant quelque chose de l'ancienne grandeur, les gloires de
la république à leur premier déclin, ce sourd travail enfin de
dissolution morale qui semblait, en le nécessitant, annoncer la
venue prochaine du christianisme, tout cela se retrouvait dans
ses vers. On voit l'étendue de la perte qu'a faite ici la littérature.
Juvénal a dit : « Lorsque l'ardent Lucile frémit et s'arme
d'un glaive étincelant (*ense velut stricto*), le criminel, en proie
à des frissons internes, rougit, et la sueur des remords dé-
goutte de son cœur. » Vous reconnaissez ce libre railleur qui,
au rapport d'Horace, *avait jeté le sel à pleine main,* ce censeur
impitoyable qui, selon Perse, *déchirait toute la ville.* Sans
doute, à travers les variations du goût, avec les progrès de la
langue, on put trouver que le style du poëte devenait suranné;

sa plaisanterie même, qui enchantait encore Cicéron (*summa urbanitas*, dit l'auteur des *Tusculanes*), blessait plus tard la délicatesse d'Horace, lequel ne pardonnait pas à Lucile les admirateurs qu'il gardait. Lucile cependant continua d'être beaucoup lu : « La satire, écrit Quintilien dont l'important témoignage veut être noté, est tout-à-fait nôtre, et Lucile, qui le premier s'y est fait un grand nom, a encore aujourd'hui des partisans si passionnés, qu'ils ne font pas difficulté de le préférer non-seulement à tous les satiriques, mais même à tous les poëtes. » Voilà d'imposants témoignages.

Tout d'ailleurs nous atteste la faveur et le succès qui demeurèrent à ces satires à travers les âges divers de la littérature latine : comme tous ceux à qui la gloire sourit, Lucile eut tour à tour ses rapsodes, ses éditeurs, ses commentateurs, des professeurs qui l'expliquaient, des critiques qui faisaient des théories sur ses vers. On l'imitait, on le publiait; on faisait de lui des extraits : l'admiration publique demeura infatigable. Ainsi, l'un des plus célèbres successeurs de Lucile dans la satire, Valérius Caton, donnait des œuvres du poëte une édition retouchée et rajeunie (1), comme Marot fit chez nous pour le *Roman de la Rose*. Julius Florus mettait au jour un choix populaire des *Satires* (2). Nicias, l'ami de Cicéron, écrivait un traité qu'on goûta fort sur les ouvrages de Lucile (3); Perse, au sortir des classes, devenait poëte en lisant une de ces satires; Horace, tout en égratignant son précurseur, lui empruntait des cadres, des traits, des tours, des vers tout entiers; Fronton, dans sa correspondance, ne cessait de le vanter à son élève Marc-Aurèle. On donnait sur lui des cours publics, les orateurs le citaient sans cesse au barreau, on en faisait des lectures dans les salons de Rome, et, au temps d'Aulu-Gelle, certains rhéteurs se contentaient de réciter ses écrits devant la foule. En un mot,

(1) Horat., *Sat.*, I, x, 1.
(2) Porphyrion sur Horace (*Ep.*, I, iii, 1). — Voir Weichert, *Poet. lat. Reliquiæ*; Leipzig, 1830, in–8, p. 366.
(3) Suet., *Gramm. ill.*, xiv.

durant toute l'antiquité, Lucile est traité comme un classique,
et, quand la décadence arrive, cette gloire ne s'arrête même
pas : au IV° siècle, Ausone s'occupe encore de ces *àpres poésies*
de Lucile, *rudes camœnœ,* qu'il affecte d'imiter, tandis que le
chrétien Lactance cite Lucile, le réfute et le traite comme l'un
des principaux représentants de la sagesse païenne.

Voilà après quel éclat de réputation, voilà dans quelles conditions de gloire persistante les ouvrages de Lucile se sont tout
à coup perdus au milieu des ténèbres qui survinrent. Quand
arriva la renaissance, quand l'humanité, rendue à elle-même,
s'enquit avec curiosité, avec passion, des grands artistes qui
l'avaient charmée autrefois, des hommes illustres à qui l'antique civilisation du passé devait sa grandeur, on regretta particulièrement (1) les œuvres de celui que Juvénal avait appelé
le nourrisson fameux du pays des Auronces, *Auruncœ magnus
alumnus;* mais les manuscrits des *Satires* avaient tous disparu,
et il fallut aller demander les rares débris du poëte, courts lambeaux, vers incomplets, pensées inachevées, phrases interrom-
pues, ou même mots isolés, aux grammairiens et aux scoliastes
qui, par hasard, avaient cité de lui quelque chose : c'est ce que
firent les Estienne au XVI° siècle, dans leur recueil des *Fragments des vieux poëtes latins,* d'où le plus jeune érudit d'une
famille très-érudite, le Hollandais François Dousa, tira, en
1597, une édition particulière et fort augmentée des *Satires* de
Lucile. Cent ans plus tard, Bayle, qui mettait la main sur toutes
les curiosités, disait dans un piquant article de son *Dictionnaire :* « Ces fragments auraient besoin d'être encore mieux
éclaircis par quelque savant homme. » Près d'un siècle et demi
s'est écoulé depuis, sans que personne s'avisât de répondre au
vœu de Bayle. Cette tâche difficile vient enfin d'être abordée
et remplie par un habile latiniste, M. Corpet (2), à qui l'on de-

---

(1) Voir surtout les lamentations de Turnèbe dans ses *Adversar.*,
XXVIII, 9.

(2) *Satires de Lucilius,* fragments revus, etc., par M. Corpet; 1 vol. in-8,
1845, Paris.

vait déjà une bonne version d'Ausone. Le nouveau critique est
de l'école française; sa critique est claire, prudente; elle ne se
perd pas dans les hypothèses et se borne aux restitutions né-
cessaires. Sans doute, le texte établi par M. Corpet pourra,
comme il arrive toujours dans ces sortes d'entreprise, être con-
testé dans certains détails; mais l'ensemble est assez satisfai-
sant pour qu'on puisse affirmer sans hésitation que Lucile a
définitivement rencontré son éditeur. Au milieu des fatras plus
ou moins érudits qui inondent l'Europe dans ce siècle de critique et d'analyse, j'ai rencontré peu d'ouvrages aussi réellement utiles et aussi intéressants que celui-là.

Il est juste de dire que M. Corpet a été aidé par certains travaux particuliers, par diverses monographies publiées depuis
quelques années. Après deux siècles et plus du silence le plus
injuste, la faveur en effet semble être tout à coup revenue au
satirique de la vieille Rome; maintenant c'est presque un thème
à la mode. M. Varges, le premier en date, venait à peine, en
1835, d'insérer dans le *Rheinisches Museum*, qui se publie à
Bonn, une dissertation de quelques pages sur certains points,
surtout chronologiques et géographiques, de la biographie du
poëte, que M. Patin, dans les premiers mois de 1836, donnait
à la Sorbonne une série de leçons sur Lucile aussi délicates que
piquantes. L'histoire de la poésie latine devra beaucoup au
cours à la fois savant et attique que professe depuis tant d'années M. Patin; mais il serait bien désirable que le souvenir en
fût fixé autrement que par le profit qu'en peuvent tirer, comme
nous l'allons faire aujourd'hui, certains auditeurs d'autrefois.
Puis vinrent divers autres essais spéciaux : une restitution par
le même M. Varges du voyage au promontoire de Scylla que
Lucile avait mis en vers; un travail analogue sur la satire *de l'orthographe* tentée, en 1840, par un savant de Berlin, M. Schmidt;
une courte biographie donnée l'année d'après à Breslau par
M. Petermann, une thèse ingénieuse soutenue à Halle par
M. Schœnbeck, et enfin des études antiques fort étendues publiées en Hollande par un spirituel et très-paradoxal érudit,

M. Charles Van Heusde (1), livre qui a suscité en Allemagne
une vive polémique (2). On le voit, nous tournons presque au
catalogue, et notez pourtant que j'oubliais encore certaine brochure suisse passablement lourde que vient de lancer l'auteur
d'une fort médiocre édition de Nonius, M. Gerlach (3). Il s'agit
de montrer qu'Ennius n'a été pour rien dans l'*invention* de la
satire, et que tout l'honneur de la chose revient précisément à
son successeur Lucile; ce qui, au fond, est un paradoxe assez

---

(1) *Studia critica in Lucilium;* Utrecht, 1842, in-8. — Je citerai cet
exemple pour montrer jusqu'où M. Van Heusde pousse l'abus des hypothèses. On trouve dans deux ou trois passages de Lucile, qui consistent
chacun en deux ou trois mots, les expressions de *boulangerie* et de *pilon :*
aussitôt M. Van Heusde en conclut que Lucile, comme Plaute, a tourné la
meule. Figaro ne demandait que deux lignes d'un homme pour le faire
pendre; il n'en faut pas tant à M. Van Heusde pour réduire les gens en esclavage. Je n'en apprécie pas moins tout ce qu'il y a de vues fines et d'érudition dans ce livre un peu indigeste. Il est à regretter que, dans sa récente
réponse à M. Fréd. Hermann (*Epistola de Lucilio,* 1844), M. Van Heusde,
éclairé par la critique, se soit obstiné dans tous ses paradoxes. Je m'étonne
que, dans cette dernière brochure, le savant auteur, maintenant, contre
toute vraisemblance, que Lucile a vécu quatre-vingts ans, relève, pour
combattre la date donnée par saint Jérôme, certaines erreurs prétendues de
la *Chronique* de ce saint. Cela prouve seulement que saint Jérôme avait un
système particulier de compter les olympiades, système qui, en effet, a
gardé son nom. M. Van Heusde, à ce qu'il paraît, n'a jamais lu *l'Art de
vérifier les dates.*

(2) Voir un article critique fort dur de M. Frédéric Hermann dans les
Éphémérides de Gœttingue, 1843, n° 36.

(3) *Lucilius und die römische Satura;* Bâle, 1844, in-4. — M. Gerlach
ne fait guère que reproduire certaines opinions qu'avait d'abord émises
M. Dziadek dans un spécieux mémoire (*Sat. romana, imprimis Luciliana,
antiquæ græcæ comœdiæ non dissimilis;* Conitz, 1842, in-4;) opinions que
M. Frédéric Hermann a reprises et modifiées depuis avec beaucoup de subtilité et de science (*de romanæ Satiræ auctore,* Marbourg, 1841, in-4). En
étudiant quelque jour les origines de la satire latine, nous aurons occasion
de rétablir la vraie mesure et de montrer combien il sert peu de déprécier
Ennius pour surfaire Lucile. C'est là que se placera naturellement la question de savoir si ce dernier poëte a été un copiste de Rhinthon et des comiques de la grande Grèce.

puéril et ne repose que sur des querelles de mots. Qu'importent ces minuties de scoliaste? Un malin poëte du xvi° siècle nommait cela des tempêtes dans un verre d'eau. Certes, les lettres proprement dites ne sont guère intéressées dans ces guerres pédantes. Essayons en vue des lettres, au contraire, de mettre rapidement à profit ces travaux divers, et de tirer des fragments oubliés de Lucile ce qu'ils peuvent nous révéler sur le talent du poëte comme sur les mystères de la vie romaine.

On sait peu de chose de la vie de Caïus Lucilius. Comme tous les poëtes illustres qui l'avaient précédé (1), il naquit hors de Rome, en un petit municipe qui devint depuis colonie romaine, Suessa Aurunca, dans le nouveau Latium. Par une coïncidence qu'on a ingénieusement remarquée (2), cette petite ville a donné le jour à plusieurs poëtes satiriques éminents, entre autres à Turnus, que l'antiquité mettait près de Juvénal. La famille de Lucile était noble et riche; le grand Pompée fut son petit-neveu. Les lettres romaines, comme l'a dit spirituellement M. Patin, recevaient là leurs lettres de noblesse; car jusque-là il n'y avait guère eu, parmi les écrivains, que des étrangers, des affranchis, de simples colons, en un mot des plébéiens et des prolétaires. Les auteurs désormais n'allaient plus être de simples *scribæ;* on ne donnerait plus à leurs vers le nom dédaigneux de *scriptura.* Mais, comme il arrivait dans la vie de tout Latin, le poëte fut d'abord soldat. A quatorze ans (3), il suivit Scipion au siége de Numance en qualité de chevalier; Scipion avait emmené *l'escadron des amis,* où étaient tous ces littérateurs, tous ces savants,

(1) Le fait est digne de remarque : Livius Andronicus était de Tarente, Névius de Campanie, Ennius de Rudies, Pacuve de Brindes, Plaute d'Ombrie, Cécilius de la Gaule cisalpine, Térence de Carthage, Attius de Pisaurum. La littérature, chez ce peuple de soldats et de gens d'affaires, ne fut pas d'abord indigène.

(2) Voir la notice de M. Boissonade sur Turnus (*Journal de l'Empire* 11 janvier 1813).

(3) Voir M. Varges : *Specimen quæstionum Lucilianarum (Rheinisches Museum,* 1835).

tous ces philosophes, dont le tout jeune Lucile devint le protégé,
puis l'ami. C'est là qu'il parut avoir connu, entre autres, ce
Rutilius Rufus, stoïcien lettré, homme excellent, jurisconsulte
illustre, dont il redoutait plus que d'aucun autre les jugements
littéraires.

Revenu à Rome, Lucile publia ses premières satires. On était
dans la première moitié du VIIᵉ siècle; Attius et Turpilius obte-
naient les derniers succès du théâtre à son déclin. Cette seconde
génération, moins brillante que celle des Ennius, des Pacuve,
des Névius, des Plaute, des Cécile et des Térence, qui avait
illustré le siècle précédent, n'était pas de force à empêcher la
chute imminente de la tragédie et de la comédie, qu'allaient
décidément remplacer les farces des atellanes, les grossièretés
des mimes, les boucheries des gladiateurs et des bestiaires.
Lucile arrivait juste pour s'emparer de la vacance laissée par la
scène : il héritait en même temps des libertés nationales de la
comédie en toge (*fabula togata*), et de ce cadre tout nouveau
de la satire que lui léguait Ennius, mais où il pouvait bien
mieux que lui introduire de vives peintures des mœurs et de
personnelles attaques. Qu'on le remarque, c'était la première
fois qu'un chevalier condescendait à écrire, et, grâce aux illustres patronages dont il se couvrait, grâce au privilége de l'impunité propre à sa caste, il avait le droit de tout dire, d'arracher
tous les masques, de livrer à la risée tous les ridicules; il n'épargnait que la vertu, dit Horace, *uni æquus virtuti*. Où trouver
un plus bel éloge?

Ce qu'on sait de plus particulier sur Lucile, c'est son intimité
avec l'illustre Lélius et avec Scipion, qui s'étaient faits les protecteurs de sa jeunesse. Cicéron, dans son traité *de l'Orateur*,
nous a initiés au touchant intérieur de ces grands hommes, à
la charmante intimité de leurs loisirs : « Quand ils pouvaient
s'échapper de Rome comme des captifs qui rompaient leurs
fers, ils redevenaient tous deux enfants, *incredibiliter repue-
rascebant*. On ose à peine le dire de si grands personnages,
mais ils ramassaient des coquilles et des cailloux sur la rive, et

ils s'amusaient aux jeux les plus puérils. » Lucile partageait ces
distractions; il était de ces promenades dans les jardins de
Caïète, dans la villa de Laurente : Scipion et Lélius « s'amusaient sans façon avec lui, nous raconte Horace, et ils prenaient
plaisir à sa conversation enjouée, en attendant que le plat de
légumes fût cuit. » On sait même, par une note du scoliaste
Acron, qu'un jour Lucile fut surpris, dans le triclinium, poursuivant Lélius autour des lits avec une serviette roulée dont il
faisait mine de le vouloir battre. Le poëte ne se doutait guère
que sa plaisanterie, survivant à ses vers, serait gravement trans-
mise à la postérité.

Lucile n'avait pas vingt ans quand Scipion lui fut enlevé; il
se fit un devoir de venger le souvenir de son maître, de stig-
matiser ses assassins, de rappeler en vers les vertus du grand
citoyen : le reste de la vie de Lucile est inconnu. On peut soupçonner seulement qu'il fut publicain en Asie, et qu'il voyagea
dans la grande Grèce. Ses richesses étaient nombreuses; il avait
beaucoup d'esclaves, et des troupeaux qu'il faisait, au mépris
des lois, paître sur les terres publiques, ce qui lui attirait des
procès. La maison de Lucile à Rome avait été construite par
l'état, soixante ans auparavant, pour Antiochus Épiphanes, que
le roi de Syrie, son père, avait livré en otage aux Romains.
Nous savons aussi le nom de quelques-uns de ses amis, les
orateurs Posthumius et Licinius Crassus, le grammairien Stilo
qui fut précepteur de Varron, et ce crieur Granius, dont les
célèbres bons mots faisaient fortune par la ville. Ces liaisons
précieuses durent le distraire des inquiétudes que lui donnait
sa santé, car il s'en plaint souvent, et il exprime même, à un
endroit, le noble vœu « que le corps pût demeurer aussi ferme
en son enveloppe que la pensée de l'écrivain demeure vraie dans
son cœur. » On soupçonne que ses souffrances le déterminèrent
à quitter Rome; il alla mourir à Naples en 651, âgé de quarante-
six ans. Cette cité lui accorda des funérailles solennelles, honneur que Rome, on l'a remarqué, avait refusé à Scipion.

Tous les écrits de Lucile se sont perdus : on avait de lui, à ce

qu'il semble, outre ses satires, des hymnes, des comédies (1),
des épodes, une histoire privée de la vie de Scipion; mais peut-
être, les *Saturæ* admettant le mélange de tous les genres, des
scènes comiques, des iambes s'y trouvaient-ils tout aussi bien
que le récit de certains actes de Scipion. En détachant ces différentes parties pour en faire des volumes séparés, les grammairiens et les copistes obtinrent un *Lucilius comicus*, un Lucile
auteur d'épodes, un Lucile biographe de l'Africain. Mais que
nous importe? c'est l'écrivain que nous voulons retrouver, et
qu'il nous reste à chercher dans ses fragments.

L'originalité de Lucile, comme auteur de satires, est d'avoir
donné au genre créé par Ennius une forme *mieux entendue*,
comme l'a dit Dacier; c'est d'avoir montré un dessein plus suivi
de reprendre les mœurs; c'est surtout d'avoir régularisé cette
forme capricieuse, de l'avoir rendue didactique. Ainsi, au lieu
des libres mètres et du mélange de rhythmes d'Ennius, on
trouve presque toujours chez Lucile l'hexamètre, rarement les
vers iambiques et trochaïques. En un mot, la satire entre ses
mains se détermine et prend l'aspect de discours en vers railleurs ou indignés qu'elle a gardé dans Horace et dans Juvénal.

Mais c'est assez de détails; pénétrons dans l'œuvre même,
rapprochons les débris épars de cette mosaïque, et cherchons à
reconstruire en idée ces tableaux perdus et jusqu'au cadre qui
les entourait.

Tout poëte qui a la gloire devient à jamais une personne intéressante et chère dont on aime à pénétrer le secret en étudiant ses écrits. Il semble par là qu'on puisse se rapprocher
davantage de l'homme même, et qu'on reconnaisse en lui un

(1) M. Petermann (*de Lucilii vita*: Breslau, 1842, in-8, p. 9 et 11) dit
qu'il n'y a rien dans les fragments de Lucile qui puisse faire supposer que
le poëte avait écrit des comédies. C'est une erreur. Voyez les derniers livres,
le livre XXVIII surtout, où l'on retrouve plusieurs incidents des *Adelphes*
de Térence. Quand M. Petermann assure que Lucile n'avait point composé
d'épodes, il se trompe; le grammairien Diomède (édit. de Putsch, p. 482)
dit positivement le contraire.

ami, un frère : l'intimité fait le charme des lectures, comme elle fait celui de la vie. En contemplant la divine expression de cette tête de femme que Raphaël a jetée mystérieusement sur ses toiles, je m'imagine volontiers que c'est une confidence, et mon rêve surprend la Fornarine appuyée sur l'épaule du maître. Qui n'aime à deviner dans les tristesses d'Alceste quelque chose de la mélancolie de Molière, dans les langueurs de *Bérénice* quelqu'un de ces tendres soupirs que consola peut-être la Champmeslé? Nous voudrions faire ainsi pour le vieux Lucile, et contrôler son caractère et sa biographie par ses vers, le peu qu'on sait de l'auteur par le peu qu'on a de ses écrits.

La vanité est un privilége acquis aux poëtes, quand ce ne serait que par prescription; avec eux, il faut toujours commencer par là. Quoiqu'il s'agisse, cette fois, d'un vers isolé, je suis bien tenté de croire que Lucile ne se refusait pas à lui-même le plaisir de constater ses succès, et en même temps, ce qui a sa douceur aussi, les échecs de ses rivaux. Entre tant de poésies, écrit-il, les nôtres sont les seules courues aujourd'hui (1). » N'était-ce là qu'une vanterie ridicule mise dans la bouche de quelque poëte orgueilleux? J'en doute un peu, et Lucile me paraît tout bonnement ici s'exprimer sur le ton de Corneille, le lendemain du *Cid :*

> Et je dois à moi seul toute ma renommée.

N'avait-il pas donné la satire à Rome, comme Corneille venait de donner un théâtre à la France? Pour parler avec lui, il « était de ces mortels à qui les Muses permettent l'entrée de leur sanctuaire (2), » et son génie s'était profondément abreuvé à la source de la Poésie (3). Et pourquoi donc n'aurait-il pas eu conscience de son talent, du don qui lui était départi de convaincre par les séductions du rhythme, et, comme il dit dans

---

(1)   Et sola ex multis nunc nostra poemata ferri. (**xxx**, 30.)

(2)   Quod sua committunt mortali claustra Camœnæ. (**xxx**, 64.)

(3)   Quantum haurire animus Musarum e fontibu' gestit. (**xxx**, 29.)

sa langue hardie, « d'arroser le cœur par les oreilles, *per aures pectus irrigarier?* » Je ne fais pas d'hypothèse; ce qui est invraisemblable, c'est qu'un poëte ne se rende pas justice à lui-même. L'amour-propre est le lieu commun de toutes les natures littéraires.

Ce qui intéresse le plus, ce qu'on aime le mieux à retrouver dans ces lambeaux incohérents de satires perdues, c'est ce qui peint Lucile lui-même, ses chagrins, ses inquiétudes. Homme, il portait au cœur cette plaie de l'inquiétude vague, cette blessure sans nom dont Lucrèce (1) a parlé en de si admirables termes; triste et morose, il avait déjà ce dégoût et cet ennui du bonheur que nous prenons pour une maladie moderne :

> Tristes, difficiles sumu', fastidimu' bonorum;

ce sont les sentiments de Byron et du poëte des *Feuilles d'Automne :*

> Le bonheur, ô mon Dieu! vous me l'avez donné.

Une affection chère, celle d'un ami sans doute, semble avoir quelquefois consolé Lucile dans ses accès de découragement et de mélancolie : « Oui, s'écrie-t-il avec un accent qu'on ne saurait rendre, toi seul es pour moi, dans la grandeur de mon chagrin, dans mon dégoût profond, dans ces ténèbres de ma vie, la brise de salut. » Malheureusement on ignore à qui s'adressaient ainsi les affectueux épanchements du poëte. Nous ne sommes guère mieux renseignés sur les liaisons moins sévères auxquelles il demandait une distraction à ses peines; on sait seulement que le seizième livre des *Satires* portait le nom de l'une de ses maîtresses, appelée Collyra, ce qui surprend un peu quand on voit quelle est précisément la crudité cynique des fragments qui se rapportent à ce livre. Ailleurs il est aussi question d'une fille de bonne volonté, appelée Crétea, qui, venue chez lui sans façon, s'était mise d'elle-même dans le costume

_____

(1) Lire dans son IIIᵉ livre, à partir du vers 1066, toute cette belle page, où Faust et Manfred se seraient reconnus.

le plus simplifié. Mais nous ne pouvons juger si le récit de cette
visite amoureuse était un air d'homme irrésistible et de poëte à
bonne fortune qu'affichait Lucile, ou si ce n'était qu'un trait
contre l'impudique familiarité de quelque femme perdue. Je
remarque du reste que, dans la quantité de noms propres
qu'offrent ces fragments, la plupart sont politiques et se rapportent aux affaires du temps; un très-petit nombre éclaire la
biographie de celui qui les enchâssait dans ses vers.

Notons cependant, entre les restes mutilés de cette œuvre
jadis si célèbre, une sorte de regret funèbre consacré par Lucile à son esclave de prédilection; il faut citer cette épitaphe célèbre qui, sous l'empire, avait encore ses admirateurs, puisque
Martial (1), dans ses vives railleries contre les partisans de l'archaïsme, se moque précisément du style rocailleux de ces vers,
lesquels, selon lui, semblent cahoter entre les rochers, *per sa-
lebras altaque saxa cadunt :*

> Servu' neque infidus domino, neque inutili' cuiquam,
> Lucili columella, hic situ' Metrophanes'st.

« Un esclave qui ne fut jamais infidèle à son maître et ne fit de mal
à personne, le soutien de Lucile, Metrophanès gît ici. »

Lucile, sans doute, a su quelquefois mettre plus de mélodie
dans ses vers, il n'y a jamais mis plus de sensibilité. On aime à
savoir que ce lettré de la vieille aristocratie romaine eut un ami
entre ses esclaves, et comprit ce noble sentiment de l'égalité
humaine que Plaute venait de laisser poindre dans la comédie
des *Captifs*, où le beau rôle appartient à quelqu'un qui n'est
pas libre encore. Cela me fait aimer le caractère de Lucile.

Jusqu'ici le poëte nous a peu parlé de lui-même; mais en
voyage les connaissances se font vite. Que ne pouvons-nous
donc l'accompagner dans son excursion de Rome à Capoue et
de Capoue au détroit de Messine ! Le troisième livre des *Satires*
était consacré au gai récit de cette courte expédition, qui a

(1) *Epigr.*, xi, 90.

donné à Horace l'idée du *Voyage à Brindes*, l'un de ses chefs-d'œuvre les plus exquis; *Lucilium œmulatur Horatius*, dit le scoliaste Porphyrion. Il est bien juste que Lucile ait l'honneur de figurer dans la généalogie, après avoir été dépossédé par un successeur immortel; c'est une mince compensation. Suivons du moins son itinéraire (1) sur la carte.

Quand Lucile part de Rome, un méchant cheval porte sa valise : suivant sans doute la voie Appienne, qu'Horace déclarait être « moins rude pour les piétons paresseux, » le poëte longe la mer, traverse les marais Pontins, franchit des montagnes, peut-être aussi les *rochers blancs* d'Anxur (2), passe à Formies, et s'arrête à Capoue pour voir un combat de gladiateurs qui paraît avoir été sanglant, car rien n'y manqua, ni le râle du vaincu, ni les airs féroces du vainqueur, « qui allongeait son museau comme un rhinocéros d'Éthiopie, » ni les aigrettes de plumes de paon que portaient les lutteurs, toujours prêts à recommencer la tuerie. C'eût été une page curieuse pour l'histoire des mœurs provinciales de la vieille Italie que ce spectacle campanien décrit par la plume pittoresque de Lucile. De Capoue le poëte se rend à Pouzzol, et, s'y embarquant, il double le promontoire de Minerve, mouille à Salerne, et repart à force de rames pour débarquer enfin au cap Palinure, vers le milieu de la nuit. Je crois probable qu'il ne dépassa point le promontoire de Scylla, d'où il put découvrir le détroit de Messine, les remparts de Reggio, puis Lipari et le temple de Diane Facelina, dont il est question dans ses vers.

Voilà pour la géographie. Mais, au sens de certains fragments, il est facile de deviner que les mésaventures de route et les anecdotes d'auberge tenaient bonne place dans cette espèce d'épître familière. Rien n'y manquait, pas même, je crois, la tempête obligée, ni les esclaves endormis que le maître dut

---

(1) Pour ce qui concerne les détails géographiques de ce voyage, je suis le plus souvent la minutieuse dissertation de M. Varges, *Lucilii quæ ex libro III supersunt*; Stettin, 1836, in-4.

(2)   Impositum saxis late candentibus Anxur. (Horat., *Sat.*, I, v. 26.)

éveiller en personne, ni la conversation avec le guide qu'on avait pris en route. La vieille cuisine de Bénévent, où Horace ne trouva qu'un dîner de grives étiques, rappelle tout-à-fait ce méchant gîte où Lucile ne trouva même pas de feu, et où l'on ne sut lui servir ni huîtres, ni falourdes, ni asperges, rien de ce qu'il aimait. C'est là sans doute qu'il vit cette cabaretière syrienne, *caupona syra*, que Virgile à son tour contemplait assis sous un berceau d'oseraie (1), et qu'il nous a si délicieusement peinte, dans une taverne fumeuse, la tête ornée d'une petite mitre grecque, et se battant les coudes avec des baguettes claquantes, tandis qu'au son du crotale elle dansait ses pas lascifs. On se souvient qu'en allant à Brindes, l'ami de Virgile avait fait bonne chère dans la riche villa de Cocceius; il me paraît vraisemblable que quelque hôte généreux reçut également Lucile, et c'est ici que je place cette exclamation d'affamé : « Nous ouvrons les mâchoires, et nous mettons l'ouverture à profit; » ainsi que cette allusion à une orgie : « Les brocs au vin sont renversés, et notre raison avec eux. » Ce jour-là, Lucile n'était pas précisément un moraliste.

Horace, dans sa satire célèbre et charmante, a laissé une page immortelle : les expéditions des touristes à grand fracas et tous les voyages autour du monde seront oubliés, qu'on aura encore sur les lèvres ces vers du Romain. Voyez le privilége des poëtes! tant qu'il y aura des hommes et une civilisation, chacun pourtant saura qu'un jour il prit la fantaisie au fils d'un affranchi du temps d'Auguste d'aller de Rome à Brindes en prenant la voie Appienne. Il est vrai que ce promeneur s'appelait Horace, et qu'il faisait son excursion de compagnie avec Varius et Virgile : l'art rend éternel tout ce qu'il touche. Lucile aussi était allé au détroit de Messine, et cela bien avant que Flaccus allât à Brindes; il avait même parlé de son mauvais cheval, comme l'autre a parlé de la méchante mule de son batelier; il avait décrit un combat de gladiateurs, comme l'autre a décrit

(1) Voir sa *Copa.*

un combat de bouffons ; mais, hélas ! on ne dit guère de bien de ceux qu'on pille, et Horace a copié Lucile... en le maltraitant. Cette ingratitude-là n'ôtera certainement rien à la gloire du maître : les lecteurs s'inquiètent peu des origines, et les fragments du troisième livre de Lucile resteront l'exclusive pâture des érudits. Et cependant Lucile ne voulait pas de lecteurs savants ! La postérité ne l'a guère satisfait.

Jusqu'ici nous n'avons encore eu affaire qu'à un rêveur laissant aller la Muse à sa guise, et se complaisant à tous les jeux de la poésie individuelle. Toutefois ce qu'on est impatient de voir aux mains de Lucile, c'est ce glaive étincelant dont parle Juvénal. Tâchons donc de retrouver *l'âcre et impitoyable écrivain* dont il est question dans Macrobe, *l'âpre satirique* qu'Acron, le scoliaste d'Horace, admirait encore après le ve siècle.

En parlant du vieux Caton, Lucile a dit : « Il nommait tous ceux qui méritaient ses attaques, parce que sa conscience ne lui reprochait rien; » nous surprenons ici Lucile se louant lui-même dans l'éloge d'autrui. En effet, son renom de probité, le rang qu'il tenait dans la caste patricienne, les liaisons illustres derrière lesquelles il était à couvert, l'autorité aussi de son talent, et cette verve surtout qui pousse tout vrai poëte et entraîne après lui le lecteur, permirent à l'ami des Lélius et des Scipions l'usage, nouveau dans la satire latine, des personnalités, des attaques nominales, des désignations terribles ou piquantes. De là des entrées en matière promptes et incisives, une sortie taquine par ici, un duel à outrance par là, de légères escarmouches à côté de combats sanglants, l'ironie badine voisine de l'imprécation vengeresse, le ridicule qui fustige avec l'indignation qui châtie, toute une mêlée enfin de vers agressifs, harcelants, redoutés. De plus, les coups de ce fouet vengeur étaient si vertement appliqués, qu'ils restèrent empreints sur les victimes comme un ineffaçable stigmate. Autant de qualificatifs accolés aux noms propres, autant de synonymes dans la langue. Chaque individu désigné devint, sous le sceau de cette poésie réprobatrice, une sorte de type proverbial, grotesque ou odieux, de quelque ridicule ou de quelque vice.

Voyez plutôt si, pour Cicéron, le modèle toujours vivant de l'homme vénal, ce n'est pas Tubulus; voyez si, chez Horace, Gallonius ne demeure point la personnification du gourmand, si Nomentanus ne reste pas l'idéal du vaurien, si le nom de Lupus ne se présente pas le premier quand il s'agit d'un impie. Tous ces personnages étaient des contemporains de Lucile qu'il avait flétris dans ses satires. Puissance étrange et redoutable que celle-là et qui fit qu'un poëte, au milieu des transformations de la langue, put changer des noms propres en noms communs, élever le particulier au général, et punir les vicieux en les incarnant dans le vice. Voilà comment, entre ses mains, la satire devint une espèce de poteau infamant où le portrait des coupables demeurait à jamais suspendu comme une effigie symbolique.

On devine quelles inimitiés implacables suscitèrent contre Lucile de si audacieuses attaques. Comment Tuditanus lui aurait-il pardonné les blessantes épithètes « d'ami des ténèbres et de poltron? » comment le vieux Cotta, « ce mauvais payeur, ce chercheur de défaites, toujours en retard avec ses créanciers, » comment Calvus, « le mauvais homme de guerre, » comment cet autre, « avec ses jambes cagneuses et décharnées, » pouvaient-ils oublier l'amertume de ses sarcasmes? Aussi les rancunes, les haines, les mauvais propos, se firent-ils jour de tous côtés. Quand les amis de Lucile l'invitaient à quelque repas, leur premier soin était de ne pas convier par mégarde quelqu'une des récentes victimes du poëte; autrement, c'étaient des récriminations à n'en plus finir : « Nos amis, s'écriait-on avec dépit, ont osé nous prier de venir dîner avec ce coquin de Lucile, *cum improbo.* » D'autres fois on ne se contentait pas de se venger par des ripostes de conversation, par des plaintes chuchottées à l'oreille. Un jour (1), à propos d'on ne sait quelle pièce de théâtre (probablement le *Duloreste* de Pacuve), Lucile avait parlé « d'un poëte tragique perdant ses vers pour un

(1) *Rhet. ad Herenn.*, II, 13. — Van Heusde, *Studia critica*, p. 305. — Lucile, éd. Corpet, **xix**, 8.

Oreste enroué, *rausurus Orestes;* » l'acteur ainsi désigné, ou
quelqu'un de ses camarades, répondit à cette attaque en nom-
mant le poëte d'une façon outrageuse au beau milieu du théâtre. On sait que le métier de comédien n'était pas, à Rome,
comme il l'avait été chez les Athéniens, compatible avec les plus
hautes fonctions, avec celles même d'ambassadeur, et qu'il n'y
avait guère que des esclaves dans les troupes qu'engageaient les
édiles : monter sur les planches ravalait un homme libre au-
dessous des plus vils prolétaires. Blessé par un histrion dans son
orgueil de chevalier, Lucile n'eut pas le bon esprit de voir là
une légitime représaille et fit un procès. Il le perdit : c'était
justice. Le lendemain aussi du compte-rendu de *l'Écossaise*
dans l'*Année littéraire*, Voltaire, en vrai gentilhomme de la
chambre du roi, ne demandait-il pas très-sérieusement que
Fréron, qu'il venait de vilipender sur la scène, fût mis sans façon
au For-l'Évêque? Certaines vanités sont aveugles, et les vanités
de poëtes pourraient bien être de ce genre-là.

Il ne faut pas s'être engagé depuis longtemps dans la difficile étude des fragments de Lucile pour reconnaître que l'auteur appartient au parti des vieilles mœurs. Ainsi, rien qu'à
l'entendre s'écrier, avant Horace : « Comme la fourmi, amasse
des fruits dont tu pourras, durant les rigueurs de l'hiver, jouir
et faire tes délices au logis, » je reconnais l'ancienne prévoyance
romaine, ce goût de l'épargne, que le luxe croissant rendait
chaque jour plus rare. On était désormais plus fier des prodi-
galités que des vertus. Déjà l'auteur des *Ménechmes*, avec sa
verve habituelle, avait dit : « Ce que cherchent maintenant les
citoyens considérés, c'est du bien, du crédit, des honneurs, de
la gloire, la faveur populaire ; voilà ce qui a du prix aux yeux
des honnêtes gens (1). » On voit où en était tombée l'austérité
première. Lucile n'est pas moins sombre dans ses peintures :
« L'or et les honneurs, écrit-il, sont devenus pour chacun les
signes de la vertu. Autant tu as, autant tu vaux, autant on t'es-

(1) Plaut., *Trinum.*, 244.

time. » Constatons par ces textes combien la décadence morale
date de loin et remonte plus haut qu'on ne croit dans la vie romaine. Plus d'un écrivain antérieur à Lucile se tournait déjà
vers le passé, et vantait avec regret les temps antiques; il faut,
à ce sujet, entendre Plaute parler en termes plaisants de la maladie qui, disait-il, attaquait si rudement les bonnes mœurs, que
la plupart sont maintenant à demi mortes (1). » Et il ajoute plus
loin ce mot frappant, qui, à lui seul, donne le secret de toute
cette époque : « L'ambition est consacrée par l'usage ; elle est
libre des lois (2). » C'est presque la Rome de Catilina, ce n'est
plus la Rome de Fabricius. Mais il faut laisser la parole à Lucile :
écoutez ces beaux vers, où respire dans sa force, où revit dans
sa verdeur le vieux sentiment latin. C'est l'indignation du citoyen qui éclate à la vue des infamies du Forum :

> Nunc vero, a mane ad noctem, festo atque profesto,
> Totus item pariterque dies, populusque patresque
> Jactare indu foro se omnes, decedere nusquam,
> Uni se atque eidem studio omnes dedere et arti :
> Verba dare ut caute possint, pugnare dolose,
> Blanditia certare, bonum simulare virum se,
> Insidias facere, ut si hostes sint omnibus omnes.

Maintenant, depuis le matin jusqu'à la nuit, qu'il soit fête ou non,
en un mot tout le jour et tous les jours, peuple et patriciens se dé-
mènent tous dans le Forum, et n'en quittent point. Tous s'appliquent
à une seule étude, à un même art, celui d'abuser par de fines paroles,
de lutter de ruse, de rivaliser de flatteries, d'afficher des airs d'homme
de bien, de tendre des piéges, comme si de tous tous étaient ennemis. »

Je reconnais là cette cité pervertie qui, selon l'énergique parole rapportée par Salluste, se serait vendue si elle avait trouvé
un acheteur.

(1)   . . . . . . Morbus mores invasit bonos ;
           Ita plerique omneis jam sunt intermortui. (Plaut., *Trinum.*, 6.)
(2)   Ambitio jam more sancta'st, libera'st a legibus. (*Ibid.*, 1002.)

En dénonçant ainsi avec l'accent d'un honnête homme irrité l'avilissement où tombaient chaque jour les vertus publiques, Lucile n'épargnait pas plus les castes qu'il n'avait épargné les personnes; noble, il osa même s'attaquer à la noblesse. « Ils s'imaginent, dit-il dans un précieux fragment, pouvoir faillir impunément, *peccare impune*, et que leur naissance les couvre contre toute atteinte. » Tout le monde se rappelle la magnifique apostrophe de Dante : « O petite noblesse du sang ! tu es bien un manteau qui raccourcit vite, car, si on n'y ajoute un morceau de jour en jour, le temps tourne alentour avec ses ciseaux (1). » Voilà où en était Rome, et Lucile osait le lui dire. Dans le siècle précédent, quand Névius avait essayé d'introduire sur la scène latine les libertés de l'ancien théâtre attique, quand il s'était permis (2) un sarcasme contre le *fatal consulat* de Métellus et une allusion contre le grand Scipion, que son père avait ramené tout penaud de chez sa maîtresse avec un manteau pour tout vêtement, on sait comment cette tentative aristophanique avait réussi et de quel air de dédain le consul attaqué avait dit : *Malum dabunt Metelli Nævio poetæ*. Cela est intraduisible ; il faut sentir l'idée d'ignominie attachée à cette expression de *malum*, qui désignait la correction infligée à un esclave; il faut sentir le mépris amer qu'il y a dans ce rapprochement du grand nom des Métellus et de celui d'un méchant Grec de Campanie, écrivailleur aux gages des histrions. On a spirituellement remarqué que le chevalier de Rohan devait s'exprimer sur le même ton la veille du jour où il fit rosser Voltaire par ses gens. Voltaire fut mis à la Bastille; Névius alla en prison, et de plus il mourut en exil.

Ce contraste, à cent ans de distance, d'un tribun dramatique

(1)   Ben se' tu manto che tosto raccorce
            Si che, se non s'appon di die in die,
            Lo tempo va dintorno con le force.
                            (*Parad.*, XVI, terz. 6.)

(2) Voyez Klusmann, *Nævii vita*, Jéna, 1842, in-8, page 15, et une note de M. Naudet sur le vers 27 de l'*Amphitryon*.

que l'aristocratie fait taire et d'un tribun satirique que l'aristocratie laisse dire, marque le changement qui s'était accompli
dans les mœurs littéraires. Hier on imposait violemment silence
à l'homme du peuple qui s'avisait de transformer la littérature,
ce vil passe-temps des esclaves beaux esprits, en instrument
contre les puissances : aujourd'hui les choses ont bien changé;
il n'est plus de mauvais ton, c'est même la mode d'écrire; Lélius ne se cacherait plus pour faire des vers avec Térence, et
Lucile, tournant avec une entière indépendance les droits de sa
caste contre sa caste, peut, sans qu'on l'inquiète, s'exprimer
crûment sur toute chose. On le maudira entre les dents, on se
vengera par de mauvais propos; mais personne ne l'appellera
devant le préteur.

Lucile usa amplement du privilége qui lui était laissé; je le
trouve mettant le doigt avec audace sur la plaie future de l'empire, la vénalité militaire. C'est une chose remarquable que
l'extrême réserve avec laquelle les poëtes de la république touchent les matières de l'état, de l'armée, de la famille : soldat,
citoyen, père de famille, le Romain des vieux temps veut être
respecté et ne souffre point l'ironie. Il n'y a pas dans tout le
libre théâtre de Plaute un trait qui eût pu blesser ces susceptibilités : la politique du sénat n'y est pas plus attaquée que la
vertu des matrones, et le personnage, le *masque* du militaire
fanfaron, est toujours un Grec sans conséquence qui ne com-
promet en rien la bravoure nationale. « Les légions, s'écrie Lucile, servent pour de l'argent, *mercede merent legiones.* » C'é-
tait une nouveauté qu'un si hardi langage; il annonçait déjà
les beaux vers où Lucain osa dire depuis : « Il n'y a ni foi ni
pitié chez ceux qui vivent dans les camps; leurs bras sont ven-
dus; le droit pour eux est où il y a le plus d'argent (1). » Lucile
avait-il deviné que les gouvernements militaires finissent par le

(1)　　　Nulla fides pietasque viris qui castra sequuntur,
　　　　　Venalesque manus : ibi fas, ubi maxima merces.

(*Phars.*, **X**, 408.)

despotisme et la corruption? On lit dans un de ses fragments :
« Tout est jeu et hasard dans la guerre; or, si tout est chance
et hasard, pourquoi courir à la gloire? »Mais qui donc, chez les
maîtres du monde, pouvait avoir l'humeur si peu belliqueuse?
Comment Lucile surtout, qui avait courageusement servi aux
armées, fût-il venu proclamer dans ses vers des doctrines de
paix perpétuelle? Assurément le poëte mettait ce mot dans
la bouche de quelque poltron; à Rome, il n'y avait pas d'abbé
de Saint-Pierre, même dans les lettres. Du reste, à un autre
endroit de ses satires, Lucile montre dans la guerre la destinée
même de Rome, et cette fois il ne donne plus la victoire comme
un simple caprice de la fortune : « Souvent le peuple romain,
écrit-il, a été vaincu par la force et surpassé en de nombreux
combats; mais dans une guerre jamais, et tout est là. » Lucile
ici parle en son nom : il a foi à la ville éternelle.

Le temps est venu de quitter le Forum; ce qu'on est surtout
désireux de connaître des peuples qui ont disparu, c'est cette
existence de tous les jours que les historiens n'ont pas occasion
de peindre, c'est cette vie du foyer dont nous cherchons complaisamment les ressemblances avec la nôtre. Sans donc nous
laisser avec la tourbe des clients entre les colonnes de l'atrium,
Lucile va nous faire pénétrer tout de suite dans la salle des festins : c'est maintenant la pièce principale. Partout s'étalent les
délices et les raffinements du luxe. Fi des siéges de hêtre, des
simples bancs de bois qu'on avait au vieux temps! chacun de
nos gourmands est voluptueusement couché sur l'édredron, sur
des tapis soigneusement fourrés des deux côtés, *pluma atque
amphitapæ*. Vous voyez devant vous les conquérants de l'univers! Celui-ci avale un plat d'huîtres que l'hôte a payé mille
sesterces; celui-là se réserve pour le pâté de volaille grasse; un
troisième préfère les tétines de truie qu'on a tuée aussitôt
qu'elle avait mis bas. En voici un qui demande du vin tiré tout
frais du tonneau, et auquel le siphon et le sachet de lin du
sommelier n'aient rien fait perdre de sa première saveur; en
voilà un autre qui s'étouffe, à en mourir, avec les saperdes et

la sauce de silure. Écoutez ce gourmet : il vous expliquera comment le poisson qu'on appelle loup du Tibre est bien plus friand et vaut le double quand il a été pêché entre les deux ponts, parce qu'alors il s'est nourri le long du rivage des immondices que la ville jette dans le fleuve. Plus tard, après Lucile, ces recherches se raffineront encore et deviendront une sorte de mélange singulier, une complication de gastronomie et de cruauté morale : on trouvera, par exemple, le poisson plus délicat quand il aura été pris dans un naufrage, *si quid naufragio dedit, probatur*, dit Pétrone; les périls courus par les pêcheurs donneront du prix à la murène et en relèveront même le goût (1).

Mais quoi! on est en retard, il faut quitter la table, le jeu de dés, le sourire à moitié ivre des courtisanes; l'heure a sonné pour nos patriciens d'être au Forum (2), s'ils ne veulent pas payer l'amende. Les voilà donc qui relèvent leurs cheveux parfumés et qui s'en vont s'asseoir tant bien que mal sur leurs siéges de juges. Quel ennui, hélas! que les devoirs, et comment, au sortir des joies du triclinium, lire, d'une paupière appesantie par le vin, les dépositions des témoins? comment suivre les raisonnements subtils de ce légiste qui plaide? Au lieu donc de suivre toutes ces minuties de procédure, rêvons à la coupe murrine pleine de vin grec mêlé de miel que nous présentait tout à l'heure cette jeune et charmante esclave aux cheveux lisses, à la toge de gaze si fine qu'on dirait du vent tissé, *ventus textilis* (3). Tant pis pour les plaideurs! on jugera à tout hasard.

(1) Piscium sapores quibus pretia capientum periculo fiunt. (Plin., ***Hist. nat.***, IX, 34.)

(2) Voir Macrobe (*Saturn.*, II, 12) qui complète les traits épars dans Lucile.

(3) Expression de Publius Syrus (dans Pétrone, ch. LV); c'est presque la *vitrea toga* dont parle Varron. Il est aussi question dans Sénèque de ces robes transparentes avec lesquelles les matrones, dit énergiquement le philosophe, « ne adulteris quidem, plus sui in cubiculo, quam in publico ostendunt. » (***De Benef.***, VII, 9.)

Foin de l'austérité et de la justice! la vie est courte, et il la faut bien remplir. Quels sots scrupules n'avait-on pas naguère contre la danse et les spectacles! Que votre fille plutôt aille apprendre des pas et des figures à l'école des baladins ; que votre fils (il n'a pas douze ans, il porte encore la bulle (1); mais qu'importe?) exécute, au son de la sambuque, cette danse lubrique qui ferait rougir un jeune esclave prostitué. Assouvissez vos sens par tous les plaisirs, votre esprit par toutes les distractions; semez l'or, et, si vous vous ruinez, faites du moins comme ce Ménius qui, réduit à vendre sa maison, se réserva du moins une colonne d'où il pouvait voir les combats de gladiateurs. — Voilà le spectacle peint par Lucile et qui fait que le poëte indigné peut apostropher les vainqueurs du monde, les maîtres de la terre, et leur dire : « Vivez, gloutons; vivez, ventres! *vivite, ventres!* »

Après les déportements de la ville, ceux des tribus rustiques : tout passe sous la verge du satirique. La campagne aussi a ses gourmands comme la cité, pauvres gourmands qui dînent, non plus dans des plats d'or, dans des vases de cristal, mais qui, pour leurs repas de tous les jours, en sont réduits à un peu de chicorée assaisonnée de sauce de mènes et servie sur une assiette étroite de terre de Samos. Triste cuisine, maigre plat, plus humble encore que cet étrange ragoût d'ail, de rue, de coriandre, d'ache et de sel broyés, dont Virgile nous a laissé l'agreste recette dans le *Moretum*. Lucile avait fait une grotesque description de je ne sais quel repas donné par un rustre gastronome qui, voulant faire bombance, s'était ruiné en ciboules et en oignons, comme les citadins se ruinaient pour l'huile de Cassinum ou le vin de Falerne, et n'avait composé son régal que de légumes. Je m'imagine que, pour préparer ce beau festin, notre homme fit venir de la ville quelqu'un de ces cuisiniers dont parle Plaute (2), qui, chômant la huitaine, allaient

---

(1) Voir dans Macrobe (*Saturn.*, II, 10) le discours de Scipion auquel Lucile faisait allusion (Sat. II, fr. 10; édit. Corpet).

(2) . . . . . . Cocus ille nundali' est: in nonum diem
Solet ire coctum.   (*Aulul.*, 280.)

le neuvième jour préparer les rôtis de tous ces gloutons de village avides d'avaler à chaque nondine. C'était à ce propos peut-être que Lucile amenait une apostrophe à l'oseille, qu'on commençait à négliger fort de son temps, et dont l'usage avait été contemporain de l'austérité des mœurs :

« Oseille! que de louanges sont dues à celui qui te connaît encore! C'est à ce sujet que Lélius, ce sage, avait coutume de pousser les hauts cris et d'apostropher à leur tour chacun de nos goinfres : « O « Publius Gallonius! s'écriait-il; ô gouffre! tu es un être bien misé-« rable. De ta vie tu n'as soupé une fois en honnête homme, quoi-« que tu manges tout ton bien pour une squille ou pour un gros es-« turgeon (1). »

Qu'entendait Lélius par ce *cœnare bene, souper en honnête homme*, expression dont M. Corpet ne me paraît pas avoir saisi la vraie nuance? Lélius, disciple des stoïciens Panætius et Diogène, recherchait le bien avant tout, et ne mettait pas le vrai bonheur dans les plaisirs des sens; pour lui, il n'y avait de *bon dîner* que celui où l'on satisfaisait avec frugalité aux besoins de la nature et où s'entremêlaient d'utiles, d'agréables causeries. Cela se trouve expliqué un peu plus loin : « Mets cuits à propos, bon assaisonnement, puis de sages entretiens, et, si tu veux encore, de l'appétit. » Nous avons le programme des dîners de Lucile; c'était le même que celui de Varron les jours où Cicéron le venait visiter dans sa ferme de Tusculum.

Tel était l'enseignement pratique du poëte : Horace un jour s'inspira de ces mœurs tempérées, de cette aménité de doctrines qui, fixées avec art sous les délicatesses de la diction, font encore le charme de ses vers. Mais que pouvait la poésie quand les lois, dans ce pays de juristes et de législateurs, étaient devenues impuissantes? Il y avait longtemps, Lucile nous l'apprend lui-même, que la loi Fannia, qui avait fixé à cent as le maximum des frais d'un repas, était tombée en désuétude :

(1) Le sage Lélius se souvenait ici de son Hésiode : « Insensés qui ne savent pas combien la moitié est préférable au tout, et ce qu'il y a de richesse dans la mauve et l'asphodèle! » (*Trav. et Jours*, v, 41.)

« Les cent méchants as de l'annius, » disait-on proverbialement en parlant d'un mauvais dîner. Quant à la défense qu'avait faite ce même règlement de manger des poules grasses, on s'en tirait par une subtilité d'avocat, en ne faisant engraisser que des coqs; Pascal n'a pas trouvé cette distinction dans Escobar. Quelque temps avant la mort de Lucile, on porta un nouveau décret somptuaire (1); mais ce fut en vain : nous voyons, par les *Satires* elles-mêmes, que chacun prit plaisir à l'éluder par des subterfuges : *legem vitemus Licini*. La société païenne était sans frein; rien ne pouvait l'arrêter sur cette fatale pente à la perversion.

Quand on est voluptueux, on devient avide; tout se tient dans le mal, et l'enivrement des sens induit aux vices de l'ame. Pour suffire à cette vie de luxe et de plaisirs, il fallait de l'argent; de là ces coquins rapaces, ces fripons aux mains engluées, *viscatis manibus* (2), qui rafflaient tout et ne lâchaient rien; de là ces pince-mailles et ces usuriers, que Tacite, de son temps, regardait encore comme le plus vieux fléau de Rome (3). La plupart grapillaient et pillaient pour faire ensuite les prodigues; quelques autres, fidèles à l'ancien instinct de la race latine, thésaurisaient chichement et se privaient pour amasser. Il reste de Lucile quelques vers pleins de verve sur un vieux ladre agenouillé devant son or :

(1) La date incertaine de cette loi Licinia a donné lieu à vingt hypothèses, dont les moins vraisemblables peut-être appartenaient à l'auteur des *Studia critica in Lucilium*. Depuis, M. Van Heusde, dans son *Epistola ad Hermannum de Lucilio*, a produit de nouvelles conjectures qui pourraient être réfutées de même par des conjectures. Ce qu'il y a de sûr, c'est que la date de la loi Licinia varie de 644 à 657. Or, Lucile étant mort, d'après saint Jérôme, en 651, cette loi dont le poëte parle a dû paraître avant 651.

(2) Plaute (*Pseudol.*, 84) a une expression plus vive encore pour peindre ces mains crochues, *furtificæ manus*, qui étaient sans doute l'une des soixante-trois manières qu'avait Panurge de se procurer de l'argent. (Voir le *Pantagruel*, l. II, ch. XVI.)

(3) Vetus urbi fœnebre malum. (Tac., *Ann.*, VI, 16.)

Cui neque jumentum est, nec servus, nec comes ullus;
Bulgam, et quidquid habet nummorum, secum habet ipse :
Cum bulga cœnat, dormit, lavit : omnis in una
Spes hominis bulga, hac devincta est cetera vita.

« Il n'a ni jument, ni esclave, ni compagnon ; sa bourse, tout ce qu'il a d'argent, il le porte avec lui; avec sa bourse il dîne, dort, se baigne. Toute la sollicitude de l'homme est dans sa bourse; à sa bourse est lié le reste de sa vie. »

Molière n'eût pas désavoué ces lignes.

Voilà comment l'impitoyable Lucile passait tout en revue et peignait les habitans de Rome dans leur vie publique comme dans les secrets de leur intérieur. Ceux qui se glissaient dans l'impudique rue des Toscans n'échappaient pas plus à sa verve que ceux qui mendiaient à prix d'or les suffrages populaires; il dénonçait aussi bien les raffinements de la débauche que les infamies du Forum. Partout où un Latin a l'habitude d'aller, sur les places et dans les marchés, aux gymnases et dans les parfumeries, dans les temples et chez les barbiers, partout enfin où l'on jase et où l'on achète, partout où s'exercent la malignité des médisants et l'industrie des chercheurs d'argent, vous êtes sûr de trouver Lucile; il a l'œil ouvert, l'oreille aux aguets, et le malin, selon le mot de Despréaux,

Aux vices des Romains présente le miroir.

Notre tâche de glaneur et de mosaïste n'est pas achevée. Ramassons en passant ceux des fragments de Lucile qui se rapportent aux femmes romaines ; ce ne sont pas les moins curieux. On peut juger exactement de l'état d'un peuple en voyant ce que sont chez lui l'amante et l'épouse.

Cet élégant qui « se rase, s'épile, se décrasse, se ponce, se bichonne, se lustre, se farde, » est-ce un de ces jeunes patriciens que peint Térence (1), passionnés pour les chiens de

_____

(1)   Quod plerique omnes faciunt adolescentuli,

chasse, les chevaux ou les philosophes (tout cela était mis sur le même rang)? ou bien est-ce tout simplement un de ces barbons impudiques, galants surannés, dont les écrivains de théâtre racontaient si complaisamment les déconvenues? Le texte est trop mutilé pour qu'on le devine. Je crois cependant qu'il s'agissait d'un coureur d'aventures, trop délicat pour ne point « tenir à la figure et pour se contenter d'une louve, de quelque femelle appartenant à qui dispose d'un sesterce ou d'un as (1). » Bien au contraire, notre *lion* d'il y a deux mille ans laissait ces sortes de commères « aller, aux jours de fête, faire ripaille dans les temples avec leurs pareilles ; » il dédaignait ces femmes « couvertes de crasse, rongées de vermine, de misère, » et bonnes pour les portefaix du port. Ses frais de toilette cachaient bien d'autres intentions ; il soupirait pour une jeune Sicilienne (2) « svelte, agile, à la poitrine blanche comme celle d'un enfant, » et qui avait une grâce irrésistible quand « ses doigts roulaient en boucles sa chevelure que divise l'aiguille. » Comment résister d'ailleurs? la coquette est si avenante, si caline, si doucereuse ; elle l'entoure de cajoleries, « elle lui fait des avances, lui mord les lèvres, l'enjôle d'amour. » Le dard est au cœur de la victime. La cruelle « l'atteint sans qu'il y songe, lui saute au cou, l'embrasse, et tout entier le mange, le dévore ; » car, « plus elle a de caresses, plus l'enragée vous mord. » Vous voyez bien qu'il s'agit d'une Phryné « à qui un amoureux est tombé sous la griffe. » L'amant se ruine ; mais comment la maîtresse s'enrichirait-elle? les courtisanes font tant les glorieuses! *Ita sunt gloriæ meretricum*, comme dit Plaute (3).

> Ut animum ad aliquod studium adjungant, aut equos
> Alere, aut canes ad venandum, aut ad philosophos.
> (Terent., *Andr.*, v. 55.)

(1) Il s'agit de ces filles à deux oboles, et « bonnes pour la crasse des esclaves, » dont Plaute a tracé un si repoussant tableau (*Pœnul.*, 263).

(2) On voit dans le *Rudens* (prol., 54) que « la Sicile était un pays de voluptueux, excellent pour le trafic des courtisanes. »

(3) *Trucul.*, 837.

Tel est le portrait de la courtisane comme je me l'imagine retracé par la plume du satirique. Les traits épars dans Lucile se sont concentrés ici un peu au hasard; mais qu'importe? Si l'ensemble est arbitraire, il se vérifie du moins par les détails. Égaré dans un labyrinthe, on est bien excusable de chercher un fil conducteur.

Maintenant c'est le tour de la matrone; Lucile, en Romain des vieux temps, honore la famille, et son premier précepte est que « les enfants dont elle est mère font l'honneur d'une femme. » Mais ce n'était pas une raison pour que, en poëte ami de sa liberté, il ne lançât contre le mariage quelques-uns de ces lazzis de célibataires que les maris eux-mêmes se permettent dans leurs jours de mauvaise humeur : « Tracas et chagrins, dit Lucile, que les hommes s'attirent volontairement; ils prennent femme, font des enfants, et c'est là tout le secret. » Pour soutenir une thèse, il faut bien des preuves : les preuves ne manquent pas. Votre bourse, par exemple, que deviendra-t-elle? Avec une femme, on n'a jamais fini : c'est le rubanier, et puis le ceinturier, et puis le passementier, et puis les esclaves, et puis les servantes pour la toilette de madame (1). Mais mettez-vous bien dans l'esprit que ces frais de coquetterie ne sont pas faits pour vous : « quand elle est avec vous seul, c'est bien assez du premier chiffon venu; qu'il arrive, au contraire, une visite (une visite d'homme surtout), vite on étale torsades, pelisses et ceintures. » Voilà le charme de votre intérieur. Et, quand madame sort de chez elle, bonhomme que vous êtes, où vous imaginez-vous donc qu'elle va? « Chez l'orfèvre, chez sa mère, chez sa cousine, chez une amie? Autant de prétextes pour aller dehors, et faire visite à *quelqu'un.* » C'est ainsi que vous serez trompé et ruiné « par une mangeuse qui, à la façon du po-

---

(1) Comparez dans l'*Aulularia* (v. 464 et suiv.) la très-piquante énumération des ouvriers sans nombre dont une femme avait besoin pour sa toilette.

lype (1), finira par se manger elle-même. » Ajoutez que, quand la jeunesse se sera flétrie, vous n'aurez plus à votre foyer qu'une vieille garçonnière, *vetulam atque virosam*. » Tel est le mariage selon les capricieux pinceaux de Lucile; mais comment lui attribuer une doctrine avec quelque certitude? Ces fragments, qui faisaient quelquefois partie de dialogues, comme on suppose, se contredisent souvent. Ainsi, ailleurs, on croirait qu'il donne le beau rôle à la femme; il la montre économe, résignée, dévouée. « Son époux est-il malade, il faut qu'elle le soigne, qu'elle subvienne à la dépense, qu'elle se refuse les douceurs, qu'elle épargne pour un autre. » Plus loin, c'est quelque propos de mari en colère : « Qu'elle fende le bois, qu'elle file sa tâche, qu'elle balaie la maison, qu'on la rosse. » Tout à l'heure, Lucile nous retraçait les vices de la femme riche; ici il met en saillie les vertus et la pénible condition des femmes pauvres. Les turpitudes de certains maris étaient également mises à nu, et Cipius, qui feignait de dormir pendant qu'un homme riche caressait sa moitié, attrapait son horion, tout comme ces misérables qui, surprenant un adultère chez eux, se vengeaient du coupable en le forçant de se substituer à leur femme (1). Tous ces témoignages de l'infamie des mœurs sont précieux à recueillir; il fallait la puissance morale du christianisme pour balayer ces étables d'Augias.

La satire, telle que l'avait conçue Lucile, embrassait la vie sociale tout entière : les poëtes eux-mêmes n'y étaient pas épargnés. Qui ne se souvient des vers de Boileau :

> C'est ainsi que Lucile, appuyé de Lélie,
> Fit justice en son temps des Cotins d'Italie.

Horace, bien des siècles auparavant, avait dit : « Répondez, grand connaisseur; ne condamnez-vous rien dans le premier

---

(1) Cette croyance que le polype se dévorait lui-même n'était plus qu'une fable au temps de Pline (*Hist. nat.*, IX, 46).

(2) XXX, 19, édit. Corpet.

des poëtes, dans Homère? Lucile, qui vous paraît indulgent, ne trouve-t-il rien à changer dans les tragédies d'Accius? ne rit-il pas des vers, quelquefois trop familiers, d'Ennius? et, lorsqu'il parle de lui-même, il ne se donne pas pour cela comme supérieur à ceux qu'il critique. » Cette dernière phrase vient à propos pour nous attester la modestie du poëte, car nous savons que tous ses prédécesseurs, depuis Ennius jusqu'à Térence, étaient déchirés dans ses vers, et Aulu-Gelle (1) ajoute même à cette occasion : « Il les effaça en les critiquant. » On voit quelles furent l'autorité et la gloire de Lucile. Dans les fragments des *Satires*, bien peu de traces subsistent de ces diatribes littéraires, et il ne s'est guère conservé qu'un trait contre les *exordes embrouillés* de Pacuve. Ailleurs on lit : « Cela vaut un peu mieux que du médiocre, c'est moins mauvais que du très-mauvais. » Ne s'agit-il point de quelque livre contemporain? Je ne serais pas éloigné non plus de soupçonner que, quand il parle « d'un rhabilleur achevé qui sait coudre le rapiéçage dans la perfection, » Lucile voulait parler d'un de ces faiseurs de centons, d'un de ces poëtes imitateurs, dont les vers, à Rome comme chez nous, servaient bientôt d'enveloppe au gingembre et au poivre des épiciers (2). Tous les travers des lettrés étaient ainsi passés en revue; après les versificateurs ridicules venaient les grécomanes, si communs alors chez les Romains. On a de Lucile un joli fragment, où il se moque de ce Titus Albutius, souvent nommé dans les lettres de Cicéron, qui, pendant son exil à Athènes, fut, à cause de ses manies d'helléniste, salué ironiquement en grec par Scévola, et chercha à s'en venger depuis par une attaque en concussion. C'est Scévola qui parle :

« Te faire Grec, Albutius, plutôt que de rester Romain et Sabin, compatriote de Pontius, de Tritannus, de ces centurions, de ces hommes illustres, les premiers de tous et nos porte-drapeaux, voilà ce que tu as préféré. Puisque tu l'as préféré, c'est donc en grec

(1) *Noct. Att.*, XVII, 21.
(2) Voir Horat., *Epist.*, I, II, 269.

que moi, préteur de Rome dans Athènes, je te salue, disant : « Χαῖρε, Titus! » Et les licteurs, et ma suite, et la cohorte tout entière : « Χαῖρε, Titus! » De là vient qu'Albutius est mon ennemi public, mon ennemi privé. »

Les petites affectations de style, les recherches et jusqu'aux négligences de langage, étaient également raillées dans les *Satires*. A un endroit, par exemple, Lucile se moquait, avec beaucoup de malice et de tour, de ceux qui avaient la coquetterie pédante de multiplier les assonances, de rapprocher les mots à syllabes égales, et de ne jamais lâcher un *nolueris* sans y accoler un *debueris*. Ce sont là des finesses qui nous échappent. A la critique d'ailleurs, Lucile joignait la leçon : tout son neuvième livre (1) était consacré aux plus minutieuses questions de syntaxe, de métrique, de prononciation; il y traitait des synonymes et des étymologies, de l'orthographe et de la quantité. Il ne faut pas s'étonner de voir de pareilles matières traitées par un poëte : c'était un goût particulier aux Romains que cette mise en vers des règles et préceptes, que ce tour du rhythme donné à des détails techniques. Bien des années avant Lucile, Ennius avait inséré des vers de ce genre dans son poëme des *Annales;* c'était, selon la fine remarque de M. Patin, de simples notes grammaticales qu'il mêlait prosaïquement à la majesté de son texte. Le même critique l'a dit avec justesse, ces premiers poëtes, faisant et façonnant la langue latine avec la langue grecque, étaient un peu grammairiens, et le laissaient voir. Lucile, dans ses compositions familières, dans ses simples causeries (*sermones*, ainsi qu'Horace intitula plus tard ses satires), devait se gêner moins qu'un autre; sa muse était de celles qui vont humblement à pied, *musa pedestris*.

De la grammaire aux croyances religieuses, la transition est brusque; c'est pourtant par ces derniers points qu'il faut finir.

_____

(1) Les textes obscurs qui se rapportent aux doctrines grammaticales de Lucile ont été notablement éclaircis par M. Louis Schmidt dans une savante dissertation : *Lucilii quæ ex libro IX supersunt;* Berlin, 1840, in-4.

Nous avons accompagné le satirique dans les rues de la ville, au Forum, dans l'intérieur du foyer; nous avons avec lui écouté les conversations des beaux-esprits, et lu les vers les plus fraîchement scandés par les poëtes du jour. Il ne nous reste plus maintenant qu'à le suivre chez les philosophes et dans les temples. En approchant des écoles de sagesse et du sanctuaire, Lucile n'abdiquera en rien son audace. Lactance a dit de lui qu'il n'avait pas plus épargné les dieux que les hommes : *Diis et hominibus non pepercit.* Demandons aux poëtes ses croyances.

Comme tous ses contemporains, Lucile a lu Platon (1), et paraît avoir fort à cœur les doctrines philosophiques; il en parle avec indépendance, avec l'éclectisme prochain de Cicéron. Ce n'est ni un épicurien décidé comme va l'être Lucrèce, ni un stoïcien absolu comme le sera Perse. Aussi ne ménage-t-il ni « le vulgaire qui cherche des nœuds sur un jonc, » ni ces sages du stoïcisme qui veulent « être appelés seuls beaux, seuls riches, seuls libres, seuls rois; » ni « ces sophistes absurdes et décrépits, » ces argumentateurs d'école, ces subtiliseurs de gymnase, qui font de beaux syllogismes dans le genre de celui-ci : « Ce avec quoi nous voyons courir et caracoler ce cheval est ce avec quoi il caracole et court : or, c'est avec les yeux que nous le voyons caracoler; donc il caracole avec les yeux. » On reconnaît là les puérilités des *éristiques* de Mégare; Lucile ici est un moqueur érudit.

La muse de Lucilius, on s'en aperçoit, n'était point cette muse naïve et de foi facile qui, au début des littératures, se complaît aux fables et aux légendes. Dès l'abord, la poésie latine avait trahi le tempérament positif, le caractère peu rêveur des Romains. Ainsi l'interprète d'Evhémère, l'auteur de l'*Épicharme*, Ennius, détruisait, pour ainsi dire, les dieux physiquement et moralement. L'athéisme enthousiaste de Lucrèce ne pouvait se produire sans antécédents. On retrouve chez Lucile

_____

(1) Voir chœubeck, *Quœst. Lucilianarum particula*; Halle, 1841, in-8,

quelques traces de ces hardiesses; du moins, les railleries du
poëte contre certains personnages consacrés par les traditions
païennes, ses insinuations burlesquement sceptiques sur les
jambes cagneuses d'Hélène, sur la bouche trop fendue de Tyro,
comme sur la taille bancale d'Alcmène, semblent-elles indiquer
un penchant marqué à expliquer humainement toute mythologie, à supprimer le surnaturel des mythes et les religions. Pour
comprendre comment Lucile était déjà enflammé contre le
génie des superstitions de ces sombres colères qui devaient se
déchaîner bientôt dans le magnifique poëme *De la Nature des
Choses*, il suffit d'entendre avec quel dédain sont traitées dans
ses vers les croyances populaires aux Lamies et aux monstres,
toutes ces folles terreurs semées à dessein dans la foule par
une politique intéressée. Je regrette bien qu'André Chénier
n'ait pas, comme il le projetait, traduit cette *belle comparaison;*
il nous suffira sans nul doute de citer ses vers pour donner un
équivalent :

> Ut pueri infantes credunt signa omnia ahena
> Vivere, et esse homines : sic istic (1) omnia ficta
> Vera putant, credunt signis cor inesse ahenis.
> Pergula pictorum, veri nihil, omnia ficta.

« Comme les petits enfants qui croient que toutes lés statues d'airain
vivent et sont des hommes, ainsi pour ces gens-là toutes les chimères
sont des vérités, et ils s'imaginent que, dans ces simulacres d'airain,
il y a une âme. Galerie de peintre, rien de vrai, chimères que tout
cela! »

C'est le souffle d'un poëte : à la force encore inculte de cette
diction, à la vigueur de ces touches, je reconnais un précurseur
de Lucrèce.

On sait avec quelle libre gaieté Plaute, dans l'*Amphitryon*,
avait montré Jupiter en déshabillé, l'Olympe en goguette. Et
pourtant c'est ce grand écrivain qui, dans un vers mémorable,

---

(1) *Istic*, vieille forme, pour *isti*.

proclamait sur la scène, deux siècles avant le christianisme, l'unité de Dieu et l'intervention de la Providence dans les affaires humaines :

Est profecto Deus qui quæ nos gerimus auditque et videt (1).

Lucile aussi s'est moqué des divinités du paganisme, mais on n'a pas de lui un vers comme celui de Plaute.

L'assemblée grotesque des dieux qu'il avait mise en scène dans sa première satire n'était qu'un coup terrible porté à la pluralité des dieux. Autant qu'on peut le deviner, le dessin de cette composition était plaisant et original : le poëte, donnant à toutes choses des proportions humaines, réduisait le conseil céleste à une simple parodie de quelque séance du sénat. Donc, les conseillers de l'Olympe délibèrent sur les graves intérêts de l'humanité,

Concilium summis hominum de rebus habebant;

il s'agit surtout de fixer le châtiment que méritent les impiétés d'un certain Lupus. Jupiter pérore le premier, et se plaint de n'avoir pas assisté à une précédente séance tenue à ce sujet. Ici Dacier remarque très-bien (2) que c'était déjà une chose assez plaisante de faire dire par le souverain maître qu'il voudrait de tout cœur avoir fait une chose qu'il n'avait pas faite; mais la suite est plus bouffonne encore. Jupiter se plaint que les hommes donnent indistinctement le nom de *père* à chacun des dieux, sans pour cela croire à un seul : « De façon, dit-il, qu'il n'est pas un de nous qui ne soit et père et le meilleur des dieux : père Neptune, père Bacchus; Saturne, Mars, Janus, Quirinus, autant de pères; jusqu'au dernier d'entre nous, c'est le nom qu'on nous donne. » Puis, après cette sortie gravement éloquente, Jupiter se tait, *dedit pausam ore loquendi.* Alors c'est

(1) *Capt.*, 242.
(2) Dans son *Discours sur la Satire* (*Mémoires de l'Acad. des Inscriptions*, t. II, p. 212).

le tour de Neptune; le pauvre orateur se trouble et s'embrouille si bien dans la métaphysique de ses phrases, que, pour s'excuser, il est contraint d'avouer que Carnéade en personne (ce subtil et célèbre raisonneur venait récemment de mourir) ne pourrait pas s'en tirer, quand même Pluton le renverrait tout exprès des enfers. — Voilà malheureusement tout ce qu'il est possible de saisir de cette composition piquante, où s'annonçait déjà la libre manière de Lucien. En somme, il est permis de soupçonner que le poëte croyait peu à l'intervention de la Providence dans la conduite des événements humains. Écoutez plutôt ce fragment de dialogue entre un dévot libertin et un philosophe :

« Que nos prières montent vers les dieux avec notre encens! Confions-leur nos projets, et qu'ils les approuvent. — Alors, sûr de l'impunité, tu fais la débauche. »

Ce trait contre les prières hypocrites des vicieux qui croient trafiquer avec le ciel semble avoir inspiré à Perse la satire de *la Religion*, à Juvénal celle des *Vœux*; le génie perdu de Lucile survit dans quelques imitations de ses admirateurs.

Quoi qu'il en soit, on aime à croire que le ciel n'était pas tout à fait désert pour Lucile : aussi n'est-ce pas à lui que je voudrais rapporter ce fragment mystérieux, ce cri d'incrédulité et de désespoir : « Doit-il se pendre ou se jeter sur son épée pour ne pas voir le ciel en mourant? » Mais je rattache plus volontiers à son souvenir certains traits de mélancolie tels que celui-ci : « Quand l'ame est malade, le corps trahit aux yeux cette souffrance. » Lucile, on s'en aperçoit, savait les déchirements d'un cœur troublé; il avait vécu, il connaissait les tristes rançons que la passion tire de notre bonheur : « Le désir, dit-il, peut être arraché du cœur de l'homme, mais jamais la passion du cœur de l'insensé. » C'est de lui-même, c'est du sage au moins que parlait l'auteur des *Satires* dans cette autre pensée : « Il méprise le reste; il ne compte, en tout, que sur un usufruit assez court; il sait que personne ici n'a rien en propre. » Tel est le moraliste chez Lucile. Ses préceptes quelquefois sentent

l'égoïsme romain, comme lorsqu'il dit : « N'entreprends qu'un
travail qui te rapporte gloire et profit; » mais souvent aussi
l'homme de cœur, l'homme dévoué apparaît, par exemple dans
cette maxime : « Montrons-nous généreux et affables pour nos
amis. » Si l'on veut connaître la belle âme de Lucile, il la faut
chercher surtout dans ce magnifique morceau sur *la vertu*, le
plus long que nous ayons de lui, et qui restera son titre d'honneur. Jamais le stoïcisme n'a parlé un plus noble langage; c'est
le texte surtout qu'on voudra relire, et je me reprocherais de
ne pas le donner tout entier :

> Virtus, Albine, est pretium persolvere verum,
> Queis in versamur, queis vivimu', rebu' potesse :
> Virtus est homini, scire id, quod quæque habeat res.
> Virtus scire homini rectum, utile, quid sid honestum;
> Quæ bona, quæ mala item, quid inutile, turpe, inhonestum :
> Virtus, quærendæ rei finem scire modumque :
> Virtus, divitiis pretium persolvere posse :
> Virtus, id dare, quod re ipsa debetur honori :
> Hostem esse atque inimicum hominum morumque malorum,
> Contra defensorem hominum morumque bonorum,
> Magnificare hos, his bene velle, his vivere amicum .
> Commoda præterea patriæ sibi prima putare,
> Deinde parentum, tertia jam postremaque nostra.

« La vertu, Albin, est de savoir apprécier à leur vrai prix les affaires
auxquelles nous sommes mêlés, les choses au sein desquelles nous
vivons; la vertu pour l'homme est de connaître ce que chaque chose
est en elle-même; la vertu pour l'homme est de discerner ce qui est
droit, utile, ce qui est honnête, quelles choses sont bien, quelles choses
sont mal, ce qui est inutile, honteux, déshonnête; la vertu est de
mettre des bornes et une fin au besoin d'acquérir; la vertu est de peser
à sa vraie mesure la valeur des richesses; la vertu est de rendre l'honneur qui est dû à ce qui est honorable, d'être l'adversaire public et
l'ennemi privé de ce qui est méchant, hommes ou mœurs; d'être le
défenseur, au contraire, de ce qui est bon, hommes ou mœurs, de
glorifier ceux-ci, de leur vouloir du bien, d'être dans la vie leur ami;
enfin de mettre au premier rang, dans son cœur, les avantages de la
patrie, au second ceux des parens, au troisième et dernier les nôtres. »

Arrêtons-nous; on ne saurait se séparer de Lucile sous une plus favorable impression. Il y a dans ce morceau des traits de grandeur qui le mettent à côté des plus belles pages de l'antiquité.

On a vu quel était le style du poëte. Horace, qui traite Lucile absolument comme Boileau traitait ses devanciers du XVIe siècle, revient avec une insistance marquée sur sa négligence, sa précipitation, ses bigarrures gréco-latines, l'incorrecte dureté de sa forme; tantôt il lui reproche « son vers raboteux et peu élaboré, » et « son bavardage, sa paresse d'écrire; » tantôt il le compare à « un fleuve bourbeux où il y a à choisir; » plus loin il l'accuse d'écrire « deux cents vers en une heure, et, comme on dit, au pied levé; » ailleurs encore il assure que la prétention de Lucile était de « faire deux cents vers avant le dîner et autant après. » Il y a du vrai, mêlé de beaucoup d'amertume, dans ce jugement. Horace, du reste, convient lui-même que c'étaient les défauts du temps, et que, venu à une époque de vraie culture littéraire, l'auteur des *Satires* se serait bien des fois frappé la tête et rongé les ongles au vif, en alignant ses hexamètres. Je conviens que Lucile a bien des vices de détail : on peut lui reprocher, avec l'auteur de *la Rhétorique à Herennius,* certaines transpositions prétentieuses de mots, et aussi l'emploi affecté des diminutifs, le désordre inculte du langage, sa diffusion négligée. La pureté lumineuse de la diction, l'art dans le choix des termes, l'aménité du rhythme, la simplicité ornée, ce que Pétrone a si bien défini d'un mot : *Horatii curiosa felicitas*, toutes les qualités enfin des époques calmes et consommées lui manquent. Il n'échappe pas au goût peu sûr de son moment. La langue, il la prend de toute main, et on dirait volontiers de lui, à la façon de Montaigne : « Si le latin n'y suffit, que le grec y aille, et l'osque en plus, sans compter l'étrusque.» La langue latine, qui ne s'était encore montrée dans sa fleur de politesse que pour Térence, semble continuer, dans l'œuvre de Lucile, son travail intérieur d'épuration; non-seulement on a l'or, on a en sus et pêle-mêle les scories. En revanche, si Lu-

cile, comme Regnier, est de ceux qui ne savent point employer
des heures

A regratter un mot douteux au jugement,

il a deux qualités qui suffisent à constituer un grand écrivain,
je veux dire l'inspiration et la verve. On passe volontiers à sa
muse ce ton de libre conversation, ces détails anecdotiques, ces
comparaisons familières, ces tours proverbiaux, ces façons de
dire populaires, car je ne sais quelle empreinte vigoureuse, je
ne sais quelle saveur forte et saine suffisent pour donner à ces
fragments un caractère tout à part. La vieille souche romaine
se montre là rugueuse, verte, pleine de sève. Il y a chez Lucile
d'incontestables allures de génie, et nous pouvons, en toute
sûreté, nous laisser séduire, après Quintilien, par « ce franc
parler qui lui donne du mordant et beaucoup de sel, *libertas*,
atque inde acerbitas, et abunde salis. » [1]

Il resterait à deviner et à dire dans quels cadres plaisants se
jouait la fantaisie du poëte, quels étaient les sujets et les plans
de ses satires. Les détails malheureusement ne suffisent pas à
faire juger de l'ensemble. Quand il s'agit de restituer avec des
fragments une épopée perdue, on est guidé par les événements,
par l'histoire; pour un drame, on a du moins le fil conducteur
de l'action. Ici rien de pareil; tout est livré aux caprices irré-
guliers et maintenant insaisissables de l'écrivain. Comment retrouver tant de données éparses à travers ces trente livres de
satires, dont les derniers semblent un essai incorrect de jeunesse ou l'œuvre incomplète d'une main fatiguée? Je ne me
risquerai pas dans cette région peu sûre des hypothèses où se
complaît la science par trop *reconstructive* de certains critiques
d'outre-Rhin. Ce qu'on peut seulement avancer avec certitude,
c'est que Lucile cherchait à frapper l'imagination des lecteurs
par des inventions variées, par la diversité des formes. Il eût
pu dire de sa satire ce que Regnier, à qui je le compare volontiers pour la vigueur et l'inculte du génie, disait de la sienne :

Elle forme son goût de cent ingrédients.

Ainsi, dialogues, épîtres, récits, petits drames comiques, apologues même, se succédaient et s'entremêlaient tour à tour. Il y avait toute une mise en scène qu'on peut croire habile : ici c'était une burlesque assemblée des dieux de l'Olympe; là, le récit d'une rixe de cabaret; plus loin, des aventures de *touriste*, le tableau d'une querelle de ménage, une thèse de philosophie ou le sermon d'un vieil avare à un jeune prodigue; ailleurs encore, la description d'un festin de village et de paysans goulus se gorgeant de légumes, ou enfin l'assaut de je ne sais quelle porte par des vauriens en goguette. Voilà dans quelles compositions, arrangées avec plus ou moins d'art, et où était sans doute ménagé l'intérêt, le poëte mettait en jeu et bafouait la luxure des débauchés, les folies des dissipateurs, les fourberies du Forum, la vanité des écrivains, la gloutonnerie des estomacs sensuels, la cupide corruption des grands, la vénalité des magistratures, tous les ridicules, tous les excès, tous les vices de cette cité, dont Juvénal devait dire plus tard qu'elle ne contenait *pas un honnête homme.* — On sait, on ressaisit maintenant en idée ce que fut Lucile.

Singulière inégalité des destinées humaines! ce poëte promis à la gloire, et qui put s'en croire maître, a vu ses œuvres et presque son nom effacés sous les pas du temps, tandis que des génies inférieurs, qu'on ne lui comparait même pas, resteront à jamais dans la mémoire des hommes. Les débris de ses pensées sont épars çà et là dans les livres des anciens, comme tant d'illustres cendres le long des tombeaux ruinés de la voie Appienne. En venant réclamer aujourd'hui un regard pour ce mort célèbre d'il y a deux mille ans, un moment de souvenir pour ce grand renom à jamais éteint, on n'a pas voulu tenter une réhabilitation; il n'y a lieu de réhabiliter que les réputations compromises et les talents condamnés. Lucile, grâce à Dieu, n'en est pas là; ce n'est point l'opinion qui a triomphé de lui, c'est le temps. Pour que l'auréole immortelle reparût sur son front, il ne faudrait pas changer sa place, mais la lui rendre.

VARRON

ET SES MÉNIPPÉES.[1]

I.

Le vieux Varron fut un lettré plus encore qu'un écrivain ; l'idéal pour lui était bien plus dans le savoir que dans le style. Approfondir et inventorier tout ce qu'on avait connu, tout ce qu'on avait fait jusqu'à lui, toucher chaque science et aborder chaque écrit, fut sa vocation véritable. *Helluo librorum*, gourmand de livres, l'expression pourrait lui être tout aussi bien appliquée qu'elle le fut à Gabriel Naudé ; encyclopédiste et polygraphe comme l'auteur des *Coups d'État*, il fut comme lui un de ces érudits passionnés à qui la forme importe peu, et qui visent surtout à la variété des sujets, à la curiosité des détails. Plaute a un passage frappant qui marque à merveille la différence qu'il y avait entre l'érudition telle que la comprenaient forcément les anciens, et l'érudition telle que, venus bien après eux, nous sommes conduits à l'entendre. C'est dans la char-

(1) *Revue des Deux Mondes*, 1ᵉʳ août 1845.

mante comédie des *Ménechmes* (1) ; un esclave, fatigué d'errer par le monde, dit à son maître qu'il accompagne : « Il faut retourner chez nous, à moins que nous ne nous préparions à écrire l'histoire, *nisi si historiam scripturi sumus.* » Le mot est significatif. Les modernes demandent surtout la science aux livres ; dans l'antiquité, on la demandait d'abord aux choses, c'est-à-dire aux voyages et aux conversations. De là, sans compter la diversité même des caractères, une dissemblance profonde qu'il serait puéril de cacher : Varron, dans les écoles, avait pris foi à la philosophie du Portique, tandis que Naudé, dans ses excursions polyglottes à travers tant de milliers de volumes imprimés, ne recueillit que le scepticisme. Comment d'ailleurs un lieutenant de Pompée, contre qui César a marché en personne, ressemblerait-il de tout point à un simple collecteur qui ramassait les curiosités bibliographiques de la foire de Francfort? Comment confondre le républicain de l'ancienne Rome, retiré dans ses riches villa et se consolant par les lettres de la chute de la liberté, avec le secrétaire *domestique* d'un cardinal, qui justifiait la Saint-Barthélemy pour distraire la goutte de son maître? Sans doute, quand Naudé, dans sa petite campagne de Gentilly, avait Gassendi à dîner, on devait quelquefois parler d'Épicure tout comme Varron en causait avec Cicéron lorsqu'ils se promenaient de compagnie le long des viviers de Tusculum ; mais quelle distance de ces interlocuteurs consulaires, de ces correspondants patriciens, comme un Hortensius ou un Atticus, à l'enjouement bourgeois d'un Lamothe-le-Vayer ou à la causticité parisienne d'un Guy Patin!

Je m'aperçois qu'en insistant on trouverait toujours plus de contrastes et moins de rapports : c'est un danger que courent souvent les faiseurs de parallèles. Le seul point, du reste, que je tienne à maintenir dans ce rapprochement un peu factice de Varron et de Naudé, c'est que tous deux, avec la même curiosité de tout apprendre et de faire pour ainsi dire le tour de la

(1) Vers 165.

science, gardèrent dans leur style je ne sais quelle vieille saveur nationale et surent, au lieu de laisser éteindre leur verve sous l'érudition, en faire un utile auxiliaire pour leur humeur moqueuse. Le *Mascurat* de Naudé est une satire tout comme ces *Ménippées* presque inconnues auxquelles le vieux Romain a laissé son nom : là comme ici l'érudit recouvre le moraliste.

En France, ce procédé d'ironie sous air d'érudition ne saurait surprendre : chez nous, bien souvent, la science et la raillerie ont été sœurs. Ainsi, avant de tracer les pages austères de *l'Esprit des Lois*, la plume de Montesquieu s'était jouée à plaisir dans les *Lettres Persanes;* mais, sans s'appuyer d'un exemple de génie qui pourrait être pris pour une exception, on peut noter comme une marque toute particulière de l'esprit français cette fréquente alliance de la moquerie et du savoir. Voyez plutôt que de fois la veine courante et nationale de la satire s'est glissée chez nos antiquaires, que de fois nos plus malicieux génies ont fait perfidement flèche du savoir ! Y a-t-il un seul recoin obscur de l'antiquité où Rabelais et Bayle n'aient fouillé, n'aient trouvé quelque trait piquant? Notre admirable *Ménippée du Catholicon* n'est-elle point l'œuvre collective de quelques érudits en bonne humeur? La Monnoye n'entremêlait-il pas ses perquisitions bibliographiques de noëls gausseurs? Et Courier enfin, pour prendre un exemple qui nous touche de près, ne tenait-il pas plus encore à sa réputation d'helléniste qu'à sa gloire de pamphlétaire? Varron est de cette famille-là.

De plus de quatre cent quatre-vingt-dix livres sur toute espèce de sujets que l'antiquité connaissait de cet infatigable polygraphe, πολυγραφώτατος, comme l'appelait Cicéron (1), il ne nous en est parvenu que deux, dont l'un encore est bien mutilé, son *Agriculture* et son traité *de la Langue latine*. De là vient que nous sommes habitués à ne voir exclusivement en lui qu'un sage dissertant sur les charrues et les abeilles, ou un curieux étymologiste destiné à faire quelques siècles plus tard

(1) *Ad Attic.*, XIII, 18.

les délices des Priscien, des Nonius, et de tous les plats grammairiens de la décadence. D'ordinaire, on ne se figure le grand
Varron que dictant, à quatre-vingts ans, pour sa femme Fundania, des préceptes d'économie rurale; on ne se le représente
qu'avec cet air sérieux que son ami Cicéron lui donne dans les
Académiques. En 1794, au sortir des sanglantes épreuves de la
Terreur, Joubert, écrivant à Fontanes, lui conseillait la lecture
des livres faits par les vieillards qui ont su y mettre l'originalité
de leur caractère et de leur âge. Varron, entre autres, était
recommandé au futur grand-maître, et Joubert ajoutait : « Vous
me direz si vous ne découvrez pas visiblement, dans ses mots
et dans ses pensées, un esprit vert, quoique ridé, une voix so-
nore et cassée, l'autorité des cheveux blancs, enfin une tête de
vieillard. Les amateurs de tableaux en mettent toujours dans
leur cabinet; il faut qu'un connaisseur en livres en mette dans
sa bibliothèque (1). » C'est bien là le savant respecté (2) dont
les connaissances universelles édifiaient déjà Quintilien (3), et
dont la fécondité merveilleuse faisait dire à saint Augustin, au
milieu d'éloges sans bornes, qu'un seul homme eût à peine pu
lire ce que seul ce Romain avait écrit (4); c'est bien ce personnage vénérable que Pétrarque (5) mettait entre Cicéron et Virgile, et dont il disait en des vers qui sont le plus glorieux éloge :

> Varrone, il terzo gran lume romano,
> Che quanto'l miro più tanto più luce....

(1) *Pensées et Maximes* de J. Joubert, 1842, in-8, t. II, p. 234.
(2) Aussi, lorsqu'un certain grammairien nommé Palémon, ancien tisse-
rand qui s'était fait professeur, et auquel on pardonnait sa grossièreté en
considération de son éloquence, s'avisa un jour de traiter Varron de *porc,*
le trait fut-il cité comme la plus grande marque d'arrogance qu'un
homme pût donner. (Voyez l'anecdote dans Suétone, *de Gramm. ill.*, 23.)
(3) Quam multa, immo pæne omnia tradidit Varro! (*Orat. Inst.*, XII, 11.)
(4) Tam multa legisse, ut aliquid ei scribere vacasse miremur; tam
multa scripsisse, quam multa vix quemquem legere potuisse credamus.
(*De Civ. Dei*, VI, 1.)
(5) *Trionfo della Fama*, III, terz. 13.

« Varron, la troisième grande lumière de Rome, qui brille d'un éclat plus vif à mesure que je la contemple davantage. »

Tel est le Varron en quelque sorte *officiel*. Ses contemporains déjà le traitaient sur ce ton de solennité respectueusé ; aussi, quand Pollion, avec les dépouilles de la guerre, fit construire, à côté du Palais de la Liberté, une galerie magnifique destinée à recevoir les ouvrages et les bustes des écrivains illustres, le vieil ami de Pompée fut-il le seul vivant dont on admit l'image. C'est une gloire qui, dix-sept siècles plus tard, devait se renouveler pour Buffon dans les galeries du Jardin du Roi. Il y a autour du souvenir de Buffon et de Varron je ne sais quoi de majestueux et d'imposant : on dirait que ni l'un ni l'autre n'ont jamais souri. Laissons donc aujourd'hui les traités assez peu avenants *de l'Agriculture* ou *de la Langue latine*, et cherchons à surprendre la gaieté sur les lèvres sérieuses du Romain. Depuis bientôt trois cents ans que les Estienne ont commencé de recueillir les fragments des *Ménippées*, jamais la critique française ne s'est demandé ce que c'était que ces curieux monuments de l'hilarité latine, dont l'un des premiers chefs-d'œuvre de notre propre littérature a pour jamais dérobé le nom et consacré en même temps le souvenir.

II.

Quelques détails d'abord sur la vie de l'homme ; les œuvres de l'écrivain s'en trouveront sur plus d'un point éclairées (1).

De même que Salluste, Marcus Terentius Varro était né dans la Sabine, probablement à Réaté. Moins âgé de trois ans qu'Hortensius, et de dix ans que Cicéron, il vint jeune à Rome,

---

(1) La plupart des textes relatifs à la vie de Varron ont été savamment discutés par Schneider, au tome Ier de ses *Scriptores rei rusticæ*, p. 217 à 240. Voir aussi l'article de M. Daunou, dans la *Biographie universelle*.

et, selon la coutume du temps, alla perfectionner ses études à Athènes. Tout ce qu'on sait de ces obscurs commencements, c'est qu'il reçut les leçons de plusieurs maîtres illustres : en Italie, le savant Élius Stilon (1), Ascalon en Grèce, furent ses professeurs ; quant à la philosophie, elle lui fut enseignée par un disciple célèbre du Portique, Antiochus. Son temps sans doute se passa bientôt entre le barreau et l'étude ; ce qui paraît certain, c'est que les poésies d'Ennius étaient dès-lors sa lecture favorite. Je ne m'en étonne pas, Ennius avait créé la satire : de la part du futur auteur des *Ménippées*, c'était là une prédilection naturelle. Un peu plus tard, on le trouve investi de fonctions publiques : il est tour à tour édile ou tribun, triumvir ou consul. Lui-même nous a appris que, dans ces magistratures diverses, il s'imposait comme un devoir inviolable de respecter toujours la liberté des personnes.

Jusque-là, l'histoire politique reste à peu près silencieuse sur Varron, dont les *Ménippées* avaient déjà paru à divers intervalles ; mais, en l'an 67 avant l'ère chrétienne, il servit sous Pompée dans la guerre contre les pirates. On lui avait donné le commandement de la flotte des auxiliaires grecs : il combattit courageusement et sauta le premier sur un navire ennemi. Une forte somme d'argent et l'honneur inouï de la couronne rostrale lui furent accordés comme récompense. Toutefois, en devenant soldat, Varron n'oublia point la science, qui, à vrai dire, fut la seule passion de sa vie : ainsi je trouve dans l'*Histoire naturelle* de Pline que, durant cette expédition même, il faisait des expériences sur l'eau de la mer Caspienne, et projetait de jeter un pont sur je ne sais quel détroit de l'Adriatique ; il avait alors quarante-neuf ans. Propréteur et gouverneur de la Cilicie, sa pacifique carrière d'administrateur fut interrompue par la guerre civile. Ami particulier de Pompée, qui usait de

---

(1) Cicéron dit d'Élius : « C'est de lui que notre ami Varron reçut les éléments de cette science qu'il a si fort agrandie, et à laquelle son vaste génie et son savoir universel ont élevé de si beaux monuments. » (*Brut.*, 56.)

lui familièrement, jusqu'à lui commander pour son usage propre
une sorte de manuel des rapports du consul avec le sénat, Varron resta fidèle à l'adversaire de César, qui se trouvait représenter d'ailleurs le parti des vieilles libertés républicaines, lequel était le sien. Devenu l'un des trois lieutenants de Pompée
en Espagne, il fut chargé de défendre la Citérieure. Quand
César eut battu les deux autres généraux, il marcha en personne contre Varron, dont les soldats déjà étaient ou gagnés
ou abattus : une des deux légions déserta même sous les yeux
de son chef. Voyant, aux environs de Cordoue, que la retraite
lui était coupée, le lieutenant de Pompée se rendit à discrétion.
Cédait-il ici à la nécessité, ou faisait-il acte de prudence? S'il
en faut croire une phrase épigrammatique des *Commentaires*
de César, Varron se laissa surtout ébranler sous le branle de la
fortune (1). Du reste, le vaincu comme le vainqueur (ils étaient
liés d'une amitié ancienne) se conduisirent tous deux avec délicatesse ; César rendit aussitôt la liberté à Varron, et Varron
profita de cette liberté pour aller à Dyrrachium et raconter lui-
même sa défaite à Pompée.

A partir de ce jour, l'auteur des *Satires Ménippées* quitta résolument la vie politique, et rien désormais ne l'y put faire ren-
trer, pas plus les séductions du pouvoir que l'amour de la
liberté compromise. Varron appartenait aux lettres; les vingt-
quatre dernières années de sa vie furent exclusivement consacrées à l'étude. Après avoir demandé pendant quelque temps à
ses riches villa un refuge contre les troubles civils, il revint à
Rome. Quelques amis communs, les Oppius et les Hirtius, lui
ménagèrent le pardon complet du dictateur, qui le chargea de
rassembler ses livres et de les ranger avec ceux qui déjà appartenaient à la république : c'était un premier essai de bibliothèque nationale. Même aux yeux de César, on le voit, Varron
n'était plus qu'un lettré.

---

(1) Se quoque ad motum fortunæ movere cœpit. (*De Bell. civ.*, II,
17-20.)

La vie de l'ancien lieutenant de Pompée se passa dès-lors tout
entière entre l'étude, la culture des champs et les soins de l'a-
mitié. Le plus souvent il demeurait à la campagne, allant de
sa villa des environs de Cumes à sa maison de Tusculum, où la
beauté du paysage et l'extrême pureté de l'air le retenaient
souvent; il visitait ses fermes, entretenait ses garennes et ses
viviers, surveillait les nombreux troupeaux de moutons et de
chevaux qu'il avait en Apulie et dans la Sabine, ou bien encore
il se délassait en faisant admirer à ses amis la volière magnifique qui ornait sa terre de Casinum, sur l'ancien territoire des
Volsques. En tout cela, Varron restait fidèle à la vieille tradition romaine qu'il aimait, regrettant avec amertume l'heureux
temps où l'on ne donnait que deux jours sur neuf aux choses
de la ville, et où les travaux du labour et des vignobles passaient
pour chacun avant les affaires du cirque. Homme du passé par
ses goûts ruraux et simples, par son attachement au parti de la
république, il appartenait pourtant aux temps nouveaux par un
amour passionné des arts et des sciences (1) : aussi s'ingéniait-il
à toutes sortes de curiosités et de recherches; il avait une horloge de son invention (2), des collections de toute espèce, entre

---

(1) Pline l'ancien rapporte que Varron, pendant son édilité, avait fait
venir de Lacédémone une peinture à fresque dont on orna le Comice, et
dont la beauté fut longtemps un sujet d'admiration. (*Hist. nat.*, **xxxv**, 49.)

(2) C'était un cadran sur lequel une main marquait les heures. Peut-être
fut-ce la première horloge connue chez les Romains, qui, au temps de
Plaute, n'usaient que tout récemment du soleil pour mesurer le temps. On
en peut juger par un court et curieux fragment qui nous est resté de la *Bis
Compressa*; c'est un gourmand, probablement un parasite qui parle :
« Que les dieux exterminent le premier qui inventa la division des heures,
le premier qui plaça dans cette ville un cadran solaire! Le traître qui nous
a coupé le jour en morceaux pour notre malheur! Dans mon enfance, il n'y
avait pas d'autre horloge que l'estomac, bien meilleure, bien plus exacte
que toutes les leurs pour vous avertir à propos, à moins qu'il n'y eût rien
à manger. Mais maintenant, quoi qu'il y ait, il n'y a rien que quand il
plaît au soleil. A présent que la ville est remplie de cadrans solaires, on voit
presque tout le monde se traîner desséché, affamé. » (Voir le Plaute de
M. Naudet, t. IX, p. 360.)

autres un riche musée, plein de sculptures et où se trouvait un
groupe admirable, taillé dans un seul bloc par le statuaire Ar-
chelas, et représentant une lionne autour de laquelle jouaient
des Amours. Du reste, dans ces villa, point de lambris précieux,
point de pavés de marbre, point de ces incrustations en citron-
nier qui ruinaient les familles au temps de Martial; le vermillon
et l'azur ne brillaient pas sur les plafonds, on ne marchait point
sur la marqueterie et les mosaïques. Ce que Varron aimait le
mieux, c'étaient les murailles garnies de livres, *literis exornati
parietes* (1); c'était son cabinet de Casinum, situé à la source
d'un ruisseau, tout proche de sa belle volière. Là se passaient
pour lui les plus douces heures.

Elles devaient être douces aussi, les heures que Varron donnait à Cicéron. Ni l'un ni l'autre n'était jeune quand cette liaison
arriva à l'intimité; mais on comprend qu'au milieu des désas-
tres publics la conformité de leurs opinions modérées et de
leurs goûts littéraires ait tout à fait rapproché ces deux
hommes célèbres. Un certain nombre des lettres écrites par Cicéron à son ami durant la dictature de César est parvenu jusqu'à nous (2). Leur caractère à tous deux s'y révèle à merveille.
Varron, obstinément retiré à la campagne, vit dans la solitude
avec ses livres, et, comme le sage de Lucrèce, il contemple la
tempête du rivage. Cicéron, au contraire, reste dans le tumulte
de Rome, tout en enviant cet abri de la retraite, ces loisirs
donnés aux muses; mais son cœur agité est retenu par les regrets de l'ambition, par l'amour inquiet de la chose publique :
il hésite, il se reproche de ne pas rejoindre aussi les ombrages
des villa, où il ne serait pas obligé de souper avec ses maîtres
et de complimenter ses vainqueurs. « Que nos études, écrit-il,
nous réunissent et nous consolent; après avoir fait l'agrément
de notre vie, elles en seront aujourd'hui le soutien. » Et toutefois, en avouant que la sagesse est du côté de Varron (3), qu'il

(1) *De Re rust.*, III, 1.
(2) *Ad Fam.*, l. IX, 1-8.
(3) Sapientiorem quam me. (*Ibid.*, 1.)

d'plus de prudence que personne (1), que lui seul a su trouver
un port dans la tempête et que les jours qu'il passe à Túsculum
valent autant que l'espace entier de la vie (2), Cicéron n'a pas
ce courage de s'abstenir qui, au jugement de plusieurs, paraîtra
peut-être un simple égoïsme de lettré. Varron, aux yeux de son
illustre correspondant, était un vrai grand homme : *Te semper
magnum hominem duxi.* C'est la gloire qu'un pareil témoignage
dans une pareille bouche.

Le souvenir de cette amitié persistante honore autant Varron
que Cicéron : entre lettrés, il y a presque toujours un petit
élément de discorde qui se glisse à la longue, c'est l'amour-
propre. On en trouve bien quelques traces dans les relations
des deux Romains; mais leur mutuel attachement n'en fut pas
altéré. Les dédicaces alors étaient une aménité fort à la mode.
Atticus confia un jour à Cicéron que Varron, leur ami commun,
était très-désireux d'une douceur de ce genre : Cicéron, qui,
avec sa délicate susceptibilité littéraire, nourrissait au fond de
l'âme un vœu analogue, fut à la fois charmé de l'insinuation et
un peu piqué de n'avoir pas été prévenu par Varron; c'est ce
qu'il laisse entrevoir dans quelques billets curieux (3) où sa nature d'*homme de lettres* se trahit à chaque phrase : « A quoi
avez-vous reconnu, écrit-il à Atticus, que Varron souhaite cela
de moi, lui qui, parmi tant d'ouvrages qu'il a composés, ne
m'en a jamais adressé aucun? » Cicéron finit pourtant par donner une place à Varron entre les interlocuteurs de ses *Académiques,* et il lui dédia cet ouvrage au nom de leur ancienne
amitié, *vetustate amicitiæ conjunctus;* mais il ne put s'empêcher
de laisser, là même, échapper quelques regrets à son tour sur
les retards apportés à la publication d'un autre livre qui devait
lui être adressé : — « Les muses de Varron, disait Atticus dans
ce dialogue, gardent un silence plus long qu'à l'ordinaire; je ne

(1) Et me, et alios prudentia vincis. (*Ad Fam.,* 2.)
(2) His tempestatibus, es prope solus in portu.... Hos tuos tusculanenses
dies instar esse vitæ puto. (*Ibid.,* 6.)
(3) *Ad Attic.,* XIII, 13, 16, 18, 25.

crois pas pourtant qu'il demeure oisif, je crois plutôt qu'il ne nous dit rien de ce qu'il écrit. » — Et Varron alors répliquait : — « Point du tout; c'est, je pense, folie de travailler pour n'en rien dire. Mais j'ai entre les mains un grand ouvrage; j'ai dessein d'adresser à notre ami des recherches importantes et que je prends soin de limer et de polir. ». — Et Cicéron à son tour, se donnant la parole, répondait : — « J'attends déjà depuis longtemps; mais je n'ose vous presser. » — Il s'agissait de ce traité *de la Langue latine* qui ne nous est parvenu que mutilé et auquel Varron travaillait alors. Les *Livres Académiques* eurent à peine paru que Cicéron, agité comme un poëte le lendemain d'une épopée, s'inquiétait de ce que Varron penserait du livre et de l'offrande; il épanche à ce propos dans le sein d'Atticus les confidences de sa vanité maladive : « Je ne crains pas ce qu'on en dira; qu'en dirait-on? Je crains plutôt que Varron n'en soit pas content. » Et plus loin se flattant doucement lui-même : « Il n'est rien de mieux écrit que ces *Livres*. Je les adresse à Varron, surtout parce qu'il le souhaite; mais vous le connaissez comme moi :

Son esprit soupçonneux accuse l'innocent (1)...

Dites-moi, avez-vous été bien content de la lettre que je lui écris? Que je meure si j'ai jamais rien travaillé avec tant de soin! » On surprend ici l'amour-propre du grand homme en déshabillé. Varron fut-il satisfait? Je l'ignore. L'auteur des *Académiques* convient lui-même que l'auteur du *de Re rustica* n'avait pas beaucoup d'orgueil littéraire (2); peut-être pourtant tous ces petits ambages d'auteur, cette précaution surtout que prenait Cicéron de faire savoir au lecteur, dans une sienne dédicace, qu'on lui préparait en revanche un don analogue, blessèrent-ils quelque peu Varron? Ce qui paraît probable, c'est que, quand le traité *de la Langue latine* parut, l'envoi ne contenait rien autre chose que le seul nom de Cicéron. Certes, c'était

---

(1) C'est un vers de l'*Iliade*, xɪ, 653.
(2) « Nihil magnopere meorum miror, » lui fait-il dire. (*Acad.*, ɪ, 2.)

là le meilleur éloge; mais je soupçonne pourtant que le célèbre auteur eût autant aimé d'autres louanges qu'une apologie silencieuse.

Cette page-là peut servir à une histoire déjà bien longue et qui menace de l'être encore plus, car elle a commencé le jour où quelqu'un s'est avisé d'écrire, et elle ne finira qu'avec le dernier auteur, je veux parler de la vanité littéraire.

Varron avait fui la politique; la politique le poursuivit dans sa solitude; la tranquillité dont il avait joui pendant la dictature de César fut cruellement troublée quand vint l'omnipotence d'Antoine. Le triumvir trouvait à son gré la villa qu'habitait Varron : un jour qu'il venait de faire la débauche à Capoue, il s'en empara violemment. C'est de cette façon que presque tous les biens de ce septuagénaire illustre qui ne vivait plus que pour les lettres lui furent successivement enlevés. Il faut entendre en quels termes véhéments Cicéron parle de la présence d'Antoine dans cette villa de Casinum : « Quel changement! s'écrie-t-il dans sa seconde *Philippique*. Varron en avait fait un lieu de retraite et d'étude, et non le repaire de la prostitution. Tout y respirait la vertu : quels entretiens! quelles méditations! quels écrits! C'était là qu'il expliquait les lois du peuple romain, les monuments des anciens, les principes de la philosophie et de tous les genres d'instruction. Mais pendant que vous l'accusiez, indigne usurpateur, tout y retentissait des cris de l'ivresse; le vin inondait les parquets, il ruisselait le long des murailles; des enfants de bonnes maisons étaient confondus avec les esclaves achetés pour vos plaisirs, les mères de famille avec les filles perdues (1). » Telle était cette austère retraite du sage qu'un tyran corrompu lui enleva pour la profaner par ses orgies. On hait volontiers ceux qu'on dépouille : les exactions prennent un air de représailles par l'inimitié. Bientôt Varron fut inscrit par Antoine sur une table de proscription (2) où

---

(1) Cic., *Philippic.*, II, 41. — Plin., *Hist. nat.*, VII, 30.

(2) Schneider met ce fait en doute; selon lui, Appien (IV, 47), venant

figuraient certains partisans de Pompée qu'avait épargnés la clémence de César. Heureusement Varron avait des amis, et ce fut à qui se dévouerait pour lui. Si l'on en croit Appien, Calenus eut l'honneur de l'emporter; il emmena Varron dans une de ses villa, où Antoine, qui y venait souvent, ne s'avisa point de le faire chercher. Mais enfin un édit du consul Plancus le releva de la proscription, lui et Messala Corvinus. Rendu à la liberté, Varron trouva la belle bibliothèque qui ornait l'une de ses maisons de campagne pillée et dispersée par les soldats; plusieurs de ses propres ouvrages encore inédits avaient disparu (1). Avec ses goûts, la perte était irréparable : on aime à se figurer que ce fut une attention délicate de la part d'Auguste de charger précisément Varron de mûrir le plan qu'il avait conçu d'une bibliothèque publique. Du reste, Varron, à qui tous ses biens avaient été rendus, continua de se tenir à l'écart de la vie politique, dont son grand âge, de toute manière, l'eût éloigné. Après la bataille d'Actium, on le trouve établi à Rome, et il remplit les dernières années de sa verte vieillesse par la composition de ce beau et sévère traité *de l'Agriculture*, où il adressait à sa femme Fundania les excellents préceptes ruraux qu'une longue pratique lui avait suggérés : c'était comme un dernier hommage rendu au passé de Rome, à cet art du labour contemporain de tant de fortes vertus, et qui avait dégénéré en même temps que les mœurs publiques. Enfin, dans l'année 27 avant l'ère chrétienne, la mort vint interrompre l'infatigable polygraphe dont la plume ne se reposait point (2) : il comptait quatre-vingt-dix ans. Prévoyant sa fin, Varron avait

cent cinquante ans après les événements, aurait confondu l'auteur du *de Re rustica* avec un autre Varron dont il est parlé dans Dion Cassius et dans Velleius Paterculus, en sorte que cet homonyme seul aurait été proscrit. Les arguments subtils de Schneider ne m'ont pas convaincu : je préfère tout simplement la tradition à laquelle Aulu-Gelle a cru après Appien.

(1) Aul.-Gell., XII, 10.

(2) C'est ce que dit Valère Maxime : « Eodem momento, et spiritus ejus et egregiorum operum cursus extinctus est. » (VIII, 3.)

recommandé qu'on l'ensevelît à la manière pythagoricienne, dans des feuilles de myrte et d'olivier noir (1).

C'est ainsi que disparut enfin de la scène ce vieillard qui, selon le beau mot de Valère Maxime, égala sa vie à la durée d'un siècle, *sæculi tempus æquavit.* Contemporain de Marius et de Sylla, de Pompée et de César, d'Antoine et d'Octave, c'est-à-dire des plus épouvantables bouleversements auxquels l'ambition des soldats et la corruption aient jamais soumis un peuple libre, Varron se consola ou du moins sut se distraire de tant d'épreuves par l'étude et par les lettres : c'est à lui que l'auteur des *Tusculanes* pouvait écrire avec vérité que les amis les plus sûrs sont encore les livres. Et cependant ces dures épreuves des dernières années, la mort tragique de Pompée et de Cicéron, la proscription sanglante de tant de compagnons d'armes, la chute définitive des libres institutions qu'il aimait, le pillage de ses villa et de sa bibliothèque, durent lui faire une vieillesse bien triste. Je m'imagine qu'il pouvait s'appliquer à lui-même ce passage de son traité *de la Langue latine* (2) : « Celui que vous avez connu dans la beauté de ses premiers ans, vous le voyez flétri par l'âge; trois générations ont passé sur lui et l'ont rendu méconnaissable. » Heureusement je ne sais quel air de vigueur et de ferme jeunesse resta jusqu'au bout à son style : Varron fut de ceux dont la main, même à la veille de mourir, ne tremble pas.

III.

Et cependant il avait beaucoup écrit. Aulu-Gelle cite de lui un passage formel, où ce Romain disait être âgé de quatre-vingt-quatre ans et avoir composé déjà quatre cent quatre-vingt-

---

(1) Plin., *Hist. nat.*, xxxv, 46. — Cette pensée des funérailles semble avoir préoccupé de bonne heure Varron : dans sa 17ᵉ satire (ed. d'OEhler, p. 107), il dit qu'il vaut mieux brûler les corps, selon le précepte d'Héraclide, que de les conserver dans le miel, comme le voulait Démocrite.

(2) V, 5.

dix livres, *septuaginta hebdomades librorum*. Pour que la chose
ne paraisse pas trop invraisemblable, il faut se rappeler Lope
de Vega et ses dix-huit cents comédies. Les matières traitées
par Varron embrassaient toutes les branches des connaissances
humaines : critique, il écrivait sur les poëtes, sur la rhétorique, sur l'art de l'historien, sur les pièces de Plaute, sur les
origines du théâtre; grammairien et étymologiste, il nous a
laissé un traité *de la Langue latine;* philosophe, il soutenait
de sa plume les doctrines de l'ancienne Académie modifiées par
quelques légères atteintes de stoïcisme; théologien, dans son
grand livre sur *les Antiquités des Choses divines et humaines* (1),
il faisait encore au temps de saint Augustin l'admiration des
lecteurs chrétiens; savant, il traitait entre autres choses, dans
ses *Disciplines*, de l'arithmétique et de l'architecture; anti-
quaire et historien, dont Plutarque vantait l'érudition (2), il
avait composé des *Annales*, un récit de la seconde guerre pu-
nique, des notices sur les images des grands hommes, un traité
sur les origines de Rome, bien d'autres livres encore dont le
plus regrettable pour nous est cette autobiographie que cite le
grammairien Charisius; agronome enfin, il avait exposé dans
son *de Re rustica* tout ce que son expérience de propriétaire lui
avait appris sur la culture des champs, sur les bestiaux et les
basses-cours. On le voit, Varron est un encyclopédiste : les
lettres, les arts, les sciences, il aborde tout avec la passion profonde d'apprendre lui-même pour faire connaître aux autres.
Malheureusement les âges n'ont presque rien épargné de ces
travaux sans nombre, et nous ne connaissons de lui que deux
ouvrages : son essai sur *l'Agriculture*, par lequel il prend place
entre Caton et Columelle, et son livre *de la Langue latine,* au-

---

(1) C'était l'ouvrage le plus vanté de Varron; M. Merkel en a recueilli
avec soin les fragments dans la grande préface de son édition des *Fastes*
d'Ovide; Berlin, 1841, in-8, p. cvi et suiv. — On tirera moins de profit
d'une dissertation antérieure de M. Krahner, publiée à Halle en 1834.

(2) *Vie de Romulus.* — Niebuhr tient trop peu de cas de Varron
comme historien. (Trad. franç., t. I, p. 16.)

jourd'hui bien mutilé. On en est donc réduit, sur l'ensemble
et sur les détails de cette œuvre immense, aux conjectures et
aux restitutions. Le seul point qui reste acquis à l'histoire des
lettres, c'est que Varron fut en tout le père de l'érudition chez
les Romains : *Romanæ eruditionis parentem*, Symmaque le répète au IVᵉ siècle.

Mais ce n'est point l'érudit qui me touche; je voudrais retrouver le poëte. Cicéron, s'adressant à Varron dans ses *Académiques*, lui dit : « Vous avez composé un poëme élégant et
varié, en vers de presque toutes les mesures. » S'agissait-il ici
des *Ménippées?*... Peut-être serions-nous à même de répondre,
si le traité de Varron sur *la Composition des Satires*, que le
grammairien Nonius avait encore sous les yeux, ne s'était dès
longtemps perdu. — Il faut s'en souvenir, c'était alors une
chose toute nouvelle que la satire; on n'était séparé que par
Lucile et par Pacuve (1) de celui qui l'avait créée, de cet Ennius
lu et relu avec tant de charme par Varron durant sa jeunesse.
Or, ce poëme mêlé de rhythmes divers, c'était bien probablement une *satire* à la façon d'Ennius, je veux dire un mélange,
satura lanx, une corbeille de fruits de toute espèce. Lucile, il
est vrai, avait fait de ces compositions quelque chose de plus
sérieux, en adoptant les grands vers, en s'imposant des plans
réguliers. Venant après ces deux maîtres, Varron voulut à son
tour constituer quelque chose d'original : retenant donc de Lucile la régularité des cadres, et d'Ennius l'indépendance absolue de la forme, il appela *Ménippées* des satires dans lesquelles
il entremêla (personne ne paraît l'avoir fait avant lui) la prose et
les vers : de là un genre particulier auquel ce nom est resté
propre depuis des siècles, et dont quelques spirituels écrivains
du temps de la Ligue ont pour toujours ravivé la gloire en
France. C'était aussi un premier et timide essai de la satire en

---

(1) Je ne compte pas Albutius, qui avait imité Lucile, à ce que nous apprend Varron lui-même : « Homo apprime doctus, cujus Luciliano charac-
tere sunt libelli... » (*De Re rustic.*, III, 2.)

prose que Lucien porta plus tard à la perfection. Du reste, en
alliant la prose au vers, Varron donnait un exemple qui, depuis,
a été suivi par des génies bien différents : ce mélange, en effet,
se retrouve chez Pétrone et chez Boèce, dans Shakespeare et
dans Wieland; La Fontaine en a usé pour sa *Psyché*, Chapelle
pour son *Voyage*, et la généalogie des *Lettres à Émilie* remonte
même ainsi jusqu'à l'auteur du *de Re rustica;* mais Demous-
tier, sans aucun doute, ne s'est pas connu ce glorieux antécédent.

D'où vient ce nom de *Ménippée*, intéressant à plus d'un titre,
puisqu'à nos yeux il désigne avant tout l'un des monuments
admirés de la langue française? d'où vient qu'Athénée appelait
Varron *le Ménippéen?* Aulu-Gelle va nous l'apprendre : « Varron, dit-il, a imité le écrits de Ménippe dans les satires qu'il a
appelées *ménippées,* et que d'autres appellent *cyniques.* » Mais
pourquoi cette dénomination a-t-elle été volontairement choisie
par l'auteur latin? Est-ce parce que le philosophe qui lui servait de modèle avait composé aussi des satires entremêlées de
prose et de vers? En se fiant à la signification actuelle du mot
ménippée, qui désigne bien un pareil mélange, on serait tout
d'abord disposé à le croire. Il n'en est rien cependant (1); Ménippe ne paraît avoir composé ni vers ni satires proprement
dites. C'est seulement l'humeur en quelque sorte proverbiale,
c'est le ton facétieux et sans vergogne du cynique qui semble
avoir conduit Varron à se servir de ce nom comme d'une enseigne.

Qu'était donc ce railleur célèbre dont le seul souvenir allé-
chait ainsi la curiosité? Il faut ici s'adresser à ce bon Diogène

(1) Un grammairien du second siècle, Probus, dans son commentaire
sur la IIe églogue de Virgile, a dit, il est vrai : « Varron le ménippéen,
ainsi nommé, non parce qu'il aurait été l'élève de Ménippe, lequel était
venu bien avant lui, mais à cause de l'analogie d'esprit et parce que ce philosophe aussi avait composé des satires dans tous les rhythmes. » (Voir le
Servius de M. Lion; Gœttingue, 1826, in-8, t. II, p. 352.) C'est une erreur
que M. OEhler a bien fait ressortir; Casaubon avait déjà décliné sur ce
point l'autorité de Probus. (**De Poesi satirica**, édit. de Rambach, p. 206.)

Laërce, qui enregistre exactement tous les mauvais propos et même toutes les calomnies quand il s'agit d'un philosophe. Phénicien d'origine, esclave comme Épictète et Phédon, Ménippe (1), à force de quémander et d'épargner, avait fini par acquérir à Thèbes le droit de citoyen. Sa rapacité l'avait tiré de l'esclavage, sa rapacité le perdit. A force de prêter sur gages, à force d'exercer l'*usure à la journée* et l'*usure navale* (c'est-à-dire de se faire payer quotidiennement l'intérêt et de doubler le taux pour ceux qui allaient en mer), il amassa beaucoup de bien; mais on lui tendit des piéges, et il finit par perdre toutes ces richesses laborieusement dérobées. De désespoir, Ménippe se pendit. On en croira ce qu'on voudra; ce qu'il y a de sûr, c'est que ces traits d'avarice semblent bien peu en harmonie avec les préceptes de sa secte et avec les railleries contre les esclaves de la fortune que lui prête sans cesse Lucien. Ménippe laissait divers ouvrages pleins de bouffonneries, πολλοῦ καταγέλωτος, entre autres des lettres plaisantes et des dialogues grotesques, où il couvrait de ridicule les diverses écoles philosophiques. Cette cynique indépendance de langage et d'opinions rendit Ménippe très-célèbre et fit de lui une sorte de type, une espèce de Marforio et de Pasquin, sous le couvert duquel chacun glissa désormais ses hardiesses, tout ce qu'on n'osait pas dire à son propre compte. Qu'on se rappelle le rôle presque permanent qu'a Ménippe dans les satires de Lucien : c'est lui qui est le héros de la *Nécyomantie*, cette burlesque descente aux enfers; c'est lui qui donne son nom à l'*Icaroménippe*, à cette risible ascension dans la lune où les dieux comme les hommes sont bafoués avec une verve impitoyable qui faisait pressentir déjà l'amertume railleuse de Voltaire. Le caractère de ce personnage, chez Lucien, est de s'exprimer librement et jovialement sur toute chose; en un mot, Ménippe ne cesse pas un instant d'être fidèle au portrait qui est donné de lui dans le premier *Dialogue*

(1) Voir la monographie de M. Ley sur Ménippe : *de Vita scriptisque Menippi cynici*; Cologne, 1843, in-4.

des Morts, et où il est représenté comme un vieillard chauve,
au manteau troué et diversifié de guenilles de toutes couleurs,
gausseur qui rit toujours et qui se moque surtout de « ces fanfarons de philosophes. »

On le sait, Varron écrivait près de deux siècles avant Lucien;
la réputation de Ménippe brillait alors de toute la vivacité de
son premier éclat (1). Il était bien naturel que Varron s'emparât
de ce nom significatif qui, tant d'années après, était encore le
meilleur symbole de raillerie audacieuse aux yeux du maître de
la satire grecque; mais jusqu'à quel degré l'écrivain latin fut-il
imitateur? Athénée cite un livre de Ménippe intitulé *les Testaments*, et il y a précisément une ménippée de Varron qui s'appelle *sur les Testaments*. Voilà une pâture pour les faiseurs de
dissertations érudites à qui les hypothèses sont plus chères que
les preuves; pour ma part, je ne saurais conclure d'une similitude de titre à un plagiat. Varron, à mon sens, n'a emprunté
de Ménippe que le ton, que la liberté des allures; il faut, sur
cette originalité de son œuvre, s'en fier à Quintilien (2), dont
les paroles sont décisives. L'ingénieux critique vient de parler
d'Horace, et il continue ainsi : « Il y a une autre espèce de satire, et plus ancienne, que Terentius Varron, le plus savant des
Romains, a créée, *condidit*, et qui consiste dans un mélange
de vers et de prose. » A le bien prendre, les *Ménippées* furent
donc une création. Si un doute pouvait subsister sur ce point,
je citerais les remarquables paroles que Cicéron prête à Varron

---

(1) On est fort peu d'accord sur l'époque où vécut Ménippe. M. OEhler,
par des conjectures ingénieuses, arrive à montrer que ce philosophe dut
florir six olympiades environ avant la naissance de Varron.

(2) x, 1. — Quintilien ajoute : « Cet écrivain, qui avait une connaissance
approfondie de la langue latine et de toutes les antiquités grecques et romaines, a composé plusieurs autres ouvrages pleins d'érudition, mais dont
la lecture est plus profitable à la science qu'à l'éloquence, *plus scientiæ
collaturus quam eloquentiæ.* » C'est ce manque d'art et de raffinement
qui fit négliger de bonne heure Varron : bientôt on exécuta peu de copies
nouvelles de ses livres, qui se perdirent.

lui-même dans les *Académiques :* « Ces ouvrages, lui fait-il dire,
où j'ai répandu, il y a bien longtemps, quelque gaieté comme
imitateur et non comme traducteur de Ménippe, contiennent
plusieurs choses tirées du fond de la philosophie et de la dia-
lectique; j'ai déterminé les moins instruits à me lire, en mettant
ces idées à leur portée. » Outre qu'il a l'avantage de montrer
comment Varron visait, dans ses satires, à rendre populaires
les plus hautes doctrines, ce texte me paraît être sans réplique;
il maintient au Romain sa part d'originalité, la meilleure part.

Nous venons de voir que, dans Cicéron, l'auteur des *Ménippées* disait lui-même que c'étaient là d'anciens ouvrages, *vete-
ribus nostris;* mais il faut observer que Varron, qui a vécu près
d'un siècle, était bien vieux déjà quand son ami lui prêtait ce
langage. Ce n'est donc point là une raison péremptoire de penser que ces compositions aient été une œuvre de la première
jeunesse de Varron. En recueillant soigneusement certaines
allusions à des faits dont l'époque peut être déterminée, on est
arrivé à préciser les temps divers où quelques-unes de ces pièces
paraissent avoir été écrites. La date la plus ancienne est celle
de 675 de Rome, la plus récente est celle de 694. Varron donc,
depuis l'âge de trente ans environ jusqu'à celui de cinquante,
aurait mis en tout une vingtaine d'années à publier ses satires,
qui finalement furent réunies en un seul recueil, lequel était
depuis très-longtemps connu quand parurent les *Académiques*
de Cicéron. Ce qu'il y a de sûr, c'est que ces *Ménippées* ne furent
pas de simples essais de jeunesse, mais bien l'œuvre d'un ob-
servateur mûri. Elles n'en ont pour nous que plus d'intérêt.

D'après les témoignages divers que nous avons enregistrés,
on a pu se convaincre que les satires de Varron avaient été goûtées chez les anciens; toutefois, comme elles contenaient beaucoup d'allusions contemporaines, beaucoup de traits d'une érudition raffinée, elles cessèrent de bonne heure d'être lues par
le vulgaire et firent exclusivement les délices des lettrés instruits. Moins de deux cents ans après Varron, on trouvait déjà
bien des difficultés à tout entendre dans les *Ménippées;* les sa-

vants seuls s'en piquaient (1). Cependant les manuscrits de cet
ouvrage n'étaient pas encore devenus rares : au IIIe siècle, le
grammairien Nonius l'avait encore au complet, et c'est même
d'après les très-nombreux extraits qu'il en a donnés pour appuyer ses assertions de linguiste, que les *Ménippées* nous sont
surtout connues aujourd'hui; plus tard même, au ve siècle,
d'autres grammairiens, tels que Charisius et Diomède, ainsi
que quelques faiseurs de commentaires qui vivaient à peu près
vers ce temps, comme Porphyrion, l'un des annotateurs d'Horace, et Philargyrius, le scholiaste des *Géorgiques*, paraissent
avoir eu entre les mains un certain nombre au moins de ces
satires; mais, dans la barbarie qui survint ensuite, ce livre ne
fut plus invoqué, et il ne tarda point à se perdre. Quand, au
XIIe siècle, Jean de Salisbury, le premier d'entre les modernes,
laissa reparaître sous sa plume ce mot de *Ménippée varronienne,*
ce n'était pas au texte, c'était évidemment aux citations d'écrivains antérieurs qu'il empruntait ses citations propres. Le livre
lui-même avait dès longtemps disparu, et sans doute pour
toujours.

A dire vrai, les *Ménippées,* lors de la Renaissance des lettres
en Europe, n'étaient plus qu'un souvenir, car les courts extraits,
les bribes tronquées qu'on en trouvait dans les grammairiens
et les glossateurs, semblaient avoir bien peu de prix. J'ai dit
pourtant qu'au XVIe siècle un érudit dont le nom sera toujours
cité avec honneur, notre grand typographe Robert Estienne,
eut avant personne l'idée de glaner laborieusement ces débris
épars dans les auteurs anciens, et les joignit à sa précieuse collection des *Fragments des vieux Poëtes latins* qui parut à Paris
en 1564. C'était justice qu'un pareil travail vît d'abord le jour
en France, puisque la France, vingt ans plus tard, devait avoir
sa *Ménippée du Catholicon.* Certainement cette publication ne
fut pas sans influence sur les spirituels écrivains qui, par un
pamphlet immortel, couvrirent la Ligue d'un ridicule que les

(1) A. Gell., XIII, 30.

siècles n'ont pas effacé. Il n'est même pas indifférent de noter que l'un d'eux, le savant et ingénieux Passerat, avait précisément expliqué, dans sa chaire du Collége de France, le recueil de Robert Estienne. J'ai eu entre les mains l'exemplaire (1) surchargé de remarques manuscrites dont il se servait.

Supposez un *jeu de patience*, une de ces lithographies découpées en fragments de toutes formes que les enfants s'amusent à réunir; eh bien! c'est à peu près cela qu'a tenté Robert Estienne pour Varron. Seulement, comme le jeu était dépareillé et incomplet, comme il n'en restait que de petits morceaux isolés, il n'a pu reconstruire que certains coins de l'image d'après lesquels il est bien difficile de deviner l'ensemble. C'est comme un palimpseste trop effacé dont l'écriture ne reparaîtrait que çà et là; la tentative pourtant était louable et utile. Si les œuvres de Boileau se perdaient demain, on pourrait en restituer quelque chose avec ce qu'ont cité les faiseurs de grammaires et de rhétoriques. Qu'on s'imagine ce que seraient pour nous les comédies de Molière, si on ne les pouvait apprécier que par les passages insérés dans les livres des Le Batteux et des Girault-Duvivier! Voilà où nous en sommes réduits pour Varron. *Disjecti membra poetæ*, c'est un mot banal qui semble rajeunir pour la circonstance. Il y a trente ans, Schœll (2) écrivait que les âges n'ont *rien conservé* des satires de Varron. Je vais essayer de traduire et d'agencer (3) quelques-uns de ces morceaux ignorés : peut-être est-ce la meilleure manière de donner un démenti à Schœll auprès du public français. Le jeu, du reste, ne sera pas toujours aisé, et même il serait assez excusable de faillir, car déjà au second siècle *les Ménippées* fournissaient ample matière

(1) Bibliothèque royale; Y, 1531.

(2) *Hist. de la littér. romaine*, 1815, in-8, t. I, p. 281.

(3) Je me sers de l'estimable édition de M. Franz OEhler (*M. Terentii Varronis saturarum Menippearum reliquiæ*: Quedlinbourg, 1844, in-8), tout en me réservant, au besoin, de suivre Popma. Le texte est certainement sorti amélioré des mains de M. OEhler; mais quelquefois la leçon reçue, la vulgate, si altérées qu'elles soient, donnent un meilleur sens.

aux conjectures. Aulu-Gelle raconte, à ce propos, une anecdote plaisante sur je ne sais quel pédant qui, dans la boutique
d'un libraire de Rome, se vantait hautement de comprendre
toutes les satires de Varron, et, une fois mis à l'épreuve, ne
put se tirer de ce mauvais pas qu'en simulant un mal d'yeux :
avec les lecteurs, on ne saurait user de la même ressource. Gla-
nons donc modestement notre humble gerbe.

IV.

Aucune des satires de Varron n'ayant survécu intégralement,
on serait fort embarrassé de dire ce qu'était au juste une ménippée, si, dans son *Apolokyntose*, Sénèque ne nous en avait
laissé une imitation qui suffit à montrer dans quelle espèce de
cadre animé et pittoresque se jouait le caprice de l'écrivain. Ce
n'est pas le moment de marquer la différence profonde qu'il y
a entre l'honnête Varron déguisant à dessein ses leçons morales sous la forme enjouée du badinage et le lâche rhéteur qui,
pour flatter une reine meurtrière dont il devint sans doute l'a-
mant, ne trouvait rien de mieux que d'inventer une odieuse
plaisanterie sur la mort d'un prince empoisonné de la veille :
on n'est pas forcé d'avoir sur Sénèque les illusions enthou-
siastes de Diderot. Qui ne connaît, au moins par la traduction
de Jean-Jacques, l'*Apolokyntose*, c'est-à-dire les piteuses aventures du malheureux Claude dans l'autre monde, sa grotesque
comparution devant le conseil des dieux, ainsi que sa descente,
plus bouffonne encore, aux enfers, où on le condamne solen-
nellement à jeter les dés dans un cornet percé, à l'imitation des
Danaïdes? Cette composition, tristement spirituelle, suffit, avec
les Césars de Julien où les dieux, invités à dîner chez Romulus,
subissent le contrôle railleur de Silène, à faire deviner par analogie ce qu'étaient-les courtes ménippées de Varron. Évidemment, une petite action dramatique y servait le plus souvent à
concentrer l'intérêt, à ramener vers un centre commun l'ironie,

laquelle de sa nature est courante et discursive. Dialogues, récits, épisodes, dictons, s'entremêlaient habilement; partout la
variété de la forme correspondait à la variété du fonds. Varron
touchait tous les sujets dans tous les rhythmes, depuis le tri-
mètre iambique jusqu'au galliambe, depuis l'anapeste jusqu'au
vers élégiaque; il mêlait le latin au grec, la citation au trait
original, la parodie à l'imitation, le vers à la prose; en un mot,
ses *Ménippées* étaient un assaisonnement piquant de toutes
choses, de raillerie comme d'érudition, de maximes graves
comme de libres propos, de haute inspiration poétique comme
de crudités moqueuses. Dans l'emportement de sa verve, le
grave écrivain bravait toutes les difficultés de la mesure : « La
lourdeur des pieds du vers, s'écrie-t-il avec un enthousiasme lyrique, ne saurait m'arrêter, car le bouquet du rhythme est lent
à se flétrir. » Prévision vraie du poëte! Oui, quoiqu'elle se soit
dénouée et peu à peu perdue sur le chemin des âges, il reste
encore de cette tresse odorante quelques brins fleuris qui
ont gardé leur senteur. Tâchons de les respirer à notre tour.

En général, les fragments des *Ménippées* sont extrêmement
courts ; cités le plus souvent par les grammairiens pour servir
d'exemples à leur interprétation de quelque mot peu usuel, ils
ne concordent guère entre eux et n'offrent que très-rarement
une signification suivie. Le hasard pourtant a voulu qu'en rapprochant quelques vers, isolément insérés par Nonius, on se
trouve avoir deux passages un peu complets qui, par leur caractère purement poétique, font contraste avec le ton tantôt
railleur, tantôt dogmatique, de ces satires. Détachons-les tout
de suite, pour donner une idée de la poésie sobre et nerveuse
de Varron. Le premier est une description de tempête :

> Repente noctis circiter meridie,
> Cum pictus aer fervidis late ignibus
> Cœli chorean astricen ostenderet,
> Nubes aquales, frigido velo leves
> Cœli cavernas aureas subduxerant,
> Aquam vomentes inferam mortalibus :

Ventique frigido se ab axe eruperant,
Phrenetici Septemtrionum filii,
Secum ferentes tegulas, ramos, syros.
At nos caduci, naufragi ut ciconiæ,
Quarum bipinnis fulminis plumas vapor
Perussit alte, mœsti in terram cecidimus.

« Tout à coup, vers le milieu de la nuit, lorsque l'air émaillé au loin de feux brûlants laissait voir au ciel le chœur des astres, les nuées orageuses avaient replié rapidement leur voile humide sur les voûtes dorées du firmament et répandu en bas leur pluie sur les mortels; les vents s'étaient échappés des glaces du pôle, fils indomptés du Septentrion, emportant après eux toitures, rameaux, poignées de branchage. Et nous, pliés, courbés sous la tempête et pareils à la cigogne dont le feu de la foudre ailée a brûlé les plumes, nous tombâmes accablés sur le sol. »

Sans doute l'harmonie virgilienne manque à ce style; mais il y a là en revanche je ne sais quelle couleur forte et primitive dont seront charmés tous ceux qui gardent fidèlement le culte de la poésie.

Le second passage n'est pas indigne de celui qu'on vient de lire; on y reconnaîtra les plaintes de Prométhée dans la solitude. Peut-être a-t-on admis un peu légèrement cette pièce entre les satires (1); mais qu'importe? c'est le poëte avant tout que nous cherchons.

Sum ut supernus cortex, aut cacumina
Morientum in querqueto arborum aritudine.
Mortalis nemo exaudit, sed late incolens
Scytharum inhospitalis campis vastitas.
Levis mens nunquam somnurnas imagines
Adfatur, non umbrantur somno pupulæ.

(1) Voir, sur ce sujet, les diverses hypothèses de M. Patin (*Études sur les Tragiques*, 1841, in-8, t. I, p. 279); je préfère celle qui maintient à l'auteur de *de Re rustica* un fragment que les éditeurs jusqu'ici lui ont unanimement attribué.

« Je suis comme l'écorce du haut des arbres, comme les sommets des chênes morts de sécheresse dans la chenaie ; je ne suis entendu d'aucun mortel, mais seulement de ces champs inhospitaliers de la Scythie dont les plaines au loin s'étendent immenses. Jamais mon âme inquiète ne converse avec les apparitions des songes, jamais l'ombre du sommeil ne descend sur mes paupières. »

Il y a dans ces vers un sentiment vrai et poétique : la Muse s'était doucement penchée sur le grave Romain. Pour tous ceux qui se rappellent le délicieux chapitre où l'auteur du *de Re rustica* a su, à quatre-vingts ans, parler des abeilles avec une grace de diction dont Virgile s'est depuis inspiré, ce ne sera pas chose nouvelle de rencontrer chez lui cette fleur charmante de poésie éparse à travers un style trop souvent inculte et négligé. Dans un fragment de ses satires, Varron a dit : « Tu fais oublier à l'ame l'amertume de ses chagrins par la douceur de tes chants et de la poésie, *dimittis acres pectore curas cantu castaque poesi.* » C'est ce que ses contemporains durent plus d'une fois lui répéter. Mais revenons aux ménippées.

Trouver un titre piquant est un art que les modernes ont poussé si loin, que l'étiquette souvent vaut mieux que la chose. Vous entrez par une façade superbe, mais vous ne trouvez qu'une maison vide. Dans la préface de son *Histoire naturelle,* Pline prétend que les Grecs excellaient à intituler leurs livres avec art ; les Romains, au contraire, lui paraissaient plus maladroits, moins alertes à saisir la devise qui frappe et attire, *nostri crassiores.* Varron faisait exception, car rien n'est plus varié, plus inattendu que les mots qu'il jette en tête de ses satires, pour aiguiser, pour dépister en même temps la curiosité. Sur les quatre-vingt-seize titres qui nous restent des *Ménippées,* presque aucun n'est banal ; souvent même une intention très-mordante se trouve tapie sous ces enseignes mi-partie grecques, mi-partie latines. Quelquefois, il est vrai, ce n'est qu'un nom mythologique, *les Euménides, Méléagre, un autre Hercule,* ou bien un ressouvenir de l'amour platonicien, comme *Agathon,* ou bien une maxime philosophique : γνῶθι σεαυτόν ; ou encore un détail de mœurs romaines, *les Fêtes de Vénus;* mais plus ordinairement Varron préfère une expression proverbiale, comme *tu ignores ce que le soir amènera,* et *la marmite a trouvé son couvercle, ou du Mariage.*

Cependant il faut dire que les philosophes font presque seuls les frais des titres bouffons : en cela, Varron imitait Ménippe. Ainsi, l'une de ses satires contre les cyniques s'appelait *le Tonneau ou les Choses sérieuses,* une autre *Gare au chien;* le *Combat de Chèvres* était dirigé contre la secte épicurienne, et les ridicules opinions des stoïciens sur la destruction du monde étaient vivement raillées dans *la Cuiller à pot de l'Univers,* κοσμοτορύνη. Quant aux éternelles disputes des écoles entre elles, Varron s'en moquait dans *le Jugement des armes,* parodie de deux tragédies d'Attius et de Pacuve sur la lutte des héros au sujet des armes d'Achille; il s'en moquait dans *les Andabates,* mot proverbial emprunté de ces gladiateurs qui, combattant à cheval et les yeux bandés, faisaient rire l'auditoire romain. Je m'imagine aussi qu'il s'agissait des flatteries de disciples à maîtres dans la pièce nommée *les Mulets se grattent l'un l'autre.* Le peu de fragments qui nous restent prouvent que toutes ces ménippées correspondaient parfaitement à leurs titres par la vivacité des railleries. Le malin érudit tombait sans pitié sur toutes les sectes sans exception : « Aucun malade, s'écrie-t-il, n'a fait de rêve si extravagant qui ne se retrouve dans la doctrine de quelque philosophe. »

J'ai dit que les excès de chaque école recevaient en passant un horion. A un endroit, par exemple, il s'agissait de la folle croyance des pythagoriciens à la métempsycose : « Comment! vous doutez que vous soyez maintenant des singes à longue queue, ou des couleuvres, ou des bêtes d'entre les porcs d'Albucius (1) l'Athénien ! » Si mutilée que soit presque toujours la

---

(1) Il est plus d'une fois question dans les lettres de Cicéron de ce personnage exilé à Athènes; Albucius était surtout connu à Rome par ses manies d'helléniste. Lucile (Fr. inc., édit. Corpet, 3) s'est spirituellement moqué de lui à ce propos.

pensée de Varron, on voit cependant qu'il est encore possible
d'en saisir la portée profondément ironique. Plus loin, l'auteur
des *Ménippées* tombait sur les stoïciens; c'est certainement à
leur pratique de l'orgueil olympien et solitaire que s'attaquait
cette phrase : « Seul maître, seul éloquent, seul beau, courageux, juste même à la mesure du boisseau des édiles, candide,
pur... » Ce stoïcien si amusant dans Horace, ce Damasippe,
qui croyait à l'extravagance des autres sans croire à la sienne,
semble aussi montrer à l'avance sa silhouette chez Varron :
« Comme à ceux qui ont la jaunisse ce qui est jaune et ce qui
ne l'est point paraît jaune, ainsi, pour les fous, sages et fous
sont des fous. » Je suppose encore que c'était à la manie du
suicide, autorisée par le stoïcisme, qu'il était spirituellement
fait allusion dans ce fragment : « Il se tua avec un coutelas de
cuisine; on n'avait pas encore mis en faveur les petits couteaux
importés de Bithynie. » Voilà un double trait contre la mode
du temps et contre les philosophes. Du reste, Varron en tout
n'attaquait que l'abus; ainsi je trouve qu'il défendait la sobriété
d'Épicure contre la gourmandise de ses disciples : « Il ne ressemblait pas, dit-il, à nos débauchés, pour lesquels la cuisine
est la mesure de la vie. » On devine quel vif et piquant intérêt
devaient avoir pour la société élégante des César et des Catulle
ces expositions comiques de doctrines qu'ils entendaient enseigner chaque jour, ces plaisanteries allusives à des disputes qui
passionnaient tous les esprits. Sans doute, le peu que nous
pouvons recueillir ici n'est guère que de la poussière d'érudition; mais on se souviendra qu'un rayon tombant dans l'obscurité suffit pour découvrir à l'œil tout un monde d'atomes en
mouvement. C'est le néant de la mort qui revient un moment
à la vie : or, nous vivons, et il doit toujours y avoir en nous un
peu de tendresse et de curiosité pour ce qui a vécu.

Varron tout à l'heure parlait de gourmandise; c'est un suje
sur lequel, ainsi que tous les anciens satiriques et comiques, il
reviént avec une verve intarissable. L'appétit des Romains restera toujours un problème pour les estomacs des érudits mo-

dernes. Lucile (1) déjà s'était écrié : «Vivez, gloutons, mangeurs!
vivez, ventres! » L'auteur des *Ménippées* reprend ce thème et
raille « les grands gosiers des gloutons » et « ces cohortes de
cuisiniers, de pêcheurs à la ligne et d'oiseleurs » qui encom-
braient les rues. Hélas! qu'était devenu le temps où Caton ne
mangeait à son premier repas que du pain avec de l'eau vinai-
grée, ce temps regretté de Lucile, où l'oseille était le mets en
faveur, et où les plus raffinés n'avaient que deux plats à leur
dîner (2)! Peu à peu les enfants eux-mêmes avaient pris les
vices de leurs pères, et Varron les montre même « trébuchant
dans la maison en regardant les jambons qui se balancent au
croc. » On approchait de cet âge de corruption où les anciens
cuisiniers de louage (3), qui figurent si souvent dans le théâtre
de Plaute, avaient été remplacés par des esclaves savans, par
de vrais artistes culinaires, qui, selon le mot énergique de
Pline, devaient finir par commander aux maîtres de l'univers,
imperatoribus quoque imperaverunt (4). Le pain même était fait
avec raffinement; quoiqu'il y eût alors des boulangers publics,
les riches préféraient l'ancienne coutume et avaient un four
dans leur maison; c'est à cet usage que Varron fait allusion
quand il dit à un gourmet ignorant : « Si tu avais consacré à la
philosophie le douzième du temps que tu passes à surveiller
ton boulanger pour qu'il te fasse de bon pain, depuis déjà longtemps tu serais homme de bien; ceux qui connaissent ton boulanger en donneraient cent mille as, qui te connaît n'en donnerait pas cent de toi. » La somme pourra ne point paraître
trop exagérée si l'on songe qu'au dire de Tite-Live un habile

---

(1) II, 26.

(2) Ut ait Cato, et in atrio et duobus ferculis epulabantur antiqui. (Servius, ad *Æneid.*, I, 726, édit. d'Albert Lion, t. I, p. 109.)

(3) Nec coquos habebant in servitiis eosque ex macello conducebant.
(Plin., *Hist. nat.*, XVIII, 28.) Cf. Naudet, note sur le vers 236 de l'*Aulu-
laire.*

(4) Plin., *Hist. nat.*, XXIV, 1

cuisinier fut payé jusqu'à vingt mille sesterces (1). Varron, on
le voit, est édifiant sur la gourmandise; personne n'a jamais retracé le parasite avec de plus vives couleurs que ne le fait l'imitateur de Ménippe, quand il le montre, en termes expressifs,
« son repas servi devant lui, couché au haut bout de la table
d'autrui, ne regardant pas derrière, ne regardant pas devant,
et jetant un regard oblique sur le chemin de la cuisine. » Varron ici a la palette de Plaute.

Ce n'était pas du reste par étalage de sobriété que l'auteur
des *Ménippées* parlait de la sorte; lui-même, avec cette modération de vrai sage qui sait tout apprécier et tout sentir, il avait,
dans sa satire intitulée *Il est une borne au pot*, chanté les mérites du vin, tout en ridiculisant l'ivrognerie. C'était à un ivrogne sans doute qu'il faisait dire comme excuse : « Ne voyez-
vous pas les dieux aussi, quand l'idée leur prend de goûter du
vin, descendre dans les temples des mortels et menacer Bacchus lui-même de la coupe aux libations? » Mais j'aime à me
figurer que c'était au lendemain de quelque dîner de Tusculum,
où Cicéron avait assisté peut-être, que furent écrits ces vers
charmants :

> Vino nihil jucundius quisquam bibit;
> Hoc ægritudinem ad medendam invenerunt,
> Hoc hilaritatis dulce seminarium,
> Hoc continet coagulum convivia.

« Le vin! personne n'a rien bu de plus exquis. Il est le remède
trouvé contre le chagrin, il est la douce source de la gaieté, il est le
lien des festins. »

Avec sa douceur de mœurs et son aménité de caractère, Varron était l'homme des dîners de l'amitié, des libres conversations du dessert. Une de ses satires, *lepidissimus liber*, dit Aulu-
Gelle, était consacrée à la théorie de ces repas discrets et choisis;
il y traitait de la physionomie du festin et du nombre des con-

(1) Tit. Liv., xxxix, 6.

vives qu'il faut réunir; ce nombre, selon lui, devait commencer
au chiffre des Grâces et finir au nombre des Muses. « Le festin,
disait-il, doit réunir quatre conditions : il sera parfait si les convives sont bien élevés, le lieu convenable, le temps bien choisi,
et si le repas a été préparé avec soin. Que les invités ne soient
ni bavards ni muets; que l'éloquence règne au Forum et au sénat, le silence dans le cabinet. » Et plus loin il ajoute encore :
« Le maître du festin peut n'être pas magnifique, il suffit qu'il
soit exempt d'avarice. Tout ne doit pas être lu indifféremment
dans un repas, on doit préférer les lectures qui sont à la fois
utiles et agréables. » Brillat-Savarin et Berchoux n'ont jamais
aussi bien dit. Varron entrait, sur ces matières, dans les plus
grands détails, et Macrobe combat même la répulsion qu'il
montrait pour les mets raffinés du second service. On sait aussi,
par Aulu-Gelle, que, dans une satire spéciale *sur les Aliments*,
pleine de traits ingénieux et piquants, il énumérait en vers
iambiques la plupart des productions vantées que les diverses
parties du monde envoyaient sur la table des gastronomes romains. Tous les mets recherchés, tous les morceaux exquis,
huîtres de Tarente et dattes d'Égypte, chevreaux d'Ambracie et
murènes de Tartesse, étaient curieusement énumérés. Vous
voyez quels progrès les conquérants du monde avaient faits en
peu d'années, et combien ils étaient loin déjà de ces pauvres
gourmets du temps de Plaute, qui se contentaient de lard et
de congre froid! Au résumé, je m'imagine que Varron ne prenait le rôle d'Apicius qu'afin d'étaler sa science. Curieux de toute
chose, ce ne fut là pour lui qu'une forme de l'érudition.

Varron ne perdait pas une occasion d'enchâsser les faits sous
la plaisanterie, de glisser l'enseignement sous le couvert du
rire; bien des sujets de mythologie, d'histoire, de grammaire
même, se trouvaient de la sorte éclaircis à la rencontre. Instruire
en amusant, corriger en se moquant, c'était là sa secrète intention : la satire fut dans ses mains l'arme d'un sage. Jamais il
n'oublie le but pratique et moral; pas un vice, pas un ridicule
ne lui échappe. En voulez-vous aux avares, voici une phrase qui

servirait au besoin d'épigraphe à *la Marmite* de Plaute : « Quel
ladre est raisonnable? Qu'on lui livre la terre, l'univers, la même
maladie de prendre l'aiguillonnera si bien qu'il se retranchera
à lui-même quelque chose et fera sur soi des économies. » Dé-
sirez-vous voir un pédant romain, il vous le montrera « dissertant avec son museau velu et mesurant chaque mot avec un
trébuchet à peser l'or. » Peut-être vous plairait-il d'assister à
une consultation plaisante de médecins : déjà l'auteur des *Ménechmes*, ce précurseur de Molière, nous en avait montré un
qui se vantait d'avoir remis une jambe cassée à Esculape; mais
ici, tant les fragments sont insuffisants, nous en sommes réduits aux conjectures, et nous ne savons pas si c'était à un
Argan guéri de ses maladies imaginaires que Varron faisait dire :
Quid medico mihi est opus? — On trouvera au surplus dans les
Ménippées plus d'un détail de mœurs fait pour consoler de ces
pertes. Sans doute, quand Varron assure que de son temps
presque tous les fils de famille étaient prêts dès l'âge de dix
ans à empoisonner leur père, il est poëte, il exagère, il fait ce
que fera plus tard Juvénal en disant qu'il n'y avait *plus un honnête homme à Rome;* mais toujours est-il qu'un pareil propos
marque les progrès effrayants de la perversion au sein de cette
jeunesse qui s'élevait dans la honte, comme pour mieux supporter les hontes prochaines des Néron et des Tibère. Je conçois que, tout en admirant le progrès de la civilisation littéraire, un si grand esprit se tournât avec regret vers ces dures
vertus du passé auxquelles il rendait hommage en disant : « Nos
aïeux et nos arrière-aïeux, quoique leurs paroles sentissent
l'oignon et l'ail, avaient la noblesse du cœur. » Le secret de la
perte de Rome, Varron devait le connaitre, c'était cette ambition effrénée que lui-même a peinte dans un hexamètre admirable :

Et petere imperium populi et contendere honores.

Le propre de la satire est de frapper de droite et de gauche,
de fustiger sans distinction les grands comme les petits. L'au-

teur des *Ménippées* paraît être resté fidèle à ces devoirs du censeur littéraire. Lucile avait représenté les dieux délibérant dans
une assemblée grotesque; à en croire Arnobe et Tertullien,
Varron n'aurait guère été plus respectueux pour les divinités
de l'Olympe. Dans une de ses satires, il mettait en scène trois
cents Jupiters sans tête; dans une autre, il montrait Apollon
dépouillé par des pirates et laissé en costume de statue. Plus
d'une hardiesse de ce genre trouvait sa place, sous prétexte
d'érudition : ainsi, à un endroit, les divinités égyptiennes, récemment transportées à Rome, était l'objet d'un sarcasme
acerbe; Lucile aussi avait parlé en termes courageux de l'esprit
de superstition. Aux yeux de ces nobles poëtes, la poésie était
une leçon. — Puisque les *Ménippées* ne ménageaient pas les
dieux, pouvaient-elles épargner les contemporains? La satire
sur *le Triumvirat* s'est malheureusement perdue en entier; il
eût été bien curieux pourtant de voir comment Varron y ma-
niait l'ironie politique, comment il parlait de Pompée, son chef,
de César, son futur vainqueur. Esclaves qui *mangeaient leurs
maîtres à la façon des chiens* (1), méchants auteurs qui bâclaient
des comédies en l'absence des muses, *sine ulla Musa;* campa-
gnards des anciennes tribus rustiques qui ne se rasaient qu'aux
nondines, c'est-à-dire tous les neuf jours (2), tout le monde attrapait sa chiquenaude : le poëte était sans merci.

Les femmes aussi, vierges et matrones, comparaissaient de-

---

(1) C'est ainsi qu'Ennius disait dans une comédie : « Maîtres de leurs
maîtres, les esclaves audacieux ravagent les champs. » (*Ambracia*, fr. 2;
éd. Botbe.) Varron, du reste, est un de ceux qui les premiers ont réclamé
la famille pour les esclaves; il suffit de comparer la douceur de ses préceptes
à leur égard dans son *Agriculture* avec la dureté de Caton, qui recommandait de se défaire de tous les instruments hors de service, charrues
usées, chevaux vieillis, esclaves âgés. Peut-être le mot de la ménippée qui
vient d'être cité était-il mis dans la bouche d'un interlocuteur.

(2) De même pour les ongles, à ce que dit Pline l'ancien ; mais cela avait
un motif religieux. En était-il ainsi de la barbe? Varron assure que les
premiers barbiers (un siècle plus tard on les retrouve à chaque instant dans
Plaute) vinrent en Italie vers 454. — *De Re rust.*, II, 11.

vant le juge satirique. Ce n'est pas que Varron fût sévère au
sexe des grâces : « Jeunes filles, s'écriait-il en termes charmants, hâtez-vous de jouir de la vie, vous à qui la folle jeunesse permet de jouer, d'être à table, d'aimer, et de tenir les
rênes de Vénus. » C'étaient là de vrais conseils de poëte égayé,
quoique cette fois Varron écrivît en prose; lui-même disait plus
vraiment ailleurs : « La jeune fille est exclue du banquet, at-
tendu que nos ancêtres n'ont pas voulu que les oreilles de la
vierge nubile fussent abreuvées du langage de Vénus. » Cette
coutume romaine était empruntée à la Grèce, car, au rapport
de Cornelius Nepos, les filles honnêtes d'Athènes ne mangeaient
jamais qu'avec leurs parents. Varron avait sur les femmes les
idées des anciens Romains; on devine, dans son traité *de l'Agriculture* (1), qu'il aimait chez elles l'énergie et le travail : « Que
vous semble, fait-il dire à un interlocuteur, de nos languissantes
accouchées, étendues sur des lits de repos pendant plusieurs
jours? N'est-ce pas une pitié? » *Lanam fecit*, à ses yeux aussi
c'était la meilleure épitaphe pour une matrone : « Des mains
filer la laine, écrivait-il dans une ménippée, et des yeux observer que la purée ne brûle pas, » c'était prévenir le grief de
Chrysale dans *les Femmes savantes :*

> On ne sait comme va mon pot dont j'ai besoin.

Malgré cette sévérité de principes, Varron dut faire le meilleur
mari du monde, du moins si l'on en juge par le précepte conjugal que voici : « Défaut d'épouse doit être corrigé ou sup-
porté. Qui corrige sa femme l'améliore; qui la supporte s'améliore lui-même. » L'histoire ne dit pas lequel de Fundania ou
de Varron eut à s'améliorer. En somme, le poëte des *Ménippées* n'a pas trop médit des dames romaines; il est vrai que l'on
trouve dans sa x⁰ satire une accusation bien crue : « Non–seulement, écrit-il, les jeunes filles sont au premier venu, mais les
vieilles font les jeunes, et beaucoup de garçons *s'efféminent.* »

(1) *De Re rust.*, II, 10.

Cela ne dit rien, car le fragment fait partie d'une pièce qui portait pour titre le nom d'une ville célèbre par ses bains et par sa
corruption, de cette Baies que le mari de Fundania visitait quelquefois (1), cité voluptueuse que Properce voulait faire quitter
à Cynthie, *corruptas desere Baias* (2); lieu perfide que Sénèque
proclamait l'auberge des vices, *diversorium vitiorum* (3), et où
l'on n'entendait partout que les clameurs de l'orgie, le bruit
des concerts sur l'eau ou les obscènes chansons des courtisanes
passant sur leurs barques de toutes couleurs. Évidemment il
s'agissait des femmes de Baies.

Voilà les quelques traits de mœurs ou de caractère que j'ai
pu extraire de ces fragments peu pratiqués, où tout ce qui a
de l'intérêt est malheureusement enfoui au milieu d'une foule
de phrases sans signification dont le prix n'est appréciable
qu'aux lexicographes; je les offre pour ce qu'ils valent. Dans
cette étude, la nature de l'écrivain et les penchants du satirique se sont du moins laissé suffisamment entrevoir. Si le style
chez Varron manque de souplesse et d'éclat, s'il est même parfois un peu sec et dur, il a du caractère, des touches fortes, je
ne sais quelle rudesse un peu surannée qui n'est pas sans
charme. Vous ne prendriez pas, il est vrai, Varron pour un
contemporain des *Tusculanes*, tant les archaïsmes de la vieille
prose de Caton se glissent sous sa plume et s'enlacent volontiers à des lambeaux de phrases grecques. Aux époques de vive
transition, il y a souvent de ces retardataires de la langue : qui
se douterait, à les lire, que Pacuve et Lucile sont postérieurs à
Térence? qui croirait que Retz et Saint-Simon écrivirent après
Fléchier? Mais il arrive que ce style fruste, que cette rouille
du langage, donnent quelquefois plus de caractère au génie :
ainsi de l'ombre pour les tableaux de Rembrandt. On comprend du reste que, dans ces satires, l'archaïsme, tout comme

(1) Cic., *Ad Fam*, IX, 2.
(2) I, XI, 27.
(3) *Epist. ad Lucil.*, 51.

le néologisme, vint quelquefois se glisser volontairement sous
la plume de l'écrivain pour faciliter la saillie et la parodie, pour
donner un tour plus librement ironique à la pensée. Quand il
mettait tant de recherche dans l'emploi et jusque dans la place
de certains mots, quand il adoptait des expressions prétentieuses et des façons de dire étranges, Varron devait le plus
souvent avoir un dessein moqueur. Nous le jugeons sur des
lambeaux, et cependant sa poésie érudite et élégante y est en
core sensible en sa vigueur native.

On a pu remarquer que les préoccupations et le but de l'auteur des *Ménippées* sont essentiellement pratiques : tout vrai
satirique doit contenir un moraliste. A en juger par ce qui
nous reste, les déductions au tour sententieux, les vues, les réflexions inspirées par l'expérience, le bon sens et le savoir-
vivre, devaient se rencontrer à chaque instant dans ces écrits;
Varron avait trop le sincère amour du vrai pour qu'il n'en fût
pas ainsi : « Et voilà, dit-il quelque part, que tout à coup s'approche de nous la blanche Vérité, fille de la philosophie attique. » Comment en effet ne serait-elle pas venue vers lui, vers
lui, l'homme modéré par excellence, qui, sans en tirer stoïque-
ment orgueil, aviat quitté les honneurs pour l'étude? N'était-ce
pas lui qui avait le droit de dire : « Celui que l'or, la noblesse,
la variété de sa science, rendent bouffi, ne cherche pas les
traces de Socrate? » Varron poursuivait vraiment la sagesse. Il
me semble que j'entends le bon La Fontaine s'écrier que

> Ni l'or ni la grandeur ne nous rendent heureux…

quand je rencontre dans les *Ménippées* cette belle pensée à laquelle la traduction fait perdre son mâle accent : « Ni l'or ni
les trésors ne donnent le calme du cœur. Elles n'enlèvent pas
à l'âme ses angoisses et ses superstitions, les montagnes d'or
des Perses, les riches habitations des Crassus ! » Voilà comment
la conclusion morale, toutes les formules du précepte, se glissent volontiers sous la plume de Varron. Tantôt c'est un proverbe emprunté à la sagesse du vulgaire : « Il n'est si bonne

moisson qui n'ait quelque mauvais épi, si méchante qui n'en ait quelque bon ; » tantôt c'est une simple réflexion sur le bon usage de la vie : « Avoir bien vécu, ce n'est point avoir vécu le plus longtemps, mais le plus sagement. » Sans doute Varron ne donne pas à ces diverses pensées le vif relief, le tour précis et savant qui fut le secret de La Rochefoucauld; il n'enchâsse point énergiquement la maxime dans un vers concis comme le faisait admirablement Syrus pour ses mimes, et pourtant les principes de vertu, d'équité, de modération dont il parle dans ses brèves remarques, ont un caractère propre, un air de fierté indéfinissable, je ne sais quoi enfin d'austère et de sérieux qui touche à la grandeur : c'est tout ce qu'il faut pour durer.

Le recueil de *Sentences* récemment retrouvé à Padoue (1), dans un manuscrit du XIIIᵉ siècle, est bien fait pour confirmer au vieux Romain sa réputation de moraliste, en publiant ces précieux débris de la sagesse antique (2). Arrivé à l'âge mûr, Pétrarque se rappelait avoir eu entre les mains, dans sa jeunesse, certains ouvrages de Varron qui depuis disparurent et qu'il essaya vainement de retrouver; ce souvenir lui déchirait le cœur, *recordatione torqueor*, et il se plaignait amèrement de n'avoir pu goûter que du bout des lèvres ces antiques douceurs, *summis labiis gustatœ dulcedinis*. Sans être tout-à-fait pour la critique moderne le sujet d'un pareil désespoir, la disparition presque complète de l'œuvre de Varron doit inspirer de vifs regrets, et tout ce qui viendra les adoucir ne peut manquer d'être bien accueilli.

Les Romains avaient la coutume de choisir dans les écrivains célèbres certaines pensées détachées, certaines maximes qui réunies servaient ensuite de livre pour les écoles : c'est ainsi,

(1) Vicenzo Devit, *Sententiœ M. Terentii Varronis majori ex parte inedita*; Padoue, 1843, in-8.

(2) Voir sur ce sujet le compte-rendu de M. Klotz (*Jahrb. der Philologie*, supp. IX, p. 582 et suiv.) et la toute récente édition de l'excellent livre de M. Bæhr, *Gesch. der Römischen Literatur.* (Carlsruhe, 1845, in-8, t. II, p. 562.)

par exemple, que s'est formé le beau recueil qui donne à Syrus,
le faiseur de mimes obscènes, une place éminente entre les mo-
ralistes anciens. Tira-t-on un pareil manuel des œuvres de Varron? La chose semble assez vraisemblable; ce qui est positif,
c'est qu'au XIIIᵉ siècle Vincent de Beauvais en donnait de nombreuses citations, comme d'un livre accrédité et dès longtemps
connu. On savait donc qu'il existait des sentences de Varron
éparses dans les in-folio oubliés de Vincent de Beauvais :
Schneider, après d'autres critiques (1), les avait précieusement
reproduites, en tête du traité *de l'Agriculture*, comme la fleur
de la vraie sagesse, *flores prudentiæ civilis*, et Conrad Orelli,
dans sa collection des *Vers sentencieux des Latins*, avait à son
tour ajouté quelques nouveaux extraits aux extraits antérieurs.
Je citerai d'abord un certain nombre de ces maximes anciennes
qu'on n'a jamais traduites, et qui sont enfouies dans des collections peu populaires. Nous y retrouverons notre Varron des
Ménippées :

— Parlez comme tous, sentez comme le petit nombre.

— En beaucoup de choses, c'est folie d'être sage contre tous (2).

— C'est donner une fois que de donner quand on vous demande;
c'est donner deux fois que de donner sans qu'on vous demande .

— Où qu'il aille, l'homme de cœur porte sa patrie après lui; tout ce
qui est sien, son âme l'enferme.

— Il y en a beaucoup qui goûtent les doctrines, comme les convives
font des friandises du dessert.

(1) C'est dans le *de Moribus hominum* de Jacques de Cessole, imprimé
à Milan en 1479, qu'on trouve les premières citations des *sentences varro-
niennes* tirées de Vincent de Beauvais, au nombre de dix-huit; en 1624,
Gaspar de Barth en donna de nouvelles dans ses *Adversaria*, de sorte que
Schneider en put recueillir quarante-sept. Avec celles que vient de trouver
M. Devit, on arrive maintenant au chiffre de cent soixante-cinq.

(2) Cela rappelle la pensée d'Eschyle dans le dialogue de Prométhée avec
l'Océan : « Paraître fou est un heureux secret du sage. » (*Prom.*)

— Il y a certaines croyances qu'il faut arracher de l'esprit de celui qui sait, parce qu'elles usurpent la place du vrai qu'il faut savoir.

— Prenez la parole le dernier, taisez-vous le premier.

— Beaucoup perdent leurs droits à l'éloge parce qu'ils se vantent eux-mêmes; le sage se loue en louant dans les autres ce qu'il y a de bon en lui.

Les sentences qui viennent d'être retrouvées dans le manuscrit de Padoue ressemblent par le ton et par le style à celles qu'on vient de lire; elles faisaient sans nul doute partie, elles étaient extraites de ce recueil beaucoup plus volumineux dont un écrivain du moyen âge avait pu citer le septième livre, ce qui supposait une collection étendue. Plusieurs de ces pensées nouvelles sont incompréhensibles, d'autres sont évidemment interpolées; quelques-unes ont subi des altérations évidentes : on voit que la main d'un compilateur grossier a passé par là (1). Mais, malgré ces leçons corrompues, le caractère de l'antiquité est là empreint à chaque instant. Pour qu'on en juge mieux, nous détacherons, en les traduisant, quelques-unes de ces belles maximes. Qui s'aviserait de classer les sentences? le désordre ici est un art de plus, comme dans un atelier. Je trancris au hasard :

— La mort paraît nouvelle, mais elle ne l'est pour personne; elle embrasse la vie des deux côtés (2).

— C'est une grande force dans la vie de se réunir au plus grand nombre.

— Larmes d'héritier et de jeune mariée, rire déguisé.

— A qui sait peu, ce peu même est un ennui.

---

(1) Les *Sententiæ ineditæ* offrent quelques expressions nouvelles : c'est aux lexicographes de voir s'ils doivent leur donner sanction. Je remarque surtout les mots suivants qu'on ne trouve encore dans aucun glossaire de l'ancienne langue latine : *subditio, alieniloquium, incontingens, canale* (neutre), *disquisitor.*

(2) Il est difficile de rendre la concision de l'original : « Mors nulli nova sed credita, vitam utrinque complectitur. »

— L'ennui n'existe pas pour celui devant qui s'ouvrent les voies vastes et variées de la recherche (1).

— Les maîtres disent : On ne peut être surpris en flagrant délit de mensonge dans les matières que personne ne connaît.

— Dépasser la science ordinaire de tous ou du grand nombre est une belle chose, à la condition de n'être pas fou.

— Si la force de la vérité brille à mes yeux, l'agrément que donne la diction n'est rien.

— Nous mangeons le miel des abeilles, nous ne le faisons pas.

— C'est à la mémoire qu'il faut faire honneur de ce qu'on répète, à l'esprit de ce qu'on invente.

— Le diadème souverain rêvé par le sage, c'est la philosophie qui, contenue dans l'esprit, promet une récompense à l'esprit.

— Qui sait également toute chose ne sait rien.

— Veux-tu être riche, ne t'ajoute rien en pensée, mais retranche aux autres.

— Le sage sait beaucoup de choses dont il n'a conversé avec personne.

— Apprendre est un héritage, inventer est un gain.

— Vous ne donnerez pas le nom de bon spéculateur à qui n'a pas augmenté son avoir; je n'appellerai pas philosophe celui qui n'a rien découvert.

— Se faire gloire de ce qu'on a appris et non de ce qu'on a découvert est tout aussi insensé que le serait de tirer personnellement vanité d'un cerf qu'on aurait reçu d'un chasseur.

— On ne sait rien parfaitement.

— Il n'est pas pire de naître que de mourir.

Arrêtons-nous; finir par des moralités, c'est rester fidèle à l'inspiration de Varron. Les *Sentences inédites* du manuscrit de Padoue ne font que marquer d'un trait de plus le caractère de cette physionomie de vieillard, à la fois souriante et sévère, qui déjà nous était connue. Ces mots sur la fortune qui sentent un vieux nocher fait aux tempêtes, cette passion pour la science

(1) Le texte a cette précision forte qui est la marque du style de Varron : « Nihil illi tædio, cui multæ vel amplæ inquirendorum patent viæ. »

qui semble toujours avivée par la jeunesse, ces sages conseils
de l'expérience où se glisse de temps en temps une pointe de
malice sans amertume, tout cela est bien de l'ami de Cicéron,
de l'auteur en même temps aimable et sérieux du traité *de l'A-
griculture*. Le buste de Varron est sous nos yeux, tel qu'on le
voyait dans la galerie de Pollion.

Un cicéronien de la Renaissance disait, dans son exclusive
admiration d'érudit, que l'antiquité est pour nous autres modernes ce qu'étaient pour Lazare les débris de la table du riche.
Certes, nous n'en sommes plus là ; mais pourtant on éprouve
je ne sais quelle douce satisfaction à recueillir précieusement
ces miettes éparses, et c'est un charme pour les plus délicats
d'en goûter la saveur.

DE

LA POÉSIE LATINE.[1]

MESSIEURS,

En me voyant paraître dans cette chaire, vous prévenez naturellement ma pensée; vous devinez le premier sentiment qu'il
me soit permis d'y produire : c'est l'expression de ma gratitude
pour celui qui m'a choisi comme son interprète auprès de vous.
Mais nommer tout d'abord M. Tissot, n'est-ce pas rappeler im-
prudemment cette verve chaleureuse qui, hier encore, avait le
don de vous émouvoir? N'est-ce pas courir le risque surtout de
redoubler vos exigences? Peut-être eût-il été plus habile de terminer par où je commence; peut-être la stratégie d'un professeur plus expérimenté eût-elle ajourné ce témoignage de reconnaissance à la fin de la leçon, et trompé ainsi la vanité du
suppléant, en cherchant à tirer profit, pour son propre compte,
des applaudissements dus au souvenir du maître. Permettez-
moi, messieurs, de ne pas ainsi donner le change à mon amour-
propre. Je ne veux, je ne dois vous exprimer que des sentiments sincères; et certes vous ne douterez pas de cette sincérité,

(1) Discours prononcé au Collége de France à la rentrée de 1842. Voir,
Revue du Midi, 1843.

quand j'invoquerai votre bienveillance. Ce qui me rassure un
peu, c'est qu'il me semble permis de compter sur la sympathie
de ceux qui sont jeunes. Si, comme on le dit, l'expérience et la
vie, loin de rendre sévère, disposent à l'indulgence, je ne manquerai pas non plus de m'appuyer du proverbe auprès de ceux
qui ont l'autorité du savoir et des années.

Ce n'est pas une exposition générale et rigoureuse du plan de
ce cours que je viens vous apporter aujourd'hui. Quoique l'antique convenance du discours écrit suppose toujours, dans ces
premières réunions, un peu plus de solennité que l'habituelle et
familière parole de l'enseignement, je vous prie de me dispen-
ser à cette heure de tout ambitieux programme. A mon sens, le
moindre inconvénient des programmes est de n'engager à rien :
on en est quitte plus tard pour ne pas les tenir. Vous savez
(peut-être par expérience) si le scrupule des engagements littéraires est la marque distinctive de notre temps. Un de nos plus
spirituels contemporains (1) raconte, en je ne sais plus quelle
préface, que, manquant d'argent pour une lointaine excursion,
il avait, dans sa vie de jeune homme, songé à écrire le récit du
voyage et à accomplir ensuite ce voyage avec les produits de
son livre. J'ai moins le droit que personne de faire des épigrammes contre l'enseignement, et l'histoire de Montfaucon,
attaché en victime au gibet qu'il avait lui-même construit, est
parfaitement présente à ma mémoire. Toutefois, messieurs, ce
voyage, écrit avant d'être fait, ne rappelle-t-il pas beaucoup de
nos discours d'ouverture? Au moins se trace-t-on le plus souvent un itinéraire qu'on ne suit pas. On fait une annonce de
ce qui devrait être un résumé; on substitue des projets à des
résultats. C'est toujours quelque chose, et peut-être trouvera-
t-on que, dans l'incertitude des résultats, autant valait m'assurer au moins des projets et répéter d'avance le vers de La Fontaine :

J'aurai du moins l'honneur de l'avoir entrepris.

_____

(1) M. Prosper Mérimée, préface des *Chants Illyriens.*

Voilà une innocente consolation pour les échecs de l'amour-propre.

Eh bien! messieurs, je veux cependant m'efforcer de suivre aujourd'hui une autre route. La meilleure et la plus simple manière d'entrer en relations avec vous, d'établir entre celui qui parle et ceux qui écoutent des rapports sincères, je voudrais pouvoir dire des rapports de sympathie, n'est-ce pas de vous indiquer tout d'abord mon point de départ et mon but (les deux seules choses que je sache bien précisément), et de vous montrer, dans un tableau rapide, l'intervalle qui les sépare? Quelques-uns de ces souvenirs imposants que soulève de lui-même le nom romain, quelques applications naturelles à des temps plus proches, viendront d'eux-mêmes se mêler à cette courte esquisse.

La tâche qui m'est imposée est d'autant plus délicate, qu'elle est, pour ainsi dire, double. De quoi, en effet, vit d'abord l'enseignement des lettres? De la comparaison féconde des grands monuments de la pensée, du parallèle des diverses civilisations littéraires. Qu'avons-nous à raconter ici, sinon l'histoire de l'esprit de l'homme? La critique a été élevée de notre temps à la dignité de l'histoire. Nobles et précieuses annales que celles des idées! Là aussi il y a des défaites et des victoires, mais toutes au profit de la civilisation; là aussi il y a des misères et des fêtes, misères humiliantes, fêtes glorieuses, car ce sont celles de l'intelligence; et notez ce singulier avantage de l'histoire des lettres, que le contrôle y est incessamment possible et qu'on assiste soi-même à ce spectacle toujours vivant. Ce sont des victoires, pour ainsi dire, permanentes; et, tandis que ceux qui ont seulement agi, tandis que les héros de l'histoire n'ont plus qu'une existence douteuse dans les témoignages contradictoires des biographes, ceux qui ont écrit, au contraire, les héros de la pensée, assistent eux-mêmes, assistent dans leur œuvre à un triomphe qui peut avoir ses intervalles, mais qui se renouvelle à jamais. C'est là ce qui donne à la critique un rôle plus important, c'est là ce qui lui impose un labeur qui a de plus en plus ses difficultés et ses écueils. A côté de cet inaliénable héritage de l'esprit humain, lentement formé à travers les siècles, sa tâche, en effet, n'est plus la même qu'autrefois. Autrefois elle pouvait se contenter de suivre les littératures, maintenant elle doit les précéder; elle doit être non plus un commentaire, mais un enseignement. Guider les vivans par l'itinéraire des morts, faire profiter l'avenir des leçons du passé, donner l'impulsion par l'examen des œuvres vraiment durables, par le spectacle excitateur des grands siècles littéraires, pousser enfin l'esprit dans ses voies, dans les voies de la morale et du talent, en montrant l'éternelle alliance de la beauté et de la vertu : voilà quelle serait la mission nouvelle de la critique. Avec le temps la critique est devenue une sorte de philosophie de l'art, philosophie pratique qui tient peu aux abstractions, qui ne déduit des lois que pour les appliquer aussitôt, et dont le premier devoir est d'exciter l'enthousiasme du beau, de contrôler les œuvres de l'esprit par les sentiments du cœur, et enfin de chercher l'homme derrière l'écrivain.

On ne réussit à rien, messieurs, on n'est même digne de réussir qu'en ayant de soi un idéal qu'on ne peut pas atteindre, mais qui au moins sert de phare lointain dans la lutte. En quoi la modestie se trouverait-elle compromise par ce but, un peu grandiose peut-être, que je prête à la critique? C'est bien moins, vous le savez, par le résultat atteint que par l'effort tenté, qu'il est équitable de juger les hommes. L'effort est dans les limites de notre volonté : le reste est un don. Applaudir à l'effort, c'est donc encourager l'homme même; applaudir au talent, c'est autre chose : c'est rendre un juste hommage à ce qui vient de plus haut, c'est honorer Dieu dans sa créature.

Aussi gardons-nous de jamais diminuer notre tâche; ne redoutons pas les grands buts. On ne perd jamais rien à s'exagérer la portée de ses devoirs, car la dignité humaine en est relevée, car l'esprit gagne à vivre dans ces sphères plus sereines, et, si la vanité est quelquefois atteinte par le contact des nobles ambitions, l'âme ne peut que s'en fortifier et grandir. Or, je le

demande, quelle est la première obligation de la vie, sinon
(pour parler comme Mme de Sévigné) de *travailler à notre âme?*
Toutes les facultés de l'homme se tiennent, et il se trouve que
le beau nous induit au bien.

Je disais, messieurs, que ma tâche était double : il faut vous
parler de Rome, du sein de la France. Je crois qu'il n'y a pas
de plus grand nom dans le monde ancien : chacun ici (en dehors
des illusions du patriotisme) est convaincu qu'il n'y a pas de plus
grand nom dans le monde moderne. Rome et la France, quel
point de départ et quel but! N'est-ce pas la plus magnifique et
la plus étonnante hérédité du gouvernement intellectuel? n'est-
ce pas le triomphe, ici des armes, là des idées, des deux côtés
la conquête du monde? La civilisation et les lettres ont-elles
eu des apôtres plus actifs, plus vigilants, ont-elles jamais rencontré un appui plus puissant, plus sûr? Le flambeau de la
vie, *vitaï lampada,* selon le mot de Lucrèce, ce flambeau dont
les nations inquiètes attendent la lumière, n'est-ce pas des
mains de Rome mourante que l'a recueilli le génie de la France?
Soyons justes envers ces devanciers illustres, que nous con-
tinuons... sans leur ressembler.

Dans les comparaisons que la critique est incessamment
amenée à faire du passé avec le présent, des créations de l'art
ancien avec les créations de l'art moderne, il y a deux dangers
à fuir, il y a deux pentes opposées, également glissantes et
qu'il faut également éviter de suivre. Messieurs, je viens ici
sans parti pris, sans théorie préconçue, sans engouements littéraires, sans avoir donné de gages à aucune école, sans un *fé-
tichisme* étroit pour la poésie des temps païens, sans un enthousiasme exclusif pour la poésie des âges nouveaux. Rome
nous a donné un grand exemple : elle accepta l'inspiration
grecque, mais pour la transformer avec originalité, mais pour
en féconder son génie propre. On l'a dit bien des fois, le panthéon latin était ouvert à tous les dieux, et une place symbolique y était réservée à ce vieux roi de la fabuleuse Italie, à ce
Janus dont le double visage contemplait les deux côtés de l'ho-

rizon. Pour ma part, je l'avouerai, il m'est impossible d'opter
entre ces deux excès : d'un côté le dédain ou l'admiration sys-
tématique du passé, de l'autre le mépris ou l'apothéose inin-
telligente du présent. Je ne comprends pas ces haines; je ne
comprends pas ces prédilections. Peut-être y a-t-il là de quoi
satisfaire aux rancunes des pédants ou au fanatisme des icono-
clastes; il n'y a pas de quoi suffire aux exigences d'un enseignement sérieux. La rhétorique des uns ne me touche pas plus
ici que le mauvais goût des autres, et cela me paraît seulement
bon pour les amplifications de collége ou les lieux-communs
de feuilleton. Sachons montrer des dispositions plus ouvertes
et plus conciliantes; cherchons partout les traces éparses de
l'idéal; demandons-les à Homère comme à Corneille, à Phidias comme à Michel-Ange, à l'ineffable douceur des vers de
Virgile comme aux profondeurs étranges du génie de Shakespeare. La seule loi définitive et absolue de l'art, c'est la beauté.
Or, la beauté n'a point de patrie; elle est de tous les temps, et
il semble même qu'elle rajeunisse avec les siècles. Les grands
hommes s'appellent à travers les âges, ils forment un splendide
cortége, un chœur immortel, une sorte d'Élysée enfin, où les
époques et les nations privilégiées ont leur place dans de glorieux représentants.

La querelle à laquelle je fais allusion n'est pas nouvelle.
Dans le grand siècle déjà, dans cet heureux temps de loisirs
intellectuels où Boileau ne prétendait pas au ministère, où
Bossuet ne rêvait pas la pairie, on agitait déjà avec ardeur ces
questions délicates de supériorité et de prédominance littéraires; on comparait passionnément les anciens aux modernes,
les écrivains de Périclès et d'Auguste aux écrivains de Louis XIV.
Et, chose singulière! dans le noble désintéressement d'alors,
dans ce sincère et vif enthousiasme pour les éternels monuments
de la culture athénienne et latine, les plus grands parmi ces
maîtres illustres prenaient le parti des chefs-d'œuvre anciens,
tout en se donnant le plus glorieux démenti par des chefs-
d'œuvre nouveaux. J'ai quelques raisons de soupçonner que

personne aujourd'hui ne pourrait prendre le parti des anciens
avec les mêmes avantages. Sans pessimisme, et tout en rendant une justice sympathique à l'art de notre temps, il est permis d'affirmer que nous sommes moins directement intéressés
dans la question. Tâchons donc de profiter des conditions nouvelles, des conditions d'impartialité que nous fait cette époque
de transition, le début de ce troisième siècle littéraire qui s'ouvre
pour la France, et dont heureusement la destinée est encore
entre nos mains.

Au XVIIᵉ siècle, dans ces *Dialogues* quelquefois piquants où
Perrault a amassé tout le fiel de ses rancunes contre les anciens, l'objection la plus amère qu'on puisse adresser aux professeurs qui surfont l'antiquité, est prévue déjà et même expri-
mée avec une crudité que repousserait, j'en suis sûr, notre
politesse moderne. « La plupart des maîtres ès-arts (*ce sont les
docteurs et les agrégés de nos jours*) tiennent, dit-il, de toute
force pour les anciens qui les font vivre (1). » Heureusement
l'enseignement officiel des littératures étrangères a été inau-
guré depuis Charles Perrault. J'en sors à peine, messieurs; j'en
sors naturellement préparé à une vive admiration pour les
grands monuments de la littérature moderne, pour la poésie
brillante ou rêveuse de la jeune Europe. Mais une longue pratique de l'œuvre de Dante m'a appris aussi qu'il n'était pas dangereux de prendre Virgile pour guide. Avec lui, le poëte chrétien a visité l'empire des morts; avec lui nous pourrons en
sûreté parcourir les domaines de l'art nouveau, où le chantre
de *l'Énéide* rencontrera des rivaux peut-être, mais où il ne
trouvera point de vainqueurs. N'oublions pas que les premiers
et plus actifs promoteurs de cette renaissance des lettres (à laquelle on a reproché son fanatisme quelquefois étroit pour
l'art païen) furent les mêmes cependant qui, avec l'Alighieri,
donnèrent une littérature originale à leur nation : Pétrarque

(1) *Parallèle des Anciens et des Modernes;* 1692, in-12 , t. I, p. 97.

en s'inspirant dans ses vers des chevaleresques traditions du moyen âge, Boccace en traduisant dans son admirable prose les libres récits de nos conteurs; tous deux en n'empruntant aux anciens que la pureté de la forme et la magie du langage. Voilà avec quel art merveilleux et inventif ces maîtres savaient profiter des vieux modèles; voilà comment le talent imite, transforme et s'approprie; voilà comment s'ouvrent tout à coup, comme par une commotion commune, ces grandes ères intellectuelles qui font l'étonnement en même temps que la gloire des nations, et qui ne sont autre chose, sachons-le bien, que la rencontre heureuse, que l'alliance féconde du génie créateur et du génie traditionnel.

Aussi est-ce un devoir d'aborder ces legs précieux du passé, toujours avec justice, quelquefois avec amour. Toutes les questions qui nous touchent, ces débats du beau et du bien, ces problèmes de notre destinée et de nos devoirs, s'y retrouveront, présentés sous une autre forme, agités sur d'autres théâtres, mais en réalité toujours les mêmes. Les littératures, vous le savez, se font avec deux éléments, avec le cœur qui exprime des sentiments, avec l'esprit qui donne une forme variée à cette expression. Or, les sentiments humains n'ont jamais cessé de se reproduire, parce que le cœur ne change pas. Seule la forme se modifie, parce que l'homme ne la puise point dans son âme, mais dans les caprices de son imagination : de là vient que toutes les littératures sont à la fois si analogues et si dissemblables. Ne nous étonnons donc pas de voir souvent, de voir tout à coup nos propres traits se dessiner dans ces miroirs de la poésie antique que polissait avec tant de perfection, il y a plusieurs milliers d'années, la main habile et patiente de quelque écrivain de l'Attique ou du Latium. Là est la grandeur de l'art, là est la puissance du poëte. Il n'appartient qu'à lui d'immortaliser de la sorte, avec la forme distinctive de son temps et de son génie, quelques-uns des sentiments éternels de notre nature, de fixer ainsi à jamais, sous une expression personnelle, quelque reflet

de la beauté idéale. Est-ce que vous croiriez, messieurs, que le
cœur de l'homme a changé depuis lors? Des différences profondes, marquées surtout par l'influence puissante du christianisme, séparent assurément notre civilisation de la civilisation
païenne : mais en descendant au fond de nos ames, mais en
comparant les sentiments divers que nous éprouvons aux sentiments que manifestent avec une vérité si expressive les maîtres
de l'art antique, vous trouverez les mêmes joies et les mêmes
angoisses (*sunt lacrymæ rerum*), la même grandeur et la même
misère; toujours l'homme plein de trouble qui se montre un instant au sein de la nature immobile, interroge ce sphinx impitoyable, puis disparaît bientôt pour céder la place à des générations qui disparaîtront à leur tour. Aussi, bien des voix se
correspondent et s'appellent dans ces deux grandes ères de
l'humanité. Ne soupçonnez-vous pas, par exemple, que le drame
terrible qui s'est passé dans l'âme de Faust et de Manfred a eu
aussi pour théâtre l'intelligence puissante et désolée de celui
qui écrivit le *De Natura rerum?* Ne trouvez-vous pas dans l'*Hamlet* de Shakespeare comme un lointain et sublime écho du *Prométhée* d'Eschyle? Enfin Platon n'a-t-il pas quelquefois parlé
de Dieu comme Fénelon? Virgile n'a-t-il pas trouvé pour peindre la nature des couleurs aussi fraîches que celles des *Réve-
ries* de Jean-Jacques? Le rire de Molière n'est-il point sur les
lèvres de Plaute, et Tibulle déjà n'aime-t-il pas quelquefois
comme Pétrarque? Oui, l'analogie des sentiments corrige la
différence des temps et les rapproche : il se trouve par là que
les grands monuments de la pensée humaine appartiennent à
tous les siècles.

Vous devinez, messieurs, par ce que je viens de dire, quel
est l'esprit de comparaison perpétuelle, quelle est la méthode
nécessairement discursive qui présideront à ces études sur
l'art latin. L'histoire régulière et complète de la poésie des Romains serait de toute façon une témérité inutile. Un écrivain
qui m'est particulièrement cher, un professeur que vous avez
entendu tant de fois avec charme à la Sorbonne, et que vous

applaudissiez hier à l'Académie (1), s'est définitivement emparé de ce domaine et en a fait son empire : il faut bien se contenter de quelque province. Pour ma part, autorisé par les libres coutumes de ce grand établissement, autorisé par l'exemple du maître honorable qui a bien voulu me confier sa chaire, je ne m'interdirai pas les parallèles, les épisodes. Sans m'appuyer du trivial proverbe qui veut que *tout chemin mène à Rome,* je me souviendrai que cette grande cité fut le centre d'une civilisation éteinte, le théâtre de la plus grande révolution qu'ait vue le monde; je ne séparerai pas sa poésie de son histoire; je chercherai à montrer ce qu'elle a donné aux sociétés postérieures, les traces profondes qu'elle a laissées empreintes dans leurs littératures. En un mot, nous aurons souvent à suivre ces voies romaines qui conduisaient aux extrémités de l'Empire, mais qui toutes ramenaient à la ville éternelle. A ces fréquentes excursions dans la Grèce qui a formé Rome, et chez les modernes que Rome a guidés, s'entremêleront, avec quelque profit, je l'espère, des applications à la France que je ne veux jamais oublier, des rapprochements avec son passé littéraire, et bien des remarques aussi (qui viendront d'elles-mêmes) sur les théories et les tentatives de l'art moderne. Il y a plus d'une nouveauté qui fait notre orgueil, plus d'une invention dont nous sommes fiers, et qui ne sont pourtant qu'un plagiat des vieilles choses.

Pourquoi, messieurs, ne pas profiter de la légende : *Urbi et orbi?* Il est pardonnable d'ailleurs d'avoir l'esprit un peu conquérant et belliqueux... quand on se fait Romain! Je ne manquerai pas cependant d'avoir toujours présent au souvenir que Rome est aussi le lieu par excellence de la discipline et de l'ordre. Les sept collines seront notre centre; toujours nous y reviendrons sans nous perdre à la suite de ces légions dévouées

(1) La réception de M. Patin à l'Académie française avait eu lieu la veille du jour où ce discours d'ouverture fut prononcé au Collége de France.

qui laissaient la puissante empreinte de leur passage sur le sol et dans l'esprit des nations, et qui allaient, à l'extrémité du monde, veiller sur les conquêtes de cette cité qu'elles ne devaient jamais revoir.

Je ne croirai pas manquer de méthode, je croirai au contraire rester fidèle au caractère même de ce cours, en accompagnant les vainqueurs du monde dans ces provinces qu'ils conquéraient à leur empire. Rome, messieurs, au commencement, ce fut une cité; à la fin, ce fut l'univers. Le dernier de ses poëtes le lui répétait encore, quand cela avait cessé d'être vrai : *Urbem fecisti quod prius orbis erat.* Ici Rutilius Numatianus n'est pas seulement poëte, il est historien. Même aujourd'hui, de quelque côté encore que l'on tourne les regards, Rome se retrouve partout; toujours l'aigle ou la croix apparaissent à l'horizon. Non-seulement la terre est marquée de ses constructions gigantesques, mais elle règne dans nos lois par sa législation, dans notre gouvernement par ses traditions administratives, dans nos mœurs par ses idées qu'elle a écrites à toutes les pages des littératures modernes. Oui, le mot de Goethe est vrai : « Rome est un monde sans lequel le monde lui-même est un désert. » Visitons donc la ville de ce peuple que Virgile appelait le peuple-roi, laissons-nous vivre au milieu de cette lumière; c'est ce que Cicéron écrivait à un ami : *Urbem, mi Rufi, cole; in ista luce vive.*

Cité privilégiée, cité malheureuse, et qui n'a d'égal à la grandeur de son histoire que la grandeur de ses ruines! Vous savez, messieurs, ce cri éloquent de regret que Childe-Harold laisse échapper à la vue de Rome; il me revient toujours au souvenir : « O Rome! ô ma patrie! ô cité de l'âme! les orphelins du cœur doivent retourner vers toi, mère solitaire d'empires expirés! Ils apprendront alors à renfermer dans leur sein leurs chétives douleurs. Que sont nos maux et nos souffrances? Venez voir les cyprès, entendre le hibou, et frayer votre chemin sur les débris des trônes et des temples, vous dont les tourments sont des malheurs d'un jour! Un monde est à vos pieds, aussi fragile que votre poussière!

« La Niobé des nations, la voilà debout! Mère sans enfants, reine découronnée, muette dans ses douleurs, ses mains flétries tiennent une urne vide dont les siècles ont dispersé au loin la cendre sacrée. La tombe des Scipions ne renferme point maintenant leur poussière; les sépulcres mêmes sont veufs de leurs héroïques habitants. Vieux Tibre! tu continues à couler à travers un désert de marbre; lève-toi! et de tes vagues jaunes fais un voile à sa détresse (1). »

Serait-ce là, messieurs, la désolation de cette même ville dont Virgile disait, dix-huit siècles auparavant :

> Salve, magna Parens frugum, Saturnia tellus,
> Magna virum.......

Non, Byron parle la langue des regrets, la langue de la poésie; ce n'est pas ainsi que s'exprime l'histoire. L'ancienne Rome n'est pas morte tout entière, elle a pu disparaître de la liste des nations : elle n'a pas emporté dans la tombe les créations de son génie, elle les a léguées à l'Europe. Rome revit partout, dans nos institutions, dans les monuments de notre intelligence.

Ce qui frappe en effet le plus, ce qui frappe d'abord dans ce grand spectacle que les Latins donnèrent au monde, c'est ce caractère de durée empreint sur toutes les œuvres, et dont ils ont aussi (par bonheur pour leur mémoire) fortement marqué leur littérature. Vous vous rappelez, dans l'Arioste, cet éloge pompeux du cheval de Roland, qui n'avait d'autre défaut que d'être mort... Cela fait rire, et pourtant, si je ne redoutais la trivialité du rapprochement, je dirais que, sérieusement, on peut soutenir que Rome, quoique morte, dure encore. Son génie tenace s'est perpétué après elle, et, sur bien des points, il reste vrai de dire que, vaincue, elle est restée victorieuse, et

(1) *Childe-Harold*, chant IV, st. 70 et 79.

qu'elle a su être pour beaucoup dans la destinée de ses vainqueurs. Deux grands obstacles, messieurs, ont surtout perdu
Rome et renversé son empire : le christianisme auquel elle
voulut en vain résister, et les Barbares qu'elle n'avait plus la
force de combattre. Eh bien! il se trouve que le christianisme
et les Barbares ont dû cependant subir son joug en quelque
chose, et rendre hommage à sa puissance déchue. Ainsi, en
devenant la capitale du monde chrétien, elle a donné sa langue
à l'Église, elle lui a donné son nom, et l'Église s'est appelée
romaine. Quand les conquérants germains, à leur tour, se furent approchés de cette civilisation qu'ils venaient de vaincre,
ils l'envièrent. On les vit se faire gloire, comme les fils du Latium, de descendre aussi d'Énée; on les vit s'approcher humblement de ce flambeau des lettres que Rome avait enlevé au
monde municipal et borné de la Grèce, pour le promener dans
l'univers, à la suite de ses légions; flambeau glorieux qui devait
s'éteindre bientôt au milieu des ténèbres du moyen âge, et qui
ne put se rallumer, lors de la Renaissance, que sous le souffle
encore puissant de ces morts illustres.

Dans l'ère ancienne, Rome a été conquérante par les armes;
depuis, elle a conquis le monde une seconde fois : conquête en
quelque sorte posthume, conquête pacifique et bienfaisante qui
s'est accomplie par les monuments de sa législation et de sa culture littéraire.

Le droit est assurément le plus magnifique legs que Rome
ait laissé aux nations. C'est une création de génie et de bon
sens; c'est la raison écrite, c'est un héritage immortel. L'égalité
civile, inscrite à toujours dans la loi, sera désormais le fondement de toutes les sociétés et une infaillible garantie donnée à
la liberté. Bossuet n'est pas allé trop loin quand il a dit, avec
l'impartialité du génie, que la majesté de ces lois saintes subsiste encore après la ruine de l'Empire.

Messieurs, la littérature, à Rome, n'eut rien de spontané;
elle fut une importation de la Grèce, de cette Grèce dont Rome
fit bientôt une province. L'esprit pratique, appliqué, avare, de

ce peuple d'agriculteurs, de conquérants et d'hommes d'affaires, n'eût jamais trouvé à lui seul la civilisation des lettres. Pendant cinq siècles, il se contenta de grandir en silence : c'est dans la brève rédaction de quelques oracles, de quelques tables triomphales, de quelques épitaphes, dans quelques formules juridiques, dans les chants incultes des vendanges, dans les grossières bouffonneries des Atellanes, dans les prières des prêtres de Mars, enfin dans quelques enseignements à demi barbares sur l'agriculture et sur la vie, qu'il faut chercher, et qu'on cherche en vain, ce que serait devenue cette âpreté native, si elle avait été abandonnée à elle-même.

La Grèce, au contraire, avait débuté par des chefs-d'œuvre, avait commencé par Homère. L'antagonisme des deux races éclate ici manifestement : l'esprit subtil, fécond, facile, merveilleusement doué des Hellènes, cette témérité d'enfant en même temps que cette prudence de vieillard, tout cela était loin du tempérament austère, positif, opiniâtre des Romains, qui avaient hérité quelque chose de la dureté sabine et de la régularité étrusque. Il y a entre Athènes et Rome la même différence à peu près qu'entre le mot ἀρετή et le mot *virtus* (1). Ici on accorde davantage à l'effort propre, à l'énergie individuelle; on agit comme homme avant d'agir comme Grec : là, au contraire, l'homme s'efface derrière le citoyen, et le développement personnel est sacrifié à la volonté collective, à l'ambition générale. Mais la gloire est l'indispensable salaire du talent, et il faut que la personnalité soit mise en jeu pour que la civilisation littéraire commence chez un peuple. Aussi on comprend que, dans ces conditions, le Latium fut longtemps déshérité de toute culture sérieuse. Virgile (2) répétait encore aux Ro-

(1) Hegel, *Cours d'Esthétique*, trad. de M. Bénard, t. I, p. 162.

(2)   Tu regere imperio populos, Romane, memento :
        Hæ tibi erunt artes, pacisque imponere morem ,
        Parcere subjectis et debellare superbos.....

                                        (*Æneid.*, VI, 852.)

mains que les arts, pour eux, c'étaient le gouvernement et la victoire, et Salluste (1) les avait bien peints en disant qu'ils aimaient mieux voir leurs actes racontés par autrui, que de raconter eux-mêmes les actes des autres.

Rome fut d'abord rebelle à l'influence grecque; elle tenait à ses dieux d'argile; elle proscrivait la philosophie. Dans son dédain, elle laissait à ses esclaves ou à de misérables étrangers le soin de fonder cette littérature qui devait faire sa gloire intellectuelle et consacrer sa gloire militaire dans des monuments impérissables. Mais ces répugnances ne pouvaient durer. Tout à l'heure les lettres deviendront un délassement, une mode, une passion, un intérêt social. L'esprit grec, dit Cicéron, se répandit dans Rome comme un torrent (2); vous savez le vers d'Horace : *Græcia capta ferum victorem cepit* (3). Je ne sais, messieurs, si le mot est tout à fait juste. N'est-ce pas encore là plutôt une conquête de Rome, une victoire poétique après une victoire guerrière? Que devient, en effet, cette littérature des Grecs, la plus étendue sans contredit, la plus variée, la plus puissante de toutes les littératures? Ne fut-elle pas dès-lors dépossédée à jamais de la popularité? Ne commença-t-elle pas à devenir ce qu'elle est, hélas! aujourd'hui... le plus vaste domaine de l'érudition? On se mit à ne plus considérer la culture athénienne qu'à travers le voile facile de la culture latine qui en dispensait. Rome bientôt imposa sa langue au monde; puis elle la laissa au moyen âge, elle en fit don à l'église, elle la légua à tous les siècles comme l'idiome vulgaire de la science, comme un centre commun où toutes les intelligences peuvent se rejoindre et se comprendre. Il lui appartenait de réaliser, dans les limites du possible, la chimère d'une langue univer-

---

(1) Sua ab aliis benefacta laudari quam ipse aliorum narrare malebat. (Sall., *Catil.*, 8.)

(2) ..... Influxit non tenuis quidam e Græcia rivulus in hanc urbem, sed abundantissimus amnis. (*De Rep.*, II, 19.)

(3) II, *Epist.*, I, 156.

selle. Voilà comment les Hellènes ont été dépossédés : Rome
leur a même enlevé le nom qu'ils portaient pour leur imposer
cette dénomination des Grecs, χραικοί, qu'ils ont gardée chez les
modernes, et qui est comme un stigmate de la conquête.

La littérature, et en particulier la poésie latine, est, beaucoup moins qu'on ne l'a dit, une servile imitation. Bien des
parties lui manquent, je l'avoue, qui font à jamais la gloire de
la Grèce. Elle n'a ni philosophie ni drame : c'est un peuple de
légistes et de conquérants; c'est aussi un peuple de poëtes. Il y
a dans la poésie latine un tour particulier, je ne sais quoi de
ferme et de triste, je ne sais quel air de rudesse, tempéré par
les grâces du langage, qui a des séductions inexplicables. Cet
art simple et raffiné, cette sobriété de mots, cette réserve d'i-
mages, cette austérité même qui révèle et agrandit les sentiments qu'elle permet, cette fidèle et patriotique admiration des
premiers temps de Rome, qui devient une sorte d'idéal sublime
placé, non dans l'avenir, mais dans le passé, tout cela, messieurs, a le don de charmer. « En les lisant (dit Mme de Staël
avec l'air d'autorité qu'elle sait donner à sa phrase), vous sentez la force de l'âme à travers la beauté du style; vous voyez
l'homme dans l'écrivain, la nation dans l'homme, et l'univers
au pied de cette nation. » En effet, c'est un spectacle grandiose
que celui du génie romain distrait par les lettres. Il y a là quelque chose, pour emprunter le mot de Dante, de la dignité du
lion qui repose, *à guisa di lion quando si posa :* c'est la louve
terrible de Romulus, qui se baisse pour allaiter les nations.
Mais ce qu'il y a de plus frappant dans la poésie latine, ce qui
la rend immortelle, c'est ce sentiment si juste des réalités de la
vie, exprimé avec un accent profond et en même temps réservé
qui va au cœur :

         ..... Tremulo scalpantur ubi intima versu,

comme dit Perse.

A Rome, le poëte n'est plus à la fois, de même qu'en Grèce,
prêtre et législateur; il est tout simplement un artiste, *mens*

divinior, qui redit sous une forme meilleure les voix que nous entendons en nous, un homme qui a pleuré de nos larmes, qui a goûté nos amertumes. Cela peut diminuer, cela diminue assurément son rôle auprès de l'historien, mais en réalité c'est tout profit pour le lecteur.

De là vient que la poésie latine a incessamment, dans la vie, le privilége d'être citée, et que beaucoup de ses vers sont devenus des maximes, et comme des proverbes sanctionnés par les siècles. De là vient aussi que, dans les plus humbles comme dans les plus hautes sphères, bien des hommes que le monde distrait, que le devoir retient, que les affaires emportent, gardent cependant je ne sais quel culte mystérieux pour Horace, qu'ils relisent dans leurs rares loisirs, je ne sais quelle fidélité pour Virgile, qu'ils ouvrent dans les intervalles de liberté. Ç'a été bien souvent une consolation dans les chagrins. Ce double caractère de l'utilité pour la vie et du charme pour le goût, est précisément ce qui distingue la poésie romaine. Horace l'a dit :

> Et prodesse volunt et delectare poetæ.

La France, messieurs, doit beaucoup à Rome ; plusieurs des maîtres de notre langue se sont formés dans le commerce précieux des muses latines. La France sait être reconnaissante : elle a payé sa dette à Rome en lui donnant deux historiens comme Bossuet et Montesquieu, en faisant célébrer ses héros sur la scène par ce Corneille qui, selon le mot d'un écrivain dont la célébrité touche de près aux lettres latines,

> Semble un Romain grandi sur les débris de Rome.

Aujourd'hui, dans la dispersion de toutes choses, quand personne n'est content de notre situation littéraire, quand on ne cesse de blâmer le caractère individuel et égoïste dont la vanité des poëtes a frappé les compositions contemporaines, alors que la critique la plus indulgente demande aux écrivains de calmer leur hâte besogneuse et maladive, alors qu'il n'y a qu'une voix pour déplorer l'intempérance de notre style et la recherche de notre diction, croyez-vous qu'il n'y ait rien à gagner dans ce contact toujours fécond de l'antiquité, dans cette merveilleuse alliance du sentiment et de la forme que l'art a rendus inséparables? Vous le savez (et l'histoire littéraire est là pour le dire), nos engouements poétiques ont fait peu à peu le tour de nos frontières... Au temps d'Henri III, nous imitions la fausse manière italienne; au temps de Louis XIII, nous étions infatués de l'enflure espagnole; au xviiie siècle, la manie anglaise nous a poursuivis : voilà maintenant que l'Allemagne a son tour, avec ses rêveries et ses brouillards. Le bon sens français, qui finit toujours par se retrouver à travers ces éclipses passagères, a d'abord fait justice des *concetti* et du gongorisme; l'étude renaissante et l'assidue fréquentation de l'antiquité ne l'aidèrent pas peu dans cette tâche. Pour l'engouement anglais, le patriotisme a suffi, on le comprend; pour l'Allemagne, que faut-il faire? Peut-être le commerce des anciens ne nous serait-il pas encore inutile. Rappelez-vous ce que raconte Tacite de ces bandes germaines dont les vents apportaient de loin le bruit à Germanicus, *inconditi agminis murmur*. N'était-ce pas un peu comme la poésie actuelle des descendants d'Arminius?... Mais, quand les Romains revinrent plus tard, ces armées confuses s'étaient disciplinées; elles avaient des drapeaux et des chefs, *insueverant sequi signa, dicta imperatorum accipere....* Ne pourrions-nous point faire ainsi? Ce qui nous manque également, c'est ce qui fait la force, la discipline. Je voudrais que le souvenir de Rome pût nous guider dans cette entreprise. Des voix prophétiques se sont élevées pour dire que la poésie était morte : non, messieurs, car elle repose au fond des âmes; elle repose et vit dans la nature entière; elle sommeille au milieu des pages de l'antiquité; elle trouve enfin un sûr écho dans les plus nobles passions de notre âge. C'est à la France, et la France y est habituée, à prendre l'initiative.

ESQUISSE

DE LA SATIRE

ET

DE LA COMÉDIE A ROME.[1]

Ne quis me arbitretur quorumdam expectationi
consuetudinique Academiæ defuisse, institui paucis
præfari, eosque imitari gladiatores, qui ante justam
dimicationem nonnihil solebant ad speciem atque
pompam proludere.

(PASSERAT, Discours sur *le Charançon* de Plaute,
prononcé au Collége de France.)

Est-ce un paradoxe de dire qu'on sait à peine la moitié de
l'histoire quand on n'a lu que les historiens? Je ne voudrais
pas compromettre la dignité d'un genre essentiellement grave;
mais les écrivains comiques et satiriques ne sont-ils pas, pour
qui se défie des récits de convention, un renseignement com-

---

(1) Discours prononcé au Collége de France le 26 avril, — *Revue des
Deux Mondes*, 1er mai 1844.

plémentaire, le supplément naturel des annalistes? Évidemment les faits n'ont de sens qu'expliqués par les mœurs; or,
peindre les mœurs, c'est là précisément le but de la comédie et
de la satire. On devine avec quelle sobre défiance, avec quelle
extrême réserve des œuvres où la fantaisie et la passion ont tant
de part doivent être mises au service de l'historien. Les pamphlets, bien entendu, ne seront jamais des documents authentiques; mais, si le temps ne sanctionne pas les calomnies, il a
droit de recueillir les médisances. Qui nierait, en effet, qu'une
certaine impression plus vraie, plus complète, plus libre, reste
après de pareilles lectures? Par le déshabillé même, par le contraste de ces études, la solennité souvent fausse des papiers
purement officiels se trouve à propos corrigée. Pour moi, il y a
telle page des *Actes des Apôtres* qui me fait entrer plus avant
dans les sentiments intimes, dans ce que j'appellerai la familiarité de la Révolution française, que les colonnes ostensibles
du *Moniteur*; je deviens de la sorte un contemporain. Autrement qu'arrive-t-il? C'est que souvent le procès-verbal me donne
la substance sèche d'un discours et rend inexact, par le scrupule
même de l'exactitude, ce que le ton, ce qu'un regard, ce qu'un
geste avaient modifié et expliqué; en tout, la lettre tue l'esprit.
Depuis Hérodote, l'histoire est une muse, et cette muse vous
paraîtrait morte si vous ne voyiez jamais éclater sur ses lèvres
immobiles la gaieté que provoque un ridicule, le dédain que fait
naître une prétention, la colère que soulève un vice honteux.
Encore une fois la comédie est, à certains moments, une pièce
justificative de l'histoire. Je ne veux pas dire assurément que
la Rome des derniers siècles républicains ne se retrouve point
en vrai dans Salluste; je prétends seulement qu'elle n'y est pas
tout entière, et qu'il en faut demander aussi l'expressive peinture au vieux théâtre de Plaute, aux trop rares débris de la
satire de Lucile.

Qu'on y prenne garde d'ailleurs, le sentiment critique, l'ironie, ont leur côté profondément sérieux; il y a même çà et là
dans les siècles, des éclats de rire qui sont sinistres et qui sem-

blent retentir quand quelque chose s'en va de ce monde, quand
un règne est accompli, quand passent, pour ainsi dire, les funérailles d'une grande idée. Ce rire, je l'entends, avec ses sons
stridens, dans les *Dialogues* de Lucien : là, c'est le paganisme
qui s'écroule ; je l'entends à travers les bouffonneries du *Gargantua* comme à travers les jovialités de *Candide :* là encore,
c'est une société qui change ; là encore, c'est la défaite du passé.
Chaque fois que, dans les fabliaux du moyen âge, le diable se
saisit d'une âme et l'emporte, un ricanement aussitôt retentit :
la civilisation fait de même, elle s'avance, et, jetant un regard
de mépris aux morts laissés sur la route, elle dit aux vaincus,
comme le Gaulois : *Væ victis !*

Voilà, aux instants solennels, quelle est l'allure sombre de la
moquerie. La colère aussi a son rire ; mais d'ordinaire, il faut
le dire, le rôle de l'ironie n'a ni un caractère aussi triste, ni une
semblable portée. Témoin des ridicules, elle se contente de les
faire ressortir ; témoin des vices, elle les dénonce en les ba-
fouant : son domaine s'étend de la raillerie à l'indignation. A
coup sûr ce n'est pas en France qu'il serait à propos de contes-
ter cette légitime royauté de l'esprit, cette intervention permanente du bon sens dans les mœurs, ce malicieux contrôle de
l'observation sur les choses de la vie. Telle semble, au contraire,
la marque distinctive de notre génie national ; nous ne sommes
pas pour rien les fils des trouvères. Ce tour est même si naturel chez nous, que ceux-là qui se sont le plus approchés de l'i-
déale poésie, et qui ont fait chausser à leur muse le plus sévère
cothurne, ont dû cependant payer aussi un tribut aux exigences
de ce dieu domestique, au lare familier de la plaisanterie. *Le
Menteur* et *les Plaideurs* sont deux chefs-d'œuvre comiques sur
le titre desquels on lit avec étonnement les noms de l'auteur du
Cid et de l'auteur de *Britannicus.* Il a donné la mesure de l'intelligence française celui qui osa faire servir les *Lettres Persanes* de prélude à l'*Esprit des lois* ; c'étaient les jeux d'Hercule
enfant. Au reste, qu'on prenne ce que notre littérature a mis
au jour, depuis trois siècles, de moqueries vraiment spirituelles

et durables, n'aura-t-on point par là l'histoire fidèle, l'histoire complète de la transformation des idées et du changement des mœurs? Le matérialisme sceptique, l'enivrement goguenard de la Renaissance, *Pantagruel* vous en dira le secret; les défaillances des âmes fortes, même dans une époque saine et régulière, *le Misanthrope* vous les fera comprendre : il est pour les cœurs bien faits ce que *Faust* et *Manfred* sont pour les cœurs maladifs. Et qui, je le demande, initie mieux au prétentieux jargon des ruelles, et même aux fadeurs de l'hôtel Rambouillet, que *les Précieuses* de Molière? au mauvais goût de l'époque de Louis XIII, que les traits critiques de Despréaux? Ne reconnaissez-vous pas dans les *Provinciales* l'immortelle peinture de ce faux esprit de religion qui ne change pas, et que, moins d'un siècle auparavant, *la Ménippée du Catholicon* avait flétri sous d'autres déguisements? Quant à *Tartufe*, la figure n'a guère vieilli... c'est presque de l'histoire contemporaine. On le voit, la comédie est un bon guide; rien n'explique mieux tel chapitre dédaigneux de Saint-Simon que les scènes du *Bourgeois Gentilhomme*. Mais le calme du grand règne n'était qu'une halte glorieuse, une sorte de répit du génie révolutionnaire déchaîné par le xvie siècle; l'histoire de ces temps est comme le coursier de Lénore, il faut qu'elle aille vite. Voilà Baron qui montre les antécédents des mœurs de la Régence dans *l'Homme à bonnes fortunes;* voilà Dancourt qui les laisse entrevoir dans *le Chevalier à la mode.* Je reconnais le xviiie siècle. Il s'ouvre par *Turcaret,* il finira par *Figaro;* une noblesse corrompue achèvera ce que le cynisme des traitants avait commencé. La comédie m'explique la Révolution, et ce commentaire en vaut un autre.

Comme elle avive le sentiment critique, la comédie met en goût de railler. Malheureusement, si elle grossit le ridicule chez les autres, elle ne rend guère chacun plus clairvoyant sur soi-même; de là vient qu'il est si difficile de faire rire... quand on ne fait point rire à ses dépens. Pour ne pas recourir à cette dernière ressource, je suis heureux de rencontrer une autorité qui me couvre. Il est bien entendu que c'est Montaigne qui parle ; que les latinistes érudits (je suis trop poli pour dire les pédants), qu'il peint si bien, s'en prennent à l'humeur quinteuse du moraliste : « Cettui-cy, dit-il, tout pituiteux, chassieux et crasseux, que tu vois sortir après minuit d'une étude, penses-tu qu'il cherche parmi les livres comment il se rendra plus homme de bien, plus content et plus sage? Nulles nouvelles. Il y mourra ou il apprendra à la postérité la mesure des vers de Plaute (1). » Voilà un portrait saisi au vif. Laissons aux honnêtes esprits que n'effraient pas les spirituels dédains de Montaigne le soin patient de débrouiller la métrique de l'*Amphitryon*. De toute manière, le point de vue de l'observation morale vaut un peu mieux, surtout si l'historien en tire des remarques sur le temps, et si le critique, en faisant profiter le goût, trouve occasion de mieux éclairer la suite, de mieux montrer l'enchaînement de l'histoire des lettres. En lisant hier encore ces antiques monuments de la scène romaine, combien de fois le regret m'est venu de n'avoir pu assister à cette solennité toute classique, à cette représentation latine des *Captifs* donnée à Berlin, cette année même (2), devant le roi de Prusse ! Il y avait pour intermèdes, au lieu du joueur de flûte de Plaute (3), des odes

(1) *Essais* de Montaigne, l. i, ch. xxxviii.

(2) Le 5 mars 1844.

(3) Dans cette naïveté sans gêne du premier théâtre latin, l'acteur, quittant la scène, prévenait quelquefois le public que le joueur de flûte allait tenir un moment sa place :

Tibicen vos interea hic delectaverit...   (*Pseudol.*, 587.)

C'était alors le véritable entr'acte. Dans la scène finale du *Stichus*, laquelle n'est qu'une orgie d'esclaves mêlée de ballets, les acteurs tendaient un verre plein au joueur de flûte, qui se faisait un peu prier, mais qui l'avalait avant d'enfler de nouveau les joues :

... Quando bibisti, refer ad labia tibias...

... Jam infla buccas.....

Pour payer son écot, le musicien donnait alors un nouvel air, *cantionem veteri pro vino novam*. Dédaignées peut-être par les chevaliers de l'avant-

d'Horace auxquelles le génie de Meyerbeer avait approprié une mélodie d'un caractère archaïque. Rien enfin ne manquait pour produire l'illusion, pas même les costumes exacts et les masques ; sans doute, dans ce poétique fanatisme d'érudition inventive et pour ainsi dire vivante, dans cette passion de l'antiquité qui va jusqu'à relever le proscenium, jusqu'à reprendre le masque d'Æsopus, il ne faut voir qu'une ingénieuse fantaisie, qu'un caprice de savants en belle humeur. Chez nous, la robe courte et les cheveux coupés des courtisanes, les longues bandelettes et la tunique des matrones, la toge ample des hommes libres et le petit manteau retroussé des esclaves, se trouveront toujours dans les notes des érudits plutôt que dans le vestiaire des comédiens. Demandez donc aux livres ce que vous demanderiez en vain à la scène. C'est par la comédie comme par la satire qu'on pénètre véritablement dans les mœurs et dans les habitudes d'esprit des Romains. La comédie ne peut peindre que ce qu'elle voit, la satire ne peut attaquer que ce qu'elle a sous les yeux. De là l'originalité, bien plus réelle qu'on ne le dit, de Plaute et de Juvénal au sein d'une littérature d'imitation.

L'idéal et l'imagination, qui avaient tenu tant de place dans la poésie favorisée des Grecs, manquèrent à la poésie des Latins ; heureusement pour ce genre en quelque façon critique, la sérénité de l'inspiration n'était pas nécessaire. La satire puise ses matériaux dans le temps même ; elle prend ses couleurs autour d'elle. Un poëte anglais, Young, dit quelque part, à propos des satiriques : « Un vin médiocre peut faire un très-bon vinaigre. » Je ne prétends point insinuer par là le moins du monde que l'ironie ait été pour la poésie latine un pis-aller, sur lequel elle a bien fait de se rabattre après avoir échoué ailleurs ;

scène, de pareilles bouffonneries faisaient rire le populaire, les grossiers affranchis de la *cavea*, tous ces *mangeurs de pois chiches*, auxquels la politesse grecque et ses raffinements n'allaient guère. C'est le public dont parle Horace, ce public qui, au beau milieu d'une comédie, demandait à grands cris quelque pugilaire ou quelque ours, *poscunt aut ursum aut pugiles.*

ce serait une impertinence gratuite envers la littérature qui a donné, non pas à l'ancienne Rome seulement, mais à tant de générations qui sont venues depuis, les sobres délicatesses de Catulle, la grâce charmante d'Horace, les accents profonds de Lucrèce, et ce langage de sirène dont Virgile a gardé le secret. La seule remarque sur laquelle je veuille insister, c'est que la veine railleuse fut plus particulièrement propre à ce peuple de laboureurs, de soldats et d'hommes d'affaires ; c'est que d'abord dans l'inculte satire de Lucile, dans le mètre à demi barbare de Névius, dans la verve folle de Plaute, comme plus tard dans les causeries enjouées des satires d'Horace, et même dans la vigueur un peu raide de Juvénal, quelque chose de vraiment personnel, une originalité, une saveur à part se rencontrent. La vieille et fruste tradition de l'ironie romaine, la moquerie crue et bouffonne, se perpétuent et se préservent au milieu des raffinements du goût aussi bien que dans les barbaries de la décadence ; toujours la trace s'en retrouvera depuis les boutades informes des chants fescennins jusqu'au trivial cynisme des mimes. Là encore, particulièrement dans la comédie de Térence, Rome peut bien s'inspirer des importations littéraires de la Grèce ; mais cette fois du moins le larcin est une véritable conquête. Ce n'est point une bouture, c'est une greffe entée sur un tronc indigène, sur une tige vivace et sauvage.

La culture latine, avec sa valeur native, avec sa sève propre, est donc surtout dans la comédie et dans la satire. Satire et comédie, c'est à dessein que je rapproche, sans les confondre, deux genres que les rhéteurs ont pu séparer rigoureusement, qui s'éloignent même souvent l'un de l'autre, mais qui ne cessent jamais d'avoir quelque parenté, car l'intervention de l'élément critique dans l'art est leur condition à toutes deux, car toutes deux elles ont pour objet la peinture de la vie, car enfin l'action se mêle toujours un peu à la satire, au même titre que l'ironie se mêle à toute fable comique. La différence, c'est que la comédie abstrait ces caractères et ces passions qu'attaque la liberté discursive de la satire, les personnifie en des types ima-

ginaires, et les met en jeu dans des événements. Ce voisinage
de la satire et de la comédie fait qu'elles sont d'ordinaire com-
pagnes : Lucile est le contemporain de Térence, Boileau est
celui de Molière.

En Grèce pourtant, il n'en fut pas ainsi : ce n'est point que,
sur quelques témoignages diversement explicables (1), je croie
la satire native de Rome et que je la regarde comme de source
exclusivement latine. A Dieu ne plaise ! Il n'y a que l'inventive
naïveté d'un érudit en loisir pour aller imaginer que la Grèce
avait tout trouvé dans les lettres, excepté ce qu'il était précisément le plus facile de trouver, la satire. Que faut-il, en effet,
pour cela ? d'un côté, un poëte en bonne humeur ou en colère;
de l'autre, quelque ridicule à fustiger, quelque vice à flétrir,
une offense à châtier. Certes, ce sont là des conditions assez
faciles. Supposez seulement que la verve vienne à notre poëte
et qu'il prenne la plume, vous avez aussitôt une satire. Il ne
pouvait manquer d'en être ainsi en Grèce, et c'est ce qui arriva
tout d'abord. N'est-ce point par le *Margitès* qu'Homère avait
tiré vengeance d'un ennemi ? La perte d'un pareil poëme est
bien regrettable, plus regrettable peut-être que s'il s'agissait
d'un monument étendu et important, mais qui du moins aurait
des analogues connus. Je le demande, qui n'eût aimé à voir
Achille furieux sortir ainsi de sa tente ? Ce caractère individuel,
et en quelque sorte vindicatif, fut également celui des iambes
d'Archiloque et d'Hipponax : là aussi, la poésie devint une arme
pour la rancune, une arme terrible. Trois criminels du temps

---

(1) Cette question semblait épuisée depuis longtemps par les minutieux
travaux de Dacier, de Volpi, de Kœnig, de Ruperti, et de dix autres, entre
lesquels le trop savant traité de Casaubon (surtout dans la réimpression de
Rambach) restait une source souvent invoquée; mais l'érudition allemande,
en ces derniers temps, est revenue curieusement sur les obscurs commencements de la satire latine : on peut consulter la petite dissertation de
M. Ch. Ern. Schober, *De Satiræ initiis*, Neisse, 1835, in-4, ainsi que
celle plus approfondie de M. Ch. Fréd. Hermann, **De Satiræ Romanæ
auctore**, Marbourg, 1841, in-4.

de Dante, que ce sublime satirique (on peut lui donner ce nom)
avait rangés, quoique vivants, entre les suppliciés de l'enfer, ne
tardèrent pas, dit-on, à être saisis de peur, à mourir en proie
aux remords. Eh bien! les vers vengeurs d'Archiloque attei-
gnaient le coupable encore plus avant : qui ne sait que Lycambe,
le père de la maîtresse du poëte, se tua de honte après les
avoir lus !

Les *silles* (1) de la littérature alexandrine, parodies de vers e t
de scènes classiques dirigées surtout contre les philosophes,
eurent ce même cachet de personnalité blessante. Combien on
est loin cependant des vives inspirations d'Archiloque ! Cette
fois, ce n'est plus que la satire érudite, et celle-là ne tue personne. Déjà Aristophane, surtout dans *les Grenouilles*, avait eu
recours à cette charge bouffonne de certains passages célèbres,
de certains lambeaux des poëtes en renom; mais, chez le profond railleur, ces capricieuses boutades, dirigées contre Euripide, cachaient une intention critique, une ironie littéraire. Les
arrangeurs de silles, au contraire, en détournant la parodie des
vers de l'auteur même des vers, en traçant péniblement avec
des centons d'Homère le portrait grotesque des rhéteurs d'é-
cole, se privèrent forcément de toute spontanéité moqueuse,
de toute verve caustique. Quelque secondaire que paraisse un
genre aussi puéril, il suffit cependant à témoigner de la présence de l'élément satirique dans la décadence de la poésie
grecque. Du reste, il n'y suffirait pas, qu'on n'aurait qu'à rappeler Ménippe-le-Cynique; quoique rien ne soit venu jusqu'à
nous de ses écrits, c'est à lui cependant que revient la gloire
d'avoir donné son nom à ces ingénieux mélanges de prose et
de vers railleurs, à ces charmantes ménippées que Varron
transporta depuis à Rome, et qui devaient, bien des siècles
après, donner et presque laisser leur titre à l'un des premiers
chefs-d'œuvre de la littérature française.

Mais c'est dans Lucien que la Grèce devait trouver, avec le

(1) Voir Fr. Paul, *De Sillis*, Berlin, 1821, in-8.

dernier de ses grands prosateurs, le premier de ses satiriques.
Chez ce génie net et facile, chez cette imagination tournée à la
malice et au doute, la satire prit un caractère général, une portée, qu'elle n'avait pas eus jusque-là. Lucien ne fait pas seulement grimacer des ridicules, c'est à la société elle-même, aux
institutions, aux idées, aux croyances, que remonte sa plaisanterie cruelle et enjouée. Méfiez-vous de cette épée de baladin,
elle est perfide; elle atteint le parasite qui se repaît au bout de
la table, aussi bien que le stoïcien qui se drape dans son manteau troué, la courtisane couronnée de fleurs qui répand le vin
de Cos sur un lit d'ivoire, aussi bien que ces dieux ivres qui
chancellent sur les escabeaux vieillis de l'Olympe. C'est une
critique universelle, c'est le bon sens induit au scepticisme par
l'ironie; le précurseur de Voltaire est trouvé. Prenons garde
toutefois : Lucien, par l'esprit, sinon par la langue, appartient
aux Latins plutôt encore qu'à la Grèce. A la façon, en effet,
dont il parle des clients faméliques et de la vénalité des grammairiens, je reconnais le médecin qui s'est arrêté à causer dans
les parfumeries et chez les barbiers du Vélabre; je reconnais le
rhéteur qui, sa leçon finie, est allé le long du lac Curtius s'amuser de toutes les médisances bavardes des vieux promeneurs,
ou bien sous la Basilique écouter les élégants de ce temps-là
discuter, tout comme les nôtres, sur leurs chevaux et leurs
chiens de chasse (1). Lucien, ce n'est plus un Hellène, c'est un
Γραικός de la décadence, un Romain par la conquête; la Grèce
ne peut revendiquer qu'à moitié ce maître incomparable de la
satire ancienne sur lequel l'empreinte latine est visible. C'est
ainsi que la satire, sans être absente des lettres grecques et
tout en y reparaissant par intervalles, selon le hasard des temps,
ne reçut jamais là un développement assez continu pour constituer un genre distinct et déclaré, un genre qui eût une his-

(1) Il en était déjà ainsi du temps de Térence; voir *l'Andrienne*, v. 57.
— On sait le *gaudet equis canibusque* d'Horace. Évidemment le jockey-
club est une invention aussi vieille que beaucoup d'autres.

toire suivie et à part. Voilà comment s'explique le mot souvent
cité de Quintilien : *Satira tota nostra est*, qui est une petite
vanité de critique national; et celui d'Horace : *Græcis intacti
carminis auctor* (1), qui me semble une de ces exagérations que
se permettent les poëtes sous prétexte de donner du relief à
leurs idées.

La poésie satirique et la poésie comique semblent se confondre à leur origine : en Grèce cependant, la source commune, au lieu de se diviser bientôt en deux ruisseaux qui se
rejoignent ensuite çà et là et mêlent leurs eaux, ne laissa d'une
part échapper qu'un filet maigre et avare, et put de l'autre former tout d'abord un fleuve rapide et abondant. De là vient que
Rome eut bien plus à créer du côté de la satire, où les antécédents étaient rares, que du côté de la comédie, où les exemples
abondaient. Toutefois ce ne fut pas Aristophane, on le devine,
qui put être un modèle pour les poëtes du théâtre latin. Quoi
de plus contraire, en effet, à l'esprit rigide, au tempérament
positif des Romains, que l'*humour* (le mot ici n'est pas un anachronisme) de ce génie gracieux et puissant, fantasque et profond. Sans la vivacité athénienne, sans la rapidité d'intelligence
de ce peuple merveilleux et né pour les lettres, comment eût-on
senti tant d'allusions savantes et spirituelles? comment eût-on
goûté ce qu'il y avait de sérieux dans cette coordonnance de
la folie, dans cette continuelle opposition d'un cynisme effréné
et d'une poésie souvent sublime qui s'élève jusqu'aux sphères
les plus sereines de l'idéal? Ces métaphores prises à la lettre de
nuages parlans et de villes d'oiseaux, la grotesque idée d'une
république de femmes, Euripide composant ses pièces dans un
panier suspendu, l'aiguillon des vieux juges déguisés en guêpes,
les koaks retentissants des grenouilles, quelques pointes jo-
viales de la parabase, eussent pu dérider un instant sinon les
toges blanches des quatorze gradins privilégiés, du moins ce
parterre romain plein d'esclaves et de prolétaires, tous les

(1) 1 *Serm.*, x, 66.

stantes vêtus d'habits bruns et qui se plaignaient de ne pas entendre (1). Les Romains allaient au théâtre pour se reposer;
tout effort d'imagination leur eût coûté. Aussi sait-on de quelles
précautions surabondantes s'entoure Plaute pour être compris,
et combien il insiste sur l'exposition afin que personne ne se
trompe. Rien donc n'eût pu faire réussir à Rome les féeries
étranges d'Aristophane, pas même les claqueurs gagés, *dele-
gati ut plauderent* (2), que nous prenons pour une belle découverte de notre époque, et dont il faut restituer l'honneur aux
anciens. Ces journaux romains, qu'une ingénieuse érudition a
récemment retrouvés, n'avaient sans doute pas de feuilletons;
sans cela, certains auteurs s'y fussent loués eux-mêmes. Les
gazettes existaient à peine depuis quelques mois, quand La
Rochefoucauld, qui affectait pourtant d'éviter les airs d'auteur,
trouvait moyen d'y corriger de sa main l'éloge des *Maximes*.
Il y a une certaine corruption qui s'introduit tout de suite dans
les lettres : c'est celle qui vient de la vanité.

Une autre cause encore aurait suffi à bannir du Latium la
libre muse d'Aristophane : les graves Romains qui applaudis-
saient volontiers à la satire de leurs vices personnels, pourvu
qu'elle fût faite sous des noms grecs, auraient craint de compromettre leur dignité de citoyens en tolérant au théâtre la satire des vices publics. Remarquez bien que si Plaute jette un
trait malin sur la banalité des triomphes (3), que s'il ose stig-
matiser les honneurs rendus à la trahison (4) et les dignités
prodiguées à l'infamie (5), ce n'est qu'en passant : il n'insiste

(1) Plaut., *Capt.*, prol., 11
(2) Id., *Amphitr.*., prol., 83. — Suétone raconte que Néron n'avait pas
moins de cinq mille *vigoureux* claqueurs, lesquels étudiaient à fond les
différentes manières d'applaudir, *plausuum genera* (*Ner.*, 20). V. Weber,
de Poetarum romanorum recitationibus; Vimariæ, 1828, in-4, p. 30.

(3)   ... Pervolgatum 'st...   (*Bacchid.*, 1025.)

(4)   ... Erit illi illa res honori...   (*Epidic.*, 28.)

(5)   Scuta jacere, fugereque hosteis, more habent licentiam;
           Petere honorem pro flagitio more fit...   (*Trin m.*, 1003.)

pas, il glisse le trait dans une parenthèse du dialogue, et son audace est aussitôt couverte par quelque plaisante saillie. Un poëte moderne a dit :

> D'une bouche qui rit on voit toutes les dents.

C'est, je le soupçonne, ce qui faisait peur à Plaute; aussi, en homme prudent, quand le poëte leur parlait des affaires publiques, c'est à peine s'il laissait à ses auditeurs le temps de sourire. Ici, prendre le rôle difficile de champion populaire et narquois de l'aristocratie; là, montrer par des fables la nécessité de la paix; ailleurs, attaquer dans une allégorie burlesque la répartition des fortunes; partout, se faire écouter du peuple en le bravant et maîtriser les passions politiques par les jeux de la fantaisie; en un mot, cacher les plus dures vérités sous des extravagances transparentes, c'est ce qui ne pouvait réussir qu'à Athènes. Jamais les édiles n'eussent fait marché avec un chef de troupe comique disposé à mettre en scène de pareilles pièces.

Au surplus, les progrès de l'art et les susceptibilités de la politique n'avaient pu laisser la muse grecque elle-même dans la voie où elle s'était engagée sur les pas d'Aristophane. Forcément la comédie devait sortir des allusions parce qu'elles sont transitoires, et du caprice parce qu'il est exceptionnel. Pour constituer une école, il faut autre chose; il faut atteindre l'homme même, et s'en prendre à ce qui est l'éternelle inspiration du théâtre : je veux dire les passions du cœur et les ridicules des caractères. C'est ce que réalisa cette série d'écrivains comiques si brillante, si féconde, et dont un nom qui porte après lui le regret, le nom de Ménandre, est resté pour nous le symbole. Tel fut l'immense répertoire, aujourd'hui perdu, que les poëtes de la vieille Italie eurent sous la main, et où ils purent choisir des canevas d'intrigues et des cadres plaisants. Les barbares de Rome (1) traduisirent plus d'une fois les beaux

_____

(1) Dans le vieux théâtre latin, faire la débauche, c'est vivre à la grecque,

esprits d'Athènes et ne s'en cachèrent pas : *Plautus vortit barbare.* Et puis, dans l'entraînement général vers l'imitation de la
Grèce, ce devint aussi une mode de se donner des airs grecs
au théâtre. Bien avant la politesse raffinée de Térence, qui souvent affectait de ne pas même traduire le titre de ses pièces,
Plaute avouait que le bon ton était de revêtir les acteurs du
pallium plutôt que de la toge :

> Quo illud vobis græcum videatur magis (1);

aussi, a-t-il beau les déguiser, je les reconnais. Des jeunes fous
et des vieux libertins, des pères dupés et des courtisanes insa-
tiables, assurément il y en a partout, et ceux du Latium pouvaient très-bien n'être guère différents de ceux de l'Attique.
Qu'on voie donc, pour peu qu'on y tienne, un emprunt fait à
la Grèce dans cette suite de types favoris qui avaient le privilége de toujours provoquer l'hilarité romaine; que l'infame
prostitueur, avec ses habits chamarrés et son gros ventre, soit
bafoué par les amoureux qui l'escroquent; que la broche du
moindre cuisinier suffise à faire fuir ce soldat fanfaron qui se
vantait tout à l'heure de tuer des éléphants d'un revers de main;
que le vorace parasite quitte la cuisine pour relire de l'œil qui
lui reste ses vieux cahiers de bons mots (2), et se faire ensuite
payer ses lazzis par quelque franche-lippée; qu'un esclave, bel
esprit effronté, invente, pour filouter son maître, toute une
stratégie savante, toutes les combinaisons d'un fripon retors et
madré; enfin, que ce cortége d'êtres ignobles ou burlesques
passe tour à tour devant nous, j'accorderai qu'ils viennent d'A-
thènes, eux et leur race, quoiqu'il fût facile de revendiquer en
leur faveur le droit de cité et de leur accorder au moins la na-
turalisation.

---

pergræcari; suivre l'austérité romaine, au contraire, c'est vivre à la barbare, *ritu barbaro vivere.* — Cf. Patin, *Tragiques grecs,* t. III, p. 336,
note 6.

1) Plaut., *Menechm.,* prol., 7.

2) Id., *Pers.,* 389.

Cependant je me trompe fort, ou voici, tout à côté, d'autres personnages qui n'ont jamais quitté l'enceinte des sept collines. Ce banquier voleur qui paie ses créanciers à coups de poing (1), il sort évidemment de la rue des Vieilles-Échoppes, il va trafiquer d'usure au Forum; cette épouse fidèle, mais revêche, honnête, mais bavarde, n'est-ce pas la matrone des anciens temps? Quel est cet insolent qui se pavane? Un affranchi d'hier, un plébéien parvenu, un client (2) qui le prend sur le haut ton, parce qu'il vend son témoignage, parce que l'habitude du parjure lui permet de ne pas déshonorer par le négoce sa prétendue dignité de citoyen. Nous sommes à l'audience du préteur; quittons-la pour glisser un œil furtif dans la rue des Toscans. Entrevoyez-vous, par l'impluvium, cette jeune courtisane dont une esclave lisse les cheveux huilés? Elle lit, je crois, des tablettes de cire que vient de lui remettre un fils de famille : c'est un traité par lequel on l'achète pour un an, traité qui pourra bien donner lieu à des procès (3), et dont le magistrat, soyez-en sûr, examinera sérieusement les clauses. Ici le Romain se montre à découvert; son esprit formaliste fait de l'amour un contrat, et il donne au vice un caractère légal et juridique. Alcibiade eût-il songé à présenter un pareil bail à la signature des Ninon de son temps? Décidément nous sommes à Rome; il suffit d'ouvrir le théâtre de Plaute pour n'en plus douter. A chaque pas, des anachronismes intelligents, de spirituelles inadvertances, y trahissent l'intention vraie de l'auteur. Ici, par exemple, on vous dit que le roi Créon règne céans, mais voilà

(1) Plaut., *Curcul.*, 385.

(2) Id. *Pœnul.*, 659.

(3) Plaut., *Asinar.*, 750. — Ovide blâmait ces assignations en restitution lancées par les libertins de mauvaise humeur contre leurs maîtresses; les dénouements pacifiques lui semblaient préférables: « Il est plus convenable et plus décent, dit-il, de se séparer à l'amiable que de passer ainsi de l'alcôve au tribunal, *petere a thalamis litigiosa fora.* » (*De Remed. amoris*, 670.) Les *cours d'amour* eussent été plus utiles à Rome qu'elles ne le furent chez nous au moyen âge; mais on y eût débattu des procès un peu moins platoniques.

quelques vers après qu'il est question des triumvirs; là, vous
voyez les murs d'Athènes; prenez patience, on ne tardera pas à
vous envoyer chez les édiles. Dans une autre pièce, vous croyez
être à Épidaure, et quelques scènes plus loin il sera question
du Capitole. Ailleurs enfin, vous vous imaginez entendre un la‐
boureur des côtes de Libye, et bientôt on vous parlera d'en‐
voyer du blé au marché de Capoue (1). Certes, ce n'est pas moi
qui me plaindrai de ces inconséquences; elles montrent au con‐
traire comment le génie naïf du grand poëte revenait de lui‐
même au naturel, après avoir jeté en passant son offrande aux
pieds de cette déesse vieille comme le monde et qui ne supporte
pas les dédains, la mode,

On ne conteste guère l'originalité de la satire des Romains;
à mon sens, on ne saurait non plus nier avec avantage l'origi‐
nalité de leur comédie, surtout dans l'auteur des *Ménechmes*.
Chez ce dernier, l'étiquette souvent peut être grecque : toute‐
fois ne vous fiez pas trop à la modestie affectée des prolo‐
gues. Plaute, je le soupçonne, s'y donne souvent comme un
simple traducteur, alors même qu'il invente presque tout. Par
là, la manie des grécisants se trouvait caressée; *argumentum
græcissat* (2). En effet, à quoi Plaute vise-t-il avant tout? A des
applaudissements. Rien ne lui coûtera, pourvu qu'il les obtienne.
Qu'il faille pour cela accabler d'injures ses propres compatrio‐
tes, les Ombriens, et les traiter, par exemple, de pituiteux et
de roupieux (3), le poëte n'hésitera pas; il est prêt à tous les
sacrifices. Et même, comme le théâtre à Rome était commun
pour les sénateurs et pour les esclaves, les concessions les plus
contradictoires se succèdent de sa part; les élégances d'une ci‐
vilisation empruntée sont mêlées par lui à la crudité indigène.
Le voilà tour à tour qui cite quelque beau nom de poëte grec (4),

(1) Plaut., *Rud.*; 539.
(2) Plaut., *Menechm.*, prol., **11**.
(3)   ... Screator... muccidus...   (*Mil. glorios.*, **644.**)
(4) Térence, en écrivant pour les patriciens lettrés, affectait quelquefois

pour flatter l'atticisme aristocratique de la galerie, ou qui risque les obscénités des dernières scènes de *Casina* (1), pour
exciter le rire sans vergogne des derniers gradins. Quoi qu'on
en ait pu dire (2), la comédie latine semble donc avoir un caractère propre, une valeur d'invention créatrice, une couleur
véritablement nationale. Qu'importent les libres emprunts de
Plaute? Molière, en traduisant l'*Amphitryon* et *l'Avare,* ne les
a-t-il pas marqués au sceau de son génie, et quelqu'un soutien-
drait-il que *les Plaideurs* ne valent rien parce que l'idée en a
été prise dans *les Guêpes?* C'est La Fontaine qui a dit, avec sa
grâce ordinaire :

>   Mon imitation n'est pas un esclavage;

ce vers pourrait servir d'épigraphe à ce qu'a écrit l'auteur des
Ménechmes. Dans tout ce vieux théâtre, la saveur romaine est
sensible.

Si la satire a conservé chez les Latins sa franchise native, si
une sève vivace se sèche dans leur comédie sous l'écorce de
l'imitation, quoi d'étonnant? La satire et la comédie, n'est-ce
pas ce qu'on peut appeler la poésie critique, et cette poésie ne
revenait-elle pas de droit à un peuple dont les passions et les

---

de ne pas même dire le nom de l'auteur original, sous prétexte que chacun
le savait :

>   . . . . . Ni partem maxumam
>   Existimarem scire vestrum...   (*Heautontim.*, prol., 8.)

Plaute n'avait pas toutes ces finesses recherchées; comme Névius, c'était,
avant tout, un homme du peuple.

(1) Il avait lui-même conscience de l'impudicité de ses vers : *spurcidici
insunt versus immemorabileis.* (*Capt.,* prol., 56.)

(2) Je sais le mot d'un très judicieux critique : *In comœdia maxime
claudicamus.* (Quintil., X, 1.) Mais quelquefois il y a de la sorte chez les
plus rares esprits, surtout quand il s'agit du genre comique, des bizarreries
particulières, des lacunes de goût bien étrange. N'est-ce pas l'auteur du
Télémaque qui trouvait du jargon dans les vers de Molière? N'est-ce pas
Guill. de Schlegel qui écrivait sur l'auteur du *Misanthrope* le fabuleux
jugement qu'on connaît?

idées étaient essentiellement positives, à une nation qui ne
tarda guère à omettre, pour les voluptés sanglantes de l'arène,
les pures émotions de l'art tragique? Je sais bien que la comédie elle-même finit par être victime d'une brutalité d'instincts
si effrénée ; mais, à l'origine, cet éloignement de l'idéal, cet
amour exalté du vrai matériel, ce goût des réalités en toute
chose, durent favoriser et exciter la faculté critique d'où procèdent la comédie et la satire. Aussi m'est-il impossible de jeter
les yeux sur les incultes origines de cette littérature, plus tard
si grande, sans remarquer que ce sont surtout là des fruits
spontanés de l'esprit romain abandonné à lui-même. Quand les
modèles grecs posent devant les écrivains latins, c'est autre
chose; trop souvent alors les graces un peu artificielles du pastiche se substituent à l'allure originelle, à la verdeur première.
Heureusement ce naturel penchant à l'ironie éclate, dans l'ancienne Rome, bien avant les importations de la Grèce, et se
maintient, après elles, avec des fortunes qui, pour être inéga-
les, dans des conditions qui, pour être diverses, n'en attestent
pas moins une continuité persistante. Une simple esquisse
nous en convaincra; il suffira même de marquer très-rapidement et d'un trait quelques-unes des principales lignes.

Dans *le Brutal* de Plaute, quand on fait croire au matamore
qu'un fils vient de lui naître, le bravache s'écrie aussitôt :
« A-t-il demandé une épée? provoque-t-il déjà les légions au
combat pour ravir leurs dépouilles? » Une vérité se cache, comme
d'ordinaire, sous cette fanfaronnade de capitan ; car virtuelle-
ment le génie comique n'invente pas ce qu'il peint, il ne fait
que donner au ridicule plus de saillie en grossissant la réalité.
Ce qu'il y a ici de vrai, c'est que souvent, dès le début, l'instinct
perce, le naturel se trahit. Le fils d'Alcmène étouffait des
serpents au berceau, et ce n'est pas pour rien non plus que la
tradition montrait le premier enfant romain suspendu aux ma-
melles d'une louve. Dans les choses de l'intelligence comme
dans les choses de la politique, la dureté agressive du caractère
se révèle aussitôt chez ces conquérants. Eux aussi, ce qu'ils de-

mandent, ce qu'ils saisissent tout de suite, c'est une épée. Eh
bien! je dis que, si cette nature d'esprits commence par tirer
le glaive, c'est que la poésie satirique (on entend bien que je
donne à ce mot une assez large acception pour qu'il comprenne
aussi la poésie comique) se trouve être un de ses domaines originaux, une de ses veines propres.

Voyez plutôt. En ces cinq cents années de barbarie absolue,
durant lesquelles Rome, exclusivement occupée d'usure, de
chicane et de labourage, se préparait à conquérir le monde,
quels furent d'abord les symptômes les plus frappants de culture
poétique? sur quel point, en un mot, vit-on se manifester le
premier frémissement littéraire chez ces esprits engourdis et
rebelles? Ce qu'on rencontre là, presque sur le seuil, ce sont
les airs informes des vendanges et des moissons, ce sont les
chants dévergondés qu'on improvisait durant ces accès étranges
de licence périodique, durant cette espèce de fièvre *amébée*
dont l'histoire littéraire montre que presque toutes les nations
méridionales ont été saisies chacune à son tour. Qu'au fond il
n'y eût point grande valeur dans la grossièreté des poésies fes-
cennines et dans le rhythme barbare du vers saturnin; que la
hardiesse cynique des couplets improvisés aux noces, que les
brutales épigrammes librement débitées par les soldats sur le
chemin des triomphateurs, fussent des œuvres sans lendemain
produites au hasard par la verve populaire, qui le niera? Mais,
en revanche, qui niera aussi que ces dispositions ironiques se
perpétuant jusque sous l'Empire, que ce privilége toujours
maintenu de la moquerie devant la Victoire, c'est-à-dire devant la divinité aveuglément adorée par Rome, ne soient un
trait de mœurs caractéristique et ne marquent une nuance vive
du goût national? Sans doute, l'ombrageuse jalousie des patriciens s'offensera de l'essor laissé à la satire, d'autant plus que
la satire elle-même ne tardera pas à abuser de l'indépendance
acquise pour s'attaquer avec violence aux personnes. De là une
réaction qui fit écrire dans la loi des douze tables que tout auteur d'écrits diffamatoires serait à l'avenir puni de mort, *ca-*

pital esto (1). Quand les lois sont si sévères, il advient que, comme elles atteindraient trop de gens, elles finissent par ne plus atteindre personne. C'est précisément ce qui arriva : à la peine de mort on substitua les coups de bâton. Mais l'esprit critique n'est pas tout à fait si endurant que le bonhomme Géronte dans le sac de Scapin; c'est lui bientôt qui se saisit du bâton. Aussi n'attendez pas que, sur ce point, l'esprit romain renie ses antécédents. Bien au contraire! tant que l'extrême décadence ne sera pas venue pour lui avec les dernières hontes de l'Empire, il persistera dans cette voie indépendante où sa gloire la plus originale finira par se rencontrer sans qu'il la cherche, et où Juvénal aura son tour après Plaute.

Tout le monde sait combien Rome répugna longtemps à la culture grecque, quelles vives préventions contre les raffinements de cette civilisation trop exquise se maintinrent chez les derniers représentants de l'antique rudesse latine. On chassait les philosophes; un patricien se fût cru déshonoré par ce vil métier des lettres! Sans doute, les Romains, qui n'avaient point eu la prudence des compagnons d'Ulysse, et qui n'avaient pas comme eux empli leurs oreilles de cire molle, ne tardèrent pas à tomber sous l'empire de ces voix de sirènes, et le vieux parti de Caton lui-même, qui ne s'était pas fait lier au mât à la manière du héros de *l'Odyssée*, finit par céder aussi à la séduction. Il n'en est pas moins constaté par là qu'originairement, et en ne suivant que son instinct propre, Rome de ce côté fut rétive. C'est tout ce qu'il faut. Un contraste, d'ailleurs, me frappe : d'une part, l'aristocratie abandonne aux esclaves tous les sublimes chefs-d'œuvre qui arrivent d'Athènes; de l'autre, au contraire, la jeune noblesse se réserve le privilége des farces venues de Campanie et les interdit sévèrement aux histrions. Cette prédominance (bien que momentanée) de la verve joviale sur la passion de la haute poésie explique mieux que tous les

(1) Voir Bouchaud, *Commentaire sur la loi des Douze Tables*, 178.,, in-4, t. II, p. 27.

commentaires la remarque sur laquelle j'insiste. Encore une fois Rome ici suit son penchant. Que le caractère des atellanes s'altère et que les acteurs changent; que les exodes satiriques s'y intercalent plus tard, ou qu'on fasse de ces pièces rajeunies une libre improvisation dans des cadres convenus comme au vieux temps, une composition plus régulière et versifiée comme sous Sylla, un intermède burlesque comme sous l'Empire; que les noms enfin se modifient ou se mêlent, pour faire plus tard le tracas des lecteurs et la joie des érudits, peu importe! Ce qu'il y a de sûr, c'est que cette véritable *commedia dell' arte* maintiendra ses moqueuses habitudes, ses malices pétulantes à travers les révolutions romaines; c'est que, bien des siècles après, l'Italie moderne les retrouvera spontanément comme un don du caractère national. L'hérédité est directe : le gourmand Maccus, avec sa double bosse, qui se bat pour avoir deux parts au souper, c'est l'égoïste Polichinelle; Panniculus, c'est Arlequin. Leur empire n'a pas été troublé, tous deux règnent encore en maîtres. Sceptre innocent que celui-là, sceptre qui ne pèse sur personne et que personne ne cherche à briser! Il n'y a pas de famille princière au monde qui puisse produire d'aussi beaux titres qu'Arlequin et que Polichinelle, surtout depuis que Béranger a fait l'oraison funèbre du roi d'Yvetot.

Un académicien, qui doit surtout sa fortune littéraire à de spirituelles leçons sur la poésie des Latins, a remarqué avec justesse que l'idiome, chez les poëtes comiques de Rome, avait pris de beaucoup les devants. Si, en effet, on compare le style de Térence aux vers postérieurs de Pacuvius, on sera vivement frappé du contraste; l'air archaïque, les tours rudes de l'un ne sailliront que mieux à côté de l'élégante urbanité de l'autre. C'est précisément de la même manière que la langue s'est comportée en France. L'éloquente Harangue de d'Aubray, dans notre *Satire Ménippée du Catholicon*, est de trente ans en avant sur Du Vair et sur Du Perron; ainsi encore, un demi-siècle plus tard, la prose atteint tout à coup sa perfection dans les *Provinciales*. Certes, de pareils faits sont significatifs, une semblable coïncidence n'est pas fille du hasard. Rome et la France étaient nées pour la comédie, pour la satire; c'est pour cela que toutes deux apparaissent si bien, celle-là sous les touches adoucies d'Horace, qu'il faut corriger par les traits vigoureux de Plaute, celle-ci sous le pinceau complet et achevé de Molière.

Il serait facile d'accumuler les preuves, de montrer que l'habitude de l'ironie était familière aux Romains, qu'elle s'était partout glissée dans leurs mœurs. Ce qui s'est passé chez nous au moyen âge rappelle ce qui se passait chez eux; la bouffonnerie également s'y mêlait aux choses les plus graves, le rire burlesque aux plus funèbres tristesses. Nos églises avaient leur fête de l'âne, nos rois avaient leur fou, et la mort elle-même, déguisée en danseuse, avait sa ronde macabre. De même à Rome, dans certaines cérémonies religieuses, des plaisants habillés en Silènes contrefaisaient les prêtres qui marchaient devant eux; de même, aux pompes mortuaires, figuraient des bouffons qui singeaient la contenance et la physionomie du défunt (1). C'est le même penchant qui reparaît sur tous les points, qui se trahit sous toutes les formes.

Quand, par la chronologie, on arrive enfin à l'auteur de l'*Amphitryon*, chaque nom, chaque œuvre semble une démonstration de la thèse que je viens de soutenir. Le théâtre de Plaute, c'est Rome elle-même, c'est, Cicéron l'assure, la *fidèle image de la vie* d'alors (2). En France, on a été longtemps injuste envers Plaute (3); bien des gens, pour emprunter un joli mot de la préface des *Plaideurs*, avaient « peur de n'avoir pas ri dans les règles. » Seule de son époque, l'ingénieuse Mme Dacier osa écrire la vérité sur le grand poëte qu'elle s'essayait ti-

(1) Voir les textes cités par l'abbé Nadal (*Mém. de l'Acad. des Inscript.*, t. III, p. 91 hist.).

(2) *Imaginem nostræ vitæ quotidianæ*, dit Cicéron dans son plaidoyer pour Sextus Roscius. Si le mot est vrai de Cécilius, à plus forte raison l'est-il de Plaute.

(3) Et même en Allemagne; voir l'opinion de Wieland, cité par Schœll, t. I, p. 132.

midement à traduire, et chez qui, dit-elle, se rencontrent
« beaucoup de belles qualités qui peuvent non-seulement l'é-
galer à Térence, mais peut-être même le mettre au-dessus de
lui. » Au XVIIᵉ siècle, les ornements enjoués de son style acqui-
rent tous les suffrages à l'auteur de *l'Andrienne;* on le comprend, ces images adoucies du vice, cette mélancolie facile,
cette corruption recouverte d'élégance, devaient plaire à la société polie de Louis XIV, beaucoup plus que les tableaux
énergiques de *l'Asinaire* et du *Brutal,* beaucoup plus que cette
alliance audacieuse de la philosophie et de la licence qui osait
faire du cynisme une leçon vivante de morale. Grâce à une spirituelle et récente traduction, grâce aux efforts d'une critique
ingénieuse, Plaute aujourd'hui est à sa place, et la crainte de
n'avoir pas ri dans les règles n'effraie, à l'heure qu'il est, aucun de ceux qui le lisent, je veux dire aucun de ceux qui l'ad-
mirent. Gardons pourtant nos sympathies aux vers si doux de
Térence, à ces peintures délicates des sentiments, à cette finesse de la diction; mais souvenons-nous du jugement piquant
de César qui, après l'avoir lu, l'appelait dans des vers spirituels
un demi-Ménandre, *dimidiate Menander.* Quoique l'auteur de
l'Eunuque poussât jusqu'à l'idolâtrie le goût de la Grèce, il n'en
est pas moins, par cela même peut-être, un fidèle témoin du
monde policé d'alors, un témoin qu'il faut entendre. Cette société agréable et bienséante des Lélius et des Scipions, cette
passion un peu coquette des lettres, ces grâces du langage, dans
leur fadeur même, montrent que le grand règne d'Auguste
eut, comme le grand règne de Louis XIV, sa littérature de
Louis XIII, et fut également précédé d'une sorte de raffinement anticipé, d'une sorte d'élégance séduisante, mais légèrement maniérée et factice. Le théâtre de Térence me semble
présenter cette nuance dans sa fleur, et telle à peu près que
l'aurait retracée Mᵐᵉ de Sévigné, non pas la mère de Mᵐᵉ de
Grignan à coup sûr, mais la jeune fille amie de Mᵐᵉ de Rambouillet, mais la jeune femme assidue aux causeries du *salon
bleu.*

I.   11

Ainsi jetée dans l'imitation d'Athènes, la comédie latine devait bientôt n'être plus qu'un pastiche. De là vint que ces scènes, qui enthousiasmaient les patriciens, ennuyèrent le peuple. A deux reprises, on essaya de jouer l'*Hécyre* de Térence; la première fois le public déserta au beau milieu pour un acrobate, et la seconde pour une paire de gladiateurs. En vain Afranius et Atta essayèrent-ils de remettre en honneur la comédie purement romaine, la comédie en toge, la *fabula togata :* peines perdues! Le peuple avait goûté à d'autres joies; il lui fallait les boucheries des bestiaires, les merveilles des naumachies, les poses lubriques des pantomimes. Dès lors la comédie est perdue; il ne vous reste plus qu'à suivre sur la scène ce vieux chevalier qu'un caprice de tyran déshonore, ce Laberius qu'on force à revêtir des habits d'histrion, et qui, dans le rôle qu'i débite, se venge en s'écriant que la liberté est perdue, *libertatem perdimus;* il ne vous reste plus qu'à demander aux dernières atellanes leurs dernières et courageuses allusions, comment elles flagellaient les mœurs immondes de Tibère et le parricide de Néron. C'est ainsi qu'à Rome l'esprit critique ne mourut point. Au reste, quand la comédie eut entièrement disparu, la satire la remplaça. Déjà, après quelques essais obscurs, Lucile l'avait inaugurée avec éclat : l'*âpre saumure* de son style, pour parler avec le poëte, ne passa pas à Horace, son successeur. Mais, en revanche, quelle grâce enchanteresse, quelle spirituelle causerie! Ici, nous touchons à des noms connus, à des noms qui se désignent eux-mêmes et marquent leur place dès qu'on les prononce. C'est la sombre mélancolie de Perse, ce contemplateur bel esprit, *ce Lycophron des Latins,* comme on l'a appelé (1) avec une sévérité spirituelle; c'est Martial qui enjolive des pointes en petits vers sur les petits ridicules et sur les monstrueuses infamies de la société romaine; c'est Juvénal enfin qui déclame, mais qui, dans ses vers puissants et sonores,

---

(1) M. Boissonade, article sur le *Juvénal* de Dusaulx (*Journal des Débats,* 4 février 1803).

offre un dernier asile à la vertu au milieu de la servilité de l'Empire. Il faut marcher vite en ces âges de la décadence où l'on se trouve entraîné à travers le néant de l'intelligence, ainsi que Mazeppa dans le vide du désert. L'esprit est comme desséché, les lettres se taisent. A certains moments, toutefois, l'ironie reparaît. Voici, sous Dioclétien, qu'on donne des mimes irré-vérents qui s'intitulent, l'un *le Testament de défunt Jupiter*, l'autre *Diane flagellée*, un troisième *les Hercules faméliques* (1). Ne vous y trompez pas, le jour où de pareilles pièces purent être jouées à Rome, le paganisme abdiqua, et le génie critique dut passer décidément à d'autres mains. L'empereur Julien eut beau tenter de ressaisir le sceptre badin de Lucien dans sa curieuse et singulière satire des *Césars*, il n'était plus temps; Tertullien avait le droit de dire aux païens : « Sont-ce vos dieux, sont-ce vos histrions qui vous font rire (2)? » Dès lors la critique de la société n'appartenait plus aux poëtes, qui ne savaient même plus châtier les ridicules, mais à la chaire évangélique, qui osait flétrir les vices.

Il y a deux siècles et demi qu'en cette même chaire du Collége de France, Passerat (c'est bien le cas, puisqu'il est question de la satire, de rappeler l'un des plus spirituels auteurs de notre *Ménippée* nationale) étudiait le théâtre de Plaute. On était alors en pleine Ligue... mais ce n'est point ce rapprochement-là que je veux faire. A ceux qui pensaient que de si frivoles études convenaient peu aux malheurs des temps, Passerat faisait remarquer que Névius avait écrit ses comédies en prison, et que Plaute en avait composé plus d'une en tournant tristement la meule, pendant qu'il était esclave. J'ajouterai qu'ici la légèreté du sujet n'est bien souvent qu'apparente. Pour qui sait comprendre, y a-t-il en effet une tristesse mieux sentie que celle

---

(1) *Testamentum Jovis mortui ; — Flagellata Diana: — Tres Hercules Famelici*, Anubis Mœchos, Masculus Luna. (Tertullieu, *Apologie*.)

(2) Utrum mimos an deos vestros in jocis et strophis rideatis (Tertullien, *Apologie*).

du *Misanthrope?* L'âme de Molière est là. Toujours l'étude du cœur humain a son côté grave; et d'ailleurs, si nous étions tenté de tenir trop peu de compte du rôle puissant de l'ironie dans les lettres, l'histoire serait là pour nous démentir. La raillerie a plus fait pour certaines causes, pour certains partis, que les luttes des champs de bataille et que les combinaisons de la politique. Un bel esprit de la Renaissance, Érasme, a écrit quelque part que les révolutions étaient des tragédies qui finissaient comme des comédies : ne sont-ce pas plus souvent des drames qui commencent par une parade? Ulric de Hutten avant Luther, *Figaro* avant la Constituante! Joseph de Maistre l'a dit avec l'énergique franchise de son langage, c'est l'aiguille qui perce et fait passer le fil; ajoutons que ces piqûres, en déchirant le voile qui couvre l'esprit humain, peuvent laisser voir le fond de l'abîme.

DE L'ÉTUDE

DE

LA POÉSIE LATINE

SOUS LOUIS XIV.[1]

———

Les Latins, les Latins, il n'en faut pas médire.
SAINTE-BEUVE, *Ép. à M. Patin.*

C'est maintenant un lieu-commun de remarquer que, dans
notre siècle, la critique a été élevée à la dignité de l'histoire. Au
premier regard, en effet, ce caractère apparaît comme la marque
distinctive de la science des littératures, telle qu'elle a été pra-
tiquée par quelques contemporains éminents. Peu à peu le procédé d'examen, que j'appellerai verbal, s'est vu abandonné; on
a cessé de suivre, d'apprécier minutieusement dans chaque détail, et comme pas à pas, les beautés ou les défauts des ouvra-

———

(1) Discours prononcé au Collège de France le 8 avril 1845. — Voir
Revue de Paris.

ges. En revanche, l'écrivain ou plutôt l'homme a été mis en
rapport avec l'œuvre, l'œuvre avec l'époque, l'époque avec le
développement général du génie humain. De la sorte, la critique s'est tour à tour alliée à l'observation psychologique, à l'histoire, à la philosophie. Certes, c'était se placer au seul point d'où
l'œil pût dominer l'étendue, et l'on serait mal venu aujourd'hui,
après tant d'illustres exemples, à murmurer de ces légitimes
conquêtes de l'art critique; en se jugeant lui-même, comme
c'est son privilége, l'esprit de l'homme marque sa hauteur.
Grâce à Dieu, tout le monde maintenant aperçoit l'espace qui
sépare Schlegel de Le Batteux.

Une condition toutefois, qui à présent est quelque peu
négligée, me semble indispensable pour qu'il y ait vraiment
progrès : c'est que, dans cette étude comparée de la culture
intellectuelle et des mœurs, dans cet instructif parallèle des
institutions et des littératures, le sentiment en quelque sorte
pratique du beau ne soit pas oublié et ne cesse jamais de s'avi--
ver directement par les modèles. Remarquez combien, aux
époques rares, sous les règnes favorisés où cette fée capricieuse
et vagabonde qu'on appelle la Poésie veut bien s'arrêter en
passant, remarquez avec quel soin toujours on s'applique aux
chefs-d'œuvre légués par les ancêtres, avec quel enthousiasme
on cherche à les atteindre, à les renouveler. Dans les destinées
littéraires des peuples, une observation me frappe : Rome n'est-
elle pas devenue grande par les lettres, au moment même de
sa plus vive ferveur pour ces beaux génies du temps de Périclès, *exemplaria græca*, qu'Horace emportait sous ses ombrages
des Cascatelles, et dont il recommandait l'assidue lecture aux
poëtes de la cour d'Auguste? Cette coïncidence n'a pas été l'œuvre du hasard; je la retrouve dans tous les âges : elle m'explique la soudaine venue de Dante et de Pétrarque, les splendeurs
du siècle de Léon X, l'éclat des lettres sous Louis XIV. Si,
chez les modernes, l'Italie a pu ainsi saisir à deux reprises ce
sceptre de l'art qu'elle devait transmettre à la France, qu'on
soit sûr que ses retours passionnés vers le beau antique y ont

été pour quelque chose, pour beaucoup. C'est une loi de l'esprit de l'homme que le passé doit profiter à qui vient ensuite, et que le génie n'entre dans toute sa plénitude, dans l'entière possession de lui-même, que quand il ajoute l'héritage des autres au sien, l'expérience des prédécesseurs à sa propre faculté inventive. Cette rencontre de la tradition et de l'originalité est tout le secret des grandes époques littéraires.

S'il n'en était pas ainsi, si ce but idéal ne nous était pas de loin offert à tous, s'il ne luisait pas à notre horizon comme l'étoile propice luisait pour l'Alighieri au fond des ténèbres de l'autre monde, quelle puérilité n'y aurait-il point dans cette étude toujours renouvelée des anciens, dans cette perpétuelle insistance sur des chefs-d'œuvre connus? Un pareil procédé critique serait indigne de gens sérieux. Mais voyez l'heureuse rencontre! tandis qu'en toute chose, dans les religions et dans les sciences, l'homme débutait par les plus grossières ébauches et s'attardait dans l'imperfection, la beauté achevée de l'art venait à lui tout de suite et comme d'elle-même; il rencontrait presque aussitôt sur sa route deux maîtres qui ont gardé le frais sourire de l'éternelle jeunesse, deux modèles qui ont pu être égalés, qui n'ont jamais été vaincus, Homère et Phidias. Quant aux autres voies de la pensée, l'esprit humain, mal sûr de lui-même, ne devait s'y avancer qu'avec les hésitations et les tâtonnements de quelqu'un qui marche dans l'ombre. C'est ainsi, au contraire, que, sur le seuil même de l'art, des foyers de lumière éblouissante se trouvèrent allumés dès l'abord, qui devaient à jamais éclairer cette route si peu accessible du beau, cette échelle infinie de Jacob, par où notre imparfaite nature cherche à se rapprocher de l'immortelle et resplendissante beauté, par où la terre touche au ciel, par où l'esprit de l'homme enfin arrive à recevoir, à refléter de bien loin un rayon de Dieu. De là, selon nous, la légitimité de cette infatigable persistance que mettent la critique et l'enseignement à recommander ces vieux génies d'Athènes et de Rome, qui n'ont pas vieilli, et dont le commerce vivifiant a formé tant de générations littéraires diversement glorieuses.

C'est ici surtout qu'il convient de tenir un pareil langage et qu'on peut afficher ouvertement ces doctrines de tradition, sans blesser l'orgueil national. Le génie propre de la France est de n'être en rien exclusif et de professer, dans les choses de l'art, une sorte d'éclectisme créateur. En tout, ce vaste rôle de puissance médiatrice convient à la France : elle seule a été assez robuste pour tout supporter, pour garder son fort et personnel caractère à travers les emportements successifs de l'imitation : ainsi les cicéroniens et les folies archaïques de la Renaissance ne l'ont pas énervée, comme ils ont fait pour l'Italie; ainsi elle ne s'est pas éteinte subitement comme l'Espagne dans des tentatives fort originales sans doute, mais auxquelles a manqué la vitale tutelle de l'antiquité. Voyez plutôt si aucun excès l'a jamais égarée, et si, dans sa vigueur, elle n'a pas pu subir, sans rien perdre de sa distinction native, au xvi⁰ siècle la manière italienne, au xvii⁰ l'enflure espagnole, au xviii⁰ l'engouement britannique, de nos jours les brouillards allemands. Placée comme une intermédiaire vigilante entre deux races opposées, à la fois teutone par le nord et latine par le midi, elle s'est saisie des qualités, elle a répudié les défauts, elle s'est fait un rôle choisi et pourtant individuel; en un mot, elle a pris de toutes mains, pour ajouter encore à son propre et riche patrimoine. En elle, les éléments les plus contraires se sont fondus et transformés pour produire de nouveau le métal de Corinthe. Aussi ne retrouve-t-on pas plus dans son langage la sonorité pompeuse et l'enivrement verbeux des idiomes méridionaux que les vagues rêveries et les maladifs caprices de la poésie septentrionale. Tout, chez elle, se rencontre dans une juste, dans une parfaite mesure, et elle consomme fortement les plus difficiles alliances. Pour ne citer qu'un exemple, l'esprit vif et indigène qui lui est venu des trouvères, et qu'elle a toujours su garder, a-t-il jamais été immolé à ce goût, à cette passion plutôt, pour les monuments attiques et latins dont ses plus illustres représentants se firent un titre de gloire? Si la littérature française rapporta du moyen âge les idées chrétiennes et chevaleresques qui faisaient le fond des sociétés modernes, elle demanda en même temps aux anciens les enchanteresses perfections de leur forme poétique, ce feu à la fois et cette légèreté de style, ce mélange incomparable de grace et de vigueur, et surtout cette sobriété correcte qui sait enfermer à jamais la pensée sous l'expression.

Nos glorieux maîtres du xviie siècle (ils sont déjà pour nous des anciens) ont unanimement constaté l'action propice de leurs aïeux des vieux temps, comme aujourd'hui nous constatons la ˙ ˙ur; tous ont reconnu que le propre de cette éducation du présent par le passé, de ce culte assidu des lettres païennes, était de ne nuire en rien au développement du génie personnel et de purifier seulement la diction par cet immortel parfum que la Muse antique porte après elle et qui fait songer au mot de Virgile :

> Ambrosiæque comæ divinum vertice odorem
> Spiravere...

On conçoit que, dans cette éducation littéraire de l'humanité, Rome a eu et devait avoir la meilleure part. Cela s'explique. Incomparablement plus admirable en elle-même, la culture grecque ne fut guère, hors de la Grèce, qu'une langue savante, un passe-temps de lettrés (1); durant des siècles, au contraire, l'idiome latin demeura, par la conquête, l'idiome du genre humain. Qu'on le note bien, Aristote lui-même n'a donné sa forme à la philosophie scholastique que par les traductions latines de ses livres, et l'on dispute encore, à l'heure qu'il est, pour savoir si le premier promoteur du retour de la poésie chez les modernes, si Dante savait un peu de grec, tandis que lui-même constate avec

---

(1) Cicéron a dit cependant (pro Arch. x) : « Græca leguntur in omnibus fere gentibus, latina suis finibus, exiguis sane, continentur. »

reconnaissance l'heureuse dictature des Romains, quand, s'a-
dressant à Virgile, son guide, il dit :

> Tu se' lo mio maestro e' l mio autore :
> Tu se' solo colui da cu' io tolsi
> Lo bello stile che m' ha fatto onore (1);

« Tu es mon auteur et mon maître, tu es le seul dont j'ai pris
le beau style qui m'a fait honneur. » Le moyen âge resta fidèle
au bon instinct en mêlant le poëte de *l'Énéide* à ses légendes,
en faisant de lui un prophète et un enchanteur; car Virgile
avait été de ce petit nombre d'écrivains romains dont le nom
demeura présent au plus fort de la barbarie, comme une dernière sauvegarde de la civilisation, comme un souvenir du passé
et un pronostic de l'avenir. Il est digne de remarque qu'au moment où l'intelligence humaine se voile dans les ténèbres du
xᵉ siècle, le peu qu'on aperçoit encore, à la suprême lueur de
ce flambeau presque éteint, n'est autre chose qu'un dernier
reste d'influence latine : ici vous voyez Boëce lu dans quelques
rares couvents; là les municipes du Midi conservant certaines
traces de droit romain; plus loin la langue du peuple-roi psal-
modiée dans les églises. Grâce à Rome, la lumière du moins ne
disparaît point tout à fait, et l'on peut ne pas inscrire sur le
seuil du moyen âge la fatale devise : *Lasciate ogni speranza...*
   Quand la Renaissance éclata, ce fut à Rome encore que revint
la meilleure part dans cette grande révolution où l'esprit humain dépossédé reconquit ses domaines. Le fond tout latin de
l'ancienne société sembla reparaître peu à peu, comme dans
un palimpseste qu'on restitue; Rome de nouveau gouverna le
monde : les pensées par l'œuvre de ses écrivains, les actions
par l'œuvre de ses légistes. Le souffle fécond de la culture antique passait encore une fois sur l'Europe; il suscita de toutes
parts des tentatives de génie. Voyez seulement nos deux grands
prosateurs français du xvıᵉ siècle : Montaigne et Rabelais sont

---

(1) *Infern.*, cant. ı, terz. 29.

empreints ou plutôt imbus de l'antiquité. Aussi, que leur arrive-t-il? En trempant dans ce flot préservateur l'arme peu
sûre qui leur est donnée, ils la rendent immortelle : la langue
de Montaigne a vieilli, Montaigne est resté jeune. Je ne veux
pas dire qu'alors on ne soit pas allé trop loin. Certes, au milieu
de cet enivrement à demi païen, notre brillante *pléiade*, par
exemple, les Ronsard et les Baïf dépassèrent de beaucoup le
but. Repoussant tout antécédent immédiat et se privant ainsi
d'une veine aussi originale que celle de la vieille poésie française, ils tâchèrent de renouer sans intermédiaire avec la gloire
rajeunie des anciens. De là vint qu'avec un tour d'imagination
très-heureux dans le rhythme, avec une merveilleuse souplesse
de facture et de versification, cette école périt par un contact
qui donne forcément la mort à toute poésie, le contact de l'é-
rudition. C'est ce qui malheureusement rendit l'intervention de
Malherbe nécessaire ; ce maussade despote vint, avec talent et
à propos, rétablir la mesure.

Mais Malherbe, il le disait lui-même, préférait Stace à Virgile (1) : tout à l'heure on admirait trop les anciens, maintenant
on les admire mal. C'est là, par rapport surtout à l'antiquité
latine, le caractère le plus frappant de cette médiocre école de
Louis XIII, qui fut une sorte de halte malheureuse dans l'essor
de la poésie française. Je remarque qu'à la veille de leur plus
glorieux développement, il peut arriver ainsi aux littératures
d'affecter des airs de déclin : à la recherche du style, à l'amour
du trait, à l'exagération des sentiments, à certaines prédilections
de goût, on se croirait dans Alexandrie ou même à Byzance.
Les plus purs génies du passé se trouvent alors confondus en
une commune admiration avec les poëtes simplement brillants
et même avec les écrivains maniérés ou déclamateurs ; il semble

(1) C'est pour cela qu'Huet disait de lui : « Nulli lyricorum gentis nostræ
secundus ad Statii clangorem et crepitacula tamen insaniit. » (*Comment.
de rebus ad eum pertinentibus*, 1718, in-12, p. 25. — Voir aussi la vie de
Malherbe par Racan dans les *Mémoires* de Sallengre, t. II. part I, p. 70.)

désormais qu'on soit conduit de préférence à imiter et à reproduire les auteurs des seconds âges. Tout en mettant l'infinie
distance qui convient entre le siècle de l'admirable Cicéron et
celui de l'ennuyeux Balzac, on peut noter que, chez les Latins,
quelque chose arriva d'assez analogue à ce qui eut lieu ici au
temps de Richelieu et de Mazarin. Voyez plutôt si les premiers
tragiques romains ne s'attachent pas volontiers à Euripide, plus
accessible par ses défauts que Sophocle; voyez si plus tard Catulle n'imite pas Callimaque, si Cicéron ne traduit pas Aratus,
si Virgile lui-même, dans sa première manière, ne demande pas
des inspirations à Euphorion et à Moschus? La France alla bien
plus loin; tandis que le génie de l'ère de Louis XIV se cherchait encore, on voit chez nous la répétition de cette emphase,
de ces jeux de mots puérils, de ces traits brillants, de cette érudition raffinée dont certains poëtes alexandrins avaient donné
le fâcheux exemple : pour le tour bizarre de la pensée, il y a
un rapport évident entre le poëme de Callimaque sur *la Chevelure de Bérénice transformée en comète* et la *Métamorphose des
yeux de Philis en astres* (1), par l'abbé de Cerisy. Il est manifeste que, durant cette période de Louis XIII et d'Anne d'Autriche, on eut un faible pour les écrivains de décadence : ici,
c'est Brébœuf (*Lucano lucanior*, comme on disait) qui versifie
la Pharsale; là, c'est Baudouin et Du Ryer qui traduisent Sénèque, déjà traduit récemment par le président Chalvet; plus
loin, c'est l'infatigable plume de l'abbé de Marolles qui reproduit tour à tour Lucain, Stace, Martial (2), tous les poëtes de
déclin. Une autre et spirituelle remarque faite par M. Patin
confirme les similitudes que je cherchais à noter tout à l'heure
entre l'âge littéraire qui a précédé Auguste et l'âge qui a précédé Louis XIV : c'est que le reproche si souvent adressé à

(1) Paris, 1639, in-8. — Voyez l'article sur Germain Habert de Cerisy,
dans la *Bibliothèque française* de Goujet, t. XVI, p. 215.

(2) C'est cette pitoyable traduction des épigrammes de Martial que Ménage donnait à la reliure en recommandant de mettre pour titre : *Épigrammes contre Martial. (Carpenteriana*, 1741, in-12, p. 42.)

Mlle de Scudery d'avoir déguisé les Romains de la République
en beaux esprits de la Fronde roucoulant des madrigaux n'est
pas tout à fait mérité : pour rester dans le vrai, il eût suffi à
l'auteur de la *Clélie* de déplacer quelque peu ses tableaux, de
les mettre non plus au temps de la vieille austérité latine, mais
sous ces galants contemporains du second Brutus dont l'urbanité fleurie et les airs agréablement précieux eussent fait assez
bonne figure, je m'imagine, dans les salons de l'hôtel Rambouillet. En insistant, on trouverait d'autres rapprochements
encore : par exemple, l'auteur aimé des *Tusculanes* (pour parler
avec Montaigne) *ne fagotoit-il pas gentiement de belles missives*
et ne les publiait-il point lui-même, comme faisait dans son
temps le déclamateur du *Socrate chrétien ?* Quintus, le frère de
ce même Cicéron, n'écrivait-il point quatre tragédies en deux
semaines (1), à la façon du chantre de l'*Alaric ?* n'était-on pas
enfin encombré de méchants poëtes aussi bien à Rome qu'à
Paris :

Secli incommoda pessimi poetæ ?

c'est Catulle qui parle (2). Voilà des ressemblances. Aussi, quand
le théâtre de Louis XIII s'avisa d'imiter la comédie latine, se
garda-t-il bien de lui guère emprunter autre chose que ses
masques grotesques, tels que le valet bouffon ou le soldat matamore : le spirituel Mascarille de *l'Etourdi*, et le capitaine bravache de *l'Illusion comique* seront, chez Molière et chez Corneille, les dernières traces de ces reproductions indiscrètes.

Au surplus, il ne faudrait pas se méprendre sur les dispositions
à l'égard de l'antiquité que professait l'école poétique de Richelieu et de Mazarin. N'oublions pas que nous sommes encore loin
de ces juges impitoyables de la littérature du grand règne qui
tenaient pour chose honteuse de ne pas connaître profondément les anciens : Conrart, le secrétaire perpétuel si écouté à

---

(1) Quatuor tragœdias XVI diebus absolvisse quum scribas..... (Cic., *Ad
Quint.*, l. III, ep. 6.)
(2) Catull., XIV, 23.

l'Académie, n'entendait pas un mot de latin (1), et le poëte Racan en savait si peu, qu'il ne pouvait déchiffrer son *Confiteor* (2). Certes, au temps de Boileau, le moindre écrivain eût été déshonoré par une pareille ignorance : le pauvre Barbin lui-même, ce libraire en renom des beaux-esprits, voulait avoir l'air de s'entendre en latin et faisait rire tous ses auteurs en leur parlant de son édition des lettres *ad Atticus* (3) D'ailleurs, les prétendus novateurs du temps de Louis XIII prenaient volontiers de grands airs méprisants et des postures à la Cyrano vis-à-vis des maîtres antiques.

> Qui nous délivrera des Grecs et des Romains ?

c'était déjà le refrain de Berchoux. Écoutez plutôt avec quel dédain le goinfre Saint-Amant parle de « ceux qui font leurs idoles des anciens et qui voudraient que l'on fût servilement attaché à ne rien dire que ce qu'ils ont dit, comme si l'esprit humain n'avait pas la liberté de produire rien de nouveau. » Chacun devine ce que signifie la *liberté* que revendique ainsi Saint-Amant ; c'était tout bonnement le droit de rimer à son aise les interminables platitudes de la *Rome ridicule* et du *Moïse*. Mais voici Théophile de Viaud qui est plus explicite encore : « Ces larcins, dit-il, qu'on appelle imitations des auteurs anciens, se doivent dire des ornements qui ne sont plus à notre mode ; il faut écrire à la moderne. » Or, on sait comment écrivait Théophile ; Despréaux écrivait autrement. Ce n'est pas moi qui contesterai que l'auteur des *Satires* vint à propos.

Que la pratique assidue et, pour ainsi dire, filiale de l'antiquité grecque et latine ait préparé la grande ère des écrivains

---

(1) *Veteris omnis licet expers literaturæ*, dit son ami Huet, qui le vante beaucoup. (*Comment.* cité, p. 200.) — Voir les anecdotes accumulées à ce sujet dans la notice d'Ancillon sur Conrart (*Mém. concernant les vies de plusieurs modernes*, Amst., 1709, in-12, p 23 et suiv.).

(2) Costar, dans les *Mémoires de Littérature* de Desmolets, t. II, p. 322.

(3) C'était la traduction donnée par l'abbé de Saint-Réal ; Paris, Barbin, 1691, 2 vol. in-12. — Voyez le *Ménagiana*, 1715, in-12, t. III, p. 197.

de Louis XIV, personne ne serait assez malavisé pour mettre
en doute un point si visiblement acquis à l'histoire des lettres.
La meilleure preuve que les veilles consacrées alors aux classiques eurent une action profonde, c'est qu'on apprit d'eux-mêmes
à les juger avec discernement et à proportionner l'admiration
au sujet. Mais comment, dans quelles dispositions d'esprit abor-
dait-on ces modèles séculaires? ou plutôt (pour nous en tenir
au point spécial que je veux toucher) quelle méthode et quelles
vues appliquait-on à l'étude de ces vieux monuments de la poé -
sie latine, dont quelques jésuites spirituels, les La Rue et les
Vanière, les Rapin et les Commire, essayaient, avec une ingénieuse impuissance, de raviver, dans une langue morte, la directe tradition. C'est une question qui, si l'on en juge du moins
par les résultats obtenus, semble avoir quelque intérêt. Sans
prétendre précisément au même but que ceux qui tiraient des
chefs-d'œuvre de ces lectures, on peut se demander avec profit
comment ils lisaient. Un simple et rapide crayon nous suffira.

Rien qu'avec ce que chacun sait des écrivains du XVIIe siècle,
le penchant prononcé qu'ils montrèrent pour les grandes œuvres
de la poésie latine se trouve tout d'abord expliqué. Le principal
caractère, en effet, de cette poésie, c'est d'être à la fois magnifique et délicate, c'est d'avoir en même temps la majesté et la
politesse, c'est de viser à la perfection plutôt qu'à la variété. A
ces signes, vous reconnaissez la littérature de Louis XIV elle-
même; on trahit sa nature par ses prédilections. Ce qui devait
séduire encore les graves écrivains de ce temps-là, c'était le
sentiment élevé et moral qui domine chez les poëtes romains.
Sans doute, il y a telle ode abominable d'Horace tout à fait
digne d'avoir été redite dans les orgies des jardins de Néron;
tels vers infâmes de Catulle qui auraient pu être répétés digne-
ment par Tibère sous ses ombrages de Caprée; telle épigramme
immonde de Martial, bonne à dérider, non pas même les barbiers du Vélabre, mais tout au plus les entremetteurs de la rue
des Toscans. Toutefois, il faut le dire, ce fut là l'exception.
Dans la dégradation des mœurs, dans la servilité de l'Empire.

la poésie se réfugia sur les hauts sommets, *templa serena*; ce fut elle qui, la dernière, garda religieusement cet idéal de l'ancienne austérité latine, dont l'éloge était devenu la plus amère satire du présent. Ces grands et stoïques côtés de la poésie des Romains étaient faits pour séduire Port-Royal lui-même. La société antique avait péri pour avoir séparé le beau du bien : il appartenait à nos écrivains du xviiᵉ siècle, tout en rendant passionnément justice à leurs prédécesseurs illustres, de renouer cette grande alliance et de ne plus faire le génie distinct de la vertu.

Jusqu'à Louis XIV on avait mêlé la littérature à l'érudition; c'est l'un des mérites trop peu constatés des excellents esprits d'alors d'avoir, en distinguant la science de l'art, donné leur libre essor, d'un côté à Molière, de l'autre à Mabillon. Au lieu de s'entraver comme autrefois, la poésie et l'érudition, en éveillant chacune à sa manière l'activité de l'esprit, purent désormais s'entre-aider. La Fontaine, dans une lettre à Racine, explique à merveille cette disposition heureuse de son temps: voici comment il parle de l'érudition :

> C'est un vice aujourd'hui : l'on oserait à peine
> En user seulement une fois la semaine.
> Quand il plaît au hasard de vous en envoyer,
> Il faut la bien choisir, puis la bien employer.

Aussi, toutes ces particularités savantes auxquelles nous nous complaisons, tous ces raffinements de curiosité littéraire qui font les innocentes délices de nos loisirs, préoccupaient-ils assez peu les glorieux et naïfs lecteurs du grand siècle; c'est à l'œuvre même qu'on songeait, c'est de son esprit qu'on s'imprégnait profondément. Maintenant ce nous est un charme de patiemment rétablir, sur la carte, l'itinéraire de Rome à Brindes; Despréaux se contentait de savoir les vers d'Horace par cœur, sans tant s'inquiéter de la route que l'ami de Virgile avait prise. A l'heure qu'il est, ceux-là seuls à peu près qui ont enseigne d'érudits s'occupent de l'antiquité; quant à ceux qui font simplement profession d'auteurs, ils n'ont que tout juste le temps de se lire eux-mêmes. Sous Louis XIV, au contraire, chaque écrivain savait ses classiques tout aussi à fond que l'érudit le plus consommé, et cependant le poëte était parfaitement distinct du savant : il y avait d'un côté Huet, André Dacier, Gédoyn; de l'autre Boileau, Racine, La Bruyère. Tout le monde pratiquait assidûment les anciens, si bien que Scarron et Dassoucy, ne pouvant mieux, les parodiaient. — Mais voyons, en passant et d'un prompt coup d'œil, ce que chacun des vaillants champions rapporta de ce laborieux commerce avec les poëtes de la ville de Rome.

Quand on parle de Rome, c'est à Corneille qu'il faut courir tout d'abord, car on entend dans ses vers comme le battement d'ailes de l'aigle qui passe. L'histoire de la cité latine est tout entière dans son théâtre : il l'a montrée souveraine orgueilleuse du monde dans *Pompée*, humiliée devant *Nicomède*, républicaine avec *les Horaces*, impériale chez *Cinna*, chrétienne par *Polyeucte;* puis ce mâle génie a défailli dans *Attila*, comme pour imiter son propre héros et s'arrêter aussi devant la ville éternelle. Il est évident que l'inspiration de Corneille est profondément romaine; lui-même, dans une *Épître à Mazarin*, a expliqué comment sa muse héroïque avait sans cesse poursuivi le type idéal de ces conquérants du monde :

> J'en porterai si haut les brillantes peintures,
> Que ta Rome elle-même, admirant mes travaux,
> N'en reconnaîtra plus les vrais originaux.

C'est presque l'idée de La Bruyère : « Ils sont plus grands et plus Romains dans ses vers que dans leur histoire. » Le droit appartenait à Corneille de se rendre ainsi justice, car, selon le mot d'un rival illustre, il avait une magnificence d'expressions proportionnée aux maîtres de l'univers. Dans ce même et bel éloge de Pierre Corneille, qu'il prononça à la réception académique de Thomas, lequel succédait à son glorieux frère, Racine montra combien la pratique des anciens avait formé ce

génie extraordinaire et contribué à lui faire proclamer le premier, sur la scène française, les droits de la raison et du talent.
Fontenelle ne le dissimule pas, les traces de Sénèque et de
Lucain sont patentes à chaque instant, quelquefois même trop,
dans les vers du grand Corneille : son souvenir va chercher,
jusque chez quelque mimographe peu lu, de hardies beautés
poétiques qu'il mêle à celles qui sortent incessamment de sa
veine propre. Ainsi, pour citer un seul trait au hasard, le mot
du grand monologue de Polyeucte sur *la fortune* :

> Et, comme elle a l'éclat du verre,
>   Elle en a la fragilité......

n'est que la reproduction du superbe vers de Publius Syrus :

> Fortuna vitrea est : tum, cum splendet, frangitur.

De pareils larcins sont des conquêtes. Certes, personne d'entre
les modernes n'eut autant que l'auteur de *Cinna*, on peut
le dire, droit de cité et voix au Forum. Je m'imagine que, si
quelque Romain pouvait sortir de la tombe pour l'écouter,
il s'écrierait avec Mme de Sévigné : « Vive notre vieil ami
Corneille ! »

Il est facile de le deviner, ce côté de grandeur ne fut pas
celui par où Despréaux, à son tour, aborda les Latins. Ce qui
le séduisit chez eux, ce fut tout simplement la solidité, la net-
teté, la justesse, leur manière vive et fine d'exprimer quelque
pensée familière à tous, le tour précis qu'ils savaient donner au
vers, toutes les qualités enfin que lui-même conquit peu à peu.
La moitié peut-être de ce qu'il a publié est traduite de Juvénal
et d'Horace (1); mais, mosaïste ingénieux, il travaille sa matière

---

(1) **Perrault** était si prévenu contre les anciens, qu'il disait de **Boileau** :
« Il y a dans ses satires une infinité de choses de son invention très-excel-
lentes et beaucoup meilleures que celles qu'il a tirées d'Horace.... Si vous
voulez bien dire la vérité, vous avouerez que les endroits traduits sont
mieux tournés dans le français que dans l'original, dont la versification est
bien la plus rude, la plus scabreuse et la plus cahotante qui ait jamais été. »

avec tant de soin, qu'il réussit à faire un véritable original de
l'idée qui lui est fournie, et que, selon le mot d'un de ses contemporains, il paraît créer les pensées des autres. Boileau, on
en conviendra, eut assez les façons d'un législateur; c'était là
encore un goût romain. Chez lui, la trace latine est partout
manifeste, et on peut même trouver qu'elle envahit quelque
peu sur l'originalité.

Il n'en pouvait être de même pour Racine, qui, sans doute,
savait s'approprier avec un discernement exquis et fondre dans
son œuvre des traits de sentiment ou de couleur pris à l'antiquité, mais chez lequel le don de créer l'emporta toujours. S'il
n'avait composé que des œuvres de marqueterie, aurait-il eu
l'habitude de dire que *sa pièce était faite* quand il n'avait plus
que les vers à écrire (1)? Seuls les inventeurs peuvent procéder
ainsi; un copiste ne se préoccupe pas tant du dessin, dont il est
sûr, que de la couleur, plus difficile à attraper et à reproduire.
Les Latins avaient été de très-bonne heure aussi familiers à
Racine que ces Grecs qu'il lisait, faute d'argent, dans les vieilles éditions de Bâle. En sa jeunesse même, il avait laissé la fausse
muse latine des modernes se pencher sur lui et lui sourire un
instant; on a conservé un certain nombre de ses vers d'alors,
entre autres une élégie sur la mort de Rabotin, le chien de
Port-Royal, à qui il promettait une célébrité éternelle :

> Semper honor, Rabotine, tuus laudesque manebunt;
> Carminibus vives tempus in omne meis (2).

Certes, Racine ne savait pas alors qu'en plaisantant il prédisait

---

(*Parallèle des Anciens et des Modernes*, 1692, in-12, t. III, p. 231.) Il faut
avouer que Boileau montra bien du bon sens, en se formalisant d'un pareil
jugement.

(1) Je trouve que Ménandre tenait précisément le même propos : « Menander cum fabulam disposuisset, etiam si nondum versibus adornasset,
dicebat se jam complesse » (Schol. Horat. Cruq., p. 633.)

(2) Mémoires de Louis Racine sur la vie de son père (t. I, p. xxvii, du
Racine de M. Aimé Martin, 1844).

si juste; il ne se doutait guère de l'immortalité que vaudrait à
cette pauvre bête la gloire future de *Mithridate* et d'*Athalie*.
Lorsqu'à ses débuts il donna l'*Alexandre*, Saint-Évremond (1)
conseilla aussitôt à Corneille d'adopter ce jeune successeur de
sa gloire : « Je voudrais, écrivait-il, qu'il lui donnât le bon goût
de cette antiquité qu'il possède si avantageusement et qu'il le
fît entrer dans le génie de ces nations mortes... C'est tout ce
qui manque à un si bel esprit. » L'élève, certes, eût été digne
du précepteur; mais c'est en poésie surtout qu'on se défie des
héritiers; Corneille fut bientôt au plus mal avec Racine, et le
jeune auteur ne tarda pas, selon le vœu imprudent de Saint-
Évremond, à trop tirer parti des anciens, puisque, dans la première préface de *Britannicus*, il copia de Térence les plaintes
du prologue de l'*Andrienne* contre je ne sais quel vieux poëte
envieux, *malevoli veteris poetæ*. Du reste, que Racine ait mis à
profit, pour son style, l'étude des poëtes de Rome, il ne peut
y avoir là aucun doute : ses vers quelquefois respirent l'exquise douceur, ils ont quelque chose de l'ineffable mélopée de
l'*Énéide*. Aussi aime-t-on à savoir qu'il lisait beaucoup ce divin
poëme. Dès cette époque de sa jeunesse, où il demeurait en
province près d'un parent qui devait lui laisser un bénéfice,
Racine écrivait : « Je passe mon temps entre saint Thomas et
Virgile (2). » On devine que Virgile ne tarda pas à l'emporter.
Aussi nous est-ce un charme de retrouver dans les œuvres mêmes du poëte français les signes de sa parenté, de sa confrater-
nité avec le latin. Quand Andromaque s'écrie :

> Ma flamme par Hector fut jadis allumée,
> Avec lui dans la tombe elle s'est enfermée,

je reconnais le langage de Didon sur Sichée :

> Ille meos, primus qui me sibi junxit amores
> Abstulit : ille habeat secum servetque sepulchro;

(1) *Dissertation sur la tragédie de Racine intitulée l'Alexandre* (dans
ses OEuvres, Londres, 1711, in-12, t. II, p. 273).

(2) Lettre à M. Vitart, 17 janvier 1662.

quand la fierté d'Agrippine éclate dans ces vers de *Britannicus :*

> Et moi qui sur le trône ai suivi vos ancêtres,
> Moi, fille, femme, sœur et mère de vos maîtres....

le passage du premier livre de *l'Énéide* me revient aussitôt au souvenir :

> Ast ego, quæ divûm incedo regina, Jovisque
> Et soror, et conjux, una cum gente tot annos
> Bella gero....

De pareils emprunts sont continuels chez Racine (1) et viennent admirablement se fondre dans l'harmonieuse trame de sa diction. En abordant avec détail les œuvres du poëte, on trouverait bien d'autres preuves positives d'une inspiration en quelque sorte directe, on rencontrerait bien des diamants recueillis de la sorte et enchâssés avec un art infini dans la suite même du discours. Ainsi (glissons encore cette indication en passant), pour *la Thébaïde*, plus d'un trait dans le récit du combat des deux frères a été dérobé à Stace; ainsi, pour *Phèdre*, tel mot frappant, telle gracieuse image a été tirée avec art du fatras de Sénèque. Au surplus, quand Racine emprunte, il ne le cache point; c'est lui qui dit loyalement de Tacite, dans la seconde préface de *Britannicus :* « Il n'y a presque pas un trait éclatant de ma tragédie dont il ne m'ait donné l'idée. » On aime ce tour modeste chez un vrai talent. Racine, dans sa pensée, se proposait volontiers les anciens comme spectateurs; c'était, selon lui, une sorte de public idéal, et il n'avait d'autre but que de ne pas trop paraître indigne, ce sont ses propres termes, « aux yeux des grands hommes de l'antiquité qu'il avait choisis pour modèles. »

Je crois qu'avec la libre indépendance d'un génie moins as-

---

(1) On peut s'en convaincre dans les *Études sur Virgile* de M. Tissot, où beaucoup de passages analogues des deux poëtes ont été soigneusement rapprochés.

treint à la régularité, La Fontaine et Molière songeaient d'abord
à satisfaire leurs contemporains, sans penser autrement aux
anciens que pour en tirer profit.

Je suis chose légère et vole à tout sujet,

disait le bonhomme La Fontaine, qui empruntait volontiers
quelque apologue à Phèdre, et qui, selon le joli mot de Fontenelle, ne se croyait inférieur au fabuliste latin que par bêtise.
Qu'on se garde d'ailleurs de chercher un érudit dans le protégé
de Mme de La Sablière : La Fontaine ne lisait Plutarque et
Platon que traduits, et la chronologie lui importait si peu que,
malgré les siècles nombreux qui les séparent, il faisait de Pla-
nude un contemporain d'Ésope. En revanche, il ne quittait
guère les Latins, et lui-même écrivait à sa femme qu'il avait
oublié de dîner en lisant Tite-Live. Séduit, à ses débuts, par le
genre quintessencié de Voiture, par les raffinements mignards
de l'hôtel Rambouillet, il ne trouva son salut, c'est lui qui le dit,
que dans ce fortifiant commerce :

Horace par bonheur me dessilla les yeux.

Aussi retrouve-t-on dans les œuvres de l'aimable et nonchalant
poëte bien des émanations des lettres romaines : il empruntait
à Apulée sa gracieuse fable de *Psyché*, à Térence sa comédie
de *l'Eunuque*, emprunts hautement avoués d'ailleurs :

Térence est dans mes mains; je m'instruis dans Horace,
Je le dis aux rochers; on veut d'autres discours.
Ne pas louer son siècle est parler à des sourds.

On voit tout de suite quelle attitude décidée prit La Fontaine
dans cette *querelle des anciens et des modernes*, dans cette
guerre civile littéraire que souleva la simple lecture, à l'Académie, du petit poëme de Charles Perrault appelé *le Siècle de
Louis XIV*, où la poésie antique était décriée. La Fontaine le
premier, dans sa belle *Épître à Huet*, déclara hautement ses

prédilections, son désir d'égaler ces anciens illustres et de les
reproduire :

> Tâchant de rendre sien cet air d'antiquité.

C'était là un point sur lequel l'auteur des *Fables* ne craignait
pas d'insister avec redites :

> J'en parle si souvent qu'on en est étourdi.

Nous n'avons ni lettres ni familières épîtres dans lesquelles ce
merveilleux et créateur esprit qu'on nomme Molière nous ait
trahi sa méthode d'appropriation littéraire et les souvenirs heureux qu'il rapporta des anciens; mais on surprend dans son
œuvre même ces secrets du génie. Rien qu'en apercevant les
préférences toutes personnelles de Molière chez les Latins, on
devine la forte qualité de son intelligence, on voit que, sur certains points, il est supérieur encore à un siècle éminemment supérieur. Molière était de ceux dont le goût devance les âges; il
pensait déjà comme nous sur ces deux génies si divers qui se
rencontrent pourtant par les profondeurs, Plaute et Lucrèce.
Poquelin, dans sa jeunesse, avait, comme l'ami de Mme des Houlières, comme le poëte Hesnaud, entrepris du *de Natura rerum*
une traduction qui malheureusement s'est perdue, et dont paraissent tirés les quelques vers plaisants sur les illusions des
amoureux qui font partie du rôle d'Éliante dans le *Misanthrope* (1). Il semble naturel de penser que cette longue pratique
de l'un des poëtes les plus vigoureusement originaux de l'ancienne Rome laissa une vive empreinte sur le libre talent de
Molière; c'était Achille nourri par le Centaure de la moelle des
bêtes fauves. Plus tard, dans la pleine maturité de sa réputation
et de son talent, le poëte, chose remarquable, revint de lui-
même à ces Latins qui l'avaient formé; comme pour donner
une leçon à son siècle qui n'appréciait pas Plaute, il traduisit
de génie, quoique presque littéralement, dans son immortel

---

(1) Acte II, scène 5. — Comparer Lucrèce, ch. IV, v. 1156.

Avare, l'*Amphitryon* dans sa spirituelle comédie du même nom,
où il s'est contenté d'introduire un seul personnage nouveau,
la femme de Sosie, cette plaisante Cléanthis qui fait un piquant
contraste avec Alcmène. Notez que les traits de Plaute mêmes,
ses finesses de dialogue, ses mots plaisants, sont merveilleusement transportés et reproduits. Par exemple, ce mariage *sans
dot*, sur lequel l'avare revient sans cesse et qui fait tant rire,
c'est le *dote cassam* du latin; il n'est même pas jusqu'au nom
piquant d'Harpagon que Molière n'ait tiré d'un vers de Plaute,
tout rempli d'étranges épithètes :

> Ab re consulit blandiloquentulus,
> Harpago, mendax, cuppes, avarus (1).

Notez que Molière jusqu'au bout resta fidèle à ces souvenirs de
Plaute, qui étaient un noble hommage; j'en trouve des preuves
jusque dans ses deux derniers chefs-d'œuvre : ainsi le mot des
Femmes Savantes sur l'amoureux empressé en tout :

> Jusqu'au chien du logis, il s'efforce de plaire,

est une réminiscence de l'*Asinaria*, quand Cléérète dit : *Et quoque catulo meo subblanditur;* la question si comique de Thomas
Diafoirus dans *le Malade :* « Baiserai-je derechef? » est presque
celle de Pleusidippe qui, dans le *Rudens*, veut aussi embrasser
tout le monde : *Etiamne adveniens complectar?*... On le voit,
Boileau ne se trompait guère lorsque, dans sa lettre de réconciliation à Charles Perrault, il écrivait : « Pouvez-vous ne pas
avouer que c'est dans Plaute et dans Térence (2) que Molière a
appris les plus grandes finesses de son art? » Je sais que Tris-
sotin dit à Vadius :

> Va, va restituer tous les nombreux larcins
> Que réclament sur toi les Grecs et les Latins.

(1) Plaut., *Trin.*, II, I, 13.
2) Ménage a dit aussi dans son épitaphe de Molière :
> Cui Plautus salibus, cessitque Terentius arte.

Ménage fut-il vraiment l'original du Vadius des *Femmes savantes?*

Mais chez un si inventif esprit le plagiat avait un air de conquête;
les imitations de cet homme incomparable sont le plus grand
honneur que les lettres latines aient assurément reçu chez les
modernes. On ne s'approprie que ce qu'on admire.

C'est là un exemple sans réplique, et le plus précieux, le plus
illustre de tous. Qu'ajouter, et qui oserait dédaigner maintenant
cette pratique fécondante, cette propice discipline des anciens,
quand l'original et personnel génie de Molière s'y est astreint?
Évidemment, c'est la gymnastique d'où sortent ceux qui sont
forts.

On s'en est aperçu, même quand il imite, Molière se détache
de son temps : seul alors il sut rendre justice à Plaute, en le
reproduisant. C'est un exemple qui ne devait pas être tout à
fait perdu, car bientôt Regnard tira son *Retour imprévu* de la
Mostellaria, et fit jouer ses plaisants *Ménechmes*. Il ne faudrait
pas s'y tromper, du reste, Molière goûtait les grâces de Térence :
il a pris aux *Adelphes* l'idée de l'opposition de deux caractères,
l'un indulgent, l'autre rigoureux, qu'il a transportée dans la
fable, d'ailleurs toute différente, de sa spirituelle *École des
Maris;* quelques scènes bouffonnes des *Fourberies de Scapin*
sont aussi dérobées au *Phormion;* mais notons que Molière ne
traduit jamais Térence comme il traduisait Plaute. Au disert et
délicat écrivain, il ne fait au contraire que de rares emprunts
qu'il a bien soin de transformer et de modifier. Sur ce point, je
le répète, Molière se sépare tout à fait de son époque : le
XVIIᵉ siècle, en effet, avec son goût de bienséance châtiée et de
correction polie, se trouva tout naturellement séduit à la langue
transparente de Térence. On peut dire que ce fut là son auteur
de prédilection, et que chacun alors crut retrouver en lui ce sel
divin qu'un ancien disait être venu à Ménandre de la mer où
naquit Vénus (1). Ce dangereux abandon de sentiments, cette

(1) Voir le petit traité *de Comparatione Aristophanis et Menandri*
qu'on trouve dans les œuvres morales de Plutarque (éd. de M. Dübner,
1841, p. 1040.)

aimable enveloppe donnée aux vices, qui aujourd'hui nous choquent encore plus que la brutalité finement morale de Plaute, ne blessaient alors personne : c'est que le goût, avec ses susceptibilités, dominait sur tout le reste, et s'accommodait à merveille de l'aménité de Térence, de ses vers enchanteurs, de sa réserve agréablement tempérée. Aussi les graves solitaires de Port-Royal n'hésitèrent-ils pas à publier eux-mêmes, de très-bonne heure et avant Mᵐᵉ Dacier, une traduction de ces comédies *rendues très-honnestes*, disaient-ils, *en y changeant fort peu de chose* (1). Le succès de Térence dans cet âge de l'urbanité et du style pur fut un succès de mode. On se disputait à son occasion, on le louait, on l'imitait. Il y a telle scène du *Menteur* qui est tirée de *l'Hécyre*, tels vers de *Nicomède* qui sont traduits de *l'Andrienne*. Cette *Andrienne* même paraît avoir été donnée au théâtre par le père Porée sous le nom du comédien Baron, qui, dans son *École des Pères*, imita aussi *les Adelphes*. Voilà bien des noms propres, sans compter les faiseurs de dissertations, et Ménage, qui injuriait l'abbé d'Aubignac pour lui prouver que l'*Heautontimorumenos* n'est pas dans les douze heures, et que l'action y dépasse les règles de plus de deux cent quarante minutes : la querelle en valait la peine. Quant aux éloges du poëte, personne ne tarissait : Boileau le proclamait le maître de la comédie ; Rollin (2) trouvait sa diction *la plus délicate qu'il soit possible d'imaginer* ; et La Fontaine, qui imitait *l'Eunuque* (plus heureusement imité depuis dans *le Muet* de Brueys), se tenait

---

(1) Le livre contenait trois pièces : *l'Andrienne, les Adelphes* et *le Phormion* ; il parut en 1647, sous le pseudonyme de Saint-Albin, qui cachait M. Le Maistre de Sacy. M. de Loménie dit que l'avocat Le Maistre revit cette traduction de son frère. D'autres y donnent une part à M. Lancelot et à M. Nicole ; mais, à coup sûr, c'est M. de Sacy qui est le principal auteur. Une seule comédie de Plaute, *les Captifs* (la plus édifiante assurément du poëte), fut traduite, en 1666, par un maître des écoles de Port-Royal, M. Guyot. De même, Mᵐᵉ Dacier donna tout Térence, tandis qu'elle ne reproduisit que trois pièces de Plaute. La prédilection du xviiᵉ siècle sur ce point est de toute façon manifeste.

(2) *Traité des Études,* édit. de M. Letronne. t. XXV, p. 296.

pour l'un des plus fervents adorateurs de « cette Vénus afri-
caine, comme il dit, dont tous les gens d'esprit sont amoureux. »
Les plus pieux écrivains eux-mêmes ne pouvaient contenir leur
admiration, et ils ne disaient pas comme saint Augustin (1),
se rappelant quelque lecture de *l'Andrienne* : « Et pourtant,
malheureux, je m'y complaisais ! » *Delectabar, miser...* Fénelon
parle avec enchantement de « cette naïveté aimable (ce sont ses
propres mots) qui plaît et qui attendrit ; » et Bossuet dit à Innocent XI qu'il fait expliquer Térence au jeune dauphin : *Quid
memorem ut delphinus in Terentio suaviter atque utiliter lu-
serit ?*

C'est une passion générale : Mme de Sévigné écrit : « J'ai envie
de lire Térence. J'aimerai voir les originaux dont les copies
m'ont fait tant de plaisir (2). » Cette sympathie toute particulière qu'eut l'âge de Louis XIV pour ces comédies élégantes,
qui avaient charmé dix-sept siècles auparavant la société brillante et raffinée des Lélius et des Scipions, cette sympathie me
paraît un fait caractéristique, et qui voulait être noté. Le vieil
et trivial adage : *Dis-moi qui tu hantes et je te dirai qui tu es*,
a aussi ses explications en histoire littéraire. Montaigne a dit
des deux grands comiques latins que Térence *sentoit bien mieulx
son gentilhomme* (3) : c'est là tout le secret de l'inclination du
grand siècle pour cette fleur d'enjouement, pour cette grâce
lumineuse du langage. Je comprends le faible de Molière à l'é-
gard de *la Marmite*, celui de Racine à l'égard du *Phormion* ;
mais j'ai mes raisons pour ne pas admettre l'aimable compliment
de l'auteur des *Essais*, qui parle crûment de la *bestise et stupi-
dité barbaresque* de ceux qui mettent Térence au-dessous de
Plaute.

Voilà comment, sous Louis XIV, on étudiait avec fruit les
monuments de l'antique poésie latine, comment on s'habituait,

(1) *Conf.*, VII, 16.
(2) A sa fille, 22 sept. 1680.
(3) Édition de M. Victor Le Clerc, 1826, in-8, t. II, p. 443.

selon ces exemples, à consommer le difficile accord du sentiment et de l'expression, qui seul fait les livres durables. Et qu'on
n'objecte pas que le génie austère de Bossuet, que le génie avenant de Fénelon ne tirèrent pas profit, pour leurs grandes œuvres chrétiennes, de cette pratique des profanes. Quintilien a
dit quelque part que le double caractère des lettres romaines,
c'était la majesté de l'urbanité; où la majesté, je le demande,
est-elle plus imposante que chez l'historien des *Variations ?* où
l'urbanité a-t-elle plus de grâce que chez l'auteur du *Téléma-*
que? Sans doute on se figure mal Bossuet, ce dernier père de
l'église, comme disait La Bruyère, cherchant à travers les dis-
tiques des Latins quelque trait de bel-esprit, et il nous apparaît
plutôt tel que l'a peint Santeuil, c'est-à-dire rayonnant, comme
Moïse, des feux du Sinaï :

> Fulgentem radiis et toto numine cinctum.

Mais Bossuet, pourtant, savait d'autrefois tous ces gracieux auteurs que l'éducation du dauphin lui remettait sous les yeux,
et, qu'on le croie bien, personne plus que lui n'était fait pour
goûter « cette beauté, comme il l'écrit à un ami (1), de l'ancienne
poésie des Virgile et des Horace dont j'ai quitté la lecture il y
a long-temps. » — Fénelon, moins chargé de devoirs, moins
occupé de controverses, demeure plus fidèle au culte continu
des anciens. Quoiqu'un rayon du soleil de la Grèce semble être
plus particulièrement tombé sur lui, quoiqu'il semble un théologien venu de l'Attique, Rome aussi lui laissa une marque. Il
y avait dans son âme quelque chose de l'âme de Virgile. Au ton
dont il parle du chantre de l'*Énéide* et de sa façon d'*embellir*
et de passionner la nature (2); à sa manière de juger Horace

(1) Lettre à Santeuil.
(2) Qu'on me permette de détacher encore cette jolie phrase de la
Lettre à l'Académie : « Dans les vers de Virgile, tout pense, tout a du sentiment, tout en donne; les arbres mêmes vous touchent, une fleur attire
votre compassion quand il la peint prête à se flétrir. » Il est curieux de
rapprocher ce jugement de Fénelon de celui, tout à fait analogue, de Ber-

dont il dit que « jamais homme n'a donné un tour plus heureux
à la parole pour lui faire signifier un beau sens avec briéveté et
délicatesse; » aux éloges surtout qu'il donne à Catulle, *ce comble de la perfection* (1), on devine que les poëtes latins lui furent une distraction des loisirs. Quand il raconte avec émotion
qu'il faisait pleurer le duc de Bourgogne en lui expliquant
l'épisode d'Eurydice, on peut soupçonner qu'une larme aussi
humecta furtivement sa paupière.

La piété solide de ce temps-là ne se trouvait pas blessée de
cet hommage rendu à la beauté de la forme, aux grands génies
d'un autre âge; n'oublions pas que nous sommes dans ce siècle,
sérieux à la fois et enjoué, où la gravité de l'abbé Fleury, *cen-
soria gravitas,* comme disait de lui Fénelon, souriait aux naïa-
des de Santeuil, et où Fléchier prêtait l'*Art d'aimer* d'Ovide aux
belles dames d'Auvergne (2); il aurait pu aussi bien leur prêter
l'édition d'Anacréon récemment donnée par ce même Rancé
qui plus tard devait réformer La Trappe. C'est que l'étude de
l'antiquité faisait alors le fond de toute culture, c'est que là
était la principale préoccupation des lettrés. Où que vous alliez,
dans le grand siècle, ces souvenirs de Rome, sans parler de
ceux de la Grèce, viendront d'eux-mêmes à vous. Tous, les
célèbres comme les obscurs, paient leur tribut aux Latins : La
Bruyère enchâsse dans son livre certaines *Sentences* du faiseur
de mimes, Syrus (3), qu'il traduit ou qu'il développe; Ménage

nardin de Saint-Pierre, dans sa *Leçon de Botanique* des *Harmonies de la
Nature.*

(1) Cela rappelle l'admiration de Montaigne pour « l'éguale polissure et
cette perpétuelle doulceur et beauté fleurissante des épigrammes de Catulle. »

(2) *Mémoires sur les Grands-Jours tenus à Clermont,* 1844, in-8, p. 54.
— Ménage envoyait les *Métamorphoses* d'Ovide à Mme de La Fayette avec
des vers latins de sa façon :

Perlege Peligni nobile vatis opus.

(Menagii *Poemata,* 8e édit., 1687, in-12, p. 130.)

(3) Il en a été donné plus d'une curieuse preuve par Accarias de Sé-
rionne dans sa traduction de Publius Syrus, 1796, in-12, p. 235.

sait Virgile tout entier par cœur (1); Bussy-Rabutin met les
héroïdes d'Ovide en vers; Corbinelli découpe Tite-Live en
maximes que publie le père Bouhours; Nodot veut faire croire
qu'il a retrouvé tout Pétrone et reconstruit ce rêve de débauche érudite, tandis que le grand Condé pousse son fanatisme
peu édifiant pour *le Satyricon* jusqu'à pensionner un lecteur
spécial pour le lire; Bayle nourrit ses notes (2) de citations em-
pruntées à ces mêmes poëtes romains, que le bon Rollin explique au Collége de France, et dont Chaulieu n'imite pas la
correcte précision, mais le nonchaloir épicurien. Sans parler de
Mme Dacier et de ses ingénieuses versions des classiques latins,
il n'est pas alors jusqu'aux femmes qui ne se complaisent
à ces gracieuses et sévères études; Mme de Sévigné écrit à sa
fille (3) : « Nous n'avons pas trouvé de lecture qui fût digne de
nous que Virgile, non pas travesti, mais dans toute la majesté
du latin. »

Le latin ! oui, l'aimable Mme de La Fayette en remontrait là-
dessus à ses deux maîtres, au P. Rapin et à Ménage; et, de son
côté, Mme de La Sablière comprenait à merveille le texte de ces
odes d'Horace dont Mme Des Houlières traduisait des strophes
pour les adresser au grand Colbert. En un mot, c'était le goût
universel, un goût qui aurait eu ses périls dans un temps moins
inventif, moins puissamment original. Ce culte de l'antique devait rencontrer des adeptes exagérés : on vit Patru passer
quatre ans sur la première période du plaidoyer de Cicéron *pro
Archia* (4); on vit Huet soutenir publiquement que les modernes
n'étaient que « des pygmées montés sur la tête d'un géant qui
est l'antiquité (5). » Mais ne sait-on pas que toute grande cause
a ses excès ? On peut dire qu'en somme cette pratique passion

---

(1) Omnia Virgilii memori cum mente tenerem (*Ad Mnemosyn. Hym-
nus*, dans les *Poésies* de Ménage, 8e édit., p. 260.)

(2) Voir surtout les articles sur Accius, Ausone, Catulle, Laberius, Ovide,
Virgile, dans son *Dictionnaire critique.*

(3) 16 juillet 1672.

(4) *Menagiana*, t. III, p. 37.

(5) *Huetiana*, 1722, in-12, p. 33.

née des maîtres fut propice aux écrivains du xviie siècle; tous, sans exception, s'y appliquèrent. Nous l'avons vu, Port-Royal lui-même qui, dans ses austères scrupules, eût volontiers fait, à l'égard du beau style, ce que faisait César à Pharsale, quand il ordonnait de frapper au visage les partisans de Pompée qui n'osaient pas compromettre leur beauté dans la bataille, Port-Royal, séduit par les enchantements de la sirène, lui rendit plus d'une fois hommage. La spontanéité de l'inspiration trouva son compte dans ce respect du passé, dans ces hommages aux modèles; on eut de la sorte de libres génies, disciplinés par la tradition, on vit s'accomplir cette alliance de l'imagination et du bon sens qui seule fait les chefs-d'œuvre. C'est le cheval indompté dont parle Job, qui semble encore plus beau sous le frein. C'est ainsi que le plus grand siècle de notre littérature aborda sans servilité, mais avec une forte attache, l'étude des monuments de la pensée antique. En défendant les anciens avec cette filiale tendresse, les sublimes écrivains d'alors n'eurent que l'excusable défaut de la modestie; quand La Fontaine disait :

Que près de ces grands noms notre gloire est petite !

il ne se doutait pas que l'ère de Louis XIV avait sa place désignée, dans l'histoire de l'esprit humain, tout à côté de celle d'Auguste. Pour nous, il nous plaît de les confondre dans une égale admiration, et de parler de ces modernes ancêtres comme nous parlons des anciens.

Serait-ce une illusion ? je trouve qu'il y aurait avantage à entrer dans cette étude des poëtes latins (sur lesquels se reportent naturellement mes prédilections) avec la sérieuse passion d'esprit que portait en toute chose cet admirable xviie siècle, qui sut régler son originalité et augmenter sa force en la dirigeant. Ces guides chers de notre propre littérature sont pour nous ce que Virgile déjà était pour Stace, lequel n'osait suivre son héros que de loin. Obéissons donc au conseil d'André Chénier; que chacun sache, s'inspirant librement des aïeux illustres,

Faire, en s'éloignant d'eux avec un soin jaloux,
Ce qu'eux-même ils feraient s'ils vivaient parmi nous.

Un dernier mot, et j'achève. — Ce vieux Plaute, dont un
juge bien délicat (1) disait, dès le commencement de ce siècle,
qu'il pourrait par ses exemples servir à corriger *la langueur
de notre théâtre*, Plaute a écrit dans son *Pseudolus* :

..... Poeta tabulas quum cepit sibi,
Quærit quod nusquam'st gentium, reperit tamen;
Facit illud verisimile, quod mendacium'st.

« Le poëte, quand il saisit ses tablettes, cherche ce qui n'existe
nulle part dans le monde, et cependant il le trouve; de la fiction
il fait une réalité. » Qui ne trouverait belle et suffisante une
pareille définition de la poésie, de ce don créateur que Dieu dé-
lègue à quelques âmes privilégiées? Voilà comment ces Latins,
dont on a fait de médiocres copistes des Grecs, entendaient la
native indépendance du talent; on ne peut évidemment que se
fortifier à leur virile école. Il suffirait, selon le beau programme
de Pascal, de *les imiter en les surpassant* (2); un pareil but doit
suffire à l'art. Ne cessons donc pas de prêter une attentive
oreille aux antiques accents de cette muse restée jeune et dont
la voix nous va encore à l'âme.

L'histoire raconte les actions, la philosophie raconte les idées,
la poésie raconte les sentiments. Or, on peut s'intéresser plus
ou moins aux faits et aux systèmes du passé, en un mot à tout
ce qui change, tandis qu'on est forcément et à jamais touché
par les sentiments qui persistent dans le cœur de l'homme. Là
est la grandeur de la poésie, là est le gage de la durée des
vieux maîtres.

(1) M. Boissonnade, sur la *Mostellaria* (*Journal des Débats*, 24 novembre 1802).
(2) *Pensées* (de l'autorité en matière de philosophie).

LA

DIVINE COMÉDIE

AVANT DANTE.[1]

———❧———

On ne dispute plus à Dante le rôle inattendu de conquérant
intellectuel que son génie a su se créer tout à coup au milieu de
la barbarie des temps. L'auteur de *la Divine Comédie* n'est pas
pour rien le représentant poétique du moyen âge. Placé comme
au carrefour de cette ère étrange, toutes les routes mènent à lui,
et sans cesse on le retrouve à l'horizon. Société, intelligence, religion, tout se reflète en lui. En philosophie, il complète saint
Thomas; en histoire, il est le commentaire vivant de Villani : le
secret des sentiments et des tristesses d'alors se lit dans son
poëme. C'est un homme complet à la manière des écrivains de
l'antiquité : il tient l'épée d'une main, la plume de l'autre ; il est
savant, il est diplomate, il est grand poëte. Son œuvre est un
des plus vastes monuments de l'esprit humain ; sa vie est un
combat : rien n'y manque, les larmes, la faim, l'exil, l'amour,

(1) Voir la *Revue des Deux Mondes*, 1ᵉʳ septembre 1842.

les gloires, les faiblesses. Et remarquez que les intervalles de
son inspiration, que la sauvage dureté de son caractère, que
l'aristocratie hautaine de son génie, sont des traits de plus qui
le rattachent à son époque, et qui en même temps l'en séparent
et l'isolent. Où que vous portiez vos pas dans les landes ingrates
du moyen âge, cette figure, à la fois sombre et lumineuse, apparaît à vos côtés comme un guide inévitable.

On est donc amené naturellement à se demander ce qu'est
Dante, ce qu'est cette intelligence égarée et solitaire, sans lien
presque, sans cohésion avec l'art grossier de son âge? d'où vient
cette intervention subite du génie, cette dictature inattendue?
Comment l'œuvre d'Alighieri surgit-elle tout à coup dans les
ténèbres de l'histoire, *prolem sine matre creatam?* Est-ce une
exception unique à travers les siècles? C'est mieux que cela,
c'est l'alliance puissante de l'esprit créateur et de l'esprit traditionnel, c'est la rencontre féconde de la poésie des temps accomplis et de la poésie des âges nouveaux. Ayant devant les yeux
les idoles du paganisme et les chastes statues des saints, l'image
de l'ascétisme et de la volupté, Dante garda le sentiment de
l'antiquité sans perdre le sentiment chrétien ; il resta fidèle au
passé, il comprit le présent, il demanda aux plus terribles
dogmes de la religion le secret de l'avenir. Jamais le mot d'Aristote : « La poésie est plus vraie que l'histoire, » ne s'est mieux
vérifié que chez Dante; mais ce ne fut pas du monde extérieur
du moyen âge que se saisit le génie inventif d'Alighieri; ce fut
au contraire du monde interne, du monde des idées. De là viennent la grandeur, les défauts aussi, de là l'immense valeur, à
quelque point de vue qu'on l'envisage, de ce livre où est semée
à profusion une poésie éternellement jeune et brillante. L'intérêt philosophique vient encore ici s'ajouter à l'intérêt littéraire
et historique. C'est la Bible, en effet, qui inspire Milton, c'est
l'Évangile qui inspire Klopstock : dans *la Divine Comédie*, au
contraire, c'est l'inconnu, ce sont les mystères de l'autre vie
auxquels l'homme est initié. La question de l'immortalité est
en jeu, et Dante a atteint la souveraine poésie.

La préoccupation, l'insistance de la critique, sont donc légitimes : ce perpétuel retour vers le premier maître de la culture italienne s'explique et se justifie. Jusqu'ici les apologistes n'ont pas manqué à l'écrivain : investigations biographiques, jugements littéraires, interprétations de toute sorte, hypothèses même pédantes ou futiles, tout semble véritablement épuisé. Peut-être n'y a-t-il pas grand mal : il s'agit d'un poëte, et, si le vrai poëte gagne toujours à être lu, il perd souvent à être commenté. Un point curieux et moins exploré reste cependant qui, si je ne m'abuse, demande à être particulièrement mis en lumière : je veux parler des antécédents de *la Divine Comédie.* Ce poëme, en effet, si original et si bizarre même qu'il semble, n'est pas une création subite, le sublime caprice d'un artiste divinement doué; il se rattache au contraire à tout un cycle antérieur, à une pensée permanente qu'on voit se reproduire périodiquement dans les âges précédents ; pensée informe d'abord, qui se dégage peu à peu, qui s'essaie diversement à travers les siècles, jusqu'à ce qu'un grand homme s'en empare et la fixe définitivement dans un chef-d'œuvre.

Voyez la puissance du génie! Le monde oublie pour lui ses habitudes : d'ordinaire la noblesse se reçoit des pères ; ici, au contraire, elle est ascendante. L'histoire recueille avec empressement le nom de je ne sais quel croisé obscur, parce qu'à lui remonte la famille de Dante ; la critique analyse des légendes oubliées, parce que ces légendes sont la source première de *la Divine Comédie.* La foule ne connaîtra, n'acceptera que le nom du poëte, et la foule aura raison. C'est la destinée des hommes supérieurs de jeter ainsi l'ombre sur ce qui est derrière eux, et de ne briller que par eux-mêmes. Mais pourquoi ne remonterions-nous point aux origines, pourquoi ne rétablirions-nous pas la généalogie intellectuelle des éminents écrivains, aristocratie peu dangereuse et qui n'a chance de choquer personne dans ce temps d'égalité?

Ce serait une folie de soutenir que Dante lut tous les visionnaires qui l'avaient précédé. Chez lui, heureusement, le poëte effaçait l'érudit. Cependant, comme l'a dit un écrivain digne de sentir mieux que personne le génie synthétique de Dante, « il n'y a que la rhétorique qui puisse jamais supposer que le plan d'un grand ouvrage appartient à qui l'exécute (1). » Ce mot explique précisément ce qui est arrivé à l'auteur de *la Divine Comédie*. Dante a résumé avec puissance une donnée philosophique et littéraire qui avait cours de son temps ; il a donné sa formule définitive à une poésie flottante et dispersée autour de lui, avant lui. Il en est de ces sortes de legs poétiques comme d'un patrimoine dont on hérite : sait-on seulement d'où il vient, comment il s'est formé, à qui il appartenait avant d'être au possesseur d'hier ?

Que le poëte s'élance par-dessus les générations, et qu'il appelle Virgile « mon père, » *il mio autore*, rien de mieux : ce sont de ces familiarités, de ces soudaines reconnaissances comme on s'en permet entre génies. Mais la lointaine parenté de Dante avec l'antiquité n'est pas le but de ce travail. Il y a surtout là des rapports de forme et d'exécution ; l'inspiration générale, au contraire, de *la Divine Comédie* est profondément catholique. Il nous suffira donc de traverser très-rapidement l'époque païenne, et ce court préliminaire nous conduira vite aux âges chrétiens, que nous avons hâte d'aborder, et où se rencontreront les vrais ancêtres, les ancêtres immédiats d'Alighieri.

I.

L'antiquité. — Er l'Arménien. — Thespésius. — La Bible.

Entouré de mystères, assistant comme un acteur égaré et sans souvenir au spectacle de ce monde, l'homme, dès qu'il s'inquiète du problème de sa destinée, a volontiers foi dans l'inconnu, dans l'invisible. La logique le mène à la notion d'une

(1) Victor Cousin, *Introd. à l'histoire de la Philosophie*, xie leçon.

autre vie, les religions la lui enseignent, et dès lors il se préoccupe de l'existence future : son imagination peuple à son gré ces contrées mystérieuses du châtiment et de la récompense. De là, à l'origine même des sociétés, et, sans parler de l'Orient, dans l'antiquité grecque et latine, une mythologie qui prend l'homme au cercueil, le suit à travers les ténèbres de l'autre monde, et vient raconter ce qu'elle sait des morts à ceux qui vivent et qui sont inquiets. A côté de la philosophie qui explique, à côté du dogme qui affirme, la poésie se saisit aussitôt de ce théâtre surnaturel, plein de curiosité et de terreur, d'où elle peut juger le passé et initier à l'avenir.

Il importe, à propos des antécédents de *la Divine Comédie*, de distinguer entre ce que j'appellerai le côté éternel et le côté particulier du poëme de Dante. En transportant la poésie fantastique là où elle est surtout légitime, c'est-à-dire dans l'autre monde, Alighieri a en effet touché au grand problème de la destinée à venir, qui n'est que la conséquence de la destinée présente. On pourrait donc retrouver des analogies frappantes entre ce qu'il a dit et ce qu'ont enseigné sur ce point les philosophies et les religions ; mais ce serait s'égarer dans l'infini. Le sujet que je veux traiter est parfaitement vague et indéterminé, ou parfaitement limité et distinct, selon qu'on se perd à rechercher l'inspiration générale, ou qu'on s'applique seulement à suivre l'inspiration directe et immédiate du poëte. C'est dans ce dernier cadre que je m'enfermerai obstinément. Un mot rendra ma pensée : il s'agit tout simplement de ne pas traiter du règne à propos de l'espèce.

Dante a connu l'antiquité comme on la pouvait connaître au XIIIe siècle. Non-seulement il ignorait ces traditions de l'Égypte sur les formes de la vie future qu'a expliquées et embellies peut-être l'imagination savante de Champollion, non-seulement ces grandes légendes de l'Inde, que la science moderne aborde à peine, lui étaient inconnues, mais il n'avait abordé la Grèce et Rome que par les poëtes et les philosophes dont la gloire restait populaire dans les écoles, Platon, Aristote, Virgile. De tout

le reste, il ne savait guère que des noms propres. Avait-il même
lu Homère? Question insoluble, puisque les érudits discutent
encore pour savoir s'il comprenait le grec. Ce qu'il y a de sûr,
c'est qu'Homère est le plus vieil ancêtre d'Alighieri; son enfer
est le plus ancien des enfers connus; c'est l'enfance de l'art.
L'autre monde, en effet, n'est pas pour lui très-distinct du
monde où nous sommes. Sans doute, il est dit dans un vers de
l'*Iliade* (1) : « Bien loin, là où est sous terre le plus profond
abîme; » mais, au XIe livre de l'*Odyssée*, la situation des enfers
est plus indéterminée encore s'il est possible. Ulysse y entre on
ne sait comment, en poursuivant l'ombre d'Ajax, et il en sort
pour monter aussitôt sur son navire. Presque aucune trace de
cet épisode de l'*Odyssée* ne se retrouve dans *la Divine Comédie*.
C'est à peine si le géant Titye, qui couvrait neuf arpents de son
corps, est dédaigneusement nommé par Alighieri (2). Le seul
écho qui retentisse également dans les deux poëmes est ce cla-
potement des morts, κλαγγὴ νεκύων, qu'Homère compare en si
admirables termes à celui des oiseaux épouvantés qui fuient de
toutes parts.

C'est par Virgile, qu'une longue et amoureuse pratique lui
avait rendu familier, que Dante a surtout connu l'antiquité.
Aussi s'est-il donné ce maître pour guide dans son terrible pèlerinage; aussi a-t-il emprunté à l'*Énéide* beaucoup de souvenirs mythologiques, plus même qu'il n'eût été convenable en
un sujet chrétien. Qu'on ne s'imagine pas cependant trouver
chez Dante un plagiaire; *la Divine Comédie* n'a avec l'*Énéide*
que quelques rapports de détails, et il y a entre ces deux poëtes
et leurs deux poëmes la distance qui sépare le monde païen du
monde chrétien. Aussi n'est-il pas sans intérêt de voir ce que
deviennent quelques-uns des personnages de l'enfer virgilien
dans l'enfer dantesque. Caron, l'horrible vieillard, est presque
le seul qui n'ait pas changé; tous les autres sont déchus. Minos,

(1) VIII, 14.
(2) *Infern*., XXXI, 124.

par exemple, n'est plus le juge austère qui pèse les destinées, *quæsitor Minos urnam movet*; c'est un démon hideux, grinçant des dents, et indiquant aux damnés par le nombre des plis de sa queue le chiffre du cercle infernal qui leur est assigné. Enfin il n'est pas jusqu'au pauvre Cerbère qui ne soit traité avec rigueur : Énée l'apaisait par un gâteau de miel, Dante lui jette une poignée de terre. Chez Virgile, les âmes qui se pressent sur la rive « tendent les mains vers l'autre bord; » chez Dante, au contraire, les damnés, avant d'entrer en enfer, sont déjà punis; ils désirent leurs supplices, « ils sont tourmentés du besoin de traverser le fleuve. » Alighieri croit à son sujet, Virgile en rit et le met sous ses pieds, *subjecit pedibus* (1). C'est qu'il n'y a rien sur le front calme du poëte latin de ce *sourcil visionnaire* que Wordsworth prête à Dante; c'est qu'il n'y a rien de ces mystiques aspirations qui révélèrent au vieux gibelin les extases du paradis. L'élysée de *l'Énéide* ne vaut même pas le paradis terrestre de la Bible; c'est une mesquine parodie de ce qui se passe dans cette vie. Admirons cependant combien les idées ont marché depuis Homère. Virgile a déjà à un bien plus haut degré le sentiment de la justice : il gradue les châtiments et les récompenses; chez lui, l'idée de purification fait même présager le purgatoire. C'est qu'entre *l'Odyssée* et *l'Énéide* il y avait eu Platon.

J'ai nommé Platon : ce fut assurément un des maîtres favoris de Dante. Sans parler de la théorie de l'amour, qui est comme la trame même de son poëme, Alighieri a souvent suivi les traces du philosophe idéaliste. La forme concentrique qu'il a donnée à l'enfer est une idée toute platonicienne. Mais Dante a dû particulièrement connaître deux passages importants du *Phédon* et de la *République* (2).

Dans le premier, Platon parle des traditions qui couraient de son temps sur le *séjour des morts*. La triple division que le

(1) *Georg.*, II, 490.
(3) Trad. de M. Cousin, in-8, t. I, p. 399, et t. X, p. 280.

christianisme a faite de l'autre monde s'y trouve déjà marquée :
le lac Achérusiade, où les coupables sont temporairement purifiés, c'est le purgatoire; le Tartare, d'où ils ne sortent jamais,
c'est l'enfer; enfin ces pures demeures au-dessus de la terre,
qui ont elles-mêmes leur degré de beauté, selon le degré de
vertu de ceux qui les habitent, c'est le paradis. Seulement Platon ajoute prudemment : « Il n'est pas facile de les décrire. »
Peut-être est-ce le mot qui a piqué l'émulation de Dante.

Platon n'a pas toujours montré autant de réserve. S'appuyant
sur quelque tradition orientale recueillie dans ses voyages, et la
modifiant sans doute selon ses croyances, il a, en effet, raconté
ailleurs la vision d'un·soldat originaire de Pamphilie, et qu'il
appelle Er l'Arménien. Er avait été tué dans une bataille. Dix
jours plus tard, comme on enlevait les morts à demi putréfiés,
il fut retrouvé dans un état parfait de conservation. Bientôt
après, pendant qu'il était sur le bûcher des funérailles, on le vit
revivre, et il narra ce qui lui était arrivé. Son âme, s'étant séparée du corps, avait été transportée en grande compagnie dans
un lieu merveilleux, où le ciel et la terre étaient percés de deux
ouvertures correspondantes. Entre ces deux régions siégeaient
des juges; après l'arrêt, les bons allaient à droite avec un écriteau sur la poitrine, et les méchants à gauche avec un écriteau
sur le dos. Le tour d'Er vint enfin; mais, au lieu de prononcer
sur son sort, les juges lui ordonnèrent de retourner dans le
monde, et de dire aux hommes ce qu'il avait vu. Le soldat, avant
d'obéir, examina le spectacle qui était sous ses yeux. Par les
ouvertures qu'il avait d'abord remarquées, des âmes montaient
et descendaient sans cesse, les premières sans tache, les autres
souillées de fange. Plus loin, dans une vaste prairie, arrivaient
deux bandes d'âmes diverses, qui semblaient venir d'un long
voyage. Les unes, sortant de l'abîme, racontaient les tristes
aventures d'un exil souterrain qui s'était prolongé pendant
mille ans; les autres, descendant du ciel, disaient les délices
qu'elles avaient goûtées. Le mal ou le bien était payé au décu-
ple à chaque âme vertueuse ou coupable. Nous sommes encore

loin de l'infini bonheur des élus, comme l'entend le christianisme. Aucun supplice n'est montré à Er, aucun nom ne lui est révélé, excepté celui d'Ardiée, tyran de Pamphilie, qui était traîné à travers les ronces, et que tourmentaient « des personnages hideux au corps enflammé. » Ce sont les aïeux des diables d'Alighieri.

Ce qui frappe dans cet épisode, c'est que ce n'était là pour Platon qu'une forme populaire donnée à la vérité, c'est que le penseur sentait toute la portée de ces symboliques récits. Comme Dante, il prend la chose du côté sérieux. Aussi aimé-je à me figurer que le poëte avait sous les yeux ces propres paroles du *Phédon* qui eussent si bien servi d'épigraphe à son livre : « Soutenir que ces choses sont précisément comme je les décris ne convient pas à un homme de sens; mais que tout ce que j'ai raconté des âmes et de leurs demeures soit comme je l'ai dit ou d'une manière approchante, s'il est certain que l'âme est immortelle, il me paraît qu'on peut l'assurer convenablement, et que la chose vaut la peine qu'on hasarde d'y croire. » Décidément Platon, ce génie précurseur, est le véritable, le seul ancêtre du poëte dans l'antiquité.

Je me trompe, la vision infernale d'Er l'Arménien, la première des visions isolées, spéciales, non mêlées à un poëme, a eu un pendant, cinq siècles après, chez Plutarque (1). On y entrevoit la fusion première des vieilles légendes païennes et des nouvelles apportées par le christianisme. Quoique ce soit un prêtre d'Apollon qui écrive, il y a déjà là quelque chose de la foi du moyen âge; Plutarque dit « ce conte, » mais il a soin de se reprendre et d'ajouter « si c'est un conte. »

L'histoire de Thespésius se passe au temps de l'empereur Vespasien. Ce Thespésius, originaire de Cilicie, s'était ruiné

---

(1) Dans son traité *des Délais de la justice divine*. Voir la traduction de Joseph De Maistre, § 42, et ce que le violent écrivain dit en note de cette *judicieuse histoire*, par opposition à Hume, qui la trouvait *extravagante*.

dans la débauche, et il avait ensuite essayé de relever sa fortune
par toutes sortes de dols. Le scandale devenait chaque jour
plus flagrant, quand Thespésius se tua dans une chute. Durant
la cérémonie des funérailles, il revint à la vie, et raconta
qu'aussitôt après sa mort, son âme avait été transportée à travers les astres jusqu'à un endroit où se découvraient deux
régions atmosphériques, l'une basse, l'autre élevée, dans lesquelles tourbillonnaient les âmes des morts. Chacune de ces
âmes arrivait jusque-là au milieu d'une bulle lumineuse, qui se
déchirait, et l'âme, paraissant alors sous une forme humaine,
allait prendre son rang. Dans la région supérieure erraient
doucement les âmes des justes; elles étaient transparentes, lumineuses, et gardaient leur couleur naturelle. Dans la région
inférieure, au contraire, se heurtaient en courant les âmes per-
verses; elles étaient opaques : les unes paraissaient tachetées de
gris, les autres d'un noir luisant comme des écailles de vipère.
A leur couleur, on distinguait le vice qui les souillait : le rouge
marquait la cruauté; une sorte de violet ulcéreux indiquait l'envie; au bleu, on reconnaissait l'impureté; au noir, l'avarice.
Celles qui se purifiaient reprenaient peu à peu leur premier
aspect.

Au clignotement de ses yeux, à l'ombre que projetait son
corps, Thespésius fut reconnu pour un vivant, ainsi qu'il arriva
à Dante. Puis, entraîné sur un rayon de lumière, il continua sa
route jusqu'en un lieu où des âmes criminelles étaient punies,
et, selon qu'elles étaient curables ou incurables, livrées à trois
divinités vengeresses. La dernière, Erichnis, précipitait les
grands coupables dans un abîme que l'œil ne pouvait sonder.

Après avoir traversé un espace infini, après avoir vu un gouffre mystérieux d'où sortait un vent qui enivrait comme du vin,
après avoir visité un cratère où venaient se déverser les eaux
de six fleuves diversement colorés, que trois génies, assis en
triangle, mêlaient suivant différentes proportions, Thespésius
reconnut parmi les coupables le cadavre de son père couvert
de piqûres. Il s'enfuit terrifié, et s'aperçut qu'abandonné par

son guide, il était maintenant conduit par d'affreux démons. Des supplices divers s'offrirent alors à ses regards : ici c'étaient des hommes écorchés et exposés aux variations de l'atmosphère; là, des groupes de deux, de trois personnes, s'entrelaçant comme des serpents et se déchirant à coups de dents. Venaient ensuite trois vastes étangs, l'un d'or fondu, l'autre de plomb liquide et froid, le troisième de *fer aigre*. Des diables prenant, comme des forgerons, les âmes des avares avec des crocs, les plongeaient dans l'étang d'or bouillant jusqu'à ce qu'elles devinssent transparentes, et, les retirant alors, ils les éteignaient au sein des autres étangs. Ces âmes, durcies et comme trempées, pouvaient être rompues en divers fragments. Sous cette nouvelle forme, elles étaient forgées et refondues. Puis on recommençait durant l'éternité.

Thespésius demeura atterré quand il découvrit plusieurs petits groupes qui déchiraient chacun une victime; c'étaient des fils irrités, toute une descendance furieuse qui, damnée par la faute des aïeux, se vengeait sur les auteurs de ses souffrances. Voilà bien la transmission de la faute originelle, voilà la responsabilité héréditaire, telle que l'enseigne le christianisme. Mais tout se mêle dans le légendaire païen. Nous touchions aux mystères de l'Évangile, nous retombons presque aussitôt dans les folies pythagoriciennes et orientales. Thespésius, en effet, parvint au lieu où s'opérait la métempsycose de quelques âmes; des ouvriers, s'emparant de ces âmes, taillaient ou supprimaient leurs membres, et, à coups de ciseaux, leur donnaient la forme de différents êtres. Ils saisirent entre autres Néron, et, après lui avoir ôté les clous de feu qui le perçaient, ils se mirent à le découper pour en faire une vipère; mais une voix secrète cria qu'il fallait seulement le changer en oiseau aquatique, parce qu'il avait été favorable à la liberté de la Grèce. — Bientôt Thespésius dut quitter l'enfer, poussé par un courant d'air impétueux, comme s'il avait été chassé d'une sarbacane; il rentra dans son corps, se réveilla, et revint à la vertu.

Telle est la vision rapportée par Plutarque au premier siècle

de l'ère chrétienne; elle me semble du plus haut intérêt, et
montre comment l'éternelle préoccupation de la vie à venir a
pu, dans tous les âges, recevoir de l'esprit inquiet de l'homme
une solution symbolique, la forme que lui a définitivement
donnée Dante.

C'est là ce que l'Alighieri, dans son érudition bornée, dut à
l'antiquité grecque et latine. Il connut les poëtes par Virgile,
et aussi par Stace, son second guide, qui lui montra les lacs
aux eaux paresseuses et les étangs de feu de son enfer, *pigri-
que lacus ustæque paludes* (1); il connut les philosophes par
Platon et par ces échos atténués de Sunium qui retentissent
encore dans le songe que Cicéron a prêté à Scipion. Remarquons cependant que Dante, tout en empruntant au paganisme
quelques-uns de ses modèles pour les transporter au sein de la
poésie chrétienne, ne s'attache qu'au côté grave, austère, qu'à
ce que la mythologie pouvait encore offrir de grands tableaux
à une imagination habituée aux pompes du catholicisme.

Dès les origines presque de la poésie grecque, les descentes
aux enfers étaient devenues un lieu-commun des épopées (2) :
la vengeance y conduisait Thésée; Pollux y allait par amitié,
Orphée par amour. Plus tard on y pénétra par l'antre de Thro-
phonius. Aussi, à Athènes comme à Rome, chaque poëte se
croyait-il obligé de versifier sa descente chez Pluton (3). On
dramatisait l'enfer tous les jours dans les mystères sacrés, dans
les évocations, dans les cérémonies religieuses. Virgile nous l'a

---

(1) *Thébaid.*, I, VIII.

(2) Voir Welker, *Der Epische Cyclus*, p. 255; Bode, *Geschichte der
Hellen. Dichtkunst*, t. I, p. 125, 402; Lobeck, *Aglaophamus*, p. 360,
373, etc.

(3) On peut consulter avec profit la thèse latine de M. Ozanam : *De fre-
quenti apud veteres poetas heroum ad inferos descensu*, 1839, in-8.
Dans les notes de son livre sur Dante, le même écrivain a aussi donné de
sommaires et savantes indications sur le cycle chrétien des visions antérieures à l'Alighieri. C'est, avec un court article de Foscolo (*Edinburgh
Review,* septembre 1818, t. XXX, p. 317), le seul travail que je connaisse
sur ce point d'histoire littéraire.

dit : *Facilis descensus Averno*, et il en savait quelque chose,
puisque dans le *Culex* (si le *Culex* est de lui) il trouve moyen
de faire accomplir ce voyage à un moucheron. Mais, qu'on
veuille bien le remarquer, l'autre monde, chez les anciens, est
surtout une affaire d'art, une sorte de conte mythologique
qu'on permet aux poëtes de chanter, et dont chacun rit dans la
vie pratique. La dégradation sur ce point s'achève avec la venue de l'empire romain, et à cette date c'est tout à fait une
exception que la bonne foi de Thespésius et de son biographe.
Personne dès lors ne se cache; on fait montre, au contraire,
d'incrédulité sur la vie future. Les amers sarcasmes de Lucrèce
sont de mode; pour le poëte Sénèque, il n'y a dans tout cela
que de *vains mots* (1); pour Juvénal, des contes *dignes des enfants qui ne paient encore rien aux bains* (2). C'est surtout
dans les dialogues de Lucien qu'il faut voir avec quelle légèreté le scepticisme païen en était arrivé à parler de l'immortalité.
Pour ce précurseur de Voltaire, l'autre monde n'est qu'un prétexte de satire contre ce monde-ci. Qu'on se rappelle seulement cette *Nécyomantie* dans laquelle Ménippe, déguisé en
Hercule, est conduit aux sinistres bords par un magicien;
qu'on se rappelle la singulière description de ce Tartare, qui
n'est autre chose que le monde renversé, et où Philippe de
Macédoine, par exemple, raccommode de vieux souliers. Dante,
ce poëte éminemment religieux, n'a rien de commun, on le
devine, avec ces cyniques inspirations qui reparaîtront chez les
trouvères et dont héritera Rabelais.

On vient de voir ce qu'Alighieri tira de l'antiquité païenne.
Que dut-il à l'antiquité hébraïque? Fort peu de chose. Ce qui
est dit, en effet, de l'enfer dans la Bible, ne prête pas beaucoup
à l'image et à la description. Ce feu qui doit *brûler jusqu'aux*

---

(1)   Rumores vacui verbaque inania...
                         (*Troad.*, act. II, chœur.)

(2)   Nec pueri credunt, nisi qui nondum ære lavantur...
                         (*Sat.*, II, 152.)

fondements des montagnes (1), ce *grand abîme* (2), *cette gé-
henne* (3), *cette terre de ténèbres où règne un ennemi éternel* (4), ce lieu *où le lit sera la pourriture et les vers la couver-
ture* (5), ces *eaux sous lesquelles gémissent des géants* (6), ce
lac profond où l'on est plongé (7), tout cela, toutes ces indications vagues et mystérieuses ne présentaient aucun thème
brillant au poëte. Le petit nombre de textes, bien moins explicites encore, sur le purgatoire et sur le paradis, ne lui fournissaient point d'indication matérielle qui lui fût une autorité. De
plus, il n'y avait pas de vision dans les livres saints, ou du
moins il n'était pas donné de détails sur les ravissements d'Élie,
d'Hénoc, d'Ézéchiel, ni même sur le voyage aux enfers entrepris par le Sauveur, et auquel Dante a fait allusion dans le
douzième chant de son premier poëme. Ce divin antécédent, il
est vrai, était fait pour animer la pieuse émulation d'Alighieri.

Avec l'Évangile pourtant on entre dans une voie nouvelle.
Ainsi, le riche, quand il est en enfer, veut envoyer à ses frères
encore vivants un messager pour les avertir du châtiment qui
les attend s'ils persévèrent dans la fausse route; mais il lui est
répondu : « S'ils n'ont pas voulu écouter la loi et les prophètes,
ils n'écouteront pas davantage un homme qui reviendrait de
l'autre monde. » Voilà ce que raconte saint Luc (8). C'est la vision en projet; elle se réalise chez saint Paul : « J'ai connu
quelqu'un, dit-il, qui a été ravi en esprit jusque dans le paradis,
où il a entendu des paroles qu'il n'est pas permis à l'homme de
publier (9). » Pour ma part, je soupçonne qu'Alighieri lut le

(1) *Deut.*, xxxviii, 22.
(2) Luc, xvi, 26.
(3) Voir *Dictionnaire théologique*, de Bergier, v° **enfer**.
(4) Job, x, 21, 22.
(5) Isaïe, xiv, 9.
(6) Job, xxvi, 5.
(7) *Ps.* lxxxvii, 6.
(8) xvi, 24.
(9) II *Corinth.*, xii, 4.

verset de saint Paul : il lut surtout l'*Apocalypse*, et cet esprit
visionnaire, ce tour prophétique, lui laissèrent une forte empreinte.

C'est ainsi qu'il apparaît plein de lumière dans ce ciel téné-
breux du moyen âge; c'est ainsi qu'il vient à nous, guidé d'une
main par le génie charmant de Virgile, de l'autre par la sombre
figure de saint Jean.

II.

Premières visions chrétiennes. — Carpe. — Sature. — Perpétue. —
Christine.

Avec le christianisme commence une ère distincte, une ère
tout à fait tranchée. On sait quelle place tient l'autre monde
dans les dogmes de la religion catholique, on devine celle qu'il
a dû tenir dans son histoire. Succédant au matérialisme des
antiques théogonies, la poésie des temps nouveaux, la poésie
des légendes put bientôt, à la suite du dogme, s'emparer de ces
domaines inoccupés de la mort, et les montrer comme la future
patrie à ceux qui s'oubliaient dans la vie présente. L'enfer était
irréfragablement annoncé dans les livres saints; mais ce n'est
pas en prêchant la damnation, c'est en prêchant le salut que le
christianisme put conquérir le monde. On montre le ciel aux
néophytes, on montre les profondeurs de l'abîme aux croyants
infidèles. Eh! qui songeait aux peines éternelles parmi ces
sublimes martyrs du premier âge? Lisez leur histoire, ils n'ont
que des bénédictions pour les bourreaux, et plusieurs leur désignent même du doigt ces célestes parvis où ils voudraient les
entraîner avec eux. C'est la poésie en action. Il ne faut donc
pas s'attendre à rencontrer alors des poëtes qui chantent les
terribles merveilles de l'autre monde. Seulement quelques
rares assertions viennent çà et là prêter une forme déterminée
à ces mystères de l'avenir. Ainsi, au second siècle, saint Justin
nomme certains esprits qui cherchent à s'emparer de l'âme des

justes aussitôt après la mort (1), et Tertullien, qui parle quelque part de monts ensoufrés qui sont les cheminées de l'enfer,
inferni fumariola, croit qu'il y a dans l'autre vie une prison
d'où l'on ne sort point que l'on n'ait payé jusqu'à la dernière
obole (2). C'est aussi un spectacle assez fréquent, dans cette
histoire primitive, que de voir les martyrs, des évêques surtout,
entourés de leurs diacres, échapper tout à coup aux mains des
persécuteurs, aux flammes des bûchers, et s'élever radieux jusqu'au ciel, devant la foule étonnée (3).

Ainsi, dans le petit nombre de très-courtes et très-simples
visions qui nous sont venues des siècles apostoliques, c'est surtout l'idée d'indulgence qui me paraît dominer. Une des premières et des plus curieuses que je rencontre a rapport à saint
Carpe.

Un jour ce pieux personnage (4) fut transporté en esprit dans
un vaste édifice dont le sommet entr'ouvert laissait voir au ciel
le Christ entouré de ses anges. Au milieu de la maison, on
découvrait, à la lueur d'un bûcher, un gouffre sur la marge
duquel se retenaient quelques païens qui avaient résisté aux
prédications de saint Carpe; des serpents et des hommes armés
de fouets les poussaient dans l'abîme. Carpe alors se prit à les
maudire; mais, en reportant les yeux vers le ciel, il vit Jésus
tout attendri qui tendait à ces pauvres pécheurs une main com-
patissante, disant : « Frappe-moi, Carpe, je suis encore prêt à
souffrir, et de tout cœur, pour le salut des hommes. » Et l'apôtre se réveilla. — Dieu plus indulgent que les hommes sur les
châtiments dus à l'humanité coupable, le juge moins sévère que
l'accusé ! voilà bien les merveilles des premiers temps du christianisme.

---

(1) *Dial. cum Tryph.*, n° 105.
(2) *L. De anim.*, c. XXXVI et XXXVIII.
(3) Voir dom Calmet, *Traité sur les Apparitions*, 1751, in-12, t. II,
p. 293.
(4) Dyon. Areopag., epist. VIII.

Ce caractère de naïveté charmante se trouve également en deux autres visions qu'a enregistrées saint Augustin (1).

La première est celle de saint Sature, mort en 202. Quatre anges l'enlevèrent tout à coup, sans le toucher, jusqu'aux lumineux jardins du ciel. Là s'élevait le trône du Tout-Puissant, autour duquel les légions sacrées faisaient incessamment retentir ces mots : « Sant, saint, saint ! » Le Seigneur baisa au front le nouveau venu, et lui passa la main sur la face, après quoi Sature sortit du ciel. — Dieu a déjà, dans les simples extases des martyrs, ces familiarités étranges que lui prêteront plus tard les auteurs de *mystères*. Ici ce n'est que simplicité gracieuse et native; plus tard ce sera la grossièreté de l'art ou plutôt l'absence de t out art

L'autre vision se rapporte à sainte Perpétue, qui avait accompagné Sature au ciel, comme elle le suivit depuis au supplice. Elle eut en effet dans sa prison un autre rêve où il ne s'agit plus du ciel, mais où semble se manifester vaguement l'idée de purgatoire. La sainte vit, dans un grand éloignement qu'elle ne pouvait franchir, un enfant dévoré de soif, et dont les lèvres s'efforçaient en vain d'atteindre les bords trop élevés d'un bassin rempli d'eau. C'était son frère Dinocrate, mort naguère, à l'âge de sept ans, d'un cancer à la joue. A ce spectacle, Perpétue répandit des larmes et pria. Quelques jours après, elle revit l'enfant, toujours dans le lointain. Cette fois, il était guéri, revêtu d'habits brillants, et, une coupe à la main, il puisait dans la piscine, dont l'eau ne diminuait pas. — Dinocrate était-il un enfant mort sans baptême ? Je ne sais. Ce qu'il y a de sûr, c'est que la miséricorde fait presque exclusivement le fond de toutes ces légendes, c'est que l'efficacité des prières pour les morts éclate déjà avec quelque poésie.

Il en est de même de la singulière hallucination de sainte Christine dans le courant du IIIe siècle (2). Cette vierge, étant

(1) *De Orig. anim.*, l. 1.
(2) Bolland., *Act. sanct.*, 21 août, p. 259 et suiv.

morte, fut exposée en pleine église aux regards des fidèles. Pendant qu'on célébrait pour elle l'office accoutumé, elle se leva
subitement de son cercueil et s'élança sur les poutres du temple, ainsi qu'aurait fait un oiseau; puis elle reprit le chemin de
sa maison, et alla vivre avec ses sœurs, auxquelles elle raconta
ses ravissements successifs en purgatoire, de là en enfer, et
enfin en paradis. Arrivée dans ce dernier lieu, Dieu lui avait
donné à choisir de rester au ciel ou de retourner sur terre, afin
d'y racheter par la pénitence les âmes qu'elle avait vues en purgatoire. Christine n'hésita pas à prendre ce dernier parti, et les
saints anges la ramenèrent dans son corps (1). — Telle est la
charité en sa plénitude, et l'agiographe qui recueillait au moyen
âge cette antique tradition n'en a certainement pas altéré
l'esprit : on se sent là dans les premiers siècles du christianisme.

Ainsi, quoique toujours présent par le dogme, l'enfer tient
peu de place en ces récits des vieux légendaires. Entraîné par
ce souffle d'indulgence, Origène soutint que toutes les peines
de l'autre vie sont expiatoires, et que le bien gagnera enfin le
dessus. Cette doctrine, réprouvée par le sixième concile, sembla amener une réaction des idées de damnation éternelle;
mais bientôt les théories indulgentes reparaissent. Au IVe siècle (cela ressort d'un passage de l'*Hymne au Sommeil* de Prudence), on croyait volontiers que le nombre des hommes assez
pervers pour être damnés serait très-restreint. L'idée d'un
milieu entre l'enfer et le paradis, je veux dire le purgatoire,
plaît singulièrement à ce poëte chrétien. C'est donc le principe
du pardon qui semble dominer alors, et qui charme particuliè-

---

(1) Dans un récit (écrit seulement au XIIIe siècle), Dieu fait la même
proposition à saint Ambroise de Sienne, à qui il apparaît : « Elige ex his
quod vis. » Ambroise répond qu'il est soumis au Seigneur en tout, mais il
émet le vœu de quitter la terre, et alors les légions du paradis viennent
au-devant de lui. (Voir Bolland., mars, t. III, p. 215.) La différence des
temps se trouve marquée par ce détail.

rement les esprits. Leibnitz (1) paraît même assez disposé à croire que saint Jérôme penche vers cette opinion, que tous les chrétiens seront à la fin reçus en grâce. Mais prenons garde, c'est entrer dans la théologie, et nous n'avons à parler que de poésie. Peu importe ici l'opinion prêtée, un peu légèrement peut-être, à saint Jérôme; peu importe même le mot mystérieux de saint Paul, que « tout Israël sera sauvé; » constatons seulement que, dans ces origines, la légende s'attache bien plus à l'idée de salut qu'à l'idée de damnation. C'était là une tendance générale, tout à fait en rapport avec la pureté et la douceur des mœurs d'alors. Je n'en veux plus indiquer qu'une preuve : qu'on se rappelle les très-rares endroits des homélies de Césaire d'Arles où il est question de l'enfer; qu'on se rappelle les précautions oratoires dont s'entoure à ce propos l'apôtre, et les regrets qu'il exprime à son auditoire d'être forcé, malgré lui, à ces menaces.

III.

Le soldat de saint Grégoire-le-Grand. — Trajan dans le ciel. — Les pèlerins de saint Macaire. — Saint Fursi. — Saint Sauve.

C'est seulement vers le vi⁰ siècle que la vision, dans le sens particulier où je l'entends, apparaît et se constitue comme un genre persistant et distinct. La foi n'a déjà plus sa vivacité première, et on peut prévoir l'époque où l'on aura besoin de la terreur. Les curieux *Dialogues* de saint Grégoire-le-Grand offrent l'un des premiers exemples de ces révélations nouvelles sur l'autre monde (2). C'est un soldat qui meurt, revient à la vie, et raconte ce qu'il a vu pendant sa disparition. Une vaste plaine où sont d'un côté les méchants entassés dans des cabanes fétides, et de l'autre les bons, vêtus de blanc, dans des palais lumineux; au

(1) *Théod.*, part. I, § 17.
(2) Liv. IV, ch. 36.

milieu, un fleuve bouillant, traversé par un pont de plus en plus étroit, d'où tombent ceux qui le veulent franchir sans être purifiés : voilà tout ce que sait trouver l'aride imagination du visionnaire. Encore le *pont de l'épreuve* est-il emprunté à la théogonie persane, d'où il a passé depuis dans le Koran. C'est une des premières traces de l'invasion des légendes orientales au sein des traditions chrétiennes du moyen âge.

Si fréquentes que soient, dans les *Dialogues* de Grégoire-le-Grand, les histoires de cadavres et de damnation, la charité, le pardon, y ont aussi leur place. C'est en effet à une anecdote de la vie de ce pape, racontée par Paul Diacre, qu'il faut peut-être rapporter l'origine de cette croyance, assez répandue au moyen âge, à savoir qu'un damné, même païen, peut quelquefois être délivré par les prières des fidèles. Grégoire avait conçu, par la lecture des historiens latins, une vive admiration pour les vertus de Trajan. Il se mit donc à prier, et sa prière ne tarda pas à sauver des supplices éternels l'âme païenne de l'empereur; mais Dieu, en déférant au vœu du saint pape, lui ordonna expressément de n'y plus revenir (1). Cette tradition s'est perpétuée jusqu'à Dante, qui en a recueilli le dernier héritage. Lorsque, dans *le Paradis*, les légions ailées se groupent pour représenter un aigle immense, symbole de la politique gibeline du poëte, Trajan se trouve être une des cinq âmes lumineuses qui forment le sourcil du gigantesque oiseau. Seulement Alighieri, qui, dans *le Purgatoire* (2), regarde ce fait comme le grand triomphe de saint Grégoire, « *sua gran vittoria*, » semble, dans *le Paradis* (3), laisser à Trajan lui-même l'honneur de son salut. Le poëte est ici d'accord avec son maître, saint Tho-

(1)   At pater omnipotens aliquem indignatus ab umbris
         Mortalem infernis ad lumina surgere vitæ...

C'est presque la même histoire que dans Virgile, comme le remarque Leibnitz (*Théod.*, part. III, § 272).

(2) x, 75.
(3) xx, 106.

mas (1), qui admet cette étrange légende sur Trajan, et soutient
que ce prince et ses pareils ne pouvaient être à jamais damnés;
c'est la seule fois peut-être où le poëte, égaré par le théologien, se soit départi de sa rigueur orthodoxe.

Nous sommes au VIᵉ siècle. De très-anciens biographes (2) de
saint Macaire-Romain, qui vivait alors, racontent que trois moines orientaux, Théophile, Serge et Hygin, voulurent découvrir
le point où le ciel et la terre se touchent, c'est-à-dire le paradis
terrestre. Après avoir visité les saints lieux, ils traversent la
Perse et entrent dans les Indes. Des Éthiopiens (telle est la
géographie des agiographes) s'emparent d'eux et les jettent en
une prison d'où les pèlerins ont enfin le bonheur de s'échapper. Ils parcourent alors la terre de Chanaan (c'est toujours la
même exactitude), et arrivent en une contrée fleurie et prin-
tanière où se trouvent des pygmées hauts d'une coudée, puis
des dragons, des vipères, mille animaux épars sur des rochers.
Alors un cerf, puis une colombe, leur viennent servir de guides
et les mènent, à travers des solitudes ténébreuses, jusqu'à une
haute colonne placée par Alexandre à l'extrémité de la terre.
Après quarante jours de marche, ils traversent l'enfer. On y
découvrait, ici un grand lac de soufre plein de serpents, là des
figuiers sur lesquels une foule d'oiseaux criaient avec une voix
humaine : « Pitié, pitié! » et par-dessus ces clameurs dominait
ce cri imposant : « C'est ici le lieu des châtiments. » Enfin les
moines voyageurs parviennent à l'extrémité de l'enfer, où veil-
lent quatre gardiens couronnés de pierreries et armés de palmes
d'or. Après quarante jours encore de fatigue, sans autre aliment
que l'eau, ils commencent à sentir une odeur parfumée, pleine
de douceurs inconnues aux sens. Une contrée merveilleuse se
révèle à leurs yeux, avec des teintes de neige et de pourpre,
des ruisseaux de lait, des contours lumineux, des églises aux

(1) *Summ.*, Suppl., quæst. 71, art. 5, ad. 5 : « .... Non in inferno finaliter
deputati... »

(2) Voir au 23 octobre les *Vitæ sanctorum* de Surius.

colonnes de cristal. Un jeûne de cent journées étant subi, ils
peuvent se nourrir d'herbes blanches. Enfin la route les mène
à l'entrée d'une caverne où ils trouvent Macaire, qui, comme
eux, était arrivé miraculeusement aux portes du paradis, gar-
dées par le glaive du chérubin. Depuis cent années, le saint
était là abîmé en prières. Instruits par cet exemple, les pèlerins
abandonnèrent leur projet, et reprirent, en louant Dieu, le chemin de leur couvent.

Voilà la vision dans toute sa plénitude, dans toute son exal-
tation ; aucune notion de temps ni de lieu, les contes de l'âge
d'or et les splendeurs des *Mille et une Nuits* mêlés aux aspirations de l'ascétisme, une sorte d'enivrement enfin. Quant à saint
Macaire lui-même, il est longtemps resté célèbre, et c'est précisément ce voyage à travers les mystérieuses contrées de la
mort qui le rendit populaire. Dans les danses macabres, il se
montre habillé en docteur, et, après avoir reçu les trois morts
et les trois vifs, il vient prononcer la *moralité ;* on le retrouve
jusqu'au Campo-Santo, dans les peintures d'Orcagna. Je suis de
plus porté à croire, malgré les commentateurs, que c'est ce
même Macaire-Romain, *Maccario,* que saint Benoît montre à
Dante parmi « les contemplatifs, » dans son poëme du *Paradis* (1).

On ne contestera pas, je suppose, le caractère bien plus céleste qu'infernal des visions sur l'autre monde durant les premiers âges du christianisme. Le doute serait encore possible,
qu'il suffirait de rappeler ce qui arriva à saint Sauve, alors qu'il
n'était encore qu'un humble abbé, voué aux plus austères péni-
tences. Ici rien d'apocryphe ; Grégoire de Tours (2) atteste devant Dieu qu'il a recueilli les faits de la propre bouche du saint :
la bonne foi est patente.

Sauve mourut après une fièvre violente, et, pendant la cérémonie des obsèques, il ressuscita. Au bout de trois jours, cédant

1) XXII, 49.
2 *Hist. Franc.,* l. VII, § 1.

enfin à l'importunité de ses frères, il leur raconta comment il avait été emporté au-delà des sphères jusqu'à des plaines pavées d'or où s'agitait une multitude immense, comment enfin il était parvenu en un lieu où l'on était nourri de parfums et où planait une nuée plus lumineuse que toute lumière, et de laquelle sortait une voix *pareille à la voix des grandes eaux.* Mais tout à coup ces mots retentirent avec éclat : « Qu'il retourne sur la terre, car il est utile à nos églises! » Sauve, s'étant jeté à genoux : « Hélas! hélas! Seigneur, pourquoi m'avez-vous révélé ces splendeurs, si je devais bientôt les perdre ? » Il lui fut aussitôt répondu : « Va en paix, je serai avec toi jusqu'à ton retour. » Et Sauve, pleurant, sortit par la porte éblouissante qu'il avait naguère franchie. A ce récit, les moines demeurèrent frappés, et l'abbé s'écria en gémissant : « Malheur à moi, qui ai osé trahir un pareil secret! le parfum qui me nourrissait s'est retiré de moi ; ma langue est comme déchirée et semble remplir toute ma bouche. » Bien des années après, le saint abbé quitta le cloitre pour devenir évêque d'Albi.

On le voit, Sauve n'accepte pas son retour sur terre avec la même résignation que sainte Christine; il y a déjà décadence. Cependant il est bon de remarquer qu'il n'est ici question encore que des félicités célestes, et que la terreur s'efface devant l'espérance. Ces ravissements, où domine l'idée de salut et de béatitude, se prolongeront jusqu'au viie siècle. Quand saint Fursi (1) sera enlevé à son corps afin de visiter les divins parvis, il assistera sans doute à bien des luttes, les anges seront obligés de parer avec leurs boucliers les flèches de feu que lui lanceront les démons ; mais il ne sera pas dit un mot de l'enfer.

Les hétérodoxes iront même plus loin ; au ixe siècle encore, Jean Scot osera enseigner que les corps des damnés, quoique livrés au feu éternel, conservent toute leur beauté, en un mot, qu'ils jouissent d'une béatitude naturelle, que seulement ils

_____

(1) Bolland., 10 janvier, p. 37. Cf. Bède, *Hist. ecclés. angl.*, l. iii, p. 19.

sont privés des félicités du ciel, et que c'est là tout leur malheur (1). Les hérésies aussi ont leur signification historique.

Toutefois, en avançant dans les âges, on voit la préoccupation
de la vie à venir devenir de plus en plus sérieuse et générale ;
les vivants ne cessent de prier pour les morts. La foi au purgatoire était même si vive, que, dans une assemblée tenue à Atti-
gny, en 765, vingt-sept évêques et dix-sept abbés signèrent un
compromis par lequel il était convenu que, chaque fois que
l'un d'entre eux décéderait, tous les prêtres attachés aux prélats
et abbés survivants réciteraient pour lui cent psautiers et di-
raient cent messes (2). S'il transpire dans ce détail un peu d'é-
goïsme, il y éclate, en revanche, une foi profonde. L'égoïsme
et la foi ! deux choses pourtant qui sembleraient s'exclure, si
l'une n'était de tous les temps, si l'autre ne semblait un privilége des peuples qui n'ont pas vieilli.

IV.

**Rêve de Gontram. — L'Anglais Drithelme. — Le ressuscité de saint
Boniface. — Dagobert. — Charlemagne. — Wettin.**

L'invasion barbare devait laisser partout son empreinte ; nous
allons la retrouver dans les légendes sur la vie future. Ce ne
sera plus, en effet, l'extase puérile et naïve ; après le ravissement sincère du saint viendra le rêve calculé du politique.
L'Église approche des siècles où elle devra présider aux destinées, non plus seulement religieuses, mais temporelles, du
monde. Or, c'était se faire gouvernement, et un gouvernement
politique a bien plutôt à punir qu'à récompenser. Nous touchons donc à une ère nouvelle : la vision va devenir une arme
entre les mains des évêques contre les princes, puis entre les

(1) Remy Cellier, *Écrivains ecclés.*, t. XIX, p. 20.
(2) Labbe, *Concil.*, t. VI, p. 1702.

mains des moines contre les évêques. C'est même dès l'abord
un instrument utile pour un roi franc. Tout le monde se rappelle le caractère historique de Chilpéric, tel qu'il ressort des
Récits d'Augustin Thierry. Quand ce barbare eut été assassiné,
son frère Gontram supposa une vision (1) dans laquelle il avait
vu Chilpéric enchaîné que lui présentaient trois évêques. Deux
d'entre eux disaient : « Nous vous supplions de le laisser : qu'il
soit libre après avoir subi son châtiment. » Mais le troisième
répondait avec emportement : « Non; qu'il soit dévoré par le
feu pour les crimes qu'il a commis! » Cette discussion ayant
continué longtemps entre les prélats, Gontram vit de loin un
vase d'airain placé sur le feu; puis, tandis qu'il pleurait de douleur, son frère Chilpéric fut violemment saisi; on jeta ses membres brisés dans le vase, où ils disparurent bientôt sans qu'il en
restât la moindre trace.

Ainsi peu à peu cette espèce de légende pénètre partout :
elle n'est pas seulement chez les théologiens, chez les agiographes, elle envahit le domaine des faits, et trouve crédit auprès des graves écrivains. Je n'en voudrais pour preuve que
l'épisode intercalé par le vénérable Bède dans son *Histoire ecclésiastique des Anglais* (2), qu'il écrivait au VIII° siècle. Il s'agit
d'un homme pieux nommé Drithelme, qui mourut, ressuscita,
et, laissant sa famille, se voua à Dieu. Drithelme racontait souvent ce qu'il avait vu au sein de la mort, son voyage dans les
vallons, tantôt glacés, tantôt brûlants de l'enfer, les ricane-
ments et les menaces des démons lorsque son guide lumineux
l'abandonna, et enfin son miraculeux ravissement sur un mur
énorme, sans portes, sans ouvertures, sans terme, et du haut
duquel se découvraient les colonies pieuses qui attendaient le
jugement dans des champs fleuris. En avançant, Drithelme rencontra tant d'éclats et de parfums, les choses d'alentour prirent
un caractère si différent des choses humaines, qu'il fut obligé

(1) Greg. Tur., *Hist. Franc.*, VIII, 5. (Ap. Duchesne, t. I, p. 396.)
(2) L. V, c. 13.

de rebrousser chemin, et que, sans savoir comment, il se sentit avec amertume redevenir homme. Entré aussitôt au cloître, il s'imposa toutes sortes d'austérités. On le voyait, au plus fort de l'hiver, se plonger dans les fleuves glacés; et, quand ses frères l'interrogeaient sur cet excès de pénitence, il répondait naïvement : « J'ai vu bien d'autres froidures, *frigidiora ego vidi.* »

Bède, pour le vⁱⁱⁱᵉ siècle, a des idées sur la vie future plus nettes, plus arrêtées qu'aucun de ses contemporains. Les écrivains de l'église d'Orient n'en étaient pas là; ainsi, saint Jean Damascène place en un même lieu, dans les profondeurs de la création (1) et au milieu des ténèbres, les châtiments temporaires qu'infligent des anges et les châtiments éternels qu'infligent des démons. C'est à peine s'il spécifie ces punitions : il parle seulement d'un lac de feu inextinguible où personne n'a encore été jeté, et qui est là en réserve pour l'époque du jugement dernier. Quant au paradis, saint Jean Damascène ne se le représente que comme un séjour enchanteur où il n'y aura pas de saisons; pour lui, c'est tout simplement *le sein d'Abraham.* L'historien anglais, on le voit, est plus affirmatif que le père grec : le génie audacieux de l'Occident devance les lenteurs du génie oriental.

Avec Drithelme, on était encore dans la vision pure, sans mélange d'intérêts contemporains; mais ce caractère va devenir de plus en plus exceptionnel. L'un des derniers exemples qu'on en trouve est emprunté aux *Lettres* de saint Boniface (2).

Le bruit s'étant répandu qu'un mort venait de ressusciter dans le monastère de Milbourg, Boniface voulut s'en assurer par lui-même, et interrogea, en présence de trois vénérables religieux, ce visionnaire, qui se mit à raconter comment, du-

---

(1) Locus in rebus creatis inconditus, etc... (Joann. Damascini *Opera*, édit. du P. Lequien, 1748, in-folio, *passim.*)

(2) *Epist.* xxi. Voir aussi la *Lettre* lxxi, où se trouve une autre vision, mais mutilée et qui n'a rien de curieux, sinon qu'une femme, contre l'ordinaire, en est l'héroïne.

rant une maladie, son âme s'était séparée de son corps, et comment un autre monde lui avait été révélé aussi brusquement que l'est la lumière à des yeux voilés qu'on découvre tout à coup. De ce nouvel horizon, la terre lui apparaissait bien loin comme entourée de flammes, et, dans l'intervalle, l'espace était tout rempli d'âmes voyageuses qui venaient de mourir. Dès que ces âmes arrivaient, elles devenaient un sujet de querelles entre les anges et les démons, querelles violentes parfois, lorsque les malins esprits s'avisaient de tricher dans la pesée des vices et des vertus de chaque âme. Les Vices et les Vertus, quand ces sortes de conflits devenaient trop violents, comparaissaient en personne et intervenaient dans le débat. C'est ce qu'ils firent pour le visionnaire de saint Boniface. L'Orgueil, la Paresse, la Luxure, vinrent tour à tour charger son passé; puis ses Vertus, ses petites Vertus, *parvæ virtutes* (il faut bien paraître modeste) eurent aussi leur tour; l'Obéissance et le Jeûne firent son apologie, et il n'y eut pas jusqu'à son Psaume familier qui ne vînt en chair et en os prononcer sa louange. Aussi les anges, prenant le parti du moine, l'enlevèrent à l'infernale légion, et lui montrèrent en détail les contrées de la damnation; puis ils le conduisirent vers un lieu charmant, où il découvrit une foule glorieuse d'hommes admirablement beaux, qui de loin lui faisaient signe de venir, mais il ne put pénétrer plus avant. C'était le paradis. Les anges alors ordonnèrent au moine de retourner sur la terre. Ils lui enjoignirent aussi de raconter aux hommes pieux tout ce qu'il venait de voir, et de n'en rien dire à ceux qui s'en moquaient, *insultantibus narrare denegaret*. La précaution était sage, mais qui se fût avisé de ce scepticisme au VIIIe siècle? Le ressuscité de saint Boniface eut tous ces rêves merveilleux dans un couvent. Il est en effet à remarquer que, durant les siècles qui vont suivre, le clergé aura le monopole de ces sortes de visions.

C'est à cette origine sacerdotale que je rapporterais volontiers les récits de deux écrivains anonymes (1) où reviennent

---

1) Ces deux récits ont été imprimés par Lenglet-Dufresnoy dans ses

ces combats de malins esprits et des saints à l'occasion de quelque âme en litige, dont on retrouvera chez Dante le souvenir modifié. Dans le premier, il s'agit du roi Dagobert, que les démons poussent à coups redoublés en enfer, et que saint Maurice et saint Martin (dont ce roi avait doté les couvents) viennent délivrer pour l'emmener au ciel (1). Dans le second, il est question de l'âme de Charlemagne, que les diables en troupe veulent pareillement saisir après sa mort, lorsqu'un couple sans têtes, Jacques de Galice et Denis de France, se présente et exige qu'on procède à une nouvelle pesée; alors les deux décapités se mettent à jeter dans la balance toutes les bonnes œuvres du prince, bois et pierres des abbayes construites, ornements donnés aux églises, et ce poids énorme n'a pas de peine à l'emporter sur les péchés et les vices.

Le nom de Charlemagne, en nous ramenant à Dante, nous conduit à Wettin. Ce religieux du cloître d'Augie-la-Riche eut en 824, la veille de sa mort, une vision qu'il redit à tout le couvent, et que son abbé, Hetto, rédigea aussitôt après. Baluze, qui retrouva cette rédaction primitive et la communiqua à Mabillon, assure que, de toutes les histoires analogues, celle de Wettin fut la plus célèbre au moyen âge, et qu'elle devint immédiatement populaire dans toute l'étendue du royaume des Francs (2).

Comme Wettin malade était couché les yeux fermés, *oculis clausis* (je n'invente pas le détail, qui n'a rien de piquant d'ail-

---

Dissertations sur les Apparitions, 1751, in-12, t. I, p. 178 et 182. Une autre vision qu'on trouvera dans le même volume, p. 189, et qui est relative au chancelier Gervais, archevêque de Reims au XIe siècle, me paraît simplement copiée sur celle de Dagobert.

(1) Le texte est bon à citer : « ..... Quæ non tam verisimilia quam verissima, ut arbitror, videri possunt, quoniam idem rex cum et alias longe lateque ecclesias ditasset tum præcipue horum copiosissime locupletavit... »

(2) ..... Fuit illa visio omnium quæ seculo illo evenerunt et celeberrima et acceptissima. Statim credita, statim per universas francici imperii nationes sparsa ac vulgata est... (*Act. SS. s. Benedict*, Venise, 1733, in-folio, t. V, p. 238. Cf. P. Calmet, *Traité des Apparitions*, t. II, p. 378.)

leurs depuis les beaux miracles du magnétisme), il vit entrer un démon sous la forme d'un *clerc noir et sans yeux*, portant des instruments de supplice; une légion de diables l'accompagnait avec des lances et des boucliers. Mais plusieurs personnages vénérables, habillés en moines, vinrent bientôt les chasser. Alors apparut, au pied du lit de Wettin, un ange environné de lumière et vêtu de pourpre, qui l'appelait d'une voix douce. Wettin obéit et fut emporté, à travers « le chemin charmant de l'immensité, » jusque dans de très-hautes montagnes de marbre. Le long de cette vaste chaîne coulait un fleuve de feu où étaient plongés une infinité de damnés, parmi lesquels un grand nombre de prêtres de tout rang que Wettin avait connus. On voyait plusieurs de ces prêtres liés par le dos, au milieu des flammes, à des souches brûlantes, et vis-à-vis chacun d'eux étaient enchaînées de la même manière les femmes qu'ils avaient séduites. Tous les deux jours, des bourreaux armés de verges les fustigeaient sans pitié en leur disant : « Soyez punis par où vous avez péché. »

Les voluptueux, chez Dante, sont moins sévèrement traités peut-être : dans l'*Enfer*, il n'y a point de flammes pour eux; c'est une rafale seulement,

> La bufera infernal che mai non resta (1),

une rafale qui les emporte dans son tourbillon *comme une bande de grues* et les entre-choque sans relâche.

Chez Wettin, l'idée d'expiation temporaire, de rachat, est évidemment distincte de l'idée de damnation. Le visionnaire observe cependant l'unité de lieu dans ce vaste drame de l'éternité; le purgatoire et l'enfer se confondent pour lui sur la même scène. Ce système pénitentiaire de l'autre monde est très-peu avancé, même pour le moyen âge. Nous ferons des progrès avec le temps. Le moine rêve toutes ces belles choses dans un cloître dont son imagination ose à peine franchir le seuil. Parmi

---

(1) *Infern.*, v., 31.

les suppliciés, il ne distingue guère que des religieux; mais il est de bonne composition pour eux, et il se garde de les laisser éternellement en lieu si triste. Voulant se montrer bon confrère, il ne les met là que pour leur apprendre à vivre, *ad purgationem, non ad damnationem*. Les excès du pouvoir civil trouvent cependant leur punition chez Wettin, à côté des excès du pouvoir clérical. Ainsi un grand nombre de comtes apparaissent tour à tour dans son récit, et on les voit expier d'une façon singulière leurs rapines et leurs vols. Tous les objets pillés par eux sont successivement déposés à leurs pieds, et les malheureux ont pour tâche de les mâcher et de les avaler, quels qu'ils soient. Ils ont beaucoup à faire, comme on l'imagine.

Ce n'est pas là le trait le plus bizarre du ravissement raconté par Wettin avec un accent de vérité qui montre l'hallucination et qui exclut la mauvaise foi. Le conquérant catholique des Saxons, le soutien de l'Église d'Occident, Charlemagne, est, le croirait-on? rangé parmi les victimes : son tourment honteux ne peut même se redire (1). Michel-Ange (c'est bien la lignée de Dante), un de ces génies qui osent tout, semblerait s'être inspiré de l'audace cynique de Wettin dans les tortures qu'il fait subir à je ne sais quel cardinal de son *Jugement dernier*. Il y a de ces traits bizarres qui reparaissent à travers les siècles : celui-là est assez commun au moyen âge. Wettin étant tombé dans un grand étonnement à la vue de Charlemagne, l'ange lui expliqua que ce prince était, il est vrai, destiné aux joies du salut, mais qu'il expiait momentanément la liberté de ses

---

(1) Voici comment Walafrid Strabo raconte, dans sa rédaction en vers de cette légende, l'étrange punition que subit Charlemagne, *Carolus imperator,* car il le nomme en acrostiche, tandis qu'Hetto disait seulement *quemdam principem :*

  ..... Fixo consistere gressu
 Oppositumque animal lacerare virilia stantis
 Lætaque per reliquum corpus lue membra carebant...

Cela nous gâte un peu le Charlemagne officiel et classique.

mœurs. Peut-être ne faut-il voir là qu'une dernière protestation contre la polygamie germanique. Au surplus, c'est un moment d'humeur qui passera vite. Cet empereur, en effet, mort
à peine depuis dix ans, et que Wettin ose poursuivre de ses
vengeances, bientôt l'Église le canonisera à demi; et l'apothéose
religieuse de Charlemagne, se continuant à travers le moyen
âge, ne cessera pas jusqu'à Dante, qui, dans son *Paradis* (1),
fait du grand empereur l'une des lumières de la croix éblouissante formée par les défenseurs du Christ.

Quant à Wettin, après avoir contemplé le paradis, il s'éveilla
de son assoupissement, raconta ce qu'il venait de voir, et
mourut.

V.

Le prêtre des *Annales de saint Bertin*. — Bernold. — Charles-le-Gros.
— Saint Anschaire. — La fin du monde.

Jamais les visions n'ont été plus fréquentes qu'au ixᵉ siècle (2). L'un des premiers exemples qui me viennent au souvenir est ce que rapporte Prudence, évêque de Troyes, dans la
partie des *Annales de saint Bertin* qui lui est généralement at-
tribuée (3).

Un prêtre anglais, dont le nom est inconnu, fut, durant une
nuit, tiré de son sommeil par un personnage qui lui ordonnait
de le suivre. Le prêtre (on avait encore le sentiment de l'obéissance dans ce temps-là) se hâta d'obtempérer à l'injonction, et
fut conduit en une contrée où s'élevait un grand nombre d'é-
difices. Les deux voyageurs entrèrent dans l'un de ces monuments, qui n'était autre chose qu'une magnifique cathédrale. Là
était une troupe innombrable d'enfants. Ayant remarqué que

(1) xviii, 43.
(2) On en trouvera de très-curieuses preuves dans M. Ampère, *Hist.
littéraire de la France avant le douzième siècle*, t. III, p. 116 et suiv.
(3) Année 839, ap. Duchesne, t. III, p 195.

chacun d'eux lisait assidûment dans un volume où se croisaient
des lignes noires et des lignes sanglantes, l'Anglais interrogea
son guide : « Les lettres de sang, répondit l'inconnu, sont les
crimes des hommes; ces enfants sont les âmes des saints qui
invoquent la clémence de Dieu. » Il ajouta que la corruption
des générations nouvelles était pire que jamais, et qu'il fallait
s'attendre à une prochaine invasion des barbares maritimes
(sans doute les Normands) et à des ténèbres qui envelopperaient
la terre pendant trois jours. Quand le prêtre eut subi ce sermon, il lui fut permis de regagner le chemin de son lit. On se
demandera peut-être s'il l'avait quitté; ce qu'il y a d'incontestable, c'est que cette étrange vision n'annonce guère *la Divine
Comédie :* seulement ce livre que tiennent les saints, ce livre
où sont inscrits les crimes des hommes, ne peut-on pas dire que
Dante aussi l'a lu jusqu'à la dernière page, et que son œuvre
en est la poétique copie?

Remarquons que c'est un évêque des Gaules, saint Prudence,
qui raconte cette histoire. Ainsi l'épiscopat, qui essayait alors
de se faire une position indépendante, ne manqua pas de s'emparer des visions comme d'un instrument utile. Le fait se trouve
encore confirmé par le ravissement qu'Hincmar attribue à un
certain Bernold (1), son paroissien, lequel lui était particulièrement connu; et notez que ce morceau a un caractère tout à
fait officiel, puisqu'il fait partie d'une lettre écrite par l'archevêque à ses suffragants et aux fidèles de son diocèse.

Bernold, durant un évanouissement, se trouva transporté en
un lieu obscur et fétide, où le roi Charles-le-Chauve pourrissait
dans la fange de sa propre putréfaction; les vers avaient dévoré

---

(1) Hincmar, *Oper.*, 1645, in-folio, t. II, p. 805. La vision de Bernold se
retrouve textuellement, avec quelques omissions toutefois, dans Flodoard,
Hist. Eccles. remensis, t. III, c. 3 et 18. Seulement Flodoard ajoute :
« Le seigneur Hincmar exposa cette vision *là où il était nécessaire*, et la
fit parvenir à la connaissance d'un grand nombre de personnes. » On touche
ici du doigt le secret des visionnaires politiques.

sa chair, et il ne restait plus que les nerfs et les os. Après avoir demandé au pèlerin de lui mettre une pierre sous la tête : « Va annoncer à l'évêque Hincmar, lui dit-il, que je suis ici pour n'avoir pas suivi ses conseils. Qu'il prie, et je serai délivré. » Aussitôt Bernold vit une magnifique église où était Hincmar en habits pontificaux, avec son clergé, et il lui rapporta les paroles du roi Charles; puis il revint vers le prince, qui le remercia. Charles, en effet, n'était plus ce cadavre rongé de tout à l'heure, mais un homme vigoureux et sain de corps, un monarque splendide dans toute la magnificence de son costume royal.

Voilà comment Hincmar osait traiter son maître mort hier, et des attaques pareilles se renouvellent de sa part contre Ebbon, son compétiteur au siége de Reims, et contre d'autres ennemis. Sous le couvert de son paroissien Bernold, il joue tout à fait le rôle de Dante au début du *Purgatoire* (1) : ce sont des âmes qui viennent tour à tour le prier afin qu'il prie pour elles, *ombre che pregar pur ch'altri pregi*. La politique fait chez Hincmar ce que la poésie fera chez Dante. C'est à la crédulité des populations barbares que s'adresse l'archevêque de Reims; aussi ne raffine-t-il pas sur les moyens. Son héros n'est guère plus vraisemblable que le héros de Rabelais. Pantagruel apparaît tantôt avec une taille de géant, tantôt avec une taille ordinaire, sans qu'on aperçoive et qu'on saisisse la transition. Bernold fait quelque chose de tout à fait analogue; on le voit causer avec des morts, puis prier pour eux auprès des vivants, et tout cela dans le même quart d'heure. La grossièreté des procédés littéraires est frappante : nous entrons au sein des âges barbares. Heureusement l'étoile de Dante, comme dans son poëme, luit et nous appelle à l'horizon.

Hincmar, dans ses sombres tableaux, ne maltraitait que les morts : pour satisfaire ses inimitiés, pour plonger ceux qu'il haïssait dans les abîmes maudits, il attendait au moins que le cercueil eût recueilli leur dépouille. Dante, plus implacable, plus

(1) C. v et vi.

farouche, n'aura pas ces ménagements : il ne se fera point scrupule de mettre des vivants en enfer, de les montrer en proie
aux plus horribles supplices de la damnation; il assurera même
que le démon seul occupe sur terre leur enveloppe charnelle,
et les malheureux alors consumeront dans la peur les restes
d'une vie agitée. Étrange conquête du génie que de pouvoir
mettre ainsi à jour les ténèbres des consciences, que d'accomplir au sérieux ce rôle d'Asmodée rendu depuis plaisant par Le
Sage! Singulier et redoutable privilége que cette royauté de la
mort dont Alighieri pouvait faire chacun vassal!

Tout se touche et se mêle en ce monde heurté du moyen
âge. Je parlais tout à l'heure de l'abbaye d'Augie-la-Riche ou
de Richenaw, laquelle était située dans une île du lac de Con-
stance. C'est là que vécut, c'est là que fut enterré Wettin. Eh
bien! la tombe de ce religieux confine peut-être à celle du roi
visionnaire Charles-le-Gros, qui y fut également inhumé soixante-
quatre ans plus tard, en 888. Ainsi deux visionnaires à côté l'un
de l'autre, un prince et un moine qui se rapprochent dans la
mort!

La légende de Charles-le-Gros eut une grande célébrité au
moyen âge (1). Comme ce roi revenait des matines et qu'il allait
se coucher, un inconnu vêtu de blanc vint l'enlever, qui tenait
à la main un peloton rayonnant comme une comète; il en dé-
roula un bout et dit à ce prince de se l'attacher au pouce droit,

---

(1) Voir le continuateur de Bède, *De Gest. Anglor.*, liv. II, chap. II,
année 884. Après lui, Albéric des Trois Fontaines (dans sa *Chronique,*
année 889), Vincent de Beauvais (*Spec. hist.*, chap. XLIX), et l'Abréviateur
des Gestes des rois de France (ap. D. Bouquet, t. VII, p. 147) ont reproduit des extraits de cette vision. On la retrouve également en langue vulgaire dans les *Chroniques de Saint-Denis* (édit. de M. Paulin Paris, t. III,
p. 58). Deux des nombreuses rédactions manuscrites ont aussi été imprimées, l'une avec traduction par Lenglet-Dufresnoy (*Dissertation sur les
Apparitions,* t. I, p. 184), l'autre avec une savante dissertation par Zur
Lauben (*Acad. Inscript.*, t. XXXVI, p. 207, hist.). Ce dernier texte est de
beaucoup le meilleur. Il a été enfin donné plus récemment une traduction
de cette légende par M. Génin (*National*, 21 août 1839).

afin que ce fil lumineux le guidât dans les labyrinthes infernaux. A peine Charles était-il arrivé en un lieu où étaient punis
les mauvais évêques qui avaient servi son père, que deux démons fondirent sur lui, et, à l'aide de crocs de fer ardent, s'ef-
forcèrent de s'emparer du peloton lumineux. L'éclat les ayant
éblouis, ils voulurent attaquer le prince par derrière; mais son
guide lui jeta aussitôt le fil merveilleux sur les épaules, et en
ceignit deux fois ses reins. Les malins esprits furent aussitôt
forcés de s'enfuir et de laisser les deux voyageurs continuer
leur route. Charles alors gravit de hautes montagnes (les montagnes tiennent une grande place dans cette géographie de
l'autre monde), d'où sortaient des torrents de métaux liquéfiés,
au sein desquels étaient baignées une immense foule d'âmes.
Charles reconnut entre autres celles de plusieurs seigneurs, ses
compagnons à la cour de son père. Les unes disparaissaient
sous le flot brûlant jusqu'au cheveux, les autres jusqu'au men-
ton, et une voix criait : « Le châtiment des grands sera grand. »
Cette gradation se reproduit souvent chez Alighieri. Enfin
Charles arriva en un vallon dont un côté avait la rougeur bla-
farde d'un four allumé, dont l'autre était radieux et fleuri.
Tremblant dans tous ses membres, le prince vit, du côté sombre, plusieurs rois de sa race en proie à la damnation. Bientôt
l'un des coins obscurs de cette vallée s'éclaira d'une sorte de
reflet blanchâtre. Charles aperçut alors deux sources, l'une très-
chaude, l'autre tiède, et, tout à côté, deux tonneaux qui étaient
remplis de ces eaux. Dans la tonne bouillante, un homme se
tenait debout, plongé à mi-corps. C'était Louis-le-Germanique,
le père même de Charles-le-Gros. « Biau fils, n'aie paour, » lui
dit-il, pour parler comme les *Chroniques de Saint-Denis;* et il
lui expliqua comment, grâce à l'intercession de saint Pierre et
de saint Denis, il ne passait plus qu'un jour sur deux dans l'eau
brûlante. Puis il ajouta : « Si vous m'aidez de messes et d'of-
frandes, toi et mon fidèle clergé, je sortirai tout à fait du tonneau fatal... Pour toi, fais pénitence de tes crimes, ou ces deux

vastes tonneaux que tu vois à gauche te sont réservés. » Transporté au paradis, le roi des Francs reconnut son oncle Lothaire,
assis sur une énorme topaze, et qui lui dit avec douceur : « Ton
père sera bientôt délivré, mais notre race est perdue, et tu
cesseras prochainement de régner. » En effet, le fantôme du
jeune prince successeur de Charles apparut, et Charles, dé-
nouant le fil lié au pouce de sa main droite, le lui présenta
comme l'emblème du gouvernement, et le peloton lumineux
alla aussitôt s'amonceler entre les mains de l'enfant. Charles en
même temps revint sur terre, et trouva son corps plein de fatigue.

La couleur dantesque est frappante dans cette inexacte pro-
phétie de l'abdication de Charles-le-Gros; néanmoins c'est
toujours la politique qui se montre au premier plan de ces tableaux fantastiques du ixe siècle. Quand l'archevêque de Ham-
bourg, saint Anschaire, raconte (1) tout simplement ce qu'il a
vu dans l'autre monde, sans y mêler d'allusions contemporaines, c'est là un rôle tout à fait exceptionnel. Il y a d'ailleurs,
dans le récit de l'archevêque, quelques beaux détails. Sa trans-
figuration dans les feux du purgatoire, sa course vers le paradis
entre les deux apôtres ses guides, qui marchent d'un pas immobile, *gressu immobili ambulantes*, à travers une lumière
croissante, ce tableau des saints tournés tous avec adoration
vers l'orient, et plus loin ces vingt-quatre vieillards assis sur
des trônes, et les yeux levés aussi vers l'orient; à l'orient enfin
cette immense clarté en qui résident toute couleur précieuse et
tout bonheur ineffable, c'est-à-dire le dieu éternel; tout cela
n'est pas sans une certaine poésie, rare au ixe siècle, et qui ne
serait pas indigne d'Alighieri. Mais, encore une fois, c'est là
l'exception.

Ce qu'il y a de plus remarquable dans les visions d'alors, c'est

(1) Voir, au t. VI des *Bollandistes*, la vie de saint Anschaire par saint
Rembert, son disciple et son successeur.

qu'elles ont pour héros des contemporains. Évidemment la
foi à ces sortes de fictions était facile et générale, et jamais le
mot rapporté par saint Chrysostome (1) ne semble avoir été
plus applicable : « Si quelqu'un sortait de chez les morts, tous
ses récits seraient crus. » Autrement on n'eût pas manqué d'attribuer à de saints personnages du passé de glisser sous la
grave autorité de leur nom toutes ces inventions sur le monde
futur. La précaution était facile à prendre : personne ne sentit
le besoin d'y avoir recours, et de transporter ces merveilles
dans les lointains commodes de l'histoire. Les imaginations, on
le comprend, étaient bien autrement ébranlées encore quand
on leur désignait, non plus seulement dans les livres, mais dans
leur temps, tout à côté, dans le pays, dans la ville même, ces
visionnaires authentiques desquels on disait sans doute, comme
les femmes de Ravenne à la vue de Dante : « Voilà l'homme
qui revient de l'enfer. »

Ainsi la crédulité atteint son apogée dans les années de ténèbres qui succèdent à la grande ère de Charlemagne. La fécondité des légendaires disparaît même au xᵉ siècle. L'ange de la
mort semble étendre un instant ses ailes sur la société euro-
péenne. Des générations tout entières, prenant au sérieux les
fantasmagories infernales qui ont successivement passé sous
nos regards, croient à la fin prochaine du monde, et attendent
avec terreur le moment suprême. *Termino mundi appropin-
quante*, des chartres, des lettres sont ainsi datées. La croyance
des millenaires est devenue un lieu commun de chronologie.
Il semble qu'alors l'humanité elle-même ayant le pied dans la
tombe, personne, sous cette impression générale et profonde,
n'ose plus se risquer, du sein de la vie présente, au dangereux
pèlerinage de la vie à venir. C'est une halte des légendaires.

(1) *Serm.* 66.

VI.

Saint Brendan. — Sermon de Grégoire VII. — Albéric. — Odilon de Cluny.
— La caverne de saint Patrice. — Timarion.

Au xiᵉ siècle, les visions commencent à reparaître. La première qui se présente a précisément le caractère dont nous
avons noté l'absence dans l'époque antérieure. La foi populaire
devenant quelque peu rebelle avec l'âge, on se hâta de mettre
sur le compte de morts respectés ce qu'on n'osait plus dire en
son propre nom; on s'empara des traditions analogues, des
traditions des vieux temps, pour les développer dans des rédactions nouvelles. C'est ainsi que deux saints irlandais du
viᵉ siècle se trouvent tour à tour, Brendan au. xiᵉ et Patrice
au xiiᵉ, évoqués dans les légendes.

Les fabuleuses merveilles du *Voyage de Brendan* (1) nous
touchent par quelques points seulement. Laissons le saint
abandonner la verte Erin, et chercher à travers les mers la
contrée idéale, l'île fortunée, ce jardin regretté d'Adam, au
seuil duquel il voudrait au moins mourir comme Moïse : lais-
sons-le courir les aventures et entasser des miracles auprès
desquels les merveilles de Robinson et de Gulliver semblent de
chétives inventions, et notons seulement trois traits distincts
qui rentrent dans notre sujet.

C'est d'abord une île remplie d'innombrables oiseaux blancs,
lesquels chantent avec des voix humaines les psaumes de David.
Ces oiseaux sont des anges déchus, qui, sans partager la révolte
de Satan, demeurèrent neutres et la laissèrent éclater. Ces
anges ne souffrent point, ils sont même libres toute la semaine
et errent à leur gré dans les espaces; mais le dimanche est pour
eux un jour d'esclavage, durant lequel ils sont forcés de revêtir

(1) Voir la *Légende latine de saint Brandaines*, publiée par M. Achille
Jubinal, 1836, in-8.

ce blanc plumage et de psalmodier les offices. Dante a été bien autrement sévère envers ces esprits égoïstes qui n'osèrent se montrer ni rebelles ni fidèles à Dieu (1). Pareils au sable quand le vent tourbillonne, ces malheureux roulent en gémissant dans un air éternellement orageux, et c'est au seuil extérieur de l'enfer qu'ils souffrent leur vie obscure et jalouse; car, si le ciel les a chassés pour ne pas perdre sa pureté, l'enfer aussi les a repoussés, de peur que les damnés en tirent quelque gloire. On voit ici quels souffles différents et presque contraires animent le légendaire et le poëte : ce ne sont presque jamais les inspirations d'indulgence que l'implacable génie de Dante emprunte à ses devanciers.

Brendan ne voit guère que les abords de l'enfer ; à un certain moment pourtant, on croirait qu'il va pénétrer plus avant : *Sumus modo in confinio infernorum*. Il s'agit d'une île sauvage, entourée de fumée et de lueurs lugubres. On n'y entend que le bruit des noirs forgerons (singulière réminiscence des Cyclopes !) qui frappent à coups redoublés sur de vastes enclumes. Ce sont sans doute les damnés qui servent de fer malléable. Un de ces monstrueux ouvriers, à la fois *plein de ténèbres et de feu*, vint pour frapper Brendan avec son marteau enflammé; mais le saint, armé de sa croix, le fit fuir aussitôt. Dans sa fureur, la bande infernale se mit alors à incendier l'île; et, comme chacun de ces affreux forgerons jeta sa massue de feu à la mer, l'eau bouillonna comme en une chaudière échauffée (2).

Plus loin, Brendan trouve assis sur une pierre un homme velu et difforme, contre les yeux duquel frappait incessamment

---

(1)   ..... Angeli che non furon ribelli
             Nè fur fedeli a Dio, ma per se foro.....   *Infern.*, III, 38.)

comme dit le poëte dans ses admirables vers.

(2)   Li mers com caudière bouloit
                  Quant ele a fort fu desous li,

pour emprunter les paroles du trouvère qui a mis cette legende en rimes.

un pan de voile agité par le vent. C'était Judas, qui, par la clémence de Jésus, venait là, les jours de fête, se reposer des tortures que les démons lui faisaient endurer le reste du temps.
Le malheureux raconta au pèelrin comment la montagne qu'il
voyait était la demeure de Léviathan et de ses satellites, et
comment, à chaque âme impie qui tombait dans le cratère,
l'enfer, en signe de joie, lançait des flammes au dehors. A la
prière de Judas, et au grand mécontentement des démons ses
bourreaux, Brendan lui accorda une nuit de répit.

Il est tout à fait remarquable que Judas, dans cette légende,
soit précisément le seul qui jouisse du repos dominical. C'est
un généreux privilége que le Christ, en son infinie charité,
accorde à celui qui l'avait trahi. On pourrait bien trouver quelque chose d'analogue chez ceux qui ont enseigné que le jour
du sabbat interrompt les supplices du purgatoire. Cependant
observez la différence. Qu'est-ce en effet que le purgatoire
entre l'enfer et le paradis, sinon une chose éphémère entre
deux choses éternelles? Ce n'est pas le bien, mais ce n'est plus
le mal. Transition mystérieuse où les douleurs sont tempérées
par l'espérance; asile provisoire où, comme sur la terre, on sait
aussi ce que c'est que le temps, et combien durent les heures!
Il n'est donc nullement étrange de voir introduire des tempé-
raments, des délais, dans ce qui n'est pas destiné à durer toujours. Mais la pitié en enfer, mais le Christ pardonnant autant
qu'il est en lui (puisque l'éternité des peines est proclamée) à
l'homme qui l'a conspué et vendu, c'est assurément le plus
poétique et le plus touchant, sinon le plus orthodoxe effort des
imaginations chrétiennes du moyen âge. Dante, qui se complaît
à la tradition catholique en ce qu'elle a de plus sombre et de
plus rigoureux, s'est bien gardé de suivre cet exemple. Loin
d'imiter ces excès d'indulgence, il a montré au dernier degré
de l'enfer Judas, la tête dans la gueule de Lucifer, agitant en
dehors ses jambes dénudées par les coups de griffes (1).

---

(1) *Infern.*, XXXIV, 62.

Le poëte, qui savait tout ce qu'on savait de son temps, a dû connaître le *Voyage de saint Brendan*. Aucune tradition du moyen âge ne fut plus répandue que celle-là; le tour, l'imagination brillante et presque orientale qu'elle décèle, ont un peu effrayé la facile critique des Bollandistes, qui n'ont vu dans tout cela que des rêves indignes d'attention, *deliramenta apocrypha*. Le malheur est que précisément cette antique légende est une de celles qui ont exercé la plus longue, la plus réelle influence. Soupçonnerait-on qu'il n'y a guère plus d'un siècle, en 1721, un vaisseau, et cela dans un but non de piété, mais d'ambition, partait encore des ports de l'Espagne pour chercher à l'ouest des Canaries l'île fortunée, l'île fabuleuse de saint Brendan? Voyez le triste sort de ces idées du moyen âge : celles qui tentent la cupidité et l'intérêt sont presque les seules qui persistent. Dans l'Espagne du xviii⁰ siècle, on n'eût point rencontré peut-être un seul soldat qui voulût, comme aux grandes époques chrétiennes, tenter la croisade et délivrer le tombeau du Sauveur. Eh bien! il se trouvait en revanche des aventuriers qui couraient au-delà des mers vers je ne sais quelle terre inconnue, vers je ne sais quel souvenir égaré de l'Atlantide. Il est vrai que cette superstition avait si profondément pénétré dans les croyances populaires, qu'au xvi⁰ siècle, au temps de Luther, on avait vu des spéculateurs se ruiner et des expéditions considérables mettre à la voile pour atteindre cette chimère. La terre apocryphe de saint Brendan avait même eu la consécration diplomatique, car elle figure sous le nom d'*île non trouvée* dans le traité par lequel le Portugal cède à la Castille ses droits de conquête sur les Canaries.

Quoi qu'il en soit de cette tradition étrange et obstinée, il est légitime de penser qu'elle n'a pas été sans quelque lointaine et sourde influence sur les deux plus grands génies des temps nouveaux, Dante et Colomb, deux noms qui s'appellent, deux fugitifs qui rêvent la contrée idéale, car ils ont un tel vide en eux-mêmes, qu'il leur faut l'infini pour le combler. Repoussés de leur patrie, ils vont en chercher une autre, l'un dans l'inconnu des mers, l'autre dans les mystères de la vie future, et chacun revient avec sa conquête, Colomb avec des empires, Dante avec son poëme, tous les deux avec un monde nouveau. Ce ne serait pas assurément une petite gloire pour le premier et ignoré rédacteur du *Voyage de saint Brendan* que d'avoir ainsi, après des siècles, donné une impulsion à l'homme qui a trouvé l'Amérique, à l'homme qui a fait *la Divine Comédie.*

Revenons au XIᵉ siècle. Rien ne s'accomplit dans cette ère d'envahissement pontifical que le génie d'Hildebrand n'intervienne. Grégoire VII, archidiacre alors, et prêchant un jour devant Nicolas II, n'hésita pas à se servir à son tour de ces prosopopées de l'enfer, et se mit à raconter comment, dix années auparavant, il était mort en Allemagne un comte riche et en même temps honnête, *ce qui semble un prodige dans cette classe d'hommes* (c'est déjà une haine de guelfe, comme on voit). Depuis lors, un saint personnage, étant allé en esprit dans le séjour de la damnation, vit ce même comte sur le degré le plus élevé d'une vaste échelle. Mais je ne veux pas altérer plus longtemps la pensée de Grégoire VII, je le laisse parler lui-même : « Cette échelle, dit-il, semblait s'élever intacte entre les flammes « bruyantes et tourbillonnantes de l'incendie vengeur, et être « là placée pour recevoir tous ceux qui descendaient d'une même « lignée de comtes. Cependant un noir chaos, un affreux abîme, « s'étendait à l'infini, et plongeait dans les profondeurs infer- « nales d'où montait cette échelle immense. Tel était l'ordre « établi entre ceux qui s'y succédaient : le nouveau venu prenait « le degré supérieur de l'échelle, et celui qui s'y trouvait au- « paravant, et tous les autres descendaient chacun d'un échelon « vers l'abîme. Les hommes de cette famille venant après la « mort se réunir successivement sur cette échelle, à la longue, « par une loi inévitable, ils allaient tous l'un après l'autre au « fond de l'abîme. Le saint homme qui regardait ces choses de- « mandant la cause de cette terrible damnation, et surtout pour- « quoi était puni ce comte, son contemporain, qui avait vécu « avec tant de justice, de décence, de probité, une voix répondit :

« A cause d'un domaine de l'église de Metz qu'un de leurs an-
« cêtres, dont celui-ci est l'héritier au dixième degré, avait en-
« levé au bienheureux Étienne, tous ceux-là ont été dévoués
« au même supplice, et, comme le même péché d'avarice les avait
« réunis dans la même faute, ainsi le même supplice les a ras-
« semblés pour les feux de l'enfer. » Que dire de cette malédiction implacable étendue pour une faute pareille sur tant de
générations ? que dire de l'incertitude et de l'attente ainsi introduites comme un raffinement au milieu des supplices éternels ? On reconnaît un ancêtre de Dante dans le terrible génie
qui a inventé ce *noviciat progressif de l'enfer*, selon la vive expression de M. Villemain, à qui j'emprunte ces lignes qu'il lui appartenait de citer le premier (1).

Propagée de la sorte par l'homme qui, quelques années plus
tard, sut faire des monarchies de l'Europe une sorte de féodalité pontificale, cette apostrophe, diversement reproduite et
commentée, ne tarda pas à devenir un lieu commun de la prédication usuelle, un texte vulgaire, un canevas commode pour
les vengeances. Le pardon d'ailleurs (on est sûr d'en toujours
trouver quelques traces, même aux plus sombres époques du
christianisme) continuait d'avoir sa part en ces légendes sur la
vie future. Ainsi on racontait, dans la première moitié du
XIᵉ siècle (2), qu'un chevalier, au retour de la terre sainte, avait
été jeté par les tempêtes en une île déserte, et que là un ermite,
venu à sa rencontre, lui avait expliqué comment les gouffres où
on tourmentait les morts n'étaient pas éloignés. L'ermite lui
assura même avoir entendu les diables tout récemment se
plaindre du grand nombre d'âmes que l'abbé Odilon et ses moines
de Cluny délivraient par leurs prières : pas un jour ne se passait que quelque patient ne fût par là racheté. Et alors cha-

(1) *Tableau de la Littérature au moyen âge*, leçon I.
(2) Voir *la Fleur des Saints*, du P. Girard, t. II, p. 445. Voltaire s'est
égayé sur cette innocente légende au mot *Purgatoire* de son *Dictionnaire
philosophique*.

cun se mit à conjurer le pieux abbé de toujours continuer, et
d'augmenter de cette façon la joie des saints dans le ciel, la fureur des démons dans l'enfer.

C'est ainsi que les promesses toujours se retrouvaient, en cette
série de visions, à côté des menaces. Espérer et craindre, n'est-ce
pas là tout l'homme? Aussi, on conçoit l'avidité avec laquelle la
foule s'emparait de récits qui excitaient à ce degré sa peur
comme sa confiance dans le monde à venir. Au surplus, ce n'est
pas la publicité, ce n'est pas la popularité qui jamais, durant le
moyen âge, manquèrent à ces légendes, et, si celle d'Albéric demeura ignorée jusqu'à ce que l'abbé Cancellieri en publiât le
texte latin (1), il y a une trentaine d'années, ce fut là seulement
un de ces hasards qui se rencontrent quelquefois dans l'histoire
des lettres. Cette vision était advenue, vers le commencement
du xiie siècle, à un jeune moine du Mont-Cassin, et on en conservait avec soin la relation dans ce monastère même, où l'Alighieri en prit peut-être connaissance au temps de son ambas-
sade à Rome (2).

Il y avait en Campanie un certain château, dit le château des
Sept Frères. Un noble chevalier l'habitait, qui avait un fils nommé
Albéric. A l'âge de dix ans, Albéric, attaqué d'une maladie de
langueur, demeura neuf jours immobile et sans connaissance.
C'est durant cet évanouissement qu'il eut sa vision. Une colombe blanche l'emporta par les cheveux, tandis que saint Pierre
et deux anges lui servaient d'ailes. Ravi en un autre monde, il
trouva à son tour cet enfer déjà connu, cette foule de supplices

(1) Rome, 1814, in-12. La vision d'Albéric a été insérée par Lombardi
dans sa célèbre édition de Dante, avec une confrontation des passages analogues de *la Divine Comédie*. Ces passages sont nombreux sans doute;
toutefois la plupart des détails cités n'appartiennent ni à Dante ni à Albéric, mais bien aux visions antérieures. C'est ce qu'il eût fallu dire.

(2) *Parad.*, xxii, 37. M. Arrivabene a péremptoirement réfuté l'opinion
de Ginguené, qui prétend que Dante n'avait pu aller au Mont-Cassin. (Voir
la Div. Commed. giust la lez. del cod. Bartoliniano, Udine, 1827, in-8,
t. III, p. 698.)

vulgaires que nous avons déjà rencontrés tant de fois. A la fin
le jeune pèlerin de la mort se trouva vis-à-vis d'un reptile gigantesque, devant la gueule duquel les âmes voltigeaient comme
des insectes. Quand le monstre respirait, ces malheureuses disparaissaient ainsi qu'une nuée dans sa poitrine, et rejaillissaient
ensuite en étincelles : Judas était du nombre. Au sortir d'une
mer de flammes, tout à fait comme Alighieri dans *le Purgatoire* (1), Albéric arriva à des champs immenses, couverts de
chardons, et à travers lesquels un démon, monté sur un dragon ,
poursuivait avec une fourche entourée de vipères les pauvres
repentants. Après avoir assisté au jugement d'un pécheur par
le Tout-Puissant, après avoir vu une page de crimes effacée du
livre de la justice par une seule larme de repentir qu'avait recueillie l'ange de la miséricorde, le jeune voyageur parvint aux
abords du ciel, où , comme toujours, il ne rencontra que des
parfums, des lis et des roses. Aussitôt il revint sur terre, et
saint Pierre, lui faisant parcourir un grand nombre de royau-
mes, lui montra les lieux sacrés auxquels il fallait croire. Rou-
lant ensuite une immense carte sur laquelle était tracée l'image
de ces contrées, l'apôtre la broya et la lui fit avaler. Albéric ne
sentit rien, mais bientôt il se réveilla de son assoupissement,
étourdi et frappé au point que, pendant plusieurs jours, sa mère
ne put se faire reconnaître de lui. Plus tard il se fit moine, et
prit l'habit au Mont-Cassin.

Un des traits caractéristiques du texte d'Albéric, c'est que
l'idée de purgatoire y domine celle d'enfer, ou plutôt que les
deux choses sont entièrement confondues. Guidé par la doctrine de saint Thomas, qui annonçait que les âmes, dans le purgatoire, ne sont pas tourmentées par les démons (2), Dante, le
premier parmi les poëtes, comprendra qu'au point de vue chrétien, le purgatoire n'est pas un appendice de l'enfer, mais une
sorte de vestibule du paradis; le premier parmi les visionnaires,

(1) xxvii, 10.
(2) *Summ.*, tert. part., suppl., quæst. 72, art. 3.

il séparera, il éloignera les *réprouvés* des *éprouvés*. Toutefois, il
faut rendre justice à chacun, cette idée commençait déjà à poindre dans le voyage de l'autre monde que nous avons vu accomplir au roi Charles-le-Gros.

Si la vision d'Albéric est restée inconnue et n'a guère franchi
les murs de l'abbaye du Mont-Cassin, on peut affirmer que celle
dite du *purgatoire de saint Patrice* (1) devint, en revanche, familière à toute l'Europe. Mathieu Paris (2) ainsi que Vincent de
Beauvais (3) lui firent les honneurs de leur prose; Marie de
France enfin, et d'autres jongleurs avec elle, la rendirent populaire par leurs rimes (4) : c'est une de celles qui probablement
furent connues d'Alighieri.

Une très-ancienne tradition voulait qu'au vıᵉ siècle l'apôtre
Patrice eût, pour convaincre les Irlandais, ouvert, près de Dun-
gal, une caverne miraculeuse qui menait à l'autre monde. C'est
dans cette caverne que s'avisa de vouloir descendre, six siècles
plus tard, et par pur esprit de pénitence, un soldat converti
nommé le chevalier Owein. Après être demeuré quinze jours
en prières (il y a là évidemment quelque souvenir de l'antre antique de Trophonius, tel que l'a dépeint Pausanias (5)), Owein
s'aspergea d'eau bénite; puis, se recommandant à Dieu et à la
procession qui l'accompagnait, il entra seul et pieds nus. Après
qu'il eut longtemps marché dans les ténèbres, le chevalier arriva à une vaste cour entourée de colonnes. Là quinze religieux
vinrent le trouver, et le prieur, qui marchait en tête, l'engagea
vivement à ne se point laisser tenter ni effrayer par les démons.
Une légion de diables difformes ne tarda pas en effet à arriver,
et, après avoir vainement offert à Owein de le reconduire par où

----

(1) Voir Bolland., 17 mars, p. 587.

(2) Édit. de 1644, in-folio, p. 61 et suiv.

(3) Ann. 1153.

(4) Roquefort, *Poésies de Marie de France*, t. II, p. 411 et suiv. Cf. De
Larue, *Bardes et Jongleurs*, t. III, p. 245.

(5) *Descript. Græc.*, l. ıx; *Bœotica*, c. 39. Cf. Le Grand d'Aussy, *Fabliaux*, édit. Renouard, 1829, in-8, t. V, p. 93.

il était venu, elle essaya de le jeter tantôt sur un énorme bûcher,
tantôt sur une roue aux dents de feu; mais toujours le nom du
Christ, prononcé à propos par Owein, faisait évanouir ces simulacres de supplice. Le chevalier, resté seul avec quelques
démons, se sentit entraîner rapidement dans des solitudes ténébreuses, lointaines, sans fin, et où soufflait un vent violent.
Enfin apparut une plaine dont l'horizon était infini, et d'où par-
taient des gémissements : une multitude d'hommes couchés à
terre et traversés par des pieux rougis, mordaient le sol avec
rage. Dans un autre champ, ils étaient couchés sur le dos : des
dragons, assis sur leur poitrine, les déchiraient avec des dents
de feu, et des serpents *ignés,* les serrant à les étouffer, lançaient
leurs dards dans le cœur de chacun d'eux. De hideux démons
et des vautours gigantesques volaient sur cette foule et lacé-
raient ceux qui ne souffraient pas assez. Plus loin, c'étaient
d'autres tourments : ici, des squelettes grelottant sous une glace
éternelle; là, des patients attachés au sol par des clous si nombreux qu'on n'eût pas trouvé à poser le doigt sur leur chair (1);
puis venaient des damnés suspendus dans le soufre par les ongles, une roue de feu qui tournait si vite qu'on eût dit un cercle rouge, et enfin des broches colossales que des démons arro
saient avec des métaux fondus. Voilà ce qu'Owein vit dans les
vallées de la damnation; quant aux ineffables délices des jardins célestes, il ne les contempla qu'à distance, à travers une
lumière fatigante et du haut d'une grande montagne, où une
procession l'était venue conduire. Il lui fut défendu d'aller plus
loin : on le reconduisit à la porte, qui se ferma, et le chevalier
revint humblement sur terre, purifié de ses péchés.

Je ne mets pas en doute que l'auteur de *la Divine Comédie*
n'ait directement connu cette légende; le souvenir s'en retrouve
à bien des endroits du poëme, et les rapprochements sont trop

(1)   Si espès que nul ni mettreit
             Sun dei k'a clou ni tuchereit...

dit **Marie de France.**

faciles pour qu'il soit besoin de les indiquer. On a même été plus loin, on a voulu que Dante ait puisé directement son sujet et tout son plan dans le vieux roman de *Guerino il Meschino* (1), dont la date et l'origine, soit provençale, soit française, sont incertaines, et où se retrouvent tout simplement les principaux détails de la vision d'Owein. L'enfer a, dans ce roman, la forme concentrique qu'il a reçue de Dante, et Satan y occupe également le fond de l'abîme; mais il serait aisé d'établir, malgré l'autorité de Pelli et de Fontanini, que le roman de *Guerino*, si populaire au xve siècle, et qui a eu les honneurs de la *Bibliothèque bleue*, est, au moins dans sa rédaction actuelle, postérieur à *la Divine Comédie*.

Peu importe; avec le temps, avec chaque siècle, le cycle légendaire auquel appartient *la Divine Comédie* s'étend et se diversifie. On le voit ainsi grandir jusqu'à Dante, qui absorbe tous ces ruisseaux, comme fait un grand fleuve, sans que ses eaux même paraissent grossir et s'augmenter.

Il n'est donc pas possible de douter que le pèlerinage de l'autre monde ne fût à la fin devenu comme une forme générale et courante, commode aux écrivains. Ce genre littéraire, répandu dans toute l'Europe, pénétra jusqu'à Constantinople, sans doute à l'aide des croisades. Un contemporain inconnu d'Anne Comnène chercha en effet à rajeunir par une composition de cette espèce la littérature dégénérée de la Grèce. Rien de plus plat que cette *Vision de Timarion* (2). Un gourmand entouré de rats qui lèchent sa barbe, un rhéteur qui mord l'épaule de Diogène pour entrer en paradis, voilà tout ce que sait trouver l'imagination abâtardie du Byzantin. Le tribunal de l'éternité n'est plus chez lui qu'une méchante échoppe où plaident

(1) Padoue, 1473, in-folio, ch. CLX et suiv.

(2) Elle a été publiée par M. Hase, *Notices des Mss.*, t. IX, 1813, in-4, p. 141. Il y a encore deux autres rapsodies byzantines du même genre, mais postérieures à Dante. M. Hase a donné l'analyse de la première à la suite de celle de Timarion (*ibid.*, p. 129 et suiv.); M. Boissonnade a inséré le texte de la seconde (ἐπιδημία Μάζαρι ἐν ᾅδου) dans ses *Anecdota græca*.

des avocats bavards; ce ne sont que rivalités de pédants ou ergoteries de théologiens, en un mot l'empire grec au XIIe siècle.

Ne rions pas trop de ce manque d'art, de cette grossièreté du moyen âge; il en reste des traces dans l'œuvre même du maître, et le lecteur de Dante s'aperçoit trop souvent qu'il n'assiste qu'au rêve d'un homme. Çà et là les petites haines du gibelin, les intérêts de faction ou de caste, font irruption tout à coup au milieu des intérêts éternels. Il y a, par exemple, un endroit du *Paradis* qui m'a toujours choqué : on est au milieu des sphères, tout semble s'abîmer dans l'infini, et le poëte montre à peine visibles à l'horizon des espaces la planète obscure où végète l'homme; mais voilà que subitement la terre se rapproche comme par un coup de théâtre, au point qu'on la touche pour ainsi dire et qu'on reconnaît les rues de Florence. L'illusion, qui a des ailes, disparaît aussitôt, et il me semble que j'ai entrevu les ficelles du machiniste. Toutefois le génie de l'Alighieri a en soi quelque chose de si despotique, qu'on retombe vite sous le joug; il ne vous lâche que pour vous ressaisir.

On le sait, il est douteux que Dante eût lu directement Homère; en revanche, les platitudes byzantines de Timarion parvinrent-elles jusqu'à lui? Ce serait un grand hasard, et il est presque permis d'affirmer le contraire. Je tenais néanmoins, en poursuivant ainsi jusque dans la Grèce mourante cette inspiration commune et générale des visions sur l'autre monde, je tenais à montrer, par un exemple d'autant plus frappant qu'il est détourné, quel est au fond le caractère en quelque sorte humain de l'œuvre du poëte. Dante avait pour lui l'initiative des peuples, qui, par tant d'ébauches successives, préparèrent cette épopée à laquelle il devait donner son nom.

Si on voulait même sortir de ce vieux monde païen, devenu, au moyen âge, le centre et comme le domaine immédiat du catholicisme, on pourrait demander à la poésie scandinave et à la littérature orientale quels sont les monuments analogues qu'elles présentent à la critique. On a rapproché quelques traits

I.   16

de *l'Edda* de certains passages de *la Divine Comédie;* je pourrais en faire autant pour le voyage de Tadjkita vers le roi de la mort dans *le Mahabarata,* enfin pour tous ces codes des religions de l'Inde, pour toutes ces épopées sanscrites dont les poëtes semblaient faire de gigantesques sépultures à leur pensée. Sans même s'égarer si loin, il y aurait à rechercher si l'influence arabe, manifeste à la cour lettrée de Sicile, et qui par là avait dû remonter en Toscane, n'a pas fait pénétrer chez Alighieri quelques-unes des images du Koran; il y aurait à rechercher aussi si les sept compartiments (1) progressifs introduits dans le séjour de la damnation par les rabbins ne lui donnèrent pas l'idée première de ses cercles infernaux. Mais, je le demande, ne serait-ce pas élargir inutilement, indiscrètement le cercle de l'inspiration dantesque? ne serait-ce pas se montrer infidèle au caractère même de ce grand génie poétique? Assurément, si on considère le sol, pour ainsi dire, de la culture littéraire du moyen âge, on voit peu à peu s'établir comme un double courant qui vient féconder ces plages arides et jonchées des débris de la civilisation romaine. L'un sort du monde germanique et de la Scandinavie pour apporter à la vieille Europe cette poésie originale et barbare qu'on retrouve dans *les Eddas* et dans *les Niebelungen;* l'autre nous arrive de Bagdad avec les féeries, avec les splendeurs inattendues de la littérature arabe. Dante, sans nul doute, a profité de l'influence générale que cette nouvelle et double révélation poétique avait déjà exercée de son temps; mais il n'en a rien tiré individuellement, directement. Le propre de son talent, ou, si l'on veut, de sa méthode, c'est de s'enfermer dans l'ancien monde, dans la Rome impériale devenue la Rome pontificale. Son livre ressemble à ces temples des anciens dieux changés en églises; le

(1) « Hæc vocantur : gehenna, portæ mortis, portæ umbræ mortis, puteus corruptionis, lutum cœni, perditio; intimum est infernus..... » (Joh. Buxtorfii *Lexicon chaldaicum, talmudicum et rabbinicum.* Bâle, 1639, in-folio, p. 231 a.)

poëte s'agenouille au pied de la croix, mais il est aussi en contemplation devant l'adorable beauté de l'art païen. C'est Virgile qui le guide dans son pèlerinage catholique : les véritables tendances de Dante éclatent ici manifestement; par son culte pour l'antiquité, il fait présager la Renaissance; par la donnée pieuse de son poëme, il résume les croyances du moyen âge. Ces statues de Janus, qu'il pouvait contempler dans les ruines italiennes et qu'allaient bientôt recueillir les musées des Médicis, semblent lui avoir fait envie; comme elles, il a les regards tournés en même temps vers le passé et vers l'avenir.

VII.

Envahissement du grotesque par les trouvères. — Adam de Ros. —
Rutebeuf. — Raoul de Houdan. — Fabliaux.

Dante a commencé son poëme à la fin du XIIIe siècle; or, au XIIIe siècle s'ouvre précisément une ère nouvelle. Il y a comme un temps d'arrêt dans les visions, comme un moment de silence solennel avant la venue d'Alighieri. Les moines sont dépossédés par les trouvères. Dorénavant, au lieu d'être le résultat d'hallucinations sincères, ou de servir d'instruments aux ruses politiques, les pèlerinages dans l'autre monde deviennent de simples thèmes littéraires.

L'esprit narquois et trivial des trouvères venait de faire la satire de la vie dans le *Roman de Renart*. Pour continuer cette œuvre, il lui suffit de s'emparer des visions, car rien n'est si facile que de railler ce monde-ci en parlant de l'autre. Comme l'imagination d'ailleurs n'était pas le propre de ces poëtes de la langue d'oïl, ils durent naturellement se saisir dès l'abord d'un cadre aussi facile et aussi anciennement populaire. On devine quelles transformations va subir la vision en passant ainsi du cloître dans la rue, de la langue officielle de l'église dans les patois vulgaires : le familier se substituera au sérieux, la satire à la menace, la plaisanterie burlesque à la terreur. Il n'y a pas à s'y tromper, c'est l'esprit des temps nouveaux, c'est le scepticisme futur qui commence à apparaître, sans qu'on le devine, sous cette livrée et avec ces grelots de baladin. Quand Voltaire, plus tard, se moquera des contes bouffons que les jongleurs faisaient de la vie à venir, il méconnaîtra sa propre généalogie, il ne se doutera pas que ces paradoxes impies qu'il ose émettre sur l'autre monde, il n'a la liberté de les écrire et le privilége de les faire croire que parce que ces pauvres rimeurs du moyen âge ont les premiers risqué le sarcasme contre la foi des époques antérieures. L'éclat de rire amer qui semble se correspondre, à travers les âges, de Lucien à l'auteur de *Candide*, a certainement son écho chez les trouvères. De là le caractère étrange et inattendu des visions versifiées d'alors.

L'histoire littéraire n'échappe pas à la loi des transitions; entre les visions latines, qui étaient écrites d'un ton grave, et les visions en langue vulgaire, qui furent rédigées dans une intention plaisante, il dut se produire des œuvres intermédiaires. C'est précisément le caractère d'un petit poëme rimé, au commencement du XIIIe siècle, par un pauvre moine anglo-normand. Ce qu'il y a de curieux dans la *Descente de saint Paul aux enfers* (1), d'Adam de Ros, c'est que Dante semble avoir connu ce poëme, tandis qu'il a ignoré ou fait comme s'il ignorait les autres productions des jongleurs. Il dit en effet à Virgile, au IIe chant de *l'Enfer :* « Pourquoi venir ici? Je ne suis pas Énée, je ne suis pas saint Paul. » Le texte est irrécusable.

Après avoir trouvé aux enfers les divers supplices qui sont devenus pour nous des banalités, saint Paul arriva à une citerne scellée de sept sceaux. L'archange Michel, son guide,

---

(1) L'Écriture a seulement raconté le ravissement de saint Paul au ciel (*Act.*, IX). Quant au poëme d'Adam de Ros (v. De Larue, *Jongleurs*, t. III, p. 139), il a été inséré dans les pièces justificatives du livre de M. Ozanam sur *Dante et la Philosophie catholique au treizième siècle*, 1839, in-8, p. 343 et suiv.

l'ouvrit, et une odeur infecte s'exhala. C'était la prison des inncrc-
dules, et alentour se trouvait une fosse où d'autres coupables,
nus et rongés tout entiers par la vermine, se roulaient les uns
sur les autres. On reconnaît ici le cloaque des faussaires pesti-
férés (1) que Dante va bientôt nous montrer, tantôt rampant,
tantôt s'arrachant à coups d'ongles les scares d'une peau gan-
grenée. Au surplus, ce n'est pas la seule ressemblance : la scène
du démon qui vole et se démène plein de joie, emportant sur
son dos une âme que les diables harponnent, se retrouve presque littéralement chez l'Alighieri (2).

Quand il eut parcouru le paradis, saint Paul, touché du contraste, se mit à prier le Christ, et obtint que les supplices cesse-
raient dorénavant du samedi soir au lundi matin. Puis, avant
de s'en retourner sur terre, il demanda à Michel combien du-
reraient les tourments de l'enfer, et l'archange répondit naïvement : « Quarante-quatre mille ans. » Ainsi le trouvère, comme
l'enfant qui ne soupçonne point de nombres au-delà du chiffre
qu'il sait, accumule au hasard quelques milliers d'années, afin
de représenter l'idée d'infini; c'est l'immensité réduite aux
proportions de son intelligence. Voilà bien la poésie du moyen
âge, et en même temps la gloire de Dante.

Rutebeuf (3), ce cynique précurseur de Villon, a, un des premiers parmi les trouvères, essayé de descendre le chemin de
l'autre monde; mais il s'est, pour ainsi dire, arrêté au milieu.
Sa *Voye de Paradis* n'est qu'un fabliau plein de ces personni-
fications oiseuses qui, appliquées aux expéditions vers l'autre
monde, n'étaient pas même une nouveauté; car, dès le IVᵉ siècle,
Marcianus Capella avait raconté le voyage de Philologie au ciel.
Il ne fallait pas grand effort d'imagination pour montrer, sur la
route de la vie future, la Paresse vêtue en chanoine et l'Or-

(1) *Infern.*, XXIX, 52.
(2) *Ibid.*, XXI, 30.
(3) *OEuvres* publ. par M. Jubinal, 1839, in-8, t. II, p. 24. Cf. Le Grand
d'Aussy, *Fabliaux*, édit. Renouard, t. II, p. 226.

gueil habillé en évêque. En nous approchant de *la Divine Co-*
médie, nous nous en éloignons. L'inspiration dantesque ne
s'annonce pas davantage dans un autre *Voyage de Paradis* (1),
mauvais rêve où le trouvère Raoul de Houdan se fait montrer,
par Dieu lui-même, la couronne qui l'attend dans l'éternité.
Alighieri s'imposera bien d'autres épreuves avant d'obtenir la
purification.

Jusqu'ici nous avons vu les trouvères ne jouer, pour ainsi
dire, que sur les limites du sujet; mais ce même Raoul de Houdan y entra plus pleinement par son *Songe d'enfer*, où il a transporté les burlesques allures des rimeurs de fabliaux : on se
croirait déjà dans le Tartare de Virgile parodié par Scarron.
L'enfer n'est qu'un immense réfectoire (2). A peine le voyageur
est-il aperçu des convives, qu'on l'entoure avec empressement;
des clercs, des évêques, lui serrent la main. Belzébuth fait
mettre un couvert et lui dit : « Raoul, bien sois-tu venu. » Je
le demande, ne se croirait-on pas chez ces cuisinières de Proser-
pine qu'Aristophane nous montre dans *les Grenouilles?* Ne
croirait-on pas assister déjà à cette scène étrange de Rabelais (3)
où Épistémon, après avoir eu la tête coupée, raconte à Pantagruel comment « il avoit parlé à Lucifer familièrement, et fait
grand' chière en enfer et par les champs élysées, assurant devant
tous que les diables estoient bons compaignons. » Quand Raoul
de Houdan s'est mis à table, il s'aperçoit que la nappe est faite

---

(1) Dans les notes des *OEuvres de Rutebeuf*, t. II, p. 127.

(2) L'histoire, le croirait-on? vient ici servir d'appui au jongleur :
« ..... Prêtres et moines disent que les âmes sont tourmentées les unes jusques au col, les autres jusqu'à la ceinture, autres le doigt, et disent que
quelquefois elles sont assises et mangent à table et font des banquets, spé-
cialement à la fête des morts, quand les peuples offrent aux prêtres large-
ment sur leurs sépultures, et disent que quelquefois elles recueillent les
miettes sous les tables des riches... Et le peuple est fortement déçu et
trompé touchant les âmes en purgatoire... » (Jean Léger, *Hist. des églises
vaudoises*, p. 85.)

(3) L. II, c. XXX.

de peaux de publicains; la serviette qu'on lui sert est un *cuir* de vieille courtisane. Les plats se succèdent rapidement; ce sont des langues de plaideurs, des libertins à la broche, des larrons à l'ail, des nonnes en pâte; le reste du service se devine, et je n'en détaillerai pas le menu (1). On est effrayé de ces hardiesses des jongleurs, quand on songe qu'elles ont précédé Voltaire de cinq cents ans : tout a été osé de très-bonne heure.

Ne nous récrions pas trop contre ces grossièretés du rimeur qu'on rejetterait volontiers sur le compte d'un Saint-Amant ou d'un d'Assoucy. Pour être plus indulgents, rappelons-nous les monuments de la sagesse indienne, ces *Lois de Manou*, par exemple, qui datent de treize siècles avant notre ère, et où il est sérieusement question de damnés qu'on expose dans des poêles à frire (2).

Voilà ce que les trouvères firent de ces idées sur la vie future pour lesquelles le moyen âge, dans sa poésie, avait épuisé toutes les ressources de la terreur et de l'espérance : il était impossible de descendre plus bas dans la parodie. C'est l'esprit du temps; un grand nombre de fabliaux sont pleins, ici de brocards railleurs, là de trivialités ridicules sur les châtiments et les récompenses que la religion montre au delà de la tombe. On en jugera par quelques exemples. Tantôt, comme dans *la Cour de Paradis*, c'est une sorte de fête grotesque que Dieu improvise pour les élus (3). Saint Simon, muni d'une crécelle, va éveiller les bienheureux dans les dortoirs; les chœurs de vierges et de

---

(1) Cette pièce a été insérée à la suite des *Mystères inédits*, publiés par M. Jubinal, t. II, p. 384. Cf. Le Grand d'Aussy, t. II, p. 222. Dans les *Jongleurs et Trouvères* édités aussi par M. Jubinal, 1835, in-8. p. 43, on trouve une petite satire intitulée *Salut d'enfer*, dans laquelle le poëte anonyme raconte également les festins qu'on lui a donnés chez Satan et le bon feu qu'on lui a fait avec des moines. Les usuriers au pot et les entremets d'avocats lui avaient paru délicieux.

(2) IV, 30; édit. de Loiseleur Deslongchamps, 1833, in-8, p. 136.

(3) *Fabliaux* de Barbazan, édit. Méon, t. III, p. 128. Cf. Le Grand d'Aussy, t. V, p. 66.

martyrs accourent aussitôt, et, tandis que les quatre évangélistes
jouent du cor, ce sont des danses et des refrains érotiques
qu'on n'attendrait pas en pareil lieu. Tantôt c'est le célèbre
conte du *jongleur qui va en enfer* (1), et qu'on charge, durant
l'absence du diable, de faire bouillir la cuve des damnés. Saint
Pierre vient avec des dés et lui gagne toutes les âmes en peine.
Ou bien enfin c'est l'histoire du *vilain qui gagna le paradis* (2)
en faisant vacarme à la porte gardée par saint Pierre, et en attirant l'attention de Dieu lui-même, qui, riant de son insistance
plaisante, finit par le laisser entrer.

Mais c'est assez, c'est trop de ces citations que je pourrais
multiplier; on est à même maintenant de juger les trouvères
par rapport à Dante. Telle est la poétique qui avait cours autour
de lui et qu'il eut à détrôner, car l'aimable lyre des troubadours
s'était brisée comme d'elle-même. Une remarque surtout me
frappe à propos de l'éclatante apparition de la muse d'Alighieri
au milieu de ces trivialités satiriques, au milieu des fadeurs de
la première poésie italienne : c'est combien elle est en même
temps tardive et précoce, tardive par rapport aux idées, au sujet,
à l'inspiration; précoce par rapport au talent du poëte, à ce génie assurément inattendu en ces solitudes de la pensée du
moyen âge. Chose singulière! dans l'ordre philosophique, Dante
n'ouvre pas une ère nouvelle, il clôt le moyen âge, il le résume,
il est l'homme du passé; dans l'ordre littéraire, au contraire,
Alighieri est un génie précurseur qu'on ne saurait comparer
qu'à Homère. Au milieu de la barbarie de son temps, quand les
langues ne sont que d'informes patois, trois cents ans avant
Cervantes et Shakespeare, quatre siècles avant Corneille, six
siècles avant Goëthe, il donne à l'Italie une grande littérature,
il lui fait devancer toutes les nations modernes. Et observez,
en passant, ces singulières compensations, ces contradictions
intelligentes que sait ménager l'histoire : à l'aide du latin, cet

---

(1) Barbazan, t. III, p. 282.

(2) *Fabliaux* de Le Grand d'Aussy, édit. Renouard, t. II, p. 238.

idiome des pontifes, cette langue officielle de l'unité catholique,
qui était sa vieille langue nationale, adoptée par l'Europe intellectuelle, l'Italie avait régné sur le monde au moyen âge. Longtemps on crut qu'il n'y avait pas de culture littéraire sérieusement possible hors de là. Eh bien ! ce fut précisément Dante,
le premier chantre du catholicisme, qui, le premier aussi, vint
rompre le charme et arracher décidément le sceptre du langage
à cette antique madone qu'il adorait, et sur le front de laquelle
il déposait sa couronne poétique comme un hommage.

VIII.

Peintures et sculptures. — Mystère joué à Florence. — *Tesoretto* de Latini.
— Dante. — Conclusion.

Quand je disais tout à l'heure que Dante vint tard, il ne faudrait pas entendre qu'il vint trop tard; l'heure de pareils hommes est désignée; seulement il arriva le dernier, il ferma la
marche, pour ainsi dire. D'ailleurs, quoique la société religieuse
d'alors commençât à être ébranlée dans ses fondements par le
sourd et lent effort du doute, elle avait gardé intact l'héritage de la foi. La forme rigoureuse de la vieille constitution
ecclésiastique demeurait sans échecs apparents, et l'on était
encore à deux siècles de la Réforme; la papauté, en abusant des
indulgences, n'apaisait pas les scrupules des consciences chrétiennes sur les châtiments de l'enfer.

Mais quel fut le résultat immédiat du relâchement qui commençait à se manifester çà et là dans les croyances? C'est que
les prédicateurs, pour parer à ce danger, évoquèrent plus
qu'auparavant les idées de vengeance, et redemandèrent à la
mort ses enseignements que leur permanence même rend plus
terribles. De là ces terreurs profondes de la fin de l'homme,
ces inquiétudes, ces ébranlements en quelque sorte qu'on
retrouve dans beaucoup d'imaginations d'alors, et qui furent

si favorables à l'excitation du génie de Dante. Les anciens figuraient volontiers la mort sous des formes aimables; dans les
temps qui avoisinent l'Alighieri, on en fait, au contraire, des
images repoussantes. Ce n'est plus cette maigre jeune femme
des premiers temps du christianisme; c'est plus que jamais un
hideux squelette, le squelette prochain des danses macabres.
Le symptôme est significatif.

De quelque côté qu'il jetât les yeux autour de lui, Dante
voyait cette figure de la mort qui lui montrait de son doigt
décharné les mystérieux pays qu'il lui était enjoint de visiter.
Je ne crois pas exagérer en affirmant que Dante a beaucoup
emprunté aussi aux divers monuments des arts plastiques. Les
légendes infernales, les visions célestes, avaient été traduites
sur la pierre et avaient trouvé chez les artistes du moyen âge
d'ardents commentateurs. Les peintures sur mur ont disparu
presque toutes, il n'en reste que des lambeaux. Ainsi, dans la
crypte de la cathédrale d'Auxerre, on voit un fragment où est
figuré le triomphe du Christ, tel précisément qu'Alighieri l'a
représenté dans *le Purgatoire.* Les peintures sur verre où se
retrouvent l'enfer et le paradis abondent dans nos cathédrales,
et la plupart datent de la fin du XIIe siècle et du courant du
XIIIe. Dante avait dû encore en voir exécuter plus d'une dans sa
jeunesse. Entre les plus curieuses, on peut citer la rose occi-
dentale de l'église de Chartres. Quant aux sculptures, elles sont
également très-multipliées : le tympan du portail occidental
d'Autun, celui du grand portail de Conques, le portail de Mois-
sac, offrent par exemple des détails très-bizarres et très-divers.
Toutes les formes du châtiment s'y trouvent pour ainsi dire
épuisées, de même que dans *l'Enfer* du poëte; les récompenses
aussi, comme dans *le Paradis,* sont très-nombreuses, mais
beaucoup moins variées. Est-ce parce que notre incomplète
nature est plus faite pour sentir le mal que le bien? Lorsque
Dante fit son voyage de France, tout cela existait, même le portail occidental de Notre-Dame de Paris, où sont figurés plusieurs degrés de peines et de rémunérations. Sans sortir de nos

frontières, notre infatigable archéologue M. Didron a pu compter plus de cinquante *illustrations* de *la Divine Comédie*, toutes antérieures au poëme. Évidemment Alighieri s'est inspiré
de ce vivant spectacle. Les artistes ont donc leur part, à côté
des légendaires, dans ces antécédents de l'épopée chrétienne,
tandis que Dante lui-même, par un glorieux retour, semble
avoir été présent à la pensée de celui qui peignit le *Jugement
dernier*. Noble et touchante solidarité des arts! Qui n'aimerait
à lire une page de *la Divine Comédie* devant les fresques de la
chapelle Sixtine? Qui n'aimerait à reconnaître dans Michel-Ange
le seul commentateur légitime de Dante? A une certaine hauteur, tout ce qui est beau et vrai se rejoint et se confond.

Ainsi tout concourait à pousser dans ses voies le génie de
Dante. Ajoutez-y le goût de son temps pour ces scènes de la
contrée inconnue, le hasard de son éducation, qui lui donna Latini pour maître, et enfin sa vie agitée, ardente, qui l'initia à
toutes les douleurs, à toutes les joies, et qui le prépara à les
peindre (1). Ce n'était pas pour rien qu'il avait monté «l'esca-
lier d'autrui, si dur à gravir;» ce n'était pas pour rien que ses
yeux, selon son énergique expression, étaient devenus *des
désirs de pleurer;* ce n'était pas pour rien enfin que son esprit,
éveillé jeune aux grandes ambitions, avait cherché l'activité
dans les affaires et dans les passions du temps. Dante, qu'on en
soit sûr, ne perdit pas, comme poëte, à cette dure école de la
politique, à ce déchirant contact des hommes et des choses, à
cet enseignement laborieux des révolutions et de l'exil. Il avait
en lui l'idéal, l'expérience lui révéla le réel; il put de la sorte
toucher aux deux pôles de la poésie.

Il est une circonstance singulière, qu'on dirait inventée à
plaisir, et dans laquelle éclate la bizarre prédilection des contemporains de Dante pour ces tableaux de la vie à venir; c'était un

---

(1) Dès qu'il s'agit de la vie de Dante, il faut renvoyer à la belle et définitive biographie donnée par M. Fauriel dans la *Revue des Deux Mondes*,
1er octobre 1834.

besoin du temps, partout et de toute manière manifeste. En 1304 (alors qu'Alighieri n'avait pas encore publié son poëme, mais que le plan en était conçu depuis plusieurs années), les habitants du bourg de San-Priano envoyèrent un héraut publier dans les rues des villes avoisinantes que quiconque tenait à savoir des nouvelles de l'autre monde n'avait qu'à se rendre le 1er mai sur le pont de la Carraïa ou sur les quais de l'Arno. Au jour indiqué, des barques surmontées d'échafauds étaient préparées sur le fleuve; la représentation commença, et on vit bientôt l'enfer avec ses feux et ses supplices : il y avait, entre autres choses, des démons et des patients qui poussaient des cris horribles. Tout à coup le pont de bois s'écroule avec fracas sous le poids des spectateurs et s'abîme dans le fleuve. On ne sut jamais le nombre des victimes. Villani ajoute : « Ce qui avait été annoncé par plaisanterie se changea en vérité; plusieurs allèrent savoir des nouvelles de l'autre monde. » On aimerait à supposer que Dante était là parmi les spectateurs atterrés. De toute manière, cette subite confusion de l'hypothèse et de la réalité, ce passage inattendu de la représentation fictive à l'événement même, durent produire une vive impression sur le poëte. On dirait que son rêve a été conçu au milieu de ces lugubres souvenirs.

J'ai nommé plus haut Brunetto Latini, le précepteur de Dante, celui qui a fourni un épisode si touchant au poëme de son disciple (1), celui-là même qui lui avait appris comment on s'immortalise, *come l'uom s'eterna*, et on sait si l'Alighieri a profité de la leçon. L'ancienne critique, qui n'aimait pas remonter aux origines, a longtemps attribué à Brunetto l'idée première, le plan de *la Divine Comédie*. C'est une supposition gratuite dont Ginguené a fait justice. Latini est l'auteur d'un petit ouvrage fantastique et bizarre, le *Tesoretto*, dont voici en deux mots le sujet :

Brunetto s'égare dans une forêt; bientôt des animaux de

(1) *Infern.*, xv.

toute sorte l'environnent, qui naissent et meurent selon que
l'ordonne une femme à laquelle le ciel sert de voile, et dont les
bras semblent entourer le monde. Cette femme est la Nature.
Brunetto l'interroge, et la déesse lui explique la création et la
chute de l'homme; puis elle le quitte, mais après lui avoir annoncé qu'il verra sur sa route trois voies distinctes : la philoso-
hie le conduira dans la première, le vice dans la seconde,
l'amour dans la troisième. Le voyageur trouve en effet le triple
carrefour, et, dans le sentier de l'amour, Ovide, avec lequel il
cause, et qui lui fait trouver son chemin.

Tel est le *Tesoretto;* c'est là qu'on avait encore, il y a trente
ans, la manie de chercher presque exclusivement la source de
la Divine Comédie. Assurément il fallait de la bonne volonté.
Il est vrai qu'il y a là (1), comme chez Dante, un égarement
dans une forêt, et qu'Ovide joue un rôle analogue à celui de
Virgile dans le poëme d'Alighieri; mais le grand écrivain n'a pu
emprunter que des détails tout à fait secondaires et matériels,
pour ainsi dire, à une œuvre aussi informe. Chez Brunetto, Dieu
disparaît ou au moins s'efface derrière cette incarnation de la
Nature, qui s'enveloppe du ciel comme d'un vêtement; Dante,
au contraire, relègue la Nature bien en deçà de Dieu (2), dans
les profondeurs de la création. Selon lui, l'idée souveraine,
source de tout amour, répand ses rayons de sphère en sphère
jusqu'aux dernières puissances; et la Nature, reflet lointain de
Dieu, faculté affaiblie, est pareille en ses œuvres, en ses empreintes imparfaites, à l'artiste consommé dans la pratique de l'atelier, mais dont la main tremble. Un abîme, on le voit, sépare
Brunetto d'Alighieri, le maître obscur de l'élève illustre : il
suffit d'ouvrir les deux livres pour s'en convaincre. Cependant
il importait de savoir que l'homme qui forma Dante aux lettres
était lui-même préoccupé de l'idée, si répandue alors, de ravissements au delà de ce monde, de voyages en dehors de la vie

(1) Voir Ginguené, *Hist. litt. d'Italie,* t. II, p. 8.
(2) *Parad.,* XIII.

réelle. Qui sait? Les empreintes qu'on reçoit dans la jeunesse
ne s'effacent guère. Quand Latini s'entretenait de ces expéditions surnaturelles avec l'écolier curieux qui l'interrogeait, il ne
se doutait pas qu'il lui déchiffrait l'énigme de sa destinée, et que
cet enfant, accomplissant plus tard un pèlerinage pareil, le
montrerait, le reconnaîtrait lui-même avec larmes parmi les
suppliciés de l'enfer.

Enfin nous voilà au seuil du grand monument d'Alighieri.
Déjà arrivé à Brunetto, nous pouvions nous écrier avec Montesquieu : *Italiam ! Italiam !* mais ce n'étaient là encore que les
désertes maremmes, ces maremmes, il est vrai, qui touchent à
Rome, qui mènent aux splendeurs de la ville éternelle. On avait
cru dans l'antiquité (1), avec Pythagore et Empédotime, que la
voie lactée est la route des âmes qui quittent ce monde; dans
les légendes du moyen âge, ce *chemin de saint Jacques*, ainsi
qu'on l'appelait, fut aussi regardé comme la voie de l'éternité.
Dante est le dernier à qui il fut donné de la gravir. C'est ainsi
qu'il nous apparaît à l'horizon de la poésie moderne; c'est ainsi,
entouré d'une auréole et dans un sentier parsemé d'étoiles, que
les maîtres de la première école italienne, Cimabuë et Giotto
(qu'il connut tous deux), auraient dû le peindre pour nos regards
désireux. Mais le poëte en vain semble appeler à lui ceux qui le
contemplent et nous faire signe de l'accompagner dans son
pieux et redoutable pèlerinage : il n'est pas donné à tous de l'y
suivre. Aujourd'hui, nous ne voulions que répéter avec Stace :
Longe sequere et vestigia semper adora. Il nous aura suffi de
traverser le pays inconnu, le désert curieux et trop inexploré
jusqu'ici, qui mène à cette terre promise : nous n'essaierons pas
d'y pénétrer.

Le mouvement d'ailleurs auquel nous avons assisté, cet essai
en quelque sorte périodique, ce tâtonnement non interrompu
d'une pensée qui se produit laborieusement sous tant de formes

(1) Philoponus, *in Metap.*, p. 1046; Porphyr., *De Antr. Nymph.*, C. 28.

grossières et provisoires avant de rencontrer sa forme définitive, un si long effort des intelligences au profit d'un seul homme, tout cela offre une suite, un ensemble qui méritaient, je crois, d'être considérés à part, et dont la critique et l'histoire ont à tirer quelques enseignements. Outre qu'il n'est pas sans intérêt en soi, sans un intérêt j'oserai dire philosophique, de savoir ce qu'ont pensé tant de générations, à travers tant de siècles, sur la fin dernière du problème de notre destinée, c'est-à-dire sur la constitution même, sur l'organisation matérielle de la vie future; outre qu'il y aurait à rechercher sous ces récits étranges, sous cet appareil souvent symbolique, les plus graves, les plus légitimes préoccupations de l'esprit humain dans les âges qui nous séparent de l'antiquité, on peut, en s'en tenant à la poésie seulement, déduire de là, par rapport aux origines des grandes œuvres épiques, par rapport à la *Divine Comédie* surtout, des conséquences auxquelles l'histoire littéraire doit accorder leur place, une place notable.

La question des épopées, si vivement et si fréquemment débattue par la critique moderne, ne peut-elle pas recevoir quelque profit du tableau que nous avons vu se dérouler sous nos yeux? On sait maintenant, par un exemple considérable (quel est le nom à côté duquel ne pourrait être cité celui de Dante?), on sait comment derrière chaque grand poëte primitif il y a des générations oubliées, pour ainsi dire, qui ont préludé aux mêmes harmonies, qui ont préparé le concert. Ces œuvres capitales, qui apparaissent çà et là aux heures solennelles et chez les nations privilégiées, sont comme ces moissons des champs de bataille, qui croissent fécondées par les morts. Dante explique Homère. Au lieu de l'inspiration religieuse, mettez l'inspiration nationale, et vous saurez comment s'est faite *l'Iliade;* seulement la trace des rapsodes a disparu, tandis que celle des légendaires est encore accessible à l'érudition. Ces deux poëtes ont eu en quelque sorte pour soutiens les temps qui les ont précédés et leur siècle même; l'un a redit ce que les Grecs pensaient de la vie publique, l'autre ce que les hommes du moyen âge pensaient de la vie future. Sont-ils moins grands pour cela? Cette collabo-

ration de la foule, au contraire, est un privilége qui ne s'accorde
qu'à de bien rares intervalles et à des génies tout à fait excep-
tionnels. Pour s'emparer à leur profit de l'inspiration générale,
pour être les interprètes des sentiments et des passions d'une
grande époque, pour faire ainsi de la littérature qui devienne de
l'histoire, les poëtes doivent être marqués au front. Les pensées
des temps antérieurs éclatent tout à coup en eux et s'y résol-
vent avec une fécondité et une puissance inconnues. A eux de
dire sous une forme meilleure, souveraine, à eux de fixer sous
l'éternelle poésie, ce qui se répète à l'entour.

Ce spectacle a sa moralité : n'y a-t-il pas là, en effet, en dehors des noms propres, quelque chose de vraiment grandiose
par la simplicité même? Dans l'ordre esthétique, la poésie est
la première de toutes les puissances données à l'homme. Elle
est à l'éternel beau ce qu'est la vertu à l'éternel bien, ce qu'est
la sagesse à l'éternel vrai, c'est-à-dire un rayon échappé d'en
haut; elle nous rapproche de Dieu. Eh bien! Dieu, qui partout
est le dispensateur du génie, et qui l'aime, n'a pas voulu que
les faibles, que les petits fussent tout à fait déshérités de ce don
sublime. Aussi, dans ces grandes œuvres poétiques qui ouvrent
les ères littéraires, toute une foule anonyme semble avoir sa
part. C'est pour ces inconnus, éclaireurs prédestinés à l'oubli,
qu'est la plus rude tâche; ils tracent instinctivement les voies à
une sorte de conquérant au profit de qui ils n'auront qu'à abdiquer un jour; ils préparent à grand'peine le métal qui sera
marqué plus tard à une autre et définitive empreinte; car, une
fois les tentatives épuisées, arrive l'homme de génie. Aussitôt il
s'empare de tous ces éléments dispersés et leur imprime cette
unité imposante qui équivaut à la création. Et alors, qu'on me
passe l'expression, on ne distingue plus rien dans ce faisceau,
naguère épars, maintenant relié avec tant de puissance, dans
cet imposant faisceau du dictateur poétique, qui s'appelle Homère ou Dante. Il y a donc là une loi de l'histoire littéraire qui
rend un peu à tous, qui prête quelque chose à l'humanité, qui
donne leur part aux humbles, et cela sans rien ôter au poëte;

car, je le répète, les plus grands hommes évidemment sont seuls appelés ainsi à formuler une pensée collective, à concentrer, à absorber, à ranger sous la discipline de leur génie tout ce qui s'est produit d'idées autour d'eux, avant eux. C'est le miroir d'Archimède.

Voilà quelques-unes des vues générales que vient confirmer, par des témoignages continus et essentiels, le cycle poétique que nous avons parcouru dans ses détails. La mystérieuse formation des épopées primitives, le secret de naissance de la pensée littéraire, chez les souverains génies, s'en trouvent, en quelques points, éclairés. Mais je m'arrête; l'analogie est un instrument perfide dont il ne faut user qu'avec d'extrêmes réserves. Ce sont surtout les profondeurs de l'œuvre d'Alighieri, ce sont surtout les procédés poétiques, la grandeur native de cette forte intelligence, qui semblent par là mis dans toute leur lumière. Il n'était pas sans quelque intérêt peut-être de rechercher ce que le travail de tant de siècles devint entre les mains de Dante. Tous les éléments, même les moindres, de son œuvre étaient préparés : nous les avons successivement reconnus. Ils jonchaient au hasard le sol où les trouva le poëte, et le sublime architecte sut mettre la main aussitôt sur ce qui était propre au merveilleux monument qu'il voulait élever.

Il y a donc deux parts à faire dans *la Divine Comédie*, sinon pour le lecteur, au moins pour le critique : la part de l'imitation, la part de la création. Dante est un génie double, à la fois éclectique et original. Il ne veut pas imposer au monde sa fantaisie et son rêve par le seul despotisme du talent. Loin de là; il va au-devant de son temps, tout en attirant son temps à lui. C'est ainsi que font les grands hommes : ils s'emparent sans dédain des forces voisines et y ajoutent la leur.

Dirai-je ce que Dante a imité, ou plutôt ce qu'il a conquis sur les autres, ce qu'il a incorporé à son œuvre? Il faudrait en rechercher les traces partout, dans la forme, dans le fond, dans la langue même de son admirable livre. L'antiquité s'y trahirait vite : Platon par ses idéales théories, Virgile par la mélopée de

ses vers. Le moyen âge, à son tour, s'y rencontrerait en entier :
mystiques élans de la foi, rêveries chevaleresques, violences
théologiques, féodales, municipales, tout jusqu'aux bouffonneries; c'est un tableau complet de l'époque : le génie disputeur
de la scholastique y donne la main à la muse étrange des légendaires. Si la chevalerie introduit dans les mœurs le dévouement
à la femme, si les troubadours abdiquent leur cynisme pour
chanter une héroïne imaginaire, si Gautier de Coinsy et les
pieux trouvères redoublent le lis virginal sur le front de Marie,
si les sculpteurs enfin taillent ces chastes et sveltes statues dont
les yeux sont baissés, dont les mains sont jointes, dont les traits
respirent je ne sais quelle angélique candeur, ce sont autant
de modèles pour Dante, qui concentre ces traits épars, les idéa-
lise, et les réunit dans l'adorable création de Béatrice. Cet habile et souverain éclectisme, Alighieri le poursuit dans les plus
petits détails. Ainsi, par un admirable procédé d'élimination et
de choix, son rhythme, il l'emprunte aux cantilènes des Proven-
çaux; sa langue splendide, cette langue *aulique* et *cardina-*
lesque, comme il l'appelle, il la prend à tous les patois italiens
qu'il émonde et qu'il transforme. On dirait même qu'il sut
mettre à profit jusqu'à ses liaisons, jusqu'aux amitiés de sa jeunesse. Au musicien Casella ne put-il pas demander ces harmo-
nieuses douceurs de la langue toscane dont hérita plus tard Pétrarque? au peintre Giotto le modèle de ces figures pensives
dont le pinceau à peine toucha les lignes suaves, et qui, dans
les vieilles œuvres italiennes, se détachent au milieu d'une lumière d'or? à l'architecte Arnolfo enfin la hardiesse de ses
belles constructions, pour bâtir aussi son édifice, sa sombre tour
féodale, maintenant noircie par les années, mais qui domine
tout l'art du moyen âge?

Ainsi Dante ne dédaigne rien : philosophe, poëte, philologue,
il prend de toutes mains, il imite humblement l'abeille. Vous
voyez bien qu'il n'a rien créé; ou plutôt il a tout créé. C'est de
la sorte que procèdent les inventeurs : chacun sait les éléments
dont ils se servent, personne ne sait le secret de leur mise en

œuvre. Ce qui d'ailleurs appartient en propre à Dante, ce qui suffirait à sa gloire, c'est le génie; l'imposante grandeur de l'ensemble et en même temps la suprême beauté du détail et du style, ce je ne sais quoi qui est particulier à sa phrase, cette allure souveraine et inexprimable de sa poésie, tant d'énergie à la fois et tant de grâce, tant de sobriété sévère dans la forme, et cependant tout un écrin éblouissant, des couleurs diaprées et fuyantes, et comme un rayonnement divin dans chaque vers.

Ce n'est pas qu'il faille porter le culte jusqu'à la superstition. Les *ultras*, il est vrai, sont moins dangereux en littérature qu'en politique; en politique, ils perdent les gouvernements qu'ils flattent; en littérature, ils ne font que compromettre un instant les écrivains qu'ils exaltent, et qui, après tout, sont toujours sûrs de retrouver leur vrai niveau. Mais pourquoi ces exagérations? Comment la vogue a-t-elle osé toucher à l'austère génie de Dante? L'œuvre d'Alighieri, j'en veux convenir, ressemble à ces immenses cathédrales du moyen âge que j'admire beaucoup, autant que personne, mais qui, en définitive, sont le produit d'un temps à demi barbare, et où toutes les hardiesses élancées de l'architecture, où les merveilles ciselées et les délicatesses sculpturales s'entremêlent souvent, à travers les époques, à de lourds massifs, à des statues difformes, à des parties inachevées. Apprécions Dante en critiques, et sachons où vont nos adhésions. Sans doute il y a sympathie permanente en nous pour ce passé que chante le poëte; mais nous sentons bien que c'est du passé. Soyons francs : la fibre érudite est ici en jeu aussi bien que la fibre poétique; la curiosité est éveillée en même temps que l'admiration. Si on est frappé de ces catacombes gigantesques, on sait qu'elles sont l'asile de la mort. En un mot, nous comprenons, nous expliquons, nous ne croyons plus. La foi de Dante nous paraît touchante; aux heures de tristesse, elle nous fait même envie quelquefois; mais personne ne prend plus au sérieux, dans l'ordre moral, le cadre d'Alighieri. N'est-ce pas pour nous un rêve bizarre qui a sa grandeur, sa

grandeur en philosophie et en histoire? Et à qui, je le demande,
cette lecture laisse-t-elle une terreur sincère et mêlée de joie,
comme au moyen âge? Hélas! ce qui nous frappe surtout dans
la Divine Comédie, ce sont les beaux vers.

Heureusement la forme seule a vieilli; le problème au fond
est demeuré le même, et la poétique solution tentée par l'Alighieri reste immortelle. Les sentiments qu'il a touchés avec tant
d'art, les vérités qu'il a revêtues de parures si splendides, sont
de tous les temps. Convenons seulement que, dans cette forêt
où s'égare le poëte, on rencontre bien des aspects sauvages,
bien des rochers inabordables. Dante, génie capricieux et subtil,
est, ne l'oublions pas, un homme du moyen âge; incomparablement supérieur à son temps, il en a cependant çà et là les
inégalités, le tour bizarre, la barbarie, le pédantisme : légitime
satisfaction qu'il faut donner à la critique. Qu'importe après
tout? S'il y a çà et là des broussailles pédantesques qui obstruent
la voie et qui fatiguent, tout à côté, et comme au détour du
buisson, on est sûr de retrouver les idées grandioses, les images
éclatantes, et aussi cette simplicité naïve, ces grâces discrètes,
qui n'interdisent pas la science amère de la vie. Laissons donc
l'ombre descendre et couvrir les parties de l'œuvre de Dante
d'où la poésie s'est de bonne heure retirée, et contemplons
plutôt celles que l'éternelle aurore de la beauté semble rajeunir
encore avec les siècles.

Cette forme, si longtemps populaire, si universellement répandue, de la vision, semble disparaître avec Alighieri, qui sort
radieux du fatras des commentaires et des imitateurs. Après
lui, qu'on me passe le mot, il n'y a plus de pèlerinage de Childe-
Harold dans l'autre monde (1). Le poëte avait fait de la vision
son inaliénable domaine; c'était une forme désormais arrêtée

---

(1) Au xv⁰ siècle, sainte Françoise-Romaine (voir *Boll.*, mars, II, 162)
sera une exception et ne fera que copier fastidieusement les visionnaires
antérieurs et Dante lui-même:

Le reste ne vaut pas l'honneur d'être nommé.

en lui, et qui ne devait pas avoir à subir d'épreuves nouvelles. Quelles avaient été pendant treize cents ans les craintes, les espérances de l'humanité sur la vie à venir : voilà le programme que s'était tracé Dante, et qu'il avait pour jamais rempli dans son poëme.

Sur la pente rapide qu'elles descendaient, comment les générations qui succédèrent à l'Alighieri auraient-elles pris désormais un intérêt autre que l'intérêt poétique à ces questions du monde futur ainsi résolues par des visionnaires? Dante, il est bon de le rappeler encore, n'est pas un génie précurseur par les idées ; il ne devance pas l'avenir, il résume le passé : son poëme est comme le dernier mot de la théologie du moyen âge. Cela est triste à dire peut-être; mais le cynique Boccace est bien plutôt l'homme de l'avenir que Dante. Dante parle à ceux qui croient, Boccace à ceux qui doutent. La Réforme est en germe dans *le Décaméron*, tandis que *la Divine Comédie* est le livre des générations qui avaient la foi. C'est qu'on marche vite dans ces siècles agités de la Renaissance. Prenez plutôt l'Italie, cette vieille reine du catholicisme, la France, cette fille aînée de l'Église, l'Espagne même, cette terre privilégiée de la foi, et interrogez-les. Qu'elles vous disent ce que font leurs écrivains des souvenirs de Dante et des révélations sur l'autre vie ; qu'elles vous disent s'ils n'ont pas bien plutôt dans la mémoire le scepticisme goguenard des trouvères. Voici en effet que Folengo, un moine italien, donne brusquement un enfer burlesque pour dénouement à sa célèbre macaronée de *Baldus*, et qu'il y laisse sans façon son héros, sous prétexte que les poëtes, ces menteurs par excellence, ont leur place marquée chez Satan, et qu'il n'a, lui, qu'à y rester. Voilà que Rabelais, à son tour, verse au hasard les grossières enluminures de sa palette sur ce tableau où le vieux gibelin avait à l'avance mis les couleurs de Rembrandt. Le prosaïque enfer de Rabelais, c'est le monde renversé. Je me garderai de citer des exemples : qu'on se rappelle seulement qu'il ne sait que faire raccommoder des chausses à

Alexandre-le-Grand, à ce conquérant qu'Alighieri avait plongé dans un fleuve de sang bouillant. C'est à ces trivialités que l'Italie et la France retombent avec Folengo et Rabelais. L'Espagne aussi, un peu plus tard, aura son tour; prenez patience. Laissez sainte Thérèse, ce grand génie mystique égaré au XVIᵉ siècle, laissez-la évoquer l'enfer dans ses songes, et rêver que deux murailles enflammées viennent à elle, qui finissent par l'étreindre dans un embrassement de feu ; laissez la foi et la mode des *autos sacramentales* conserver encore quelque importance aux compositions religieuses. Déjà, quand Calderon met sur la scène la légende du *Purgatoire de saint Patrice*, il n'a plus, à beaucoup près, ces mâles accents de la chanson du *Romancero*, où étaient si énergiquement dépeints les châtiments que Dieu inflige en enfer aux mauvais rois. La transformation s'annonce : on touche aux railleries de Quevedo, à cette bouffonne composition des *Étables de Pluton*, par laquelle l'Espagne vint la dernière rejoindre les cyniques tableaux du *Baldus* et du *Pantagruel*.

Tels sont les successeurs de Dante, qui l'ont un instant fait descendre de ce trône de l'art chrétien, où notre équitable admiration l'a si légitimement et à jamais replacé. Comment, en demeurant au degré où nous l'avons vu, l'homme de son époque, l'Alighieri a-t-il empreint à un si haut point son œuvre d'un sceau personnel et original? comment la création et l'imitation se sont-elles si bien fondues dans la spontanéité de l'art? Inexplicables mystères du talent ! C'est dans ce développement simultané du génie individuel, d'une part, et du génie contemporain, de l'autre, qu'est la marque des esprits souverains. Voilà l'idéal que Dante a atteint; il ne faut lui disputer aucune des portions, même les moindres, de son œuvre; tout lui appartient par la double légitimité de la naissance et de la conquête. Il était créateur, et il s'est fait en même temps l'homme de la tradition, parce que la poésie ressemble à ces lumières qu'on se passait de main en main dans les jeux du stade, à ces torches des coureurs auxquelles Lucrèce compare si admirablement la vie. Le flambeau poétique ne s'éteint jamais : Dante l'a pris des mains de Virgile pour en éclairer le monde moderne.

Chaque époque a sa poésie qui lui est propre et qui ne saurait être pourtant qu'une manière diverse d'envisager, sous ses formes variées, le problème de la destinée humaine ; car nous sommes de ceux qui croient, avec Théodore Jouffroy, que toute poésie véritable, que toute grande poésie est là, et que ce qui ne s'y rapporte point n'en est que la vague apparence et le reflet. Cette blessure au flanc que l'humanité porte après elle, ce besoin toujours inassouvi qui est en nous et que la lyre doit célébrer ; en un mot, tout ce qu'Eschyle pressentait dans le *Prométhée*, tout ce que Shakespeare a peint dans *Hamlet*, ce pourquoi dont Manfred demande la solution à l'univers, ce doute que Faust cherche à combler par la science, Werther par l'amour, don Juan par le mal, ce contraste de notre néant et de notre immortalité, toutes ces sources de l'éternelle poésie étaient ouvertes dans le cœur d'Alighieri. Lassé de la vie, dégoûté des hommes, Dante s'est mis au delà du tombeau pour les juger, pour châtier le vice, pour chanter l'hymne du bien, du vrai et du beau. C'est un de ces maîtres aimés qui sont sûrs de ne jamais mourir, car l'humanité, qui a coopéré à leur œuvre, reconnaîtra toujours en eux sa grandeur et sa misère.

MICHEL MENOT.[1]

L'histoire de la France au moyen âge est-elle entière et complète dans l'étude de ses institutions politiques, de ses guerres, de ses arts et de sa poésie? Non, et l'on s'expose à méconnaître gravement le passé en l'isolant de sa littérature religieuse. C'est là en effet, c'est dans cette littérature si prodigieusement féconde, que la pensée humaine resserra durant des siècles la sphère de son activité. Philosophie, morale austère, scepticisme, enthousiasme rêveur, merveilleuses croyances, tout s'y retrouve, le doute sous le nom d'hérésie, l'éternelle aspiration de l'homme vers l'infini sous le nom de mysticisme. Mais, par un contraste difficile à expliquer, la pensée architecturale seule est complète et achevée; on dirait qu'autour de la cathédrale haute et majestueuse, il n'y a que des échoppes adossées. Les écrivains religieux manquent essentiellement d'instinct et d'arrêt dans la forme, comme du sentiment juste dans les détails. Aussi longtemps que la foi conserva toute l'extension de son empire, cette absence de mesure et d'ordonnance ne fut guère aperçue. Toute œuvre de littérature sacrée était avidement recherchée et lue,

(1) Voir *Revue de Paris*, 12 août 1838.

parce qu'un intérêt puissant, résultat de croyances fortes et vivantes, s'attachait au fonds même du sujet, parce qu'avant l'éclatante séparation opérée par Bacon ou plutôt par Descartes, la théologie était à la fois la science de la vie pratique, de la mort, de la destinée future, la solution précise de tout le problème humain. Mais, lorsqu'arrivèrent les jours de l'indifférence, l'oubli ne tarda pas à s'étendre sur l'œuvre des écrivains religieux, car la plupart étaient impuissants à vivre par eux-mêmes. Chose vraiment digne de remarque! tout est grave, solennel, poétique dans le christianisme, et pourtant c'est à peine si l'on rencontre quelque trace d'une véritable inspiration en ces poëmes latins du moyen âge écrits dans la langue officielle de l'église, sous l'impression saisissante de l'élan religieux. La poésie vulgaire, quelquefois si pleine de grâce, manque également dans son ensemble du sentiment de l'art et de la proportion, et ces poëmes de l'idiome des trouvères, qu'un zèle louable publie chaque jour, doivent être acceptés comme des productions dignes sans doute d'intérêt et d'étude, mais qui sont loin de valoir l'admiration absolue qu'on semble leur vouer, et surtout d'égaler les productions des grands siècles de culture littéraire. Quant aux prosateurs ecclésiastiques, bien que réduits souvent, comme les poëtes, à des procédés informes et barbares, ils ont quelquefois rencontré, dans la ferveur de leurs croyances ou dans leur tristesse, d'admirables pensées et de brillants éclats de style; mais ce serait se tromper étrangement que d'y voir un sujet d'étude esthétique, et, tout en essayant de mettre en lumière les beautés inconnues qui s'y rencontrent, le profit le plus sûr qu'on puisse tirer, c'est encore d'en appliquer le résultat à l'histoire.

La littérature religieuse suit pas à pas la société dans ses développements et ses phases diverses. Triste, austère, comme les mœurs de la primitive église, avec Hilaire d'Arles et Césaire, rêveuse et sauvage avec le Celte Colomban, verbeuse avec Alcuin durant le siècle rhéteur de Charlemagne, aride et stérile au Xᵉ siècle, cet âge de fer du christianisme, dans le XIIᵉ mol-

lement mystique et élégiaque chez Hugues de Saint-Victor,
éclatante et fougueuse chez Bernard, hautement morale dans
le *Verbum abbreviatum* de Pierre-le-Chantre, raisonneuse et
subtile chez Abélard, puis tournée tout entière à la sécheresse
scholastique, mais grave encore, elle perd bientôt dans la
chaire chrétienne, c'est-à-dire dans son côté le plus actif, toute
retenue, toute dignité; elle arrive aux détails cyniques, à la
satire éhontée, bien que gardant toujours le sentiment de la
moralité pratique. Mais comment s'opéra cette transformation?

Le mysticisme chrétien a dominé sur le monde, en toute sa
plénitude, pendant le XIIᵉ et le XIIIᵉ siècles. Préparé dans le
cloître par les ascétiques défaillances et les ardentes aspirations
de Gauthier de Coinci et de Bonaventure, propagé avec éclat
dans la société elle-même par la parole puissante de Bernard,
il avait dès lors envahi la pensée humaine tout entière. Mais
déjà au siècle suivant, quand d'Ailly voit avec terreur la chaire
de saint Pierre, cette chaire qui était le ralliement du monde,
tour à tour vide et disputée pendant le grand schisme d'Occident; quand Gerson s'écrie effrayé : « Aie pitié de ton troupeau,
il bêle, il bêle vers toi, ô mon Dieu! » quand tous les docteurs
de l'église, Nicolas de Clémangis à leur tête, aperçoivent la
corruption gagnant chaque jour le cloître, la puissance se retirant du clergé, à mesure qu'il devient plus ambitieux et que
l'ardeur de la foi s'éteint, alors l'idée d'une sage réforme dans
la discipline et dans l'organisation sacerdotale devient peu à
peu le rêve le plus cher des grands esprits de la chrétienté. Ces
tentatives n'eurent qu'une influence bornée et sans suite. L'invasion anglaise, qui bientôt n'allait pas laisser à Charles VII de
quoi payer le baptême de son fils, pesait de tout son poids sur
la France, et Gerson, obligé de fuir dans les montagnes de la
Bohême, revenait, vieilli, instruire à Lyon les petits enfants,
comme si, dégoûté de la société où il avait vécu et n'y voyant
que des éléments de ruine pour l'église, il eût voulu au moins
laisser, en mourant, à la génération la plus jeune, la foi de ses
pères et des croyances de résignation et d'amour. En vain on

essaya çà et là quelques réformes, surtout dans les couvents.
Déjà Dante, parlant de ces relâchements du cloître qu'on ten-
tait en vain de détruire, s'était écrié, en s'adressant aux moines :
« Hélas! vous êtes si faibles, qu'une bonne institution ne dure
pas autant de temps qu'il en faut pour voir des glands au chêne
que vous avez planté (1). » Ainsi le mysticisme allait mourant,
et bientôt ce n'était plus la poésie ascétique seulement qu'il
fallait sauver, c'était l'héritage même légué du haut du Calvaire. La plupart des éléments religieux semblaient suivre cette
voie de décadence. La langue des trouvères elle-même, qui
avait fourni à la poésie chrétienne les plus pieuses inspirations
de ses mystères dramatiques et de ses longs poëmes, se faisait
définitivement mondaine dans le *Roman de la Rose*. Bien qu'on
en ait dit, avec une insistance et un développement qui demanderaient une plus longue contradiction, on tient à maintenir ici
cette opinion (2) que la langue des trouvères, dont les débris ou
le fonds, si l'on aime mieux, allait former le français, s'éloignait
alors de plus en plus de cette perfection relative à laquelle elle
était arrivée au XIIe siècle. Du temps de Gerson, elle devint
presque exclusivement satirique; elle emprunta les formes légères, les tensons et les sirventes de son harmonieuse sœur,
dès lors oubliée, la langue des troubadours. Comment les prédicateurs n'auraient-ils pas subi cette influence? Comment
n'auraient-ils pas continué à se servir de cet idiome déchu,
dans lequel les habitudes du théâtre avaient introduit les termes
burlesques et populaires? Jusque-là d'ailleurs le verbe chrétien
ne s'était guère adressé du haut de la chaire qu'à des convictions profondes, et, s'abstenant à dessein du côté actuel et pratique, il s'était volontairement enfermé dans les formules élevées de la morale religieuse et de l'ascétisme claustral. Vincent
Ferrier, au milieu des ardentes et nombreuses missions de son

(1) *Parad.*, XXII.
(2) *Lettre sur la langue usuelle des prédicateurs macaroniques* (*Journal de l'Instruction publique*, 1838).

apostolat, tenta le premier de séculariser la prédication, en s'a-
dressant exclusivement au peuple même dans des discours simples, pleins d'images vulgaires et de traits familiers. Jacques de
Lausanne, en de véhémentes déclamations, où l'on rencontre
déjà un mélange continuel de mots français et latins ainsi que
d'expressions grotesques, acheva l'œuvre, et réduisit la science
parénétique aux libres proportions d'un enseignement populaire. Cette école, diversement continuée, se prolongea dans le
xvᵉ siècle par Raulin, Pépin, Clérée, pour arriver enfin à Olivier
Maillard, qui osa lutter corps à corps avec la puissance de
Louis XI, et à Michel Menot, qui est un des types les plus caractérisés de l'éloquence cynique et triviale.

Lorsque l'oubli n'était pas encore venu pour Menot, de graves
préventions s'élevaient contre ses œuvres. Au commencement
du xviiᵉ siècle, on était loin des bourgeois de 1508, qui l'avaient
surnommé *la langue d'or*, et Naudé l'appelait déjà *un écrivain
plein de superstition et de simplicité*. Massillon, plus tard, en
son discours de réception à l'Académie française, persista dans
cette voie de dédain. Fleury, à son tour, ne lut ces sermonnaires
du xviᵉ siècle que pour *leur ridicule et leurs moralités fades et
insipides* (1). Plus tard, l'abbé Maury n'y trouva *qu'un style ab-
ject*, une *érudition barbare* et de *plates bouffonneries* (2). Menot
enfin n'était plus connu que de quelques annotateurs, qui
voyaient exclusivement en lui une des sources du latin macaronique de Merlin Coccaie et de Joseph d'Arena. Les érudits
de l'école de Niceron et de Le Duchat laissèrent le côté vraiment important de ces bizarres sermons du xviᵉ siècle, pour
disserter sur la question, si controversée, de la langue usuelle
des prédicateurs de la famille de Menot, de Maillard et de Messier. La solution pourtant paraît fort simple. Comment Menot, le
prédicateur du peuple, aurait-il parlé latin, quand au xiiᵉ siècle
saint Bernard, et plus tard Gerson, s'étaient déjà servi de

(1) *Hist. ecclésiast.*, t. XXIII, Discours préliminaire.
(2) *Essai sur l'éloquence de la chaire*, t. I, ch. xviii.

l'idiome vulgaire? Et à qui se serait-il adressé, si ce n'est à la
classe instruite, avec cette langue devenue aristocratique, dans
ce XVIᵉ siècle où le grec, ravivé par les savants échappés à la
prise de Constantinople, ne devait pas tarder à être traité par
les moines, du haut de la chaire, de langue du démon et des
hérésies (1)? *Græcum est, non legitur,* comme on disait à l'école.
Bien que docteur en théologie (Lacroix du Maine lui donne ce
titre, que Moréri lui refuse) et professeur chez les cordeliers de
Paris, Menot méconnaissait aussi les traditions classiques. Il
fait reprocher à Jésus–Christ, par les pharisiens, de n'être pas
maître ès-arts et docteur en droit canon; autre part il parle
des bénéfices du temps de Josué. Ailleurs encore, racontant le
jugement de Salomon, il lui fait dire : « Femmes, taisez-vous,
car je vois que vous n'avez jamais étudié à Poitiers ou à Angers,
pour savoir bien plaider. » Le Trivium et le Quadrivium, qu'allaient étudier les plus grossiers écoliers de la rue du Fouarre,
en s'étendant sur la paille des colléges de Navarre, de Montaigu
et des Quatre-Nations, n'étaient-ils même pas familiers à Michel Menot? *Les sept arts libéraux,* connus de Pantagruel,
étaient-ils de même étrangers au sermonnaire, si versé dans
la connaissance des livres saints, auxquels il emprunte sans cesse
avec une remarquable érudition? Était-ce là ignorance gros-
sière, ou plutôt simplicité affectée qui voulait se mettre à la
portée du vulgaire? Peu importe; il impliquerait qu'un prédicateur, si volontairement populaire, se fût servi d'une langue
exceptionnelle. Si l'on adopte le système contraire, pourquoi
ne pas aller plus loin? Pourquoi ne pas soutenir, comme l'a fait
le père Hardouin, que le Christ et les apôtres prêchaient en
langue latine? Si ce n'est là qu'une singularité de plus de l'érudit
qui soutenait que l'Énéide et les odes d'Horace étaient l'œuvre
de quelque moine du moyen âge, au moins n'y doit-on voir
aussi que le dernier mot de l'opinion qui nous a ici pour con-

(1) Goujet, *Mémoires sur le Collége royal,* première partie, p. 8 —
Elingii *Historia linguæ Græcæ,* p. 325.

tradicteur. Sans doute Menot faisait quelquefois, trop souvent même, il en convient (1), des citations latines; il *lardait* son texte, pour parler comme Rabelais. Mais la trame, le fond du discours était français. Les auditeurs qui avaient recueilli ces sermons les rédigèrent en latin, selon la coutume, avant de les publier; et, comme les détails en étaient souvent trop familiers ou intraduisibles, ils insérèrent des passages français, ou les répétèrent à la suite du passage latin, pour plus de clarté. De là ce mélange barbare de latin et de vieux français; de là ce latin *francisé* et ce français *latinisé*, qui donnent à cette œuvre un caractère si original et si étrange; en sorte que ces sermons, tels qu'ils nous sont parvenus, sont, à certains égards, l'inverse de ce qu'ils étaient pour l'auditoire, du latin lardé de français, au lieu de français lardé de latin.

« Il est trop poinnant et picquant le prescheur; qu'avoit-il affaire de dire cela? il s'en povoit bien passer; il montre quasy les gens au doy, » disaient, en 1508, les bourgeois de Tours, parlant de Menot, qui prêchait dans leur ville; on murmurait de ses personnalités, et les enfants, quand il passait, criaient derrière lui : « Frère, frère, il faut baptre les crespes et faire les buygnets (2); » car les enfants savaient le rigorisme de Menot contre les gourmands bien repus, dans ce siècle où Rabelais allait célébrer les *belles roustisseries roustissantes* et les *beuveurs* aimant à *boire net* et à *manger salé*. Neuf ans plus tard, en 1517, quand le hardi cordelier prêchait devant l'Université de Paris, c'était encore dans le peuple là même insouciance des choses saintes. Beaucoup, dit-il, l'écoutaient, l'estomac surabondamment saturé, pour rire et faire leur digestion (3).

---

(1) Menot dit en propres termes : « Hoc est multum loqui latine; utor nimis verbis latinis. » Voyez *Sermones Parisiis declamati*, Paris, Chevallon, 1526, in-8 goth., folio 181; dans les *Sermones ad Populum Turonis declamati*, Paris, 1525, in-8 goth., la Passion est presque exclusivement en français.

(2) *Serm. Tur.*, f. 103, — 82.

(3) *Serm. Par.*, f. 142.

On venait voir son maintien, voir s'il se trouvait dans ses paroles quelque passage qu'on pût tourner en gaudisserie (1). Pourtant c'était lui savoir peu de gré de ses audacieuses sorties; car souvent, il le dit lui-même, on menaçait les prédicateurs, traînant ainsi la vérité dans la chaire, de leur donner le cardinalat et de leur faire porter le chapeau rouge, sans aller jusqu'à Rome. Menot d'ailleurs s'inquiète peu des murmures; personne ne trouve grâce devant ses sarcasmes, et il ne craint pas de présenter aux chrétiens les païens et les juifs d'Avignon pour modèles (2), comme Jacques de Vitri proposait les mahométans en exemple aux croisés dégénérés, comme Tacite louait les Germains à la Rome impériale. Il se pose donc, avec une impitoyable énergie, en face de ces bourgeois libertins, de ces ouvriers qui le dimanche consomment dans les tavernes le travail de la semaine, et laissent leur famille sans pain (3). Régents qui corrompent leurs écoliers (4), usuriers impitoyables, joueurs d'*espinglues*, de dés, de *glic*, de *flus*, de *triumphe* (5), juges qui se vendent, abbés qui se *gonflent à crever* des richesses de l'église, ménages où il y a bien des choses à *rapoincter*, nobles, gens de justice et d'église qui ne parlent que par jurements et blasphèmes, célibataires aux genoux de leurs gouvernantes, époux ressemblant à des anges dans la rue et à des démons chez eux, enfants avides d'héritages qui souhaitent le paradis à leurs parents, notaires qui volent des honoraires et qui feraient mieux d'être corroyeurs et de tirer le *cuyr à belles dents*, noces qui dégénèrent en orgies, étuves où les hommes courent pêle-mêle avec les femmes; enfin vices inhérents soit à la nature

(1) *Serm. Tur.*, f. 9.

(2) *Serm. Par.*, f. 154, — 96.

(3) *Ibid.*, f. 147. Ce trait se retrouve dans les *Sermons de Messier*, Paris, 1531, in-8 goth., folio 11.

(4) *Ibid.*, f. 196.

(5) *Ibid.*, f. 204. Ces jeux de cartes sont aussi nommés dans le **xxii**ᵉ chapitre du *Gargantua*.

même de l'homme, soit aux époques maladives des sociétés, défaillances sans nom, crimes obscurs d'une race tombée et maudite, qui, selon lui, porte sur le front l'empreinte fatale du péché; il exhume, il remue tout, sans que sa parole brutale ait jamais pitié d'une faiblesse ou sache pardonner à un secret penchant. Comme Olivier Maillard, il connaît les infinis détours d'une conscience qui faillit et qui s'abuse; comme lui, il sait toutes les petites misères de la vie. Voit-on passer une femme, on s'écrie : « Je l'ai rencontrée avec un tel, » et on la montre au doigt. Qu'importe la réputation d'une *bonne dame* que l'on diffame? On paie cent sous un coup de couteau, et on ne paie rien une calomnie. « Pourtant ung coup de langue est pire que ung coup de lance (1). »

Les toux opiniâtres et les catarrhes, résultat nécessaire des habits ouverts et immodestes, viennent se joindre aux enfants pleureurs, pour empêcher la voix du prêcheur de parvenir à son auditoire (2). Aussi Menot déploie-t-il une grande sévérité contre le luxe. « O ville de Tours! dit le sermonnaire, l'orgueil prostitue tes filles! La femme *d'ung cordouanier* porte une tunique comme une duchesse; avec 500 livres de rente (3), on a chiens, chevaux et maîtresses; avec 1200, on est l'ami d'un comte, on a maison de ville et de campagne. Il n'est pas jusqu'à ces hommes dont le vil métier n'a pas de nom dans le monde, qui ne soient habillés comme des seigneurs, et qui n'aient or et argent, comme *changeurs de hasard*. » Ces minutieux reproches de Menot, sont aux mœurs corrompues et bouffonnes du xvie siècle ce qu'est la correspondance à la fois cultivée et barbare de Sidoine Apollinaire aux dernières traditions du paganisme dans le christianisme naissant; ils semblent jeter un jour assez curieux sur la vie de province au temps de la Réforme, vie presque aussi désordonnée que celle de Paris, où les

(1) *Serm. Tur.*, f. 35, — 133, — 27, — 90, — 75, — 101.
(2) *Serm. Par.*, f. 36 .
(3) *Serm. Tur.*, f. 16, — 60.

femmes portaient de même de grosses chaînes d'or, de grandes
queues de robe, et des manches larges et *bragardes* (1), dont
la mode (luxe extrême!) ne durait même plus dix ans. Ces
soins de parure laissent-ils aux femmes le loisir d'arriver à
temps à l'office? Non, dit le prêcheur, et il ajoute avec un cynisme singulier, dont j'ose à peine conserver l'expression : « Et
pourtant, madame, de votre maison à l'église, il n'y a que le
ruisseau à traverser. Voilà bientôt neuf heures! et vous êtes
encore au lit. On aurait plus tôt fait la litière d'une écurie où
auraient couché quarante et quatre chevaux, que d'attendre que
toutes vos épingles soient mises. La reine de Saba était cependant femme aussi, mais femme de cœur, et vous ne tenez pas de
sa race (2). Pour vous prêcher à temps, il faudrait aller à votre
chevet, dans votre chambre, porte close, comme certains font
pour la confession; mais cela ne me convient guère et n'est surtout point dans mes habitudes. Puis, quand madame vient à l'office, ce n'est guère mieux, elle arrive *desbrallée* (Massillon, parlant au sexe sous Louis XV, s'y prenait plus adroitement, mais
avec autant d'énergie pourtant), et si, pendant que le peuple
chante les louanges du Dieu vivant, pendant que le prêtre élève
sur l'autel l'holocauste sans tache, quelque gentillâtre entre dans
l'église, alors il faut que madame, selon les singulières coutumes de la noblesse, se lève, lui prenne la main et aille l'embrasser *bec à bec*. A tous les diables pareils priviléges, *ad omnes
diabolos!* » Quoique Menot dise qu'au sermon il y a d'ordinaire

(1) Manches larges comme la bouche d'une bombarde, ajoute Menot,
queues de robe grandes comme celle d'un paon et raides comme celle d'un
cheval anglais. Voyez *Serm. Par.*, f. 36.

(2) *Serm. Par.*, f. 96. — Menot entre, sur la toilette des femmes, dans
de minutieux détails, qu'il serait ridicule de reproduire, soit qu'il peigne
les dames achetant à l'envi de l'étoffe de deux ducats, soit qu'il compare
longuement la vieille coquette, qui se farde, au savetier dont le métier est
de boucher, frotter, *retatyner,* et qui a besoin d'une foule de pièces pour
acoustrer et agentir, etc. (*Serm. Par.*, f. 37; *Serm. Tur.*, f. 109.)

I. **18**

quatre femmes pour un homme (1), ne croirait-on pas qu'il voit
d'avance l'indifférence religieuse s'introduire dans le sexe le
plus faible? Ne paraît-il pas deviner Marguerite de Navarre et
Renée de France?

Ainsi la colère prend souvent à Menot contre la beauté; sous
la peau veloutée de la femme, il cherche le squelette décharné,
la fange et le limon dont elle a é.é pétrie; il peint cet objet de
tant d'amour à l'agonie, la peau ridée, et collée sur des os sail-
lants (2), et il demande quel est l'amant qui, vingt-quatre heures
après la mort, oserait porter ses lèvres sur des lèvres flétries,
décolorées, jaunies sous la putréfaction, sur ce sein où il croirait déjà sentir le frémissement du ver sépulcral. Cette pensée
se retrouve presque textuellement dans un trouvère du moyen
âge :

> Il n'est si bele ne si riche
>   Ne tant soit fière
> S'ele estoit demain en la bière,
> Que l'on besast pas en chière,
>   Ce set-on bien,
> Plus que l'en feroit un mort chien (3).

Mais, bien que Menot montre ainsi à la passion ce qu'elle ne
reconnaît que dans la satiété des désirs, bien qu'il reproche
quelquefois aux femmes des crimes impossibles et sans nom (4),
il semble avouer que leur âme est meilleure que celle de l'homme.
Ne faut-il pas pardonner d'ailleurs quelque chose aux faiblesses
du cœur? A la femme poursuivie par la fièvre des sens, Jérôme
ou Bernard, dans les grands siècles chrétiens, eussent offert le
voile des vierges; mais, au xve siècle, la solitude était un asile
peu sûr contre la chair révoltée. Cette grande poésie virginale

---

(1) *Serm. Par.*, f. 36, — 60, — 94, — 145, — 140.

(2) Comme une feuille de parchemin sur une marotte, ajoute Menot.
(*Serm. Tur.*, f. 50.)

(3) Jubinal, *Jongleurs et Trouvères*, Paris, 1835, in-8, p. 89.

(4) Voyez *Serm. Tur.*, f. 56 et 103.

du moyen âge, où Marie apparaissait sans cesse avec son blanc cortége de jeunes filles aux habits de lin, avait disparu des sermons chrétiens, et Menot, en homme qui a la science de son époque, s'écrie : « Subis le joug du mariage, si tu crains de faillir; entre deux maux, il faut choisir le moindre (1). » Mais, l'union accomplie, combien y en a-t-il qui respectent l'épouse vertueuse, cet ange du foyer? N'en sait-on pas beaucoup qui rentrent à neuf ou dix heures du soir (c'était bien tard au XVIᵉ siècle), et qui, trouvant leur femme occupée à filer, la prennent aux cheveux, sans qu'elle ait dit un seul mot, l'injurient et la maltraitent? Malheur à eux (2) !

Le ton grotesque de Menot, qui pourra paraître déplacé, mais qu'il est pourtant impossible d'altérer, ne lui était pas familier seulement à propos des vices qui sont le fonds même du caractère de l'homme, mais encore pour les choses et les événements de son temps. Cette vieille magistrature française, qui se révélera un siècle plus tard avec tant d'éclat dans les noms d'Étienne Pasquier, de Harlay et de Daguesseau, ne trouve pas grâce devant ses sarcasmes. Il montre la belle et odorante rose du parlement de Paris, selon son expression, tirant sa sève de ce sang des pauvres, qui a aussi teint les siéges et rougi les robes des juges. Ou bien il peint plaisamment les conseillers faisant courir les plaideurs après les queues de leurs mules, pendant vingt ou trente ans, tandis que le sac au procès est *pendu au clou*. Puis viennent les avis et les reproches. Un procès de six blancs coûte plus que les tailles, les gabelles, les impôts et les garnisaires, dont on peut être accablé en un an, et, à la fin encore, est-on obligé de quitter la maison, sujet du procès, un bâton blanc à la main. En somme, conclut familièrement Menot, la justice ressemble au chat qui garde le fromage, mais qui lui est plus nuisible par un seul coup de dent que dix rats ensem-

(1) Et il ajoute avec malice : « Melius est dare corpus homini quam animam diabolo, et calefacere quam uri. » (*Serm. Tur.*, f. 108.)
(2) *Ibid.*, ib.

ble. Il se plaint encore que la police est très mal faite, qu'on
assassine impunément à Paris, et que les juges ne condamnent
que *là où il y a acquest*. Les avocats, dès longtemps flétris par
l'église de France, témoin l'office si connu d'Ives de Chartres,
où il est dit :

> Advocatus et non latro
> Res miranda populo!

les avocats ne valent guère mieux que les juges, au dire de Menot. Ils engagent les pauvres plaideurs à tout perdre, et là-
dessus le prédicateur cite ce proverbe populaire : « Quant on a
perdu toute sa vache, et on en peult recouvrer la queue, encore
esse pour faire ung tirouer à son huys (1). » Dans sa colère, il
va même jusqu'à nommer de leur nom les avocats froids pour
la cause du peuple, *comme ung Lendier de Frairie qui n'es-
chauffe* (2). Aussi, déduit finalement Menot, ceux qui ont tant
plaidé de causes, auront, au jour du jugement, bien du mal à
plaider la leur (3). On retrouve là des signes évidents de cette
haine que devaient occasionner au clergé l'enseignement et le
retour du droit romain à l'encontre du droit canonique. D'ailleurs, les hommes de loi n'étaient guère croyants; Luther a
dit quelque part : « Si un juriste devient chrétien, il est consi-
déré parmi les juristes comme un animal monstrueux; il faut
qu'il mendie son pain, les autres le regardent comme séditieux. »

S'abuserait-on ici sur la valeur de ces sorties triviales dans la
chaire chrétienne? Qu'elles fussent de fort mauvais goût, on
l'accorde, mais il faut pourtant y voir autre chose que les boutades d'un orateur naturellement bouffon et caustique. Michel
Menot n'est pas un prédicateur isolé qui a dû l'étrangeté de sa
parole aux dispositions particulières de son esprit. Maillard et

---

(1) *Serm. Par.*, f. 104, — 90, — 7, 17, 108, — 95, — 204.
(2) *Serm. Turn.*, f. 47.
(3) *Serm. Par.*, f. 29.

Geiler l'avaient précédé, et toute une école l'a suivi. Qu'on y prenne garde! En 1516, Zwingli, avec son verbe hardi, avait enlevé la moitié de la Suisse au saint siége; l'année suivante, l'année même où Menot prêchait à l'Académie de Paris, l'impétueux Luther jetait, en Allemagne, le premier cri du soulèvement religieux. Ainsi que nous le verrons tout à l'heure, Menot voulait aussi la réforme du clergé et des cloîtres, et les mêmes causes qui avaient amené le succès des apostrophes burlesques, virulentes et hérétiques du moine de Wittemberg, donnèrent un grand retentissement aux prédications cyniques, audacieuses, mais orthodoxes, du sermonnaire de Tours et de Paris. Chez Luther, comme chez Menot, le grotesque résulte bien moins du manque d'harmonie dans les idées que de la disproportion entre la forme et l'idée. Tous deux ils parlent exclusivement au peuple, et ils savent qu'ils ne peuvent remuer la foule qu'à la condition d'être violents et d'user d'images vulgaires. Cette singulière tendance de la chaire n'a pas manqué, comme toutes les oppositions populaires et politiques du moyen âge, de se reproduire dans l'architecture chrétienne, et la sculpture a empreint sur les façades de plusieurs monuments de la France bien des imitations et, qu'on nous passe l'expression, bien des caricatures de ce genre. Ainsi à Toulouse, dans une stalle de l'église de Saint-Sernin, il y a un âne en chaire, orné du bonnet et du surplis et prêchant un auditoire de porcs crossés et mitrés, avec ces mots: *Calvin les porcs preschant.* Dans l'église de Cléry, où est le tombeau de Louis XI, nous avons vu représentés, au-dessous du banc mobile de plusieurs stalles, des prédicateurs ouvrant, tordant et contournant bizarrement leur bouche. Sur le portail de l'hôtel de ville de Saint-Quentin, nous avons trouvé des singes en habit de moines, se démenant dans des chaires et gesticulant à l'envi. La façade de la cathédrale de Fribourg montre aussi des diables à hure de cochon emportant des âmes dans une hotte. Singulière analogie qui rapproche l'architecture de la prédication et qui fait que la science paréné-

tique du xve et du xvie siècle trouve, sur la pierre, la traduction vivante de ses bouffonneries et de son cynisme!

Mais les sermons de Michel Menot ne lui furent pas pardon-
nés par ses coreligionnaires comme à Luther. Ce qu'on regarda
chez le réformateur comme de la verve et de l'audace, ce qu'on
eût appelé là volontiers la lave du volcan, ne fut plus, chez le
sermonnaire catholique, que de la grossièreté ignoble et sans
portée. Et cependant, pour être juste, ce travail moindre et sans
éclat de Menot, cette lutte dans son propre camp, cette réforme
austère, prompte à l'attaque, mais restant dans les limites de
l'orthodoxie, n'étaient-ils point aussi difüciles, plus méritoires,
que la révolte ouverte, bruyante, et ne sachant que le combat?
Il y a de la sorte et souvent, dans l'histoire, des rôles difficiles
et durs qui, à cause même de leur modération, disparaissent
derrière la vie éclatante des sectaires et de tous les hommes qui
s'imposent dans les temps de révolution. Plus tard la scène reste
tout entière à ceux qui triomphent, et les autres sont même
immolés par l'opinion, lorsque par hasard on leur fait l'honneur
de parler d'eux. Je ne m'abuse pas, à vrai dire, sur ces sermons
grotesques, et je fais la part de l'humeur du sermonnaire, de la
boutade si l'on veut; mais l'attaque n'en subsiste pas moins au
fond. Henri Estienne, avec cette impitoyable causticité de sceptique et de réformé qui ne le quittait pas, ne manqua point, dans
son *Apologie pour Hérodote*, de ridiculiser les prédicateurs, et
ce xvie siècle, grand et mesquin, admirable et ridicule, ce xvi^e
siècle qui retrouvait l'antiquité et les lettres, lut avec avidité le
pamphlet de Henri Estienne contre l'école de Menot, comme,
en ses premières années, il avait applaudi avec admiration à
l'audace de Michel Menot lui-même. Tout ce qu'il y avait de
burlesque et de satirique faisait fortune au xvie siècle. La folie
elle-même était à la mode; Érasme en publiait l'éloge, et Geiler
prenait pour texte de tous ses fameux sermons de Strasbourg
et de Warstbourg des vers grotesques tirés de la *nef des Fous*
de Sébastien Brandt.

C'est vraiment un bien bizarre côté du moyen âge que cette parodie qui se retrouve presque toujours à côté des grandes choses et qui semble une continuelle protestation de la chair contre l'esprit, de l'empirisme contre l'idéalisme. Le roi a son fou, la mort ses danses macabres; l'étole du prêtre revêt à certains jours le dos d'un âne; la sculpture religieuse se fait satirique et éhontée, et la voix criarde de la Basoche et des Frères-Sans-Souci, les juruments des écoliers qui battent le guet à la porte des clapiers, les cliquettes des ladres, la royauté des ribauds et des truands, sont un étrange accompagnement de la foi et du mysticisme. Tous ces contes gais et graveleux, toutes ces épigrammes lestes, tous ces livres de *haulte gresse*, comme dit Rabelais, qui abondèrent au XVIᵉ siècle et firent la joie de nos aïeux, ne peuvent plus sans doute nous charmer désormais, et, pour que nous retrouvions le vieux *rire gaulois*, il faut plus que Beroalde de Verville ou Folengo, il faut au moins la voix de Panurge ou quelque malicieuse histoire de la reine de Navarre. C'est qu'il y a, pour ainsi dire, une sorte de plaisanterie propre à chaque siècle et à chaque nation. Ainsi la manière de Rabelais, de Swift, de Jean-Paul; ainsi même, dans ses triviales et violentes sorties, le grand orateur M. O'Connell toujours entouré d'applaudissements. Mais les goûts ne sont pas les mêmes dans un autre temps, dans un autre pays. La saveur n'est plus sensible; on dirait, si l'on veut me passer le mot, que l'estomac des esprits a changé.

Mais cette tendance moqueuse, ces allures libres de l'intelligence ont, au surplus, une valeur historique, et, pour nous, ils expliquent comment le verbe chrétien ne put résister à l'envahissement de la satire grivoise et du langage populaire. La chaire fut bientôt victime de l'idiome qu'elle usurpait; les sarcasmes ne lui manquèrent pas de cette part, et, d'un autre côté, quand la culture se perfectionna, quand les lettres eurent triomphé de la barbarie, la réaction fut encore violente, et la chaire eut à en souffrir. Les prédicateurs scholastiques surtout furent moqués. Érasme et les cicéroniens railleurs étaient aux

sermonnaires ce que Ramus, Mélanchton et Vivès étaient aux
philosophes. Avec quel agrément et quelle exquise ironie l'auteur des *Colloques* ne se rit-il pas des prêcheurs qui prouvent
la nécessité de l'abstinence par les douze signes du zodiaque, la
foi par la quadrature du cercle, et la charité par les branches
du Nil (1)!

Comment la chaire chrétienne, cette chaire où étaient montés
tour à tour Césaire d'Arles, saint Bernard et Gerson; comment
l'enseignement catholique, naguère si élevé, tombaient-ils à
cette décadence? Où en était donc réduit le verbe du Christ,
qu'il fallût des acrostiches pour le défendre? Et cette pureté
austère du cloître, si longtemps intacte, et ces grands dévouements pareils à ceux d'Élisabeth de Hongrie, et cette foi vive
qui avait soulevé l'Occident contre l'Orient, qu'étaient devenues
ces gloires de l'église? Au milieu des luttes du conceptualisme
et des préoccupations de son enseignement, Abélard, en un de
ces trop rares sermons qui nous sont restés de lui, avait déjà
fait un tableau effrayant de l'intérieur de certains couvents (2);
saint Bernard lui-même n'avait guère été plus indulgent. Au
moins là ce n'était encore que l'exception. L'admirable élan
chrétien du XIIe siècle allait venir jeter toute sa poésie, tous ses
voiles mystiques sur ces obscurs et rares relâchemens des cloîtres, où sainte Claire et François d'Assise établirent bientôt une
sage et ardente réforme. Mais, à l'époque de Gerson, ce n'é-
taient déjà plus les mêmes mœurs, le même zèle, et le pieux
chancelier s'en plaignait souvent avec amertume. Au temps de
la Réforme, le désordre était au comble, et c'est surtout chez
Michel Menot qu'on en trouve des preuves irrécusables et authentiques. Dans les *Sermons de Tours*, les traits qu'il lance
contre le clergé n'ont rien de profond et ne s'élèvent guère au-
dessus de la facétie. Il s'en tient toujours à des reproches vagues, généraux, à l'ironie superficielle. C'est à peine si, dans

(1) Erasmi *Opera*, 1703, in-folio, t. IV. *Moriæ encomium*.
(2) Abelardi *Opera*, 1616, in-4. Serm. XXXI, de Joanne-Baptista.

son langage commun et sans fard, il compare les prêtres cor-
rompus chantant les louanges de Dieu à des grenouilles qui
coassent dans la boue (1). Mais, dans les *Sermons de Paris*,
son ton devient plus âpre, plus mordant. Sans doute il con-
serve toujours les idées de théocratie, et ne perd jamais de vue
les traditions de Grégoire VII. Volontiers il répète que le monde
doit se courber devant la tiare romaine, et que les rois sont
faits pour baiser la mule du pontife; volontiers il maudit ceux
qui violent les priviléges sacerdotaux, le droit d'asile, par
exemple. Mais, s'il déclare encore le prêtre plus puissant que
Marie, qui est plus puissante que les anges, il en arrive vite aux
regrets, aux reproches, aux sarcasmes. Songeant sans doute
à ce temps où les Bernard, les Gerson, les d'Ailly, dictaient des
lois à la chrétienté, il s'écrie :

« Autrefois la ville de Paris donnait à l'église de grands docteurs qui allaient jusqu'à Rome réformer les Romains; Rome,
d'où nous viennent maintenant de fausses dispenses, de faux
contrats, si bien que le pauvre esprit de l'homme en demeure
stupéfié au pied de la croix qu'il adore. Aujourd'hui nos docteurs sont *baillonnés;* ils ont un os en bouche, ils soutiennent
les abus énormes qui minent la France et qui viennent de la
cour pontificale. O chrétiens! les bons religieux seuls vous ont
prêché la vérité. Sans parler de ceux qui sont venus depuis Clo-
taire, et pour m'en tenir aux hommes que vous avez vus, les
voix de frère Jean Tisserant, ce sauveur des filles pénitentes, de
frère Jean Bourgoys, de frère Antoine Fariner et de ce frère
Olivier Maillard, doué du don des miracles, ces voix pures et
austères ne vous ont-elles pas prêché la vertu (2)? Et pourtant,
vous vous obstinez dans le mal. Hélas! hélas! le bruit du *cla-
quet* ne réveille pas le meunier, le bruit du marteau le forgeron,

---

(1) *Serm. Tur.*, f. 182. — A un autre endroit, il parle des confesseurs
qui écoutent les avis des pénitents aussi vite *qu'ilz avallent ung œuf
mollet. (Ibid.* f. 64.)

(2) *Serm. Par.* f. 143, — 107, — 100, — 95. — *Serm. Tur.* f. 37.

les cris de l'enfant la nourrice. Et comment en serait-il autrement? le clergé donne l'exemple. Que trouve-t-on maintenant
dans les chambres des prêtres? Est-ce quelque exposition des,
épîtres, quelque commentaire sur les évangiles? Mais maître
Nicolas de Lyre leur ferait mal à la tête. Qu'y trouve-t-on donc?
C'est plutôt un arc, une baliste, un couteau de chasse et autres
armes (1). Les prélats traînent après eux des chiens, des maqui-
gnons, avec livrée militaire (2), tandis que les chanoines disent
leur office dans la cuisine, et entretiennent des filles perdues *à
pot et à cuiller* (3). Maillard disait *à pain et à pot*.

On trouvera peut-être que toutes ces plaisanteries se ressemblent, et que, comme aux entrées des rois dans les villes du
moyen âge, je ne présente que des *épices*, sans y joindre même
l'*hypocras*.

Menot, comme on peut croire, n'a pas épargné davantage les
scandales de la simonie et de la pluralité des bénéfices. « On a
à la fois, dit-il en son langage familier, un archidiaconat, plusieurs abbayes, deux prieurés, quatre ou cinq prébendes. C'est
là vraiment un arbre avec de bien belles branches, mais il ne
servira qu'à vous brûler en enfer. Est-ce qu'aujourd'hui les car-
dinalats et les archiépiscopats ne sont pas lardés d'évêchés, et
les évêchés d'abbayes, et les abbayes de prieurés? A tous les
diables (Rabelais disait : A mille pannerées de diables) pareille
façon d'agir! On prend les bénéfices à *embrassées*, on ne les ré-
pare pas, et on les vend comme des chevaux en plein marché (4).
C'est un horrible abus. Un enfant de dix ans obtient de gros
bénéfices parce que sa mère *estoit fort privée de l'évesque et par
les cognoissances dedit ei* (5). » Dans sa colère, Menot oublie

(1) *Serm. Par.*, f. 98, — 10.
(2) *Serm. Par.*, f. 5. — Prælati hodie post se ducunt canes et mangones,
indutos ad modum armigerorum sicut suytenses.
(3) *Serm. Tur.*, f. 17; *Serm. Par.*, f. 82.
(4) *Serm. Par.*, f. 8, — 117, 119, 94.
(5) Menot même quelquefois est tout à fait personnel, comme quand il
dit : « O domina quæ facitis placitum domini episcopi et dicitis : O ipse

que ce qui donna longtemps au clergé une immense puissance politique et une grande popularité fut cet accès que l'église offrait sans distinction à tous, cette égalité religieuse qui lui faisait recruter ses évêques, ses pontifes et ses prélats dans les rangs des pauvres comme dans les rangs de la noblesse. « Une fois abbés, papes ou cardinaux, dit Michel Menot, ils veulent que leurs parents soient pourvus; ils font de leur protégé un évêque, un archidiacre, un chanoine, *voir feust-il fils d'un savetier, ou sorty de la maison d'ung bostelier de foing.* » Autre part, Menot se plaint de l'abus contraire : « Tandis que les ordres mendiants se réforment, les abbayes riches persistent dans leurs désordres, parce qu'elles ont un abbé noble. Ceux qui viennent de Rome ne valent guère mieux. Monsieur le protonotaire a un archidiaconat dans l'église cathédrale; son habit donc devra être pourpre. Comme abbé commendataire bénédictin, *abbas commendatarius, seu potius comedotarius,* il sera vêtu de noir. Comme prieur d'une autre abbaye, il devra être habillé de bure blanche. Sa robe donc sera bigarrée, si bien qu'il fera peur au diable, qui l'emportera en enfer pour achever de le peindre. Mais encore si les ecclésiastiques qui rongent les os des morts, et qui fondent des chapelles avec les biens pris aux pauvres, étaient généreux et bienfaisants! Mais non; il y a de l'or aux queues de leurs mules, et sur leurs autels le sang du Christ est dans des calices d'étain. Ils ont la main vide quand il s'agit d'aumônes, et pleine lorsqu'il est question de jeu et de débauche. Pour un pauvre, ils fouillent une heure dans leur escarcelle, et ne trouvent qu'un denier tournois.

« Est-on dans les cloîtres plus occupé de l'affaire du salut et de l'amour du Seigneur? nullement. On entre au couvent, non par piété, mais par avarice, pour vivre voluptueusement et sans

bene faciet filio meo, erit primo provisus in ecclesia. » (*Serm. Par.*, f. **110.**) — Voltaire a cité ce passage au mot *Bien d'église* du *Dictionnaire philosophique,* mais sans citer la page et en copiant simplement Henri Estienne.

rien faire. Ainsi, nos abbés de *trois cuictées*, qui en un jour
ont été moines, profès et abbés; et au couvent, loin de la paix
chrétienne, ce ne sont que murmures, rixes, haines, divisions
et procès. Au dehors, le curé plaide contre ses paroissiens,
l'évêque contre son chapelain, l'abbé contre ses moines. *Velà
ung piteux mesnage* (1)! Et que rencontre-t-on au palais, sinon
des bénédictins, des bernardins, et aussi les bissacs de saint
François et des autres ordres mendiants, qui n'ont rien à
perdre ni à gagner? Demandez ce que c'est; un clerc vous ré-
pondra : Notre chapelle est divisée contre le doyen, contre l'é-
vêque, et je me cramponne pour cela aux queues des robes de
messieurs du parlement. — Et toi, maître moine? — Je plaide
une abbaye de 800 livres pour mon maître. — Et toi, moine
blanc? — Je plaide un petit prieuré pour moi. — Et vous, mendiants, qui n'avez *terre ny çillon, que battez-vous icy le pavé?*
— Le roi nous donne le sel, le bois, et les officiers nous le refusent. »

C'est ainsi, par groupes, par petits tableaux, par dialogues
incisifs et gais, que procède Michel Menot. Il ne s'en tient pas,
d'ailleurs, à ces reproches plus ou moins plaisants contre les
moines, à ces sorties contre le népotisme et le cumul; la vraie
plaie ne lui échappe pas, et il la touche au vif. « On nomme
évêques, dit-il en propres termes, des gens qui ne savent pas
la grammaire et qui n'ont pas lu Donat (2). Nous voyons, non
en esprit, mais sous notre œil, des ânes couronnés, *asinos mi-
tratos*, s'asseoir sur le siége des apôtres. » Puis Menot traite
brutalement de veaux ces prélats ignares, sous prétexte qu'ils
n'ont pas les deux cornes, symboles de science et de sainteté.
Tous ces *porteurs de rogatons*, qui sont si ridiculisés dans
Érasme et Henri Estienne, n'ont pas été non plus ménagés par
le prêcheur. « Ils perdent, dit-il, leurs reliques dans les tavernes, et font ensuite passer pour les os de saint Laurent quel-

(1) *Serm. Par.*, f. 93, — 108, — 100, — 60, 5, 113, 78. — 93.
(2) Grammairien en usage au moyen âge. (*Serm. Par.*, f. 93.)

que vieux bout de pieu trouvé dans une étuve (1). Les indulgences qu'ils prêchent sont plutôt établies, continue le hardi
moine, pour le gain de la bourse que pour le gain de l'âme. Ils
osent conseiller aux veuves de laisser plutôt leurs enfants mourir que de manquer une indulgence; mais ce sont choses dont
les théologiens ne parlent guère, et que les seuls cafards, *caf-
fardi*, exploitent à leur profit avec infinis mensonges (2). Es-
sayez de mourir, dit audacieusement Menot, avec votre dispense du roi et du pape, et vous verrez si vous ne serez pas
damnés. Il en est de ces pouvoirs de pardon et de clémence
comme du bâton dangereux de l'excommunication laissé à la main
de quelque fat de prélat, *periculosum baculum in manu unius
fatui prelati*. C'est là une source de grand scandale pour l'église
et de mauvais exemple pour le clergé inférieur, qui s'autorise
de ces désordres; car, selon le proverbe populaire du prédicateur : *Quant le maistre est tambourineur et ménestrier, commu-
niter les varlets sont danseurs* (3). »

Les accusations de Michel Menot contre les prêtres de son
temps sont graves et rigoureuses; il comprend que l'enseignement religieux demande une âme courageuse, et que la vérité
a encore besoin d'apôtres quand il ne lui faut plus de martyrs.
Les couvents, comme on l'a aperçu, sont surtout l'objet de
ses âpres récriminations. Beaucoup des scandaleuses histoires
transformées par Boccace en joyeux récits attristaient le ver-
tueux prêcheur, et on voit qu'il était presque de ce temps où
Desportes pouvait dire au roi très-chrétien que ses abbayes ne
lui donnaient point *charge d'âmes*, parce que ses moines n'en
avaient pas. Gerson s'était longuement demandé si l'austérité
du cloître permettait d'autres travaux que la psalmodie; mais

(1) *Serm. Par.*, f. 28, 100, — 41.
(2) *Serm. Par.*, f. 87, 131, 147. — Bail a l'air de reprocher cette sortie à
Menot. Voir *Sapientia foris prædicans*, tertia parte, p. 391. — Gerson
pourtant avait déjà montré cette sévérité. Voir ses *OEuvres*, II, 514, édit.
de Du Pin.
(3) *Serm. Par.*, f. 195, — 143, — 132.

cètte question, qui devait, au XVIIᵉ siècle, ranimer tant de savantes querelles entre l'abbé de Rancé et Mabillon, était devenue inutile au temps de Menot. Il ne se la pose plus, comme
avaient fait la plupart des théologiens du moyen âge, et il se
contente de maudire la corruption qui ne s'était point arrêtée
devant les asiles du Seigneur, devant les ascétiques transports
de la prière et de la solitude.

Mais était-ce assez d'attaquer le pouvoir sacerdotal dans sa
corruption et ses abus, de l'attaquer en face et dans la chaire
religieuse même? Tous les sentiments populaires ne devaient-
ils pas trouver dans Menot un interprète naïf et inaccessible à
la crainte? Aussi, dans ses sermons prêchés à Tours, sous le
souvenir voisin du château de Plessis, comme dans les sermons
du couvent de l'Observance, s'est-il élevé contre les puissances
politiques. Se louant un peu lui-même de sa hardiesse, il s'é-
crie : « Malheur au prédicateur qui tord l'Évangile pour plaire
au roi, aux princes, ou aux grandes dames; je le déclare fourbe
et voleur. » Toute injustice, toute inégalité dans l'ordre social émeut encore sa bile et sa colère. Le noble qui accable son
vassal et lui fait avaler *son bled vert* et *mâcher le parchemin
avec les dents;* les tyrans rongeurs du peuple, qui mangent le
pauvre jusqu'aux os; les gabelles, qui sont pour lui au même
rang que l'usure, les simonies et les rapines; le luxe culinaire
des grands (1); enfin tous les mainteneurs d'abus et de priviléges trouvent dans le moine franciscain un adversaire toujours
audacieux, souvent téméraire. « Messieurs et mesdames, crie-t-il
sans façon à la portion riche de son auditoire, vous portez de
belles tuniques d'écarlate; mais je crois que, si on les mettait

_____

(1) *Serm. Par.*, f. 201. — *Ibid.*, f. 70, 42; *Serm. Tur.*, f. 89, 3. Il dit,
en parlant des cuisiniers des grands, qu'ils étaient plus recherchés que des
docteurs en théologie, et qu'ils faisaient des sauces si exquises, qu'on y eût
mangé *savate vieille*. (*Serm. Par.*, f. 113.) Cette passion pour l'art culinaire était déjà de mode au XIVᵉ siècle : « Ignavissima ætas hæc culinæ
solicita, literarum negligens et coquos examinans, non scriptores. » Pe-
trarch., *de Remed. utr. fort.*, l. I, dial. 43.

sous le pressoir, le sang des pauvres en sortirait. Allez, allez recueillir vos taxes et vos impôts, qui seront sel et épices pour
saupoudrer vos chairs dans la damnation (1). »

On se convainc facilement, par la lecture attentive des sermons
de Menot, que, dans les campagnes, le régime féodal était plus
doux. Il est bon de le dire, les rapports des paysans avec les
seigneurs, dans les communes rurales même, qui n'avaient
point obtenu l'affranchissement comme les villes, étaient alors
plus paternels qu'on ne se le figure en général. Menot dit for-
mellement que ce n'est que dans les cités que se rencontrent
ces écorcheurs de pauvres, *excoriatores pauperum*, qu'il maudit
avec tant de persévérance. Ce qui était d'un grand poids aux habitants des campagnes, c'étaient plutôt, au dire du prêcheur,
les déprédations des bandes armées, des soldats sans paie réglée, qui rançonnaient et battaient les agricoles, violaient les
femmes, pillaient les basses-cours, et donnaient les récoltes en
pâture à leurs chevaux (2).

Il ne faudrait pas croire que Michel Menot ménageât le tiers-
état aux dépens de la noblesse et du clergé. Les parvenus de
toute sorte trouvent en lui un rude adversaire. « Aujourd'hui,
dit Menot, dès qu'un régisseur, dès qu'un majordome, fils de
quelque petit marchand, a mis la main à la caisse du maître,
l'argent fond comme la cire; ne faut-il pas avoir une belle maison, et des domaines et des revenus? Ensuite on méprise sa
pauvre famille, et on dit : C'est vrai; un tel est de ma parenté;
nous avons les mêmes armes, mais il descend d'un bâtard de la
maison de monsieur mon père. » Menot n'était pas obligé d'en
savoir plus long en science héraldique, et il aurait pu dire :
C'est matière de blason, comme, dans le *Pantagruel*, frère Jean
des Entommeures dit : *Ceci est matière de bréviaire.* Puis il
continue, de ce ton demi-mordant, demi-familier, qui lui est
ordinaire : « De pauvre clerc et de vilain qu'on était, on se dé-

(1) *Serm. Par.*, f. 20; *Serm. Tur.*, f. 110.
(2) *Serm. Par.*, f. 7, — 17, 180; *Serm. Tur.*, f. 202.

clare noble aussi bien que le roi; on achète un fief avec les deniers qu'on a volés en servant dans le château de quelque gentilhomme (1). » Il n'est donc pas un abus qui ne trouve le
prédicateur toujours prêt à l'attaque et à l'ironie. Quand le sarcasme fait défaut, la malédiction cynique, brutale, ne tarde pas
à en tenir lieu. Toutefois, dans ses attaques politiques, Menot
respecte toujours deux choses, le pays et la royauté. Le souvenir de la domination anglaise, de ces hommes, comme il dit,
qui, trouvant le vin meilleur que la cervoise, voulaient faire
leur patrie de la France, ce souvenir réveille sans doute en lui
la triste pensée de Crécy et d'Azincourt, et lui fait regarder
comme un crime horrible la trahison envers le monarque et la
nation (2); car Menot, en ses patriotiques élans, sentait que la
croix ne pouvait trouver un plus sûr abri que sous le drapeau
vainqueur à Bovines.

Des fragmens que nous avons cités jusqu'ici, de ces phrases
glanées çà et là, éparses dans notre auteur et agencées ici en
un ordre logique, on pourrait peut-être déduire que Menot a
toujours le reproche à la bouche, et qu'il méconnaît cette loi
du sacerdoce chrétien, que la main du prêtre doit s'étendre
plus souvent pour pardonner que pour maudire. Pourtant on
trouve quelquefois dans ses sermons de rares traces de cette
douceur idéale et angélique, de ce mysticisme indulgent dont
Jean Climaque et Bonaventure laissèrent l'ascétique et rêveuse
tradition à Thérèse d'Avila, à François de Salles et à Fénelon.
Menot croit aussi à cette loi d'amour donnée par la Providence,
qui relève le pécheur comme une mère embrasse et console
son enfant tombant et blessé; il croit à la miséricorde et au repentir. Jamais, dit-il, épée n'a été assez acérée pour qu'un sou-
pir de regret n'ait pas valu le salut au pécheur frappé (3). Ce
tendre ascétisme l'amène de temps à autre à de gracieuses

(1) *Serm. Par.*, f. 45, — 22.
(2) *Serm. Tur.*, f. 2, — 15.
(3) *Serm. Par.*, f. 3, — 14.

images, comme quand il compare l'immaculée conception de la Vierge aux vitraux des églises, que traversent sans les ternir les éblouissants rayons du soleil (1). Toutefois, et nous nous hâtons de le dire, au temps de Menot, le mysticisme avait presque entièrement reployé ses ailes et s'était transformé en un esprit raisonneur et goguenard, qui allait trouver carrière dans les luttes de la Réforme, puis dans les saturnales de la Ligue. Michel Menot, orateur essentiellement pratique, homme non de spéculation, mais de volonté et de bon sens, était naturellement peu enclin à ces aspirations célestes, et se sentait tout disposé à prêcher une morale actuelle, qui fût surtout utile dans la pratique habituelle de la vie et qui s'adressât à tous, aux savants comme aux ignorants. Il ne faut pas être astrologue ou docteur en théologie pour avoir la grace de Dieu, dit-il en son patois naïf : il comprend qu'au point où en sont les mœurs, les promesses des félicités de l'autre vie, des ravissements divins, des extases éternelles, ne suffisent plus aux bourgeois positifs et railleurs du XVIᵉ siècle. Mais que faire? Où trouver une digue au débordement? Menot appellera la terreur à son aide; il évoquera la mort, l'enfer et le jugement sous mille formes hideuses, familières, solennelles. Quelquefois les plaisanteries basses et comiques viennent traverser, comme un cynique éclat de rire, les scènes de suaire et de cercueil qu'il raconte à son auditoire. Ici, il peint avec d'horribles détails les diables aux bras velus comme des ours (2); là, il compare l'homme qui espère vivre longtemps au corbeau qui répète toujours *cras*, *cras* (3). Ailleurs, avec le mauvais goût si familier aux écrivains de la Renaissance, il dit à ses auditeurs qu'en enfer la complainte des damnés est aussi composée de *ut, re, mi, fa, sol, la*. Puis le prédicateur cite six passages de la Bible pleins de menaces contre les damnés, et tous ces passages commencent par les syl-

(1) *Serm. Tur.*, f. 141.
(2) *Serm. Par.*, f. 85.
(3) *Serm. Tur.*, f. 121.

labes des six notes musicales alors connues (1). Henri Estienne,
rappelant ce puéril jeu de mots, dit que c'est *donner à chascune
note son lardon et brocard.* A un autre endroit, parlant aux habitants de Tours, Menot compare la vie au mystère de saint
Martin, leur patron, qu'ils n'ont pas manqué d'aller voir jouer,
en vrais provinciaux curieux et gausseurs. Quand le drame est
fini, on ne pleure plus; l'admiration a cessé, et l'on ne sait que
rire des acteurs. Celui qui faisait saint Martin, *c'estoit,* dit le
peuple, *ung mauvais garçon;* celui qui représentait le roi, *c'estoit ung savetier.* Ainsi, quand la mort vient, ajoute à la lettre
Menot, la farce est jouée (2). Chose singulière! c'est la même
parole que prononça Rabelais en mourant, tant il devait y avoir
de rapprochement entre la chaire et la satire, tant l'enseignement chrétien, suivant l'esprit humain dans ses plus étranges
transformations, puisait alors à une source exclusivement populaire!

   Les triviales allusions de Menot sur la mort se présentent souvent sous une forme digne du *Pantagruel.* Soit qu'il montre
sans façon le prince et les prélats, qui *s'en vont le grand gallot
ad omnes diabolos* (3), soit qu'il crie à la truande que les jeunes
filles qu'elle a séduites lui serviront en enfer « de bourrées et
de cotteretz pour luy chauffer ses trente costes (4), » soit enfin
qu'il parle de ces *grands milours* pour lesquels, une fois qu'ils
sont sous le pavé des églises, il se dit autant de messes que pour
le diable s'il était au cercueil (5). Mais que font les déclamations

---

   (1) *Serm. Par.*, f. 29.
   (2) *Serm. Tur.*, f. 44.
   (3) *Serm. Par.*, f. 108.
   (4) On trouve (*Serm. Par.*, f. 115), dans un autre sermon, une apostrophe plus violente encore sur le même sujet : « Malheureuse truande, tison
d'enfer, *credis tu quod cum maledicta anima tua damnata fuerit ad
penas eternas, quod Deus sit contentus. Non, non; augebitur pena tua;*
tu prendras ton corps puant, infect, et plus corrompu qu'une savate vieille.»
(*Serm. Par.*, f. 90.)
   (5) *Serm. Tur.*, f. 15.

du prédicateur à propos de la mort? Ses auditeurs savent bien
que la coutume de paradis est comme aux hôtelleries d'Espagne, de payer avant de manger; que celle d'enfer est comme
aux auberges de France, de manger, puis de payer. Hélas!
hélas! les terribles exemples laissent une courte impression;
ceux qui écoutent Menot ressemblent au convive qui, voyant
son voisin se brûler la bouche avec un mets chaud, s'arrête un
instant, puis recommence bientôt. Aussi l'adroit orateur ne se
borne pas à ces images, frappantes sans doute de vérité et
d'horreur, mais dont la forme inculte prêtait au rire; il emprunte à la terreur ses évocations les plus sombres, à l'émotion
ses plus saisissantes paroles. De la sorte, le moine franciscain
arrive à cette terrible éloquence de la mort qui rappelle quelquefois saint Bernard, et qui présage déjà Bourdaloue et Bossuet.

En présence des générations qui passent, Menot semble saisi
d'un vague effroi; la sombre poésie du sépulcre et de la destruction élève, agrandit sa pensée. Sa voix prend un accent plus
ferme. Il montre le convoi du roi de France dans sa lente marche vers Saint-Denis. Le corps est entouré de barons, de gentilshommes, de princes; mais l'âme est seule, seule comme le
corps après que le grand maître, jetant son bâton sur le cercueil, a donné le signal du départ par ces mots : Le roi est mort!
Vive le roi (1)! Mais la dernière heure ne sonne pas seulement
pour les princes. O Seigneur! Seigneur! dit Menot, nous mar-
chons tous à la mort. La Loire coule sans cesse; mais l'eau
d'hier est-elle aujourd'hui sous le pont? Il y a cent ans, pas un
homme n'existait de ce peuple qui est maintenant dans la ville.
A cette heure, c'est moi qui vous prêche; dans un an peut-être
un autre vous prêchera. Où est le roi Louis, monarque redouté,
et Charles, qui, dans la fleur de sa jeunesse, faisait trembler
l'Italie. Hélas! ils pourrissent tous deux dans le cercueil; et
vous, jeunes filles, qui admirez votre beauté, ne savez-vous pas le

(1) *Serm. Par.*, f. 115, — 111, — 81.

Roman de la Rose? ne vous souvenez-vous pas de Mélusine et
de tant d'autres femmes qui furent belles comme vous? Nous
mourons tous, et comme l'eau nous fondons dans la terre (1).
Cela ne rappelle-t-il pas les vers de Villon et le charmant refrain :

> Mais où sont les neiges d'antan?

Mondains, s'écrie encore textuellement Menot, vos pères se
putréfient dans le linceul! Mais ils étaient vieux, dites-vous,
c'est ce que je veux! Car après les vieux viendront les jeunes.
— Grandes dames, quand vous visitez le caveau où sont les
tombes de vos pères, dites aux hommes couchés dans ces bières :
« Quel méchant vous a ainsi dépouillés et ne vous a laissé qu'une
chemise nouée autour des reins, comme à un misérable truand?»
Et il vous sera répondu : « Je suis ver et non homme, l'horreur
des vivants, l'abjection du monde; quand vous serez étendues
là, comme nous, sous ces froides pierres, qui pourra reconnaître votre tête de reine ou de duchesse de celle de l'humble
servante qui lave la vaisselle de vos tables? » — On le voit, l'a-
postrophe ne manque jamais à Menot, et l'élève quelquefois à
une grande hauteur, comme quand sa voix, avec une énergie
et un mouvement dont on retrouve des traces dans Massillon,
retentit pleine d'éclat dans ces paroles : « Vrai Dieu! si le Christ
était à ma place dans cette chaire, comme il était sur le Golgo-
tha, le croiriez-vous? O mort, que tu serais douce à ceux auxquels tu as été amère! Si les damnés pouvaient obtenir quelque
chose de Dieu, que demanderaient-ils? Le retour sur la terre?
Non, certes. Le paradis? Non, parce qu'ils ne l'ont pas gagné.
Eh bien! eh bien! je vous déclare qu'ils demanderaient la mort.
Seigneur, n'est-ce pas une horrible misère que ceux qui ont
tant aimé la vie réclament la mort sans l'obtenir (2)? »

Des récits, tantôt vrais, tantôt empruntés aux plus rêveuses

(1) *Serm. Tur.*, f. 18.
(2) *Serm. Par.*, f. 6, — 13.

légendes, viennent, à chaque page des sermons de Menot, réveiller l'effroi et exciter par l'épouvante à la pénitence. Ici c'est
un prêtre impie qui tombe mort sur les marches de l'autel, là
c'est le tableau hideux de l'agonie chez les pécheurs non repentants. Des crapauds viennent s'accroupir sur leur poitrine et les
regardent. On dirait les images affaiblies d'une vision de Dante.
Les démons quittent l'enfer, se pressent et mugissent autour
de l'impie mourant, et livrent à son âme les plus rudes assauts.
L'âme, étourdie de leurs attaques, ressemble alors, au dire du
prêcheur, à la perdrix poursuivie par les chiens et les faucons.
Le pauvre oiseau tourne comme en vertige, bat de l'aile et se
jette dans les buissons. La pauvre âme aussi se réfugie *dans le
cœur;* mais les démons l'y suivent et l'en chassent, et alors il
s'accomplit dans l'homme de si terribles mystères, qu'il perdrait
l'intelligence, s'il lui était donné de se souvenir et de revenir
au monde.

Après la mort l'enfer, l'horreur de ses supplices, les damnés
étouffés dans les vapeurs du soufre et se brûlant entre eux par
le contact, comme des charbons qui s'enflamment dans un même
foyer (1), le jugement, ces grandes assises de Dieu, cet arrêt
sans appel, selon l'expression du prêcheur, toutes les terreurs
du monde en ruines, tous les mystères de l'autre vie, apparaissent
dans Menot, comme dans le tableau de Michel-Ange. Entendez-
vous les gémissements de la création tout entière? Voyez-vous
ces vitres se briser, dit Menot en montrant sans doute les magnifiques vitraux de Saint-Gatien de Tours, dont les deux tours
jumelles s'achevaient cette année même (2), les voûtes de cette
église frémissent et s'écroulent, les morts soulèvent leur pierre,
les cheveux des vivants se hérissent, et le Christ descend sur les
nuages, tenant dans ses bras la croix qui a sauvé le monde (3).
Mais cette croix brisée en mille fragments par la piété des peu-

(1) *Serm. Tur.*, f. 21, — 64.
(2) Chalmel, *Hist. de Touraine*, t. III, p. 442.
(3) *Serm. Tur.*, f. 34.

ples, cette sainte relique dispersée en tant de lieux, comment se retrouvera-t-elle en entier? De même que la poussière des corps consumés dans le sépulcre, de même que les os brisés sur les champs de bataille, les morceaux de la vraie croix sortiront des ossuaires d'or, des reliquaires des princes, et se réuniront au ciel.

Les fragments de Menot que nous avons cités, *curieusement déduits, abstraits et quintessenciés,* comme on disait au XVIᵉ siècle, tous ces centons scrupuleusement empruntés au texte même, mais rapprochés ici et comme juxtaposés en un ordre rationnel, peuvent sans doute donner une idée du procédé simple, sans art, plein de naïveté, de rudesse et de mauvais goût, qui caractérise les prédicateurs de cette époque. Dès que Menot a énoncé un principe, il en vient à l'application, et sa pensée se traduit aussitôt en une image prise, sans apprêt et sans intermédiaire, à la vie de chacun. Il enserre son enseignement dans les proportions rétrécies d'une causerie populaire, et il est facile de voir que cette méthode est le résultat d'un système arrêté, et qu'en ces familiers récits il y a volonté et préméditation. Menot s'adressait au peuple; comment n'eût-il pas parlé son langage? Ainsi, quand il prêche les Tourangeaux, c'est à des traits, à des histoires tirés des chroniques de leur ville même, qu'a recours le prédicateur. Toujours il leur parle d'eux ou de leurs pères. Des rives de la Loire aux murs de cette vieille abbaye de Saint-Martin, qui avait les rois de France pour abbés perpétuels, il place presque exclusivement le théâtre des événements qu'il raconte. Par là, sa parole sauvage et abrupte à la rencontre est sûre de toucher à des intérêts prochains et vivants, et de remuer les sympathies ou les craintes d'un auditoire à la portée duquel se met volontiers l'orateur. Pathétique sans prétention, images frappantes, comparaisons familières, apologues amusants, et, comme le Dieu dont il prêche la loi, paraboles cachant un sens élevé sous une enveloppe commune, Menot emploie tous ces moyens à leur tour et n'oublie rien de ce qui peut émouvoir les bourgeois et manants assis devant sa

chaire. C'est surtout à la curiosité qu'il s'adresse; il est facile
de s'apercevoir qu'il parle aux descendants de ces Franks naïfs,
qui arrêtaient les étrangers pour les forcer à leur raconter des
histoires.

Mais ce dont cette étude ne peut aucunement donner l'idée,
c'est le procédé ingénieux avec lequel Menot groupe à sa manière les faits qu'il raconte, de façon à en faire un petit drame
plein de détails, auxquels son imagination vive sait donner un
tour original, et dont il gradue habilement l'intérêt, en entre-
mêlant son récit de comparaisons et de plaisanteries analogues
au goût du temps. Soit qu'il raconte la Passion, tantôt en une
longue allégorie sur la chasse du cerf, pleine de vers de sa
façon (1), tantôt avec une minutie charmante de détails et une
naïve mise en scène qui présage déjà la sœur Emmerich (2);
soit qu'il nous montre longuement la Madeleine *belle*, *plaine*,
fringante, *vermeille comme une rose*, et qu'après s'être écrié
à propos de sa vie mondaine : « Vela un très-piteux estat pour
une jeune dame (3)! » il nous expose longuement sa conversion, Menot donne à son récit une allure dégagée, il anime et
fait jouer ses personnages comme sur un théâtre, et il les rend
tellement vivants, qu'il les transforme à son insu en bourgeois
du XVIe siècle, comme les miniaturistes et *rubricateurs*, dans les
belles enluminures de leurs missels, dans leurs *portraitures* sur
vélin, habillaient les soldats romains en archers du roi Charles VIII, comme les trouvères, dans leurs poëmes, célébraient,
avec une croix, de l'eau bénite et des religieux, les funérailles
de Jules-César (4). Rien n'est plus comique et plus étrange à
la fois que son sermon de l'enfant prodigue (5), qu'il peint

(1) *Serm. Par.* f. 209 et suiv.

(2) *Serm. Tur.*, f. 161 et suiv.

(3) *Serm. Par.*, f 169 et suiv. — Réimprimé à part par M. Labouderie,
1832, in-8.

(4) Roquefort, *État de la poésie française dans les douzième et treizième siècles*, p. 271.

(5) *Serm. Par.*, f. 119. — Reproduit dans le tome VI de la première série
des *Mémoires de la société royale des Antiquaires*, p. 437.

plutôt comme *ung mignon* et *ung vert gallant* du règne de
Louis XII, que comme un dissipateur hébreu. Menot commence
par lui donner le costume de 1517 : *bottines d'escarlate bien
tyrées, la belle chemise fronsée sus le colet, le pourpoint frin-
gant de velours, la tocque de Florence à cheveux pignez*, rien
n'y manque. Quand le jeune prodigue sent qu'il a en poche
monsieur d'Argenton, et que son père *luy a avallée la bride sus
le col*, il tient *table ronde aux ungs et aux aultres où riens ny
est épargné :* il a *histrions, rotisseurs, truandes a dextris et a
sinistris*, auxquelles il donne *les robbes de fin drap*, en sorte
que c'est *ung gouffre de tous biens*. Mais quand la bourse fut
vide, et *qu'il n'y avoit plus que frire, chascun emportoit sa pièce
de monsieur le bragard, chemise et pourpoint, si bien que mon
gallant fut mis en cueilleur de pommes, habillé comme ung
brulleur de maisons, nud comme un ver*. Alors ses *compaignons
sans soucy si ont commencé à dire : Aux aultres! celui-là est
plumé et espluché, et on luy fit visaige de boys*. Menot continue
de la sorte et en termes aussi peu recherchés à décrire la détresse du prodigue, qui, ayant usé *son pain blanc le premier*,
fut réduit à la *mangeaille de l'auge aux pourceaulx;* il le
montre revenant en son pays *sec comme brésil, avec ung petit
roquet qui venoit aux gerres et vestu comme un belistre*. Le
pardon du père, la jalousie du frère, qui, à propos des fêtes
qu'on fait au prodigue, *se plaint de tant de caquet et de tant de
haha pour ung malotru, ung marauld*, tout cela fait une comédie assez burlesque, qu'on est étonné d'entendre réciter dans
la chaire où avaient parlé Hilaire de Poitiers et Pierre d'Ailly.

Et qui donc osait ainsi transporter le patois de la basoche
dans la science parénétique? C'était un pauvre moine franciscain qui prêchait à Amiens et à Montdidier en 1494, à Tours
en 1508, à Paris en 1517; un pauvre moine enseignant la théologie dans son couvent, et allant de ville en ville instruire le
peuple et anathématiser le vice à la face des puissants du monde.
Quoique Menot fût du siècle où l'on persécuta Marot et où l'on
brûla Étienne Dolet, il est peu probable que ses allusions témé-
raires et ses déclamations violentes aient troublé le calme de sa

carrière laborieuse, puisqu'il ne nous est venu aucun détail de sa vie, et que ses sermons parurent avec un grand succès, moins de deux années après sa mort, en 1519. Les gens de la cour s'inquiétaient peu des déclamations d'un moine obscur, et le haut clergé avait trop à faire de ses bénéfices et de sa vie dissipée, pour prêter l'oreille à la mauvaise humeur d'un prêcheur trivial. Mais les sermons de Menot s'adressaient au peuple, et ils devaient laisser en lui des impressions favorables à la cause éternellement sainte de la morale et de la liberté.

Les pages qu'on vient de lire présentent, si nous ne nous abusons, un tableau assez vrai des mœurs, des croyances et de la situation politique du xvie siècle. La noblesse féodale y apparaît affaiblie déjà par les efforts de Louis XI ; après les attaques de la royauté, viennent les attaques du sacerdoce qui, pour conserver son influence sur la société civile, sent qu'il doit soutenir le peuple contre les oppressions des grands, et que, malgré son respect pour l'ordre établi, il lui faut enfin rendre moins étroite cette alliance de la théocratie et de la féodalité qui dominait sur le monde depuis Charlemagne. Menot n'épargne pas davantage le haut clergé. A la veille des luttes de la Réforme, il flétrit la vente des indulgences, l'ignorance, la simonie, la corruption, qui gagnaient de plus en plus les différentes hiérarchies de l'organisation religieuse. Il montre au doigt, sans craindre le sort de Savonarole, les abus de la cour de Rome, tandis que Borgia et Jules II sont assis dans la chaire de Saint-Pierre. Enfin, par une impartialité digne de remarque, au moment où il semble s'efforcer d'appuyer l'église sur le peuple même, Menot ne pardonne à aucun des vices de la bourgeoisie. Le tiers-état n'a plus chez lui ce caractère désintéressé et énergique, ce dévouement intègre à la cité, cette simplicité de mœurs, qu'on lui trouve au temps de l'affranchissement des communes, et qui se détachent avec une si admirable couleur dans les *Lettres* d'Augustin Thierry. Il est désordonné, ambitieux, plein de vices remuants ; il ressemble déjà au peuple qui accomplira la Ligue. Remarquons aussi, au point de vue moral

et littéraire, qu'à chaque époque les mêmes classes d'esprit sont
représentées ; le genre de Menot semble se retrouver toujours,
surtout dans le peuple. Mais à certains moments telle ou telle
classe prend le dessus et tient le dé. Au xvɪᵉ siècle, ce fut
l'esprit grotesque qui domina.

Quoi qu'il en soit, la noblesse, le clergé et ce tiers-état qu'on
ne trouve presque jamais nommé dans les sermons du moyen
âge, se dessinent chez Menot chacun en leur attitude, et déjà
avec quelques-unes de ces passions haineuses, qui, un moment
calmées sous le sceptre ferme de Louis XIV, lutteront toujours
sourdement, jusqu'à ce qu'elles soutiennent enfin un sanglant
combat dans la Révolution française.

UNE

ASSEMBLÉE PARLEMENTAIRE

EN 1593.[1]

Si le xvie siècle a pour la critique moderne un attrait qui depuis quelques années semble s'accroître encore, s'il exerce sur elle une sorte de séduction particulière, ce n'est pas seulement, je le crois, par l'infinie variété des horizons qui s'y découvrent. Sans doute, l'œil de l'historien s'arrêtera toujours volontiers sur une époque où la pensée humaine s'agite avec tant de force dans les merveilles de la Renaissance et dans les débats de la Réforme, où la plupart des idiomes européens se constituent définitivement, où l'unité politique affermit et classe les états, où le génie méridional, s'enveloppant avec gloire du linceul de l'art, résiste en vain au soulèvement de l'esprit teutonique, et où la France enfin se prépare, dans les luttes civiles, à saisir bientôt le sceptre des affaires et des lettres par Richelieu et par

(1) Voir *Revue des Deux Mondes*, 1er octobre 1842.

Corneille. Il y a assurément dans ce seul tableau de quoi exciter, de quoi satisfaire la légitime curiosité du penseur et de
l'érudit; mais ne serait-il pas juste de dire que cette grande ère,
où tout commence et où rien ne s'achève, attire encore plutôt
nos regards par je ne sais quelles analogies de sentiments, par
je ne sais quels rapports de situation? Prenons garde que la
nature humaine est permanente à travers les événements éternellement mobiles. Devant le mystère de sa destinée, l'homme
se pose toujours les mêmes problèmes, et l'histoire au fond
n'est autre chose que la diversité des solutions qu'il émet.

Il y a donc des lois de continuité, de solidarité, si l'on peut
dire, entre les phases diverses, entre les périodes importantes
du développement de l'histoire : ce que nous sommes par exemple, ce que nous faisons, ce que nous désirons même, me semble
avoir plus particulièrement sa raison d'être dans le xvie siècle.
Nos origines sociales et intellectuelles sont là ; c'est une généalogie qu'il faut reconnaître. Heureusement, si le spectacle des
agitations et des inquiétudes d'alors nous trouble et nous frappe,
en nous faisant rejeter les yeux sur les impatiences pareilles et
les doutes qui sont dans le cœur de chacun de nous et au sein
de la société présente, on peut aussi, on peut, en revanche,
trouver dans cette étude quelques consolations et beaucoup
d'espérances. N'ayons pas seulement les regards sur la mêlée,
sur les dangers du champ de bataille, et, puisque nous en sommes aux analogies, considérons aussi le dénouement; voyons
où ont abouti dans le passé, où peuvent aboutir dans l'avenir
ces voies périlleuses et difficiles. Pour nous tenir à notre pays
même, des résultats puissants n'ont-ils pas couronné les longs
conflits historiques auxquels la France a été en proie durant le
xvie siècle? N'est-elle pas à la fin sortie de ces luttes avec
l'unité sociale? n'en est-elle pas sortie surtout avec une conquête qui ne périra plus, la souveraineté de l'esprit public? Oui,
en religion, en politique, en littérature, l'épreuve lui a été profitable, elle s'est dégagée à jamais des entraves du passé. Contre
les impuissantes prétentions de la théocratie, elle a affermi l'é-

glise gallicane; contre les traditions du fédéralisme féodal, elle a trouvé l'unité, la centralisation, à l'aide de l'accroissement monarchique ; enfin, aux traditions barbares, mais originales des littératures du moyen âge, elle a mêlé ce qui les devait polir et corriger, le culte de la renaissance pour l'antiquité.

Une sympathie singulière, quelque chose de fraternel, si l'on peut ainsi parler, rapproche donc le XIXe siècle du XVIe, et, quoiqu'il se soit produit entre ces deux ères bien des grands hommes, bien de grands événements, en un mot bien des choses qui comptent en histoire, quoiqu'il faille, pour les joindre, passer par-dessus Mirabeau, Voltaire et Louis XIV, on peut dire que, dans le bien comme dans le mal, ces deux époques s'appellent, et que, si l'une est l'antécédent, l'autre est assurément la conséquence. A ne considérer que le mal, il est évident que ce qui a manqué aussi au siècle de Calvin et de Montaigne, c'est la patience, c'est un sentiment des devoirs égal au sentiment des droits, c'est le respect de la tradition tempérant le besoin du progrès. L'humanité, par malheur, est ainsi faite : elle semble prendre tour à tour pour symbole cette cavale de Roland qui, chez l'Arioste, n'avait d'autre défaut que d'être morte, ou bien ce cheval emporté qui, dans les vers de Byron, entraîne Mazeppa à travers les steppes. C'est là que j'aimerais à voir commencer le contraste; c'est là qu'il importe de ne plus ressembler au XVIe siècle.

Chercher des rapprochements dans les détails serait puéril ; le drame de l'histoire ne veut pas être changé de théâtre, et les événements, dans leur vérité, se prêtent mal à ces comparaisons factices qui peuvent être un thème habile pour le paradoxe, une ressource ingénieuse pour l'esprit de secte, mais que doit dédaigner l'historien. Qu'on me laisse cependant remarquer, sans y attacher d'importance, qu'en France la révolution religieuse s'est terminée par les états de 1593, et que la révolution politique a commencé par les états de 1789. Quelquefois rien ne ressemble plus à ce qui finit que ce qui commence. Il semble de plus, comme le remarquait naguère M. de Lamar-

tine, que la société, au sortir de l'anarchie, ne puisse revenir
à l'ordre qu'en traversant le despotisme : la convention mène
à l'empire; le gouvernement absolu d'Henri IV, de Richelieu,
de Louis XIV, a son excuse et sa cause dans cet esprit rebelle
de la Réforme et de la Ligue, qui un instant faillit compromettre
le pénible enfantement de l'unité française.

Le rapprochement que nous indiquions tout à l'heure cou-
rait d'autant plus le danger d'être inexact, que les états de 89
ont réussi, qu'ils sont une date pour la société nouvelle, et que
l'assemblée de 1593, au contraire, a échoué, que les historiens,
après les faits, lui ont donné tort, et qu'elle ne vit guère que
par le ridicule. Aussi n'est-ce pas une réhabilitation que je viens
demander, c'est seulement une cause que je veux brièvement
instruire. Les réhabilitations littéraires sont peu dangereuses :
le goût, qui a pour lui les siècles, finit bien par retrouver ses
droits; il en est quitte plus tard pour une rature. Ce n'est pas
tout à fait la même chose en histoire : si l'histoire n'est pas précisément un inventaire, une sèche et confuse énumération de
faits et de dates, si elle aspire à mieux que cela, si elle prétend
être l'application de la morale à l'activité humaine se dévelop-
pant à travers les âges, en un mot un exemple dans le passé,
une leçon dans l'avenir, il semble qu'elle doive peu s'accommo-
der de ces indulgences tardives et risquées qui refont un piédes-
tal aux réputations compromises et s'efforcent d'absoudre, par
une philosophie inventée après coup, les événements qui ont
contre eux la condamnation séculaire. C'est précisément ce qui
s'est réalisé pour la Ligue : par les passions opposées qu'elle
avait mises en jeu, il est arrivé que cette période de notre histoire longtemps jugée avec sévérité par les historiens a, dans
notre époque facile, reconquis plus d'une sympathie inattendue,
plus d'une adhésion contradictoire. La mode a fini par s'en
mêler; à la longue, chacun a découvert dans la *glorieuse et
sainte ligue*, comme disait à Notre-Dame M. Lacordaire, les
antécédents de son système social. On le sait, M. de Bonald y
a vu le salut de la monarchie aristocratique, M. de Lamennais

le triomphe des doctrines ultramontaines, M. Buchez enfin les symptômes de sa démocratie catholique. De là des contradictions, des répliques, toute une petite guerre, ici sur le terrain des faits, là sur le terrain des idées. Heureusement la science tire cet avantage des paradoxes, que l'attention s'éveille par là sur des points peu connus ou mal étudiés, et que des travaux en sens divers se produisent d'où la lumière à la fin sort au profit de la vérité.

Entre les publications qui pouvaient particulièrement éclairer cette phase si intéressante, si longtemps négligée de la Ligue, il faut assurément compter les procès-verbaux inédits, et naguère encore inconnus, des états de 1593 (1). On en était en effet réduit, pour l'histoire de cette assemblée, à un petit nombre de pièces déjà recueillies et aux témoignages peu explicites des écrivains contemporains, si bien qu'il y a quelques années à peine, dans son *Histoire des Français*, M. de Sismondi se plaignait, avec l'amertume d'un érudit leurré, de cette regrettable lacune, que l'auteur d'un travail sur les *d'Urfé*, M. Auguste Bernard, vient aujourd'hui combler avec un zèle empressé et louable. Le zèle, par malheur, a quelquefois ses inconvénients, et je ne sais si l'éditeur a toujours su s'en garder. M. Bernard a trouvé les états de 1593 en assez mauvaise réputation : les nommer, jusqu'ici c'était provoquer le sourire, c'était remettre en jeu les sarcasmes de la *Satire Ménippée*. Que si on consultait les historiens eux-mêmes, si on remontait aux sources du temps, assurément ce n'était pas l'admiration qu'on retirait de l'examen. Pour être juste, cependant, n'y avait-il point à appeler de ce premier jugement? Oui, puisque les documents officiels n'étaient pas connus. Aujourd'hui au moins on peut prononcer pièces en main, on peut, s'il y a lieu, reviser l'arrêt sévère porté par les contemporains de Henri IV et par tous les historiens sans exception depuis deux siècles. L'éditeur des *États* prend

(1) *Procès-verbaux des états-généraux de* 1593, publiés par A. Bernard; Paris, 1842, in-4.

le parti des états, rien de plus naturel, et il continue son rôle
en égratignant les auteurs de la *Satire Ménippée :* cela ne serait
pas sans quelque courage, car il est toujours dangereux d'avoir
contre soi les gens d'esprit ; mais M. Bernard, comprenant sans
doute que la tâche d'éditeur a ses scrupules et veut quelque
impartialité, semble n'avoir pas osé énoncer son opinion véritable ; seulement il la glisse obscurément entre deux notes, il
la laisse poindre avec complaisance sous la trame plus ou moins
serrée de son érudition, il permet qu'on la devine à travers des
allusions méticuleuses, à travers des insinuations réservées, qui
ont la bonne intention d'être fines et d'atteindre les écrivains
qui ne sont pas du même avis. La plume délicate d'un Daunou
s'en serait tirée au naturel ; M. Bernard laisse trop voir qu'il
eût bien fait de lire plus souvent la *Ménippée*, et de ne pas tant
douter « du mérite qu'on lui attribue. »

Assurément il est permis d'aimer la Ligue, et c'est là un plaisir
assez innocent, une sorte de *dilettantisme* historique que, sans
nuire à leur prochain, se donnent beaucoup d'honnêtes gens
de ce temps-ci. Je n'en veux pas le moins du monde à M. Bernard de ses secrètes prédilections pour le gouvernement de
l'Union ; seulement, pourquoi n'a-t-il pas tenu plus haut sa ban-
nière ? Il semble qu'il ne fallait point pour cela grand héroïsme.
N'a-t-on pas entendu M. Lenormant, qui a, je m'imagine, quelque goût pour le succès, réhabiliter, en pleine Sorbonne, les
héros de la Saint-Barthélemy, et rejeter parmi les *inintelli-
gents* ceux qui ne professent pas pour la Ligue une admiration
décidée? Voilà au moins une opinion nette et qui n'hésite pas
à se produire. M. Bernard se garde de ces vives allures, et,
comme je l'ai dit, ses jugements ne font que se trahir à demi
et avec embarras dans l'intervalle des citations et des extraits.
Quand il parle cependant des *préventions* de l'historien De Thou,
quand il affirme que l'assemblée des états a été *cruellement* pa-
rodiée par les auteurs de la *Ménippée*, quand il recommande
d'une manière toute spéciale le pamphlet si *peu connu* (il l'est,
pour le dire en passant, beaucoup plus que ne le croit l'éditeur)

que publia le ligueur Cromé sous le nom *du Maheustre et du
Manant*, quand il définit très-injustement le parti des *politiques*
« ceux qui *flottaient* entre les opinions extrêmes, » quand il
condamne le Béarnais s'appuyant du secours désintéressé d'É-
lisabeth, tout en trouvant naturel que la Ligue use du concours
très-intéressé de Philippe II, quand enfin il accuse le parlement
de Paris de *partialité évidente* et de *mauvais vouloir* contre l'U-
nion, évidemment l'auteur n'est pas dans le camp de Henri IV.
Pasquier, à un endroit de ses lettres, distingue trois espèces de
ligueurs, les *zélés*, les *espagnolisés*, les *clos et couverts*. M. Bernard paraît être des derniers : c'est une prudence qui se pouvait
justifier au XVIe siècle; mais, à l'heure qu'il est, je ne vois pas
pourquoi l'auteur déguise ainsi son penchant sous des formes
restrictives. Tant de précaution était inutile. Il faut bien, quand
un historien traverse une ère·orageuse, qu'il se décide à prendre un drapeau. Si déshéritée en effet que soit une époque, il y
a toujours en elle, pour l'honneur de l'humanité, une opinion
qui approche davantage du bien et du vrai, un parti plus honorable dont on peut blâmer les fautes, mais dont on doit adopter
la cause. La société française, dans la seconde moitié du XVIe siècle, se divise en trois camps, se range sous trois bannières distinctes, les huguenots, les ligueurs, les politiques, c'est-à-dire
la révolte, la résistance violente, et enfin la conciliation. Je
trouve indispensable d'opter, car il faut bien entrer dans l'esprit, dans les nécessités d'un siècle, quand on a la prétention de
juger de près ses affections ou ses haines : autrement il serait
trop commode de refaire l'histoire à cette distance, de donner
tort à tout le monde et de créer, après coup, en une sphère
supérieure, je ne sais quel parti solitaire dont on serait le seul
adhérent, et qu'on transporterait opiniâtrément dans le passé.
Évidemment l'éditeur des *États* n'est ni huguenot, ni politique : je laisse à tirer la conséquence, à moins que M. Bernard
préfère n'être d'aucune opinion. Cela toutefois est difficile à
qui fait profession d'écrire l'histoire. La passion de la vérité est
la première et indispensable qualité de l'historien, et jamais

l'historien n'hésite à dire, en définitive, ce qu'il pense des hommes et des événements. La timidité et le déguisement ne sont pas la même chose que la modération.

Ce dissentiment grave sur le fond même de la question ne m'empêchera pas de rendre justice à l'attention avec laquelle M. Bernard s'est acquitté de la tâche que lui avait confiée le gouvernement. Il est impossible de reproduire un monument inédit avec une plus scrupuleuse exactitude, d'en mieux disposer l'arrangement difficile, de combler les lacunes par des extraits plus convenablement intercalés, de mettre enfin plus de soins dans la vérification des détails, dans le dressement des tables, dans l'arrangement des pièces justificatives, en un mot dans tout ce qui peut éclairer immédiatement le texte, et aider à l'impatience du lecteur. De ce côté, M. Bernard est donc irré— prochable; mais pour les comparaisons, les rapprochements qui eussent pu donner plus de prix encore à ce document, il y avait mieux à faire. De Thou, Lestoile, rarement Palma-Cayet, plus rarement encore le recueil des *Mémoires de la Ligue*, voilà à peu près les sources habituelles, les seules sources auxquelles l'éditeur emprunte ses citations et ses notes. Il y a cependant bien d'autres écrivains contemporains qui méritent quelque confiance : d'Aubigné, par exemple, Pierre Matthieu, Cheverny, Davila, dix autres écrivains avec eux, eussent, on le verra tout à l'heure, donné lieu, sur les hommes et les choses des états, à un curieux et fréquent contrôle. L'Espagne par Philippe II, l'Italie par la papauté, prirent une si grande part à ces luttes, elles avaient de tels intérêts et de si sérieuses ambitions engagés dans les débats de cette assemblée, qu'il y aurait eu plus d'un extrait piquant à faire des écrivains espagnols et des publicistes italiens d'alors. L'histoire de la Ligue, d'Antoine Herrera, *Historia de los sucessos de Francia*, livre écrit au lendemain des événements par un des familiers de Philippe II, et sous l'inspiration directe de ce prince, eût pu fournir, par exemple, plus d'un renseignement essentiel. Ce sont là des documents que M. Bernard eût pu ne pas dédaigner. Il en est de même des histoires particulières des villes de France; il semble que l'éditeur y aurait çà et là trouvé des témoignages authentiques, des détails intéressants, soit sur les députés eux-mêmes, soit sur l'effet produit dans les provinces par les actes des états de 1593 : ces opinions, dans leur diversité, ou plutôt dans leur unité (je le crains un peu pour la Ligue), étaient bonnes à recueillir; elles eussent montré ce que pensait la France à cette date, et si les abominables plaisanteries de la *Ménippée* avaient trouvé grâce devant son bon sens.

Il y a deux manières d'entendre le rôle de savant, et en particulier le rôle d'éditeur, ou plutôt il y a deux façons de s'en tirer, selon les tendances particulières ou les aptitudes propres de son esprit, selon qu'on est, en un mot, un lettré ou un érudit pur. Sans doute le sentiment littéraire n'est pas incompatible avec la science, avec une science qui, pour être très-renseignée, ne s'interdit cependant ni l'idée ni l'agrément; mais je n'oserais affirmer que le contraire fût toujours exact. Ainsi le public, qui respecte les savants au lieu de les lire (tous deux y gagnent peut-être), ne se doute pas qu'on puisse être un érudit sans être le moins du monde un écrivain, et que savoir tel patois douteux de l'Orient dispense positivement de savoir le français : cela pourtant se voit tous les jours. Mais qui s'aviserait, je le demande, de débusquer un grammairien de ses conquêtes philologiques, de troubler un archéologue dans ses déchiffrements d'inscriptions? Il faudrait être un malappris, et la critique profane ne s'y risque point. Elle a ses raisons pour cela, raisons d'ennui, raisons d'ignorance. L'érudition spéciale est donc un asile sûr, qui a l'avantage de mettre à couvert de tout contrôle. Je ne rangerai pas tout à fait M. Auguste Bernard dans cette classe; son livre sur les d'Urfé avait paru révéler çà et là quelques intentions littéraires qui ne me semblent point s'être suffisamment reproduites dans la préface péniblement conçue qu'il place aujourd'hui en tête des *États de* 1593. Rien de net, de prompt, de dégagé, ni dans les idées, ni dans le style; des citations prolongées, des détails indiscrets, viennent rompre incessamment

la trame embarrassée du discours. Une introduction à un pareil
monument devait être un véritable morceau historique, une
dissertation élevée et étendue, en un mot, une initiation intel-
ligente pour le lecteur. M. Cousin dans son *Abélard*, M. Fauriel dans sa *Chronique des Albigeois*, M. Mignet dans ses *Négo-
ciations d'Espagne*, ont donné de brillants modèles qu'on pouvait suivre, même de loin. Le sujet valait la peine qu'on s'y
dévouât. M. Bernard a préféré suivre l'exemple du précédent
éditeur des *États de* 1484, et s'en tenir à de ternes énumérations de faits connus, à des citations bibliographiques, à de
sommaires indications. Ce procédé est plus commode, mais on
n'en tire pas le même honneur, et on risque même par là d'être
prématurément, et contre ses intentions, classé parmi les érudits purs. C'est au moins une imprudence.

Les procès-verbaux des états de 1593 offrent un triple intérêt, et peuvent être considérés dans trois sens distincts que
l'éditeur aurait dû, ce semble, mettre en lumière. Soit qu'on
considère en effet le récit des actes de cette chambre politique
par rapport aux réunions analogues qui ont précédé et qui ont
suivi, c'est-à-dire quant à la place spéciale qu'elle occupe dans
la suite de nos assemblées nationales, soit qu'on y voie un document de plus pour l'histoire particulière de l'Union, un témoignage inédit sur ce grand procès de la Ligue qui s'instruit de
nouveau dans notre temps, soit enfin que, préoccupé du côté
littéraire, on veuille trouver là surtout une pièce justificative de
la *Satire Ménippée*, la réalité après la parodie, le commentaire
utile d'un des premiers monuments de la vraie langue française;
en un mot, selon que l'on se place à l'un de ces trois points de
vue, on reconnaît qu'il y a profit à tirer de cette publication,
ou pour l'histoire des institutions, ou pour l'histoire politique,
ou enfin pour l'histoire littéraire. Cette donnée, assurément,
paraît féconde, et il est regrettable que M. Bernard ne s'en soit
pas emparé pour donner plus d'intérêt à son introduction. Sans
doute la tâche était rude, je le répète; toutefois, si elle demandait du talent, de la science, beaucoup de travail, elle menait en

revanche à des résultats importants et nouveaux. Mais je m'arrête : la critique n'a pas la prétention d'indiquer des plans, d'esquisser des ébauches; elle s'en tient à son rôle de juge, appréciant seulement ce qui est fait et le comparant avec ce qui reste à faire. Autrement on serait vite induit à recomposer un livre, et, outre que ce ne serait pas précisément un rôle modeste et sûr, cela mènerait loin.

. M. Rœderer, avec son esprit finement paradoxal, avait découvert dans nos anciens états-généraux les premiers ferments de la Révolution française; aujourd'hui les publicistes de la *Gazette de France*, modifiant la proposition, y voient les antécédents de la liberté, les garanties permanentes de la nation contre la monarchie. C'est un point de vue comme un autre, ce n'est pas un point de vue historique. La vérité est que ces assemblées, réunies seulement dans les crises publiques, étaient fort peu populaires, puisque, s'il éclatait quelquefois de vives, mais vaines protestations au début, on concédait toujours de nouveaux impôts au dénouement, et que c'était là en réalité le seul résultat définitif. Quant aux états de 1593, on sait dans quelles conditions particulières, dans quelles circonstances étranges ils furent convoqués.

Qui ne se souvient de cette lamentable histoire? D'un côté, le Béarnais, avec l'aide des catholiques modérés et des huguenots, conquérant pied à pied son royaume par la bravoure au champ de bataille, par les ruses en diplomatie, et aussi, et surtout peut-être, par le tour français de son esprit, par l'art profond de la séduction; d'autre part, la Ligue qui, alors qu'elle prétend arborer le drapeau de l'unité religieuse et nationale, est cependant en proie à d'affreux déchirements intérieurs, au réveil de la théocratie par son clergé démagogique, de l'anarchie municipale par les réorganisations révolutionnaires des communes, et du fédéralisme enfin par les prétentions rivales de ses gouverneurs provinciaux. Ce n'était pas là le seul malheur de l'Union; ses chefs eux-mêmes ne s'entendaient pas dans leurs secrètes aspirations, dans leurs jalousies opposées. La

couronne avait été déclarée vacante, et chacun y prétendait.
Mayenne ne voyait là que la simple et naturelle continuation de
son titre de lieutenant-général, tandis que son cousin, le marquis de Pont, se présentait comme chef de la maison de Lorraine, le duc de Savoie comme fils d'une fille de France, tandis
que le jeune Guise revendiquait le trône au nom de son père,
tandis enfin qu'à d'Aumale, à Nemours, à Mercœur, il fallait,
sinon la royauté, au moins des apanages, c'est-à-dire le morcelle-
ment et le partage de la France. Chacun avait sa coterie, ses
artisans, et derrière ces ambitions qui se pressaient, derrière
cette cohue de prétendants, apparaissait la sombre figure de
Philippe II, ce génie profond, patient, décidé à tout, et qui,
selon l'inflexible et uniforme loi de sa politique, n'avait si dispen-
dieusement aidé la Ligue que pour la faire aboutir à l'agrandisse-
ment de ses états. Ses trames étaient dès longtemps ourdies; un
grand nombre d'acteurs influents avaient été séduits à prix d'or
et à force de promesses; on vit même bientôt les prédicateurs
réclamer à grands cris l'abolition de la loi salique. C'est alors
que le moment parut venu à ce prince, et que sa fille réclama
ouvertement le sceptre. Elle faillit l'obtenir, et alors la France
n'eût plus été qu'une province, le pape qu'un chapelain de la
maison d'Autriche; ainsi se fût renouvelé un empire à la manière
de Charlemagne, ainsi eût pesé sur l'Europe ce joug souverain
de la monarchie méridionale que Charles-Quint rêva par la
guerre, que son fils poursuivit par l'intrigue, et dont il fut
donné à Richelieu de disperser les derniers vestiges. Voilà, en
dernier résultat, ce que voulait la Ligue : une royauté espagnole,
comme au XIVe siècle on avait une royauté anglaise, Isabelle
après Henri VI, des deux côtés la conquête.

C'est par l'insistance de Philippe II que les états furent convoqués après bien des retards. Il s'agissait de disposer du trône.
Or, Mayenne, inquiet de tant de prétentions contraires et
n'ayant confiance que dans le temps, résignait volontiers son
ambition provisoire à la lieutenance-générale. A la fin pourtant, il fallut céder, et les états s'ouvrirent, dans les salles du

Louvre, le 26 janvier 1593. Toutefois ce ne fut pas sans efforts que Mayenne, avec l'aide du président Jeannin, parvint à faire accepter la capitale comme lieu de réunion : sans la mort du général de Philippe II, le duc de Parme, il n'y eût jamais réussi. Chacun tenait à rapprocher de soi l'assemblée; le duc de Lorraine voulait Reims; les Espagnols demandaient Soissons, afin d'être appuyés par leurs armées de Flandre; le lieutenant enfin désirait Paris, dont la population avait besoin, dit Davila, « d'être retenue dans le parti, » Paris où le jeu des intrigues était plus sûr, et où l'on était fort las d'ailleurs de la garnison de Philippe II.

La lettre de forme royale, par laquelle le duc de Mayenne avait convoqué les états de la Ligue, déplut fort au Béarnais, comme on l'imagine. « Ceste convocation, s'écria-t-il, n'est qu'en imagination; j'empescheray bien, avec la grâce de Dieu, qu'elle ne le soit en effet. » Et aussitôt il commanda à Forget, son secrétaire d'état, de rédiger de sa *belle et riche plume* une verte réponse au lieutenant-général. Cette déclaration, rangée par Pierre Matthieu (1) « entre les plus belles pièces que l'éloquence ait portées durant ces guerres civiles, » n'a cependant pas été jugée digne par M. Bernard d'être insérée dans son recueil, entre tant de morceaux déjà imprimés qu'il ne s'est pas fait scrupule, et avec raison, d'y admettre. Henri IV, tout en se déclarant « prêt à recevoir toute sorte d'instruction » (simple phrase qui était un coup mortel porté bien à propos à la Ligue), défendait expressément (2) de s'occuper des états de l'Union, « d'y aller ou envoyer, y avoir intelligence aucune, directement ou indirectement, n'y donner passage, confort ou aide, à ceux qui iront, retourneront ou envoieront. » Un parlement de province alla plus loin dans son zèle, et ordonna que « le lieu et ville auxquels telle assemblée se fera, seront démantelez, rasez et ruynez, sans espérance de réédification. » Aucune de ces menaces

(1) *Hist. de France sous Henri IV*, 1631, in-folio, t. II, p. 122.
(2) *Mém. de la Ligue*, édit. de Goujet, t. V, p. 286.

ne s'est réalisée sans doute; les états s'assemblèrent malgré la
colère du Béarnais, et Paris est encore debout, malgré l'arrêt
de la cour de Châlons. Cela cependant ne fera dire à personne
avec M. Bernard que « toute la France comptait sur l'autorité
des états. » A cette date, Henri IV avait l'assentiment d'une
très-notable partie de la France, dont il serait bon de tenir
compte; quelques mois après, il avait l'unanimité.

L'élection des députés n'avait pu se faire régulièrement, on
le conçoit, au milieu de ces luttes civiles et dans la division des
partis. D'ailleurs, l'enthousiasme pour la Ligue, qu'on avait vue
à l'œuvre, commençait à diminuer singulièrement dans les provinces. La victoire, sans compter le bon droit, semblait, même
aux yeux des plus aveugles, réserver des chances au Béarnais.
De plus, on était harassé de la guerre. C'est sous l'empire de
ces préoccupations nouvelles, et surtout du désir de la paix, que
s'étaient accomplis un certain nombre de choix. Mayenne avait,
en cette occasion, développé une activité qui ne lui était pas
habituelle ; il voulait ôter toute couleur tranchée à ces élections,
il voulait une chambre terne, insignifiante, peu décidée. Le
succès couronna ses efforts. Beaucoup de villes, ruinées par les
troubles, refusèrent de donner des indemnités à leurs délégués;
beaucoup de députés, de leur côté, après de si longs retards et
la première ardeur dissipée, ne voulaient pas se risquer à travers les armées ennemies pour courir les chances d'une révolution, et prendre part à des votes compromettants qui pouvaient
engager l'avenir.

Il se passa d'ailleurs dans les provinces, à cette occasion, plus
d'une scène curieuse que la publication de M. Bernard fait pour
la première fois connaître. Comme partout, il y avait les hâtés
et les tardifs. Quelques députés, par exemple, au premier bruit
de la convocation des états à Reims, s'empressent aussitôt et
accourent ; c'est peine perdue, les mois se passent, et de jour
en jour l'assemblée se trouve remise. Cependant la *nécessité de
deniers* peu à peu se fait sentir, et il faut vivre d'emprunts ; le
corps municipal de Reims, qui savait son jeu, ne manque pas

de mettre à profit la circonstance. On appelle un notaire, et
deux cents écus sont aussitôt prêtés à ces pauvres précurseurs
des états, mais à la condition expresse qu'ils obtiendront du duc
de Mayenne trois nouvelles années de la ferme du vin au profit de
la commune. Ce n'était pas si mal calculé. Ailleurs, ce sont des
précautions et des défiances réciproques : les députés de Troyes,
qu'on ne veut pas laisser partir avant de savoir où se réunira
l'assemblée, et qui refusent à leur tour de se rendre à leur poste
sans une bonne escorte et cinq cents écus, qu'on dut emprunter. C'était le bon temps, comme on voit. Dans ce seul bailliage
de Troyes, les deux députés du tiers coûtèrent deux mille trois
cents écus.

Telles étaient les mœurs électorales du xvie siècle : alors l'é-
lecteur payait l'élu ; de nos jours l'élu paie l'électeur. Les rôles
sont changés; évidemment, c'est un progrès démocratique, car
le plus petit a grandi et profité. On trouvera donc là matière à
plus d'un rapprochement piquant. Ainsi la belle doctrine du
mandat impératif, qu'on croyait être une invention de M. de
Genoude, a ses antécédents, peu monarchiques, il est vrai, dans
les élections de la Ligue. M. Aug. Bernard a publié, d'après les
archives de plusieurs villes, les curieuses instructions données
aux élus par quelques municipalités. C'est une sorte de réveil
impuissant de l'insurrection communale du xiie siècle. Ainsi
Rouen demande que la magistrature se voie *purgée des mal
affectionez au parti*, que les citadelles soient démantelées pour
la *seureté des villes*, et enfin (cela ne pouvait manquer) que les
justes priviléges de la Normandie soient intégralement mainte-
nus ; Reims désire que les prisonniers hérétiques ne soient mis
en liberté qu'après abjuration ; le clergé d'Auxerre exige l'abolition de l'abominable taille du décime établie sur les ecclésiastiques ; la Picardie veut être *gouvernée* par des états triennaux.
Partout enfin on réclame un roi : à Auxerre, un prince quel-
conque qui épousera l'infante ; à Amiens, un monarque nouveau
sur l'élection duquel la municipalité amiénoise sera consultée
par ses députés. Voilà bien des exigences diverses. Si l'unité

d'un gouvernement fort, si la liberté religieuse par l'édit de
Nantes, sont sorties de toutes ces folles prétentions, de ces factions anarchiques et intolérantes, de ces passions étroites et
locales, on avait cru jusqu'ici qu'il en revenait quelque gloire à
Henri IV ; mais ce n'est là qu'une vieille erreur, si l'on en croit
les modernes avocats de la Ligue.

La guerre, la peur, le dégoût de l'Union, les progrès du
Béarnais, empêchèrent bon nombre de députés de se rendre à
Paris. Ces absences, multipliées surtout dans la noblesse, ne
manquèrent pas de déconsidérer d'abord les états, à une époque
où l'aristocratie était encore si puissante. Contre l'habitude, en
effet, aucuns princes, aucuns maréchaux, aucuns présidents de
cour souveraine, ne se trouvaient en cette assemblée. Le tiers y
avait cinquante-cinq représentants, le clergé quarante-neuf, la
noblesse vingt-quatre, en tout cent vingt-huit députés. La plupart étaient inconnus et sans antécédents dans les affaires, « des
noms de faquins, comme dit trop crûment Pithou, dont on fait
litière aux chevaux de messieurs d'Espagne et de Lorraine. »
Les historiens (M. Bernard s'est gardé de citer leur opinion)
sont d'accord sur le peu d'éclat de l'assemblée, sur le scandale
même de quelques élections. Pierre Matthieu affirme même
« qu'il y en avoit qui se disoient députez de bailliages où ils
n'eussent osé mettre les pieds. » Mézeray, à son tour, qui recueillait les traditions de près, garde un sentiment pareil sur la
chambre du tiers qui avait été composée, selon lui, « de toutes
sortes de gens ramassés. » Ce discrédit immédiat n'échappa pas
à Mayenne ; aussi essaya-t-il d'y remédier en voulant, mais sans
y réussir, constituer une quatrième chambre de magistrats et
de fonctionnaires qui eût servi de contre-poids, et surtout en
créant pour les états, comme s'il était roi, un amiral et quatre
maréchaux, qu'un historien contemporain appelle spirituellement des *maréchaux de France-castillane.* Puisque M. Bernard n'a pas cité, il faut bien que je supplée à son silence.

Parmi les hommes moins obscurs qui firent partie des états
de la Ligue, il est juste cependant de faire place à Anne d'Urfé,

député du Forez, et à l'avocat Étienne Bernard de Dijon, qui s'était rendu important aux précédents états de Blois. Quant au haut clergé ligueur de province, je dois noter que c'est lui évidemment qui tenait la première place par des prélats déjà célèbres, déjà mêlés avec bruit aux précédentes saturnales de la Ligue, entre autres les archevêques de Reims et de Lyon, Pellevé et d'Espinac, les évêques de Soissons et de Senlis, Hennequin et Guillaume Rose. Ce sont là des personnages qui reparaissent souvent dans la *Satire Ménippée* et qu'elle nous a rendu familiers.

Remarquons en passant que Paris, dans ces crises révolutionnaires, a toujours le privilége de faire les choix les plus extrêmes. Robespierre et Marat étaient députés de Paris; en 1593 également, le nom du curé Boucher, ce grand agitateur de la chaire, le nom de Cueilly, cet autre tribun des églises, ne manquèrent pas de sortir de l'urne avec ceux de Poncet et de Génébrard, deux autres prédicateurs aussi de la démagogie ligueuse, avec celui de Dorléans, ce pamphlétaire féroce, ce père Duchesne de l'Union, que l'Union n'avait pas eu honte de faire entrer au parlement. Il est vrai que, par une contradiction honorable, c'est Paris qui choisit le colonel d'Aubray, ce chef courageux et honnête du parti *politique* que l'auteur du *Maheustre* (recommandé par M. Bernard) a honoré des épithètes de « perfide, couart et cruel; » il est vrai encore que c'est Paris qui élut le prévost L'Huillier, le président Le Maistre, le conseiller du Vair, ces hommes de bien, catholiques sincères, qui, entraînés un instant dans la Ligue, n'avaient pas tardé à revenir à la cause de l'ordre et de la tolérance. Ce sont là assurément les noms les plus honorables que présente la liste des députés de 1593; ce sont là les hommes sans doute qui, s'ils ne sauvèrent pas le ridicule aux états, leur sauvèrent au moins le rôle odieux qu'ils eussent joué dans l'histoire par l'élection d'une princesse étrangère au gouvernement du pays qu'ils étaient chargés de représenter.

Vis-à-vis des exigences impérieuses de Philippe II, en présence des progrès militaires du Béarnais, devant la faiblesse quelque peu intentionnelle de Mayenne, sous le coup de tant de prétendants, les états de Paris, au sein desquels la Ligue se trouvait représentée dans ses nuances les plus diverses, dans sa violence à la fois et dans sa modération, cette réunion, dis-je, qui n'avait pas de parti pris, ou plutôt qui en avait mille, n'eut d'autre voie à prendre que celle des ajournements, des lenteurs et de la temporisation : voie égoïste et honteuse, mais dont la France tira profit sans aucun doute par les quelques mois donnés ainsi au Béarnais, et pendant lesquels le Béarnais put préparer sa conversion auprès des huguenots et affermir son autorité. De là pour cette assemblée le discrédit auprès des partis, et bientôt le ridicule aux yeux du public. L'envoyé spécial de Philippe II à Paris, don Diego d'Ybarra, comprit vite la situation, et on le voit écrire de bonne heure à ce prince : « Le fait des états n'est qu'un accessoire, et les ligueurs disent qu'ils passeront par ce qui sera arrêté avec les princes. » Le Béarnais était à peu près du même avis : « C'estoient estats dont il faisoit peu d'estat (1). » Cette chambre en effet ne fut qu'un instrument impuissant dans la main des ambitieux et des factions. Je ne doute pas que les députés n'aient été mêlés de très-près aux intrigues des coteries, aux accessions des prétendants. Ils étaient entourés, caressés, choyés : Lestoile assure qu'on les accablait de visites, même la nuit. Mais, dans les procès-verbaux officiels, rien ou presque rien de tout cela ne transpire sous le décorum de la rédaction.

L'assemblée de 1593 n'eut pas la force d'attirer à elle, d'absorber dans son sein la vie sociale. Il est évident, pour donner un exemple incontestable, que le levier, la vraie force des tribuns de la Ligue, lesquels étaient en même temps prédicateurs et députés, résidait beaucoup plutôt dans la chaire que dans la tribune. Aussi les discours des orateurs parlementaires paraissent-ils bien pâles à côté des déclamations des orateurs religieux.

(1) Le Grain, *Décade de Henry-le-Grand*, 1614, in-folio, p. 254.

Chose singulière ! on ne rencontre même pas chez eux ces théories démocratiques, ces spéculations hardies, que les publicistes de la Réforme et de la réaction catholique avaient tour à tour popularisées ; si bien qu'il n'a pas été prononcé dans les chambres de la Ligue une seule de ces allocutions audacieuses comme celle de ce député de la noblesse de Bourgogne qui, aux états de 1484, n'avait pas hésité à invoquer l'élection populaire des rois et à déclarer, avant Sieyès, que le peuple c'est tout le monde, *omnes cujusque status*. En n'osant se prononcer décidément pour aucun parti, et cela dans des circonstances aussi graves et où une solution semblait urgente, la réunion de 1593 finit par être accablée du mépris général. Bientôt des placards injurieux furent de toutes parts affichés. Le cordelier Garin déclara en chaire que « leurs beaux estats, c'estoit la cour du roy Pétault, » et le jésuite Commelet, s'attaquant aux députés dans un sermon, finit par s'écrier : « Ruez-vous hardiment dessus, mes amis, estouffez-les-moi. » Voilà, malgré la sage et habile conduite d'un certain nombre de membres du tiers, où, presque dès l'abord, cette assemblée en était tombée dans l'opinion ; voilà comment on osait la traiter en public.

Une fois ce caractère d'inertie et d'indécision devenu patent, les députés n'eurent pas de meilleur parti à prendre que de perdre beaucoup de temps dans les discussions préliminaires, dans les cérémonies, les formalités, les lenteurs. Comme le dit spirituellement d'Aubigné, « les estats commençoyent tous les jours et ne commençoyent point. »

La maladresse des envoyés espagnols facilita singulièrement aux députés les fins de non-recevoir déguisées, les ajournements patelins par lesquels ils ne cessèrent de différer ou d'éluder les prétentions de Philippe II, tout en recevant ses doublons. Dès l'arrivée du duc de Feria, l'assemblée avait envoyé à cet ambassadeur une députation pour le prier de remercier le roi d'Espagne de son concours. Bientôt une lettre de ce prince, écrite aux états, les pressa de consommer l'élection de sa fille *sans aucun retard*. « Il sera bien raisonnable, disait Philippe

dans son étrange épître, que l'on me paie tout ce que j'ai mérité envers ledit royaume en me donnant satisfaction. » Mais,
devant tant de désirs contradictoires et dans la contention des
partis, la nomination d'Isabelle à la couronne de France rencontra des obstacles que Mayenne et les autres prétendants
s'entendirent d'ailleurs pour fortifier. Les lourdes harangues
du duc de Feria sur l'abolition de la loi salique, les pédantesques démonstrations du docteur Mendoça en faveur de l'infante,
furent impuissantes. De la sorte on gagnait du temps, et, aux
yeux de ceux qui savaient deviner, c'était bien quelque chose,
car le temps ajoutait incessamment au crédit de Henri IV. Aussi
les agents espagnols durent bientôt se rabattre sur un projet
de mariage entre Isabelle et un prince qui serait nommé roi.
Cette idée rencontra beaucoup d'adhérents; si même Feria,
Ybarra et Tassis n'avaient pas présenté obstinément un neveu
de l'empereur, l'archiduc Ernest, prince inconnu en France,
s'ils s'étaient tout d'abord emparés de la popularité du jeune
Guise (comme ils le firent trop tard et alors que les chances du
Béarnais étaient devenues décisives), ils auraient sans aucun
doute réussi. Au surplus, le courageux arrêt du parlement de
Paris qui défendait aux députés de la Ligue, sous peine de nul-
lité, d'appeler au trône un étranger, vint couper court aux espérances de Philippe II, et, comme dit le bon Le Grain, cet historien curieux et trop dédaigné, « réduire les estats en fumée
pour le Castillan. » La colère que cette mesure hardie suscita
chez quelques membres obstinés du tiers, les séances orageuses
qui s'ensuivirent, ont par malheur disparu dans la sécheresse
inanimée du procès-verbal. On sait seulement que deux magistrats ligueurs, Nicolas Lebarbier et Dulaurens, avocats-géné-
raux, celui-ci du parlement de Provence, celui-là du parlement
de Normandie, attaquèrent avec fureur l'arrêt de la cour. Dans
leur impétuosité, s'ils s'exclamèrent *tous deux ensemble*, ils lan-
cèrent contre les modérés des diatribes *arrogantes et piquantes*,
et alors les députés offensés sortirent en masse, rentrèrent sur
l'insistance de leurs collègues, puis sortirent de nouveau pour

aller se plaindre à Mayenne. Heureusement ces violences vinrent échouer contre le sentiment national ; les menaces de retraite du légat et l'irritation de l'ordre du clergé (1), dès qu'il était question de trève, les déclamations désespérées du cardinal de Pellevé, cet *âne rouge*, comme on l'avait surnommé aux états, les obsessions enfin et les suprêmes intrigues des agents espagnols, rien n'y fit, et ce ne furent qu'*efforts de paille*, pour parler la langue expressive d'alors. L'arrêt en faveur de la loi salique fut, quoi qu'on en puisse dire, un grand acte, un coup inattendu, le coup le plus fatal qu'ait reçu la Ligue avant l'abjuration définitive du Béarnais. Que Mayenne en ait été le secret promoteur, qu'il n'ait montré dans cette occasion qu'une colère factice et purement politique, je ne le crois pas, mais le fait est possible. Peu importe d'ailleurs. Lorsque les membres de la cour promirent « de mourir tous avant que le dict arrêt fust changé ou rompu, » ils prirent, ils acceptèrent la solidarité du péril à braver, de la gloire à recueillir. M. Bernard veut, dans une note, enlever à Marillac l'honneur de cette courageuse mesure ; on dirait qu'il espère diminuer le mérite de l'action en la rapportant à plusieurs ; mais le vers du poëte revient au souvenir :

Chacun en a sa part et tous l'ont tout entier.

La belle et noble conduite du procureur-général Édouard Molé n'enlève rien à celle de Marillac et de Le Maistre. Ces sortes de gloires sont compatibles, et il n'y a pas de rivalité dangereuse quand il s'agit du pays. Puisque M. Bernard restituait à Molé sa part dans l'affaire des états, il eût pu citer ce fait peu connu, que les agents de Philippe II lui offrirent dix mille écus pour *rompre l'arrêt*, et que Molé leur répondit : « Vos estats ne sont que brigues, menées et monopoles, et au demeurant je ne m'y trouverai plus (2). » Il est vrai que le mot n'est pas très-flatteur

(1) « Solus sacer ordo arma quam pacem malebat. » (Thuan., l. cvi, § 13; édit. Lond., t. V, p. 269.)

(2) Matthieu, *loc. cit.*, p. 145.

pour les députés de la Ligue. C'est ainsi que les projets de la
maison d'Autriche se trouvèrent décidément ruinés (1).

On a vu quelle avait été la conduite louche, cauteleuse, sans
grandeur, mais heureusement bonne dans ses résultats, que
tint l'assemblée de 1593 vis-à-vis de Philippe II. A l'égard du
Béarnais, elle montra chaque jour plus de faiblesse à mesure
que le succès de ce prince paraissait devoir être plus prochain.
En autorisant des armistices malgré l'envoyé du saint-siége, en
consentant, sans en deviner assurément l'issue, à la conférence
de Suresne, les états se trouvèrent aider, bien malgré eux, à la
cause de Henri IV, à la cause nationale, qui, au reste, eût pu
triompher, je n'en doute pas, sans leur involontaire concours.

Quant aux autres prétendants à la couronne, ils trouvaient
dans certains groupes des états, dans les coteries isolées, dans
quelques fauteurs épars, une aide maladroite, une adhésion
couarde, des vœux inutiles, qui n'osaient pas se produire au
grand jour. Chaque ambition *royale* avait là son représentant
plus ou moins zélé, plus ou moins fidèle : Pellevé, par exemple,
était le soutien avéré de la maison de Lorraine. On devine, au
surplus, ce qu'était une assemblée fractionnée, peureuse, élue
sous l'influence de Mayenne, c'est-à-dire de l'indécision person-
nifiée, et continuant à suivre ses inspirations flottantes, sans
toutefois lui être assez dévouée pour l'appeler à la royauté. Aussi
Mayenne avait-il beaucoup à faire pour ménager, au sein des
états, ses intérêts divers, ses ambitions, ses haines, ses espérances, ses caprices, toutes les velléités de son esprit. Repré-

---

(1) L'arrêt du parlement est du 28 juin 1593, l'abjuration de Henri IV
du 24 juillet. Ces deux événements ne firent cependant pas perdre tout courage aux agents de Philippe II. Dans une très-curieuse lettre du liguœur
Mauclerc, écrite à un de ses correspondants de Rome, ce docteur *espa-
gnolisé* disait encore à la fin d'août : « Les Espagnols de nos quartiers sont
bien résolus de faire tout ce qu'ils pourront... Si les forces qu'ils promettent
sont prêtes dans trois mois, *creabitur rex vel etiam invito* Mayenne..... »
(*Mém. de la Ligue*, V, 412.) Ainsi, à cette date, on comptait encore sur
les états : rien ne se prolonge comme les illusions des partis.

sentez-vous ce *gros homme* fin et madré, *muy artificioso*, ainsi
que disaient les Espagnols; voyez-le se *servant de ses expériences*, selon le mot de d'Aubigné, allant de l'un à l'autre, désirant
un dénouement pour lui, craignant un dénouement pour les
autres, soutenant toujours le plus faible contre le plus fort, puis
ayant peur lui-même de son œuvre; tantôt il est en froideur,
tantôt en bonne intelligence avec les états, qui l'appellent d'a-
bord *monsieur*, puis *monseigneur*. Son amour du pouvoir est
effréné; tous les moyens lui sont bons : le voilà qui use tour à
tour de la promesse et de la menace, qui se ménage des retrai-
tes, des faux-fuyants, qui n'ose pas aller au bout de ses projets, mais qui les glisse, les insinue et les multiplie. Contre le
Béarnais, le prétexte de la religion lui est un drapeau; contre les
Espagnols, il avive en secret les susceptibilités nationales; contre son neveu, ce *petit garçon* de Guise, comme disait la duchesse de Mayenne, il évoque le fantôme du tiers-parti. Partout,
en un mot, des trames, des détours, un esprit de ressources
vraiment prodigieux. Cet homme est le symbole des états de la
Ligue; son œuvre a échoué comme la leur, et il occupera dans
l'histoire la même place indécise et douteuse. Jamais il n'a
défendu la *cause commune*, comme le prétend M. Bernard; il ne
s'est jamais, au contraire, préoccupé que de la sienne, et avec
cette habileté extrême qui, pour l'honneur de la morale, cesse
d'être de l'habileté.

L'arrêt du parlement, la conversion de Henri IV, ses succès
militaires, ses progrès dans l'opinion, l'absence de Mayenne,
que l'urgence appelait aux armées, la fatigue, le dégoût, l'inquiétude, finirent par donner à la plupart des membres de
l'assemblée le désir du départ. La fin de l'été approchait d'ailleurs, et alors, comme on sait, le mal du pays vient fatalement
aux députés : même quand il s'agit de faire un roi, il est bien
permis de songer à ses récoltes. Les demandes de congé se
multiplièrent donc; chacun parla d'aller chez soi (1), et la plu-

(1) .... I deputati volonterosamente partirono di ritorno alle loro case....
(Davila, *Stor. delle guerre civil. di Francia*, 1644, in-folio, t. II, p. 356.

part finirent même par déclarer au lieutenant-général qu'il leur
fallait à toute force un licenciement, et qu'au cas « où il ne le
bailleroit, ils le prendroient. » Mayenne, qui ne demandait
peut-être pas mieux que de se voir délivré d'une chambre tumul-
tueuse et importune, s'exécuta de bonne grâce, et, après avoir
exigé un banal serment de fidélité à l'Union et de retour en
temps utile, il congédia les états, au grand désappointement des
prétendants et au regret des bourgeois gausseurs qu'égayait
le ridicule spectacle de cette impuissance parlementaire. Une
dernière réunion (1) cependant fut convoquée, dont le procès-
verbal officiel ne fait pas mention, et que M. Bernard a omise;
je veux parler d'un *fort beau festin* final donné par Mayenne à
un certain nombre de députés importants, et « après lequel il
tint conseil avec eux. » On y traita sans doute cette petite et
secondaire question, cette mince affaire de l'élection d'un roi
de France. Nous parlerons de cela après boire, comme dit Rabelais. Cet adieu édifiant en valait un autre, et il avait au moins
l'avantage de laisser aux envoyés des provinces une bonne disposition, un favorable souvenir, qu'on comptait bien mettre un
jour à profit. Béranger (n'est-ce pas là un direct descendant des
libres auteurs de la *Ménippée ?*) eût donc fredonné dès-lors son
gai refrain : « Quel dîner ! » Ainsi le hasard, il a quelquefois son
grain de malice, donna aux états de 1593 le burlesque dénouement dont ils étaient dignes.

« Le lendemain, continue Le Grain, dont les termes piquants
veulent être notés, chacun se retira en son gouvernement, laissant les Castillans ronger leur frein à Paris, avec un petit reste
des députez de ces beaux estats. » Il demeura en effet quelques
membres chargés de représenter les absents pour la forme, et
qui continuèrent à tenir des séances oiseuses, à déclamer sur
des riens, à se chercher de viles querelles. C'est assurément un
des plus tristes spectacles de l'histoire que celui d'une assemblée ainsi réunie dans les plus graves circonstances peut-être

(1) Voir Le Grain, *loc. cit.*, p. 269.

où se soit trouvé le pays, d'une assemblée venue pour donner un gouvernement à la France et qui finit par une honteuse comédie. On ne saurait vraiment croire de quelle puérilité il fut question aux séances dans les derniers mois des états. Tantôt c'est une longue discussion sur je ne sais quel élève en médecine de Senlis qui avait osé dédier sa thèse au Béarnais; tantôt c'est le cardinal de Pellevé qui est *en humeur*, parce que le tiers ne lui a accordé, sur ses plaintes expresses, que deux cotrets pour chauffer sa chambre. De pareils détails sont caractéristiques. L'opinion n'avait pas tardé à faire justice de ces indignités, et rien ne manqua à l'abaissement de cette assemblée, pas même la conscience du dégoût qu'elle soulevait. L'évêque Rose en effet vint officiellement, au nom du clergé, « proposer à messieurs du tiers le mespris qu'on faisoit par la ville de ceste compagnie des estats, à quoy on ne pouvoit remédier. » Aucune assemblée publique est-elle jamais tombée si bas? Le sénat de Tibère, le parlement de Henri VIII, étaient avilis par un maître dont ils avaient peur; les états de la Ligue s'avilirent eux-mêmes. Au lieu d'être odieux, ils furent ridicules; au lieu de les haïr, on les méprisa.

Ce discrédit se propagea dans toute la France, et, comme dit d'Aubigné, les bonnes villes commencèrent à mettre de l'eau dans leur vin. Malgré les réclamations des membres restants, les municipalités refusèrent en effet obstinément « aucune commodité pour les aider à vivre. » Quand le député Étienne Bernard, par exemple, vint, avec une lettre pressante de Mayenne, demander aux états de Bourgogne l'autorisation de lever des deniers pour le salaire des députés aux états de Paris, à raison de quinze livres par jour, un refus très-catégorique fut voté et nettement motivé « sur la longueur du temps qu'ils avoient demeuré à rien faire. » Une assemblée particulière de province blâmant une assemblée générale de toutes les provinces, la partie condamnant le tout, c'est un trait qui achève le tableau. Aussi, après le spectacle des séances sans nom qui se prolongèrent pendant quelques mois, le parlement répondit-il au sentiment public, à l'opinion vraiment française, en déclarant, dès le lendemain de l'entrée de Henri IV à Paris, que tout ce qui avait été fait par ces prétendus états-généraux était nul, et en ordonnant aux députés de se retirer au plus vite « en leur pays et maisons. » M. Auguste Bernard a beau traiter ce jugement de *palinodie;* ce n'était après tout qu'un acte tardif de justice, ce n'était que la conséquence de la patriotique et honorable voie dans laquelle le parlement, après quelques écarts passagers, était entré par le célèbre arrêt sur la loi salique.

Entre les motifs qui jetèrent une profonde déconsidération sur les états de la Ligue, il faut, au premier rang, compter la vénalité patente d'un grand nombre de membres. C'est la seule fois sans doute où une assemblée française ait été ainsi publiquement et officiellement payée par l'étranger. Dès les premières séances, la nouvelle avait couru que plusieurs députés recevaient des pensions. Un pareil bruit blessa l'ordre de la noblesse, qui exigea aussitôt que les représentants de chacun des trois ordres se *purgeassent par serment,* ce qui eut lieu en effet. Mais bientôt ces engagements furent violés. On reçut d'abord, par l'entremise de Mayenne, et sans trop s'enquérir des sources, une *subvention et entretènement,* je n'invente pas les mots; puis, quand le gros des députés fut parti, ceux qui restèrent ne tardèrent pas à abdiquer tout scrupule. Personne ne se fit plus prier pour recevoir ouvertement, régulièrement, la paie des agents espagnols : Tassis en personne portait les sommes aux états. Quand l'argent tarda à venir, on se plaignit même tout haut; dans les séances officielles, on discuta en pleine chambre sur la route à suivre pour toucher l'arriéré, pour faire augmenter les secours. Tantôt c'est Mayenne qui se charge de presser le caissier de Philippe II; tantôt ce sont les députés qui vont *requérir eux-mêmes* l'ambassadeur Feria de « subvenir à leur nécessité, » et Feria répond poliment « qu'il essaiera de les rendre contents. » Plus de vingt-quatre mille écus furent de la sorte répartis, seulement d'après le procès-verbal publié par M. Bernard. Ce ne furent point là les scènes les plus scandaleuses : les diverses chambres, les députés entre eux, finirent par se prendre de dispute sur les fonds à partager. Ainsi quelques-uns furent soupçonnés de toucher des sommes à part au *préjudice de la généralité*, et les jaloux exigèrent le serment. Puis, comme il y avait inégalité entre le nombre des membres présents de chaque ordre, comme plusieurs représentants du tiers, par exemple, *desdaignoient d'y venir*, le clergé prétendit avoir droit à une plus grosse part; mais la bourgeoisie prit l'héroïque résolution de se *tenir ferme à deux mil escus* pour son mois, et elle menaça de faire plutôt retraite. Voilà les hontes qui souillent les dernières réunions de cette assemblée publique. Trois hommes honorables, parmi ceux qui condescendaient à venir encore aux séances, protestèrent seuls contre cette infâme dégradation. C'est ainsi que L'Huillier, le président du tiers, osa dire, en parlant de la subvention espagnole, que « cela ne pouvoit estre trouvé bon; » c'est ainsi que le futur chancelier du Vair et le secrétaire Thielement refusèrent de prendre *aucune chose* et ne manquèrent jamais de remettre leur part à l'huissier pour être distribuée aux pauvres de l'Hôtel-Dieu. Le noble désintéressement de ces deux hommes, qui fait heureusement contraste avec l'avidité misérable de leurs collègues, n'inspire à M. Bernard que l'incroyable phrase que voici : « Il est juste de faire remarquer qu'ils n'étaient pas réduits aux mêmes nécessités que les députés des provinces. Ceux-ci étaient privés de toute ressource pécuniaire à Paris. » Je me dispenserai de tout commentaire. S'il restait quelques doutes à M. Bernard sur la vénalité des états de la Ligue, après les passages formels des procès-verbaux qu'il publiait, il semble que les historiens eussent pu suffisamment l'édifier. Le Grain lui eût dit que le *son des pistoles* résonnait dans cette assemblée; Cheverny lui eût attesté que les députés étaient la *plupart guignés;* Mézeray, qu'ils étaient *payés* (1). En prenant enfin la peine d'ouvrir le livre de

(1) Quand Bossuet dit que les ligueurs étaient achetés par l'Espagne, *hispanico auro corrupti*, il comprend évidemment les états dans son as-

Pierre Matthieu, il y eût trouvé cette phrase sans réplique : « Les députez demeurèrent à Paris, stipendiez à la veue de tout le monde par les Espagnols, jusques à envoyer en pleine assemblée leurs inscriptions en espagnol pour recevoir leur argent. » Il faut bien citer les textes, quand il s'agit d'une pareille accusation.

On sait maintenant, grâce à la publication de M. Auguste Bernard, ce qu'ont été les états de 1593, et quelle place définitive doit leur assigner l'histoire. En consentant à la conférence de Suresne, en laissant une assemblée importante se former à côté de la leur, ils s'annulèrent tout d'abord. Aussi la véritable histoire parlementaire de la Ligue se passe-t-elle à Suresne. Là au moins les partis opposés sont continuellement en présence; là au moins il y a des ligueurs et des royalistes, et, en se rapprochant, en discutant, ils accoutument la France aux idées de modération, ils préparent cette conciliation heureuse par laquelle Henri IV sut faire à chacun sa part, aux catholiques par l'abjuration, aux huguenots par l'édit de Nantes. Les états de 1593 ont cependant leur intérêt, un vif intérêt historique. C'est le tableau fidèle d'un parti qui meurt et se débat dans l'impossible; c'est le dernier acte, acte curieux et quelquefois comique, de ce trop long drame des guerres de religion qui agitèrent l'Europe durant le XVIᵉ siècle. La conférence de Suresne, si importante dans l'histoire politique, était suffisamment connue. En éveillant plus particulièrement l'attention sur les procès-verbaux jusqu'ici inédits des états de la Ligue, M. Bernard vient à son tour éclairer un coin curieux et trop négligé de ce vaste tableau. Les documents qu'il publie méritent toute confiance par l'authenticité de la rédaction, comme par le soin patient avec lequel

sertion. L'opinion trop peu connue de Bossuet sur l'Union doit singulièrement scandaliser les néo-catholiques. Aux yeux de ce dernier des pères, comme disait La Bruyère, la religion, dans la Ligue, n'était qu'un prétexte, *religionis obtento studio,* et il ne fallait professer que du mépris pour toutes ces folies furieuses, *hæc febricitantium deliria contemnamus.* (Voyez *Defens. Cleri gallicani,* liv. III, c. XXVIII.) Il est vrai que la Ligue a pour elle l'autorité de M. Lacordaire : c'est une compensation.

l'éditeur les a mis au jour. En résumé, c'est là un morceau important pour les érudits, et en même temps c'est une pâture piquante pour ceux qui aiment à fureter les époques curieuses, pour les lettrés qui trouvent plaisir aux confrontations historiques, aux rapprochements littéraires.

Il y a seulement lieu de regretter, je le répète, que, par une condescendance singulière pour la réputation de l'assemblée dont il était appelé à restituer les titres officiels, M. Bernard ait cru devoir se priver des éclaircissements nombreux que lui fournissaient les historiens contemporains. La lumière n'est jamais à craindre; c'est au contraire en pénétrant décidément dans une époque, c'est en ne répudiant pas les jugements empruntés à des sources diverses ou contraires, c'est en ne s'obstinant point à tout voir selon l'optique de son sujet spécial, c'est en acceptant provisoirement tous les points de vue pour se faire à la fin un point de vue impartial et supérieur, que l'histoire se crée des chances sérieuses d'arriver à la vérité. Il faut qu'on le sache, les textes en histoire ne se trouvent pas supprimés parce qu'on les omet, parce qu'on n'en tient pas compte. Ayons la religion des faits accomplis; Dieu lui-même serait impuissant à changer le passé.

C'est très-gravement, le croirait-on? que M. Auguste Bernard parle du caractère *sérieux et calme* que prirent les hommes et les choses après la convocation des états, c'est-à-dire à mesure que se constitua cette puissance, « qui dominait de toute la hauteur du droit et de la raison les ambitions soulevées par l'espoir d'une couronne. » On s'imaginerait qu'il s'agit au moins de la constituante. Or, il est bon de voir, en revanche, sur quel ton, avec quel mépris unanime cette assemblée, qu'on veut à toute force réhabiliter, a été traitée par tous les historiens sans exception; ce chœur unanime de réprobation ne s'est pas arrêté depuis deux siècles. Pour Cheverny, la réunion de 1593 n'était que *factions et cabales*, et pour le sage Sully qu'une *bizarre assemblée d'estats imaginaires* et de députés *malotrus*; d'Aubigné la trouvait *méprisable*; le grave De Thou, enfin, la regar-

dait comme inutile, comme impuissante, et il ajoutait que toutes
ces hontes ne firent qu'exciter en même temps le rire et l'indignation, *ridebant et indignabantur*. On le conçoit, l'indulgence intentionnelle de M. Bernard n'était pas compatible avec ces sortes
de citations. Mais qu'importe? Évidemment les écrivains du
temps se sont entendus pour nous en imposer, pour calomnier
ces pauvres états, et toute la vérité est comprise dans la lettre
sèche du procès-verbal. Brûlons donc les faiseurs de mémoires,
les rédacteurs de chroniques : il n'y a que les greffiers qui aient
le droit d'être crus! Aussi pouvons-nous dire à Le Grain qu'il
ment par la gorge quand il assure que les états « n'apportèrent
que de la risée sur le théâtre de la France, que ce fut une farce
et comme le dernier acte qui fermait le jeu de la Ligue et tirait
la courtine. »

Voilà quelques-uns des jugements contemporains (je pourrais
les multiplier bien davantage) que l'éditeur des *États de* 1593
a cru devoir réfuter par le silence : c'est un procédé plus commode, et que l'usage commence à autoriser. Il est inutile d'a-
jouter que M. Bernard aurait encore maille à partir, au besoin,
avec beaucoup d'autres autorités plus modernes, derrière lesquelles je pourrais me réfugier. Pour ne pas citer ceux qui sont
trop en vue, ceux qu'on pourrait taxer de cacher leurs passions
derrière la polémique, Voltaire par exemple, pour prendre seulement un nom dans chaque siècle, un nom en dehors des partis,
est-ce qu'il n'y a pas sous Louis XIV un jésuite nommé Maim-
bourg qui, dans son *Histoire de la Ligue*, maltraite fort les
prétendus états? Est-ce qu'il n'y a pas, au XVIIIe siècle, un bon
chanoine appelé Anquetil qui, dans un ouvrage judicieux et
trop dédaigné sur l'Union, ne s'est pas fait faute de toucher
quelque chose de *l'air de ridicule* qui discrédita cette chambre?
Est-ce qu'il n'a pas été enfin, de notre temps, parlé, dans l'*Histoire des Français* de Sismondi, d'une assemblée qui n'eut rien
d'*énergique*, rien de *national?* J'abandonne M. Bernard à ces
contradictions, à ces luttes, s'il les daigne entreprendre; je le
laisse aussi discuter les erreurs après les opinions, et faire re-

marquer, par exemple, à M. Capefigue que, d'une part, les états
de Paris n'ont pas pu s'assembler à Reims, et qu'il est difficile
d'un autre côté que ces mêmes états de 1593 aient eu lieu en 1591.
Le reproche est très-sévère toutefois : quand on n'a écrit,
comme l'auteur de l'*Histoire de la Réforme et de la Ligue*, qu'un
petit résumé de huit gros volumes sur un sujet spécial, on peut
bien prendre ses libertés avec les dates, et traiter la vile chronologie d'un air de gentilhomme qui daigne condescendre aux
lettres; mais M. Bernard, qui ne tranche pas du grand seigneur
avec les faits, et qui est tout simplement un compilateur exact,
dont la moindre erreur de détail suffit à éveiller la susceptibilité,
M. Bernard n'a pas voulu faire grâce de ces vétilles à M. Capefigue. C'est la malice d'un ombrageux bourgeois des communes
contre quelque aventurier féodal qui fait brèche à son champ
ou ravage en passant sa récolte.

Malgré les réserves nombreuses que m'imposait la défense de
la vérité historique, singulièrement compromise par la tendance
de M. Bernard aux réhabilitations fâcheuses, je tiens à rendre
toute justice à l'opportunité comme au mérite solide de son
ouvrage. On lui devra assurément l'une des publications les
plus intéressantes que le gouvernement ait favorisées depuis
longtemps, et c'est bien quelque chose dans un moment où, la
mode se mêlant de manuscrits, on regarde comme très-méri-
toire d'imprimer pêle-mêle, sans choix, sans critique, tous les
fatras inédits qui encombrent les bibliothèques. Le document
mis au jour par M. Bernard comble au moins une lacune véritable. Il a même une autre valeur que la valeur historique; il a
un intérêt littéraire dont l'éditeur ne paraît pas se douter, et qui
donne à sa publication une importance qu'en juge sympathique
de la Ligue il doit probablement répudier. Les procès-verbaux
en effet de l'assemblée de 1593 sont, avant tout, une pièce justificative de la *Satire Ménippée*.

M. Bernard devrait, ce semble, professer quelque reconnaissance pour ce spirituel ouvrage qu'il ne nomme qu'en passant et du ton dégoûté d'un historien plein de dédain pour les

pamphlets. Si les états de l'Union ont en effet conservé quelque
célébrité, une grande célébrité même, c'est à la *Ménippée* qu'ils
la doivent. Pour ma part, en ne mêlant pas davantage le souvenir piquant et égayé de ce charmant écrit à l'examen des
procès-verbaux de la chambre ligueuse, j'ai eu une intention,
j'ai agi par un sentiment de réserve historique et d'impartialité
volontaire. Il entre dans ma conviction que les malins auteurs de
Catholicon avaient raison sur presque tous les points. Ils m'in-
spirent, je l'avoue, une pleine estime et une certaine confiance :
rien ne me paraît plus avéré, moins discutable, que l'honnêteté
de Gillot, de Le Roy, de Nicolas Rapin, que le patriotisme et la
modération de Passerat et de Florent Chrestien, enfin que l'austère intégrité de Pithou. Prêtres, magistrats, soldats, professeurs, tous étaient des citoyens honorables, catholiques sincères,
mais sans intolérance, et qui aimaient mieux voir à leur drapeau
des couleurs françaises que des couleurs espagnoles ou lorraines.
Leur livre cependant, si ingénieux, si vif, si frappant de vérité
qu'il semble, est une parodie, une satire. Il n'est donc légitime
d'arriver à des conséquences analogues que par la voie sévère de
l'histoire, que par les faits seuls, et avec la perpétuelle méfiance
du parti pris, avec la sage réserve qu'impose l'amour de la vérité.
La *Satire Ménippée* doit être mise provisoirement à l'écart tant
qu'on n'a pas approché les acteurs de la Ligue dans leur intimité, tant qu'on n'a pas pénétré le jeu secret de ces intrigues,
de ces passions, de ces intérêts, de ces idées aussi que vinrent
servir, puis renverser, les événements.

Aucun ouvrage, dans aucun temps, n'a exercé une influence
aussi immédiate, aussi directe. Les admirables *Provinciales*
ne frappaient qu'une coterie; la brochure même de Sieyès n'é-
tait qu'un signal, un mot de ralliement contre des institutions
déjà ébranlées. La *Satire Ménippée* fut autre chose, fut plus,
c'est-à-dire un combat au cœur même des événements, ou plutôt un événement, un grand acte. Elle tua définitivement le parti
de Philippe II et de Mayenne; elle ruina d'un coup, en les per-
çant à jour, les prétentions de l'étranger et les ambitions des

nationaux; elle couvrit la Ligue d'un ridicule qui ne s'est point effacé après des siècles. Le mot célèbre du président Hénault reste vrai : ce livre a été plus utile encore à Henri que la bataille d'Ivry. On l'a dit, ce fut en même temps une comédie et un coup d'état, une action courageuse et la première œuvre durable, le premier manifeste de la véritable éloquence française. Hier l'Union était encore prise au sérieux, le lendemain elle expirait sous le sarcasme. Selon le mot énergique de d'Aubigné, ce *lirret* avait transformé tout à coup les grincements de dents en risées.

On a peine à se figurer aujourd'hui, et cela s'explique, que ce léger opuscule ait contribué, pour sa bonne part, à une révolution politique. Dans nos sociétés modernes, l'opinion se produit tous les jours, dans la presse, dans les livres, à la tribune; on sait chaque matin où on en est; la continuelle publicité a rendu le pamphlet impossible. Maintenant ce ne peut plus être qu'une œuvre de parti, autrefois ce pouvait être une œuvre nationale. Ainsi, quand la *Satire Ménippée* parut, elle ne fit que dégager en quelque sorte ce qui était latent; elle donna la force du grand jour, c'est-à-dire la vie, à ce que pensaient toutes les âmes honnêtes; en un mot, elle constata, elle consacra l'opinion. Chacun reconnut, frappé à une empreinte immortelle, exprimé avec verve, avec décision, avec relief, ce qui était flottant dans son esprit. On se compta, on fut étonné de se trouver unanimes. Il y avait là d'ailleurs quelque chose de nouveau : pour la première fois en effet ce tour narquois et railleur, cette verve maligne qui nous était venue des trouvères, l'esprit français, pour tout dire, se mettait au service de l'ordre et du bon sens; pour la première fois on le voyait non plus attaquer, mais soutenir les institutions qui étaient devenues la sauvegarde de la société, et abandonner enfin la cause de la révolte pour celle du gouvernement.

En parodiant les séances de l'assemblée de 1593, en prêtant aux principaux députés des harangues plaisantes, la *Ménippée* nous a fait un idéal comique qu'on cherche, mais qu'on ne

retrouve pas (on serait presque tenté de le regretter) dans les
rédactions officielles. Il est cependant curieux de comparer la
froide réalité à la vivante satire; quelquefois, j'ose l'affirmer,
cette satire est plus vraie que le procès-verbal. Bien des traits
en effet s'y retrouvent, mots piquants, anecdotes ridicules, que
les historiens du temps nous racontent à leur tour, mais que les
honnêtes greffiers ne se sont pas permis de reproduire. Ce sont
au surplus les mêmes hommes dans le pamphlet et dans l'histoire, ou du moins la caricature est ressemblante à s'y méprendre, elle ne fait que mettre plus en saillie des ridicules et des
vices réels.

Ne reconnaissez-vous pas d'abord ces fougueux députés du
clergé, tels que vous les avez trouvés dans De Thou, dans Lestoile,
chez les contemporains les plus dignes de foi ? Ce prélat *eschauffé
en son harnois*, qui crie, qui gesticule, qui déclame avec emphase, qui lève ses prunelles blanches vers la voûte, ce déclamateur emphatique auquel il faudrait le chapeau rouge, n'est-
ce pas le même parleur au *style majestatif* dont il est question
dans le procès-verbal? n'est-ce pas d'Espinac, l'archevêque de
Lyon ? Cet autre, à côté, que meut une indicible ardeur de mettre en avant sa rhétorique, cet homme aux folles boutades qui
ne sait ce qu'il veut et qui entasse pêle-mêle les arguties d'un
scholastique et le phébus d'un rhétoricien, n'est-ce point Rose,
l'évêque de Senlis, n'est-ce pas lui qui réclame en grognant sa
pension d'Espagne? Dans ce troisième harangueur, brouillon qui
s'embarrasse au milieu des quiproquos et des confusions, vieux
radoteur à qui il faut son calepin, ignorant prétentieux qui a la
fureur de parler à l'avance le latin de Molière, vous avez retrouvé
le cardinal Pellevé, le plat apologiste des vertus du roi d'Espagne, le distributeur de la poudre éventée, de l'ingrédient dis-
crédité que lui expédiaient les prétendants de Lorraine. Il n'y a
pas moyen d'hésiter non plus devant cet autre cardinal qui parle
un italien également burlesque et qui promet à chacun le paradis, à la condition qu'on ne touche pas un mot de la paix, *di
non parlar mai di pace;* c'est le légat de Plaisance, le charlatan

qui offre à tous le *catholicon*, ce spécifique castillan lequel, avalé à bonnes doses, donnait l'amour de Philippe II. Tout le monde, également à première vue, nommerait ce prodigieux consommateur de circonlocutions, qui, ne faisant semblant de rien, mais rasant tout le monde sans rasoir, *voudroit bien estre vous savez bien quoy :* c'est Mayenne, le roi manqué, qui, en attendant, file sa lieutenance.

Oui, ici et là, à la tribune sérieuse des états comme à la tribune burlesque de la satire, ce sont bien les mêmes orateurs, ce sont bien les mêmes hommes; l'histoire nous les montre ainsi, et il ne faut ni beaucoup de sagacité ni beaucoup d'efforts pour retrouver, pour deviner leur nature sous l'étiquette de la rédaction officielle, sous la prose sèche des secrétaires. Seulement, dans la satire, tout est saisi en sa nuance, et aussitôt grossi, amplifié, par une malicieuse exagération. Je le répète, ces portraits sont presque de l'histoire, et en même temps ils sont plus que de l'histoire; sous le ligueur, ils peignent l'homme; derrière le type contemporain, il y a un caractère éternel : en sorte que ce hasard unique a été accordé à la *Satire Ménippée*, comme plus tard aux *Provinciales*, d'être en même temps un pamphlet et une bonne action aux yeux des contemporains, d'être en même temps un pamphlet et une œuvre durable aux yeux des générations suivantes. C'est que toutes les formes sont bonnes à la vérité.

Chose singulière! si on se place à un point de vue exclusivement grave, si on ne tient compte que des discussions éloquentes, que des arguments sérieux, il se trouve que c'est encore la *Ménippée* qui l'emporte sur les procès-verbaux des états. Quand Pithou, en effet, s'emparant à son tour, mais au nom de la raison, mais avec autorité, avec puissance, de cette arme que les Rapin et les Passerat avaient tout à l'heure maniée à l'aide de l'ironie et de l'enjouement; quand il fait monter à la tribune ce député d'Aubray qui s'écrie : « J'aurois honte de porter la parole pour ce qui est icy du tiers-estat, si je n'estoy advoué d'autres gens de bien qui ne se veulent mesler avec ceste ca-

naille, » alors Pithou, en cette longue et pressante harangue,
se fait l'interprète ferme, élevé, naïf, honnête, loyalement passionné, de tout ce qu'il y avait en France de sentiments français. Le tableau qu'il retrace est si lamentable, les manœuvres
qu'il dénonce sont si honteuses, en un mot, la cause qu'il soutient est si bien celle de la vérité, que la vérité lui prête une
verve inconnue, et le fait se dégager des entraves de l'habitude
et devancer la langue de son temps. Sans certains tours plus
expressifs, sans certaines franchises de style, on se croirait en
plein XVII⁰ siècle : c'est le bon sens prenant possession de l'éloquence. Aucun discours n'a été prononcé dans les états qui ressemble, même de loin, à celui-là. De là ressort un piquant contraste : l'assemblée de 1593 débute par des prétentions sérieuses
et finit par le ridicule; la *Satire Ménippée* commence au milieu
des bouffonneries et s'achève par un morceau grave et entraî-
nant. C'est la satire qui est une parodie pendant le prologue,
c'est la réalité qui se trouve être une parodie au dénouement.
Tel est le jeu et aussi la leçon de l'histoire.

Je m'arrête : en abordant la *Ménippée*, on touche à des régions
connues et pratiquées de tous ceux qui gardent le moindre culte
aux premiers chefs-d'œuvre de notre littérature : je ne voulais
aujourd'hui qu'appeler l'attention sur un curieux document,
inconnu jusqu'ici et qui méritait d'être mis au jour. C'eût été
cependant une tâche intéressante de poursuivre, dans ses détails, ce rapprochement de la comédie et des faits officiels. Selon
nous, M. Bernard eût pu, sans compromettre la dignité de son
rôle d'éditeur, ne point s'interdire cette comparaison piquante.
Quoi qu'on fasse en effet, que ce soit là un acte de justice ou
une impitoyable fatalité, ces deux publications s'appellent et se
complètent : il est impossible de les séparer absolument. Se ré-
signer tout d'abord et accepter ces conditions m'eût semblé de
meilleur goût. A ne considérer, en effet, la *Satire Ménippée* que
dans ses conséquences, à ne la juger que comme une bataille,
comme un événement, il y avait lieu encore à un perpétuel
contrôle, à un important examen. La lutte, le duel, s'étaient

accomplis en quelque sorte aux yeux des siècles, et, puisqu'une occasion se rencontrait de rappeler l'attention sur un champion vaincu et oublié, il fallait, au moins, le rapprocher de l'adversaire victorieux, et les mettre tous deux en présence.

C'est ainsi que l'histoire les verra désormais; c'est ainsi, sans les isoler, que la critique se fera à l'avenir un devoir d'entendre chacun à tour de rôle, l'accusé après l'accusateur. Pour les faits comme pour les lettres, je ne doute pas qu'il n'y ait là plus d'un enseignement utile à tirer. L'un des côtés les moins connus de la Ligue, l'un des plus précieux monumen's de la prose fran çaise, s'en trouveront, en plus d'un point, éclairés. Quant aux conséquences dernières, quant aux jugements qu'il y a à déduire de ce nouveau document historique et qui ressortent d'un examen attentif et impartial, ils sont de plusieurs ordres, ils sont généraux ou particuliers, ils peuvent se rapporter à l'assemblée même des états ou à la Ligue en général. En ce qui touche proprement les états, je n'ai pas déguisé, on l'a vu, à quels résultats sévères l'étude m'avait naturellement conduit : je n'ai fait que garder l'opinion des écrivains contemporains et des historiens postérieurs; mon impression a été tout simplement la même, et je nie qu'il y ait lieu le moins du monde à la réhabilitation que désire, mais que n'ose pas demander ouvertement M. Bernard. Si on passe aux déductions qu'il est possible de tirer de ces procès-verbaux quant à l'Union elle-même, il est évident qu'elles sont nombreuses, qu'elles sont tristes et qu'elles ne mènent pas, on doit le dire haut, à l'indulgence. Il importe cependant de prendre garde et de se méfier des conclusions anticipées ou hasardeuses. A l'époque de la convocation des états, la Ligue, en effet, n'avait plus rien de cette grandeur apparente que lui avait prêtée un instant le rôle qu'elle semblait appelée à jouer dans la grande contre-révolution catholique de la seconde moitié du xvıᵉ siècle, dans cette légitime résistance du Midi à l'esprit insurrectionnel du Nord, dans cette puissante lutte enfin du catholicisme contre la réforme. A cette date, la conversion de Henri IV paraissait imminente, et la Ligue

en son déclin n'était plus guère soutenue que par l'ambition persistante de Philippe II. Aussi, quand les états se réunirent, ils
ne surent que réveiller les ferments les plus odieux de cette
étrange insurrection. Une bonne part revient donc à cette assemblée dans les justes sévérités de la critique à l'égard de
l'Union. La honte éternelle de la Ligue, aux yeux de l'avenir,
sera d'avoir ajouté un chapitre aussi bien à l'histoire d'Espagne
qu'à l'histoire de France; la gloire au contraire de la *Satire Ménippée* sera d'avoir dévoilé les fauteurs de l'étranger et servi la
cause nationale.

Les grandes époques, comme les époques honteuses, sont
bonnes à étudier; le bien y est un exemple, le mal un enseignement : c'est une perpétuelle leçon de politique et de morale.
Ici, dans ce tableau des états de 1593, il y a encore un intérêt
plus particulier et en quelque sorte actuel; le rôle, en effet, de
plus en plus considérable que les assemblées délibérantes sont
appelées à jouer dans les sociétés modernes semble prêter un
attrait nouveau à tout ce qui jette quelque jour sur les origines
du gouvernement parlementaire. Le spectacle de ces tristes et
impuissants débats a sa moralité pratique et immédiatement applicable : si les conséquences qui en résultent conduisent quelque peu au pessimisme à l'égard du passé, elles ont au moins
l'avantage d'autoriser quelque optimisme dans le présent. Les
publicistes actuels qui veulent à toute force voir dans les anciens états-généraux, dans ces convocations irrégulières et
tumultueuses, les antécédents de la liberté de discussion et les
vraies formes du gouvernement de la France, sont précisément
les mêmes qui se plaignent avec amertume de la décadence des
mœurs politiques, du peu d'intelligence de ceux qui élisent, du
peu de dignité de ceux qui sont élus. Cette admiration absolue
du passé et ce dédain injurieux du présent font un singulier
contraste, et l'histoire heureusement est là pour démentir ces
folles imaginations de l'esprit de parti. Je n'entends que plaintes
et lamentations sur le triste avenir que nous réservent la corruption des hommes et la faiblesse des assemblées. A ne consi-

dérer cependant que ce qui est derrière nous, à ne voir en particulier que les états de 1593, ne sommes-nous pas en progrès, ne valons-nous pas mieux que nos pères? Si ce sont là les premiers essais du gouvernement représentatif, n'avons-nous point marché dans des voies meilleures? Aujourd'hui les individus et les corps publics ne donneraient plus de semblables scandales, ne descendraient plus à de pareilles hontes. Où trouverait-on, je le demande, une chambre qui se laisserait publiquement payer par un prince étranger? Où trouverait-on un membre de la représentation nationale qui irait réclamer la solde de sa pension dans les antichambres des ambassades? S'il y a encore des marchés qui se consomment dans l'ombre, si les accessions intéressées, si les séductions individuelles sont encore possibles, au moins ce n'est plus par l'étranger, c'est avec des réserves et des déguisements qui sont, après tout, un hommage à la morale. Oui, ce spectacle du passé console et permet d'espérer dans l'avenir de ces institutions si laborieusement conquises. La foi, dit-on, manque à la politique de notre temps : étudions le passé, la foi renaîtra de l'histoire.

GABRIEL NAUDÉ.[1]

Il n'en est pas des grandes époques de l'art comme des hommes de génie qui y brillent : tout intéresse dans la vie de l'écrivain supérieur; on remonte volontiers, avec lui, le sentier de son enfance; on prend plaisir à le suivre dans ses développements, à voir cette nature vivace se déployer à l'aise, et grandir dans les obstacles, jusqu'à ce qu'elle se soit imposée au monde. Mais les grands siècles littéraires ne jouissent pas du même privilége; on les accepte en général pour ce qu'ils valent, sans trop s'inquiéter de leurs premiers essais et des tâtonnements de toute sorte qui se rencontrent partout au début. C'est que dans chaque phase de l'esprit humain, à mesure qu'il entre plus de personnages en scène, l'intérêt se reporte sur les derniers venus, et l'on oublie ceux qui, comme dans la tragédie classique, avaient fait l'exposition de la pièce. Il y a cependant ingratitude à ne s'occuper ainsi que des acteurs du premier plan, et à ne pas tenir compte de ceux qui ont ouvert la voie et servi d'anneau de transition entre deux époques de l'art. C'est ainsi qu'il en est arrivé pour le XVIIe siècle. Les grands écrivains du règne

(1) Voir *Revue des Deux Mondes*, 15 août 1836.

de Louis XIV renièrent dédaigneusement ceux qui avaient bercé leur enfance. On aurait dû leur savoir gré de leurs tentatives ou aurait dû se souvenir qu'ils avaient appartenu à un temps difficile, où les commotions du siècle précédent agitaient encore les esprits, et où la science, confondue avec l'art, était impuissante, faute de but et d'esprit de critique. Le XVIᵉ siècle avait légué au XVIIᵉ les haines mal éteintes de la Ligue, l'écho de la parole brutale et populaire de Luther, le dogmatisme de Calvin, et le scepticisme tolérant et facile de Montaigne; lourd et accablant héritage qui eût affaissé l'intelligence, ou du moins l'eût dirigée en un autre sens, si la main puissante de Richelieu n'eût serré en un faisceau, et presque à les briser, les éléments politiques épars, et si Pascal n'avait enchaîné le Doute derrière le char de la Foi. Ceci posé, il est facile de concevoir qu'entre Luther et Bossuet, entre Bacon et Descartes, entre l'empirisme et l'idéalisme, entre Montaigne qui, ayant peur de la mort, se console en disant : Que sais-je? et Pascal qui, voyant à ses pieds l'abîme du néant, se retient à la religion avec une force surhumaine; il est facile de concevoir qu'il se soit trouvé, entre Charron et Malebranche, au commencement du XVIIᵉ siècle, une école mixte et de transition, à demi croyante et à demi sceptique, à demi littéraire et à demi savante, qu'on a oubliée parce qu'elle a côtoyé tous les partis sans être d'aucun, parce qu'elle a beaucoup écrit sans rien laisser qui fasse date et qu'on puisse appeler un monument. Cette école, en poésie, subissait l'influence espagnole, ne marchait plus que l'épée au côté, récitant, sous les balcons, et la mandoline en main, des vers pleins d'une redondante afféterie et d'un bel esprit étudié. En érudition littéraire, elle conservait les savantes traditions des polygraphes du siècle précédent, de Budée et de Casaubon, et surtout des critiques de l'université de Leyde, Juste Lipse et Scaliger. Il y a donc deux divisions distinctes dans les écrivains de ce temps, et il importe de les bien séparer. D'abord ce sont les littérateurs qui suivaient la cour, affectant les bonnes fortunes comme Voiture, faisant les braves et les fanfarons comme Scudéry; acquérant

une réputation avec des quatrains et des madrigaux débités aux
réunions de cet hôtel Rambouillet que le spirituel essai de
M. Rœderer n'est guère parvenu à réhabiliter. Le temps, pour
les poëtes et les prosateurs, se passait en repos joyeux et assai-
sonnés de pointes, en galanteries débitées aux dames avec
affectation de bon ton et de belles manières, ou en ces lectures
de *romans étendus,* comme l'*Astrée* qu'aimait encore tant l'abbé
Prévost. On visait aussi à la profondeur dans cette coterie; Balzac
faisait profession d'admirer beaucoup Tacite qu'il appelait *l'ancien original des finesses modernes.* Mais à côté de ce cercle,
qui envahissait les siéges de l'Académie française et les bou-
doirs des dames, à côté de ces poëtes de cour, insouciants, très-
répandus, ne se mêlant guère de religion, plus occupés d'un
bon dîner ou d'un madrigal agréablement tourné que du problème de la destinée humaine, il s'était formé une autre association d'hommes lettrés et nourris de la culture grecque et
latine. Ces hommes, la plupart médecins, tous enclins à un amour
vif de l'érudition, succédaient à l'école savante, laborieuse,
sceptique de Henri Estienne; mais, ayant de moins que ce grand
homme la persévérance au but et la hardiesse de l'entreprise,
ils *éparpillèrent* leur science en d'ingénieux traités, en de savantes dissertations; ils dépensèrent en monnaie courante une
érudition immense, un jugement sain, un esprit vif et assez
prompt à saisir le côté vrai des choses. Au xvie siècle, à part
la poésie, à part Rabelais, il n'y avait guère eu de littérature en
France, mais plutôt un très remarquable élan vers la science
littéraire et critique. L'école dont nous parlons a mêlé la littérature à l'érudition; après elle, il y a eu progrès, l'art a suivi
sa voie, et la science la sienne. On trouve d'un côté Molière,
Corneille et Racine, de l'autre Mabillon, d'Achéry et Edmond
Martène. De pareils noms sans doute jettent bien de l'ombre
derrière eux, et bien des torrents de lumière dans l'avenir; mais
il nous paraît juste pourtant qu'on n'oublie pas tout à fait ceux
qui ont posé la première pierre du grand édifice littéraire, ceux
qui ont ouvert à tous les trésors de la science, et qui, pleins de

désintéressement et d'activité, ont vécu sans faste, obscurément, dans le silence des bibliothèques. Ce comité philosophique dont nous voulons parler, qui avait des rapports étendus avec les érudits du siècle, se bornait à un cercle étroit et intime qui ne se mêlait pas aux soirées de la cour. Gabriel Naudé est l'homme autour duquel nous essaierons de grouper les adeptes les plus remarquables de cette société savante. Ce sont là les derniers des *Gaulois;* en plein xviie siècle, ils appartiennent encore par beaucoup de points au xvie; ils sont autant latins que français; ils savent bien l'antiquité, mais ils n'ont pu encore oublier Érasme et son siècle. Déjà en eux pourtant perce le bon et franc esprit français qu'avaient mis en vogue Rapin, Pithou et tous les auteurs de la *Satire Ménippée*, bons bourgeois qui furent à peu près sous la Ligue ce que fut le cercle de Naudé sous Richelieu.

Naudé était né à Paris, dans la paroisse Saint-Méry, vers les premiers jours de février 1600. Ses parents, *honnêtes gens*, disent les biographes, étaient sans doute de petits marchands de ce quartier obscur et populeux. Comme le jeune enfant manifestait un grand goût pour la lecture, on lui fit faire ses études au collége d'Harcourt, sous le professeur Padet. Sa philosophie terminée, on conseilla au jeune Naudé la théologie; mais son esprit critique, qui s'était déjà nourri de Charron et qui aimait assez l'allure dégagée et naïve de Montaigne, se souciait peu des syllogismes en forme de la Sorbonne, et s'arrêta à la médecine comme à une science plus positive, et qui ne l'empêcherait pas d'ailleurs de se livrer à ses goûts d'érudition littéraire et de recherches bibliographiques. C'est à cette époque, de 1620 à 1622, qu'il fit la connaissance de Guy-Patin, avec lequel il suivit les leçons de médecine de Moreau. Bien qu'étudiant encore et ayant à peine vingt ans, Naudé s'était fait connaître par un discours sur les libelles (1). Cette publication, qui avait obtenu

(1) Il est intitulé *Marfore*, 1620, in-8, et ne se trouve dans aucune bibliothèque de Paris. Il a disparu à la Bibliothèque royale.

sans doute quelque succès, décida le président de Mesmes à
prendre le jeune savant pour bibliothécaire. Quoiqu'un pareil
emploi le détournât de ses études médicales, Gabriel Naudé dut
l'accepter, parce qu'il favorisait cette passion pour les livres
que nous verrons plus tard se développer en lui à un si haut
point. On faisait grand bruit alors d'une secte d'illuminés allemands qui devinaient les mystères de la nature à l'aide d'une
lumière intérieure et par une intuition immédiate. Le fameux
démonographe Maier s'en était fait l'apologiste; la secte avait
de nombreux adeptes, comme en ont toujours les doctrines
mystérieuses et surnaturelles, comme en ont trouvé en Espagne
les Adombrado, et plus récemment en France les convulsionnai-
res et le charlatanisme de Cagliostro. Naudé, voulant *dessiller
les yeux de l'entendement et abattre les taies et cataractes du
mensonge*, publia un traité contre ces frères de la Rose-Croix (1).
Il offrit son livre à M. de Guénégault, conseiller du roi en ses
conseils, et il lui dit dans l'épître dédicatoire : « Je confesse
ingénùement la présomption d'avoir eu telle force en mon endroit, que, donnant vol à mon ignorance par-dessus les forces
de ma capacité, elle m'ait peu persuader que ce petit liure se
deust présenter au ciel estoilé de vos mérites, garni d'une telle
effronterie, que d'espérer de luy pouvoir augmenter la lumière
par le flambeau et petites estincelles de mes conceptions. » Malgré cette modestie, le livre de Naudé, qui avait été écrit en
quinze jours, est un charmant traité plein d'une colère fort
amusante contre ces *ténébrions et anacritiques* frères de la Rose-
Croix, qui n'étaient qu'*une fange relentie et une bourbe empu-
naisée, troublant les plus crystalines sources de la nature.* Les
citations, choisies, pleines de sens et de goût, n'y envahissent
pas trop le texte, comme cela a lieu dans les productions postérieures; et, l'auteur ne voulant pas se *détraquer de l'éclipti-
que* de son ouvrage, sans avoir rencontré le *tropique de la vé-*

(1) *Instruction à la France sur la vérité de l'histoire des frères de la
Rose-Croix;* 1623, in-8. Rare.

rité, est moins sujet à cette méthode digressive, qui plus tard, chez lui, devient fatigante et ôte beaucoup de leur charme au piquant de l'érudition et à la verve féconde d'un style souvent poétique et saisissant. Quoi qu'il en soit, malgré les efforts de Gabriel Naudé, et quoiqu'il ait dit « qu'après avoir fouillé, découvert et tronçonné cet arbre à la racine, il lui serait facile de fagoter les branches et en faire des bourrées, lesquelles se réduiraient en cendres, soudain qu'elles seraient eschauffées par la moindre flamme du feu de la vérité, » les Rose-Croix trouvèrent encore longtemps des prosélytes, et un défenseur dans le trop célèbre médecin anglais Robert Fludd (1).

Il est probable que l'ouvrage de Naudé sur *les Rose-Croix* n'avait été pour lui qu'une courte distraction au milieu de travaux plus importants dont il publia le résultat après un court voyage en Italie pour prendre à Padoue le bonnet de docteur. La mort de son père l'ayant rappelé, il revint bientôt à Paris, et livra au public son *Apologie pour les grands hommes faussement soupçonnez de magie*. C'était un noble et grand projet que celui de réhabiliter tant de réputations entachées, aux yeux du vulgaire, de nécromancie et de supernaturalisme. L'influence encore puissante des écrits magiques et superstitieux de Delrio, de Le Loyer, de Lancre, de Godelman, répandait partout ces croyances erronées. Les plus grands poëtes de l'antiquité, les réputations les mieux établies n'étaient pas exemptes de ces reproches de magie. Naudé justifia tour à tour Zoroastre et Pythagore, Socrate et Cardan, Thomas d'Aquin et Salomon, des sottes accusations dont on avait terni leur mémoire. Le livre de Naudé est donc un bon livre, bien conçu, quoi qu'on en ait dit, plein de science et de faits curieux ; un livre qui a fait avancer l'esprit humain et a aidé à le délivrer des préjugés qui embarrassaient sa marche. Naudé, dans cette *Apologie*, montre toute l'indépendance d'un jeune esprit ; *il repasse tout par l'estamine de*

(1) Voir sur les Rose-Croix la **Vie de Descartes**, par Baillet, in-4, première partie, ch. II, p. 87.

la raison ; il sent, ainsi qu'il le dit, que la fausse persuasion suit l'ignorance comme l'ombre suit le corps, et l'envie la vertu ; il se défie des témoignages imprimés et *rencontrez à tâtons sans les esplucher et examiner aussi curieusement qu'ils méritent.* L'instant solennel de reconstruction sociale et de transition intellectuelle dans lequel il vit ne lui échappe pas. « Ce siècle, dit-il, est plus propre à polir et aiguiser le jugement que n'a été pas un autre, à cause des changements notables qu'il nous a fait veoir par la descouverte d'un nouveau monde, les troubles survenus en religion, l'instauration des lettres, la décadence des siècles et vieilles opinions, et l'invention de tant d'ouvrages et artifices. » L'*Apologie* est le seul livre de Naudé qui soit un ouvrage complet, conçu dans un but d'art et de science. Ce n'est pas sans doute ce qu'il a laissé de plus remarquable, mais c'est une œuvre indépendante des circonstances, une œuvre de progrès faite avec désintéressement, et non pour amuser les loisirs d'un cardinal ou flatter un bienfaiteur, ainsi qu'il arriva en général pour les productions qui suivirent. On retrouve d'ailleurs, dans l'*Apologie des grands hommes soupçonnez de magie*, presque toutes les qualités et les défauts du style de Naudé, moins cette finesse de plaisanterie et cette moquerie sceptique que lui donna l'expérience des choses du monde, et qu'il montra plus tard dans le *Mascurat*. Les citations abondent déjà ici, et cette manière de chercher des comparaisons poétiques dans l'histoire (si fréquente chez Naudé) revient presque à chaque page. S'il s'agit de montrer que, malgré sa faiblesse, il peut essayer d'attaquer l'erreur et d'aborder son vaste sujet, c'est tour à tour cette grosse pierre qui était près d'Harpasa, et qui ne cédait pas aux chocs les plus violents, tandis qu'on la remuait facilement en n'appuyant que du bout du doigt; c'est cet oiseau de l'île de Chypre qui fait seul évanouir des bandes de locustes et de cavalettes ; c'est encore la troupe de grenouilles qui s'enfuit au premier coup que le vassal frappe sur l'étang de son seigneur. Naudé, à l'époque où, très-jeune encore, il publia son *Apologie*, commençait à acquérir une certaine réputation. Selon la mode du temps, on trouve après la préface les vers qui ont été adressés à l'auteur. Guy-Patin le dit envoyé par Apollon pour tuer Python ; Jouvin plaisante agréablement, en lui disant que son style magique ne sera qu'une preuve de plus en faveur de la magie qu'il veut combattre ; Colletet appelle son livre le Palladium des bons esprits, et Gaffarel l'envoie aux cieux, comme le poëte de la première ode d'Horace : *Angelico tendis super astra volatu.*

Naudé commençait donc à se répandre. Son amitié avec Guy-Patin se resserrait tous les jours. Gassendi, qui débutait avec éclat par ses *Exercitations contre Aristote,* étant venu se fixer à Paris, fit bientôt la connaissance de Guy-Patin et de Naudé. C'est à partir de la publication de l'*Apologie,* et du séjour de Gassendi dans la capitale (1), que commencèrent ces réunions fréquentes, devenues depuis célèbres, et qu'on prit dans le temps pour des parties de plaisir sagement ménagées. Il n'en était rien pourtant. Naudé avait à Gentilly une maison de campagne où venaient souvent souper et coucher les deux amis. Gassendi, pour sa santé faible et délicate, ne buvait que de l'eau et s'imaginait qu'autrement son corps brûlerait ; Naudé, quoique grand de taille et fortement constitué, agissait de même et ne mangeait presque que des fruits et des noix. Patin, au contraire, faisait beaucoup mieux les honneurs de la table ; il a dit toutefois qu'il buvait fort peu (2), et il a ajouté, à cette occasion, qu'il ne pouvait que jeter de la poudre sur l'écriture de ces deux grands hommes. Je crois cependant que pour mettre sa philosophie âcre et chagrine au niveau du scepticisme rieur et modéré, bien que caustique, de ses célèbres convives, il lui était besoin, comme excitant, de quelques verres d'un vin géné-

---

(1) L'auteur suppose ici que ces réunions philosophiques eurent lieu avant le départ de Naudé pour l'Italie; la plupart des détails dans lesquels il entre et le tableau complet qu'il en retrace ne sauraient pourtant s'appliquer qu'aux années qui suivirent le retour. (*Note de l'éditeur.*)

(2) *Lettres choisies* de Guy-Patin, t. I, p. 36 (de 1648).

reux (1). Mais de quoi parlait-on au milieu de ce petit comité
philosophique, réuni le soir autour du foyer, tisonnant à l'aise,
abondant en paroles et en causeries animées, *comme de vieux
propriétaires qui causent de maisons qu'ils bâtissent ou de plan-
tations qu'ils surveillent ?* C'est ce qu'il sera facile de deviner,
quand nous aurons rappelé ce qu'étaient Naudé, Gassendi et
Patin, ainsi que les quelques amis plus rares qui se mêlaient çà
et là à leurs réunions.

Gassendi, l'homme à coup sûr le plus remarquable de ce cercle philosophique, et un peu plus âgé que ses deux amis, avait
embrassé de bonne heure l'état ecclésiastique. Après de beaux
succès dans le professorat, il voulut se consacrer exclusivement
à la philosophie. Esprit érudit et critique, plus capable de réhabiliter un système vieilli ou d'en développer l'essence, que de
tirer de ses propres conceptions une large théorie, Gassendi
essaya de reconstituer les opinions d'Épicure. Venger un écrivain méconnu, montrer qu'il n'avait pas prêché une morale impie et corrompue, c'était un but digne d'une âme généreuse.
Mais Gassendi ne voulut pas s'en tenir là; il tenta de réduire en
doctrine et de ramener sur la scène cette philosophie vieillie, de
lui faire traverser les siècles par-dessus le christianisme, et de
l'implanter tant bien que mal sur le sol de la science moderne;
il voulut enfin, chose conséquente, placer la morale d'Épicure à
côté de l'empirisme que venait de fonder Bacon. Ce n'est pas
qu'il ne prenne ses précautions; car, sur le titre même de son
livre, il déclare n'adopter du philosophe ancien que ce qui ren-
tre dans les idées catholiques (2). Mais il a beau faire, il a beau

(1) Il est dit dans le *Menagiana :* « C'étoit le médecin le plus gaillard
de son temps. Je me trouvois dans un repas où il étoit. D'abord qu'il fut à
table, il demanda à boire. Pourtant il vivoit *sobrie, jucunde, caste.* »

(2) La portée de la philosophie de Gassendi et ses conséquences semblent
avoir échappé longtemps. L'oratorien Bougerel écrit sa vie et vante beaucoup sa religion. L'abbé de Marolles l'appelle « le philosophe chrétien. »
L'archidiacre du Mans, Costar, se glorifie de pratiquer « cette belle philo-

écrire à Campanella qu'il se souvient du sceau qui lui a été imprimé au baptême; sa foi, ainsi que l'a dit M. Cousin, n'est qu'une réserve ou une habitude. Admirateur de Hobbes, qui renouvelait Démocrite, Gassendi tient au monde ancien par Épicure, au monde nouveau par Bacon; il a, à le bien prendre, fondé le sensualisme moderne, car il ne reconnaît en dernière analyse que des sources externes, que des phénomènes sensitifs pour principes de nos connaissances. Peu lui importe l'unité de l'être et son activité qu'il est accusé d'anéantir. Qu'on lui dise qu'autre chose est la passivité sensible, autre chose la volonté agissante et libre; qu'on objecte encore qu'il n'y a pas d'individualité dans un être fictif qui se transformerait en des sensations successives, cela ne l'empêchera pas de poser un système dont la conséquence a été déduite avant Locke, puisque Gabriel Naudé dit en propres termes : « Les sens sont les portes de toute connaissance (1). » On comprend quelle immense influence dut avoir, sur les hommes dont nous nous occupons, la philosophie sensualiste, et combien les réunions de Gentilly devaient être souvent sceptiques et hardies au milieu des détours sans fin d'une causerie amicale. Gassendi appartenait par plus d'un point aux philosophes du siècle précédent. Écrivant comme eux en latin, il était comme eux érudit, ce qui l'a fait appeler, par Tennemann, le plus savant parmi les philosophes et le plus philosophe parmi les savants. C'était d'ailleurs *un bonhomme* (2), comme le

sophie bien prise et bien entendue. » Il s'en fallut même d'assez peu que Gassendi ne devînt le précepteur de Louis XIV.

(1) *Apologie*, etc., ch. XVIII. — Le sens qu'attache Naudé à ces paroles n'est pas contestable par l'esprit général de ses autres écrits.

(2) Le passage suivant du *Segraisiana* achève bien de montrer chez Gassendi ce caractère du *bonhomme :* « Il étoit doux, facile, et s'amusoit avec les petits enfants ; il menoit promener au jardin ceux de M. de Montmor ; il les prenoit sur ses genoux et les faisoit sauter et danser ; il ne savoit ce que c'étoit que de se mettre en colère, et il faisoit tout ce qu'on vouloit. » (Pag. 39.) — Marolles, dans ses *Mémoires*, parle de son *esprit agréable* et de sa *douceur si charmante*. (Édit. de 1656, in-folio, p. 197 et 272.)

dit Guy-Patin dans une de ses lettres, parlant beaucoup, mais
avec modération, prêchant de petits sermons dès l'âge de six
ans, disert et parfois rhéteur. Il ne se mêlait guère aux choses
présentes que dans la conversation intime et pour en rire. Le
portrait d'Épicure, dessiné sur un modèle trouvé à Rome, et
que lui envoyait Naudé, ou une proposition astronomique de
Galilée, l'occupait beaucoup plus que les événements de son
temps, fût-ce même l'exécution de Cinq-Mars et de Thou. Gassendi était fort recherché parmi les savants à cause de sa grande
réputation, et une reine lui écrivait au milieu de sa gloire : « Je
désirerois cultiver avec soin l'estime et la bienveillance d'un si
grand homme que vous estes, et d'interrompre vos méditations
et vostre loisir par des lettres qui soyent la confirmation de
nostre commerce. » Dans ses rapports sociaux, Gassendi était
fort doux, modéré, et facile à la discussion. Aussi, dans sa querelle avec Descartes, que je rappelle avec peine, parce que les
premiers torts sont du côté du père de la philosophie moderne,
Gassendi n'employa pas, dès l'abord, les termes méprisants dont
l'accable Descartes; car, si l'on crie : O esprit ! on a vite répondu :
O chair !

Dans ces réunions, où Gassendi faisait preuve d'une retenue
et d'une modération souvent éclectiques, Guy-Patin, au contraire, caractère fantasque, original, apportait un esprit souvent
prévenu d'avance, caustique, hardi, plaisant au fond, mais sous
une forme amère. Né à Beauvais en 1602, il vint achever ses
études à Paris au collége de Boncours. Sa naissance était assez
obscure, bien qu'à un endroit de ses lettres il parle des armes de
sa famille non sans plaisir. Ayant refusé d'entrer dans les ordres
pour obtenir un bénéfice qu'on lui offrait, il fut mal avec sa
famille pendant quelques années, et ne put vivre et prendre ses
grades en médecine qu'en revoyant des épreuves pour les im-
primeurs, comme avait fait Érasme chez les Alde. Plus tard ses
parents l'aidèrent, mais peu sans doute, puisque ces pauvres
gens, chargés d'enfants, ne lui laissèrent pas cent écus de

rente. (1). Cette difficulté des débuts, bien qu'effacée bientôt par le succès, lui laissa une nature irritable et sceptique. Si les gestes et l'extérieur coïncident avec le caractère, ceux de Patin devaient être anguleux et saccadés. Affectant de la froideur dans ses paroles, et visant pourtant à une certaine éloquence de conversation; peu sensible et ne rapportant guère ses sympathies qu'à de l'amour-propre littéraire ou à de l'amitié scientifique, Guy-Patin, homme de beaucoup d'esprit et d'une littérature fleurie d'ailleurs, était singulièrement tourné à l'ironie et au sarcasme. Il résumait en lui la philosophie de Charron en son côté mécontent et boudeur, et la portion incisive, joyeusement mordante, un peu égoïste, du *Pantagruel* de Rabelais, qu'il avait, dit-on, commenté. C'était, à tout prendre, un homme très-singulier et plein de contradictions, incrédule, disant que l'enfer est un feu qui fait bouillir la marmite du clergé, comme Calvin dit que le purgatoire est *la chimie du pape*, et après cela se disputant vivement avec un conseiller aux monnaies pour la préséance dans une procession. Son symbole d'ailleurs, au dire de Bayle, n'était pas chargé de beaucoup d'articles. Il avait encore d'étranges antipathies, il était entier et excentrique dans ses jugements. Ainsi il ne parlait qu'avec horreur des Anglais : « Ils lui étoient, dit-il, parmi les peuples, ce qu'est le loup parmi les brutes. » Il détestait aussi le Mazarin (*non sum animal mazarinicum*) parce que sa maison de Cormeille avait été dans la guerre dévalisée par les soldats, et il appelait ses créatures les Mancini, *les bilboquets de la fortune*. Il ne parlait qu'avec horreur des *ignatiani* et il se chargeait de publier la *vie de Gallien* du jésuite Labbe. A part sa bibliothèque, qui avait dix mille volumes (2), à part

(1) On trouve de plus longs détails sur sa famille dans les notes de Bayle, et encore dans un index autographe de Guy-Patin que nous avons trouvé aux manuscrits de la bibliothèque Sainte-Geneviève (G. l. 3). — Voir aux années 1596, 1610 et 1634.

(2) « Sa bibliothèque était nombreuse et assez garnie de livres d'un certain genre, qui ont fait tort à sa réputation et à la fortune de son fils. » (*Mélanges de Vigneul-Marville*, t. I, p. 27 et suiv.) Le nombre des livres

quelques amis littéraires, Patin n'eut guère d'affection de cœur.
Sa place de doyen de l'école de médecine et de professeur au
collège royal, ainsi que ses études et ses malades, lui demandaient beaucoup de temps et ne le laissaient guère aux jouissances intimes du foyer. Il n'aimait pas d'ailleurs, il le dit lui-
même, à se donner grand souci. Tout pour lui, dans la vie en
dehors de la science, se rapportait à peu près à l'argent. Ainsi
il écrit à un ami, en se mariant à vingt-six ans, que sa femme
lui apporte vingt mille écus sur père et mère vivants encore,
mais fort vieux. Autre part, en parlant de son beau-père, il dit,
et on comprendra facilement que ce n'est pas moi qui parle :
« Ces gens-là ressemblent à des cochons qui laissent tout en
mourant, et qui ne sont bons qu'après leur mort. »

Guy-Patin était flatté des fréquentes invitations de Lamoi-
gnon, il en parle à chaque instant dans ses lettres; mais, bien
qu'il se crût honoré de ses rapports avec l'illustre magistrat,
sa fierté se trouva piquée quand Delorme écrivit que M. de La-
moignon était son Mécène. On dit pourtant que quelques
grands lui offraient un louis d'or sous l'assiette chaque fois qu'il
allait dîner chez eux.

La hardiesse de Patin ne s'étendait pas seulement aux choses
de la religion; il disait des rois : « Ce sont d'étranges gens que
les princes d'aujourd'hui, et peut-être que tels ont été pareillement ceux du temps passé. » Au fond des opinions de Guy-Patin perce donc partout un scepticisme ironique et chagrin. La
vie n'est pour lui qu'une assez mauvaise farce jouée sur de mauvaises planches par des gens qui ne se connaissent pas et qui
espèrent se revoir dans les coulisses (1). A part ses ouvrages sur
la médecine, il ne reste qu'un seul monument littéraire de Guy-

de Patin a souvent occupé les érudits. Un poëte ami, dans la pièce intitulée
Mes Livres, du recueil de *Joseph Delorme,* ne se demande-t-il pas :

. . . . Le docteur Guy-Patin
Avait-il plus de dix mille volumes?

(1) *Lettres choisies,* t. I, p. 203.

Patin : ce sont ses lettres, correspondance charmante (malgré le mépris de Voltaire et de la Harpe), pleines de mensonges et de médisances, de méchancetés et de sarcasmes, comme un journal d'aujourd'hui. En effet, c'est bien la gazette du temps, rédigée par un esprit fort qui se met à l'aise, tout en ménageant les convenances, par un sceptique écrivant non pas pour le public, mais pour un petit cercle d'amis. C'est, à coup sûr, l'un des pamphlets historiques les plus amusants que l'on connaisse après les mémoires du duc de Saint-Simon et les historiettes de Talle_ mant. On entre d'ailleurs avec plaisir dans les détails de cette vie déjà loin de nous; une maison qu'il achète, la thèse que vient de passer son fils, ces nouvelles de la cour et de *la république des lettres*, ces grands événements d'hier oubliés le lendemain, les affections qui commencent lentement et qui finissent vite, les inimitiés qui naissent vite aussi, mais qui ne s'éteignent pas, ces calomnies, ces envies, ces politesses, ces invitations, ces confidences devenues publiques, une société morte retrouvant là le mouvement et la vie, tout cela a un caractère et une teinte qui prête autant d'intérêt et d'originalité à cette correspondance qu'en ont celles de Mme de Sévigné ou de Bussy-Rabutin en un autre genre. Guy-Patin se peint tout entier dans ses lettres; ses haines de caste, son horreur pour tout progrès dans la science, et, comme le fait remarquer très-ingénieusement M. Taschereau (1), son esprit plein des passions et des préjugés populaires de son temps, son indignation incessante contre les apothicaires, qu'il appelle de monstrueux colosses de volerie, sa fureur contre l'antimoine, son dédain des marchands, viennent interrompre çà et là, par leurs formes grotesques, les boutades continuelles et les spirituelles saillies de ce caractère plein d'aménité et d'obligeance scientifique, qui fut incrédule par vanité et incisif par amour-propre. Sa nature, fortement accentuée, se développe à l'aise dans ces lettres; aussi ne faut-il pas s'étonner qu'un homme, qui lui était semblable en certaines parties,

(1) *Revue rétrospective*, 1re série. t. III, p. 5 et suiv.

Bayle, ait trouvé cette correspondance « pleine de traits vifs et hardis qui divertissent et font faire de solides réflexions. » Bonaventure d'Argonne avait vu Patin dans sa jeunesse, et, de ce ton aigre-doux qui lui est habituel, il en trace ce remarquable portrait : « M. Guy-Patin était satirique depuis la tête jusqu'aux pieds. Son chapeau, son manteau, son collet, son pourpoint, ses chausses, ses bottines, tout cela faisait nargue à la mode et procès à la vanité. Il avait dans le visage l'air de Cicéron, et dans l'esprit le caractère de Rabelais... Il parlait beaucoup, et, comme il savait quantité de choses singulières, on l'écoutait avec plaisir. Il était hardi, téméraire, inconsidéré, mais simple et naïf dans ses agressions, grand ennemi des charlatans, plus savant qu'heureux et habile médecin... Lorsque nous étions encore tout jeunes, nous allions écouter ses bons mots et son beau latin à l'École de Médecine... C'est dommage que ses lettres soient tachées d'impiétés et de médisances atroces. On y pourrait mettre pour épigraphe le mot des anciens : « *Cavete canem.* »

Tels étaient les deux hommes les plus remarquables des réunions de Gentilly chez Naudé. Le précepteur du duc d'Anjou, Lamothe-le-Vayer, venait aussi s'y mêler quelquefois, mais toujours sur le ton de cérémonie. C'était un homme de médiocre taille, d'une conversation agréable, fournissant infiniment sur quelque matière que ce fût; un peu contredisant, à la vérité, mais sans entêtement, parce que toutes les opinions lui étaient indifférentes. Il s'habillait singulièrement, ne pouvait souffrir aucune espèce de musique, mais tombait en extase au bruit du vent; il se maria à soixante-dix-huit ans pour se consoler de la mort de son fils; d'ailleurs plein de connaissances variées, mais qui n'étaient nouées à aucun centre, il écrivit tout à la fois des traités de morale à l'usage des princes, les cyniques *Dialogues d'Orasius Tubero,* et les pages souvent graveleuses de l'*Hexameron rustique.* Lamothe-le-Vayer tenait, par sa position dans le monde, à ces littérateurs de cour dont se moquaient entre eux nos sceptiques de Gentilly, et, par la nature même de son caractère littéraire, à l'école de Naudé, qui mêlait l'érudition et l'art. Tout donc entre lui et les amis de Patin se passait en politesses; il leur offrait ses livres, et en revanche Naudé l'appelait le Plutarque de la France. Du reste, Lamothe-le-Vayer, qui mériterait une étude à part, ne prenait pas pour médecin Guy-Patin. Ainsi, lors de la mort de son fils, on le voit appeler seulement Esprit, Brayer et Brodineau, qui, selon Guy-Patin (que ce jugement peint bien), envoyèrent le jeune homme au pays d'où personne ne revient. A propos de Lamothe-le-Vayer, je retrouve encore dans les lettres de Patin cette acrimonie injuste qui le caractérisait; il le trouve autant stoïque qu'homme du monde, mais voulant être loué sans jamais louer personne, et avec cela fantasque et capricieux. On trouvait encore de temps à autre, dans la société des trois amis, le savant Diodati, Bernier qui alla porter la philosophie de Gassendi jusqu'aux Indes, le poëte Guillaume Colletet, célèbre par ses amours *ancillaires,* qui épousa successivement trois de ses servantes et accepta d'elles, comme dot, les gages qu'il leur devait; le bibliothécaire de Richelieu, Gaffarel, lorsqu'il ne voyageait pas, et enfin Sorbière, qui, plus jeune que son maître Gassendi, entra dans le petit comité seulement vers la fin, et qui tour à tour protestant et catholique, *retournant sa jaquette,* comme dit Patin, ne dut qu'apparaître çà et là, au milieu des courses de sa vie aventureuse, dans les réunions sceptiques dont nous essayons de donner une idée. Le philosophe italien Campanella, qui termina en France son existence orageuse, dut aussi venir quelquefois y causer de Hobbes et d'Épicure avec son rival Gassendi (1). —

(1) Guy-Patin, cet impitoyable sceptique, parle ainsi de Campanella dans l'index autographe déjà cité : « 1635. Le 19 may, un samedy après midy, ay visité aux Jacobins réformez du faux-bourg Saint-Honoré un Père italien, réputé fort savant homme, nommé Campanella, avec lequel j'ay parlé de disputes plus de deux heures. De quo vere possum affirmare quod Petrarcha quondam de Roma : *multa suorum debet mendaciis.* Il sçait beaucoup de choses, mais superficiellement. Multa quædam scit, sed non multum. »

Pour Naudé, homme sans ambition, sage, prudent, de mœurs
très-pures, ne revenant guère des premières impressions, ami
discret et réservé, d'affection sûre et plus intérieure qu'expan-
sive, Naudé, dis-je, écrivain de bon goût, *emunctæ naris*,
s'était toujours tenu assez volontiers en dehors des factions politiques présentes et des coteries du temps. Ayant à peine de
quoi suffire aux premiers besoins, heureux pourtant en cette
médiocrité, il aimait à faire valoir « son petit talent dans la vie
contemplative, sans se vouloir empêcher et empêtrer dans l'active. » La modération était la base de la conduite de Naudé;
aussi, comme il dit, « il aimait à aller rondement en besogne, ne
cherchant qu'un gain honnête et modéré, ne faisant point le
muguet, le marjolet, l'enfariné, le fanfaron, ennemi de toutes
sortes de grivelées, » et préférant sa bibliothèque Mazarine au
premier royaume d'Europe, comme le cicéronien Bembo mettait
le style de l'orateur latin au-dessus du duché de Mantoue.

Les soirées de Gentilly devaient être fort amusantes, lorsque
la conversation était ainsi tenue par des esprits aussi indépen-
dants, par des types aussi bien caractérisés. La gaieté, la folle
joie même, n'étaient pas interdites chez ces admirateurs de
Rabelais, et après une longue causerie sur le dernier livre de
M. de Saumaise, ou après une lecture du catalogue de la prochaine foire de Francfort, entre une échappée contre Richelieu
et quelques bruits de la ville sur les commencements de Marion
Delorme, toute jeune encore, s'il venait à être question du
grand Vossius et de sa nombreuse famille, on ne manquait pas
de se demander avec Grotius : *Scriberet-ne accuratius an gigneret
facilius ?* A quoi Guy-Patin se hâtait de répondre qu'il s'acquit-
tait aussi bien de l'un que de l'autre. L'érudition littéraire, philosophique et médicale faisait donc à peu près tout le fonds des
interminables causeries. On se tenait à l'écart de la foule qu'on
dédaignait et pour qui on n'écrivait guère. Ainsi Gassendi trouve
que la philosophie est contente de peu de juges et doit éviter
les jugements de la foule. A chaque instant, Naudé manifeste

aussi ses craintes de se profaner, comme il dit, jusqu'à la connaissance du vulgaire (1). Cette espèce d'aristocratie érudite s'étendait à la littérature; ainsi, au point de vue du comité de Gentilly, Corneille n'est qu'un illustre faiseur de comédies (2); on se moque fort agréablement de Balzac quand il appelle un fagot *un soleil de la nuit* (3). Gassendi faisait, il est vrai, des vers dans sa jeunesse, mais il avait dit adieu depuis très-longtemps *à ces sortes d'amusements;* quant à Naudé, il rendait volontiers mépris pour mépris à cette littérature facile, qui faisait profession de composer des fables et des rencontres amoureuses pour l'entretien des femmes et des petits enfants. Ce dédain mutuel des poëtes de la cour et du petit comité dont nous faisons l'histoire, montre bien qu'il y avait peu de rapports entre ces deux coteries. Qu'eussent en effet été faire Naudé et Gassendi aux réunions de l'hôtel de Rambouillet? et, de leur côté, comment les beaux esprits habitués à bien dîner et à recevoir de grasses pensions et de bons bénéfices, se fussent-ils habitués à la pauvreté de Naudé, aux réceptions intimes et sans façon de ses deux amis? Aussi Tallemant des Réaux, qui abonde dans ses *historiettes* en récits de toute sorte sur les Voiture et les Chapelain, garde un silence absolu à propos du cercle de Guy-Patin. Il tenait cependant, pour l'allure franche et le piquant du récit, à cette école *parisienne* dont Gabriel Naudé affectait de prendre le titre. Mais les beaux esprits regardaient ces érudits comme des savants impies et indécrottables dont il était à peu près inutile de parler; et pourtant, ne serait-il pas vrai de dire que, malgré le dédain que professaient, à leur tour, nos savants pour la littérature courante, ils eurent sur La Fontaine, sur Molière, une influence sourde et cachée? L'esprit si fin de Naudé, et qui nous paraît lourd en certains points, parce que toutes les allusions sont perdues pour nous, n'est-il pas un des

(1) Voyez son *Apologie*, ch. IV, etc.
(2) *Lettres choisies* de Guy-Patin, t. I, p. 203.
(3) *Mascurat*, p. 13.

germes du génie de l'auteur de *Tartufe?* Chapelle d'ailleurs, Molière et Cyrano de Bergerac lui-même avaient reçu directement des leçons de Gassendi (1).

Lamothe-le-Vayer était donc à peu près le seul écrivain de la cour qui vînt se mêler quelquefois au cercle de Gentilly. La nature de ses écrits, en général sérieux, et sa manière de voir, libre et fantasque en ses allures, l'en rapprochaient volontiers. Je crois pourtant qu'il n'y fut jamais reçu sur ce ton de familiarité et de simple franchise dont on usait envers les autres amis. Il était de la cour, et, quand il venait à Gentilly, la servante de Naudé mettait sans doute la nappe blanche, et tâchait de sauver, tant bien que mal, l'honneur de la maison, comme Caleb dans *la Fiancée de Lammermoor.* Lorsque Lamothe-le-Vayer partageait ainsi la table de Gassendi et de Naudé, le repas, pour être plus cérémonieux, n'en devenait pas plus animé. C'était plutôt une débauche philosophique qu'une débauche réelle; des choses fort hardies pour le temps s'y disaient comme par tradition de Melanchton et de Bèze, et on allait souvent *fort près du sanctuaire* (2). Guy-Patin, impie en son langage et soutenu par les boutades inconséquentes et sans suite de Lamothe, lançait continuellement de vives attaques qu'avaient peine à réprimer la modération de Gassendi et le caractère facile et un peu faible de Naudé. Le cynique Guy-Patin, qui se ménageait en public et qui se déboutonnait, en fait d'opinions, comme M. de Buffon en fait de style, lorsqu'il était chez lui, apportait là tout ce qu'il avait amassé de fiel contre le clergé. « Les sages voyageurs, dit-il, ne se moquent des chiens du village qu'après qu'ils en sont éloignés et qu'ils ne peuvent plus en être mordus. » Aussi, à Gentilly, sa haine presque voltairienne se déployait à l'aise et contre *la moinerie,* comme il dit, et contre les cardinaux qu'il définit volontiers *animal rubrum, callidum, rapax, capax et vorax omnium beneficiorum.* Après

(1) *Mémoires* de Niceron, t. XXXVI, p. 225.

(2) *Lettres choisies* de Guy-Patin, t. I, p. 30.

la Bible, le livre qu'il admire le plus, c'est l'*Institution* de Calvin. Là-dessus Naudé, que Patin se vantait pourtant d'avoir *déniaisé*, se récriait fortement. Il appelait Luther un moine défroqué, et Calvin l'opprobre du monde (1). Il rejetait sur les actions des hommes le doute hardi que Patin professait en matière de religion, et il avançait, malgré les sarcasmes de son ami, que « l'office de notre esprit est de respecter l'histoire ecclésiastique et de toujours douter de la civile. » Naudé, d'ailleurs, vacillant en ses convictions et comme un peu tremblant à la base, n'était que trop souvent entraîné à applaudir aux sorties âcres et mordantes de Guy-Patin, et aux vaines déclamations de Lamothe-le-Vayer dans ses jours de mauvaise humeur.

Il ne faudrait pas croire pourtant que la conversation ne roulât que sur une ironie religieuse, à coup sûr nuisible en des matières qui appellent toute la sévère austérité de l'intelligence. La philosophie, la science, l'érudition, étaient tour à tour en jeu, et, par une bizarrerie assez singulière, non-seulement on employait, dans ces réunions, ces maximes d'état, ce jargon politique et diplomatique auquel, ainsi que l'a fort bien dit M. Sainte-Beuve (2), le règne de Richelieu avait donné cours, mais encore on y causait beaucoup guerre, bataille et stratégie. Je ne sais si l'on doit attribuer cet enthousiasme militaire à l'influence chevaleresque des romanceros espagnols, ou à l'admiration pour les stratégistes italiens comme Strozzi (3); mais on

(1) Guy-Patin pourtant, qu'on ne sait où prendre et qui est sceptique sur tout, même en ses admirations, dit dans l'index autographe déjà cité : « 1546. Mort de Luther. Ce gros moyne défroqué a esté un vray avorton d'enfer, grand yvrogne et fort desbauché, et dangereux à toute la chrestienté. »

(2) *Portraits littéraires*, tome I, étude de *Corneille*. Au tome II, dans l'article *Béranger*, il est fort bien montré aussi comment l'illustre poëte tient quelques-unes de ses allures franches des traditions de l'école de Guy-Patin et de Gassendi.

(3) Sur cet engouement pour Strozzi, voir la vi^e lettre du tome Ier des *OEuvres* de Voiture.

n'écrivait à cette époque que la dague posée à côté de l'encrier
et les éperons appendus à la bibliothèque. C'est un élan général
et irrésistible. Le grand Descartes prend du service en Hollande et en Bavière; Scudéry se vante de mieux *quarrer* des ba-
taillons que des périodes, et d'avoir employé plus de mèches
d'arquebuses que de mèches de chandelle. Naudé lui-même,
par une admiration étrange pour l'état militaire, déclare le métier
de la-guerre au-dessus de ceux « qui passent inutilement leur
vie à l'ombre d'une bibliothèque (1). » Il recueillit même plus
tard le résultat des conféreuces stratégiques de Gentilly dans
un ouvrage spécial (2) qui n'a pas fait oublier Végèce, et qu'ont
fait oublier Folard et Montecuculli. On voit, par cette tournure
guerrière et à demi politique, que les amis de Naudé avaient
subi, ainsi que lui, du moins en un certain point, l'influence
des idées du temps et des ridicules de l'époque. Toutefois ce
cercle philosophique, dont Gassendi fut le principal représentant, eut, il faut le dire, une immense influence sur les destinées de la philosophie; son esprit, après avoir traversé le
XVIIe siècle en se tenant obscurément caché, et plutôt à l'état
d'application qu'à l'état de théorie, dans les réunions de Molière,
de Chapelle, de Ninon de l'Enclos, leva hautement la tête, quand
le haut clergé du règne de Louis XIV eut perdu son éclat, et
quand l'école sombre et claustrale de Port–Royal n'osa plus paraître au grand jour. Alors la philosophie de Gassendi et de ses
adeptes, qui avait été d'abord propagée par le voyageur Bernier
et l'aventureux Sorbière, fut poussée à ses dernières conséquences. Sensualiste avec Locke et Condillac, rouée avec la
régence, impie avec Voltaire, athée avec d'Holbach, elle vint
achever son rôle dans un cachot de Bourg-la-Reine, le jour où
s'y empoisonna, pour éviter l'échafaud, le dernier représentant
de ces théories, le marquis de Condorcet. La tempête révolutionnaire, qui entraîna dans l'abîme tant d'autels, tant de trônes,

(1) *Addition à l'hist. de Louis XI*, p. 11.
(2) *De studio militari.*

et qui jeta au Panthéon Marat à côté de Descartes, sut briser tous ces systèmes, et lancer l'esprit humain, lesté du passé, comme un puissant vaisseau dans les flots de l'avenir. Le sensualisme tâcha pourtant un moment de se mettre à sa remorque et de le suivre; vain effort qui rappelle quelque peu l'inutile dévouement de Cynégire.

Les réunions d'Auteuil chez Mme Helvétius durent avoir des points de ressemblance avec les soupers de Gentilly. Cabanis et Garat devaient y dire, seulement avec plus d'esprit et de convenance, bien des choses qu'avaient dites autrefois Gassendi et Naudé. Je ne crois pas pourtant que le caractère de Guy-Patin se retrouvât là tout entier. Tout aussi y était plus ouvert, mieux assorti ; il y avait plus de science du bien-vivre, plus d'aisance dans la critique; mais au fond l'agrément intarissable des causeries, la prodigue verve du bon sens et d'un esprit naturel, le commerce facile, le doute modéré et un peu moqueur, tout rappelait Gentilly dans cette philosophie accommodante dont le dernier et le plus vénérable représentant, M. de Tracy, vient de mourir.

Cependant, pour en revenir à Naudé, sur lequel il est temps d'insister, le président de Mesmes le gardait toujours comme bibliothécaire. Par reconnaissance, Naudé lui dédia son *Advis pour dresser une bibliothèque* (1). Le sujet, pour le temps, devait piquer singulièrement la curiosité érudite des beaux esprits; tous les savants s'empressèrent de lire un livre qui n'avait de modèle que dans deux opuscules assez ignorés, l'un de Juste-Lipse (2), l'autre de Richard de Bury (3). On trouve beaucoup de sagesse et de bon goût dans ce petit traité, où Naudé professe pour son époque les idées les plus larges; il veut que tous les livres, hérétiques ou non, soient admis dans ces vastes catacombes de la pensée humaine qu'on nomme bibliothèques,

(1) Paris, 1627, in-12.
(2) *De bibliothecis syntagma.*
(3) *Philobiblion.*

et qu'il voudrait généreusement voir ouvertes au public; il met aussi toute son adresse de savant et tout son amour-propre de bibliothécaire en jeu, pour engager, par d'adroites flatteries, le président de Mesmes à acheter des livres. Dans ce dessein, il procède par ces énumérations historiques que nous avons déjà fait remarquer dans son style. Invoquant tour à tour Ptolémée-Philadelphe qui donna 15 talents des œuvres d'Euripide, et Aristote qui acheta 72,000 sesterces les œuvres de Speusippe, et Platon qui employa 1,000 deniers à l'acquisition des écrits de Philolaus, et Hurtado de Mendoza qui fit venir d'Orient un vaisseau de livres, et Pic de la Mirandole qui dépensa 7,000 écus en manuscrits, et ce roi de France qui mit sa vaisselle en gage contre un livre de médecine, il a pourtant oublié, chose étrange, ce Panorme, tant admiré des bibliophiles, qui échangea sa maison contre un Tite-Live. Si Naudé mettait ainsi à contribution toute la science de l'antiquité pour engager son protecteur à augmenter les rayons de sa bibliothèque, c'est que la passion des livres, cette passion innocente qu'ignoraient les anciens, et qui a brouillé tant de ménages modernes, c'est que l'amour du bouquin l'avait absorbé tout entier. Naudé, d'ailleurs, je me hâte de le dire, avait une plus vaste capacité d'affection, et il aimait tous les livres sans exception, comme M. Xavier de Maistre toutes les femmes. Il ne reconnaissait guère, en fait de livres, deux divisions distinctes, à savoir, le livre rare et le livre commun; non, pour lui, cette dualité de l'être imprimé n'existait pas, et il absorbait tout dans son vaste panthéisme de bibliophile. Il eût presque dit de ses chers volumes ce qu'en disait Richard de Bury : «Ce sont nos maîtres; ils nous instruisent sans verge et sans férule, sans colère et sans rétribution; quand vous venez à eux, ils ne dorment point; si vous les cherchez, ils ne se cachent pas; si vous vous trompez, ils ne murmurent jamais, ils ne sourient point de votre ignorance (1). » Le centre des affections de Naudé, c'étaient donc les livres. Il

(1) *Philobiblii*, cap. II.

a écrit quelque part qu'il ne sortait guère de sa bibliothèque que *pour aller à la mangeoire* (1), et je n'ai pas de peine à le croire, car toutes ses idées étaient tournées de ce côté, et il eût presque fait comme le Florentin Magliabecchi, qui mangeait et dormait sur ses livres au milieu des puces et de ses araignées chéries. La carrière de bibliothécaire devenait donc de plus en plus celle de Naudé. Sans doute, il s'était souvent demandé si c'était là un état honorable et utile, puisque l'antiquité ne connaissait guère ces sortes d'emplois. Ayant pourtant le modèle de Varron qui gouvernait la bibliothèque du mont Palatin, et plus récemment l'exemple de Budée, d'Heinsius et de Casaubon, il se décida à s'adonner entièrement à ces sortes de travaux. Gassendi s'éloignait de Paris pour mieux philosopher, Guy-Patin devenait de jour en jour plus occupé; il fallut se séparer et se résoudre à n'entretenir désormais ces doux commerces d'amitié que par des lettres fréquentes. Naudé aussi désirait voyager; sur la présentation de Pierre du Puy, le cardinal de Bagni le prit comme bibliothécaire et secrétaire de ses lettres latines.

Naudé partit pour Rome, avec son nouveau protecteur, sur la fin de la saison, en 1630. Le séjour de cette ville, où il devait demeurer douze ans, donna à son caractère une souplesse d'opinions peu louable. On voit dès lors qu'il habite cette vieille Rome qui a passé par tous les abaissements et par toutes les puissances, par toutes les vertus et par toutes les corruptions; on sent qu'il foule une terre où il y a eu des esclaves. Secrétaire d'un cardinal, et lancé par conséquent dans un monde où les opinions devaient être peu tolérantes; forcé de faire ployer à chaque circonstance son esprit douteur et son indifférence philosophique, dans un pays où il n'y avait pas de milieu entre la foi et l'incrédulité, dans une ville où chacun était athée ou croyant; obligé, par convenance, de changer en prosélytisme, et presque en propagande religieuse, cette opinion souvent

(1) *Mascurat*, p. 272.

manifestée par lui, qu'en fait de culte *il fallait demeurer comme
l'on était* (1), Naudé fut contraint de s'habituer à une hypo-
crisie d'opinions qui convenait peu à son caractère. Je suis même
étonné qu'il ait osé entretenir en Italie des liaisons avec Cre-
monin, dont la religion, selon Patin, était aussi douteuse que
celle de Pomponace, de Cardan et de Machiavel. La politique
théorique avait déjà séduit Naudé, car son école voyait avec
peine la coterie de la cour envahir un sujet qui était, selon elle,
de son domaine exclusif. Comme Balzac avait mis du bel esprit
et du phœbus dans son *Prince*, ainsi qu'on disait alors, Naudé
voulut porter sa méthode de critique érudite dans la politique.
Quelques mois avant son voyage, il publia donc une *Addition
à l'Histoire de Louis XI*. Ce n'est pas une histoire méthodique
et profonde comme celle de Commines, ou une chronique scandaleuse comme les pages de Jean de Troyes, mais plutôt des
notes un peu diffuses, où on trouve de tout, par exemple, des
détails fort curieux sur la barbarie scholastique, et des recherches savantes sur le prix des livres avant l'imprimerie, et sur la
typographie elle-même. Naudé professe pour Louis XI une
grande admiration. Colletet lui dit même, à la suite des vers
grecs, latins et français qui suivent la préface, qu'il n'appartenait qu'à lui *d'éclaircir le soleil et de blanchir l'yvoire*. D'où
viennent de la part de Naudé, homme probe et incapable de
mensonge, ces continuels éloges du plus trompeur et du plus
parjure de nos rois? Est-ce parce qu'il a ramené l'unité dans la
monarchie, en rabaissant au profit des classes moyennes les
grandes têtes féodales qui jetaient de l'ombrage sur son trône?
Non, ces conséquences n'étaient pas encore visibles, bien que
Richelieu continuât alors l'œuvre de Louis XI. Ce qui causait
l'admiration de Naudé, c'était sans doute la devise : *Qui ne sait
pas dissimuler ne sait pas régner*. En effet, les traditions de
Machiavel avaient propagé parmi les savants cette conviction, que
la politique est un art de dissimulation continuelle où la bonne

---

(1) *Lettres choisies* de Guy-Patin, t. III, p. 394.

foi est nuisible, et où les moyens importent peu quand la fin
doit être bonne. Quoi qu'il en soit, malgré l'essai de Duclos, le
caractère de Louis XI, que Walter Scott a commencé à mettre
en lumière, attend encore un historien. L'opuscule de Naudé
devra entrer dans les matériaux d'un livre qui avait été, dit-on,
écrit par l'homme le plus capable de l'exécuter, par le plus grand
écrivain que la France ait jamais eu peut-être, Montesquieu. Arrivé à Rome, Naudé continua à s'occuper de politique. Au milieu
d'une multitude de publications érudites, de querelles sur l'auteur de l'*Imitation de Jésus-Christ*, de mémoires sur des points
bibliographiques, il consacra le temps que lui laissaient tous ces
travaux et les affaires du cardinal de Bagni à une *Bibliographie
politique* qui lui coûta, dit-il, beaucoup de peine (1), et qui fut
regardée longtemps comme un excellent livre (2). Cependant
les idées politiques de Naudé prenaient chaque jour une forme
plus déterminée. Il en était arrivé à un certain fatalisme historique qui ne voyait dans les révolutions successives de l'humanité que des modifications semblables à celles des formes matérielles, mais sans croire à rien de progressif dans les idées.
« Toutes les choses du monde, écrivait-il, sans en excepter
aucune, sont sujettes à divers bouleversements qui les rendent
beaucoup estimées en un temps, puis mesprisées et ridicules en
l'autre, font monter auiourdhuy ce qui doit tomber demain, et

---

(1) Selon Bayle, cette *Bibliographie* a été faite pour Gaffarel, qui s'imaginait pouvoir être utile à M. de La Thuillerie dans les affaires de l'am-
bassade de France à Venise.

(2) *Épistolæ Naudæi*, Genève, 1677, p. 284. Ce recueil de la correspondance de Naudé est assez insignifiant. Huet, dans la 73e de ses lettres autographes conservées à la Bibliothèque du roi (suppl. franc., 1016 b s), dit à
la date du 1er juillet 1701 : « Si j'avois esté averti de l'édition des lettres
de M. Naudé, j'aurois volontiers communiqué celles qu'il m'a écrites. » On
voit par là qu'Huet, comme il le dit d'ailleurs dans l'*Huetiana*, p. 4, connut sur la fin et vers 1650 le cercle de Naudé, qui lui laissa quelques-unes
de ses traditions. Voir le *Comment. rerum ad seipsum pertinentibus*,
l. i , p. 68.

tournent ainsi perpétuellement cette grande roue des siècles qui
fait paroistre mourir et renaistre chacun à son tour sur le
théâtre du monde. Les empires, les sectes, les arts, ne sont pas
exempts de cette vicissitude. Les peuples, après avoir paru et
dominé en un certain temps, se ralentissent par après, et retombent dans une grande barbarie, de la quelle à peine ils sont
relevez qu'ils y retournent encore, quittant ainsi la place et
demeurant dans un perpétuel conflict, pour paroistre les uns
après les autres comme Castor et Pollux, ou piutôt pour régner
successivement comme Atrœus et Thyestes. » Cette appréciation
morne et froide des empires qui tombent sans profit pour l'humanité, cette contemplation inflexible de la société toujours
en douleur pour ne rien enfanter, cette croyance que chaque
temps s'accomplit, non en vue de l'avenir, mais pour soi en dehors de la sphère des idées, en un mot, ce fatalisme historique,
comme je l'ai déjà dit, durent conduire Naudé à de fausses
conséquences politiques. C'est ce qui arriva pour le malheur de
sa mémoire.

Le cardinal de Bagni désirait voir résumées toutes les vues
de la politique ambiguë de son temps, toutes les idées romaines
sur les matières d'état. Naudé écrivit donc pour lui, et non pour
M. d'Émeri, intendant des finances, comme l'a dit à tort un
opuscule malheureusement célèbre, et qui, selon M. Dupin
aîné (1), aurait été tracé sur le canevas du *Prince* de Machiavel,
dont il surpasserait la cruelle profondeur. Les *Coups d'état* de
Naudé n'ont pas seulement laissé trace dans le monde politique,
mais ils ont encore donné naissance, parmi les bibliophiles, à
une querelle dont ce ne serait pas ici le lieu de parler, si la
bonne foi de notre auteur n'y était gravement compromise. Il
est dit, dans la préface des *Coups d'état*, que ce livre, *fait par
obéissance*, n'a été tiré qu'à douze exemplaires pour la satisfaction du cardinal de Bagni qui n'avait « ses lectures agréables

(1) *Lettres sur la profession d'avocat*, par Camus, cinquième édition,
t. II, p. 58.

que dans la facilité des livres imprimez. » Il est en effet facile
de concevoir que Naudé n'ait pas voulu publier un ouvrage qui
avait été arraché à ses principes, et qui contenait d'aussi détes-
tables doctrines. Seulement, comme le cardinal de Bagni n'aimait pas à lire les manuscrits, on en fit imprimer une douzaine
d'exemplaires, qui ne devaient pas sortir du cercle resserré d'un
petit nombre d'amis. Rien donc que de très-naturel et de fort
plausible jusqu'ici. Mais comment expliquer qu'on connaisse
maintenant plus de cinquante exemplaires de la fameuse édition? Naudé mentait-il dans la préface et voulait-il vraiment
abuser de la bonne foi du public en lui donnant un livre qui était
supposé écrit pour quelques amis? Une pareille duplicité littéraire ne répugnait-elle pas au caractère de Naudé, qui n'avait
d'ailleurs aucun intérêt, si cela n'eût pas été, à indiquer le nombre des volumes tirés? Il est donc plus probable (et c'est l'avis
de M. Nodier) que l'on n'a pas retrouvé jusqu'ici d'exemplaire
de l'édition *princeps*, et que celle que nous connaissons n'est
qu'une contrefaçon à petit nombre, faite sur un volume envoyé
à Paris par quelque ami indiscret (1). Quoi qu'il en soit, et bien
que le dessein de Naudé de n'écrire que pour le cardinal de
Bagni pallie un peu sa faute, son livre n'en restera pas moins
un mauvais pamphlet en faveur de la tyrannie. L'auteur d'abord
se croit à une époque de décadence et où les empires vont bientôt finir, et, à ce point de vue, il lui devient nécessaire de conclure que la concentration du pouvoir peut seule sauver les
états. Il perce dans ce livre de Naudé, comme dans ses autres
écrits, une grande admiration pour les ministres qui gouvernent
hardiment : ainsi Richelieu de son temps, d'Amboise sous
Louis XII, et Sully sous Henri IV. Toute sa sympathie est acquise à ces hommes, parce qu'ils font converger la puissance
vers un même centre. Il faut que rien ne leur résiste, et de là
une triste conclusion à la nécessité, à la moralité même des

(1) Guy-Patin d'ailleurs dit que l'édition *princeps* des *Coups d'état* est
en *petits* caractères. Or, l'édition connue est in-4.

coups d'état. Ils doivent frapper comme la foudre avant qu'on ne les entende gronder ; ils doivent ressembler à ce Nil dont les peuples ignorent la source, tout en jouissant de son embouchure. Qu'importe que la loi s'oppose aux coups d'état du prince ? le prince doit non seulement commander selon les lois, mais encore aux lois mêmes, si la nécessité le requiert. Quant à la moralité des moyens, Naudé n'y tient guère. Le peuple lui paraît une bête à plusieurs têtes, vagabonde, errante, folle, étourdie, sans conduite, sans jugement, et de mécanique condition. En cela peut-être il a quelque raison ; mais est-ce à dire qu'il faille en inférer que les ministres doivent s'étudier à le séduire par les apparences, à le gagner par des prédications, des miracles et de bonnes plumes, propres à le mener par le nez et lui faire approuver ou condamner sur l'étiquette du sac tout ce qu'il contient ? Est-ce à dire qu'on eût bien fait de jeter quelques os en la bouche de Luther, de lui cadenasser la langue par quelque pension ou gros bénéfice ? C'est ce que la morale niera toujours, et c'est ce qu'avance Gabriel Naudé, qui, par malheur, ne s'en est pas tenu à ces erreurs, et a osé se faire l'apologiste d'un des plus grands crimes politiques dont soient ensanglantées les pages de nos annales. En un mot, et pour être quitte d'une tache qui nous répugne sur le nom de Naudé, on trouve dans les *Coups d'état* l'apologie de la Saint-Barthélemy. Pour qu'on ne m'accuse pas de n'insister que légèrement sur ce point, je citerai les deux plus horribles passages. « Je ne craindrai point, lit-on dès l'abord, de dire que ce fut une action très-juste et très-remarquable, et dont la cause était plus que légitime, quoique les effets en aient été bien dangereux. C'est une grande lâcheté, ce me semble, à tant d'historiens français d'avoir abandonné Charles IX et de n'avoir montré le juste sujet qu'il avait de se défaire de l'amiral et de ses complices..... » A la page suivante, on lit encore : « Il fallait imiter les chirurgiens experts qui, pendant que la veine est ouverte, tirent du sang jusqu'aux défaillances, pour nettoyer les corps cacochymes de leurs mauvaises humeurs. Ce n'est rien de bien partir si l'on ne fournit la carrière ; le prix est au bout de la lice, et la fin règle toujours le commencement. » Jamais, je crois, l'apologie du crime n'a été écrite avec un pareil sang-froid (1). Il est vrai que, comme Naudé nous le dit lui-même, on ne parlait pas en si mauvais termes de cette exécution en Italie qu'en France. C'est que sans doute le souvenir des processions qu'on y avait faites en actions de grâces n'était pas encore passé. Il y a aussi à notre époque une déplorable tendance de fatalisme historique qui cherche à justifier tous les crimes de l'histoire, à substituer la nécessité à la culpabilité, le fait à l'idée, la chose accomplie à l'intention. Hommes inconséquents qui font faire à la fatalité la conquête de la liberté, espèces d'architectes en ossements et en têtes de mort, pareils à ceux qu'on trouve à Rome dans les catacombes, ainsi que l'a dit admirablement M. de Châteaubriand. On est ainsi amené de nos jours à justifier les scènes de la Terreur et de la Saint-Barthélemy ; l'un vaut l'autre. Qu'un roi fasse feu sur son peuple ou qu'un magistrat place un orchestre à côté de l'échafaud, qu'on se nomme Charles IX ou Lebon, qu'on mette Borgia au Vatican ou Marat au Panthéon, la vérité ne doit montrer là que des assassins pour lesquels il n'est pas de baptême dans l'histoire. Le crime rend les hommes égaux comme la mort, et il reste toujours crime, soit qu'il vienne d'une tête couronnée, ou qu'il soit l'œuvre d'un tribun.

J'ai dit tout ce qu'il y avait de condamnable dans l'ouvrage de Gabriel Naudé, sans essayer de le justifier en rien, soit par sa position forcée, soit par les idées de son temps. On trouve pourtant dans les *Coups d'état* plus de modération qu'on ne le pourrait croire au premier abord. Ainsi il avoue que la matière qu'il traite est *penchante vers l'injustice*, que les coups d'état ne doivent venir qu'à la défensive et non à l'offensive, pour

---

(1) En revanche, Guy-Patin, inscrivant la date de la Saint-Barthélemy sur son index, conservé à la bibliothèque Sainte-Geneviève, ajoute le mot de Stace : *Excidat illa dies*, etc. On sait que c'était aussi l'exclamation familière à L'Hôpital et à De Thou quand ils parlaient de ce massacre.

conserver la puissance et non pour l'agrandir ; qu'ils ne doivent apparaître que comme des comètes, des tremblements de terre et des éruptions ; qu'il y faut procéder en juge, non en partie, en médecin, non en bourreau ; qu'ils ne doivent se trouver dans la vie des rois que comme sur les médailles des hérétiques, où il y a un pape d'un côté et un diable de l'autre. Naudé, selon la mode de son temps, croit que tout a été finesse et tromperie dans l'histoire, et il va même (jugement singulier chez lui !) jusqu'à ranger dans ce nombre la conversion de Clovis et les miracles de Jeanne d'Arc. Pourtant on trouve çà et là dans son livre des idées libérales, qui font singulière figure au milieu de la politique despotique et cruelle qui y est prêchée à toutes les pages. Ainsi il dit quelque part qu'il ne faut pas assigner de bornes à la clémence des rois, parce qu'elle est comme l'infini et qu'elle ne doit pas avoir de limites. Plus loin, il veut que les emplois soient abordables à tous, et à ce propos il ajoute que, malgré son estime pour la noblesse, il préfère le soleil, qui produit du dedans la lumière, à la lune, qui la reçoit du dehors. Les tortures lui paraissent aussi injustes, et il ose écrire que le maréchal d'Acre n'eût pas été moins justement puni, quand on ne l'eût point traîné et déchiré. Quant aux limites que doit avoir l'obéissance envers les rois, il n'ose guère aborder la question. Cette détermination du pouvoir royal eût été curieuse dans sa bouche. Voici les seuls passages que j'ai trouvés dans ses *Coups d'état* sur ce sujet : « Quand le souverain use de son pouvoir autrement que le bien public ou le sien, qui n'en est point séparé, le requiert, il fait plutôt ce qui est de la passion et de l'ambition d'un tyran que l'office d'un roi. » Ailleurs, on trouve même cette pensée plus avancée, que « les sujets ont le droit de *donner ordre* aux déportements d'un tyran. »

De l'esprit général des ouvrages politiques de Naudé ressort, nous l'avons dit, une grande sympathie pour les ministres supérieurs qui s'emparent de la puissance, et qui sont comme une incarnation du pouvoir. Il se plaît à tracer le portrait du ministre dont il se fait un idéal. « Je veux qu'il vive dans le monde comme s'il en était dehors, et au-dessous du ciel comme s'il en était au-dessus; qu'il s'imagine que la cour est le lieu du monde où il se dit et se fait le plus de sottises, où les amitiés sont les plus capricieuses et intéressées, les hommes les plus masqués, les maîtres les moins affectionnés à leurs serviteurs; qu'il se pique d'une pauvreté généreuse, d'une liberté philosophique, mais sévère, et d'une grande obstination au bien. » Sans doute, le portrait qu'il trace est beau; mais son livre n'en est pas moins un livre blâmable, à propos duquel on pourra toujours redire ce que l'auteur avait écrit autre part : « La plume des sçavants a la vertu de servir bien souvent d'ombrage aux plus notables imperfections, et d'eslever, sur la noblesse de ses aisles, ce qui mériteroit d'estre caché dans les profonds abysmes de l'oubliance. » Oui, on ne saurait trop le répéter, ce sera toujours une tache pour la mémoire de Naudé que son apologie de la Saint-Barthélemy. Il y a des crimes qu'on ne peut essayer de justifier sans s'exposer aux malédictions de l'histoire. Mais en ne jugeant que pour ce qu'elles valent ces pages arrachées à la faiblesse, on peut conclure que le livre de Naudé tend à immoler entièrement le droit privé au droit public. Il en était encore au point de vue de l'antiquité. Le christianisme vint apporter dans la société l'idée perfectionnée du droit particulier et de l'égalité individuelle. Toutes les tendances de progrès doivent donc se manifester dans le sens de l'alliance de plus en plus intime de ces deux principes. C'est là le problème de l'avenir. Le livre de Naudé, qui était rétrograde en politique, dut peu convenir à la liberté de pensées de ses amis. Aussi on trouve dans les lettres de Guy-Patin un passage extrêmement caractéristique où l'opinion du hardi sceptique échappe presque en entier et achève de mettre en lumière le cercle philosophique de Gentilly. Ce fragment a été écrit après la mort de Naudé, et il est d'autant plus remarquable, que l'âcreté de Guy-Patin s'y montre à l'aise : « L'auteur des *Coups d'état*, dit-il, étoit en un lieu où il flattoit le pape et son patron le cardinal de Bagni, où il avoit peur de l'inquisition et de la tyrannie, et de laquelle même, à ce qu'on m'assure, il avoit été menacé : de plus, il avoit une grande pente à ne prendre aucun parti de religion, ayant l'esprit tout plein de considérations, réflexions et observations politiques sur la vie des princes et le gouvernement du monde, et sur la moinerie aujourd'huy répandue en Europe, de sorte qu'il étoit bien plutôt politique que catholique..... Je ne veux pas oublier que M. Naudé faisoit grand état de Tacite et de Machiavel; quoi qu'il en soit, je crois qu'il étoit de la religion de son profit et de sa fortune, doctrine qu'il avoit puisée à Rome. Mais ce discours m'ennuye; je vous dirai en un mot, je ne sçais qui a été le meilleur, ou l'écolier ou le maître, Rome ou Paris, le cardinal de Bagni ou son secrétaire latin, le cardinal Mazarin ou son bibliothécaire; je me persuade pourtant que tous deux n'étoient guère inquiétez ni chargez de scrupules de la conscience. Toutefois je vous dirai que M. Naudé étoit un homme fort sage, fort réglé, fort prudent, qui sembloit vivre dans une certaine équité naturelle, qui étoit très-bon ami, fort égal et fort légal, qui s'est toujours fort fié à moi et à personne autant que moi, si ce n'est peut-être à feu M. Moreau; point jureur ni mocqueur, point ivrogne; il ne but jamais que de l'eau. Je ne l'ai jamais vu mentir à son escient; il prisoit fort Charron et la *République* de Bodin. Je concluds que l'homme est un chétif animal, bien bizarre, sujet à ses opinions, fantasque et capricieux, qui tend à ses fins, et qui toute la vie n'aboutit guère à son profit, particulièrement en pensées non-seulement vagues, mais quelquefois extravagantes. Aussi plusieurs n'y réussirent-ils pas, et même M. Naudé n'y a pas trouvé son compte, tout savant qu'il fut (1). »

On peut conclure de cette dernière phrase que la fortune n'abonda pas toujours chez Naudé. En effet, son goût assez dispendieux pour les livres, et la pension modique que lui faisait le cardinal de Bagni, devaient à peine suffire à ses besoins, avec le peu de profit que lui rapportaient ses ouvrages. Modeste en

(1) *Lettres choisies*, t. V, p. 231 et suiv.

ses goûts, toujours en causeries de savant, ou enfermé dans sa bibliothèque, il semble cependant qu'il aurait dû trouver dans ses ressources, sinon l'*aurea mediocritas*, du moins le *res angusta domi*. Il faut qu'il n'en ait pas été toujours ainsi, car, dans un volume d'épigrammes latines, publiées plus tard, en 1650, il remercie les frères du Puy de l'amitié qu'ils ont bien voulu lui montrer lorsqu'il était à Rome, *quamvis egentem* (1). Ce peu d'aisance, ainsi que ses goûts solitaires de bibliophile, empêchèrent sans doute Naudé de se marier. La femme ne lui paraissait guère qu'un ustensile assez inutile dans l'ameublement d'une maison. Il préférait « une bonne mesnagère et couturière à une sçavante (2). » On lui fait même dire, dans une détestable compilation, le *Naudœana :* « Je ne pourrai me résoudre à me marier; ce marché est trop épineux et plein de difficultés pour un homme d'étude. » Il était en cela de l'avis de l'avocat Guion, qui, en achetant un exemplaire des œuvres de Mlle de Gournay, citait certains passages d'Accurse : *Puer bibens vinum et mulier loquens latinum nunquam facient finem bonam* (3). Naudé était peu susceptible d'une passion forte et même d'une affection bien sentie. De son temps, l'amour consistait à peu près dans les galanteries de l'hôtel de Rambouillet, et se bornait aux limites de la carte du *Royaume de Tendre*. Le goût espagnol pour les enlèvements chevaleresques et les dévouements amoureux ne se trouvait guère que dans les livres ou dans les poëmes. Une seule femme, à cette époque, était capable de sentir les brûlantes émotions de l'amour, et cette femme poussait la jalousie jusqu'à l'assassinat : c'était Christine. Quant à Naudé, la vie dut n'avoir pour lui ni secousses vives ni espérances déçues.

---

(1) *Naudœi epigrammata*, 1650, in-12. Dédicace.

(2) *Mascurat*, p. 80.

(3) Walter Scott, dans son ouvrage intitulé : *Demonology and Witchcraft*, ch. VI, a inséré un jugement assez curieux sur Naudé. Mais l'illustre écrivain, mal informé sans doute, fait de notre auteur un ecclésiastique. C'est une erreur qu'il est utile de relever, les éditions populaires de Walter Scott se multipliant de plus en plus en France.

Il la prit dès l'abord pour ce qu'elle vaut, ne la dorant pas de trop d'illusions, ne la rembrunissant pas de trop de dégoûts, existence sans concentrations intimes et sans épanouissement au dehors; vie qui ne s'est pas créé d'idoles auxquelles il faut sacrifier, et qui s'est fait, en dehors de l'art, un but d'érudition spéciale. Toutes les passions avaient peu à peu disparu de son âme au profit de la grande passion qui le dominait, l'amour des livres. Il s'était développé un germe d'indifférence moqueuse au fond de cette existence qui avait été un peu laissée à elle seule, et non choyée à tout propos, mollement bercée en des fêtes et en de doux présents, comme celle du poëte Fortunat par exemple, ou plus tard celle de Voltaire. Pendant son séjour à Rome, il avait pris quelque chose d'italien et de peu ferme dans le caractère. Dans la cité éternelle que Néron avait brûlée, et que les prétoriens mettaient à l'encan, où chaque vice avait son temple, et où, selon l'expression de Pétrone, il y avait moins d'hommes que de dieux, sous les portiques où avaient été affichées les proscriptions de Sylla et des triumvirs, il rêva l'apothéose des tyrans et l'éloge de la Saint-Barthélemy. Cette faiblesse a mal tourné à Naudé. D'autres ont loué l'inquisition sans qu'on les en ait blâmés; d'autres ont trouvé de hautes vues à Philippe-le-Bel et des vertus à Robespierre. Il commence même à devenir à peu près prouvé, par des pièces et des témoignages authentiques, que la Saint-Barthélemy a été plutôt une mesure prise à la légère et sans grande réflexion (1) qu'un massacre projeté longtemps à l'avance et mûri dans l'ombre. Je crois qu'il serait assez piquant de rapprocher du jugement de Naudé les opinions de quelques-uns de nos contemporains fort avancés en fait d'idées de *liberté* et de *progrès social*, qui ont tâché, je ne dirai pas de justifier, mais au moins d'expliquer la Saint-Barthélemy. Le plus illustre d'entre eux, avant de s'être jeté brusquement dans les luttes de la démocratie, montra en

(1) Voir les *Archives curieuses de l'histoire de France*, publiées par M. Danjou, première série, t. VII.

l'une de ces admirables brochures qui n'ont pas été le côté le moins vif et le moins retentissant de sa gloire, une approbation assez prononcée de la Ligue. Plus récemment, deux écrivains qu'on peut, pour leurs opinions consciencieuses et absolues, rapprocher de M. de Lamennais, MM. Buchez et Roux, dans l'une de ces belles préfaces dont ils font précéder les volumes de leur *Histoire parlementaire de la Révolution française*, ont dit ce qu'il était loyalement possible de hasarder pour la justification théorique de cette déplorable journée du 24 août 1572. Quant à Naudé, il y a une chose qui explique parfaitement son éloge de Charles IX, et je m'étonne qu'on ne l'ait pas encore invoquée. Naudé avait dû connaître Hobbes, qui était lié avec Gassendi; ou du moins, s'il ne l'avait jamais vu, il adoptait les principales idées de sa philosophie. Or, on sait que, cette philosophie aboutissant en politique au despotisme, l'auteur avait eu la logique de son système, et avait quitté l'Angleterre lors de l'exécution de Charles Ier, pour y revenir quand Cromwell y eut assis sa dictature, parce qu'il lui devait respect comme despote. Il n'est donc pas étonnant que cet homme singulier, qui croyait à peine à Dieu, et tremblait à la pensée du démon, qui n'avait pas foi à la liberté, mais qui dressait un autel à la tyrannie; il n'est pas étonnant que Hobbes ait laissé quelques-unes de ses idées à Naudé. Toutefois, et je me hâte de le dire, l'auteur des *Coups d'état* n'a saisi dans l'histoire que le côté particulier, concret et contingent; bien qu'il vécût au temps de Vico, les idées de la *Scienza nuova* lui échappent absolument. Le rôle de l'infini, du général, de l'absolu dans le développement humain, n'a pas été compris par lui. Notre siècle, fécond en grands historiens, a au contraire parfaitement profité de ces pensées: mais peut-être est-il à craindre qu'on ne fasse peu à peu disparaître les hommes sous les idées, et il serait à désirer que le sens juste et modéré reprît un peu de son empire, et rétablît en leur vrai lieu certaines portions grandies ou rabaissées à tort.

Son protecteur étant mort en 1641, Naudé se trouva de nouveau sans emploi. Le cardinal Barberin se l'attacha ; mais cela

ne dura guère, car on le voit bientôt nommé médecin de
Louis XIII avec appointements; puis, l'année suivante, Richelieu l'appelle pour en faire son bibliothécaire : mais, ce ministre
étant mort presque immédiatement, Mazarin lui donna le même
emploi. De retour à Paris, Naudé continua sans doute à voir
Guy-Patin. Quant à Gassendi, il était en Provence. Les petites
réunions philosophiques ne durent donc plus avoir le même
charme; la pétulance de la jeunesse était passée; l'âge était venu,
et avec lui la vraie appréciation des choses. Les soupers furent
plus rares et moins égayés, et l'on ne dut pas y former, comme
eux réunions postérieures d'Auteuil, la belle résolution d'aller
se noyer en compagnie après le repas. D'ailleurs, cette époque
de la vie de Naudé se passa presque en voyages continuels pour
chercher des livres. La Hollande, l'Italie, l'Allemagne, l'Angleterre, furent tour à tour visitées par lui, et il en rapporta les
immenses richesses qui forment aujourd'hui la bibliothèque
Mazarine. Un auteur du temps nous l'a peint d'une manière
assez comique, sortant plein de poussière et de toiles d'araignées de chez les bouquinistes qui lui vendaient les livres en
bloc et par tas. Que d'innocentes jouissances, que de délicieu-
ses surprises ne dut pas éprouver le bon Naudé, lorsqu'il rencontrait ainsi mille trésors enfouis comme la perle dans le fu-
mier! Chaque découverte nouvelle l'animait à la recherche : il
se souvenait sans doute que Logius avait trouvé Quintilien sur
le comptoir d'un charcutier, et que Papire Masson rencontra
les œuvres de saint Agobard chez un relieur qui allait en faire
des couvertures. Aussi nulle fatigue, nulle privation ne lui coûtait pour fonder l'un des plus beaux dépôts littéraires qu'il y
sait en Europe. En revanche, la bibliothèque Mazarine n'a pas
même toutes les productions de son fondateur, et l'on s'est
contenté d'y donner son nom à je ne sais quel méchant esca-
lier.

On comprend que Naudé ait aimé Mazarin. Qu'importe que
Mazarin fût un ministre cruel et despotique? n'avait-il pas le
goût des livres, n'envoyait-il point Naudé dans toutes les con-

trées de l'Europe, avec permission d'acheter ce qu'il y trouverait de curieux? Aussi je pardonne volontiers à Naudé d'avoir
admiré Mazarin, et d'avoir écrit en sa faveur son chef-d'œuvre,
le *Mascurat*. Ce n'est pas que Naudé eût beaucoup à se louer
de la générosité de son protecteur, qui lui avait donné, pour
toute faveur, deux petits bénéfices, un canonicat de Verdun et
le prieuré de l'Artige en Limousin, qui rapportaient 1,200 livres de rente. A en juger même par un passage du *Mascurat*,
Naudé, qui avait une multitude de frères et de neveux, qu'il lui
fallut peut-être aider, n'était pas très à l'aise dans ses finances.
Quand Sainct-Ange reproche à Mascurat d'être « non-seulement mouchard, mais encore conseiller, émissaire, advocat,
factotum, secrétaire du cardinal, » Naudé lui fait répondre :
« Je voudrois que tu eusses menty toute ta vie, et que ce que
tu viens de dire fust véritabe ;l je ne serois pas affamé comme
un rat d'église, ou chargé d'argent comme un crapaud l'est de
plumes. » Le *Jugement de tout ce qui a été écrit contre Mazarin*, plus connu sous le nom de *Mascurat*, est un pamphlet fort
amusant contre tous les écrits connus sous le nom de *Mazarinades*. Une portion toute nouvelle du talent de Naudé s'y montre
à l'aise et presque à chaque page. C'est une plaisanterie attique,
un sarcasme de bon goût, une causticité sans amertume, qui
donne déjà idée de la manière de Pascal dans *les Provinciales*.
Il n'y a pas ici de basse flagornerie pour Mazarin ; s'il tait le
mal, au moins le bien qu'il avance est vrai. Il reconnaît plusieurs
des Mazarinades « composées avec addresse, ingénieusement
desguisées et proprement assaisonnées. » Il règne dans tout le
livre une critique si saine, une réserve si sage, que l'un des plus
acharnés ennemis du cardinal, Guy-Patin a dit : « Combien que
le sujet me déplaise, la lecture du livre ne laisse pas de m'être
fort agréable. » Il n'y a point d'ailleurs plus d'un sixième du
volume consacré à Mazarin. Ce sont à tout propos des digres-
sions savantes et pleines d'intérêt sur des questions d'art ou
d'histoire. Je recommande, entre autres choses, des détails curieux sur les dépenses de nos rois, et un excellent morceau sur

la poésie macaronique; l'histoire de ce genre de littérature y
est parfaitement traitée et avec une érudition supérieure. Le
Mascurat est un livre où l'on apprend toujours quelque chose
chaque fois qu'on l'ouvre. Ce qu'il y a de plus remarquable dans
ce pamphlet, c'est un sentiment plus vif et plus dégagé, quelque chose de moins chagrin et misanthropique que dans les
Coups d'état; on y remarque une allure franche et un peu ca-
valière. Les deux interlocuteurs mangent et boivent au plus
fort, ce qui ne les empêche pas de citer du grec et du latin à
toutes les phrases. Mascurat renvoie parfaitement la balle à
Sainct-Ange. Ce dernier a beau soutenir les pamphlétaires, il
faut qu'ils soient battus. Naudé, par la bouche de Mascurat, les
compare ingénieusement à différentes drogues que certaine
femme, dans Ausone, donna à son mari pour ne point faillir de
l'empoisonner; une seule l'eût tué, et toutes, se servant mu-
tuellement d'antidotes, n'eurent aucun effet. Autre part, il se
moque de ceux qui accusaient Mazarin d'être ignorant, parce
que lui-même en était convenu par modestie. « Donne-t-on,
dit-il, ses bottes à nettoyer à celuy-là qui se dit vostre très-
humble serviteur; et si on dit : Il n'y a rien céans qui ne soit à
vostre service, cela donne-t-il lieu d'emporter les meubles d'une
maison? Envoye-t-on à l'eschole le savant qui se dit ignorant? »
Naudé ne manque pas de profiter, pour la justification de son
maître, de ces déductions historiques que nous avons fait remarquer plusieurs fois déjà dans sa manière. Ainsi, comme on
reprochait à Mazarin d'avoir un singe qu'il mettait sur ses genoux, c'est tout à coup, et comme un flot qui déborde de l'antiquité : Épaminondas s'exerçant avec les garçons de la ville,
Scipion jouant à *cornichon va le long devant de la marine* avec
Lœlius, Agésilas montant à cheval sur un bâton pour faire rire
ses enfants, Jacques, roi de Chypre, s'amusant à dévider, Charles IX ferrant son cheval, Auguste caressant une caille, Alexandre agaçant de petits pourceaux, et Honorius portant une
poule. Écrivant plus tard, il n'eût pas manqué de parler de l'a-
raignée de Pélisson, et de Crébillon fumant au milieu de ses

chats et de ses chiens. Lorsqu'il s'agit des fautes de Mazarin, Naudé glisse adroitement vers un autre sujet, ou bien, comme à propos d'une défaite, il dit que c'est une pierre qui rencontra la faux, une épine au milieu d'un faisceau de lauriers, une ronce dans une gerbe dorée. Il y a d'ailleurs dans le *Mascurat* une grande liberté de pensée. On sent que la férule romaine ne menace plus sa main, et qu'il foule une terre où les pas de la liberté laissent leur empreinte. Tout le monde, selon lui, doit pouvoir parvenir à la puissance, et, comme il le dit crûment, tel peut souper cardinal qui n'avait dîné que d'un plat de tripes. Les bonnes plaisanteries et les portraits piquants ne manquent pas non plus dans le *Mascurat*. Il y en a même qui n'ont pas vieilli ; ceci, par exemple : « Le naturel du François est si inquiet, si insolent, si ambitieux, si entreprenant et si insatiable, que soudain qu'il a donné un coup de bonnet aux ministres, incontinent après qu'il leur a parlé, qu'il leur a dit ou fait dire qu'il étoit leur serviteur, il en veut estre payé, il veut qu'on lui donne tout ce qu'il demande, qu'on augmente ses pensions, qu'on fasse estat de ses recommandations ; en un mot, il est capable d'épuiser en un jour toutes les grâces que la cour peut faire en un an. » Ce côté ironique et quelquefois sentencieux, qu'on trouve pour la première fois dans le caractère de Naudé, marque chez lui une nouvelle phase ; il est un peu dégoûté du monde, et il sait la vie. Ni la nature avec son luxe de végétation, ni les passions du cœur avec leurs molles et fondantes extases, ni l'ambition avec ses rêves avides, ne peuvent plus le séduire dorénavant ; en fait de plaisirs, il s'est arrêté à des jouissances plus sûres et moins trompeuses, aux sévères jouissances de l'intelligence.

Quant à sa manière de procéder, en fait de style, elle est la même dans le *Mascurat* que dans ses autres écrits ; les citations, mieux choisies ici, mais aussi nombreuses et prises avec affectation dans des auteurs peu connus, envahissent souvent le texte, et se succèdent les unes aux autres et les unes par les autres, presque au hasard, sans goût et sans méthode. Naudé

avait déjà dit autre part : « J'ay bigarré mon langage de quelques sentences et autoritez latines sans les habiller à la françoise, puisqu'elles n'ont aucun besoin d'être entendues de la
populace. » Dans le *Mascurat*, il est moins fanfaron, et on voit
que l'Académie et l'hôtel Rambouillet avaient dû se moquer de
cet étalage de citations, de même que le petit comité philosophique de Gentilly riait en soupant des phrases de Balzac et
des autres beaux esprits. « Quand je cite tous ces bons auteurs,
dit Naudé, c'est sans affectation, c'est parce qu'ils me viennent
sub acumen calami, c'est parce qu'il m'est aussi séant de le
faire comme aux jeunes filles qui ont été voir de beaux jardins
de se parer de fleurs qu'elles ont cueillies. Mais quand j'ad-
uouerois que c'est mon mestier et celuy des autres pédants
comme moy de citer tous ces autheurs anciens et modernes,
lorsque le cas y eschet, le procès en seroit plustôt finy. » Au
temps de Naudé, la citation était un des éléments essentiels du
style, surtout chez les savants; au milieu de ces lambeaux pris
çà et là à toute l'antiquité, et recousus tant bien que mal à un
fond de langage français peu ferme encore, indécis dans sa
marche, la langue est comme tremblante et pleine d'hésitation,
sans mesure et sans arrêt : ce n'est plus le français de Rabelais, et ce n'est pas encore celui de Corneille. L'idiome est là
en travail et en fermentation pour produire la prose de Pascal
et de Bossuet, qui, plus tard, se transformera chez Voltaire,
puis chez Mirabeau. Outre que chaque génie, sans se faire pour
cela sa langue à lui, s'approprie un style et taille son langage
sur le patron de sa pensée, du jour où une langue s'arrête, on
peut le dire, cette langue meurt; car cette immobilité impliquerait qu'un peuple peut vivre et accomplir ses phases sans modifier ses formes. Or, qu'est le langage, sinon la forme, l'instrument de l'idée? Chez Naudé, il est peu facile de voir et de
saisir toutes ces transformations d'idiome, le style étant à chaque instant brisé et comme interrompu par les citations; l'art
se bornait alors à bien agencer tous ces fragmens, à faire une
gerbe de tous ces épis. Plus tard, au temps de Labruyère, il y

eut une vive réaction contre cette manière d'écrire; on ne regardait plus les savants, hors de leur bibliothèque, que comme
des inutilités impropres à tout. Le grand moraliste disait à ce
sujet : « Il y a maintenant une sorte de hardiesse à soutenir
devant certains esprits la honte de l'érudition. » On eût été mal
venu, en effet, à prodiguer la science littéraire dans les salons
de Louis XIV ou durant les promenades de Versailles, et il n'est
pas douteux que Naudé n'ait touché aux derniers écrivains qu'a-
vec son génie supérieur Labruyère caractérisait, en son chapitre *de la Chaire*, par ces mots : « Il y a moins d'un siècle qu'un
livre françois étoit un certain nombre de pages latines où l'on
découvroit quelques lignes et quelques mots en notre langue. »
Labruyère a dit aussi, en parlant des ouvrages de l'esprit :
« L'on écrit régulièrement depuis vingt années; l'on est esclave
de la construction, on a secoué le joug du latinisme, et réduit
le style à la phrase purement françoise. » Tout cela, comme on
voit, s'applique parfaitement à Naudé et à son école, à part les
restrictions personnelles de talent et les honorables travaux en
dehors du style.

Le bibliothécaire de Mazarin, pendant le séjour de douze années qu'il fit alors à Paris, ne publia guère d'ouvrage important
que le *Mascurat*. Je ne parlerai pas de ses épigrammes latines
imprimées en 1650. Ce sont des vers d'album qu'il avait composés à Rome pour les portraits de Barberin, de Paul Jove ou
de Galilée. Bien que ces poésies, malgré quelque finesse dans
la pensée et assez de délicatesse dans l'éloge, méritent en tout
l'oubli où elles dorment, on y trouve pourtant, à la fin du volume, une élégie touchante sur la mort du cardinal de Bagni.
Mais Naudé n'eut pas à jouir longtemps de ces distractions littéraires. La fortune de Mazarin s'éclipsa, et le parlement, par
une mesure peu digne de lui, voulut faire vendre cette bibliothèque qui avait coûté à Naudé tant de peines, tant de voyages.
Qu'on juge de l'indignation du savant bibliophile; son plus cher
enfant lui était cruellement enlevé. Il se raidit contre cette
tyrannie, et il adressa au parlement une supplique pleine de vi-

gueur et de mesure, où le respect a peine à contenir la colère.
Cette pièce est admirable d'héroïque résistance, et l'âme de
Naudé y est tout entière : *ab ungue leonem*. Il supplie noble-
ment et menace presque les conseillers du parlement : « Messei-
gneurs, leur dit-il, pouvez-vous endurer que cette belle fleur
qui respand désia son odeur par tout le monde se flétrisse entre
vos mains (1)? » Mais, par une singulière préoccupation de
haine personnelle, le parlement ne fit pas droit aux réclamations de Naudé, et l'écrivain pauvre et modeste s'imposa un sacrifice au-dessus de ses forces en rachetant pour 3,500 livres
tous les ouvrages de médecine de la bibliothèque du cardinal.
Heureusement le projet antinational du parlement n'eut pas
de suite (2).

Mais que deviendra Naudé? Plus de bibliothèque à ranger,
plus de livres à acheter. Que fera ce goinfre en fait de livres,
helluo librorum, comme l'appelle Niceron? D'ailleurs, ainsi qu'il
le dit lui-même, tout le monde à Paris le regardait de côté, sans
doute parce qu'il avait prêté sa plume à Mazarin. Il se décida
bientôt à quitter la France. Vossius le fit nommer bibliothécaire de Christine, et il partit pour la Suède en 1652 avec Bo-
chart, le ministre de Caen. Tout le monde sait le caractère de
Christine. On trouve dans le recueil des harangues qui lui furent adressées lors de son voyage en France, plusieurs portraits
d'elle fort ressemblants. « Elle a, y est-il dit, l'esprit porté aux
choses héroïques, surtout à la justice; mais elle est comme les
hommes agiles qui sont devenus paralytiques : ils peuvent dis-
courir et non agir. » On y voit encore qu'elle s'habillait à la ma-

(1) Cette pièce a été réimprimée dans l'ouvrage de M. Petit-Radel sur
les Bibliothèques.

(2) Voir le *Journal des Savants,* mars 1819, p. 172, article de M. Daunou. — Au dire de Vigneul-Marville (t. II, p. 296), Naudé aurait cédé ensuite sa bibliothèque au cardinal pour 10,000 livres, et il ajoute « qu'elle
valoit trois fois plus et qu'elle seroit lue trois fois moins. » On trouve à la
Bibliothèque du roi (mss. ancien fonds français 10292[2]) l'inventaire autographe des livres que Naudé avait à Rome.

nière des hommes dont elle avait toutes les façons; comme eux,
elle portait épée et perruque, et, pour comble, on lui reprochait
de jurer quelquefois et d'être fort libre en ses discours. Elle
entrait galamment en conversation, prenait la main aux hommes, et le premier venu de la cour était peut-être son intime
ami. Femme d'un esprit viril jusqu'au crime, selon l'énergique
expression de M. Villemain, elle passait tour à tour des décou-
vertes de Meibomius à la métaphysique de Descartes. Gassendi
la félicitait d'accomplir le vœu de Platon qui voulait des rois
philosophes, et, à propos de quelques calomnies, il lui disait :
« Vous marchez sur l'Olympe, bien au-dessus de la foudre. »
Extrême en tout, elle finit dans l'ascétisme les scènes tumultueuses de sa vie. Mme de Longueville disait d'elle : « On doit
espérer qu'elle sera une saincte, aussi bien qu'une héroïne. »
Avant qu'elle eût abdiqué le sceptre royal pour la science, elle
exerça sur la littérature une influence immense qu'il serait peut-
être assez curieux de caractériser. Toutes les illustrations intellectuelles se rendaient à sa cour, et Naudé n'hésita point quand
on lui proposa la bibliothèque de Stockholm. Il paraît, par une
de ses lettres, que le classement des livres lui demandait beaucoup de temps, et qu'il eût volontiers répondu à ceux qui venaient le troubler, comme Cujas, lorsqu'on lui parlait des matières n'ayant pas trait au droit : *Non attinet ad edictum prœ-
toris*. Mais le séjour de Naudé à la cour de Christine ne fut pas
long. Les folies du premier médecin Bourdelot ayant forcé la
plupart des Français à se retirer, Naudé ne voulut pas rester
seul, et demanda l'année suivante son congé, malgré les in-
stances de la reine. Guy-Patin, qui se sentait privé de la présence
d'un ami qui lui était devenu nécessaire, écrivait à cette occasion : « A quelque chose malheur est bon ; j'aime mieux qu'il
soit ici. Tout le Nord ne vaut pas ce grand personnage. » Naudé
reprit donc le chemin de la France; mais Guy-Patin ne devait
plus le revoir, car il fut saisi, à son passage à Abbeville, d'une
fièvre continue avec assoupissement qui l'enleva le 29 juillet
1653. Son corps fut présenté à l'église Saint-George et inhumé

dans la nef. Ainsi mourut l'homme le plus remarquable peut-
être de ces érudits littéraires de la famille de Dupuy, de La-
monnoye, de Ménage et de Leduchat, dont la race est à peu
près perdue de notre temps. Gassendi pleura beaucoup cet ami
si complaisant, si sage, si respecté, qu'on consultait toujours
pour les publications littéraires. Malgré ces regrets, il faut que
la mémoire de Naudé ait, en ce temps même, été calomniée par
l'envie. On trouve ce passage dans les lettres de Guy-Patin à
Spon : « Il n'y a pas encore de bibliothécaire de Mazarin. C'est
un nommé Poterie qui y servait sous feu M. Naudé, mais qui
ne l'espère pas. C'est un fripon qui a rendu de très-mauvais
services à notre bon ami après sa mort, ou au moins qui a tâché. Mais l'innocence de sa vie et de ses mœurs l'a jusqu'à présent très-bien défendu des calomnies de ce pendard. » Sans
doute, les clameurs de la haine se turent bientôt, car la justice
commence pour les hommes lorsque la tombe les recouvre.

BOISROBERT.[1]

La généalogie de Boisrobert n'est pas dans le père Anselme, et eût fort scandalisé d'Hozier; mais après tout on a accepté bien des assertions de noblesse aussi contestables, et, en indulgent biographe, je ne dois faire aucune objection. Le Metel de Boisrobert descendait donc de la famille consulaire des Metellus. Tallemant observe que ce ne pouvait être toutefois de Metellus Pius, et je suis assez de son avis, car Boisrobert n'était pas plus préoccupé des *matières de bréviaire* que frère Jean des Entommeures, et Rabelais l'eût admis sans conteste au réfectoire de l'abbaye de Thélème. Sans doute il n'y avait dans l'origine que Le Metel donnait, en plaisantant, à son nom, qu'une épigramme contre les généalogistes et les faiseurs d'étymologie, et il ne prenait pas cela au sérieux comme avaient fait les Scaliger avec leurs princes de Vérone; mais ce lui fut cependant l'occasion de bien des rapprochements flatteurs, de bien des complimenteuses allusions. Balzac, par exemple, citant le premier vers du second livre des odes d'Horace, en détourne adroitement le sens pour cajoler le poëte domestique de Richelieu, et le mettre sans façon

(1) Voir *Revue de Paris*, 1er septembre 1839.

au-dessus du vieux Romain. Il est vrai que Metellus n'eût pas été une recommandation très-influente auprès de Son Éminence, et, en homme bien appris, Balzac devait compter pour quelque chose cette infériorité du sénateur antique.

Comme nous n'avons pas les mêmes raisons d'immoler au complaisant du cardinal un Latin illustre, et qu'il est parfaitement inutile de le sacrifier lui-même en holocauste devant les dieux lares de la grande famille des Metellus, on nous permettra de passer outre, et de dire tout simplement que François Le Metel de Boisrobert avait vu le jour à Caen vers 1592. Son père, qui était de robe et huguenot, devint procureur de la cour des aides de Rouen, et c'est au barreau de cette ville que le jeune Boisrobert débuta, dans les années même où Corneille, plus jeune, faisait ses études chez les jésuites. Il avait déjà le goût des vers, et mettait, en 1616, un mauvais sonnet en tête du recueil de sermons du père Martin Lenoir, intitulé : *l'Uranoplée*. Ce n'étaient là que des rimes fort innocentes; mais le poëte ne se bornait pas au culte naïf des Muses, et je ne sais quelle affaire scabreuse de séduction le força de quitter la Normandie et de chercher fortune ailleurs. Le vieux cardinal Du Perron, qui, toujours tuteur officieux des jeunes poëtes, allait terminer, en 1618, une carrière singulièrement remplie de galanteries, d'intrigues et de controverses, paraît avoir été le premier patron littéraire de Boisrobert. Je ne veux pas dire que Du Perron fut un *grand fourbe*, comme l'appelle Guy-Patin; mais le jeune échappé du barreau de Rouen profita singulièrement des traditions faciles et de la morale plus que relâchée de son vieux protecteur. Du Perron avait dû son chapeau de cardinal à ses complaisances pour Gabrielle d'Estrées; Boisrobert obtiendra des abbayes en amusant Richelieu durant ses heures perdues, à la manière de Triboulet ou du nain Patch de Henri VIII. Ce sera enfin un abbé courtisan et libertin, rimant au besoin des vers galants, et racontant à l'avenant des anecdotes graveleuses, comme avaient fait Mellin de Saint-Gelais et Desportes au XVIᵉ siècle, comme fera encore Voisenon au XVIIIᵉ.

Après la mort de Du Perron, qu'il avait eu à peine le temps de connaître, Boisrobert fut produit chez la reine-mère, et l'accompagna dans sa fuite à Blois. Mais dès l'abord il n'eut point là grand crédit, et quelques vers insérés dans les recueils du temps ne suffirent pas à le tirer avec éclat de l'obscurité des débuts. Aussi fut-il longtemps réduit aux expédients pécuniaires, à demander aux grands seigneurs pour sa bibliothèque des livres qu'il vendait ensuite. Sorel s'en est souvenu dans son roman de *Francion;* seulement il a mis l'anecdote sous le couvert d'un musicien. Cette position précaire et inquiète dura longtemps pour Boisrobert, qui, fidèle aux souvenirs des mignons de la cour de Henri III, *beau gars* et bien fait de corps lui-même, se plaisait mieux dans l'antichambre avec les pages qu'au salon avec les grandes dames. En 1625 cependant, il était déjà plus en faveur dans le haut monde; il accompagne alors M. et Mᵐᵉ de Chevreuse à Londres pour le mariage de la princesse Henriette avec Charles Iᵉʳ, et, jouant à l'avance son personnage, il achète quatre haquenées, sans doute à l'aide des trois cents jacobus que lui avait donnés le roi d'Angleterre. A son retour en France, il fut bientôt un plaisant à la mode, fréquentant les compagnies les plus agréables, et recherché pour le charme merveilleux de sa conversation. Il déclamait bien, avait le geste beau, et contrefaisait à s'y méprendre la manière de parler de ceux qu'il fréquentait. Comme il était parfaitement renseigné sur la chronique scandaleuse de Paris et qu'il réussissait mieux que personne à bien dire le conte (1), Boisrobert fit les délices des ruelles, non pas comme Voiture, par les grâces coquettes du langage et les fades raffinements de la galanterie, mais par les bons mots, les anecdotes et le gros rire. Cela pouvait ne pas plaire à la pruderie de l'hôtel Rambouillet où l'on trouvait sans doute que le protégé de la reine-mère se souvenait trop de Panurge et des cuisines dont parle Régnier; mais Boisrobert était spirituel et courtisan

_____

(1) Somaize, *Grand Dictionnaire historique des Précieuses*, 1ʳᵉ partie. p. 61. — *Ménagiana*, t. I, p. 22.

I.   25

habile, deux qualités excellentes pour se faire pardonner bien des choses et pour réussir. Il sauvait d'ailleurs ses plaisanteries grivoises par des compliments exagérés, et au besoin la charmante Mme Des Loges, dont Voiture entre autres eut les bonnes grâces, aurait défendu, au *cabinet bleu*, la réputation d'homme bien élevé que risquait souvent Boisrobert. La lettre qu'il lui adressa, en 1627, dans le recueil de Faret (1), est pleine de flat-teries exquises et de madrigaux du dernier bon ton, qui eussent suffi à faire oublier ce caractère de diseur cynique, sachant à fond tous les récits obscènes du xvie siècle, les contes de Marguerite de Navarre, de Desperriers, de Verville et de Bouchet. L a lettre de Mme Des Loges était d'ailleurs accompagnée d'au très épîtres galantes à sept ou huit maîtresses idéales, com he Climène, Florice, Carinte, Lisimène, Crisente; ce qui devait nécessairement donner au poëte un caractère délicieux de fadeur amoureuse. Boisrobert pouvait donc se laisser aller quelquefois aux propos de mauvais goût; il pouvait boire la nuit avec Vaugelas chez le baron de Baume, recevoir de Balzac des lettres où il s'agissait d'indispositions très-peu chrétiennes, et se laisser enfin écrire par le goinfre Saint-Amant, dans sa *Gazette du Pont-Neuf :*

...... J'aurai l'honneur, cher ami,
De voir si tu bois point à gauche
Et si tu fais bien la débauche,
Car c'est l'unique passe-temps
Où tous mes désirs soient contents.

Comment le beau monde n'eût-il pas pardonné tout ceci à l'homme qui, à propos des yeux louches de sa Lysimène, savait dire : « Je voudrais que ma fortune allât de travers, tant les choses de cette nature me sont agréables? » Certes, avec une aussi belle imaginative, Boisrobert devait faire très-vite son chemin. Quelques contes, quelques madrigaux encore, et il sera le

(1) Paris, 1627, in-4, p. 193 à 272.

bouffon lettré de Richelieu, le protecteur des écrivains, le fondateur de l'Académie.

En attendant, afin de flatter Marie de Médicis, Boisrobert dédia à cette princesse un petit volume de *Paraphrases des Psaumes*, où il proteste de son attachement pour une personne dont il suit assidûment, depuis neuf années, les actions et la fortune. Cette traduction poétique, dans laquelle la grâce et la facilité des vers ne sauvent pas l'absence complète d'inspiration et de verve, n'était sincère ni par l'intention religieuse, ni par l'intention politique. Sur le chapitre de la foi, le poëte ne ment pas et convient qu'il ne peut, pour sa part, s'élever aux repentirs pieux et aux désespoirs admirables de ce David, qu'il concevait bien plutôt, je pense, avec ses déportements et son amour pour Bethsabée, que la lyre de la désolation à la main. Mais, si Boisrobert est franc sur ce point et ne cherche pas trop à concilier la Bible avec Ninon de l'Enclos, les pages de la reine-mère et les verres pleins de Saint-Amant, il est plus dissimulé à l'égard de Marie de Médicis, qu'il flatte outre mesure et qu'il abandonnera bientôt pour le puissant persécuteur de cette reine, dès que Richelieu sera le plus fort. Tallemant avait bien raison de dire que la maladie de Boisrobert était incurable. On ne guérit pas de la lâcheté de cour.

En publiant, en 1629, l'*Histoire indienne d'Anaxandre et d'Orasie*, Boisrobert reprit son vrai caractère d'écrivain mondain, aux libres allures. Sa dédicace à Mme d'Effiat est pleine de galanteries et de révérences cherchées. Le soleil, comme toujours, joue un grand rôle dans ces compliments, mais les rayons dorés du levant brillent ici avec tout l'éblouissement de la lumière orientale. Les princes de Boisrobert ont toujours, dans leur pays, adoré l'aurore, et, retrouvant en France l'astre naissant des beautés de Mme d'Effiat, ils ne croiront pas avoir changé de pays. Quant à cette adorable déité elle-même, les rubis de l'Inde ne la pourront éblouir, puisque chaque jour elle voit de plus étincelantes choses en son miroir. Balzac, séduit par ces belles imaginations, par cette richesse coquette de style, mit en tête du livre une préface louangeuse, une espèce d'enseigne avec certificat de génie en bonne et due forme. L'auteur y est proclamé un des plus agréables menteurs qui soient au monde; son ouvrage est un chef-d'œuvre plein de violentes émotions, et écrit dans la vraie langue de cour, tandis que la plupart des autres romans ne sont que des Héliodores déguisés, des enfans dégénérés de la lignée de *Théagène*. Une préface de Balzac, un diplôme d'écrivain octroyé avec tant de solennité, autorisaient Boisrobert à bien parler de lui-même. Aussi l'avertissement de l'*Anaxandre* contient-il une théorie du roman dans laquelle, établissant la supériorité de ces sortes de compositions sur l'histoire, il se donne des semblants d'érudition arabe, et annonce le dessein d'introduire la réalité historique dans son livre. Par malheur, on était loin encore de Walter Scott, et on ne trouve trace de ces magnifiques projets littéraires que dans l'avis au lecteur. Rien de plus confus, de plus ennuyeux que cette rapsodie sans intérêt. Il s'agit d'une princesse qui reçoit de son frère mourant la prière d'épouser un chevalier accompli, fils d'un grand roi, déguisé sous un faux nom, et à qui elle doit d'autant plus de reconnaissance, qu'il défend contre de nombreux ennemis les états de son père. Le chevalier se jette à travers tous les hasards pour l'attendrir; mais, comme d'habitude, ce n'est pas le plus méritant qui est le plus aimé. Il n'y a dans tout ceci aucune étude de sentiments vrais, aucune délicatesse réelle d'observation, mais beaucoup de fracas, de bûchers, de brahmines, de fadaises chevaleresques, de grands airs et de fausses passions. L'*Anaxandre* enfin a tous les défauts de l'*Astrée*, sans avoir aucune des qualités de *la Princesse de Clèves*.

Boisrobert partit pour Rome la même année que Gabriel Naudé, en 1630. Je ne sais si l'auteur dissipé et volage y rencontra le spirituel et savant bibliothécaire; mais ce séjour dans la cité éternelle eut pour tous les deux de fâcheux résultats moraux. Naudé y écrivit l'apologie de la Saint-Barthélemy, Boisrobert en revint avec des habitudes de plat courtisan et des

mœurs italiennes invétérées. En arrivant à Rome, cependant,
par une velléité d'indépendance, il enfonça lestement son chapeau sur ses yeux devant le cardinal Scaglia qui ne l'avait point
salué; mais ce ne fut là qu'une boutade de début, et Boisrobert
se familiarisa vite chez les grands d'Italie avec cette vie subal-
terne de diseur de bons mots sans conséquence qui feront les
délices de Richelieu. Sa réputation de bel esprit, de conteur
habile, l'avait devancé à Rome, et lui attira les faveurs d'Urbain VIII, dont il reste un volume de poésies latines assez curieuses (1). Le pontife lui offrit le prieuré de Nozay au diocèse
de Nantes, et, bien que ce bénéfice ne valût que 170 livres, il
séduisit Boirobert, qui, voyant là, comme il dit, *le levain de sa
fortune*, se hâta de prendre la tonsure. De même que Rabelais
avait amusé Paul III, Boisrobert plut à Urbain VIII, et, comme
il le dit lui-même,

> Je n'aurais eu sans lui crosse ni mitre;
> L'épée encore, en toute sûreté,
> Dans son fourreau pendrait à mon côté,
> S'il ne m'eût pas inspiré la pensée
> De la soutane en trois jours endossée.

A son retour en France, Boisrobert prit les ordres, et cela fit
dire que la prêtrise en sa personne était comme la farine aux
bouffons, qu'elle servait à le rendre plus plaisant. On lui donna
néanmoins un canonicat à Rouen. Il avait alors quarante-un
ans; mais sa conduite déréglée donna, pour ses nouvelles fonctions, de graves inquiétudes à ses amis. Balzac prit à peine un
instant sa conversion au sérieux. S'il écrit dès l'abord à Boisrobert qu'il espère de lui autant d'homélies qu'il avait eu naguère de sonnets, et que Sion et Siloé ont remplacé le Per-
messe et le Parnasse; s'il lui conseille de ne pas oublier, par
amour pour la théologie, ses affaires temporelles et le soin de
sa fortune, il ne tarde guère à lui donner d'utiles conseils dans

---

(1) Sous le titre de *Maphœi Barberini Poemata*. Antuerpiæ, 1634, in-4.

ses lettres, à le détourner avec réserve des agréables tentations.
Chapelain, qui savait Boisrobert fragile, redoutait bien plus encore le contraste des mœurs du poëte et des dignités du chanoine. Aussi ses avis sont-ils sévères; il conseille à son ami de
vivre avec retenue, d'éviter la familiarité des femmes, et de ne
rien chanter que des psaumes ou des leçons. Je doute que Boisrobert ait été très-attentif à ces remontrances, et je crois volontiers son propre témoignage en un moment de dégoût :

> .... Je ne gagne pas la maille,
> Si dans le chœur je ne travaille;
> Et pourtant jamais je ne dis
> *Libera* ni *De profundis.*
> S'il faut parfois que je soutienne
> Ou le répons ou bien l'antienne,
> Je n'en saurais venir à bout,
> Je mets le désordre partout.

C'était donc un *beau débrideur* de messes, faisant gras pendant le carême, jurant horriblement au jeu, c'est-à-dire toute
la journée, un de ces prélats enfin, comme disait Conrart,
qui, au lieu de lire leur bréviaire, jouent des bénéfices au
trictrac.

Ménage raconte que Boisrobert haïssait tant la solitude, que,
quand le monde ne lui paraissait pas suffisant, il faisait monter
les laquais. Le séjour de la province devait donc déplaire singulièrement à cet amateur consommé des ruelles et des belles
compagnies. Aussi le retrouvons-nous bientôt à Paris dans les
antichambres de Richelieu, implorant comme Lazare les miettes
de la table du maître. Le cardinal lui fut peu favorable d'abord,
peut-être à cause de la protection que lui avait accordée la
reine-mère, alors en exil. Mais son éminence prit bientôt un tel
plaisir à la conversation de Boisrobert, que le poëte ne tarda pas
à devenir le familier du ministre, et à avoir l'emploi officiel de
raconter à Richelieu, en ses heures perdues, les nouvelles de la
cour et de la ville, de lui lire des vers, de l'amuser par des bons

mots, par des plaisanteries de toute espèce. Tantôt c'est une
abbaye de *Crâne-Étroit* qu'il suppose vacante, et qu'il fait sérieusement demander par un prieur; tantôt c'est une médisance
de ruelle ou une anecdote de cabaret. Les lazzi de Boisrobert
devinrent indispensables à la gaieté du cardinal, qui emmenait
son bouffon partout, à la cour, à Ruel, à l'armée, dans tous ses
voyages. Le médecin Citois mêlait toujours quelques grains de
Boisrobert à ses ordonnances pour la santé de Richelieu, et je
ne sais quel provincial, dédiant son livre au poëte, l'appelait le
favori de campagne de son éminence.

C'était aussi quelquefois son favori de ville et d'intrigue. Je
ne sais si, comme le dit Gombauld, il acquérait à son maître
« autant de serviteurs qu'il en entretenait de personnes; » mais
il paraît que Boisrobert fut, à certains moments, un instrument
utile et influent sous la main de Richelieu. En plaçant, par
exemple, son ami Faret comme secrétaire chez le comte d'Harcourt, il réussit à attacher ce membre de la famille de Lorraine
à la personne du cardinal, et à brouiller ainsi une maison dont
le ministre avait à redouter les puissantes intrigues. Boisrobert
ne gagna pas toujours à se mêler de la sorte des affaires de son
maître, et le bouffon reçut quelquefois des horions, comme
Sancho à la suite de don Quichotte. Seulement Richelieu ne
ressemblait en rien au héros de la Manche, et je n'applique la
similitude qu'à Boisrobert. Quand Bassompierre eut perdu la
liberté par ordre du cardinal, son secrétaire Malleville, l'académicien, écrivit contre l'abbé de Châtillon ce rondeau exquis
qu'il faut citer, et que j'allais oublier, sans l'amicale obligeance
et l'inépuisable érudition de Charles Nodier :

> Coiffé d'un froc bien raffiné
> Et revêtu d'un doyenné,
> Qui lui rapporte de quoi frire,
> Frère René devient messire
> Et vit comme un déterminé.
>
> Un prélat riche et fortuné,

> Sous un bonnet enluminé,
> En est, s'il le faut ainsi dire,
>> Coiffé.

> Ce n'est pas que frère René
> D'aucun mérite soit orné,
> Qu'il soit docte ou qu'il sache écrire,
> Ou qu'il dise le mot pour rire,
> Mais c'est seulement qu'il est né
>> Coiffé.

C'est sans doute à Malleville ou à quelque autre malin satirique, que Boisrobert répondit par ce rondeau qui respire
l'amertume d'un poëte blessé en son amour-propre, et d'un
homme puissant raillé dans sa puissance même :

> Petit auteur qui me provoques,
> Petit poëte de bibus,
> Qui, dedans certaines bicoques,
> Parmi des sabots et des toques,
> Passes pour un petit Phébus,

> Débite ailleurs tes équivoques,
> Tes quolibets et tes rébus;
> Car pour les vers tu les escroques,
>> Petit auteur (1)...

Heureusement Malleville n'était pas le grand Frédéric, et
Boisrobert n'était point le cardinal de Bernis; autrement la paix
de l'Europe n'eût pas été troublée seulement par les légitimes
ambitions de Richelieu.

Huet parle quelque part de *la niaiserie affectée, familière à
ceux de Caen* et que possédait merveilleusement Boisrobert;
c'est ce qui, avec son esprit de réplique et son talent de conter,
amena sa brillante fortune. Auprès de lui on oubliait les heures,

---

(1) *Nouveau Recueil de divers Rondeaux*, Paris, Courbé, 1650, in-12,
t. 1, p. 87 et 67.

et, dans les immenses préoccupations de son génie politique,
Richelieu avait quelquefois besoin d'oublier. La protection ouverte du ministre étendit beaucoup les relations de Boisrobert;
Gombauld, Benserade, Corneille, Pellisson, Mlle de Scudery,
Scarron, Brebeuf, Chapelain, Esprit et Ménage recherchèrent et
obtinrent son amitié. Les belles dames lui ouvrirent de plus en
plus leurs ruelles, et il vécut dans la spirituelle et charmante
intimité des Motteville, des La Suze et des Longueville, de cette
génération aimable qui laissait deviner dans un avenir prochain
Mme de Sévigné et Mme de Maintenon. Somaize, en son *Grand
Dictionnaire historique des Précieuses*, désigne Boisrobert sous
le nom de *Barsamon*, et parle longuement de sa liaison avec
Bélinde, c'est-à-dire la comtesse de Brancas, dont il fut le confi-
dent, surtout *en ce qui concernait la préciosité*. Le luxe de
l'hôtel de Mme de Brancas, situé dans le quartier Saint-Honoré,
la réputation de son faste et de son nom, son goût effréné pour
le jeu et les modes nouvelles, les présents considérables qu'elle
faisait à ses amis, la bonne grâce qu'elle mettait à servir les
siens quand on la prenait dans son humeur obligeante, la devise d'un vaisseau à l'ancre et loin des tempêtes, que sa grande
fortune l'autorisait à prendre, tout cela devait plaire singulièrement à Boisrobert, lequel aimait la bonne chère, les belles
conversations et surtout les faveurs durables.

Boisrobert, on le sait, fut un des cinq auteurs qui travaillè-
rent au théâtre avec le cardinal ; mais je réserverai pour l'étude
de Richelieu, comme écrivain, les détails qui sur ce point pourraient se rapporter à notre abbé ; Boisrobert, d'ailleurs, a laissé,
pour son propre compte, dix-huit pièces de théâtre qui certes
nous suffiront. La première, *Pyrandre et Lysimène*, fut jouée
en 1633. C'est l'histoire d'un jeune homme qui, recevant un
rendez-vous d'une grande dame (il s'agit toujours de grandes
dames, comme dans Scudery), au moment même où il a une
maîtresse qu'il aime et qu'il ne veut pas tromper, envoie à sa
place l'un de ses plus chers amis. Cet ami est découvert, mais,
comme il s'échappe sans être reconnu, la dame, qui est de haut

lieu, fait arrêter son jeune homme, et on va le mener au supplice, quand le vrai coupable se montre : *me, me adsum qui feci.*
C'est Nisus et Euryale dans les limites d'une aventure ridicule.

Les caractères des personnages de Boisrobert se révèlent déjà
dans cette pièce tels qu'ils seront dans tout son théâtre ; l'enflure espagnole, les sentiments ampoulés, s'y mêlent aux choses
les plus triviales, aux plus prosaïques détails. Comme il ne faut
chercher nulle part, dans l'art dramatique du règne de Louis XIII,
l'observation exacte des temps et des lieux, je passe volontiers
à Boisrobert les rois de Thrace et d'Albanie, jaloux comme des
jeunes seigneurs de Séville, amoureux comme des bergers italiens, et n'entrant au logis des belles qu'avec des passe-partout
et des échelles de corde. Ces invraisemblances sont le seul rapport
du théâtre de Boisrobert et du théâtre de Scudery. C'est une
exception et un simple souvenir quand chez le favori de Richelieu les héros se promettent comme un bonheur de se réunir dans
le ciel, ou quand ils se reprochent de ne pas faire l'amour selon
les règles des romans. Les femmes de Scudery ont de grands airs,
se plaisent aux sentiments raffinés, aux cruautés de cœur, au joug
respectueux d'une passion pure et soumise ; elles sont encore
du moyen âge, et gardent quelque peu la sévérité de certaines
châtelaines des chansons de geste. Les femmes de Boisrobert
au contraire ont les mœurs faciles ; elles descendent de ces belles
personnes qui embrassaient Alain Chartier endormi, et qui voulaient fouetter l'auteur du *Roman de la Rose ;* elles sont de la
famille des demoiselles d'honneur de Catherine de Médicis, des
dames de Brantôme, des héroïnes de Boccace et de Marguerite
de Navarre ; elles datent enfin d'avant *l'Astrée,* et eussent été
volontiers de la compagnie de Marot et de l'abbé de Tyron, récitant quelque passage du *Pantagruel* et du *Moyen de parvenir.*
En un mot, les héroïnes de Scudery vivent à l'hôtel de Rambouillet, celles de Boisrobert dans l'alcôve de Ninon. Elles s'at-
tendrissent et tutoient à première vue, attendent leurs amants
sans autre lumière que celle de l'amour, leur donnent au besoin trois cents pistoles, dissertent sur la taille bien prise des

hommes qu'elles voient, comme Ninon sur les blonds et les bruns, baisent les lettres qu'on leur remet, détestent *les céré-monies* et les amants transis, et donnent enfin des rendez-vous, au bout de cinq minutes, avec cette formule :

— A quelle heure? — A minuit. — Viens donc, je t'y convie. — Adieu, mon âme. — Adieu, lumière de ma vie.

Les amants, comme on peut croire, sont plus lestes encore dans leurs procédés. Aimables mauvais sujets, ils suivent toutes les modes, achètent leurs nœuds de rubans au Palais, portent des gants *à la Fronde*, font le soir le tour de l'île Notre-Dame(1), ce qui était du dernier élégant, ont des démêlés avec la justice, fabriquent de fausses lettres, empruntent à dix pour cent, paient les intérêts d'avance, se perdent de débauche, et, comme dit crûment Boisrobert, engagent au démon *leur âme et leurs tripes.* Les mœurs et les habitudes de la scène répondent à ces caractères ; les balcons ne s'ouvrent point au son des sérénades, mais à un signal donné en toussant, avec recommandation de parler bas, de peur de surprise. En attendant, les héros se pro-mènent contre les murs avec inquiétude, de crainte qu'une main indiscrète ne laisse tomber sur eux autre chose qu'un billet d'amour. Les infidélités d'ailleurs s'excusent le mieux du monde des deux parts :

Tout inconstant qu'il est, sans lui je ne puis vivre,

dit une femme trompée. Mais tout se pardonne vite, et se passe dans la plus large sphère des amours faciles. C'est tout un monde de plaisirs et d'espiègleries érotiques, malgré de fréquentes velléités sentimentales et chevaleresques. On est toujours au jeu ou à côté de sa maîtresse. Le rôle des pères n'est pas plus édifiant : ils sont sots, maussades, et se font duper par leurs valets ou leurs filles amoureuses. La confidente a déjà quelque

(1) L'île Saint-Louis avait alors ce nom.

chose de l'esprit aiguisé de la soubrette de Dancourt; les laquais
sont déjà fripons comme dans Le Sage, et on vit le plus souvent
au milieu de gens sans moralité, gourmands et voleurs, qui
parlent argot, disent *bronché* pour *pendu*, séduisent les filles,
déjeunent du nez à l'étal des rôtisseurs, et boivent, pour se
consoler, des pintes de gros vin au cabaret, comme dans la
Repue franche, de Villon. C'est là le côté original du talent de
Boisrobert, c'est là seulement qu'il arrive quelquefois à cette
gaieté crue, franche et sans vergogne, qui choque souvent dans
Viaud et Saint-Amant, qui répugne dans d'Assoucy, mais qui
n'était, à le bien prendre, que le légitime et goguenard héritage
de cette verve incisive, de cette liberté mordante de l'esprit
français que *le Roman de Renart* et les trouvères avaient légué
au xvie siècle, et qui, dégagé de ses grossièretés, allait arriver
à sa perfection dans le génie de Molière et sous la plume acérée
et vive de Voltaire.

Cette manière leste distrayait Richelieu. Quand le cardinal
ne songeait plus à la gloire de l'état, à l'unité de la monarchie,
à l'abaissement de la maison d'Autriche, à l'organisation de la
France; quand ce haut et puissant génie, si ferme en ses vo-
lontés, si élevé dans ses desseins, si tenace dans leur exécution,
se repliait sur les loisirs et les distractions de la vie intérieure,
oubliant un instant les destinées de l'Europe qu'il tenait entre
ses mains, Boisrobert était son passe-temps le plus cher. Cela
le reposait du père Joseph. Son éminence avait, il est vrai, d'autres distractions encore; l'oratorien Du Laurens lui lisait des
notes prises dans les écrivains de l'antiquité ou dans les pères
sur des sujets indiqués; Bourzeys lui communiquait les livres
de controverse écrits pour lui; enfin il causait de théâtre avec
Desmarets, ou faisait débiter quelque sermon grotesque à l'é-
vèque de Lavaur, Raconis. Mais, pour Richelieu, ces gens-là ne
valaient pas le bon *Le Bois*, comme il disait familièrement. Les
vérités, les hardiesses même que glissait Boisrobert sous le
couvert de la plaisanterie, et qui n'étaient permises qu'à lui,
charmaient le cardinal, fatigué sans doute des compliments, et

prenant plaisir, par contraste, aux lazzi piquants de son bouffon. Faut-il conclure de tout ceci que la vie de Richelieu ne fut pas grave, et voir le prélude des folies de la Fronde dans le gouvernement sévère de l'homme d'état qui a donné une place glorieuse à la France dans la guerre de trente ans, qui a préparé la grandeur de la royauté et l'avénement du tiers-état, qui a vaincu l'esprit de révolte et de désorganisation du protestantisme par la prise de La Rochelle? Je ne le pense pas. Autant vaudrait donner Henri IV pour un roi fainéant, parce qu'il jouait des heures entières avec ses petits enfants, ou Louis XIV pour un saltimbanque, parce qu'il a dansé des menuets. Boisrobert fut un caprice de Richelieu, une distraction de grand homme, et comme notre siècle moderne procède autant du ministre de Louis XIII que de Louis XIV et de Napoléon, comme Richelieu, en définitive, est un des plus grands politiques qui aient jamais imposé leur pensée au monde, il se trouve que Boisrobert est sûr de rester dans l'histoire à côté de son protecteur, sinon comme Virgile auprès de Mécène, au moins comme Triboulet au pied du trône de François Ier. Tant que l'Académie française vivra, Le Metel de Boisrobert, qui a eu la première idée de la fondation de ce corps, aura d'ailleurs quelque droit à un bienveillant souvenir.

Pellisson raconte au long l'influence de Boisrobert sur les premiers temps de l'Académie; admis aux réunions qui avaient lieu chez Conrart, il en parla au cardinal et songea à faire donner un caractère officiel à ces assemblées poétiques. Le conseil, suivi avec empressement par Richelieu, occasionna bien des voyages de Ruel, de la part de Boisrobert, qui fut le principal négociateur de l'affaire. Ce fut toute une diplomatie littéraire, dont nous devrons plus tard redire l'histoire. Bien que l'Académie se réunît, dans les premiers temps, chez Boisrobert, l'abbé, en épicurien sceptique, ne montra jamais à cet endroit de faux enthousiasme. En une maligne épître à Balzac, il a même plus tard raillé spirituellement, et dans des vers bien tournés, la lenteur de l'illustre compagnie :

.... L'Académie est comme un vrai chapitre;
Chacun à part promet d'y faire bien,
Mais tous ensemble ils ne tiennent plus rien,
Mais tous ensemble ils ne font rien qui vaille.
Depuis six ans dessus l'F on travaille,
Et le destin m'aurait bien obligé
S'il m'avait dit : Tu vivras jusqu'au G.

La gravité même de l'Académie lui paraît suspecte, et, insinuant
méchamment qu'on ne s'y occupait alors que de sornettes et de
frivolités, il ajoute :

Voilà comment nous nous divertissons
En beaux discours, en sonnets, en chansons,
Et la nuit vient qu'à peine on a su faire
Le tiers d'un mot pour le vocabulaire.
J'en ai vu tel aux Avents commencé,
Qui vers les Rois n'était guère avancé.

L'époque de la fondation de l'Académie fut aussi celle de la
plus grande faveur de Boisrobert, qui ne négligeait aucun
moyen de flatter son maître, et qui publia, en cette même année 1635, deux recueils : le *Parnasse royal* et le *Sacrifice des
Muses*, l'un à la louange de Louis XIII, l'autre en l'honneur du
cardinal. Ce sont des odes latines et françaises de la plupart des
poëtes du temps, sur le roi et sur le ministre. Boisrobert y
était entré pour une bonne part, avait mis les dédicaces, sur-
veillé l'impression et renchéri sur les louanges les plus merveilleuses. Ces publications mirent le comble à la fortune de l'abbé,
qui songea aussi aux autres, et rendit dès lors une foule de
services de toute sorte aux écrivains malheureux, aux poëtes
qui avaient besoin d'être bien en cour. C'est ainsi qu'il fit entrer
à l'Académie plusieurs médiocrités, des *passe-volants*, pour
parler le langage d'alors, parce que cela donnait une pension.
On les nommait *les enfants de la pitié de Boisrobert*. Le favori
de son éminence était d'ailleurs d'une aménité parfaite dans les
rapports et ne gardait aucune rancune. S'il montra quelque

pique contre Desmarets, son rival sérieux pour le théâtre, auprès du cardinal, il fit avoir deux cents écus par an à Mairet qui
mourait de faim et qui avait bafoué ses pièces. Mairet se jeta à
ses genoux, et, par une discrétion délicate, Boisrobert lui laissa
entendre qu'il était redevable à d'autres qu'à lui de ce secours.
Le vieux Maynard remercia aussi Boisrobert de ses services, et
lui dit que, sans son inclination obligeante, il serait parti de ce
monde « sans avoir vu la bonne fortune que dans les affaires
d'autrui (1). » Peut-être, toutefois, le poëte-abbé aimait-il un
peu trop à parler de ses complaisances et à les célébrer lui-
même au besoin. Ainsi, sous Mazarin, pour se consoler de ses
disgrâces, il dira, à propos de Richelieu :

> J'en eus des faveurs singulières
> Aux heures les plus familières;
> J'en répandis sur maint auteur,
> Et me fis le solliciteur
> Des pauvres muses affligées.

Malgré sa prévenance, Boisrobert se donnait quelquefois des
tons de grand seigneur; sous le prétexte qu'une *sujétion illustre*
ne lui laissait pas assez de liberté pour rendre ses devoirs à tous
ses amis, il se reposait impertinemment sur le bonhomme Chapelain du soin de répondre aux lettres. D'autres fois, l'urbanité
l'emportait, et il se confondait alors en éloges exagérés. Ainsi,
intervenant dans la querelle du *Cid*, pour obtenir le silence des
combattants, il louait Mairet sans façon aux dépens du grand
poëte, lui disant qu'il avait suffisamment puni le pauvre M. Corneille de ses vanités, et que les faibles défenses de cet auteur
ne demandaient pas des armes si fortes et si pénétrantes que
les siennes (2). La faveur et la puissance donnaient plus de prix
encore à ces compliments. Quant aux impolitesses, Boisrobert

(1) *Lettres du président Maynard*, Paris, 1653, in-4, lettre 39.
(2) Granet, *Recueil de dissertations sur plusieurs tragédies de Corneille et de Racine*, 1740, in-12, t. I, p. 114.

se les croyait de temps en temps permises, parce qu'il prenait sans doute à la lettre le mot de Balzac : « Vous êtes le père des courtoisies, et, après avoir été Horace, vous prenez le rôle de Mécène. »

Du reste, s'il demandait pour les autres, Boisrobert ne s'oubliait guère lui-même, et il s'y prenait sans détour. Dans le *Sacrifice des Muses* par exemple, il mêle volontiers les noms du caissier et du payeur de Richelieu aux tirades sur la gloire de La Rochelle :

> Certes, j'aurai la bouche close,
> Si vous faites pour tant de vers,
> Que d'Arbaut ou La-Ville-aux-Clercs
> Me donnent un peu de leur prose.

Accablé de places, Boisrobert devint un grand personnage. Quand il venait à Châtillon, dont le cardinal lui avait donné l'abbaye, il était reçu comme un prince; on lui offrait tantôt de la vaisselle d'argent du prix de 600 livres, tantôt une magnifique tapisserie de soixante-quinze aunes, brodée de ses armoiries sur un fond rouge et bleu. En revanche, par l'amitié du cardinal, par l'influence que lui donnaient les titres de prieur de la Ferté-sur-Aube, d'aumônier du roi et de conseiller d'état, Boisrobert faisait obtenir aux habitants des décharges de garnisons, des exemptions de tailles, et toute sorte de grâces royales. Quant aux moines de son abbaye, le poëte paraît s'être plus occupé de s'en moquer que de les édifier. Si on lui eût parlé de leur âme, il eût sans doute répondu, comme Desportes, qu'ils n'en avaient point :

> Mes moines sont cinq pauvres diables,
> Portraits d'animaux raisonnables,
> Mais qui n'ont pas plus de raison
> Qu'en pourrait avoir un oison.
> Ils ont courte et maigre pitance,
> Mais ils ont large et grosse panse,
> Et, par leur ventre, je connoi

Qu'ils ont moins de vertu que moi.
Sans livre, ils chantent par routine
Un jargon qu'à peine on devine.

Le tableau n'est pas chargé, car c'était le véritable couvent de Thélème. Un jésuite, nommé d'Attichy, et neveu du maré-chal de Marillac, s'étant avisé, un jour qu'il prêchait à cette abbaye, d'exciter les chanoines à la réforme, il fut hué en pleine église, et poursuivi jusqu'à sa demeure avec des cris furieux (1). Un abbé comme Boisrobert ne pouvait avoir dans son réfectoire que des religieux de cette famille monacale qui avait tant aiguisé la raillerie d'Érasme et la verve sceptique de Henri Estienne.

Tout cela ne déplaisait pas trop au cardinal qui, à ses heures perdues et entre deux affaires d'état, aimait assez quelque bon conte, et avait gardé, comme en un bizarre repli de grand caractère, certain faible pour les grosses plaisanteries épicées du XVIe siècle. Boisrobert, qui savait son *Moyen de parvenir* par cœur et qui était aux enquêtes des farces et des gravelures de la cour et de la ville, charmait donc son éminence en glosant sur les aventures scandaleuses, et, si le bavardage contemporain ne suffisait pas, en se rejetant sur quelque anecdote bien cynique de Desperriers ou de Brantôme. Le cardinal, dit Colletet en un rondeau, ne veut pas seulement que nous chantions sa gloire, mais aussi que nous buvions à sa santé; puis il ajoute :

> Et Boisrobert en contera l'histoire
> Au grand Armand.

Dérider Richelieu, c'était donc là surtout l'emploi de l'abbé de Châtillon. Tout lui était bon, pourvu qu'il amenât la gaieté sur le visage fatigué de son maître; aussi faisait-il, au besoin, parodier devant lui *le Cid* par des laquais et des marmitons. Le

(1) Lapérouse, *Histoire de Châtillon*, p. 430.

I. 26

cardinal s'en amusait, je le conçois, parce que les grandes
choses, vues d'une certaine manière, prêtent facilement à rire
et font volontiers l'effet d'un revers de tapisserie. Mais il fallait
le mauvais goût du temps pour que Richelieu pût prendre
plaisir aux premiers écrits dramatiques de Boisrobert, qu'il es-
timait infiniment et à l'égal de ceux de Scudery ou de Desmarets. Comment en effet *les Rivaux amis*, pitoyable imbroglio,
où un roi imaginaire fait épouser débonnairement sa belle-sœur
à l'amant de sa femme; comment *les Deux Alcandre*, faible
imitation des *Ménechmes* de Plaute avec un duel en sus et plus
d'invraisemblances encore; comment *Palène*, mauvaise compilation du roman grec de Parthenius; *les Affections d'amour*, où
se trouvent retracées les très-vraisemblables aventures d'un roi
qui promet sa fille au chevalier assez brave pour le vaincre dans
l'arène, et veut ensuite envoyer cette fille elle-même au supplice, parce qu'elle a fait tuer un amoureux qui ne lui plaisait
pas; comment enfin *le Couronnement de Darie*, ridicule histoire
de la rivalité amoureuse d'un père et d'un fils, le tout entre-
mêlé de coups de poignard, d'interminables tirades et de confidences déclamatoires; comment toutes ces tragi-comédies sans
gaieté, sans verve, et que distingue seule une singulière aisance
de versification, suffisaient-elles à exciter l'admiration du cardinal? Cela peut nous paraître singulier; mais, cinquante ans
plus tard, après le *Discours sur la Méthode*, après *les Provinciales*, Richelieu n'eût point gardé ses illusions poétiques, et
sans doute il eût compris les lettres à la manière de Louis XIV.
Ce n'était pas là d'ailleurs la seule sympathie éclatante qu'ob-
tînt le théâtre de Boisrobert. Balzac le trouvait si merveilleux,
qu'il espérait, dit-il, voir bientôt tout le clergé lui-même venir
aux représentations, et la salle plus pleine de soutanes que de
manteaux courts (1).

Cependant la fastueuse mise en scène de *Mirame*, cette tragicomédie qui contenait tant de vers de Richelieu, occasionna la

_____

(1) *Lettres*, liv. VIII, n° 46, de l'édit. in-folio.

disgrâce de Boisrobert. Le cardinal avait fait construire un
théâtre exprès pour cette pièce, et dépensé une somme énorme
pour la mise en scène; il tenait donc à ce que les premières
représentations eussent lieu exclusivement devant un public
lettré et choisi. Boisrobert, qui avait des liaisons de plusieurs
sortes, eut l'imprudence d'y faire venir une petite mignonne qui
avait été quelque temps de la troupe de Mondory, et qu'on
nommait la Saint-Amour. En imprudente coquette, elle leva
impertinemment sa coiffe et fut reconnue, ainsi que plusieurs
femmes non invitées, parmi lesquelles, dit Tallemant, bien des
je ne sais qui étaient entrées sous le nom de Mme la marquise
celle-ci, de Mme la comtesse *celle-là*. Toutes ces belles amies de
Boisrobert avaient été introduites par les gentilshommes de
garde qui les prenaient pour de grandes dames, et par l'évêque
de Chartres, Valençay, le *maréchal de camp comique*, comme
l'appelait Boisrobert, qui se trouva très-mystifié. Le roi le sut
et en plaisanta le cardinal, lui disant qu'il y avait eu *bien du
gibier* à sa représentation. Les larmes de Boisrobert ne purent
attendrir Richelieu, et le pauvre poëte, malade, désolé, que
toute la cour vint consoler avant son départ, se retira dans son
canonicat de Rouen.

D'autres motifs semblent avoir contribué aussi à la disgrâce
de l'abbé de Châtillon, disgrâce que le procès de Cinq-Mars,
auquel avait été dédiée tout récemment la *Palène*, vint encore
prolonger peut-être. Ses mœurs donnaient lieu à des insinuations qui déplurent au cardinal. Ménage, dans un passage
extrêmement mordant (1) de sa *Requête des Dictionnaires*, qua-
lifiant Boisrobert d'*admirable patelin*, lui reproche, en termes
fort crus, à propos des genres, de ne pas préférer *l'efféminé
langage*. Ninon aussi, écrivant des Madelonnettes où les dévots
l'avaient fait mettre, à son cher ami *Le Bois*, lui dit que, comme
lui, elle commence à ne plus haïr son sexe. Il n'est pas enfin
jusqu'à Scarron qui, faisant des élégies sur ses difformités,

(1) Voir le *Ménagiana*, t. III, p. 79, et t. I, p. 26.

n'ait avancé, en parlant de son jeune âge, qu'il avait été assez
bien fait pour mériter les respects des Boisrobert de son temps.
Quoi qu'il en ait été, la défaveur dura vingt mois, et, pendant
ses longues journées d'ennui, Boisrobert vit déjà l'ingratitude
des hommes. On ne le choyait plus comme un oracle, et ce
· n'était qu'à propos du passé qu'il pouvait dire :

> Si quelquefois j'allais dans la province,
> J'étais par eux régalé comme un prince;
> Les présidents, qui jamais ne sortaient
> Pour visiter, d'abord me visitaient.
> Un mois devant on savait ma venue,
> On me tirait le chapeau dans la rue,
> On m'adorait, et les moins apparents
> Payaient d'Hozier pour être mes parents.

Quoique Boisrobert sût mieux son Boccace que sa Bible, il lui
échappa sans doute plus d'un vers sur la vanité des choses humaines, et il se dit probablement avec Malherbe que la faveur
du monde est un verre fragile, et son éclat un flot passager.
Mais il eût volontiers laissé toute cette philosophie dormir dans
Isocrate et dans Marc-Aurèle. Les disgrâces, le plus souvent,
au lieu de rejeter dans la sagesse avec Montaigne, dans le mépris des richesses avec l'Évangile, relancent l'âme aux effrénés
désirs de l'ambition, et il semble que plus cette chimère échappe
et s'efface, plus il faille l'atteindre et la saisir, pour la voir disparaître encore. Aussi ce que Boisrobert désirait avant tout, c'était
sa rentrée en cour. Les gens de lettres, dont il avait été le meilleur et le plus officieux appui auprès du ministre, le regrettaient
vivement. L'Académie, qui croyait avoir perdu *son bon ange* (1),
fit une démarche auprès du cardinal; le médecin Citois lui re-
commanda, dans une maladie qu'il fit à Narbonne, de prendre
trois drachmes de son poëte après le repas, et ajouta à une ordonnance ces mots : *Recipe Boisrobert*. Bautru en parla égale-

(1) *Lettres* de Gombauld, Paris, 1647, in-8. p. 274.

ment. L'humeur du cardinal devint moindre; déjà il avait permis au maréchal de Guiche de voir à Rouen Boisrobert, et comme, selon Tallemant, l'abbé ne savait se tenir de jouer, ce lui fut une occasion de perdre quelques milliers d'écus. Après la mort de Cinq-Mars, Richelieu ne put résister plus longtemps aux sollicitations universelles; son goût pour le théâtre lui restait d'ailleurs, et il avait besoin de son abbé Mondory, comme on l'appelait, de son poëte assidu de l'Hôtel de Bourgogne. Malgré les efforts de la duchesse d'Aiguillon, qui regardait Boisrobert comme *le profanateur du palais* de son oncle, la réconciliation fut touchante. Richelieu pleura, et comme *Le Bois*, contre son habitude, n'en put faire autant, et joua le saisi, comme il ne put accomplir ce que dit Juvénal du Grec adulateur : *flet si lacrymas aspexit*, Mazarin, qui était présent, feignit de le croire malade, et lui fit tirer trois grandes palettes de sang.

Bien que Boisrobert *n'eût pas de fiel*, ses mots méchants, sa parole caustique, la vivacité de son caractère, lui avaient fait des ennemis. Richelieu étant mort dix-neuf jours après sa rentrée en faveur, en décembre 1642, l'abbé de Châtillon n'eut jamais, malgré ses plates flatteries, l'appui franc de Mazarin. Au XVIe siècle, une même femme avait été successivement la maîtresse de trois rois; Boisrobert ne put être le favori de deux ministres. On garde les vices de ses précédesseurs, on évite leurs ridicules. Le poëte vit donc la fortune s'enfuir, et il lui tendit en vain les bras comme Didon à Énée. Ceci n'est pas une comparaison aussi scholaire qu'on le pourrait croire et m'amène droit à la tragédie que donna Boisrobert quelques mois après la mort de son maître. Toutefois sa *Didon* ne ressemble pas à celle que Virgile avait *deshonnorée en beaux termes*. Elle est chaste, elle est belle, elle est un peu sauvage même et reste fidèle au souvenir de son époux. C'est enfin un miracle de vertu et de grâce, en tout semblable à la duchesse d'Harcourt que loue avec hyperboles l'épître dédicatoire. Je ne sais si c'est là un symbole de la fidélité de Boisrobert à la mémoire de Richelieu; mais la muse de l'abbé n'imitait certainement point en tout ce pur amour élyséen

pour une ombre, et, si Mazarin eût voulu, elle eût plutôt ressem-
blé à la matrone d'Éphèse qu'à la veuve désolée de Sichée.

La dédicace des premières *Épîtres* de Boisrobert, en 1647, ne
disposa pas mieux Mazarin. Il est vrai que des témoignages
glorieux devaient quelque peu le consoler. Balzac lui affirmait,
à cette occasion, que jamais les Muses n'avaient favorisé personne autant que lui, et que seul il pouvait ainsi écrire et parler
au sein du tumulte des cours, sans avoir besoin des loisirs ni de
la retraite. Mascaron mettait à son recueil une préface très
louangeuse où il le compare au lyrique ami de Mécène, et Corneille lui disait :

> Et pour un seul endroit où tu me donnes place,
> Tu m'assures bien mieux de l'immortalité
> Que Cinna, Rodogune et le Cid et l'Horace.

Le contraire de cette assertion s'est réalisé; et, littérairement,
le nom de Boisrobert ne sera sauvé peut-être que dans les vers
de l'auteur du *Cid*. De plus, les œuvres de l'abbé de Châtillon
sont oubliées, et les œuvres de Corneille sont lues, malgré la
volonté de Richelieu. C'est là le grand côté du vrai génie poétique, qui subsiste quand tout passe. Il était donc plus aisé
d'abaisser le vieux colosse de la maison d'Autriche que le simple
talent dramatique d'un pauvre poëte de Rouen. Richelieu, d'ailleurs, prit bien moins de part qu'on ne le dit en général à cette
lutte impuissante, dont il laissait la responsabilité à de misérables
ou ridicules poëtes comme Scudery et Mairet.

Les *Épîtres* de Boisrobert portent, à chaque page, l'empreinte
de ses regrets du pouvoir. Maintenant les flatteries les plus
basses, de vraies flatteries de parasite exclu de la table et digne
du pinceau de Plaute, ne satisfont même pas Mazarin. Il sourit
bien au pauvre abbé, quand le pauvre abbé le rencontre, mais
il le laisse dans ses antichambres et lui refuse audience. Boisrobert s'en console dans de charmants vers au comte de Noailles,
alors en faveur, dans des vers qui n'ont pas vieilli et dont on
peut conseiller la lecture à des modernes qui ne sont pas poëtes :

Tu sais que ma faveur aux provinces connue
A fait quelque embarras, autrefois, dans ma rue;
Je ne fais que partir d'où tu viens d'arriver.
J'ai vu, comme tu vois, des grands à mon lever;
Plusieurs de tes suivants ont même été les nôtres,
Et je pense avoir fait le fat comme les autres....
La faveur, je l'avoue, a de charmants appas;
Mais, quand on la possède, on ne se connaît pas.
Le meilleur naturel et la meilleure grâce
Dégénère en faiblesse et se tourne en grimace;
On prend un certain air farouche et sérieux,
On ne voit quasi rien, quoiqu'on ouvre les yeux,
On fait de l'empêché quand on n'a rien à faire,
Et d'une bagatelle on compose un mystère.
Je sens ce que j'ai fait, je me mire en autrui,
Et crois m'être connu seulement d'aujourd'hui.

On voit que les hommes n'ont pas changé, et que l'enivrement du pouvoir et par suite les grands airs, avec l'oubli du passé, ne datent pas d'hier. Heureusement la leçon se renouvelle, et cela finit d'ordinaire comme pour l'abbé de Châtillon.

Rebuté par Mazarin, Boisrobert se rejeta sur le théâtre avec une fécondité merveilleuse, et se consola, à l'aide de l'Hôtel de Bourgogne, des exclusions du ministre. Corneille régnait en maître dans la tragédie, et avait donné ses chefs-d'œuvre, si bien que Scudery s'était réfugié dans le poëme épique, et Desmarets dans l'ascétisme. On était en 1650; Molière voyageait obscurément en province, et ne devait débuter sérieusement que trois ans après. Boisrobert, séduit par un genre qui s'accommodait parfaitement avec son humeur bouffonne, écrivit donc des comédies, ce qu'il avait déjà tenté sans trop de succès dans *les deux Alcandres*. Le grand répertoire de Lope de Vega paraissait d'ailleurs une mine féconde, où l'on trouvait commode de puiser. Il ne s'en fit pas faute, et y prit tout d'abord le sujet de *la Jalouse d'elle-même*. C'est l'histoire d'un gentilhomme qui débarque de Lyon par le coche pour se marier à Paris. Il rencontre

une femme voilée dans une église et en devient amoureux, comme
cela ne peut manquer d'arriver à Séville ou à Salamanque. Cette
femme est précisément sa future. Piquée de cette infidélité qui
s'adresse à elle-même, et éprise néanmoins de Léandre, Angélique lui donne sous le masque plusieurs rendez-vous, et lui
fait avouer que l'Angélique qu'il doit épouser lui est odieuse.
Comme c'est elle-même, tout se découvre, et il y a de la part de
Léandre de grands désespoirs, des protestations, quelques instants repoussés, mais qui amènent à la fin le plus heureux de
tous les mariages, ainsi que cela est de rigueur. Cet imbroglio
commun a, malgré l'invraisemblance, quelque charme dans la
pièce de Boisrobert. Quant aux caractères, on est bien loin des
héroïnes de l'*Astrée*, et, en allant à l'église, les femmes prennent
bien moins leurs heures à fermoir d'argent que trois ou quatre
louis pour le jeu.

Il y a bien plus de gaieté dans *les Trois Orontes*, qui furent
joués la même année que l'*Étourdi* de Molière. Cléante se présente chez la femme qu'il aime sous le nom d'un négociant de
Bordeaux, riche héritier, nommé Oronte, à qui l'avait promise
un père barbare, mais niais. C'est là le privilége des pères dans
toutes les comédies du monde, parce que les fils ne deviendront
jamais pères, et que les pères n'ont jamais été fils, la chose est
évidente. Notre jeune fille seconde donc à merveille la ruse de
son amant. Mais arrive un second Oronte; c'est une maîtresse
que Cléante avait laissée en province, et qui, informée de tout,
s'introduit également sous le nom d'Oronte pour rompre le
mariage. Le véritable Oronte arrive à son tour, fort étonné de
se trouver deux Sosie. Après mille quiproquos, où la rivale
déguisée et provoquée en duel par le négociant, frappe du pied,
se pose en spadassin, et tremble de peur, tout s'explique, la
paix est faite, et tout le monde s'épouse, même le valet et la
soubrette. Cette intrigue est sans nul doute absurde et impossible, mais le poëte a su lui donner un tour rapide et leste qui
amuse et fait rire. Rien au contraire de plus ennuyeux que *la
Folle Gageure*, imitée du *Fripier* de Lope de Vega. Boisrobert

annonce qu'il a retranché du texte espagnol mille choses qui
faisaient peine à l'esprit et au jugement. Il serait facile de démon-
trer tout le contraire. Un frère pariant avec son ami que sa sœur
ne se laissera pas séduire, et, après avoir perdu, la donnant en
mariage pour prix de la gageure, ce n'était pas là un grand effort d'imagination. La morale de la comédie se résume d'ailleurs
par ces vers :

> . . . . . . La chose impossible
> Est qu'une belle femme à l'amour insensible
> Le puisse être aux langueurs, aux soupirs, aux présents,
> Aux vers, à la musique, aux soins des courtisans.

Dans *Cassandre, comtesse de Barcelone*, les personnages
reprennent toute la solennité des grands sentiments et des généreux sacrifices. Une princesse, au moment d'épouser son
amant, apprend que c'est son frère, puis au dénouement ce
n'est plus son frère, et tout se termine au mieux. C'est presque
le sujet de l'*Abufar* de Ducis. Boisrobert nous apprend qu'il a
fait une *petite économie* des *profusions* de Villegas, et que la
cour comme la ville fut charmée de la majesté et de la délicatesse des vers. Richelieu, entendant lire cette pièce alors inédite,
avait déjà partagé cette favorable opinion, et regardait *Cassandre* comme un chef-d'œuvre, que surpassait seule *Mirame*. Le
public fut de cet avis, et Loret en a consigné le souvenir dans
sa *Muse historique* du 8 novembre 1653 :

> Et sans mentir la renommée
> En est par tout Paris semée ;
> Chacun en est l'admirateur,
> Et Boisrobert en est l'auteur.

Le succès de la *Comtesse de Barcelone* engagea plus que
jamais Boisrobert dans le théâtre, et il y montra, pendant quelques années, une assiduité et une fécondité singulières. Dans
la Belle Plaideuse, il reprit la manière enjouée. Un jeune homme
qui n'a que des dettes et un père avare (où avez-vous vu des

jeunes gens rangés et des pères généreux?) aime une belle
personne qui n'a pour tout bien que l'espérance douteuse et
éloignée du gain d'un procès. Il faut pourtant de l'argent pour
payer les procureurs. *Advocatus et non latro*, la chose serait
aussi merveilleuse qu'au temps de saint Ives. Si le procès était
gagné, le vieil avare se laisserait peut-être fléchir. Que faire
donc? Deux valets fripons, types favoris de Boisrobert, viennent en aide aux amants affligés, et se déguisent pour emprunter de l'argent au vieil usurier lui-même. Cela était déjà dans
Plaute, mais point encore dans Molière. Déguisés en huissiers,
ils saisissent le lit et le lui revendent. Racine n'avait pas encore
écrit *les Plaideurs*. Ces subterfuges ne suffisent point, et il faut
faire passer Corinne pour une princesse bretonne. La fraude
se découvre, et les belles fermes d'Armorique ne sont plus que
des châteaux en Espagne. Mais la nouvelle du procès gagné arrive heureusement, et le vieil avare, calmé par ce dénouement
pécuniaire, préside au mariage. Il n'en est pas de la morale de
la pièce comme du procès, et on peut ici redire le mot : *sub
judice lis est*. Boisrobert a mis en action le vers moderne :

> Un père est un caissier donné par la nature,

et sa comédie peut se réduire à ce conseil aux pères avares des
enfants prodigues :

> Votre fils qui n'a rien pour ses menus plaisirs,
> Par de mauvais moyens satisfait ses désirs ;
> Que ne lui réglez-vous par mois ou par semaine
> Un petit certain *quid* pour vous tirer de peine?

Plusieurs traits dans *la Belle Plaideuse* présagent de loin la
veine comique, la verve intarissable de Molière (1). Nicette a
déjà l'esprit positif et les railleries contre les défaillances amou-

---

(1) Molière a même emprunté à Boisrobert la seconde scène du second
acte de *l'Avare*. Mais *la Belle Plaideuse* n'avait pas été jouée, parce que
certain passage contenait des allusions au président de Bercy. On en peut
voir l'anecdote dans Tallemant, t. II, p. 167.

reuses qui distingueront les servantes des *Femmes savantes*.
Elle tient plus de compte du ménage que des soupirs languis-
sants, et le notaire avec son contrat lui apparaît à l'horizon de
l'amour le plus idéal.

Mais il fallait que l'imitation espagnole dominât, avant tout,
dans le théâtre de Boisrobert. Le génie comique de la France,
né des trouvères, et conservé par les conteurs du xvɪᵉ siècle,
ne devait éclater en toute sa force que dans l'éminent génie de
Molière. Il convient néanmoins d'en constater chez ses prédécesseurs immédiats les germes rares et obscurs. L'originalité
de Boisrobert, c'est d'avoir conservé, dans les cadres improba-
bles, mais amusants, qu'il empruntait à Lope de Vega, quelques
traditions gauloises de *l'Avocat Patelin* et des farces graveleuses dont s'étaient amusés les bourgeois gausseurs de la Réforme
et de la Ligue. Ses femmes préféraient les grosses plaisanteries
de d'Ouville (1) aux madrigaux de *la Couronne de Julie*. Ainsi,
dans *l'Inconnue*, au lieu des cruels refus que d'Urfé prête à ses
sévères héroïnes, elles disent sans façon : *Ma beauté n'est pas
pour ton nez*. Une sœur déguisée rencontrant, en un rendez-
vous avec son amant, la maîtresse de son frère et son frère lui-
même, et tous les amoureux se prenant pour des rivaux, voilà
le sujet de *l'Inconnue*. Il n'a pas fallu non plus un plus grand
effort d'esprit pour concevoir *l'Amant ridicule*, car il ne s'agit
que d'un poltron simulant un duel pour se donner des airs de
capitan aux yeux de la femme qu'il aime ; seulement le cousin,
quand les fers sont croisés, prend le duel au sérieux, et, faisant
peur au pauvre matamore, lui enlève sa maîtresse et un testament. Voilà bien des extravagances ; mais, en fait de fracas
d'armes, de grands coups d'épée, de duels, de spadassins, de

---

(1) Ce d'Ouville était le frère de Boisrobert. Il a laissé douze comédies
et des contes qui lui donnent droit à une biographie à part. Je ne parle
point non plus des *neveux* de Boisrobert, dont il sera question à propos de
d'Ouville. Les querelles avec Scarron et Saint-Évremond seront aussi mieux
à leur place dans l'étude de ces écrivains.

générosités merveilleuses et de rencontres bizarres, Boisrobert
s'est surpassé lui-même dans *les Généreux ennemis*; et à propos
de deux gentilshommes, qui, sans le savoir, aiment la sœur l'un
de l'autre, il a prodigué plus que jamais les cartels, les rapières
et les prosternements amoureux. Il ne manque à tout cet imbroglio que les murs de l'Alhambra, de bonnes lames de Tolède,
et quelques récits de toréadors, pour en faire *une comédie en
Espagne.*

  Toutes ces pièces étaient très-goûtées ; Corneille et Somaize,
du sein de leur Normandie, en trouvaient le style *fort et relevé*,
et à la cour on disait ouvertement que Boisrobert était notre
Sophocle. Sa poésie animait Conrart *plus que les neuf Muses*, et
Gombauld affirmait, en songeant aussi à son obligeance, que
les anciens l'eussent mis au rang des dieux. Mazarin se contenta
de le mettre à la porte. En effet, l'existence de théâtre n'avait
fait qu'augmenter les scandales de la vie de Boisrobert, et ce
qu'on avait volontiers toléré dans le favori de Richelieu déplut
dans le prêtre, que ses vers contre les frondeurs n'avaient pu
faire aimer du nouveau ministre. Ne point dire de messes, jouer
gros jeu, et jusqu'à dix mille écus à la fois, jurer en perdant,
appeler Ninon *sa divine*, et lui dire que pour faire taire les calomnies il se retirerait bien quelques semaines chez les jésuites,
sans la crainte du lard rance et des maigres lapins ; faire la cour
aux femmes des libraires pour tirer cent livres de ses nouvelles,
écrire des pièces sans se soucier d'autre chose que de plaire aux
comédiens, ne parler que de dîners, de bons plats et point de
prières, tout cela était grave chez un abbé. On l'appelait *l'aumônier de l'Hôtel de Bourgogne* (1), on plaisantait partout de
ses impiétés ; le bruit se répandit même à Nancy qu'il s'était fait
Turc, et la spirituelle Mme Cornuel trouvait sa chasuble faite
d'une robe de Ninon. Une autre fois, après une messe de minuit, dite exceptionnellement par l'abbé de Châtillon, elle refusait d'aller au sermon, parce que, ayant vu Boisrobert à l'autel,

_____

(1) *Carpenteriana*, p. 38.

elle craignait de trouver Trivelin, le paillasse, en chaire. On savait aussi qu'allant à un dîner, rue Saint-Anastase, et rencontrant un homme blessé à mort qu'on le priait de confesser, Boisrobert s'était contenté de dire en passant : « Mon ami, pensez à Dieu, et dites votre *benedicite.* » Le temps était donc bien loin où le poëte écrivait :

> Le temps enfin m'a rendu sage,
> Je règle mon petit ménage
> Et roule un peu plus retenu.
> Avec mon petit revenu,
> J'ai, pour faire honneur à la crosse,
> Encor deux chevaux, un carrosse.

Les dévots se scandalisèrent-ils, et fut-ce seulement une ligue d'ennemis et d'ingrats contre un abbé mondain en défaveur?

> Les jaloux me croyaient tout confit en délices,
> Et, quoique je marchasse au bord des précipices,
> Parce qu'ils ne voyaient que des fleurs sous mes pas,
> Ces cruels ennemis ne m'épargnèrent pas.

Quoi qu'il en soit, en mai 1655, le roi, avant de partir pour Compiègne, fit dire à Boisrobert de quitter Paris. Guy-Patin, parlant de cet exil dans ses lettres, ajoute crûment : « C'est un prêtre âgé de soixante-trois ans, qui vit en goinfre, fort déréglé et fort dissolu. » Le jésuite Annat, confesseur du roi, que l'abbé de Châtillon s'était plu à contrefaire, entra pour beaucoup dans cette disgrâce. Mais Boisrobert était aimé des grands qu'il amusait; on s'employa donc pour lui, et bientôt il put revenir à Paris, mais sans suivre la cour. Ses qualités aimables, *ses affections privilégiées qui ne connaissaient pas le déclin*, au dire de Balzac, faisaient oublier ses vices de bas étage, et, dans sa détresse, il ne manqua pas de protecteurs. La famille Mancini surtout le consola en ces traverses.

Après avoir passé quelques mois au Tanlay, dans la terre de Mme de Thoré, il vint donner au théâtre ses *Apparences trom-*

peuses; mais le chagrin lui avait ôté l'esprit, et nulle de ses pièces n'est aussi mauvaise. *La Belle Invisible,* quoique aussi invraisemblable, excite au moins la curiosité, et on ne suit pas sans quelque intérêt les aventures de don Carlos s'attachant aux pas d'une belle dame masquée dont il est épris, et finissant par découvrir, sous le voile, la femme même qui lui est destinée, et qui voulait l'éprouver. Les deux derniers essais dramatiques de Boisrobert ne furent guère plus heureux. *Les Coups de l'Amour et de la Fortune* sont pourtant écrits avec une certaine habileté de mise en scène, mais rien au monde n'est plus vulgaire. Un amant que le sort persécute sans fin, qui fait un portrait de l'objet aimé, que l'objet aimé prend pour le portrait d'une autre, qui triomphe au tournoi, mais dont les rivaux dérobent le chiffre et les armes pour avoir le prix du combat, un pareil amant devient vite ridicule, parce que les dupes sont toujours ridicules au théâtre.

Boisrobert finit comme il avait commencé, par une tragicomédie. *Théodore* n'est que la vieille histoire de Joseph et de la femme de Putiphar, de Phèdre et d'Hippolyte; seulement les rôles sont renversés, et c'est l'homme qui a le rôle odieux. Quant au coup de poignard conjugal, la femme en est heureusement sauvée, comme Moïse tiré des eaux, comme tous les enfants de mélodrames qu'un bourreau sensible élève et cache au lieu de les tuer. Il y a tour à tour dans les écrits d'imagination une providence bienheureuse ou une terrible fatalité pour l'innocence; le tout dépend de l'humeur du dramaturge ou du romancier qui donne à son gré le gouvernement du monde à Dieu ou à Satan. Dieu et Satan doivent en être fort reconnaissants et honorés.

Nous avons dit que Boisrobert excellait à faire les contes, et qu'il se traitait lui-même de *grand dupeur d'oreilles.* J'en crois volontiers les contemporains et la merveilleuse fortune de l'abbé de Châtillon; mais ce que je puis affirmer, c'est que la plume à la main il n'exerce pas le même empire. Ses *Nouvelles héroïques et amoureuses* ont pu passer longtemps pour agréables et galantes aux yeux des gens de la cour; elles ont pu, comme le dit l'auteur, divertir et charmer les grands dans les intervalles du pouvoir; mais maintenant elles ont perdu toute saveur et tout intérêt. La première des trois nouvelles qui composent ce recueil est d'un ennui mortel, et on n'en pourrait extraire autre chose que cette singulière maxime : « Quand les protestations de tendresse et de dévouement ne suffisent pas pour toucher une beauté inflexible, frappez-vous d'un coup de poignard, et la femme rebelle sera attendrie par le beau sacrifice. » Le moyen est ingénieux, mais Boisrobert a oublié d'emprunter à Sancho la recette du baume de Fierabras, et il n'a pas songé que bien des gens préféreraient une piqûre du *dard de Cythère* à quelque gros coup d'une lame de Tolède. Anacréon est plus amusant à lire qu'Hippocrate. Le second conte, *la Vie est un songe*, a au moins le mérite de la bizarrerie, et il se trouve qu'on l'achève comme une histoire des *Mille et une nuits*. Descendons, je vous prie, quelques instants dans cette immense fosse où vous ne trouverez pas des lions comme dans celle de Daniel, mais bien un jeune prince que son père a fait élever en ce lieu, et qui prend là néanmoins des leçons de musique, de morale et de politique, tout comme faisait le *Bourgeois Gentilhomme*. Ceci se passe en Pologne et sous terre, ce qui autorise les invraisemblances. Le roi, grand astrologue, a vu dans les astres que son enfant serait mauvais prince et mauvais fils, et, le faisant couvrir de peaux d'ours, il le confie, dans un palais souterrain, à des précepteurs qui lui forment le cœur et l'esprit. Cependant, quand le jeune homme est arrivé à un certain âge, des motifs d'état, la nécessité d'avoir un héritier direct pour mettre fin aux brigues des ambitieux, décident le roi à reprendre son fils, et, pour essayer son caractère, à lui faire essayer de la royauté. On l'endort donc par une poudre narcotique, et il se réveille avec grande surprise en un palais magnifique, devant un repas somptueusement servi, comme Grégoire dans *le Faux duc de Bourgogne*, de Ducerceau. Mais, au milieu de son extase, il donne des marques de sa violence; il menace, brise, tire l'épée, et ne s'adoucit guère qu'à la vue de sa belle cousine Sophonisbe. C'est l'histoire des oies du père Philippe, que saint Jean de Damas avait racontée bien avant Boccace et La Fontaine. Alarmé de cette humeur sauvage, le roi juge que son fils a assez comme cela de la royauté. On a recours à la poudre narcotique; le jeune prince est reporté dans sa caverne, et à son réveil tous ses domestiques, tous ses maîtres, lui affirment qu'il a rêvé. De là le développement moral de cette idée que la vie n'est qu'un songe, idée que Boisrobert remue en tout sens, et qui plus tard devait presque séduire Berkeley. Quelque temps après le retour du prince dans le souterrain, une insurrection soulève tout le royaume. Le bruit de cette séquestration se répand, et le peuple, aidé de Sophonisbe, prend fait et cause pour le jeune reclus. On le délivre donc; mais il refuse de sortir de sa retraite, ne voulant pas rêver une seconde fois, et ne garder du songe que des regrets. Rendu enfin à la liberté, il ose à peine aller et venir, dans la crainte de voir tout s'envoler au moindre souffle, et ce n'est qu'en tremblant qu'il serre la main de sa chère cousine, qui peut disparaître comme Eurydice. A la fin, le trône le rassure, et il se conduit à l'égard du peuple et de son père, non plus avec les violences effrénées d'une liberté sauvage, mais en homme poli, qui sait les bonnes façons, et qui a profité des leçons de son professeur à danser et de son maître de philosophie. La vie n'est qu'un rêve, l'astrologie n'est qu'une sottise, voilà la morale de cette nouvelle, qui, toute médiocre qu'elle soit de style et d'invention, se laisse lire avec curiosité, comme un conte de fées ou de brigands. Pour sa troisième nouvelle, Boisrobert n'a pas fait grands frais d'imaginative, et s'est contenté de reproduire en méchante prose la méchante intrigue de sa *Théodore*.

Le caractère général de ces nouvelles, c'est, avant tout, l'invraisemblance, l'absence complète de toute action raisonnable, et une sorte de répulsion pour la simplicité et le naturel. De passions vraies, de détails de cœur pris sur le fait, de couleur locale, comme disent nos modernes critiques, il n'en est pas le

moins du monde question. La scène est toujours aux antipodes;
les Turcs d'Amurat II ont des 'carrosses et voyagent en poste,
tandis que des chevaliers de la race de Tamerlan se promènent
en robes de chambre. Aucun souci d'ailleurs des choses possibles, de la vie réelle, des conditions de la société. Boisrobert
prend tous les défauts des conteurs espagnols, et ne garde aucune de leurs qualités. Il ne devient original qu'à la condition
d'être grivois et leste, de préluder moins encore à Chaulieu ou
aux gentillesses raffinées de Bernis qu'aux gravelures de l'abbé
de Voisenon. C'est surtout dans ses *Épîtres* qu'il faut chercher
cette espèce de talent léger, ces observations fines, dégagées et
sans vergogne sur la vie pratique. Boisrobert n'y apparaît pas
avec de grandes profondeurs de caractère; mais on y retrouve
l'aimable enjouement qui le faisait si bien réussir dans le monde.
Le premier recueil poétique de l'abbé de Châtillon avait eu beaucoup de succès; tout le monde l'engageait à publier de nouvelles
épîtres. Déjà, pour le volume de 1647, il avait fait à Conrart et
à Sarasin, qui le pressaient, bien des difficultés spécieuses :

> Quoi! Sarasin, je me verrai vendu
> A tel coquin qui fera l'entendu,
> Je souffrirai, devenu marchandise,
> Qu'un vil pédant à mon nez me méprise;
> Je passerai, pour vingt ou trente sous,
> Entre les mains des brutaux et des fous!
> Chacun pourra m'enlever sous l'aisselle
> Et me porter ainsi qu'une vaisselle,
> Dans le..... ou dans le cabaret
> Pour m'enfumer comme un hareng soret!
> Je servirai d'enveloppe aux beurrières
> Ou s'il échet à plus viles matières.....

Mais cette fois les sollicitations, au dire de Boisrobert lui-même,
furent bien vives; on lui répétait sans cesse qu'il avait un merveilleux talent pour l'épître poétique, et qu'il était presque le
seul, en langue française, qui eût trouvé tant de place en cette

façon d'écrire. Comment résister à ces éloges? De plus grands
que Boisrobert y eussent cédé. Il donna donc (et ce fut son dernier livre) un nouveau volume d'*Épîtres* pleines de flatteries
pour les puissants, de regrets pour le passé et de compliments
de toute espèce. Ménage, entre autres, le remercia au nom
d'Horace de n'avoir point écrit en latin, parce que le poëte de
Vénuse eût été sûrement vaincu (1). Plus tard, Richelet les trouvait déjà un peu languissantes, sauf *les plaisants endroits;* pour
nous, malgré l'esprit et la verve de bien des pages, elles n'ont
qu'une valeur plus historique que littéraire. Un procès, un bénéfice, de l'argent pour ses neveux qui l'importunent sans fin,
quelques retours désabusés avec un sourire amer sur la fortune
des coürs et l'ingratitude des amis, voilà presque tous les sujets
de ces épîtres. Quelquefois, par la puérilité coquette des détails,
Boisrobert continue les madrigaux érotiques d'Étienne Pasquier
sur la puce de Mlle Des-Roches et prélude aux afféteries mi-
gnardes de Dorat. Là c'est un petit coffret chinois gagné à la
loterie, qu'il échange contre un grand miroir avec Mme la pro-
cureuse générale; ici il prend pour sujet une perle qu'on avait
cru perdue et qui était tombée dans la gorge de Mlle de l'Hos-
pital; mais les vers de l'abbé ne sont pas comme les mains de
Louis XIII n'osant reprendre un volant sur le sein de Mlle de
La Fayette. En échange d'ailleurs de ses vers coulants, de ses
fadaises agréablement tournées, les belles dames envoyaient
à Boisrobert du vin, des gants et mille autres douceurs. Le vieil
abbé libertin en faisait son profit comme Vert-Vert, et, comme
Vert-Vert aussi, il jurait au besoin et, au sortir des belles compagnies, ne se trouvait pas déplacé dans un monde de bas étage,
libre en propos de caserne.

Mais, pendant son exil, il devint fort susceptible sur ce chapitre, et montra bien de l'aigreur contre Costar, qui s'avisa de
rappeler dans un de ses livres le nom d'*abbé Mondory*, donné
naguère à Boisrobert par l'abbé de la Victoire. Cette plaisan-

_____

(1) *Menagii Poemata*, octav., édit. Amsterdam, 1687, in-12, p. 108.

terie, et celle sur l'Hôtel de Bourgogne, qu'on nommait *sa cathédrale*, n'avaient pas fâché autrefois le poëte; mais aujourd'hui, aigri par la défaveur, il écrivit à Costar une grande lettre pleine d'amertume et d'injures. Tout le monde, dit-il, le persécute, lorsque pourtant vingt évêques répondent de lui, et il voit perdre pour une turlupinade une amitié de trente années. « Raffinez, ajoute-t-il, sur les bons mots des anciens, commentez leur apophthegmes, mais tenez-vous à la connaissance des galanteries grecques et latines, et laissez à la cour, où vous n'êtes pas, les raisons fines et délicates. » Plus loin Costar est traité de « grammairien qui sait les points, les virgules et les parenthèses. » Il ne lui va point de traiter un honnête homme de plaisant et de bateleur, et ce qui avait été agréabie et de bonne grâce dans l'abbé de la Victoire est fade et de mauvais goût chez lui. Enfin Boisrobert fait de tout ceci l'original de la fable de *l'Ane et du petit Chien* quelque douzaine d'années avant La Fontaine. Costar, qui habitait le Mans, et sur lequel cette lettre tomba à l'improviste, n'osa soutenir la lutte, et garda toute sa colère pour Girac. Sa réponse est d'une incroyable platitude; il dit qu'il souffrira tout de la part de l'abbé, comme d'une maîtresse quand il était jeune et galant. C'est à peine si à un endroit, se rappelant ses triomphes sur le lourd Girac, Costar fait le généreux et s'écrie en pédant : *Nostro sequitur de vulnere sanguis* (1).

L'exil de Boisrobert finit enfin en 1658, et ce fut une grande joie parmi les courtisans d'antichambre qu'il amusait. Loret consigna l'événement dans sa gazette en vers, et vanta de nouveau les aimables qualités du pauvre abbé, lequel faisait, selon lui, des vers comme Pindare, ce que je nie, et que tous les gens d'esprit chérissaient, ce que je crois plus volontiers. Toutefois l'abbé de Châtillon (j'ai tort de l'appeler encore ainsi, il avait vendu son abbaye) jouit peu de ce retour de fortune, et dépensa le reste de son bien au jeu et à l'acquisition d'une petite

---

(1) Manuscrits de l'Arsenal (H. F., 902, t. XI, p. 285 et suiv.).

campagne de Villeloison, dont le nom, selon Tallemant, s'accordait merveilleusement avec l'esprit du possesseur. Mais ce
n'est là qu'une médisance. Je sais qu'Hamelot de La Houssaye
avait entendu dire au duc de La Feuillade et à un autre vieux
gentilhomme que Boisrobert n'était qu'un faux plaisant sans
mérite. On ne peut accepter ce jugement, que contredisent
unanimement tous les témoignages historiques. Avant de mourir, Boisrobert se convertit; mais son caractère ne se démentit
pas, et il finit en valet. « Je me contenterais, disait-il, d'être
aussi bien avec Notre-Seigneur que j'ai été avec le cardinal de
Richelieu. » Voilà, j'espère, un courtisan parfait, et qui se contente à bon marché sur le chapitre des félicités du ciel. Où êtes-
vous, béates contemplations des Climaque et des Bonaventure?
où êtes-vous, divine échelle de Jacob, que gravissaient avec extase Richard de Saint-Victor et Gerson? Mystiques transports,
aspirations suprêmes, joies infinies des archanges et des séra-
phins, un abbé de cour, un prêtre vous compare aux viles ambitions des antichambres, aux serviles plaisanteries, aux gros
bons mots qui faisaient rire dans sa ruelle un cardinal lassé d'intrigues! Mais, à la fin, Boisrobert eut peur, et la crainte de
l'enfer le rendit ingrat. Si Dieu le damnait, c'était, dit-il, la
faute de Richelieu, qui ne valait rien, et qui l'avait perverti. Il
mourut à Paris, le 31 mars 1662, laissant le souvenir d'un
courtisan spirituel et lâche, prodigue au jeu et en folles entre-
prises, prêtant volontiers aux grands, avare dans son intérieur,
peu scrupuleux sur les moyens, confrère d'Académie accostable
et obligeant, bénéficiaire détestant la résidence, homme de
plaisir et de nonchaloir, faisant des vers contre les fondeurs et
n'osant pas les lire au dîner de Retz *parce que les fenêtres étaient
trop hautes*, plus préoccupé enfin du début d'une actrice de
l'Hôtel de Bourgogne ou d'un dîner chez d'Harcourt que du
problème de la destinée humaine. Boisrobert continua donc les
abbés du XVIᵉ siècle comme Amyot et Desportes, sinon par le
talent, au moins par la vie dissipée.

Au point de vue littéraire, il prit une part active au mouve-

ment singulier des esprits sous Richelieu et Mazarin. La renaissance des lettres au xvie siècle, accomplie sous les in-
fluences puissantes de l'imprimerie, du retour vers l'antiquité,
de la Réforme et des guerres religieuses, avait eu un caractère
particulier de tournoi spirituel, de lutte bizarre, d'aspiration
ardente vers l'art comme vers la science. Il y avait eu des écoles,
des coteries, des disputes sur la langue, sur le rhythme, sur les
croyances, sur les idées. La littérature du règne de Louis XIII,
prélude un peu confus du calme et grand développement intellectuel de Louis XIV, conservait donc comme un reste fatal des
luttes antérieures, comme un ébranlement involontaire qui lui
faisait perdre toute valeur sérieuse. Imitation étrangère, reproduction pâle des œuvres antérieures, ou impuissantes tendances
vers la littérature de l'avenir, c'est là un cachet essentiellement
transitoire. Il n'y a guère alors de mouvement général, d'unité
qui serve de cadre aux talents. Aussi rencontre-t-on à cette
époque bien plus d'écrivains de mérite que de bons livres.
L'originalité est plutôt alors dans les talents isolés que dans les
groupes littéraires. L'hôtel de Rambouillet, par exemple, n'est
à le bien prendre qu'une réunion quelque peu ridicule de gens
de beaucoup d'esprit. Pour Boisrobert, à peine pourrait-on demander avec justice un léger souvenir pour quelques vers de
ses épîtres assez spirituellement et lestement tournés. L'oubli
donc le couvre presque entièrement; mais, si ses œuvres ont
disparu sans retour dans cet effrayant entassement littéraire
qui promet l'oubli à tant d'écrits encore célèbres, son nom est
à jamais immortel. Boisrobert a été le bouffon de Richelieu, et
Richelieu a été roi de France sous le nom de Louis XIII. Or,
on sait l'admirable vers de Régnier :

Les fous sont aux échecs les plus proches des rois.

FIN DU PREMIER VOLUME.

TABLE DES MATIÈRES

DANS LE PREMIER VOLUME.

Imprimé en France
FROC021508010720
24395FR00013B/199

9 782329 418346